저항의 미학1

Die Ästhetik des Widerstands 1
Peter Weiss

First Published by Suhrkamp Verlag, Germany in 1975
Copyright ⓒ Suhrkamp Verlag Frankfurt am Main 1975
Korean Translation Copyright ⓒ 2016 by Moonji Publishing Co., Ltd.
All rights reserved.

This Korean edition was published by arrangement with Suhrkamp Verlag.
이 책의 한국어판 저작권은 저작권사와 독점 계약한 ㈜문학과지성사에 있습니다.
저작권법에 의해 보호받는 저작물이므로 무단 전재 및 복제를 금합니다.

대산세계문학총서 133

저항의 미학 1

Die Ästhetik des Widerstands

페터 바이스 지음 — 탁선미 옮김

문학과지성사
2016

대산세계문학총서 133_소설

저항의 미학1

지은이 페터 바이스
옮긴이 탁선미
펴낸이 주일우
펴낸곳 ㈜**문학과지성사**
등록번호 제1993-000098호
주소 04034 서울 마포구 잔다리로7길 18(서교동 377-20)
전화 02) 338-7224
팩스 02) 323-4180(편집) 02) 338-7221(영업)
전자우편 moonji@moonji.com
홈페이지 www.moonji.com

제1판 제1쇄 2016년 3월 15일
제1판 제2쇄 2017년 2월 7일

ISBN 978-89-320-2844-6
ISBN 978-89-320-2843-9 (전 3권)
ISBN 978-89-320-1246-9 (세트)

이 책은 대산문화재단의 외국문학 번역지원사업을 통해 발간되었습니다.
대산문화재단은 大山 愼鏞虎 선생의 뜻에 따라 교보생명의 출연으로 창립되어
우리 문학의 창달과 세계화를 위해 다양한 공익문화사업을 펼치고 있습니다.

차례

나 스무 살의 노동자이자 반파시즘 저항운동가. 스페인 공화국을 지지하여 1937년 가을에 국제여단에 지원한다. 1년 뒤 국제여단이 해체되자 스웨덴으로 망명해 노동자이자 지하운동가로 활동하며 작가로서의 미래를 꿈꾼다.

코피 선반공 출신 노동자이자 반파시즘 저항운동가. 독일 공산당 청년조직 활동으로 인해 투옥된 경험이 있다. 주인공 '나'의 절친한 친구로, 계급투쟁과 공산당의 노선을 옹호한다. 베를린에 남아 지하투쟁을 이어간다.

하일만 코피와 함께 주인공 '나'의 절친한 친구이다. 부르주아 출신으로, 사회주의는 모든 개인의 자유를 실현하려는 이념이라고 생각한다. 베를린에 남아 반파시즘 지하투쟁에 참여한다.

아버지 숙련 기계공으로 노조와 문화운동을 중시하는 사민주의자이다. 1918/19년 독일 혁명기에 브레멘 2월전투에 참여했다. 나치스의 억압을 피해 3년 전에 체코로 이주했다.

어머니 노동자로서의 경험으로부터 계급의식을 체득한다. 아버지와 함께 체코로 이주한 뒤, 일상에서 많은 어려움을 겪는다.

호단 베를린 시절부터 스페인을 거쳐 스웨덴 망명 시기까지 주인공의 멘토이다. 개혁적 성교육가이자 정신과 의사이다. 나치스에 의해 국적을 박탈당하고, 1937~38년에 스페인에서 국제여단 의사로 활동한다.

아이시만 부르주아 출신의 유대계 독일인으로, 스페인에서 국제여단에 합류한다. 그 과정에서 주인공과 친구가 된다.

일러두기

1. 이 책은 Peter Weiss의 *Die Ästhetik des Widerstands 1*(Frankfurt am Main: Suhrkamp Verlag, 1986)를 우리말로 옮긴 것이다.
2. 본문의 주는 모두 옮긴이의 것이다.

1부

사방을 에워싼 석벽에서 몸뚱이들이 솟구쳐 올랐다. 서로 뒤엉킨 채 혹은 파편으로 조각난 채, 떼 지어 펼쳐지는 몸뚱이들. 홀로 남은 토르소, 치켜든 팔 하나, 찢긴 옆구리, 또 상흔을 담은 한 점 살덩이. 어렴풋이나마 원래의 형상을 가늠할 수 있었다. 그것은 언제나 싸우는 몸짓이었다. 피하고, 잽싸게 몸을 빼고, 공격하고, 몸을 막고, 몸을 쭉 뻗어 일으키고, 잔뜩 웅크리고. 비록 여기저기 지워졌지만, 불끈 버티고 있는 외발, 휙 젖힌 등짝, 윤곽만 남은 장딴지 하나로 그것들은 하나의 공동의 움직임으로 맞물리며 어우러졌다. 하나의 거대한 투쟁이었다. 그 절정의 순간을 향한 기억인 듯, 잿빛 벽에서 솟구쳐 오르다가 다시금 무형의 상태로 잦아들었다. 막 무언가 움켜잡으려 한 듯 거친 배면에서 뻗어 나온 손 하나, 빈자리 넘어 어깨로 이어진다. 쩍 벌어진 상처, 딱 벌린 입, 퀭하니 응시하는 눈, 곱슬곱슬한 턱수염으로 감싸인 일그러진 얼굴, 휘날리는 주름진 옷자락. 오랜 풍우에 마모되어 곧 사라져버릴 듯, 그러면서도 방금 탄생한 듯 모든 부분 하나하나가 저마다의 표현력을 간직하고 있었다. 원래의 모습을 간신히 짐작케 하는 마모된 파편들, 매끈하게 다듬어진 부분 옆에 나란히 이어지는 거친 돌 조각들, 살아 있는 듯 춤추는 근육과 힘줄. 가죽 끈이 팽팽히 당겨진 전차의 말, 불룩한 방패, 곧추세운 창, 납작한 타원으로 갈라진 머리, 활짝 펼쳐진 날개, 승리를 환호하는 치켜든 팔, 박차고 오르는 발꿈치, 펄럭이는 치마, 더 이상 남아 있지 않은 칼을 움켜쥔 주먹, 털이 마구 엉클어진 사냥개들, 허벅지와 목덜미를 물어뜯는 그 주둥이들, 덮치는 야수의 눈을 토막뿐인 손가락으로 찌르며 쓰러지는 한 사내, 덮쳐오는 사자, 한 여전사를 보호하려고 때릴 듯 쳐든 앞발, 독수리 같은 발톱이 달린 손, 우락부락한 이마에 솟아난 뿔, 비늘 덮인 엉킨 다리들, 사방에서 넘실대는 뱀, 배와 목을 조여들며, 혀를 날름거리며, 날카로운 이빨을 드러내며, 맨가슴을 덮친다. 방금 탄생한 듯, 그러나 다시 희미하게 사라져가는 이 얼굴들, 조각난 이 억센 손들, 광택 없는 바윗덩어리 속으로 익사해 들어가는, 이 활짝 펼쳐 든 날개, 이 응고된 눈길, 이 고함치는 딱 벌어진 입, 내닫는 이 걸음, 이 발구름, 내려치는 이 무거운 무기들, 돌진하는 이 무장한 전차들, 떼 지어 떨어지는 이 벼락들, 이 파괴, 이 저항과 몰락, 거친 석벽에서 솟구쳐 오르는 이 무한한 노력. 구불거리는 머리카락은 또 얼마나 우아한지, 주름 잡아 허리를 묶은 얇은 옷은 얼마나 섬세한지, 방패 테두리와 투구 앞부분의 장식들은 얼마나 정교한지. 살육과 파괴, 무자비한 투쟁에 내맡겨진 채 애무를 기다리는 듯 저 살포시 빛나는 피부는 얼마나 고운지. 가면처럼 굳은 얼굴로, 서로 맞잡고 또 밀쳐내고, 서로 목을 조르며, 기어오르며, 말에서 미끄러지며, 말고삐에 엉킨 채 금방이라도 찢길 맨몸뚱이로, 그러다가 다시 장엄한 냉정함으로 멀어지며, 바다 괴물처럼, 그리핀[1]처럼, 켄타우로스[2]처럼 난공불락인 듯하다가, 다시금 고통과 절망으로 일그러지는 얼굴로, 그렇게 그들은 서로 싸우고 있었다. 지고의 명을 받은 싸움, 꿈을 꾸듯 격렬한 광란 속에서 미동도 없이, 귀를 찢는 굉음 가운데 아무 소리도 없이, 모두가 단 하나의 고통의 변용으로 어우러지고 있었다. 무서움에 떨며, 참고 견디며, 소생(蘇生)을 기다리며, 끝없는 감내와 끝없는 저항 속에서, 위협을 물리치고 결판을 내려는 저 엄청난 기세, 저 극도의 긴장. 가끔씩 나지막하게 짤랑대는 소리, 사각거리는 소리가 들려왔다. 주위의 발걸음과 목소리들이 만드는 공명이 잠시 우리를 일깨웠다. 하지만 다음 순간 우리에겐 다시 이 전투뿐이었다. 우리의 눈길은 샌들을 신은 발가락들을 따라 미끄러져 갔다. 쓰러진 한 사내의 두개골이 역겨웠다. 이 죽어가는 사내, 자신의 정수리를 붙잡은 여신의 팔에 굳어가는 손을 애틋하게 올려놓은 그 사내를 따라 눈길이 흘렀다. 부조 맨 아래 돌출된 테두리 부분은 이 전사들에게는 땅이 되는 셈이었다. 가느다란 직선의 띠를 이루는 석벽의 테두리, 그곳에서부터 전사들은 전투의 혼란 속으로 솟구쳐 올라왔다. 이 띠에 말발굽들이 부딪히고, 이 띠를 따라 옷자락들이 스쳐 흐르고, 이 띠를 따라 뱀 같은 다리들이 움직여댔다. 이 땅은 단 한 군데 뚫려 있었는데, 그 지점에서 대지의 여신이 솟아올랐다. 뻥 뚫린 두 눈 아래 얼굴은 파였고, 젖가슴은 얇은 베일 아래 불룩했다. 손바닥만 남은 한 손은 무언가를 찾는 듯 치켜들었으며, 다른 한 손은 그만두라고 애원하듯 석벽 가장자리에서 앞으로 뻗어 나와 있었다. 장식이 새겨진 돌출된 석벽의 띠를 향해 누군가 마디가 굵은 기다란 손가락들을 뻗었다. 손가락들은 마치 땅 밑에 있는 것처럼 보였다. 펼쳐진 여신의 손은 엄지손가락이 없었는데, 이 손가락들은 여신의

---

1) 사자의 몸에 독수리 머리와 날개를 가진 그리스 신화의 괴물.
2) 그리스 신화에 등장하는 반인반마의 괴물.

손목을 붙잡으려는 것 같았다. 손가락들은 석벽의 돌출된 테두리 띠 아래를 따라가며, 그곳에 새겨진 글자들의 희미한 흔적을 찾고 있었다. 코피가 글자 가까이 얼굴을 들이댔다. 가는 철테 안경 너머 근시의 눈이었다. 하일만은 들고 온 책을 찾아가며 그 글자들을 해독했다. 코피는 하일만을 주의 깊게 쳐다보았다.[3] 그 입은 크고 윤곽이 뚜렷했으며, 큰 코는 불거져 있었다. 우리는 이 뒤엉킨 무리 중 적의 편인 인물들의 이름을 맞혀보았다. 그리고 밀려드는 소음 속에서 전투의 원인에 대해 이야기를 나누었다. 열다섯 살인 하일만은 불확실한 것은 아무것도 받아들이지 않았으며, 증거가 뒷받침되지 않는 해석은 결코 용납하지 않았지만, 때로는 감각의 규제를 의식적으로 철폐하라는 시적 주장을 신봉하기도 하는 인물이었다. 그는 학자가 되고 싶어 했으며, 또한 예언자가 되길 원했다. 이미 스무 살 남짓이었던 코피와 나는 4년 전에 학교를 떠났으며 직업 현장뿐 아니라 실업이 어떤 것인지도 알고 있었다. 코피는 반국가적 문서 배포 죄로 1년간 투옥되기도 했다. 이런 우리에게, 우리의 랭보라고 불렸던 하일만이 설명을 시작했다. 제우스가 이끄는 이 신들의 무리가 거인들과 상상의 존재들을 제압하는 이 승리의 윤무가 무엇을 의미하는지. 우리는 바로 가이아의 상반신 앞에 서 있었는데, 이 가이아의 아들인 거인들이 불손하게도 신에 맞서 반란을 일으킨 것이다.[4] 그러나 이

---

3) 코피Hans Coppi(1916~1942)와 하일만Horst Heilmann(1923~1942)은 독일 최대의 지하 투쟁조직, 이른바 '로테 카펠레'로 불리던 슐체-보이젠과 하르나크의 그룹에 속했던 실제 인물이다.
4) 그리스 신화의 기간토마키아(그리스어로 '거인들의 싸움'). 대지의 여신 가이아의 자식인 24명의 거인, 기간테스가 제우스가 이끄는 올림포스의 신들에게 반란을 일으킨 사건. 헤라클레스는 신들을 도와 이들을 제압한다.

신화적 풍경 뒤에는 페르가몬 제국[5]을 스치고 간 다른 전쟁들이 숨어 있었다. 아탈리드 왕조[6]의 통치자들은 수천 명의 목숨을 앗아간 한 역사적 전투를 당대의 조각가들로 하여금 영원한 존재의 차원으로 옮겨 표현하게 했고, 그럼으로써 바로 자신들의 위대함과 불멸성을 기리는 기념비를 세웠던 것이다. 북에서 침입한 갈리아 족을 굴복시킨 사건이, 조야하고 미천한 존재들에 맞선 귀족적 순수함의 승리로 재탄생되었다. 석공과 일꾼들의 끌과 망치 아래에서 흔들리지 않는 질서의 모습이 탄생했다. 그 앞에서 신민들은 경외감에 절로 허리를 굽힐 것이었다. 역사적 사건이 신화의 옷을 입고 나타난 것이었다. 아주 생생하게, 공포와 경탄을 자아내도록, 하지만 인위적이라는 생각이 들지 않게, 어떤 초인적인 권력으로 그냥 받아들이게끔 만들었다. 이러한 힘 덕분에 무수한 종과 노예가 존재했고, 또 손가락 하나로 남들의 운명을 결정하는 소수 권력자가 존재할 수 있었다. 경축일에 그 앞을 지날 때면, 민중은 바로 자신들의 역사를 재현한 것인데도 감히 그것을 쳐다보지 못했다. 반면 철학자와 시인, 또 멀리서 찾아온 예술가들은 성직자들과 함께 꼼꼼히 신전을 관람했다. 못 배운 자들에게는 불가해하고 마술적인 것이, 배운 자들에게는 합리적으로 설명 가능한 수공예 작품이었다. 식자들과 전문가들은 예술을 논하며 동작의 조화, 몸짓의 어울림을 칭송했다. 하지만 교양이라는 개념조차 없는 사람들은 잔뜩 겁에 질려 맹수의 떡 벌린 아가리들을 훔치듯 응시하며, 그 내려치는 앞발을 자신의 몸뚱이로 느꼈을 것이다. 특권층에게 이 예술 작품은 향유의 대상이었다. 그러나 그 밖의 사람들은 거기서 엄격한 위계적 법과 소외를 예감했다. 그런데 몇몇 조

---

5) 소아시아 북서 지방의 고대 도시. 현재 터키의 도시 베르가마Bergama.
6) 헬레니즘 시대 페르가몬을 통치했던 왕조.

각은 특별히 설명할 상징적 의미가 거의 없다고 하일만은 말했다. 죽어가는 사나이, 자결하는 갈리아인은 실제의 비극을 직접 보여준다고 했다. 하지만 이 인물들은 원래 옥외가 아니라, 옥좌가 있는 홀에, 다른 전리품들과 함께 있었다고 코피가 말을 받았다. 그것은 방패와 투구, 칼과 창 다발을 누구에게서 빼앗았는지 알려주기 위해서라고 했다. 전쟁에서 중요한 건 오로지 왕의 지배 영역을 확보하는 일이었다. 땅의 정령들과 대결하는 신들의 모습은 특정한 권력관계를 생생하게 보여주었다. 이름 없는 병사들, 지배자들의 도구가 되어, 수년을 이어진 전투에서 또 다른 이름 없는 사람들을 공격했던 병사들로 벽의 부조를 채웠더라면, 아마 그들을 보는 시각이 바뀌었을 것이다. 그들의 위상이 높아졌을지도 모를 일이다. 승리를 구가한 것은, 전투를 치른 사람들이 아니라 왕들이었다. 승자는 신들과 함께할 수 있었다. 반면 패자는 신들이 경멸하는 대상이 되었다. 특권층은 신이 없다는 것을 알고 있었다. 신의 가면을 썼던 그들은 자기 자신을 알고 있었기 때문이다. 그럴수록 그들은 스스로를 현란함과 위엄으로 치장하는 데 바빴다. 그들의 신분과 권력에 초자연적 외양을 부여하는 일에 예술이 사용되었다. 그들의 완벽함에 아무도 의심을 품어서는 안 되었다. 균형 잡힌 윤곽, 짙은 눈썹, 훤칠한 이마를 가진 하일만의 뽀얀 얼굴이 대지의 여신 가이아를 쳐다보았다. 가이아는 하늘인 우라노스, 바다인 폰토스, 그리고 산맥들을 탄생시켰고, 기간테스, 티탄, 키클롭스, 에리니에스 들을 낳았다. 이들은 우리와 같은 존재들이었다. 우리는 우리와 같은 이승의 존재들의 역사를 더듬어보았다. 우리는 땅에서 솟아오르는 가이아를 다시 올려다보았다. 풀어 헤친 머리카락의 물결이 그녀를 보듬으며 흘러내렸다. 어깨에는 석류 열매가 담긴 접시를 메었으며 잎사귀와 포도송이들이 목덜미를 감아 오르고 있었다. 맨

돌이 드러난 얼굴은 비스듬히 위를 향했다. 입 모양은 자비를 애원하고 있는 것이 분명했다. 상처가 턱에서 목젖까지 이어지며 벌어져 있었다. 사랑하는 아들 알키오네우스는 대각선으로 몸을 뒤틀며 쓰러지는 중이었다. 토막만 남은 왼손은 어머니를 찾고 있었다. 갈가리 찢겨 축 늘어진 다리에 매달린 왼발이 간신히 어머니에게 닿아 있었다. 허벅지와 하반신, 배와 가슴팍은 경련으로 팽팽히 부풀어 있었다. 독사에게 물린 갈비뼈 사이의 작은 상처에서 죽음의 고통이 퍼져 나가고 있었다. 알키오네우스가 단숨에 무너지지 않는 이유는 어깨에 활짝 펼쳐진 물총새 날개 때문이었다. 그 위쪽으로 깨어져 나간 아테나의 얼굴 윤곽이 보였다. 투구 안으로 찔러 넣은, 묶어 올린 머리와 목의 강인한 선은 단호함을 말해주었다. 허리를 묶은 헐렁한 옷은 내려치는 기세에 뒤로 미끄러져 내렸다. 흘러내린 옷 아래로 아테나의 왼쪽 젖가슴께에 메두사의 작고 둥근 얼굴이 새겨진 비늘 갑옷이 보였다. 끈으로 팔을 묶어 들고 있는 둥근 방패의 무게를 실어 다시 가격할 기세였다. 하늘거리는 풍성한 치마를 입은 니케[7]가 어마어마한 양 날개를 펼치며 날아올라, 아테나의 머리 위에 화환을 받쳐 들고 있었다. 화환은 더 이상 보이지 않았지만, 몸짓에서 그것을 짐작할 수 있었다. 하일만은 희미해져 가는 밤의 여신, 닉스를 가리켰다. 귀엽게 웃음 짓는 닉스는 뱀이 가득 담긴 단지를 쓰러진 한 사내를 향해 던지고 있었다. 그리고 하일만은 풀어 헤친 망토를 휘날리는 제우스와 새벽의 여신인 에오스를 가리켰다. 제우스는 저주의 양가죽으로 만들어진 방패 아이기스를 들고, 세 명의 적을 향해 채찍을 휘두르고 있었다. 그리고 구름처럼 말을 달리는 에오스, 그 뒤로는 나신의 태양신 헬

---

7) 승리의 여신. 날개 달린 소녀의 모습이다.

리오스의 사두마차가 솟아올랐다. 하일만이 부드럽게 말했다. 참혹한 살육이 지나고, 이렇게 새날이 시작되는 거지. 그 순간, 유리 천장을 얹은 전시실 안이 소란스러워졌다. 발걸음들이 매끄러운 바닥을 스치고, 복구된 신전 서쪽 면에 낸 안뜰 주랑으로 향하는 가파른 계단에서는 구두 축들이 딸각댔다. 우리는 다시 한 번 석벽의 부조를 향해 몸을 돌렸다. 길게 이어진 벽면은 어디나 엄청난 변화가 도래하는 순간, 축적된 힘의 분출을 예감케 하는 순간들을 보여주고 있었다. 창을 막 던지려는 순간, 바람을 가르며 몽둥이를 내려치려는 순간, 도약을 위해 막 내닫는 순간, 맞붙으려 몸뚱이를 막 젖히는 순간. 그 몸짓들을 눈에 담으며, 우리는 인물 하나하나, 장면 하나하나를 살펴나갔다. 사방에서 석벽이 부르르 떨리기 시작했다. 그렇지만 헤라클레스를 확인하지 못한 것이 아쉬웠다. 전설에 따르면 헤라클레스는 거인족과의 전투에서 신 편에 가세한 유일한 이승의 인물이었다. 우리는 벽에 박힌 몸뚱이들, 파편으로 남은 팔과 다리들 사이로 제우스와 알크메네의 아들인 그 이승의 조력자를 찾아보았다. 헤라클레스의 용맹함과 끈질긴 노력이라면 위기의 시간을 끝낼 수도 있었을 것이다. 우리가 발견한 것은 그의 이름 표식과 그가 망토로 둘렀던 사자 가죽의 앞발뿐이었다. 헤라의 사두마차와 건장한 근육질의 제우스 사이에 그가 있었다는 걸 증명할 다른 것은 없었다. 하필이면 우리와 비슷한 존재인 헤라클레스가 사라져버렸다는 것, 따라서 행동의 화신인 헤라클레스의 모습을 이제 우리 스스로 그려봐야 하는 건 일종의 계시라고 코피가 덧붙였다. 전시실 측면에 난, 좁고 나지막한 출구를 향해 걸어가는 우리의 눈에, 원을 그리며 움직이는 방문객들의 물결 사이로 검은색과 갈색 제복의 사람들이 찬 붉은 완장이 여러 차례 번득이며 날아들었다. 하얀 바탕의 원 안에 그려진 깍지 꺾은 그 십자가 상징은[8] 내 눈에는 언제나 거친 털이 달린 독거미로 보였다. 샤르펜베르크 학교 시절 한 반이었던 코피는 연필과 잉크와 제도용 먹으로 그 깍지 십자가 위에 가는 금들을 그어 거미를 만들었다. 내 옆 책상에 앉았던 코피는 담뱃갑에 끼워주던 소형 도판이나, 신문에서 오려낸 그림들을 가지고 장난을 치곤 했다. 새 권력자들의 상징물을 괴상하게 덧칠하거나, 제복 칼라 위로 솟은 그 살찐 얼굴들에 점을 찍고, 덧니를 붙이고, 흉한 주름을 그려 넣고, 피를 질질 흘리게 덧그렸다. 하일만은 소매를 접어 올린 갈색 남방을 입고, 어깨띠가 달린 반바지에 단도와 호루라기 줄을 차고 있었다. 말하자면 하일만의 옷차림은 위장용이었다. 그 옷차림은 하일만 자신의 생각들과, 불법 활동을 했던 코피, 그리고 곧 스페인으로 떠날 나를 은폐하기 위한 것이었다. 1937년 9월 22일, 내가 스페인으로 떠나기 며칠 전 우리는 그렇게 신전의 벽면 부조 앞에 서 있었다. 페르가몬 산성 언덕에서 이곳으로 옮겨와 복원된 부조는 원래 화려한 색과 세공 금속으로 장식된 채 지중해 하늘의 햇빛 아래 환하게 빛나고 있었다. 사막의 모래폭풍과 지진, 약탈과 탈취로 손상되기 전 신전의 규모와 위치에 대해 하일만이 설명했다. 오늘날 베르가마로 불리는 그 도시를 굽어보는 계단형 언덕에 왕의 거주지가 있었다. 페르가몬 신전은 언덕 전면부에 돌출된 옥상 같은 평지에 서 있었다. 스미르나[9]에서 북쪽으로 110킬로미터 지점으로, 대부분 말라버린 폭 좁은 케테이오스 강과 셀리노스 강 사이에 위치했다. 서쪽으로 난 그 언덕은 카이코스 평원을 넘어 레스보스 섬과 바다를 마주 보고 있었다. 신전의 단면은 거의 정사각형으로, 그 크기는 36미터×34미터이며, 외부 계단의 폭은 20미터였다. 에

---

8) 나치스의 꺾인 십자 상징.
9) 에게 해변에 위치한 터키 제3의 도시인 이즈미르의 고대 명칭.

우메네스 2세[10]가 전쟁을 도와준 신들에게 감사하며 바친 것인데, 기원전 180년에 시작해서 20년에 걸쳐 축조되었다. 기원후 2세기 루키우스 암펠리우스는 그의 역사서[11]에서 이 신전을 세계의 불가사의로 꼽았다. 그 후 무사히 보전되다가, 1천 년 동안 폐허 더미 아래 묻혀 있었다. 코피가 묻었다. 제사장인 군주와 승려들을 숭배하는 데 이용되었던 이 신전, 땅에 발붙이고 사는 각종 하층민에 대한 귀족의 승리를 찬미했던 이 신전의 가치가 그렇다면 이제는 중립적이 된 건가. 관람하는 모든 사람의 소유가 된 건가. 부조에서 야만적인 반인반수들을 짓밟고 있는 자들은 분명 특별한 존재들이었다. 신전의 부조는 저기 아래, 도시의 좁은 골목에서 방앗간, 대장간, 공방을 운영하던 사람들, 시장에서, 공장에서, 항구의 조선소에서 일하던 사람들을 기념한 것이 아니었다. 게다가 이 신성한 석조물은 3백 미터 높이의 산 위에, 창고와 병사들의 목욕탕, 극장, 관청 건물, 지배 족벌의 궁정과 함께 성곽 내부에 있었다. 그렇기 때문에 민중은 경축일에나 그 신전을 접할 수 있었다. 신전 건축에 참여한 장인들 중 이름이 전해지는 것은 메네크라테스, 디오니사데스, 오레스테스 같은 몇몇 대가들뿐이었다. 도면을 거대한 사각 돌덩이에 옮겨 그리고, 컴퍼스와 천공기로 절단 지점을 정하고, 예술적 감각으로 머리카락 다발과 혈관들을 깎아냈던 사람들의 이름은 남아 있지 않았다. 대리석을 깨내, 그 커다란 돌덩이들을 소달구지까지 끌고 갔던 부역자들을 상기시키는 것은 아무것도 없었다. 하일만은 말했다. 그럼에도 불구하고 석

---

10) 아탈리드 왕조의 네번째 왕. 기원전 197~기원전 159년에 페르가몬을 통치하며, 페르가몬 왕국의 전성기를 이룩했다.
11) 암펠리우스의 『비망록Liber memorialis』을 말한다. 약 30쪽 분량의 고대 그리스와 로마의 약사다.

벽 부조는 신 같은 사람들뿐 아니라, 그 힘이 아직 드러나지 않았던 사람들의 영광이기도 하다고. 이들 역시 아무 생각이 없었던 건 아니었다. 영원히 종으로 부림을 당하지는 않았다. 신전이 완공될 무렵 이들은 아리스토니코스의 지휘 아래 도시의 지배자들에 맞서 봉기를 일으켰다. 하지만 건축 시점에 신전이 지녔던 이중성은 여전히 작품에 남아 있었다. 왕의 권력을 과시하기 위해 기획된 것이지만, 동시에 양식의 고유성과 조형미의 완성도 또한 중요했다. 비잔틴 제국에서 몰락해가기 전, 융성기의 페르가몬은 학자와 학교와 도서관으로 유명했다. 기름을 빼낸 뒤 연화하고 다듬어 윤을 낸 송아지 가죽으로 만든 특수 종이를 이용해, 이 도시국가는 문학 작품과 과학 연구들을 확실하게 기록하고 관리했다. 짓밟히는 운명을 타고난 사람들의 침묵, 그 무력함이 여전히 느껴졌다. 글을 읽고 쓸 줄 몰랐고, 예술과 무관했던 그들, 이오니아 국가를 실제로 떠받쳤던 그들은 오로지 소수 특권층의 부를 위해, 그리고 지식인 엘리트들에게 필요했던 여유를 위해 존재했다. 부조에 새겨진 천상의 존재들은 그들에게는 멀기만 했다. 하지만 무릎을 꿇은 저 짐승 같은 존재들과는 어떤 동질감을 느낄 수 있었다. 조야하고, 굴욕을 겪고, 학대받는다는 점에서 자신들과 비슷한 데가 있었다. 오늘날 우리가 그랬듯이, 남몰래 신전의 부조를 훔쳐보던 당시의 노예들도 이미 진실을 간파했을 것이다. 비상하는 신들이, 밀려드는 위험을 제압하는 저 장면이 선과 악의 싸움이 아니라 사실은 계급 간의 투쟁을 묘사하고 있다는 것을. 하지만 제단의 운명은 그 뒤에도 유산자들의 의도와 욕심에 의해 결정되었다. 소아시아 지역에서 권력 교체가 이루어지는 가운데 잔해 아래 묻혀버렸던 제단의 부조 조각이 발견되었을 때, 이 보물을 알아본 것 역시 지위와 학식을 지닌 사람들이었다. 목축 유목민이 된 신전 건설자의 후예들에겐, 위대한 페르가몬은 사라지고 먼지만 남았다. 그렇지만 그런 현실을 불평할 수 없다고, 하일만이 말했다. 헬레네 문명의 그 걸작이 미시아[12] 지역의 돌 더미에 파묻혀 흔적도 없이 소실되는 것보다, 현대적 납골당 안에라도 보관되는 것이 낫지 않겠느냐고 했다. 불의를 척결하고 빈곤을 추방하는 것이 우리의 목표이고, 또 소아시아의 이 나라도 변화를 겪고 있는 만큼 이 걸작이 언젠가 더 많은 사람의 공동재산이 되어, 원래의 장소에 장대한 모습으로 우뚝 서는 것을 꿈꾸어도 되지 않겠느냐고 말했다. 잔잔한 불빛 아래에서 우리는 죽어가는 패배자들의 군상을 살펴보았다. 쓰러진 한 사내, 그 어깨를 개 한 마리가 물어뜯고 있었다. 반쯤 벌어진 그 사내의 입은 숨을 내쉬고 있었다. 왼손은 내닫는 아르테미스의, 가죽신을 신은 발 위에 힘없이 놓여 있었다. 오른팔은 아직도 적을 막느라 치켜든 채였다. 그러나 허리께는 이미 차갑게 식어가고, 두 다리는 뭉개져 있었다. 내려치는 곤봉의 바람, 귀를 찢는 호각 소리, 끙끙대는 신음, 피가 철철 흘러내리는 소리가 들려왔다. 우리의 눈은 까마득한 태고를 거슬러 올랐다. 한순간, 다가올 대학살의 예감이 압도했다. 그것은 해방을 향한 기대로도 상쇄될 수 없는 어떤 것이었다. 헤라클레스는 바로 저들, 굴욕을 겪는 저들을 도왔어야 했다. 갑옷과 무기를 충분히 가진 자들이 아니라. 이 모든 형상이 탄생하기 전, 모든 것은 암석 깊이 묻혀 있었다. 조각가들은 산성의 북쪽 언덕에 널린 대리석 중에서 최상품의 돌덩이를 긴 막대로 가리켜 골라냈다. 그러면서 숨 막히는 더위 속에 일하는 갈리아 포로들을 관찰했다. 대추야자나무 가지 아래에서 부채질을 받으며, 작열하는 태양빛에 실눈을 뜨고, 그들은 근육의 움직임, 땀을 쏟으며 굽히고 펴

---

12) 소아시아 서북부 지방.

기를 반복하는 몸뚱이들을 눈에 담았다. 쇠사슬에 묶인 일꾼들은 포로로 잡힌 전사들이었다. 이들은 줄을 타고 암벽에 매달린 채 파르스름한 빛이 감도는 반짝이는 하얀색 결정체의 석회석 단층 사이로 지렛대와 쐐기를 박아 넣었다. 그러고는 거대한 사각 돌덩이들을 기다란 나무 썰매에 싣고, 꼬불꼬불한 길을 따라 끌어서 아래쪽으로 운반했다. 야만적이고 거칠다는 악평이 자자했던 이들은 행실이 고약했다. 저녁 무렵 이들이 싸구려 브랜디에 취해 악취를 풍기며 토굴에 누워 있을 때면, 시종들을 거느리고 그 곁을 지나던 지위 높은 나리들도 자못 겁을 먹곤 했다. 하지만 바다에서 가벼운 해풍이 불어오는 저 위 성곽 안 정원에서는, 수염이 더부룩한 거대한 얼굴들은 상상의 날개를 펴는 재료가 되었다. 명령에 따라 사내들이 취했던 부동자세, 까뒤집어보았던 눈, 이가 드러나게 활짝 벌렸던 입, 또 불거진 관자놀이께의 핏줄, 음영이 뚜렷한 안면에서 빛나던 이마와 코, 광대뼈 따위를 떠올리며 음미했다. 끌고 미는 소리, 어깨와 등으로 무거운 돌을 떠받치는 소리, 리드미컬한 외침, 욕설, 채찍 휘두르는 소리, 썰매 받침목이 모랫바닥을 으지직대며 구르는 소리가 여전히 귀에 살아 있었다. 대리석 덩어리 안에 잠들어 있는 형상들, 이제 신전의 부조로 탄생할 참인 형상들을 보고 있었다. 천천히 팔과 다리를 깎아내고, 만져보고, 완벽함 그 자체인 형상들의 탄생을 지켜보았다. 착취당하는 자들의 에너지가 여유롭고 열린 사유에 흡수됨으로써 지배욕과 굴종에서 예술이 탄생한 것이었다. 단체 관람 학생들로 시끌벅적하고 혼잡한 틈을 헤치고 우리는 다음 전시실로 들어섰다. 어슴푸레한 이곳에는 밀레투스[13] 장터의 성문이 솟아 있었다. 항구도시 밀레투스의 시청과 노상 장터를 이

---

13) 기원전 약 4천 년 전부터 형성된 소아시아 서부 이오니아 해안의 고대 도시국가로 기원전 8~6세기에 전성기를 맞았다.

어주던 그 성문의 기둥 앞에서 하일만이 우리에게 물었다. 혹시 아까 페르가몬 제단이 있던 전시실에서 외벽이 내벽이 되도록 공간 구조가 뒤바뀌어 있었던 걸 알았느냐고. 그의 말이 이어졌다. 우리가 전면인 서쪽 계단을 마주하고 섰을 때, 우리 뒤에는 동쪽 벽면이 있었지. 동쪽은 신전의 뒷면인데, 신전이 일부만 복원되었으니까. 전시실 오른쪽 벽은 남쪽 벽 부조가 젖혀져서 펼쳐진 것이었지. 왼쪽으로는 북벽 부조가 이어졌고. 천천히 한 바퀴를 빙 돌면서 걸어야 볼 수 있었던 건축물 외벽이, 이제 반대로 보는 사람을 빙 둘러 에워쌌어. 이 현기증 나는 작업을 보면, 상대성 이론이 그래도 이해된다고 하일만은 덧붙였다. 우리는 어느덧 몇 백 년을 더 거슬러 올라, 한때 바빌론 네부카드네자르 성곽의 일부였던 흙벽돌담을 따라 걸었다. 어느 사이에 우리는 옥외로 나서고 있었다. 노랗게 변해 가는 나뭇잎들과 어지럽게 일렁이는 햇살, 연노랑 이층버스와 반사된 빛으로 눈부신 자동차들, 행인들의 물결과 징 박은 장화들의 규칙적인 소음이 낯설게 다가왔다. 우리가 선 위치가 어딘지, 잠시 우리는 다시 살펴야 했다.

우리는 박물관과 대성당과 초이크하우스[14] 운하 사이에 있는 광장을 가로질러, 철모와 녹색 제복 차림으로 부동자세를 취하고 있는 보초병들 앞에 이르렀다. 코피가 말했다. 우리가 여기서 보고 있는 기념비의 지하 공간에는, 자의든 타의든 전장에 나가 찢기고 피 흘려 죽어서, 비단

---

14) Zeughaus: 베를린 운터 덴 린덴 가에 있는 프로이센의 병기고. 1875년부터 제2차 세계대전 종전까지 군사박물관으로 사용되었다.

리본 두른 화환 아래 높게 될 사람들을 위한 자리가 얼마든지 남아있을 거야. 보리수나무 잎사귀들 아래 선 하일만은 집게발 소파에 위풍당당하게 앉아 펼쳐 든 책을 보며 사색에 잠긴 훔볼트 형제상 사이로, 그 뒤 넓은 앞뜰 너머의 대학 건물15)을 가리켰다. 하일만은 남보다 일찍 고등학교 졸업시험을 통과하고 대학에서 국제관계를 전공하고 싶어 했다. 하일만은 이미 영어와 프랑스어를 자유롭게 구사했다. 우리가 야간 고등학교에서 그를 처음 만났을 때, 그는 별 인기 없는 러시아어 강좌를 들을 곳을 찾고 있었다. 코피는 열여섯에 샤르펜베르크16) 섬의 학교를 떠났고, 나 역시 1년 뒤에 테겔포르스트에 닿은 뭍으로 가는 배를 타는 걸 끝내게 되었다. 그 후 노동자들과 불온한 시민들의 집합지였던 시립 야간학교가 우리 교육의 중심지가 되었다. 이곳에서는 도스토옙스키와 투르게네프 소설의 기초 과정이 러시아 혁명 전 상황을 논하는 데 활용되었으며, 국민경제학 강의가 소비에트 계획경제를 알아보도록 지침을 주었다. 우리가 당시 선진적이었던 샤르펜베르크 학교에 다닐 수 있었던 것은 사회주의 의료인 협회와 공산당의 장학금 덕이었다. 코피는 공산당 청소년 단원이었다. 우리를 돌봐준 사람은 누구보다 라이니켄도르프 구(區) 보건국장이자 성과학연구소 소장인 공중의사 호단17)이었다. 우리는 에른스

---

15) 훔볼트 형제인 빌헬름 훔볼트Wilhelm Humboldt(1767~1835)와 알렉산더 훔볼트 Alexander Humboldt(1769~1859)는 독일사에서 보편적 교양과 지식의 이상을 제시하고 실천한 대표적 인물들이다. 1883년에 독일 베를린 대학 본관 건물 전면 좌우에 이들을 기념하는 동상이 세워졌다.

16) Scharfenberg: 베를린 테겔 호수에 위치한 섬. 1923년 이 섬에 진보적 교육을 실시하는 사립학교가 개교했다.

17) Max Hodann(1894~1946): 독일의 정신과 의사이자 사회정치학자, 성교육가. 제국의회 의사당 방화 사건 직후 4개월간 구속된 뒤 스위스와 노르웨이로 이주했다가 1937~38년에 스페인에서 국제여단 소속 의사로 활동했다. 1940년부터 스웨덴에 거주

트 헤켈 홀에서 열렸던 대화의 밤 행사에서 그를 만났다. 그리고 템펠호프의 한 주택단지 안에 있는, 그의 비제너 가 자택에서 격주로 벌어졌던 정기 토론 모임에 자주 참가했다. 심리학과 문학, 그리고 정치학 주제를 다루었던 이 토론은 1933년 그가 체포되고 탈출하기까지 계속되었다. 이른바 정권 장악이라고 불리는 민족사회주의 정부의 입각 이후 우리는 더 이상 학교에 다닐 수 없었다. 코피는 지멘스에 견습공으로 입사했고, 나는 아버지가 원심분리기 조립부의 십장으로 일하던 알파 라발 공장에 창고 조수로 들어갔다. 알파 라발 공장은 하이데 가에 길게 늘어선 나지막한 벽돌 건물 중 하나였다. 하이데 가 한편은 레르터 화물역에, 다른 한편은 훔볼트 항구와 북부 항구 사이 구간의 운하에 접해 있었다. 레르터 화물역 부지에는 적재 창고와 기관차 차고, 또 철궤에 기차들이 정렬해 서 있는 작업장이 있었다. 맞은편 운하 구간은 화물선으로 붐볐다. 여기 알파 라발에서 나는 함부르크 베르게도르프 철강 공장이나 이 공장의 스톡홀름 모회사에서 오는 군장 부품들을 수령했다. 그 밖에도 낙농업용 원심분리기 완제품을 포장하는 일을 했다. 1934년 말 내 부모는 체코로 돌아가기로 결정했다. 베르사유와 트리아농 평화조약[18] 이후 우리 가족은 여권에 기재된 바로는 체코인이었다. 나는 직장에 그냥 남았는데, 그것은 저녁에 고등학교 졸업시험 준비 과정을 계속 다니기 위해서였다. 부모님이 떠난 뒤 나는 베딩 구 근처, 플루크 가의 우리 집 침실을 한 가족에게 세를 주었다. 그리고 나는 늘 그래왔던 것처럼 부엌에서 잤다. 밤이면 슈테틴 역에서 덜컹대고, 철커덕거리고, 삑삑대는 소음이

하며 페터 바이스와 친교를 맺었으나 자살로 생을 마감했다.

18) 제1차 세계대전 뒤 1919년과 1920년에 각각 맺어진 조약. 조약의 결과 독일과 오스트리아는 영토의 일부를 상실하고 무장해제되었으며, 체코와 헝가리는 분리 · 독립했다.

쉼 없이 부엌으로 밀려들었다. 모아비트 지역에 있는 일터의 요란한 소음을 대신하는 셈이었다. 어느덧 보조 조립공이 된 나는 1937년 봄, 공장의 감원 조치로 해고되었다. 그 뒤로는 그때그때 일거리를 찾는 식이었다. 추방될 위험은 늘 있었다. 아니면 독일 국적 취득을 요구받고 있었던 터라, 군대에 입대해야 할 위험도 있었다. 체코 대사관에서 온 소집 명령에 따르면, 이해 가을 나는 내가 알지 못하는 고국에서도 군복무를 해야 할 판이었다. 하지만 나는 고등학교 졸업 학력 취득을 위한 학습 과정과 또 짬짬이 병행하던 의학 및 경제학 공부도 이미 잠정적으로 중단한 상태였다. 체코에서의 군복무도 연기해야만 했다. 스페인에서 뭔가 해볼 계획이었기 때문이다. 코피나 다른 많은 사람처럼 정해진 진로 계획이 없는 건 내 성장 과정에서도 자연스러운 일이었다. 우리는 무엇보다 정치적 활동을 우리의 일로 생각했다. 내 길은 내가 성장기를 보낸 이 나라를 벗어난 곳으로 나를 인도하고 있었다. 코피는 그럭저럭 국내에서 꾸려갈 수 있었다. 실형을 살고 난 뒤, 정기적으로 직인을 받아야 했던 코피는 숙련 선반공이었다. 코피는 할렌제 역에 붙어 있는 로테 뮐러라는 영화관 앞 구멍가게에서 구두끈이나 신문, 아이스크림을 팔았다. 여전히 지하 공산당원이었던 코피는 스판다우 외곽에서 외부 지역으로 이어지는 도로 건설 노역에 소집되기 직전이었다. 하일만은 정규 교육을 계속 받을 수 있었다. 과거 드레스덴 공과대학 교수였던 그의 아버지는 베를린 시 건설과 고위직에 오르게 되었다. 그 후 하일만은 헤르더 고등학교에 들어갔다. 그는 부모님과 함께 횔덜린 가에 살았다. 횔덜린 가는 광장에 바로 붙어 있었는데, 우리는 그 광장을 여전히 제국수상광장[19]으

---

19) 1904~1908년에 조성된 베를린의 제국수상광장Reichskanzlerplatz은 1933년 아돌프 히틀러 광장으로 개명된다. 현재 이름은 테오도르 호이스 광장.

로 불렀다. 이 광장의 현재 명칭이 적힌 도로 표지판을 볼 때면, 우리는 침을 뱉곤 했다. 하일만이 입을 열었다. 펼친 손에 총을 받쳐 어깨에 대고, 뻣정다리로 걷는 저 회색 동상 같은 병사들, 저들이 침략전쟁 출정을 기념하려고 저 신전 앞에 서 있어서는 안 되지. 오히려 더는 그런 출정 명령이 떨어지지 않도록 감시하기 위해 저기 있어야 해. 지하 납골당에 안치되는 명예는 독재자에게 저항했던 사람들만이 누려야 하는 거야. 우리는 번잡한 프리드리히 가를 벗어나, 둥근 유리 지붕 아래 골목골목 상점이 늘어선 아케이드로 들어섰다. 진기한 납 인형 진열장을 지나고, 몰아지경의 나체 소년 소녀를 그리는 수상 관저 화가의 쇼윈도를 지나갔다. 그는 현 수상의 취향에 맞춰, 욕정과 허풍이 뒤섞인 대독일 열광 풍조를 그런 식으로 그렸다. 우리는 게오르겐 가로 들어섰고 전차의 요란한 굉음 속에서 고가선을 따라 걷다 쿠퍼그라벤으로 되돌아갔다. 그러고는 몽비주 성으로 이어지는 다리를 지나, 자그마한 강변 공원으로 들어섰다. 거기서 붉은 대리석 받침에 머리를 어깨까지 늘어뜨린 샤미소 동상 옆을 지나, 증권거래소를 뒤로한 채, 하케셔 시장 쪽으로 꺾어 로젠탈러 가로 접어들었다. 우리는 로젠탈러 가와 리니엔 가가 만나는 길모퉁이에 도착했다. 그곳 두번째 안뜰 건물 4층에 코피네 식구가 살고 있었다. 이렇게 우회하고 배회하면서, 또 이따금 헤라클레스의 사명을 되새기면서, 하일만은 몇 년 전부터 노트에 적어왔던 미래 사회에 대한 자신의 생각을 우리에게 역설했다. 강압과 거짓, 굴종, 또 모든 종류의 고문이 사라지고, 기존의 질서와 법, 금기 들이 더 이상 통용되지 않는 그런 미래 사회에 대한 생각을. 그가 생각하는 미래 사회에서는, 권위에 대한 두려움이나 순종, 혹은 맹목적 노동으로 인간이 억압 받지 않을 거라고 했다. 혼란은 해소되고, 나의 최선이 전체의 최선이 될 수 있으며, 자유의

지와 완전한 평등이 보장되고, 더 이상 지위의 고하가 없으며, 모든 일이 공개적으로 이루어져서 언제나 확인하고 개입할 수 있을 것이라고 했다. 모든 일을, 다수가 관련된 모든 규정을 당사자들 전체가 스스로 결정하고, 그 결과도 전체 당사자들의 것이 되며, 또 누구나 필요하면 계속 교육을 받을 수 있다고 했다. 그렇기 때문에 자의식과 자부심, 만족감이 커질 것이라고 했다. 코피가 말을 받았다. 생쥐스트나 바뵈프, 프루동[20]의 생각을 차용한 그런 사회구성체는 혼란과 무정부 상태로 갈 뿐이야. 네가 말하는 그런 국가라면, 국가 자체가 불필요해지는 거지. 국가가 지배계급을 더 이상 지원할 필요가 없고, 또 억압해야 할 대상이 전혀 없으니까. 미래의 언젠가는 마침내 인류가 과거의 모든 쓰레기를 던져버릴 수 있을 거라고, 레닌이 말한 적이 있지. 너의 국가상은 레닌의 그 말을 떠올리게 해. 그런데 그런 국가로 가는 준비 단계가 필요해. 너는 그것을 막연하고 신비하게 남겨두고 있어. 준비 단계에서는 혁명이라는 절대 명제가 현실이야. 혁명에 승리하여, 패자들에게 무력으로 혁명 의지를 강요할 수밖에 없으며, 위협을 해서라도 관철할 수밖에 없다고 코피는 말했다. 국가의 소멸을 논하기 전에, 새로운 국가, 새로운 사회적 삶의 규칙을 정립해야 한다고 했다. 그렇게 새로운 규칙들이 정립되고 나면, 일상적인 문제들이 생겨날 것이고, 모든 이론은 그런 일상적 문제에 어떤 효용성이 있는지 증명해야 할 것이라고 했다. 주변을 지나는 차들과 사람

---

20) Louis Antoine Léon de Saint-Just(1767~1794): 프랑스의 작가이자 혁명가. 자코뱅파로서 로베스피에르를 적극 지지했다.
François-Noël Babeuf(1760~1797): 프랑스의 언론인이자 좌파혁명 선동가로 프랑스 혁명기에 활동했다.
Pierre-Joseph Proudhon(1809~1865): 프랑스의 경제학자이며 사회학자로 아나키즘의 이론적 창시자다.

들의 시끌벅적한 소리 때문에 하일만의 말이 불분명하게 들렸는지도 몰랐다. 아무튼 하일만은 코피가 환상이며 방향 없는 사유의 산물이라고 지적한 내용이, 자신으로서는 확실한 근거가 있다며 주장을 굽히지 않았다. 당의 정강이란 규정에 매일 수밖에 없는 것이고, 그 실상을 우리는 충분히 알지 않느냐고 했다. 지도부에 대한 믿음과 순종이 우리 자신의 판단을 약화시키고, 우리 자신의 분별력을 불필요하게 만들 뿐만 아니라, 무엇보다 열등감과 무력감을 조장한다는 걸 알지 않느냐고 했다. 답습해온 패턴을 극복하는 게 필요하다고 하일만은 말했다. 소음에 묻히고, 낯선 얼굴들에 부딪혀 흩어지던 하일만의 이야기는 어느덧 또다시 헤라클레스로 이어졌다. 하일만은 올림포스와 제휴하는 특권을 버리고 현세의 존재들 편에 섰던 헤라클레스의 행적에 관해 이야기했다. 헤라클레스가 어떤 변화를 거쳤는지, 어떤 실수를 저질렀는지, 또 그런 과정에서 어떤 깨달음을 얻었을지, 우리는 조금씩 이해하게 되었다. 헤라클레스의 선택은 처음부터 예정된 것이라고 할 수 있었다. 그는 이미 젖먹이 시절부터 권력자들의 음모에 대항했다. 제우스의 누이이자 아내인 헤라는 신중의 신인 자신의 남편이 수태시킨 알크메네가 산통 중일 때, 질투에 불타 그 배를 집게로 조여버렸다. 헤라클레스의 분만을 늦추기 위해서였다. 여기서 결별이 시작되었고, 그것은 결코 풀 수 없는 반목이 되었다고 하일만은 말했다. 태아에게 처음부터 기존 질서에 대한 반항이 각인되었다고 했다. 그리고 기득권을 유지하기 위한 계략들이 교활하게 자행되었다. 제우스는 영웅들을 모아놓고, 이날 전도가 기대되는 새로운 지배자가 탄생할 것이라고 엄숙하게 선언했다. 인간들이야 늘 그렇듯이 이러한 선언의 의미를 잘 몰랐지만, 천상의 여제는 어떤 불길한 냄새를 맡았다. 남편의 변덕을 익히 아는지라, 저 갑작스러운 발상, 저 제우스다운

장난 때문에 신성한 체계 전체를 위협할 어떤 일이 시작될 것만 같았다. 사건은 천상에서 이승으로 옮겨졌다. 저 축복받은 인물은 페르세우스[21]의 후손 중 하나인 테베의 귀족 암피트리온의 집에 태어나게 되었다. 바람처럼 날아온 헤라는 서둘러 또 다른 귀족의 침실에 잠입했다. 이자 역시 페르세우스의 친척인 스테네로스였다. 그 아내는 임신 7개월째였다. 헤라는 이 여자에게 구토를 유발하는 음료를 마시게 해 조산을 시키는데, 바로 이렇게 해서 헤라클레스 대신 에우리스테우스가 제우스가 정한 시각에 세상에 나오게 되었다. 위업을 이룰 인물로 제우스가 선택했던 헤라클레스는 이처럼 헤라의 계략으로 인해, 정해진 시간보다 조금 늦게, 헤라가 선택한 인물과 함께 세상에 나왔다. 건장하고 잘생긴 헤라클레스는 태어나자마자 눈을 번쩍 뜨고, 무엇을 잡으려는 듯 팔을 사방으로 뻗어댔다. 반면 또 다른 아기는 푸르죽죽한 낯빛의 찡그린 얼굴로 꼼짝도 않고 누워 있었다. 하일만이 말했다. 못생긴 인물은 권력에 오르고, 잘생기고 힘센 인물은 온갖 고통과 업보를 떠맡게 되어버린 이 경쟁관계가 어떤 결과를 낳는지 보자고. 보통 요람으로는 감당할 수 없을 만큼 쑥쑥 자라는 이 건강한 아이를 헤라는 질투에 가득 차 주시했다. 헤라는 향기로운 암브로시아[22]로 목욕하고, 귀고리를 치렁치렁 늘어뜨리고, 풍만한 팔에는 뱀 두 마리를 안은 채, 땅을 딛지 않는 황금 슬리퍼를 신고 그 아이에게 숨어들었다. 뱀 두 마리로 그 얄미운 녀석의 숨통을 끊을 작정이었다. 모기장을 가르고 그 사이로 몸을 숙여 다가오는 헤라를

---

21) 그리스 신화의 영웅. 제우스와 아르고스의 왕녀 다나에 사이에서 태어났다. 메두사를 퇴치하고, 안드로메다를 구해 아내로 삼았다. 메두사의 머리는 아테나 여신에게 바쳐져, 아테나의 방패에 부착되었다.

22) 그리스 신화에서 신들이 영원한 젊음과 불멸을 얻기 위해 사용한 영약.

향해, 아이는 쓰다듬으려는 듯 두 손을 뻗었다. 다음 순간 아이는 그녀의 얼굴에 침을 뱉고, 독사들의 목을 졸라 숨통을 끊었다. 에우리스테우스가 딱하게도 여전히 자리에 누워 빽빽대며 유모들의 손길 아래 있을 때, 헤라클레스는 벌써 부모의 대농장에서 양 떼를 지키고 있었다. 그는 침입하는 늑대들뿐 아니라, 수년 전부터 인근 지역에서 가축들을 잡아먹던 사자의 숨통을 끊은 일로 유명해진 지 오래였다. 사촌인 에우리스테우스는 울먹이는 목소리로 시를 읊조리거나, 어설프게 칠현금을 타곤 했다. 헤라클레스는 예술의 자유가 최고의 자유라고 설파하는 선생 리노스의 모자를 거칠게 끌어당겨 그만 코뼈를 부러뜨렸다. 시대의 혼란과 무관하게 언제나 예술적 향유는 가능하다고 이 선생이 계속 주장하자, 헤라클레스는 그를 똥구덩이에 거꾸로 처박아 빠져 죽게 했다. 헤라클레스는 무장하지 않은 아름다운 정신은 가장 단순한 무력에도 버티지 못한다는 것을 증명한 셈이었다. 헤라클레스는 친척뻘인 므네모시네[23]의 딸들도 두들겨 패준 적이 있었다. 그들이 춤과 음악, 노래와 시와 관련된 모든 문제에서 독단적이었기 때문이다. 헤라클레스는 골목길에서 불리는 노래나, 음식점에서 들을 수 있는 새된 소리의 리드 파이프, 붕붕 울어대는 백파이프, 시끌벅적한 북소리들을 더 좋아했다. 또한 헤라클레스는 뮤즈들이 싫어했던 도시 변두리들을 돌아다니면서, 오두막이나 지하방 삶의 곤궁함을 알게 되었다. 세금으로 진을 다 빨리고 배곯는 것은 언제나 종과 하녀, 억눌려 사는 머슴, 일당 노동자, 소상인들이었다. 하지만 저 위 성에는 고기와 채소, 과일이 넘쳐나고, 포도주 통과 보물 상자들도 언제나 가득 차 있었다. 고향 테베 시를 옭아매는 이 강압 정치가 아무

---

23) 뮤즈들의 어머니이자 기억의 여신.

도 본 적 없는 마왕 에르기노스 때문이라는 얘기를 헤라클레스는 믿지 않았다. 그도 그럴 것이 만일 끝없이 제물을 요구하는 압제자가 테베의 권력자들 위에 군림하고 있다면, 어떻게 왕 크레온이나 모든 대신이 트림하고 토할 정도로 배 터지게 먹는단 말인가. 귀족 마나님들이 어떻게 매일 새 옷을 입을 수 있단 말인가. 귀족들은 노동하는 무지한 대중은 잘못된 거짓말로 통제하고, 이들의 상급자와 지도자들은 뇌물을 찔러주어 매수하면서, 대중을 끔찍한 벌로 위협하며 뼈를 녹이는 노동으로 몰아쳤다. 이렇게 하는 건, 다름 아닌 바로 귀족들이라는 걸 밝히기 위해, 헤라클레스는 대리석 채석장이 있는 섬으로 향했다. 그곳에서 그는 대단한 사내들을 부하로 얻을 수 있었다. 돌가루로 가득 찬 폐를 안고, 우묵한 구덩이 모양의 작업장에 앉아 콜록대는 그 노예들에게 길게 설명할 필요도 없었다. 턱수염에 대리석 파편이 박혀 있고, 이빨 사이로 돌가루를 씹어대는 노예들, 그들은 큰 톱과 쇠지레로 무장하고 헤라클레스를 따라나섰다. 그리고 보초들을 단숨에 쓸어버렸다. 왜 이런 일이 진작 터지지 않았는지 의심스러울 뿐이었다. 자유를 찾은 이 노예들을 데리고 테베로 진입하면서, 헤라클레스는 에르기노스를 네 조각으로 찢어 죽여 까마귀 밥으로 던져버렸다는 소문을 퍼뜨렸다. 그가 미처 왕성에 도착하기도 전에 시내에는 벌써 즉석 가사에 운을 맞추고 멜로디를 갖춘 노래가 불리기 시작했다. 그 원수 같은 놈이 어떻게 갈가리 찢겨 그 사지가 사방 천지로 흩어졌는지, 어떻게 테베 시가 완전히 구원받았는지 묘사하는 내용이었는데, 귀에 쏙 들어오는 노래였다. 크레온은 물론 그 휘하의 교활한 철학자와 승려들도 오랫동안 군림했다는 그 괴물을 내보여줄 수 없었기에, 헤라클레스를 환영하지 않을 수 없었다. 크레온은 헤라클레스에게 딸 메가라를 배필로 내주었다. 백성들에게는 음식과 음료를 풀어 사흘간 잔치를 벌이도록 했다. 그리고 노동수용소 몇 곳을 열어 사람들을 풀어주었다. 이제 왕과 고위 벼슬아치들은 헤라클레스가 제일 뛰어나고 제일 힘센 남자라며 부추겼다. 그리고 원래 그의 자리를 저 약하고 볼품없는 에우리스테우스가 빼앗은 것이라고 속삭여댔다. 그러나 동시에 그들은 에우리스테우스가 미케네의 왕좌에 오르도록 일을 도모했다. 에우리스테우스는 미케네에서 중무장한 군대를 시골로 보내, 반란 농민들을 멸살하고, 도망친 노예들을 잡아들이게 했다. 하일만은 말했다. 바로 이때 헤라클레스가 미치게 되었던 거지. 그 순간, 중앙 시장통에서 빈 상자와 궤짝을 가득 실은 화물차가 우리를 향해 달려왔다. 메가라의 매력에 정신이 팔린 헤라클레스는 자신의 호위대가 살해되어 매장되어버린 것도 모르고 있었다. 위험을 경고하는 목소리가 단 하나도 성곽을 넘어 그의 귀에 들어오지 못했던 것이다. 비단옷을 입은 헤라클레스가 다시 성문을 나서서 처음 시내로 내려갔을 때, 그가 맞닥뜨린 것은 거지와 자신에게 돌을 던지는 거친 아이들뿐이었다. 풍요의 시대가 시작되었을 거라는 기대와는 너무 달랐다. 헤라클레스가 지나가는 장인 한두 명을 불러 세우려고 하자, 그들은 외면하고 가버렸다. 모든 성공은 단 한 순간의 방심으로 물거품이 될 수 있었다. 그런데 헤라클레스는 무위도식하며 수개월, 어쩌면 수년을 낭비했고, 적은 그 세월을 이용했던 것이다. 국가는 그 어느 때보다 무장되어 있었다. 기습 공격이 또다시 발생해서는 안 되기 때문이었다. 궁정 시인들은 골목길 방언을 익혀, 가난한 사람들에 대한 헤라클레스의 배반, 그의 허풍과 허장성세를 빗댄 풍자시를 지어냈다. 다른 한편 현자이며, 신중의 신이 은총으로 점지한 자, 에우리스테우스에 대한 여러 가지 시를 지어 아버지 같은 그의 사랑을 칭송했다. 사람이란 믿고 존경할 수 있는 어떤 것이 필요한 법이라며, 공개된 장소에서 눈요깃감으로 전차와 깃털 달린 투구와 깃발 들이 도열한 사열식을 벌였다. 그러고는 열광적인 연설을 하며, 개혁에 방해가 되는 마지막 모반자들도 곧 제거될 것이라는 기대를 퍼뜨렸다. 지치고 배고픈 사람들에게 왕이 염려하고 있다는 느낌, 고통을 함께한다는 느낌을 갖게끔 만들었다. 청중은 자신들이 이제 비상사태에 처했음을 알고는 깜짝 놀랐지만, 아무 말도 하지 못했다. 그을음이 내려앉은, 운하 변 철제 난간의 맨 위 손잡이 부분이 새똥으로 희끗거렸다. 그 난간에 기댄 채 우리는 자문했다. 어째서 헤라클레스는 자신이 시작한 일을 누군가 계속할 거라고 그냥 믿어버렸단 말인가? 도대체 어떻게 단 한 번의 행동이 혁명의 달성에 충분한 본보기라고 생각했단 말인가? 하일만의 말이 이어졌다. 헤라클레스는 분노로 울부짖으며 침실에서 날뛰었지. 자신에게 닥친 일 때문이라기보다, 수많은 약자를 아무것도 하지 않고 방치해두었다는 것 때문이었지. 그 와중에도 자기 한 몸이야 방어할 수 있는 헤라클레스였으니까. 포위한 창들을 뚫고 빠져나오기 전, 헤라클레스는 아내와 아내가 낳아준 아이들을 때려 죽였다. 자신을 권력자들과 연결시키는 모든 것, 모든 친족관계가 사라져야 했다. 화해란 있을 수 없었다. 헤라클레스의 이런 광란을 우리는 공감할 수 있었다. 바로 그 순간, 해골 표시를 한 모자에 검은 옷을 걸친 무덤 파는 인부 한 무리가 거칠고 큰 소리로 떠들며, 우리 옆을 걸어 지나갔다. 그렇지만 우리가 이해할 수 없었던 것은, 왜 헤라클레스가 자루를 뒤집어쓰고 재를 바른 채 미케네로 가서, 에우리스테우스에게 항복했느냐는 것이었다. 하일만이 말했다. 반드시 살아남아야 했던 거지. 그래서 헤라클레스는 자신을 낮추고, 용서를 빌고, 모든 굴욕을 견뎠던 거지. 이미 준비된 고문실에 들어가는 대신, 그는 국왕에게 복무하겠다고 자청했다. 이런 신하를 얻어 으스대는 왕을 위해 헤라클레스는 여러 가지 매우 위험한 일을 도맡아 했다. 자신의 실수와 달라진 나라의 현실을 뼈저리게 실감하며, 그는 이제 오랜 시간이 필요한 어떤 계획에 몰두할 수밖에 없었다. 그 계획을 실현함으로써 헤라클레스는 헤라의 비호 아래 에우리스테우스가 키워왔던 시기와 지배욕과 암살의 체제를 뒤엎을 수 있기를 바랐다. 처음에는 그의 달라진 행동의 목적이 무엇인지 잘 알 수 없었다. 이런 불분명함이 오늘날까지도 헤라클레스에 관한 전설에 그대로 반영되어 있었다. 학자들의 기록은 헤라클레스가 사랑하는 에우리스테우스를 위해 온 나라에서, 나중에는 먼 변방에서도, 적군과 반란군을 제거하려고 목숨 걸고 싸웠다는 게 전부였다. 원정을 나간 헤라클레스의 행적에 이런저런 살을 붙인 것은 장터 이야기꾼들이었다. 동북쪽 맨 끝, 네메아 근처에서 헤라클레스는 또 한 번 사자를 때려잡았다. 등 뒤에서 왼팔로 사자를 끌어안고 엄지와 검지로 콧구멍을 찌르고, 주먹 쥔 오른손으로는 떡 벌어진 아가리를 뚫고 식도까지 쑤셔댔다. 사자 털가죽을 둘러 입고 그 앞발을 가슴께에 묶고 벌어진 아가리는 머리에 덮어쓴 채, 헤라클레스는 또 다른 원정을 나갔다. 이번에는 남쪽으로, 머리가 아홉인 히드라가 산다는 레르나 늪지대였다. 이 뱀은 머리 하나를 자르면, 그 자리에 두 개가 새로 난다고 알려져 있었다. 그래서 저잣거리에는 벌써부터 헤라클레스를 빈정대는 말들이 오갔다. 괴물 뱀을 결국 처음보다 더 크게 해놓은 채 돌아온다면, 헤라클레스의 큰 검은 낫이 무슨 소용이냐고 떠들어댔다. 헤라클레스라면 목표를 이루지 못한 채 중단하지 않을 거라는 반박도 있었다. 실제로 헤라클레스는 히드라의 머리를 쳐낼 때마다 그 베인 자리를 달군 나무둥치로 지져서 새 머리가 돋아나지 못하도록 했다. 사람들은 이 사실을 알게 되자 절레절레 머리를 흔들며 차마 믿지 못하고 혀를 찰 뿐이었다. 그러고 나서 헤라클레스는 에리만토스 산악 지역에서 수퇘지를 포획했다. 입에서 거품이 뚝뚝 떨어지는 그 엄청난 놈을, 뒷다리를 잡고 앞세워 몰아가며 그는 궁정에 입성했다. 그렇게 옥좌가 있는 홀에 당도하자 신탁의 왕 에우리스테우스는 무서워 벌벌 떨며 오지독에 기어들었다. 그러자 긴박한 상황인데도 온통 웃음바다가 되어버렸다. 사람들은 비로소 헤라클레스의 의중을 눈치채기 시작했다. 그 후 과거 그가 끝났다고 생각했던 사람들 사이에서 헤라클레스의 명성은 다시 높아졌다. 헤라클레스가 이번에는 스팀팔로스 호숫가 밭에 사는 큰 새들을 처치하려고 한다는 소문이 돌았다. 그 새들은 온 나라의 골칫거리였다. 아이들은 입소문으로 전해 들은 그의 행적을 따라 했다. 번개같이 공중으로 화살을 쏘아 올리고 새털이 주변에 흩날리면, 아이들은 의기양양해서 쌓인 포획물을 자랑하곤 했다. 많은 사람은 헤라클레스가 야수를 물리치고 들짐승을 잡아들인 게 대체 무슨 소용이냐며, 여전히 회의적이었다. 궁정의 높은 사람들에게나 좋은 거 아니냐고 했다. 그러나 헤라클레스를 본받아 에게 해의 군도를 넘어서 바다를 탐색하려는 사람들이 생겨나기 시작했다. 항해의 시대, 혁명적 발견의 시대가 열린 것이었다. 한편에서는 귀족들이 원정 나간 헤라클레스의 행적을 자신들에게 유리하게 그리기 위해 머리를 짜내라고 참모들을 다그쳤다. 다른 한편에서 가진 것 없는 서민들은 그를 자신들의 아들로 생각했다. 헤라클레스에 관한 새로운 소식은 늘 호기심의 대상이었다. 코로 불을 뿜는 황소를 제압하고 사람을 잡아먹는 말을 길들이고, 머리 셋인 괴물을 쓰러뜨리고 아틀라스[24]와 친분을 맺은 헤라클레스에 대한 자부심이 커갈수록 헤라의 사주 아래 계속 훼방

---

24) 그리스 신화에 나오는 거인 신으로 제우스의 눈 밖에 나 하늘을 두 어깨로 메는 벌을 받았다.

을 놓고 못살게 구는 에우리스테우스에 대한 분노도 커져갔다. 밤이면 눈을 피해 모여 앉은 노동자들은 헤라클레스가 돌아올 때가 되었다고 입을 모았다. 에우리스테우스와 대지주들과 장관들을 다 합쳐도 헤라클레스만 못하다고, 누구나 생각했다. 헤라클레스가 아마조네스[25]들이 있는 데서 무슨 일을 했는지, 그가 오케아노스[26] 물가에 세운 기둥은 무엇을 뜻하는지, 그가 왜 이렇게 오래 헤스페리데스[27]들의 정원에 머물고 있는지 등에 대해 사람들은 생각을 주고받았다. 그러면서 모아진 답은 헤라클레스가 몸소 세상을 돌며 살펴보아야 했다는 것이었다. 반대파가 우세한 지역, 제약 없이 활동할 수 있는 곳을 알아보려는 것이라고 짐작했다. 노동자들은 점차 다시 헤라클레스와 함께할 날을 준비하기 시작했다. 때를 보아가며, 무기고를 불태울 역청을 지하 비밀 장소에 모아두었다. 왕의 성곽 신축공사에서는 담에 신속히 통로를 뚫을 수 있도록 조처해놓았다. 사람들은 에우리스테우스가 그의 화려한 홀에서 잠 못 이루며 서성댄다는 것을 알고 있었고, 사방에서 헤라클레스가 돌아온다고 수군거리는 소리를 왕 또한 들었을 거라고 확신했다. 헤라클레스를 풀어준 것을 후회해도, 채찍질로 병사들에게 경비 강화를 명령해도, 지사들이 도시에 은전을 나누어준다고 해도, 이제는 돌이킬 수 없는 일이었다. 동요가 확산되고 있다는 건 부인할 수 없었다. 귀족들은 더 이상 안전하지 못했다. 기도나 퍼레이드 따위로 백성들이 경외심을 느끼고 얌전해지도록 만드는 방법은 이제 더는 통하지 않았다. 형리들은 여전히 기세등등했고, 감옥은 불만을 품었다는 혐의로 마구 잡아들인 사람들로 가득

---

25) 그리스 신화에 등장하는, 전설적인 여전사들의 부족.
26) 그리스 신화의 물의 여신으로 바다를 다스린다.
27) 서쪽 끝에서 황금사과가 열리는 사과나무를 수호하는 요정들.

찼다. 그러나 어느 날 동트기 전, 헤라클레스가 집채만큼 큰 개 한 마리를 끌고 테베 시에 들어섰을 때, 누가 진짜 죄인인지 분명해졌다. 포효하는 개 소리에 번듯한 집이라도 가진 사람들은 모두 침대 밑으로 기어들었다. 하지만 오두막이나 하늘을 지붕 삼아 자는 사람들은 귀를 쫑긋 세우고, 마치 즐거운 나팔 소리가 부르는 것처럼 개를 향해 달려갔다. 지난번 지하 세계로 돌격했을 때, 난공불락이라는 이 개, 지옥세계의 파수꾼인 이 개를 헤라클레스가 흥얼거리는 노래로 가볍게 끌어냈다는 풍문이 있었다. 상급 병사들과 장교들이 모두 떠나버린 장터에서, 종과 하녀, 날품팔이꾼, 장인, 밀려드는 농부, 어부, 떠돌이 들 앞에 선 헤라클레스는 그 지옥의 파수꾼, 케르베로스를 내보였다. 수많은 사람이 모여든 것을 보고 개는 꼬리를 아래로 말고 불쌍하게 낑낑거렸다. 그 밖에도 헤라클레스는 독수리 한 마리를 새장에 넣어 왔는데, 이놈 역시 강압과 위협의 체제를 유지하는 데 한몫했던지라 악명이 높았다. 이 독수리는 반항하는 사람들, 대담한 사람들, 자의식이 강한 사람들의 간을 계속 물어뜯으며 괴롭히는 역할을 해왔다. 하지만 이 모든 것이 이제는 끝났다는 걸 테베의 시민들은 알게 되었다. 속임수와 거짓을 일삼는 권력을 지탱해주던 다리가 얼마나 가늘고 보잘것없었는지, 시민들은 보았다. 얼마 전까지도 프로메테우스를 올라타고 군림했던 그 새의 날갯죽지는 처량하게 축 늘어졌으며, 전에는 그다지도 위협적으로 번뜩이던 눈이 이제는 반쯤 감기고 흐릿했다. 그렇다면 도시의 주민들이 충분히 자신감을 되찾아서 결국 궁정과 귀족들의 저택에 있던 권력자들이 무릎 꿇고 용서를 빌게 만들었는지, 우리는 알고 싶었다. 어떤 회의나 주저함, 또 배반까지는 아니더라도 몸에 밴 참을성 때문에, 혹시 권력자들이 방어하고 반격할 기회를 주지는 않았는지 궁금했다. 그 뒤로 평화가 찾아왔다는 얘기는 없었고,

오히려 더 큰 규모의 전쟁과 출정이 계속되었을 뿐이었다. 그렇지만 천민들에게 헤라클레스는 하나의 개념이 되었다고, 하일만은 말했다. 그 순간 알렉산더 광장 쪽에서 다가오던 만원 전차가 바퀴를 끽끽대며, 로젠탈러 가로 접어들었다. 어떤 마법도 대적할 수 있으며, 어떤 전설적 괴수도 퇴치할 수 있다는 것을 헤라클레스가 보여주었다고 하일만은 말했다. 게다가 이 위대한 일을 해낸 그는 유한한 존재였다고 했다. 헤라클레스의 수업시대는 끝났다. 그 후 그의 행적은 완전히 달라졌다. 그는 든든한 지지자들을 확보했다. 천상을 떠받치고 있는 아틀라스도 그중 하나였다. 잠시 후 등을 굽힌 티탄들이 떠받치고 있는, 안뜰로 통하는 낡은 대문으로 들어서자 하일만은 말을 이었다. 그렇지만 헤라클레스는 무시무시한 고통 속에 죽었어. 독이 든 네소스[28]의 피로 젖은 셔츠를 몸에서 벗겨낼 수 없었거든. 헤라클레스는 미칠 것 같은 고통에 몸부림치다, 오이테 산에서 영원히 불타는 장작더미로 뛰어들었어. 아무도 그를 막을 수 없었지.

포개진 나무 손수레들이 줄지어 선 안뜰을 지나, 삐걱대는 계단을 뒤로하고, 우리는 문을 열었다. 마름모꼴의 작은 줄무늬들이 새겨진 유리창이 달린 문은 흑갈색으로 두껍게 칠해졌는데, 여기저기 긁히고 떨어져 나간 곳투성이였다. 문에는 우그러진 검은색 함석 편지통과 온통 실금이 난 하얀색 에나멜 타원형 문패, 그리고 못으로 고정한 지저분한 판지 조

28) 그리스 신화에 등장하는 반인반마의 괴물.

각이 달려 있었다. 판지 조각에는 『민족의 파수꾼*Völkischer Beobachter*』[29)] 독자라는 덩굴 장식의 인쇄 문구가 새겨져 있었다. 우리는 부엌으로 들어섰다. 창을 통해 스며드는 흐릿한 빛에, 화덕과 설거지통이 눈에 들어왔다. 천장에 매달린 녹색 자기 갓등 아래 놓인 식탁 옆에 코피의 어머니가 몸을 곧추세운 채 등받이가 곧은 의자에 앉아 있었다. 할레세스 우퍼에 위치한 전신국에서 반나절 근무를 마치고 돌아온 코피 어머니는 신발과 양말을 벗어놓은 채 김이 피어오르는 대야 물에 두 발을 담그고 있었다. 여섯 쪽 직사각형으로 나뉜 창을 등 뒤로 두고 앉은 그 모습은 처음에는 희미한 윤곽으로만 눈에 잡혔다. 우리는 무수한 손길에 반들거리는 식탁으로 다가가 그 옆에 자리를 잡고 앉았다. 그러자 코피 어머니의 모습이 자세히 드러났다. 회색 머리는 뒤로 틀어서 고정했는데, 머리카락이 시작되는 부분부터 이마를 지나, 짙은 두 눈썹 사이에 코가 시작되는 부분까지, 부챗살 모양의 잔주름이 퍼져 있었다. 코는 살짝 앞으로 불거졌고, 양 콧방울에서 입가를 지나 턱까지 깊은 주름이 파여 있었다. 혀끝으로 훔친 가느다란 입술은 촉촉했다. 코피 어머니는 누르스름하게 변색된, 내리감은 눈꺼풀을 손으로 훔치는 중이었다. 가느다란 목은 처진 양어깨 사이로 뻣뻣하게 솟아 있었다. 연파랑 바탕에 진청색 세로줄이 난 하얀 칼라의 상의 차림이었다. 칼라에 달린 모조 진주 브로치 구슬에 맞은편 벽 거울에 잡힌 창문이 반사되었다. 코피 어머니가 막 두 눈을 뜨자 그 눈동자에도 창문의 상이 맺혀 반짝였다. 두 쪽으로 된 창문은 고리로 고정되어 있었고, 입구의 문도 안에서 열쇠로 다시 잠가놓았으며, 가리개는 황동 문고리까지 내려져 있었다. 흐릿한 녹색이

---

29) 1920년 12월부터 1945년까지 발행된 나치스당의 신문. 1923년부터 일간지로 발행되었으며, 1944년에는 발행 부수가 170만 부에 달했다.

벽에서 방으로 흘러들었다. 벽에는 거울과 함께 달력 하나, 그리고 둥근 하얀색 케이스의 시계 하나만 걸려 있었다. 그리고 코피 부모님의 침대 방으로 난 문이 있었다. 코피 자신은 궤짝과 나지막한 책꽂이 사이에 놓인 부엌 소파에서 잤다. 모든 게 아직 부모님과 같이 살던 시절 플루크가의 우리 집 모습과 똑같았다. 전구 필라멘트의 열선이 점점 환해지자, 부엌에는 천천히 그늘이 드리워졌다. 부엌은 닫힌 공간이었다. 이 폐쇄된 공간에서 식탁에 둘러앉은 우리는 패배감으로 압도될 것만 같았다. 이 작은 방을 벗어나면, 저 낡고 부서진 담 뒤로, 계단식 들보 너머로, 수직의 빈 공간을 담은 안뜰 너머로, 온통 적의 세력뿐이었다. 여기저기 우리처럼 꼭꼭 걸어 잠근 작은 방들이 박혀 있겠지만, 그 수는 줄어들었고, 찾아내기도 점점 힘들었다. 아니 이미 더는 찾을 수 없을지도 몰랐다. 우리가 하는 모든 대화는 그 한마디 한마디가 이 무력감에서 벗어나려는 노력이었다. 4년 넘게 우리는 이런 식으로 끈기와 믿음과 생명력을 스스로 다져왔다. 혼자든 동지들과 함께든, 어떤 일을 할 때마다 파국의 고통을 넘어서는 노력이 매번 다시 필요했다. 이런 내면의 다짐은 대부분 관성적으로, 별다른 표시 없이 이루어졌다. 잠깐 동안 침묵하는 게 다였다. 그러고 나서 대화가 일상적으로 보이거나 집중되기 시작한다고 해도, 우리를 맴도는 죽음의 위험 때문에 대화는 언제나 부담 속에서 진행되었다. 지난 몇 년간 우리가 배우고 알아낸 모든 건, 어쩔 수 없는 고립과 극도로 조심스러운 탐색 사이를 오가며 얻은 것들이었다. 적의 영역은 그 경계가 계속 확대되었다. 때로 피로와 과로가 압도했어도, 우리는 그냥 그렇게 흘러가게 두지 않았다. 그러한 신체적 정신적 저하 현상을 우리는 모든 게 제대로 돌아가기 위한 과정의 일부라고 생각했다. 그런 때가 오면, 심각하게 생각하지 않고 그 상황이 지나갈 때까지 그냥 기다렸다. 그러면서 감옥, 늪, 철조망 울타리로 둘러쳐진 고통의 땅들을 떠올렸다. 그렇게 시간이 좀 흐르면 다시 어떤 맥락이 보였다. 그러면 탈출구가 없을 것 같은 상황에서도 몇 가지 구체적인 기준점과 방향이 드러났다. 통일전선의 형성이 어려워지고, 우리 편 조직들이 와해된 뒤 우리는 이 초록빛 어둠에 감싸인 방에서 여러 확고한 생각을 나눌 수 있었다. 그럴 수 있었던 근거는 외부에서 흘러드는 지시와 소식들이었다. 빛이 새지 않도록 창문에 암막 종이를 바른, 좁디좁은 코피네 부엌은 거의 밀폐 상태였다. 그래도 우리는 구체적으로 확인 가능한 장소에서, 격렬한 충돌과 싸움을 이끌어낼 행동에 우리를 연계해 생각해볼 수 있었다. 도처에 깔린 감시를 일단 따돌리고 나면, 우리는 당의 지침들을 연구해볼 수 있었다. 그런 지침들은 우리를 지탱해주었고, 우리로 하여금 활동을 계속할 수 있도록 만들어주었다. 당은 불법 상태였다. 투옥과 죽음을 피한 당 간부들은 국경 너머에 활동 기반을 마련했다. 그러고는 이따금 국내로 잠입했다. 공장 안의 소규모 비밀조직이나, 위장용 볼링동호회, 가요동호회, 스포츠동호회나 주말농장동호회에서 우리는 좀더 넓은 지역에서 취해진 저항 조처들에 관해서 들을 수 있었다. 대부분 두서너 명 사이에서만 말이 오갔다. 이럴 경우 종종 회합 장소는 다른 이름으로 불렸다. 지하활동 구축 및 노동자 정당들의 통합 필요성을 주제로 했던 1935년 가을의 모스크바 논의들은 예를 들면 브뤼셀로 지칭되었다. 브뤼셀에서는 금세기 초 러시아 사회민주주의당원들의 총회가 열렸다. 이 대회는 원래 통합의 전당대회로 불렸는데, 대회 이후 결국 볼셰비키와 멘셰비키가 분리되었다. 이 역사적 시점을 빗댄 것은 변증법적 반어였다. 왜냐하면 1903년 7월 이후 러시아 사민당의 분열뿐 아니라, 독일 사민당과 러시아 사민당 간의 의견 대립이 계속되었다. 그리고 이것은 결국 제2차 인터내셔널과 제3차 인터내셔널이 분열되는 결과를 낳았다. 브뤼셀이라는 말에, 우리는 망명 중이었던 러시아 혁명가들이 레닌의 지도로 전략을 구상하던, 그 곡식 창고를 떠올렸다. 질식할 것 같은 창고 안의 더위 속에서 벼룩과 쥐에 뜯기며, 그들은 비좁은 마룻바닥에 모여 앉았다. 주변에는 염탐꾼들도 숨어 있었다. 그들이 얼마나 집요하고, 단호하며, 강경한 마음으로 생각을 나누었는지 새삼스레 다가왔다. 하지만 브뤼셀이라는 이름을 선택한 것은, 사라진 원래의 유대를 어떻게라도 다시 회복하려는 노력에서였다. 흘러간 30년이 긴 시간은 아니었다. 그러나 노동자 계급이 양대 정당으로 나뉘었고, 이 불화의 결과 어쩔 수 없이 또 다른 분파가 생겨났다. 그 불화와 분파에서, 모든 약점의 징후를 호시탐탐 공격의 기회로 삼는 재앙이 자라났다. 그리고 이제 그 재앙은 너무나 커져서, 모든 개혁의 싹을 짓밟아버릴 판이었다. 극단의 적대 관계로 치달은 노동자 정당 간의 싸움, 연대의식의 파괴, 파벌주의의 악영향. 브뤼셀을 기억한다는 건, 이 모든 것을 함께 건드리는 일이었다. 그런 만큼 지금까지 계속된 정치 노선의 차이, 그 불화의 근원에서 출발하려는 용기, 그럼으로써 당면한 과업의 어려움을 직시하려는 그 용기가 더 대단하게 여겨졌다. 공산당원들과 사민당원들의 행동 통일에 관한 논의의 배경은, 그 논의가 있기 몇 주 전 코민테른 제7차 세계대회에서 내려진 인민전선 구성을 위한 정책 방향 결의였다. 논쟁의 세부 사항을 알 수 없었던 우리는 우리의 운명이 달린 결정을 내리는 사람들이 모였던 장소라도 직접 보고 싶은 마음에 코민테른 건물 사진들을 관찰했었다. 창문이 많고, 정확한 대칭 형태인 그 건물은 크렘린으로 들어가는 트로이츠카야 탑 바로 옆에 있었다. 사진 속 건물은 저녁 하늘에 잔잔히 흩어진 조각구름 아래, 장밋빛 광채를 은근하게 뿜어내고 있었다. 우리는 둥근 황금색 지붕들도 머릿속으로 그려보았다. 그 지붕들은 나리꽃 모양의 총구멍들이 뚫린 붉은 크렘린 성곽 위로 솟아 있었다. 그리고 저편, 확 트인 너른 광장 앞에는 나지막한 육면체, 그 검은 신성한 카바[30]가 있었다. 그곳에는 이제는 아무 힘이 없는, 떠나간 자가 있었다. 우리는 손바닥만 한 우리의 비밀 활동 영역을 더 큰 구도에서 생각해보려고 노력했다. 또 우리끼리 경험한 것들을, 여러 지도 요강과 원칙들에 부합하도록 만들려고 노력했다. 이런 요강과 원칙들은 파견된 위원들이 현장의 경험들을 수집하고, 비교하고, 재보고, 수정하고, 강화하고 또 격론을 거쳐 정선한 결과물들이었다. 우리가 아직 어렸을 때 사람들은 통일전선을 이뤄내기 위해 부단히 노력했다. 그러다가 5년간, 그러니까 파시즘이 권력을 잡을 때까지 그 노력은 난항을 겪으며 제자리걸음을 했다. 이제 지난 시절의 과오를 씻어버리고 새롭게 시작하기 위해 사람들은 다시 박차를 가했다. 열여덟 살이었던 우리 귀에 닿는 소식들이야 그리 대단한 게 아니었고, 그나마 지하조직 안에서만 입에 올릴 수 있었다. 하지만 우리는 들은 소식들을 언제나 되짚어보고, 검토하고, 그 파급효과를 가늠해보곤 했다. 이렇게 노력해야만 거시적 차원의 사건들이 이해도, 파악도 불가능해지는 상황을 막을 수 있었다. 또 그래야만 고립된 상황에서 손발이 묶인 것 같은 무력감을 피할 수 있었다. 외부에 무엇인가 존속하여 강화되고 있으며, 반격을 준비하는 중이라고 우리는 확신했다. 남아 있는 지하조직들 간의 접촉이 힘들어지고, 상호 원조 및 계획에 대한 정보교환이 어려워질수록 우리 자신의 활동 범위를 넘어선 구역의 상황과 행동 과정을 추측할 수 있게 해

---

30) Kaaba: 이슬람 성지 메카에 있는 신전으로, 검은 천으로 덮인 커다란 정육면체 모양의 석조물을 말한다. 하지만 여기서는 크렘린 궁 앞 붉은 광장에 있는, 레닌의 유해가 보관된 레닌 추모관을 가리킨다.

주는 건 아무리 작고 단편적이어도 중요했다. 적의 전면적인 통제로 광역의 활동이 거의 불가능해졌을 뿐 아니라, 설상가상으로 1년 전부터 소비에트당 내부에서 변화들이 나타나기 시작했다. 그 때문에 우리는 더 조심해야 했고, 어려움도 가중되었다. 그런 변화의 복잡한 원인은 알 수 없었다. 하지만 익숙했던 모든 일에 대해서도 우리는 더욱 예민한 주의를 기울일 수밖에 없었다. 나는 파시즘이 집권한 뒤에 일을 시작했기 때문에, 부모님이 정치적 활동을 하던 시기에 전제되었던 것들이 내게는 더 이상 통용되지 않았다. 부모님 때는 당적의 차이나 이념적 갈등을 넘어서는 일상의 공통 관심이 아직 노동 현장에 남아 있었다. 지금은 세대 갈등이라는 선입견만큼은 확실히 사라졌다. 사람들을 구분 짓는 유일한 기준은 그 어느 때보다 계급투쟁이었다. 그 경계선은 모든 연령층을 가로질러 존재했다. 투쟁의 어느 편에 있느냐만이 중요했다. 그 입장이라는 게, 공동 행동에서 암묵적인 동의 정도로 나타나는 거였지만 말이다. 우리의 개인적 성장 역시 극도로 제한된 조건에서 이루어졌다. 문화 활동의 자유란 생각할 수도 없었다. 우리는 모든 것을 훔치듯이 배울 수밖에 없었다. 1937년, 한편으로는 광범위한 통일전선을 이루기 위한 노력이 이어졌고, 다른 한편으로는 불신과 분열이 아군 진영 내부에 팽배했다. 이런 모순된 분위기에서 어떤 단초라도 손에 들어오면 우리는 자력으로 사태를 판단하며 예측과 상상을 해볼 수밖에 없었다. 그러면서 우리의 이상을 구체적으로 그려보기도 했다. 우리는 스페인과 중국의 혁명적 동향, 동남아시아, 아프리카 및 남미의 소요와 폭동, 또 프랑스의 대규모 파업, 노조와 노동자 정당들의 합병에 관해 얘기를 들어 알고 있었다. 그래서 세계의 반동 세력들에 대한 승리가 그렇게 터무니없지만은 않다는 걸 짐작할 수 있었다. 적어도 국내에서 요란한 문구로 천편일률적으로 말하는 것과는 달랐다. 그러나 공장이나 그 밖의 조직에서 어떤 변화나 반항, 태업의 조짐이 있는지 찾아보려고 해도 보이는 것은 대부분 포기와 순응, 침묵과 방관뿐이었다. 1933년 1월만 해도 우리는 사람들이 남루한 옷을 입고 추위에 떨며, 리프크네히트하우스[31]로 향하는 걸 목도했었다. 그 사람들 중 상당수가 이제는 가로지른 낫과 망치가 아니라, 뻣뻣하고 각진 파괴의 상징이 새겨진 붉은 깃발 아래 행진하고 있다는 건, 우리가 아무리 희망을 내세워도 부정할 수 없는 사실이었다. 하일만은 부모에게 자신의 생각을 알리기 어려웠다. 그래서 우리가 그의 집에 갈 때는 아이히캄프 스포츠클럽 친구로 그물 자루에 공을 넣어 들고 가곤 했다. 그에 반해 코피네 집에서는, 이전에 우리 집에서 그랬던 것처럼 정치 문제에 관한 모든 논의에 가족이 함께했다. 우리 자신의 불분명한 점들과 잘못된 생각까지도 논의해볼 수 있는 이런 기회는 우리의 발전에 매우 중요했다. 하일만은 베스트엔드의 부모님 집보다 여기 코피네 부엌에 더 잘 어울렸다. 우리가 보기에 세대 갈등은 경제적 종속과 상관이 있는 현상이었다. 우리는 그런 사회를 무너뜨리고 싶었다. 그렇기 때문에 우리는 계급 특권에 따라 교육이 나뉘는 걸 거부했다. 우리 시대의 사회적 정치적 학문적 미학적 문제에 대한 무관심, 무위와 무기력, 정신적 빈약과 공허한 생각은 오히려 배웠다는 사람들이나 부르주아 출신에게서 더 흔하게 볼 수 있었다. 제도권 문화에서 배제되고, 단조롭고 힘든 노동으로 진이 빠진 대중들이 차라리 나았다. 청소년 시절부터 나는 소유관계나 경제 체제, 학술 연구나 예술 창작, 국내외 및 세계 여러 지역의 사정에 대해 현장 출신 사람들에게 분명하고 조리 있는 설명을 듣곤 했다.

---

31) Liebknechthaus: 독일 공산당(KPD) 중앙당사. 1934년 2월 나치스에 의해 폐쇄되었다.

그들은 적대 세력들이 충돌하는 현장을 경험한 사람들이었다. 사회 위기의 현장 한가운데에 있었던 사람들이다. 그들은 어떤 발견과 발명이 권력자들의 이익을 위한 것이고, 어떤 것이 전체의 이익을 위한 것인지 알고 있었다. 그뿐만 아니라 사리사욕에 눈이 먼 모리배들이 어느 자리에 있는지, 그런 자들이 어떤 얼굴과 이름을 가졌는지, 어떻게 노동자들을 착취해 이익을 빼돌리는지도 말해줄 수 있었다. 그것은 근본적인 문제들이었다. 말하자면 작업 현장, 주택 임대, 시와 국가의 행정, 국제 외교, 그리고 독점기업과 트러스트의 아성에서 벌어지는 사기와 범죄들을 알아가는 일이었다. 언론의 쟁점들, 미술 전시회, 신간 서적들, 정당 정책과 세계적 차원의 권력 구도가 논의의 대상이 되었다. 이 미친 정권이 들어서기 전에는, 우리는 다양한 논쟁에 참여하곤 했다. 가령 자기 직업과 관련한 논쟁은 물론 노조의 결정권자들을 비판하거나 임금 인상 또는, 산업재해 방지를 요구하거나 파업을 결정하기 위한 논쟁들이었다. 그래서 낙후된 남유럽 국가와 미국의 게토 지역, 또 막 해방전쟁을 시작한 식민지 국가들의 상황을 누구나 알고 있었다. 대부분 학생 시절 무시당하거나 실패를 겪으면서 무감해진 탓에 사람들은 입을 잘 열지 않았다. 그러나 일단 입을 떼면 자신들과 관련된 일들을 그들이 얼마나 정확히 알고 있는지 드러나곤 했다. 그때그때의 현안에 대한 이해를 돕는 정확한 판단, 새로운 정보를 나는 어디서나 들을 수 있었다. 부모님의 작업장 동료나 이웃들, 어떤 때는 외국인 방문객들, 그러니까 보헤미아 출신 금속 노동자들이나 이탈리아나 스페인 동지들과 함께 우리는 토요일 저녁이나 일요일이면 종종 우리의 거실인 부엌에 모여 앉곤 했다. 이럴 때면 슈트라스부르크 태생인 어머니가 외국인 동지들을 위해 짧은 프랑스어로 대화를 돕기도 했다. 젊어서부터 사민당원이었던 아버지는 사실 자신의 고향 헝가리의 나지 에뫼케에서 경찰에 구금된 경험이 있는 유일한 정치범이었다. 아버지는 오스트리아 제국의 전쟁 획책에 반대하는 선동을 하다가 체포된 적이 있다. 그 후 아버지는 강제 입대했고, 1916년 봄 중상을 입고 갈리치아[32] 전선에서 독일로 이송되었다. 그 후 아버지는 퇴원해서 브레멘에 정착했다. 이곳에서 1917년 11월 8일 내가 태어났다. 아버지는 베저 강 조선소에 일자리를 얻었다. 아버지는 노동자교육협의회에서의 활동을 계기로 스파르타쿠스단에 가까웠던 신문인 『아르바이터 폴리틱 *Arbeiterpolitik*』[33]에 관여하게 되었다. 1918년 11월, 리프크네히트[34]의 사회주의공화국 선포 이후 아버지는 베를린에 머물렀다. 그리고 그다음에 다시 브레멘에서 벌어진 혁명 봉기에 동참했다. 그 후 1920년대에는 독학으로 엔지니어 시험까지 보았으나, 직업적 상승의 기회는 없었다. 아버지는 계속 조선소나 정밀기계 공장의 노동자로 남아 있었다. 그러다가 아버지는 베를린으로 이주한 뒤 발전된 기술을 작업 현장에 도입한 공로로 근로반장에 임명되었다. 정치적 급진화의 시기에 독립사민당원이 되었던 아버지는 1921년 3월 다시 다수파 사민당원이 되었다. 다수파 사민당원이 되면 노조의 여러 조직에서 좀더 좋은 조건으로 활동할 수 있다고 했

---

32) Galicia: 독일어로는 Galizien. 카르파티아 산맥의 북쪽 지역으로 오스트리아-헝가리 제국의 영토였으나, 현재는 폴란드와 우크라이나의 영토이다.

33) 과학적 사회주의를 표방하며 1916~19년에 크니프Knief가 발간한 주간지. 독일 사민당 브레멘 급진좌파가 중심이 되었으며, 독일 서북 지역에 영향을 미쳤다. 레닌도 스위스에서 이 주간지를 구독했다. 크니프 외에 프뢸리히, 라데크 등이 참여했다. 1919년 이후 이들 다수는 독일 공산당에 가입했다.

34) Karl Liebknecht(1871~1919): 독일 제2제국 시기의 유명한 마르크스주의 이론가이자 반전운동가. 사민당 내 좌파혁명관을 대변했다. 1918년 11월 혁명 중에 사회주의공화국을 선포했고, 그해 말 로자 룩셈부르크와 함께 독일 공산당 창립을 주도했다. 1919년 1월 극우 자유군단의 테러로 살해되었다.

다. 베를린과 브레멘 투쟁에서 다수파 사민당 지도부는 적의 편에 섰다. 아버지는 그 뒤에도 당의 정책과 끊임없이 갈등을 겪었다. 하지만 아버지는 결국 노동자 대중이 당을 압박해서 사회주의 통일전선을 이루도록 만들 거라는 생각을 버리지 않았다. 행동 통일을 추구하긴 했지만, 아버지는 어딘지 아나키스트나 생디칼리스트[35] 같은 면이 있었다. 공무원이나 장교, 관료나 사장들을 늘 불신했던 것처럼 아버지는 당 간부와 높은 사람들에 대해서도 못마땅해했다. 아버지에게는 노동 현장의 동지들이 바로 당이었다. 아버지는 당의 주도권을 노동자들이 쥐게 될 거라는 기대를 버리지 않았다. 아버지는 공산당에는 입당하지 않았는데, 그것은 공산당의 중앙집권주의에 아무래도 공감할 수 없었기 때문이었다. 명령권은 지도기관이 갖고, 하부조직은 복종한다는 건 자신이 생각하는 민주주의에 어긋나는 원칙이라고 아버지는 보았다. 절대적 믿음을 요구하는 것도 아버지는 거부했다. 그런 것은 종교적이며, 권력기관에 대한 복종 같은 느낌을 준다고 아버지는 말했다. 노동자를 위해 싸우면서, 아버지는 그들이 사민당이냐 공산당이냐를 묻지 않았다. 아버지는 또한 노조 안에 싹트던 반공산주의 기류를 막기 위해서 노력했다. 그러면서도 아버지는 사민당에 표를 주곤 했다. 또다시 회피와 타협 작전을 구사한 당을 격렬하게 성토하는 일은 매번 반복되었다. 하지만 당을 중심으로 모인 노동자들이 국가를 전복하지 않고도, 아니 오히려 국가를 이용해서 생산을 통제하고, 또 단계적으로 생산을 장악할 것이라는 아버지의 확신은 흔들리지 않았다. 개혁과 혁명 사이의 갈등은 우리에게는 늘 논쟁거리였다. 강제 조처

---

35) 아나키즘은 모든 종류의 개인에 대한 억압과 위계질서에 반대하는 정치적 이념으로 개인의 자유, 자결, 평등, 자기실현 및 집단의 자치를 중시한다. 생디칼리슴은 초기 노동운동에서 프루동이 주창한 노조 중심의 사회주의 정치 이념이다.

가 아니라 노동운동의 점진적 강화와 확대를 통해서, 무장투쟁이 아니라 의회정치의 길을 통해서만 사회의 변혁을 유도할 수 있다는 아버지의 확신은 아마 세계대전 후의 혁명 경험에서 비롯되었을 것이다. 부르주아 권력을 용납하고, 우리의 권리를 유예하는 기회주의가 투쟁의지를 애초에 꺾어놓은 게 아니냐고 내가 물었을 때, 양대 정당의 실제 세력들은 언제나 협력할 준비가 되어 있었는데, 단지 지도부가 제 역할을 못했다는 게 아버지가 한 대답의 전부였다. 1930년대 초, 파시즘의 위협이 급속히 팽창하는 상황에서도, 사민당 수뇌부는 공산당 지도자들과 합의하는 데 실패했다. 하지만 그때까지도 아버지는 프롤레타리아트의 이성이 깨어날 수 있다고 믿었다. 1933년 1월 직전까지도, 강력한 반대 데모가 터질 거라는 기대, 마지막 순간에 노동자 계급이 파국을 막아낼 거라는 기대를 버리지 않았다. 이런 생각을 할 때면, 아버지는 브레멘 카이저 다리에서 교전 중 입은 유탄 총상으로 마비된 왼쪽 어깨를 추켜올렸다. 그것은 영락없이 영원히 회의하는 인간의 모습이었다. 아버지는 공산당 중앙위원회 소속인 메르커[36]와 친하게 지냈다. 공산당이 사회민주주의자들을 여전히 사회 파시스트라고 부르던 시절, 메르커는 노조 회합에서 상호 협력을 주장한 인물이었다. 국내에서 지하활동을 계속하기 위해 사민주의 계열의 그룹들이 결성되었을 때, 그는 직접적인 지원을 제공했다. 메르커나 디트벤더,[37] 뮌

---

36) Paul Merker(1894~1969): 1920~1930년대 독일 노조운동가로 성장해 프로이센 자유주 의회 의원으로 일했고, 후에 공산당 중앙위원회 의원으로 활동했다.
37) Walter Dittbender(1891~1939): 독일의 정치가로 공산당원이며 반나치스 저항운동가였다. 1929년 독일적색구호대 독일 대표를 역임했으며, 1933년 제국의회 의사당 방화 사건 직후 체포되어 감금되었다. 소련으로 망명 후 스탈린에 의해 트로츠키주의자로 몰려 1939년 숙청당했다.

첸베르크[38])와 아커만,[39]) 그리고 베너[40])는 아버지가 직업 활동을 하면서,
또 외국인 동지들을 돌보는 베를린 적색구호대[41])에 참여하면서 알게 된
수많은 공산주의자 중 몇 명이었다. 그리고 이들처럼 많은 공산주의자가
당 정책상의 대립을 극복하려는 아버지의 노력에 힘을 실어주었다. 노동
자 정당들이 붕괴되고, 충격적이게도 대다수가 순응하고 나자, 남은 사
람은 불과 몇명뿐이었다. 고립되었던 우리들은 한동안 이 이름들에서 전
통의 연속성을 확인하려고 했다. 그러나 이제는 그 연속성도 무너지고
있었다. 전통을 확실히 대변하는 인물을 더는 찾기가 힘든 상황이었다.
이전에는 노동 계층 어디에서나 내 부모나 코피 부모 같은 사람들을 볼
수 있었다. 그들의 입장은 근본적으로 국제주의적이었으며, 개인적으로
사민당원이거나 공산당원이거나 간에 당의 파벌 싸움과는 무관했다. 중
요한 정치적 결정들이 자신들을 무시하고 진행되는 동안에도 별로 자기

---

38) Willi Münzenberg(1889~1940): 이발사 교육 과정을 중단한 뒤 1904~10년에 노동
   자로 생활하다 스위스에서 사회주의 청년단체에 합류해 레닌과 친분을 맺었다. 제1차
   세계대전 후 베를린에서 스파르타쿠스단에 가입하고 공산당원이 된 뒤 이후 바이마르
   공화국 시기에 출판, 언론, 영화 분야에서 명성을 얻었다. 1933년 이후 파리로 망명해
   출판, 문화 활동을 계속했다. 1930년대 후반 스탈린 테러 시기에 당과 이견을 보이다
   가 제명되고, 1940년 파리에서 원인 미상으로 사망한 채 발견되었다.
39) Anton Ackermann(1905~1973): 독일 공산주의자로 1933~35년에 독일 공산당 베를
   린 지부 대표로 지하 저항운동을 조직했다. 스페인 내전에서 국제여단의 정치학교장으
   로 활동하다가, 1940년 소련으로 망명했으며, 종전 후 동독에서 인민회의 의원 및 외
   무성 차관으로 활동했다.
40) Herbert Wehner(1906~1990): 제화공의 아들로 태어나 1927년 독일 공산당에 가입
   했다. 1933년 이후 독일에서 반나치스 활동을 하다 1935~41년에 소련에 망명해 망명
   당 중앙위원회의 위원으로 활동했다. 1941년 스웨덴에 파견되어, 독일 내 반나치스 저
   항운동을 지휘하다 체포되어 1945년까지 투옥되었다. 이 시기에 공산당에 의해 제명되
   고, 1946년 서독 사민당에 가입해 정치가로 활동했다.
41) Die Rote Hilfe: 적십자에 대응하기 위해 1922년 모스크바에서 결성된 코민테른의 국
   제구호단체. 독일적색구호대는 1924년 독일 공산당의 조직으로 설립되었다.

입장을 떠들어대지 않았으며, 이념적 차이보다 공통점을 찾았고, 자신들의 신념에 충실했다. 다른 많은 사람처럼 아버지는 1년 넘게 저항 세력이 형성되길 고대했다. 그러다가 결국 치욕적이지만, 기다림과 월동의 세월이 수년, 아니 수십 년 더 계속되리라는 것을 인정할 수밖에 없었다. 그래서 아버지는 체코로 갔다. 아버지는 그곳에서 또다시 일자리를 구하러 다녀야 했다. 이런 변화는 아버지와 어머니에게 힘겨운 일이었다. 당과 노조의 도움으로, 아버지는 얼마 지나지 않아 바로 북부 보헤미아 도시인 바른스도르프에서 한 직물 공장에 채용되었다. 그럼에도 불구하고 부모님이 내게 보낸 편지에는 적응하느라 어려움을 겪는 이야기들이 적혀 있었다. 또 그곳에서도 불확실성이 계속 확산되고 있음을 간접적으로 암시했다. 체코 국적이 아직 우리를 어느 정도 보호해주던 시기에 부모님은 정치적 박해를 피할 수 있었다. 나 역시 체코 여권이 있었기에 직장과 일정한 거주지를 댈 수 있는 한 계속 교육을 받을 수 있었다. 코피 가족은 버티기가 훨씬 힘들었다. 민족사회주의 단체들에 가입하기를 거부했던 코피 아버지는 도장공으로 일하던 베를린 기계공업 군수공장에서 쫓겨났다. 그런 다음 어쩔 수 없이 가입 압력에 굴복했는데, 그럼에도 코피 아버지는 더 하급직으로 가게 되었다. 그 월급이란 게 코피 어머니가 시간제 근무로 버는 하찮은 수입을 합쳐도 끼니를 제대로 이어가기가 힘들 정도였다. 코피네는 테겔에 위치한 발데사움 주말농장협회에 땅 한 필지가 있었다. 그래서 그곳에 감자와 무, 콩을 심어서 간신히 생계를 꾸려갈 수 있었다. 하지만 이토록 괴롭고 불확실한 상황도 문화적 자극을 찾는 우리의 노력을 막을 수는 없었다. 그건 지금도 마찬가지다. 책꽂이가 넘칠 정도는 아니어도 우리는 매주 시립도서관에서 책을 빌려왔다. 호단은 우리에게 흔쾌히 책을 빌려주곤 했는데, 그가 우리 곁에 있을 때 나는 그의 책을 무더기로 우리 집 거실로 실어 나르곤 했다. 우리가 직접 소장하는 책들은 꼼꼼히 따져 고른 것들이었다. 아버지나 어머니가 구입한 그 책들은 우리 삶의 일부였다. 브레멘에서 장만한 것도 몇 권 있었지만, 대부분 수차례 이사를 다니면서도 끌고 다닌 것들이었다. 접시 몇 개와 이불과 옷 보따리를 빼면 우리의 유일한 고정 재산이었다. 가구는 우리에게는 한시적인 재산일 뿐이었다. 중고로 싸게 사서, 양쪽에 격자 가림막을 댄 수레에 실어 이사한 새 집으로 끌고 갔다가 다른 도시로 이사할 때면 그 직전에 다시 팔아넘겼다. 마야콥스키 시 선집, 메링, 카우츠키, 룩셈부르크, 체트킨, 라파르그의 저서들, 고리키, 아르놀트 츠바이크와 하인리히 만, 롤랑과 바르뷔스, 브레델과 되블린의 소설들이 우리가 소장한 책들이었다. 레이스 식탁보나 도자기 꽃병 대신 부모님은 언제나 지식과 아이디어, 가르침이 빼곡히 적힌, 두툼한 이 종이 뭉치들을 사들였다. 집에 돈이 얼마 남지 않았을 때도, 톨러나 투홀스키, 키시나 예렌부르크 혹은 넥쇠⁴²⁾의 신간을 어머니나 아버지가 불쑥 사 들고 오곤 했다. 그런 저녁이면 우리는 부엌 전등 아래 모여 앉아 사 온 책을 돌아가며 소리 내 읽고, 그 내용에 대해 이야기를 나누었다. 이 책들이 얼마나 대단한 것인지, 또 얼마나 단단하게 우리를 하나로 묶어주었는지는 나중에 분명해졌다. 우리 가족은 이런저런 구실로 경찰의 깜짝 방문을 당했는데, 책 저자들 때문에 추궁을 받곤 했다. 레닌의 책 한 권은 거의 대역죄와 맞먹었다. 우리가 집에 보관하는 책들은 그래서 그 숫자가 점점 줄어

---

42) Ernst Toller(1893~1939), Kurt Tucholsky(1890~1935), Egon Erwin Kisch(1885~1948), Il'ya Grigorevich Erenburg(1891~1967), Martin Andersen-Nexø(1869~1954). 20세기 초에 사회주의적 비판의식을 바탕으로 사실주의적이고 사회 고발적인 작품을 쓴 독일, 러시아, 덴마크의 작가들.

들었다. 코피네 부엌 화덕 옆에 쌓인 장작 밑에는, 『자본』의 서문이 실린 책 한 권, 신문에서 오린 디미트로프와 스탈린의 연설문, 『민족의 파수꾼』에 끼워 숨긴 『적기Die Rote Fahne』[43]의 마지막 몇 호, 그리고 제국의회 의사당 방화 사건 공판을 다룬 『브라운부흐Braunbuch』[44] 한 권 이상 숨길 자리는 없었다. 『발렌슈타인의 진지』라는 제목의 레크람 문고판으로 위장한 이 『브라운부흐』는 여러 손을 거치면서 다 너덜너덜해졌다. 이 몇 년간 노동자들의 살림이 삭막하고 초라해졌다면, 그것은 결코 정신적 공허를 뜻하는 건 아니었다. 정치적 활동을 하던 사람들은 모두 노출되어 있었다. 그때까지 자신의 당적을 비밀로 하는 사람은 없었다. 당원 명부는 국가경찰의 손에 들어가 있었다. 우리는 죽음을 각오하며 살고 있었다. 건물 관리인, 근로자 대표, 동네 반장, 지구당 위원장, 나치스 돌격대원, 그리고 친위대원들. 이들 모두가 감시인이었다. 가족과 가까운 친구들이 감옥이나 강제수용소로 끌려갔거나, 아니면 망명 중이었다. 아직 남아 있는 사람들은 최소한으로 살림을 꾸려나갔다. 그리고 이 궁핍한 살림은 변함없이 깔끔하고 단정했다. 여러 명이 비좁게 같이 사는 단칸방이라고 해도, 아무렇게나 사는 집은 찾기 어려웠다. 이러한 청빈은 말없는 그리고 집요한 저항의 표시였다. 도덕적 타락과 우매화의 폭풍우에 맞서려는 노력이었다.

---

43) 1918년 11월 8일 로자 룩셈부르크와 카를 리프크네히트가 창간한 잡지로, 1919년부터 독일 공산당의 중앙기관지가 되었다. 1933~45년까지 나치스에 의해 발행이 금지되어, 독일 내 반파시즘 지하 저항 조직들을 중심으로 보급, 구독되었다.

44) 나치스 범죄의 실상과 파시즘의 노선을 폭로하기 위해, 독일 공산당이 1933년부터 파리에서 발간한 자료집 시리즈. 아부시Abusch가 발간했고, 뮌첸베르크가 주요 집필자였다. 'Braunbuch'는 '갈색책'이란 뜻인데 독일어 Braun은 '갈색'이라는 뜻 말고도 '나치스에 관한'이란 뜻도 갖는다.

진초록 리놀륨 바닥에 찍힌 젖은 발자국들이 코피 어머니가 움직인 길을 보여주었다. 대야의 물을 설거지통에 비우고, 화덕에서 뜨거운 물을 다시 채우기 위한 걸음이었다. 대야를 들고 다시 자리로 오던 코피 어머니가 말을 꺼냈다. 지금 이곳 박물관에 있는 제단은 왕들의 소유물이었지. 우리도 시간만 있으면 가서 볼 수 있지만, 그 의미가 무엇인지 생각해봐야 해. 무엇보다 바로 우리 자신에게 어떤 의미가 있는지 물어봐야지. 그런 건 학교에서 한 번도 배우지 못했으니, 이런 식으로 우리 스스로 찾아 나가야지. 자리에 앉아 발을 다시 물에 담그며 코피 어머니는 말을 이어갔다. 우리들이야 읽고 쓰는 것도 제대로 배운 적이 없지. 게다가 그림 감상은 생각도 해보지 않은 일이야. 우리들 대부분은 제단의 대리석 인물들이나, 아래 성문가의 거인상들이나 별 차이를 느끼지 못해. 그래서 그걸 허물어버린다고 해도 상관이 없지. 과거 무너져 내린 대리석 돌덩이들로 새 방벽을 쌓아야 했던 사람들도 마찬가지였을 거야. 성곽이나 제단 벽에서 돌을 뜯어냈을 때는, 그게 효율적이었기에 그랬던 게지. 계곡에서 돌을 끌고 올라올 필요 없이, 바로 가까운 곳에서 집어 올 수 있으니까. 더구나 일을 서둘러야만 했으니까. 적은 막 밀려오고 성곽은 위협을 받고 있었으니. 아틀란티스 상들 사이를 지날 때마다 정말 불쌍했어. 제발 그 짐을 내려놓았으면 싶었지. 굳이 누군가 그렇게 성문 앞에 굽히고 서서, 고생하는 우리들 처지를 떠올리게 할 필요는 없지 않겠어. 그 아틀란티스 상들을 길바닥에 가로 눕혀 바리케이드로 쓴다면, 우리에겐 오히려 의미가 있을 거야. 조각난 돌덩이들은 산성의 일꾼들에게는 건축 자재일 뿐이었던 거야. 조각난 돌덩이의 매끈한 뒷면이 밖으로 향하게 담을 쌓았지. 그 전에 머리나 팔다리도 쳐내버리고. 돌출된 부분은 끼워 맞추는 데 방해가 되니까. 우리 같은 사람들에겐 그 건축물 전체가 끝없는 고통과 궁핍을 뜻해. 또 그 건축물로 허세를 부리는 자들을 향한, 말 못하는 분노도 있지. 그런데 이런 사실을 어떻게 도외시할 수 있겠어. 그 복원된 잔해가 우리의 의식을 넓혀주는 무엇을 표현한다고 말할 수 있을까. 코피 어머니의 물음이었다. 하일만이 말을 받았다. 과거 페르가몬에 침입해 수차례 공격을 가했던 회교도들은 헬레니즘 예술품을 야만적이라고 느꼈지요. 그건 영지를 방어하던 당시 비잔틴 사람들도 마찬가지였어요. 아랍인들이야 정복자로 왔으니, 건축물을 파괴할 이유가 얼마든지 있었지요. 파괴는 전쟁의 법칙이었으니까요. 그런데 비잔틴 성주들은 방어라는 명목으로, 이교도의 잔해를 일소했던 겁니다. 그들은 신상들에서는 얼굴을 쳐냈지만, 지상의 인물들에는 손대지 않았거든요. 회교도나 기독교인 모두 자기 종교에 어긋나는 것, 낯선 것을 파괴했던 거죠. 과거의 문화를 존중했던 건, 전성기 페르가몬 제국뿐이었어요. 가리개로 치부를 덮은 근육질 사내들을 보면, 우리는 그들을 탄생시킨 시대를 가늠해볼 수 있어요. 또한 새로운 노예를 요구하는 산업주의의 허위를 간파할 수 있지요. 그런 식으로 페르가몬 제단 부조는 인간 사회의 근원을 설명해주는 역사의 한 시대로 우리를 이끌어주지요. 우리가 살고 있는 현재는 그렇게 시작된 인간 사회의 마지막 단계죠. 이제 우리는 함께 이야기를 나누었다. 페르가몬 제국이 어떤 사상을 가졌는지, 어떻게 시작되었고, 어떻게 붕괴되어 다음 시대로 넘어갔는지에 대해. 발언 하나하나가 생각하는 법, 말하는 법을 배우는 일이었다. 말할 때마다 극복해야 할, 인식과 언어 부재의 간극이 드러났다. 제2의 아테네를 꿈꾸었던 권세에 걸맞게, 페르가몬은 본국의 신들도 수용했다. 황금과 상아로 치장된 피디아스의 아테나 입상을[45] 본뜬 거대한 아테나 상이 페르가몬 도서관 안뜰에 우뚝 솟아 있었다. 둥근 지붕의 도서관 회랑에는 양끝에 돌 받침을 괸 나무 칸마다 20만 개의 두루마리 서적이 잘 보존되어 있었다. 페르가몬 사람들은 전통의 의미를 이해했기에, 예술품을 수집했다. 소장품은 고전 작품의 모사본들, 또 구매했거나 전쟁에서 탈취한 원본들이었다. 이 소장품들을 통해 지난 수백 년의 문명을 반추해볼 수 있었고, 그럼으로써 페르가몬의 엘리트들은 자신들이 새 시대에 산다는 의식을 가졌던 것이다. 이웃 도시인 밀레투스 출신의 아낙시만드로스와 탈레스의 이론은 물질주의적 인생관의 형성에 중요한 지적 토양이었다. 페르가몬 사상가들의 두 위대한 원조인 이 인물들은 철학자라기보다 건축가이면서 자연과학자이자 수학자이고, 천문학자이면서 정치가였다. 신분상 그들은 상인이자 항해자였는데, 그들의 연구는 언제나 구체적 과제에서 출발했다. 다리나 항구, 요새를 건설해야 했고, 경쟁자를 물리치고, 적의 세력권의 확대를 저지해야 했다. 육지와 바다로 교통로를 넓히고, 원자재를 개발하고, 식민지를 확보해야 했다. 이런 목적을 위해 물질의 성질들을 알아내고, 종교적 신비에 빠지지 않으면서 세계를 통일된 의미로 설명해야 했다. 그러니까 이미 한참 전부터 신들의 질서 전체가 상부구조의 한 부분일 뿐이었고, 통치자들은 그것을 위협용으로 사용했던 거라고, 코피가 지적했다. 오늘날 배운 사람들이 순진한 사람들을 어르기 위해 종교를 사용하는 것과 같다고 했다. 민중에게 주어진 것은 간단하고, 단순하고, 손쉬운 것들이었다. 모든 고생을 보상해줄 내세에 대한 희망, 보이지 않는 존재의 자비와 도움에 대한 믿음, 모든 반항적인 생각을 감시하며 진노하고 징벌을 내리는 존재들에 대한 두려움 같은 것뿐이었다. 상류층은 그런 미신

---

45) 고대 그리스 아테네의 유명한 조각가 피디아스가 파르테논에 세운 입상.

에서 이미 벗어나 있었고, 하층민들의 유치함을 비웃었다. 그러면서도 당시 유행하던, 목동이나 포도 따는 여인들이 있는 전원으로 소풍을 가면, 시적 표현력은 이런 문맹의 인간들에게서 나온다고 말하기도 했다. 배운 사람들에게 사후의 삶이란 없었다. 모든 것은 여기, 살아 있는 동안 누려야 했다. 계층 간의 차이는 바로 지식 영역의 차이였다. 세상은 양자에게 모두 똑같이 주어졌다. 보는 것은 똑같은 푸른 하늘, 똑같은 녹색의 나무들, 똑같은 물, 똑같은 별들이었다. 그러나 교육을 못 받은 피지배층 사람들은 바로 지식에서, 사물 자체를 바꾸지는 못하지만 사물의 가치와 기능을 더해주는 지식에서 소외되어 있었다. 지식의 이용은 특권층의 몫이었다. 지구는 납작한 원판이며 오케아노스의 강으로 둘러싸여 있고, 밤이면 그 위로 신들의 램프가 켜진다고 믿는 사람, 미래의 일의 경중은 셀레네[46]가 밝았다 어두웠다 하는 달 거울로 결정하고, 포세이돈이 해안으로 파도를 일으키고, 항해자들을 향해 구름에서 번개를 친다고 믿는 사람, 그런 사람은 결코 혼자 먼 곳으로 나아갈 용기를 낼수 없었다. 그런 사람은 무기를 소유한 지도자들에게 의지할 수밖에 없었다. 목재와 불과 밀과 광물과 금속은, 연장을 들고 노동하는 자들의 눈에나 결국 이 수확물을 챙기는 자들의 눈에나 같은 모습이었다. 그러나 후자의 강점은 순이익을 미리 예상할 수 있다는 것이었다. 원하는 물자를 내어주는 대지, 그리고 그 물자를 판매할 수 있는 시장이 그들의 소유였기 때문이다. 하인은 한 손에는 묵직한 광석을, 다른 한 손에는 가벼운 나뭇잎을 들고 있었다. 하인은 암석의 입자와 잎사귀 줄무늬의 맥과 광택을 보았다. 그 얇은 잎사귀는 가지에서 꺾었고, 광석 조각은

---

46) 그리스 신화의 달의 여신. 로마 신화에서는 루나.

갈라진 바위에서 취한 것이었다. 이 물질들의 표면에서 반짝이며 너울거리는 빛을 주인도 보았다. 그러나 주인은 물질이 미립자들로, 즉 다양한 형질과 배열을 통해 모든 현상의 고유한 형태를 결정하는 원자들로 구성되어 있다는 걸 알고 있었다. 시종과 같은 땅을 갈 때도, 멀리 완만히 굽은 지평선, 구릉과 두루미 떼와 안개 속에 아스라한 산들의 능선을 바라볼 때도, 주인은 땅 없는 단순한 농부와는 전혀 다르게 공간을 인식했다. 필요한 것을 알아내려는 열의에 가득 차, 그는 공간을 4차원에서 이해하기 시작했다. 지면이 굽어 있다는 것을 인정하자, 지구가 둥글다는 것, 그래서 직선으로 계속 가면 다시 출발점에 도달한다는 것을 알아냈다. 우리는 무한히 돌고 있는 원구 위에 있으며, 이 원구는 다른 행성들과 함께 태양의 주위를 돈다는 것을 발견하면서, 시간과의 관계도 생각하게 되었다. 청명한 밤이면 에게 해의 해변에서, 또 이집트에서 쭉 뻗고 누워 천구도에 별들의 위치를 그려 넣었고, 달이 차고 기우는 법칙을 알게 되었다. 그러면서 그는 달력을 만들었다. 지구의 자전 주기, 달의 지구 회전 주기, 지구의 태양 회전 주기, 그리고 태양은 자신의 행성들과 함께 수백만 개의 별로 이루어진 집단에 속한다는 것, 그 수백만 개의 별은 억겁의 거리에서 우윳빛으로 어우러지며 무한대를 완결하는 거대한 원형 고리를 이룬다는 것을 정확히 계산해냈다. 자신에게 필요한 것을 이해한 것과 마찬가지로, 주인에게는 가장 단순한 설명이 진리였다. 신들이 모든 피조물과 세상을 창조했다는 것이 이전에는 당연했다. 하지만 산과 바다 너머로 원정을 나가고, 관찰의 눈길이 창공으로 뻗어간 이후에는, 자신이 탄 지구가 신들에게 버려진 채 홀로 우주에서 유영 중이라고 생각해도 더 이상 겁나지 않았다. 이집트 시에네[47]의 한 우물에서는 창공 정중앙에 온 태양의 위치를 잡았다. 연추의 줄은 저 불타는 항성과 지구의 핵을 잇는 선을 나타내주었다. 주인은 태양 광선이 지구에 평행하게 도착한다는 것을 알고 있었다. 같은 시간에 북쪽에 위치한 알렉산드리아에서 측정한다면 투사되는 광선과 설치한 연추 사이에 틀림없이 각이 하나 생길 것이었다. 이 각과 두 장소 사이의 거리를 이용해 지구 곡선의 각도를 발견했고, 그러자 지구의 부피를 거의 킬로미터 단위까지 정확히 측정할 수 있었다.[48] 주인은 이처럼 이 계곡 저지대 올리브 농장에서 월식과 일식, 썰물과 밀물, 천둥번개와 강우의 이유를 자기만 알고 있었듯이, 원소 덩어리들이 태고에 어떻게 우주에서 떨어져 나와 빈 공간에서 서로 결합했는지, 지글대는 불덩이였던 지구 표면이 굳고, 화염 폭풍이 잦아들고, 뜨겁게 끓는 물에서 대륙이 솟구치고, 진흙에서 최초의 어류 생물이 생겨나고, 결국 인간으로 발전하기까지, 어떻게 세계가 충돌을 통해 생겨나고 다시 파괴되었는지 알려주지 않았다. 존재의 목적을 물어보면, 존재 전체의 역동성은 필연적 법칙이라고 말했다. 이 법칙을 알아낸 사람은 그것을 자유롭게 통제할 수도 있었다. 자유로운 통제란 이제 바로 필연성을 따르는 것, 오직 그것이었다. 재산을 증식하려는 욕망에서, 북으로는 살을 에듯 추운 툴레 섬까지, 남으로는 아프리카 곶까지, 서쪽으로는 헤라클레스의 기둥을 넘어서, 또 동으로는 줄줄이 뻗어간 광맥 지역까지 주인은 지구를 탐색했다. 반면 농부는 자신의 손바닥만 한 밭뙈기를 어설프게 발걸음으로 재고 있었다. 노예는 갤리선 지하 칸, 노대에 앉아 있었다. 노예는 고수의 쾅쾅대는 북소리에 앞으로 굽혔다가 짧고 힘차게 뒤로 젖히는 단조로운 동작을 반복할 뿐이었

---

47) Syene: 이집트 아스완Aswan의 고대 지명.

48) 그리스의 수학자이자, 천문학자, 지리학자인 에라스토테네스는 소수를 측정하는 코스 키콘을 발명하고, 최초로 지구 둘레를 측정했다.

다. 광대한 대양은 갑판 위 항해사의 몫이었다. 주기적 항해에서는 해류와 계절풍과 무역풍을 이용했고, 별 모양으로 위치를 측정했다. 예속된 사람들에게는 언제나 눈앞의 일만이 전부였다. 눈앞의 일과 씨름하는 데 온 힘을 쏟아야 했다. 자유인에게는 끊임없이 새로운 일에서 오는 긴장이 있었다. 해안선과 지형을 기록하고, 항로를 개발하고, 원자재의 매장 지역을 알아내고, 무역의 전망을 타진했다. 타인을 위해 일하는 운명을 타고난 사람들은 단조로운 생활에 금방 늙어갔지만, 주체적으로 다양한 일을 하는 자유인은 언제나 청춘이었다. 자유인은 제사장의 예배에서 무병과 치유를 빌 필요가 없었다. 의사들이 신체의 장기와 맥박과 순환계와 신경이 어떻게 기능하는지 알려주었고, 온갖 치료제도 마련해주었다. 무산자들은 풍요와 기상의 신들에게, 또 높고 낮은 세상 온갖 장소의 신들을 찾아 제단에 공물을 바쳤다. 넘쳐나는 재화를 조금이라도 소유하기 위해 신의 도움을 구하는 것이었다. 하지만 통치자들은 그런 이름도 잘 몰랐다. 화폐와 은행과 원정대를 이용해서 유산 계층은 원하는 것을 모두 얻을 수 있었다. 유산 계층의 편이었던 철학자들은 주고받음, 또 부단한 대립과 상호작용이 모든 생명체의 본질에 맞다고 여겼다. 모든 물체가 결합과 분리, 희석과 농축, 유인과 배척의 과정을 통해 형성되었다. 대립된 쌍으로 구성되지 않은 물질은 아무것도 없었다. 세계를 이해하는 것은 세계를 관리하는 것을 의미하고, 또 세계를 관리하는 것은 권력과 힘을 차지하는 것과 통했다. 가득 찬 창고며, 물건을 잔뜩 실은 화물선, 전원의 별장들, 궁전과 고가 예술품들은 사업가들의 방식이 옳다는 것을 증명해주었다. 이들은 발전을 대변했다. 일거리를 나누어주고, 필요한 인력을 끌어 모으고, 필요 없는 인력은 해고했다. 공방과 공장을 건립했다. 당대의 경쟁 상대였던 이집트의 관청이 파피루스의 유출을 금지하자, 페르가몬의 사업가들은 필기용 가죽 생산에 박차를 가했다. 양털 염색 기술을 개발하고, 직조공과 제화공, 재봉사, 대장장이 들을 밑에 두고 일을 시켰다. 파견한 대상(大商)들이 중국에서는 상아와 옥과 비단과 도자기를, 인도에서는 향신료와 향수 원료, 연고와 진주를 사들였다. 찌를 듯 뻗은 삼림에서 나무를 베어내 조선소로 보내고, 광산에서 구리와 철강, 금과 은을 채굴하고, 목축을 하고, 말을 기르고, 옥수수와 밀을 수확하게 했다. 넘쳐나는 곡물로 인해, 페르가몬은 소아시아의 곡식 창고라는 명성을 얻었다. 코피가 말했다. 이미 그 당시 저들이 우리를 확실히 앞서기 시작한 거야. 그래서 우리가 생산한 모든 것이 저 높이, 위에서 소비되었어. 위에서 줘야, 조금이라도 우리 손에 들어오는 거지. 노동에 대해서도 일을 준다고 말하잖아. 그러니까 우리가 예술과 문학을 다루고 싶다면, 상식을 거슬러 가야 해. 예술과 문학에 연관된 모든 특권을 떼어내고, 바로 우리 자신의 욕구를 투영해야 해. 하일만이 말을 받았다. 우리의 자아를 찾으려면, 문화뿐 아니라 학문 전체를 새로 만들어야 해. 문화와 학문을 바로 우리의 문제와 연관시켜야 해. 우리는 지구의 형태와 우주 안에서 지구의 위치에 대해 잘 알려진 것들을 얘기했지. 그런데 우리 입장에서는 이 단순한 사실 지식들이 왠지 야릇한 면이 있어. 우리가 지구는 둥글고 자전한다고 말하면, 그것은 유산자와 무산자의 존재를 확인하는 일이기도 해. 물리학적 질서의 기본 법칙을 거론하면, 일하는 사람과 수확하는 사람 간의 구분이 따라붙는 거야. 그건 과학만큼 오래된 현실이니까. 고대의 학자들이 밝혀낸 세계상을 수용하는 건, 그 유효 범위 전체에서, 동시에 언제나 사회관계의 기존 규칙에 종속되어 있다는 표현이기도 해. 우리가 자전하는 원구 위에 있다는 생각을 하면서, 그 생각에 당연히 연결된 내용들을 잊어버려야 비로소 우리의 사유를 결정하는 그 무서운 구조가 이해되지. 페르가몬 제국의 절정기가 지난 지 2천 년이 흘렀다. 『공산당 선언』 이후 거의 1백 년이 다 되도록, 상류층은 문명의 모든 발전을 여전히 독점했다. 그리고 그 권력의 유지에 우리는 늘 공조해왔다. 붕괴의 싹은 옛날 옛적에 태동했지만, 타고난 신분이라는 생각의 힘과 복종의 계율은 늘 막강했다. 사회 발전 단계의 이행을 추진하는 동력이 바로 자신이라는 것을 노동하는 다수는 여전히 깨닫지 못했다. 미시아의 풍요로운 들판과 분주한 엘레아 항구를 굽어보는 페르가몬 산성에서 귀족들은 자신의 기량을 키우는 데 전념했다. 세계 체제의 기본 문제들이 밝혀졌고, 정부는 착취와 이윤이 잘 맞물려가도록 감독했으며, 장사는 전문가들이 지휘했고, 각 지역의 총독은 관리와 간부들을 휘하에 두고 목표한 생산량을 달성하도록 관리했다. 소지주들의 소작료와 지방세의 징수에는 종종 점령군이 동원되기도 했다. 도시에서는 관청이 질서 유지를 담당했고, 외교는 최고평의회가 담당했다. 원래 신병 훈련소로 건축된 김나지움의 뜰과 강당과 라운지에서는 교사와 학생들이 서사시와 비가, 서정시, 회화와 조각, 음악과 무용과 극작법, 성악과 서법(書法)에 마음껏 몰두할 수 있었다. 정형화된 면도 있고 엄격한 단계로 구성되었지만, 이 과목들의 내용은 무궁무진했다. 예술을 우리가 있는 이 아래로 끌어오려면, 예술의 별세계가 있는 저 언덕 높은 곳, 눈부신 하얀 벽으로 둘러쳐지고, 측백나무와 화단으로 둘러싸인 저 언덕으로 일단 올라가야만 했다. 학술원의 지도자들은 연구와 사색과 질문이 업무였기에, 스스로를 회의론자라고 불렀다. 그 무엇도 분석과 변형을 거치지 않고는 수용하지 않았기에, 그들은 비평가라는 존칭을 얻었다. 그들이 모든 것을 의문시할 수 있었던 것은, 권력의 세계에서 그들에게 주어진 역할 덕분이었다. 삶의 기반이 안정되고 체계가 잡혀 있었기 때문에, 그들은 미지의 정신 영역에 도전할 수 있었다. 하일만이 말했다. 크라테스[49]는 자력으로 여러 분야를 완성시킨 사람이었지. 그가 손수 가꾼 정원에서 그의 옆에 선 채 언어의 특성에 대한 그의 설명을 듣는다면, 지금도 한마디도 빼놓을 게 없을 거야. 하일만은 부엌 전등 아래에서 자신의 강의 노트를 펼쳤다. 크라테스에 따르면 문학비평은 세 가지 과제를 지녔다. 첫째는, 정서법과 문장 구조와 그 성분 배열을 검토하는 일이다. 둘째는, 그 음성적 특성과 관용어법, 문체와 수사법의 평가다. 셋째는, 사용된 이념과 비유들에 대한 역사적 고찰이다. 크라테스와 그 학파의 생각에 따르면, 글이나 말은 그 안에 담긴 모든 불분명한 요소들이 합리적으로 완전하게 설명되어야만 언어적으로 가치를 인정받을 수 있는 것이었다. 그래서 모든 문장을 경험적 관찰 및 실제적 경험과 비교했다. 논리를 발판 삼아 생각의 경계가 확장되었다. 어떤 것이 낯선 상태에서 벗어나 명칭과 형식을 찾게 되면, 그것을 미라고 판단했다. 경탄보다는 오성적 이해가 우선이었다. 예술은 기하학이나 정역학 같은 일종의 과학이었다. 페르가몬 궁정의 지식인들은 초기 자연과학자들과 같은 관점을 견지했다. 지식인들의 모든 새로운 생각은 실용성에 따라 그 경중이 결정되었다. 그들은 2천 년 후에도 유효할 법칙들을 발견했고, 그렇게 지성의 발전에 기여했다. 동시에 그것은 그 지성의 발전을 허용해준 사람들을 도운 것이기도 했다. 정신의 왕국은 권력을 통해 탄생했다. 예술과 철학 작품 하나하나가 권력을 딛고 서 있었다. 문명의 성과가 크고 높을수록, 권력의 냉혹함은 더욱 드세졌다. 페르가몬 제국의 번성기는 몇십 년에 불과했다. 그 전에는 이런저런 전쟁이 1백 년 넘게 지속되었다. 이것은

49) Crates: 기원전 2세기경에 활동한 고대 그리스의 철학자이자 최고의 문법학자로 로마 문법 연구와 호메로스 주해, 그리고 지구학에 업적을 남겼다.

오늘날의 국가 형성에도 상당히 유효한 패턴이었다. 고대 노예사회의 법칙이 존속하는 셈이었다. 그 모든 반란에도 불구하고, 엘리트들을 위해 무수한 민중이 전쟁터에 나서고 또 나서야만 했다. 농부의 아들들은 징집되어 전쟁 사업에 강제 동원되었다. 이들은 이런저런 상관 밑에서 소아시아 여기저기를 끌려다니며, 전투에서 피를 흘렸다. 전투를 거치며, 한 권력자가 몰락했고 또 다른 권력자는 성공했다. 그때부터 2천 년이 넘는 세월이 흘렀다. 우리의 아버지들이 그런 대량학살에서 벗어난 것은 불과 20년 전의 일이었다. 길고 긴 살육의 역사를 뒤로하고, 새로운 시작을 위한 신호를 내린 10월 혁명, 아직은 너무 짧은 시간이었다. 지배층은 언제나 그들의 권리를 되찾아갔다. 다른 강자가 나타날 때까지, 그들은 자신의 권력을 지켜냈다. 우리는 우리의 한계를 벗어나지 못했다. 포기하고 복종할 뿐이었다. 새롭게 살아난 폭정 앞에서, 우리는 다시 한 번 정체에 빠져들었다. 우리는 이 폭정의 싹을 알아채지 못했다. 꼭꼭 걸어 잠근 부엌에서, 우리는 알렉산드로스가 정복했던 지역을 상상해보았다. 그리스 식 주택단지와 다양한 인종, 그리고 성곽들. 그 성곽들에서는 그를 도와 세계제국을 정복했던 장군들이 각자 자신의 왕국을 다스렸다. 그들은 이제 동지에서 적으로 바뀌어, 경쟁적으로 영토 확장에 열을 올렸다. 마케도니아에서 트라키아, 비티니아, 폰토스에서 카파도키아, 바빌론, 시리아 그리고 이집트에서 그들은 서로를 향해 군대를 몰아댔다. 권력을 다투는 알렉산드로스의 후예들의 나라들이 텅 빈 식탁 위로 옮겨졌다. 등을 뒤로 기댄 코피는 헬레스폰트 앞에 앉아 있었다. 과거 알렉산드로스의 호위병이었던 리시마코스는 이 헬레스폰트에서 에게 해 해안을 따라 남쪽으로 진군했다. 그리고 흑해 근방 티우스 출신으로 일선 지휘관이었던 약관의 필레타이로스를 페르가몬의 총독으로 앉혀두었다. 코피 어머니는 바빌론의 왕, 셀레우코스의 제국 북쪽에 맞닿은 타우로스 산맥을 굽어보았다. 하일만의 손이 프톨레마이오스가 주둔하는 알렉산드리아에서 위쪽으로 바다를 넘어 아탈리드인들의 수도가 들어설 중심부로 미끄러져 갔다. 점령군을 구성해 지방 수령들의 업무를 보호하라는 임무를 받은 필레타이로스는 이 직권이 주는 잠재력을 금방 간파했다. 그는 더 이상 리시마코스를 위해 복무하지 않고, 오히려 그의 1인 지배를 흔들어놓으려고 했다. 그는 성곽의 탑에 보관 중인, 3천2백만 금 마르크에 해당하는 9천 달란트의 영업자금을 차지해버렸다. 그리고 곧바로 자신의 사업을 보호할 목적으로, 전 지역에서 힘센 일꾼들을 모집하는 돈을 뿌렸다. 파탄 상태인 상관이 약속된 의무의 이행을 경고했을 때, 그는 코웃음을 칠 수 있었다. 리시마코스는 그에게 더 이상 어떤 위험도 되지 못했다. 필레타이로스는 남쪽 지역 경쟁자인 셀레우코스와 동맹을 맺었다. 군사력의 균형이 유지되는 동안, 이 동맹관계는 상호 존중의 관계였다. 이 동맹은 우호조약이라고 불렀다. 시장 관리 개념을 빌리자면, 필레타이로스는 해안도시들을 보호통치한 것이었다. 알렉산드로스가 페르시아인들을 격퇴한 후 해안도시들은 과거의 자치권을 일부 되찾은 상태였다. 위대한 정복자 알렉산드로스가 내세웠던 주장, 즉 자신의 관심은 민주주의의 재건이며, 그리스인들은 모든 다른 종족에 우선한다는 그의 주장은 폴리스의 구미에 맞았다. 아시아 대륙을 깊숙이 가로지른 10년간의 대장정에서 알렉산드로스는 인더스 강에 이르기까지 군사 거점과 식민지를 건설했고, 세금 특혜를 누리는 식민지 그리스 상인들을 위해 방벽을 쌓았으며, 그 지역들을 자신의 이름을 따라 불렀다. 이런 일을 거치면서 그의 주장은 조금씩 달라졌다. 명예욕 때문에 그칠 줄 모르고 쟁취해온 세계제국을 하나로 유지하기 위해서, 그는 인종에 따른 차별대우들을 포기해야만 했다. 이제는 화해가 화두였다. 동서의 융합, 공동체와 단결을 갈파했다. 그렇지만 그것은 전투를 승리로 이끌고, 적대적인 세력가를 때리고, 고문하고, 죽이고, 노예나 병력 강화를 위한 병사로 사용할 포로를 잡아오고, 또 장교와 공을 세운 병사에게 줄 여자들을 잡아오려는 끝없는 욕심의 표현이었다. 젊은 나이로 죽음을 맞기 전, 알렉산드로스가 깨달음을 얻고 돌연 겸손해졌다는 주장도 있다. 그러나 달라진 것이 있다면 그가 중증 히스테리에 빠졌다는 것 정도였다. 초조해진 군사들이 난동을 일으킬 때면, 그의 히스테리가 폭발하곤 했다. 지금, 세계의 지배자로 부상하려고 발버둥 치는 저 상등병 출신의 독재자도 아직 터득하지 못한 그런 대단한 웅변조로 알렉산드로스는 흔들리는 사람들, 지친 사람들에게 갖은 약속을 해가며 그들을 다시 자기 편으로 끌어당겼다. 열병으로 서른 살에 급사하지 않았더라면, 아마 그는 얼마간 더 날뛰다가, 도처에서 이미 균열이 시작된 그 거대한 제국에서 몰락했을 것이다. 그가 남긴 것은 혼돈과 폐허와 불화였다. 부정부패를 자연스레 보고 커온 필레타이로스는 우선은 지주와 무역상들의 지원이 필요했기에, 이들에게 특혜가 돌아가게 했다. 대토지 소유의 확대가 허용되었고, 대형 상점들은 식민지 상품을 자유로이 취급할 수 있게 되었다. 시민들은 얼마 동안은 그런대로 괜찮았다. 세금과 지대의 징수는 소농과 수공업자 그리고 노동자들의 부담으로 돌아갔다. 페르가몬 제국의 건립 시기에 이르자, 해안도시의 주민들이 보기에 경제부흥이 다가오는 것 같았다. 그들은 과거 스파르타나 아테네의 군사위원회와 리디아의 왕과, 마케도니아나 트라키아나 로도스의 함장에게 고혈을 빨렸던 사람들이었다. 저 언덕 위 성의 통치권자가 온갖 화려함과 품위를 과시하는 것은 그들에게도 이로운 일이었다. 통치권자가 대단해 보일수록 근방의 제국들에게 대접을 받을 것이기 때문이었다. 그 통치권자가 폴리스의 권한을 조금씩 빼앗아가고 있다는 것은 아직 눈에 들어오지 않았다. 도시들은 외벽으로 둘러싸여 있었는데, 도시 안에서는 여전히 시민, 이주민, 병사, 면천된 자, 그리고 노예로 신분이 나뉘었다. 노예는 개인이나 관, 또는 영주에게 소속되었다. 외양상 민주적인 통치체제에서 시민들은 발언권을 가졌는데, 입법 기능이 있는 민회와 신분회의가 그것을 행사했다. 시행정위원회의 의원은 국민들이 선출할 수 있었다. 군대에 충성심을 증명한 이방 출신의 용병들은 시민권을 얻었고, 장교들에게는 토지를, 전투에서 탁월한 능력을 나타낸 병사들에게는 농토를 나누어주었다. 그리스 도시국가 사회에서 헬레니즘 전제군주국으로의 이행은, 경작한 곡식과 가축과 과수원을 지켜야 했던 유산 계층이 넓게 형성되면서 이루어졌다. 용의주도한 필레타이로스는 폭넓은 유산자 계층의 이러한 욕구를 바탕으로 민족감정을 부추겼다. 주민들에게 무력으로 국가를 방어하려는 의지를 고취시켜야만 했다. 위험한 것은 남쪽과 동쪽 지방 왕들의 탐욕만이 아니었다. 지금은 무엇보다 켈트족을 막아내기 위해서, 도시와 농촌의 추종이 필요했다. 켈트족은 갈수기 문제와 밀려오는 게르만족 때문에 거주하던 갈리아 지방에서 쫓겨나, 도나우 강을 따라 트라키아를 가로지른 뒤 해협을 건너 이오니아 해안 지대로 이주하고 있었다. 알렉산드로스 휘하의 장군이었던 아버지 아탈로스의 이름을 따서, 아탈리드 왕조를 건립한 필레타이로스는 징집된 엄청난 수의 병사들을 더욱 장악하기 위해 신들의 지지와 신화적 연줄을 갖고 싶었다. 과거 알렉산드로스가 자신을 헤라클레스의 후손이라고 주장했던 것처럼, 필레타이로스는 자기가 헤라클레스의 아들 텔레포스의 직계 후손이라고 말했다. 텔레포스는 어머니 아우게가 난파 사고로 죽은 뒤 페르가몬 산에서 살았다

고 한다. 필레타이로스와 그의 아우인 에우메네스가 갈리아인들을 막아
내고, 결국 그들의 다음 후계자가 그 땅에서 적들을 몰아내면서, 아탈로
스 1세로서 왕위에 오를 때까지, 그 50년의 역사를 논하는 것은 혼돈으
로 가득 찬 악몽을 설명하려는 것과 같다고 하일만은 말했다. 이 꿈같은
이야기의 주요 내용들에 대해서, 언젠가 역사적 전거를 확인하는 작업을
할 거라고 그는 덧붙였다. 그리고 그 역사적 사건들은 지난 50년간 우리
한테 일어났던 사건들과 충분히 같은 맥락에서 생각해볼 수 있다고 했
다. 우리가 겪은 사건들도 2천 년 뒤, 다시 우리 후손들을 경악하게 할
것이라고 했다. 하일만의 말이 계속되었다. 갈리아인들은 맥주를 즐겨 마
셨고, 그리스인들은 포도주를 좋아했지. 처음에 이 새로운 침입자들이
지역 주민들의 눈에 특별히 다른 점이 있었다면, 그게 유일했지. 강도짓
과 약탈을 일삼으며 일대를 휘젓고 다녔던 그 전의 용병들에 비해, 수레
행렬을 지어, 뿔 나팔을 들고 가족들과 함께 온 그 전사들의 풍습이 특
별히 더 야만적인 것은 아니었어. 갈리아인들은 정착해서 홉 농사를 지
을 수 있는 땅을 찾아 나섰던 것이다. 그들 자신이 거주지를 빼앗긴 것처
럼, 그들도 다른 사람들을 생활 터전에서 몰아냈다. 그들은 방벽이 쳐진
도시들은 건드리지 않고, 진입로를 가로막고 주민들에게 통행료를 요구
하는 식이었다. 자신들이 처한 재난 상황에서, 그들로서는 그 정도는 정
당한 것이었고, 게다가 그 전제시대에는 흔한 방식이었다. 그들은 돈 많
은 상업 중심지들을 찾아 진을 치고, 보호한다는 구실로 현물을 보수로
챙겼다. 여기저기서 창고를 털고, 항구를 점령하기도 하면서, 일부 갈리
아 부족은 소아시아 북서부 지역으로 퍼져나갔다. 한편 또 다른 부족들
은 중앙 고원지대로 향했다. 남자들이 그곳 비티니아와 폰토스 왕들의
군대에서 용병으로 복무할 의사를 밝혔기에, 그들은 프리기아와 카파도

키아 사이 지역에 정착할 수 있었다. 이들은 보병이나 기병으로 제일 인기가 있었다. 니코메데스와 미트리다테스의 연대에 속한 이들이 북동부에서 다시 페르가몬 지역으로 진군해 들어갈 때, 그 종족의 다른 부류들은 아탈리드인들의 군대에 있었다. 아탈리드 군대는 나라 북부에 자리 잡은 갈리아 부족을 향해 진격하는 중이었다. 갈리아인이 갈리아인과 싸우고, 마케도니아인과 트라키아인, 페르시아인과 시리아인이 서로 싸웠다. 모든 부대에 크레타, 로도스, 사이프러스에서 온 용병들이 들어 있었고, 작은 무리로 뿔뿔이 흩어진 미시아 유목민들도 기존의 족장과 신과 종교를 그대로 가진 채로 섞여 있었고, 알렉산드로스 전쟁에서 잔류한 멀리 유프라테스 출신의 키르타인[50]들이 있었다. 이런 잡탕 군대에 시골의 젊은이들이 징집되었다. 1드라크마[51]의 일당과 급식 제공, 면세, 또 전리품 소유권과 사망 시 가족에게 급료 승계 보장이 대가였다. 병사들에게는 조국이 없었다. 모집 장교들이 성스러운 과업과 의무를 아무리 떠들어대도, 병사들은 본인이 속한 군기 주인의 이름을 아는 경우가 드물었다. 왕에게 영토와 천연자원과 원자재, 그리고 가장 중요한 생산수단인 노예를 공급하기 위해, 그들은 날품팔이꾼으로 진군했다. 서로를 더욱더 예속으로 몰아넣기 위해, 노동자인 그들은 서로 공격했다. 그러다 사로잡혀 종종 적의 감옥에 갇히기도 했다. 이 가혹한 사업에 입지를 이용해 남쪽의 셀레우키아인들과 프톨레마이오스인들까지 끼어들었다. 진짜 목적을 은폐하기 위해 페르가몬의 선동가들은 열등한 원시종족들, 박멸되어야 할 야만인들에 대한 온갖 험담을 다시 떠벌리기 시작했다.

---

50) 고대 서남아시아의 메디아와 페르시아의 산악 종족.
51) Drachma: 고대 그리스의 화폐 단위. 19세기에 현대 그리스의 화폐로 다시 도입되어 유로화 통합 이전까지 사용되었다.

이방인들의 강도짓과 약탈, 강간과 방화에 대한 온갖 소문이 장터에 떠돌았다. 그 소문 속에 알렉산드로스가 퍼뜨린 여러 민족의 평화로운 공존이라는 환상, 그 남은 마지막 조각이 사라져 갔다. 도시민들은 가진 돈을 몽땅 내놓았고, 지주들은 가축과 수확물들을 내놓았다. 점령자들이 끔찍한 폭력을 자행할 것이라는 생각에 이들은 혼비백산했을 뿐 아니라, 페르가몬의 승리를 위한 희생을 조금이라도 거부하면 몽땅 노예로 만들겠다는 협박 앞에 공포에 질렸다. 행정에서 궁정관리들이 결정권을 장악한 것은 벌써 오래전 일이었다. 민의원은 더 이상 자유선거로 선출되지 않고, 영주들의 추천으로 임명되었다. 치솟은 전쟁배상금 때문에 주인들이 입은 손실을 부역 일꾼들은 더 이상 메울 수가 없었다. 수많은 예술품을 낳은 수준 높은 문화의 짧은 전성기가 시작되려는 시점에, 전래의 신분질서는 이미 소수의 특권층과 형태가 모호한 다수 대중으로 양극화되어 있었다. 다수 대중은 권한을 박탈당한 시민, 영락한 상인과 수공업자, 이런저런 노예들로서, 광범위한 궁핍 속에서 점점 비슷한 처지가 되어갔다. 페르가몬 왕국의 절대주의 통치의 실상을 보면, 냉혹한 폭력이 끊임없이 부추겨지고 충돌하는 과정이라고밖에 생각되지 않는다고 하일만은 말했다. 그는 가리개가 쳐진 현관문 앞에서 서성댔다. 얼마나 많은 사람이 목숨을 잃었는지, 역사학자들의 보고는 없었다. 하지만 카이코스 강 수원 지역에서 승리한 뒤 갈리아인 포로 4만 명을 언급한 걸 보면, 사망자와 동부 산악지대로 도망친 사람은 그 몇 배로 추정할 수 있었다. 벽을 따라 무겁게 드리워진 고요 속에서, 우리는 일순간 귀를 기울였다. 방금 군장과 무기가 짤그락대는 소리가 들린 것 같았기 때문이다. 돌격하는 몸들의 둔중한 소음, 살을 파고드는 칼들의 부딪힘, 다음 순간, 찰나의 시간에 부엌에는 격렬한 육박전이 펼쳐졌다.

전등 아래 투구와 칼들이 번쩍이고, 갈리아 전사들의 여인과 아이들이 살해되어 뒹굴었다. 하일만이 입을 뗐다. 예상했듯이, 제국의 평화는 겉모습뿐이었지. 이방 출신의 노예들이 모여들고, 백성들에 대한 착취가 심해지면서 불안이 커질 수밖에 없었을 거야. 이제 토지와 무역거점들을 장악한 봉건 가문들, 장교 계층, 그리고 부패한 관료층의 지지 아래 해방자인 아탈로스는 군사정권을 공고히 하고, 실용정치의 토대를 마련했다. 이를 바탕으로 아들인 에우메네스 2세는 페르가몬이 세계적 명성을 얻도록 만들 수 있었다. 아탈로스는 남쪽의 경쟁자들을 물리칠 동맹을 맺었는데, 두 세대쯤 지나서 그의 종족은 바로 이 동맹관계 때문에 몰락했다. 아탈로스는 지중해의 패권자로 부상하고 있었던 로마인들과는 대적하지 않았다. 질 것 같았기 때문이다. 그보다 오히려 사업관계를 트고, 로마인들의 해외 식민지 영업소 설치를 허용하고, 문화 교류를 시작하고, 로마인들의 마케도니아 정복전쟁을 지원했다. 다른 한편 페르가몬은 로마인들의 도움으로, 시리아의 안티오코스와 폰토스의 파르나케스를 칠 수 있었다. 로마와 동맹을 맺지 않았다면, 페르가몬의 제우스 신전과 외벽을 하나의 띠로 감는, 새로운 방식의 그 경이로운 부조는 아마 탄생하지 못했을 것이다. 회담과 능란한 외교로 지켜낸 40년간의 평화, 그 후반 20년 동안 정신은 자기만의 영역으로 완전히 분리되었다. 수백 년을 이어온 예술 지식들을 동원한 창조의 노력이 극도의 집중 속에 이루어졌다. 헬레스폰트에서 타우르스까지 뻗은 에우메네스의 왕국은 아시아의 공격적인 통치자들로부터 로마를 보호하는 역할을 했다. 다른 한편 왕국을 침략할 가능성이 있는 자들에게 미리 겁을 주려면 로마 원로원의 호감을 사야 했다. 스스로를 자선가로 칭하는 에우메네스 밑에서, 권력을 예술의 광채로 치장하려는 그의 주문에 따라 조각가들은 모든 시대적 조건을 뛰어넘는 비범한 작품을 창조해낸 것이었다. 예술가들은 좁게는 재화의 풍요 속에 있었고, 넓게는 굴종과 혼돈과 무기력에 둘러싸여 있었다. 저 부조가 당시의 권력 체계를 부정한 것은 아니었다. 누구를 찬미하고, 누구를 비하하는 것인지는 분명했다. 그렇지만 그 석물을 지금 곰곰이 떠올려보면, 신적인 인물들은 표정이 굳고 차가웠으며, 너무 크고 접근하기 어려운 인상이어서 비현실적이었다. 그에 반해 패자들의 모습은 흉측하지만, 두려움과 고통이 역력했고 그래도 인간적이었다. 코피가 물었다. 그렇다면 조각가들이 이들 편이었던 건가. 언덕 아래 도시들마다 익어가던 반란에 우호적이었던 건가. 아니면 사방에 널린 갈등과 체념과 반항을 단순히 조각의 형태와 움직임과 대비를 위한 자극으로만 받아들였던 건가. 하일만이 말했다. 조각가들은 분명 아리스토니코스를 알고 있었을 거야. 아리스토니코스는 에우메네스가 어떤 하프 연주가의 딸인 에페소스 출신의 한 첩에게서 낳은 아들이었어. 에우메네스는 이 아들의 후계자 직위를 아예 부정했기에, 아리스토니코스는 일찍부터 백성들과 가까이 지내며 백성들의 곤궁함을 알고 있었지. 조각가들은 아리스토니코스가 소작농, 불만에 찬 병사, 또 노예 들과 함께 사기꾼과 약탈자들의 지배에 저항하고, 좀더 정의로운 국가를 건설할 준비를 하고 있다는 것을 분명 알았을 거야. 사실 그런 폭동이란 그들에게 별 새삼스러운 건 아니었다. 그리스 식민지에서는 노예들이 반란을 일으켰고, 카산드라에서는 일찍이 극빈자들의 소요가 있었다. 그리고 스파르타에서는 마케도니아의 족장들이 아기스와 클레오메네스의 봉기에 굴복해야 했던 적도 있었다. 마지막 융성을 겪으며 권력이 와해되었고, 그러면서 페르가몬의 통치 체제에 처음부터 잠재되었던 붕괴가 시작되었다. 사회가 양극화할 때 득세하는 것은 사회적 발전을 추구하는 세력이 아니라 스스로 파멸로 치닫는 보수주의 세력이었다. 페르가몬에 파견된 대표들의 진격 명령을 기다리며, 로마의 군대는 오래전부터 공격을 준비하고 있었다. 그러나 습격에 좀더 적당한 순간을 기다릴 필요도 없이 로마군은 페르가몬으로 진격할 수 있었는데, 에우메네스의 아들이며 적법한 왕위 계승자로 아탈리드 족의 마지막 왕인 아탈로스 3세가 이복동생을 막아달라고 도움을 청했기 때문이다. 자신의 왕국이 민중의 정권으로 넘어가게 두기보다, 왕은 차라리 로마인들에게 나라를 넘기려고 했던 것이다. 로마 장군들의 대제국 건설이 어떻게 진행되는지는 그동안 코린트와 카르타고가 보여주었다. 또 다른 계획들을 어렴풋하게 염두에 두고, 로마인들은 그리스 문명의 땅인 페르가몬을 바로 아시아라고 지칭했던 것이다. 군대를 이동시키고, 지방장관과 지대 징수인을 배치한 뒤 술라가 동부와 남부에서 공격해오는 군대를 섬멸해 진지망을 구축하고 나자, 안토니우스가 왔다. 그는 페르가몬 도서관에서 지식을 보관하는 양피지 두루마리를 빼내 알렉산드리아로 실어 나르게 했다. 안토니우스의 이시스, 왕들의 왕인 그 여인, 클레오파트라를 위한 결혼 선물이었다. 안토니우스를 신이자 자선가로 기리는 전신상이 세워졌다. 그것은 곧 트라얀과 하드리안 황제 기념상 및 기념탑들과 함께, 잊힌 페르가몬의 왕들과 신들의 유적들을 압도했다. 로마와 로마 황제를 경배하는 새 신전들이 아탈리드 궁성들이 섰던 자리에 솟아올랐다. 거대한 건축물과 원형경기장, 요양 목적의 공중목욕탕들이 페르가몬 언덕 주위를 에워쌌다. 저 위, 카라칼라 황제의 진흙 치료 온천장, 연극 공연과 음악과 무용 행사, 예술경연대회와 고담준론의 사교 모임에 또다시 가진 자들, 힘 있는 자들이 모여들었다. 그리고 저 아래, 하수가 흐르는 도랑 골목길과 숨 가쁘게 돌아가는 조선소와 대장간과 공장에서는 백성들이 학정과 탈진으로 쓰러져 갔다. 사정

없는 매질과 광포한 발길질, 고리대금업자와 잘 발달된 군사 조직을 갖춘 로마의 공권력은 하지만 비잔틴 통치 체제에 비하면 아무것도 아니었다. 로마인이 통치할 때는 적어도 개혁의 싹이 있었다. 교육제도에 관심이 있었으며, 교사, 의사, 학자 들을 후원했다. 그러나 비잔틴 동로마제국에서는 외양뿐인 허식이 가득한 행사들에 모든 국력을 소진했다. 층층이 뻗은 성직과 세속 귀족계급들은 간신배와 아첨꾼에 둘러싸인 채 핍박받는 백성들 위에 군림했다. 높은 직위를 훔친 그들은 감히 대적할 수 없는 존재였고, 그들이 저지른 범죄는 책임을 물을 수도 없었다. 그런 학정을 대가로 예술이 탄생한다면, 예술 작품이란 영원히 혐오스러운 어떤 게 아닌지 물어봐야 한다고, 코피 어머니가 말했다. 뼈가 불거진 큼지막한 두 손은 무릎 위에 놓여 있고, 푸르스름한 혈관이 불거진 두 다리는 나란히 대야에 잠겨 있었다. 옛 성소의 유적 옆에 가마를 설치했던 석회 제조자들이 이해가 된다고 코피 어머니는 말했다. 기둥머리 부분이나 돌출된 외벽 띠, 그리고 조각상들은 이들에게는 단지 대리석 부스러기일 뿐이었다. 종종 얼굴이나 몸체, 또는 동물 형상의 부서진 조각들을 보더라도, 그 석재에 함유된 석회를 우선시할 수밖에 없었다. 미장이들에게 직육면체의 대리석이 건축 자재였듯이, 석회 제조자들에게는 판매 가치가 있는 회반죽 재료일 뿐이었던 것이다. 굴러다니는 대리석 잔해에서 석회를 제조하는 것은 벌써 수백 년 내려오는 일이었다. 고고학을 아는 한 엔지니어가 이 지역에 도착하면서 끝이 난 것은 이 일만이 아니었다. 부서진 돌들을 엉성한 손수레로 주변 마을로 실어 나르던 것도 끝이 났다. 터키 정부의 위임을 받아 소아시아 서부를 관통하는 도로를 건설하던 후만[52]은 옛 페

52) Carl Humann(1839~1896): 독일의 엔지니어이자 건축가, 고고학자로 페르가몬 제단을 발굴했다.

르가몬 언덕 위로 소풍을 갔다가 그 고대의 유물 조각들을 발견하고는 그곳에서 작업하던 사람들을 쫓아버렸다. 그러면 석회 제조자들이 보상을 받았는지, 코피 어머니가 궁금해했다. 하일만이 말했다. 대재상 후아드 파샤의 명령으로 그 사람들은 자기 도구들을 챙겨 동쪽 산악지대로 이주해야만 했죠. 거기가 그들의 원래 거주지라고들 했어요. 이 산악지대는 과거 켈트족 난민들이 거주했던 갈라티아라는 나라의 영토였죠. 제단 부조의 거인 형상의 원형이었던 수염 더부룩한 그 인물들은 다시 한 번 터전을 잃고 쫓겨난 것이었다. 살아 있는 인간들은 황량한 초원과 사막과 자갈땅에서 몰락해갔고, 그들을 본뜬 돌조각은 새롭게 생명을 얻을 수 있었다. 1871년 9월, 안개 짙은 밤이 지난 어느 청명한 아침, 측백나무와 오디나무 사이로 후만은 마른 땅에 파묻혀 누워 있던 가이아의 아들, 그 엉클어진 머리와 푹 꺼진 두 눈, 가득한 고통으로 벌어진 입에서 모래를 털어냈다. 1878년 6월 본격적인 발굴이 시작되기까지, 그는 준비 작업과 소규모 발굴로 수년의 시간을 보내야 했다. 코피 어머니가 물었다. 그 작업에 누가 돈을 댔지. 비용은 얼마나 됐는데. 하일만이 말했다. 1단계에서는 25일 작업으로 계산해서, 대부분 불가리아인으로 20명을 부렸죠. 이 기간에 이들이 받은 돈은 총 8백 마르크였죠. 감독관은 1백 마르크를 받았고, 연장과 기계 장비에 5백 마르크가 책정되었어요. 후만의 보수는 1천 마르크나 되었다. 여행 경비 및 그 밖의 잡비를 포함해, 지출은 3천 마르크에 달했다. 황태자 프리드리히 빌헬름이 이 일에 관심을 보이면서, 왕실 비자금에서 돈이 흘러나왔다. 프랑스를 꺾고, 프로이센 왕이 황제가 되고, 독일 제국이 건립되고, 또 자본을 위협하던 코뮌이 파리에서 일망타진되고 나자, 산업 팽창의 시기, 세계 경영의 시기가 도래했다. 궁정이 있는 수도는 군주이자 식민 통치권자인 황제의 예술 감각을 과시할 귀한 소장품들이 필요했다. 터키와 러시아 간에 전쟁이 벌어졌지만, 페르가몬 언덕의 발굴은 계속되었다. 처음에는 발굴품의 3분의 1은 발굴자가 갖고, 3분의 2는 터키의 국가 소유로 삼는다고 협의했다. 그러나 황제와 종속적 관계였던 콘스탄티노플의 대재상은 황제의 정부에 3분의 2를 약속했다. 그나마 남은 3분의 1도 2만 마르크는 지급하고, 나머지 2만 마르크는 궁핍한 터키인을 위해 구휼 기금으로 내는 조건으로 넘겨주었다. 1886년, 페르가몬 언덕의 발굴이 끝나고 부조판과 기둥과 조각상들을 담은 1천 개도 넘는 상자들을 싱켈[53]이 지은 박물관으로 이송하는 일이 완료되었을 때 왕실 비자금과 국가 문화 예산에서 페르가몬의 그 대리석 작품에 지불된 돈은 30만 마르크였다. 여타의 예술품 구입과 비교하거나, 작품의 실제 가치에 견주면 너무나 싼 것이었다. 코피 어머니가 말했다. 그래도, 잔혹한 것에 아름다움이 깃들 수는 없어. 미음자 건물이 만든 안뜰의 사각 공간을 가르며 날아오른 고함 소리가 집 안으로 밀려들었다. 창문이 덜커덩 닫히고, 문들이 쿵쾅대며 닫혔다. 방공 훈련을 위한 소등 지시에도 불구하고 어느 집에선가 흘러나온 불빛을 건물 관리인이 발견한 것이었다. 계단 부분에서 쿵쾅대며 발을 구르는 소리가 났다. 우리는 조용히 앉아 있었다. 참았던 분노와 두려움, 쌓이고 쌓인 권태, 억눌렸던 광기가 갑자기 폭발해, 고함과 난동으로 터져 나왔다가, 금방 다시 사그라지는 것을 듣고 있었다. 밖에서 누군가 계단을 살금살금 걸어 내려가고 있었다. 환하게 빛나는 포이베는 불타오르는 햇불을 막 뒤로 물러서는 날개 달린 거인의 얼굴에 겨누었다.

---

53) Karl Friedrich Schinkel(1781~1841): 프로이센의 건축가이자 화가이며 도시계획자. 프로이센에 신고전주의 양식의 건축이 도입되는 데 결정적인 역할을 했다. 오늘날 베를린 미테 지역의 외관은 싱켈 건축미학의 결과이다.

포이베의 딸인, 빛나는 별의 여신 아스테리아는 사냥개가 쓰러뜨린, 뱀 다리를 한 상대편의 머리카락을 거머쥔 채 칼로 빗장뼈를 뚫고 그 가슴을 깊이 찔렀다. 아스테리아의 팔에 닿은 패자의 손은 아무 반항도 없었다. 신적인 존재들, 그들 모두가 우월하고 위풍당당했다. 레토는 자신의 허리께로 발을 뻗어 버티는, 쓰러진 티티오스의 고함치는 입속으로 불덩이를 쑤셔 박았다. 아르테미스와 아폴로의 어머니로 유명한 레토의 명성은 그 후에도 흔들리지 않았다. 반면 야만인인 티티오스는 지하 세계에서 영원히 독수리에게 뜯어 먹히는 벌을 받아야만 했다. 시체 더미에 등을 대고 누운 크토니오스의 이마를 화려한 장식의 샌들로 밟고 있는 사랑과 미의 여신 아프로디테는 온 힘으로 크토니오스의 몸뚱이에서 창을 뽑아내는 중이었다. 쓰러진 이 초자연적 존재는 썩어갈 것이고, 식물들을 위한 자양분이 될 것이었다. 하지만 거품에서 나왔다는 여인 아프로디테는 계속 수많은 승리와 끝없는 경배를 누리게 될 것이었다. 생명의 실을 잣고, 삶의 기회를 주고 또 멈추는 일에 선택된 모이라들은 쓰러진 적들 위에서 날뛰고 있었다. 이들 여전사들이 몰고 온 전쟁과 궁핍과 참혹함의 폭풍 위에서 그들의 매끈한 얼굴은 미동도 없었다. 시체를 뒤로 하며 그들은 쉬지 않고 나아갔다. 세 쌍의 팔과 세 개의 머리가 달린 도움의 여신 헤카테는 커다란 방패로 몸을 막고, 조야한 한 거인을 향해 불 막대와 창과 칼을 겨누고 있었다. 이 거인의 한 손은 막 던질 듯이 돌멩이를 들었지만, 그 얼굴은 피할 길 없는 파국을 표정으로 말하고 있었다. 코피 어머니가 말했다. 철갑으로 중무장한 상대편에 대항할 무기라곤 돌멩이밖에 없군. 무릎을 꿇고, 기고, 깨지고 갈라진 보도블록 위로 쓰러질 뿐이야. 물대포와 가스 유탄, 기관총 앞에 속수무책으로 당하고. 코피 어머니는 저 전투를 바로 점령된 우리의 도시, 점령된 우리의 나라에서 다시 보고 있었다. 아들 알키오네우스를 살려달라는 가이아의 애원은 소용이 없었다. 그 아들을 손아귀에 넣은 아테나는 갈가리 찢어 죽일 셈이었다. 뱀이 가슴을 물어 이미 숨이 끊어지는 중이지만, 아테나에겐 충분치 않았다. 자신에게 대단한 이름을 붙이고, 자신들은 천하무적이며, 지고의 세계 질서를 원하는 것이라고 떠드는 특별한 소수가 바리케이드 뒤의 맨몸뿐인 인간 무리에 죽음을 내린 것이었다. 대야를 비운 코피 어머니는 앞으로 몸을 숙인 채 앉아 있었다. 다리에는 수건이 걸쳐 있었다. 코피 어머니는 그 흐릿한 장면을 뚫어지게 응시했다. 모든 것을 빼앗긴 사람들의 아수라장, 그 위로 의기양양한 힘 있는 자들의 모습. 우리들의 이야기에서 어머니는 온통 이런 것을 보고 있었다. 한참 침묵이 흐른 뒤 하일만이 입을 열었다. 페르가몬 같은 예술품들은 끊임없이 새롭게 읽어내야만 한다고 했다. 어떤 반전을 얻어낼 때까지. 그래서 땅에서 태어난 존재들이 어둠과 노예 상태에서 깨어나 그 참된 모습을 드러낼 때까지.

경제적 특권은 지식의 우월과 밀접한 관계가 있었다. 소유에는 인색함이 따라붙는다. 이권을 가진 자들은 가난한 사람들의 교육을 가능한 한 막으려고 했다. 우리 스스로가 상황을 파악하고 중요한 지식들을 획득하기 전에는, 지배자들의 특권이 제거될 수 없었다. 사유하고, 관계망을 찾아내고, 추론하는 능력이 아직 충분치 못했기에, 우리는 후퇴를 반복했다. 이런 상황을 바꿀 출발점은, 지배층이 무엇보다 우리의 지식욕을 억제하는 데 힘을 쓴다는 사실을 통찰하는 것이었다. 교육 과정을 이

수하는 것, 편법이든 자기극복이든, 모든 수단을 써서 어떤 학습 분야든 지식을 쌓는 것이 가장 중요했다. 공부를 한다는 것은 처음부터 저항이었다. 우리를 방어하고 승리를 준비하려고, 우리들은 자료를 모았다. 연구 대상이 한 문제에서 다음 문제로 무작위로 넘어가는 경우는 거의 없었다. 우리는 한번 파고들면, 거기서 한 단계 더 나아가는 식으로 공부했다. 피로나, 기존의 관점들과도 싸워야 했지만, 일과 후 자율학습을 위해 또 집중하는 건 무리라는, 언제나 듣는 주장과도 우리는 싸워야 했다. 마비된 머리가 멍한 상태를 벗어나고, 단순하게만 돌던 생각이 우선 다시 유연해져야만 하는 경우도 물론 종종 있었다. 하지만 우리의 관심은 남들과 다르지 않았다. 중요한 것은 임금노동이 평가절하되거나 비하되지 않는 것이었다. 우리 같은 사람들이 예술과 학문적 문제들을 다루는 건 정말 대단하다는 말을 우리는 사양했다. 우리 것이 아닌 노동을 하면서도 자신을 지키려는 우리의 의지가 있었기 때문이다. 그때 코피아버지가 부엌으로 들어왔다. 식탁에 다가선 코피 아버지는 수없는 솔질로 반들거리는 검은 양복에, 칼라 없는 남방셔츠 차림이었다. 빵떡모자를 이마 위로 밀어올린 채, 후줄근한 서류가방을 겨드랑이에 낀 코피 아버지를 보자 하루의 일과가 얼마나 우리의 어깨를 짓누르는지, 또 상상력이나 정신적 몰입, 또는 성찰의 여유를 누리려면, 우리가 넘어서야만 하는 간극이 얼마나 큰지 모두가 느낄 수 있었다. 한 권의 책을 읽거나 화랑이나 연주회장, 또는 연극을 보러 극장에 가는 게 우리한테는 특별히 더 힘들고 골치 아픈 일이라는 생각을 일찍부터 우리는 단호하게 거부했었다. 언어의 부재에서 벗어나려는 노력은 어느덧 우리 삶의 과제가되었다. 그러면서 우리가 주목한 것은, 인류 최초의 발언들이었다. 그것은 침묵을 극복하고 문화의 영역으로 들어가는 길을 가능케 하는 근본

형식들이었다. 우리가 생각하는 문화는 모아놓은 재화 더미나 발명 및 지식의 집적과는 다른 것이었다. 그런 축적된 자산들을 무산자인 우리는 처음에는 불안과 큰 경외심을 가지고 바라보았다. 그러다가 그 모든 것에 대해 우리 자신의 평가가 있어야만 한다는 것, 전체 개념이 우리 삶의 조건에 대해, 또 우리 사유의 어려움과 고유함에 관해 무언가 말해 줄 때만 비로소 유용하다는 것을 깨닫게 되자 상황이 달라졌다. 이런 문제를 다룬 것은 루나차르스키,[54] 트레티야코프,[55] 트로츠키[56]였는데, 이들의 책은 우리도 알고 있었다. 또한 1920년대에 있었던, 노동자 작가를 양성하려던 시도에 대해서도 알고 있었다. 문화 문제에 대한 마르크스와 엥겔스, 그리고 레닌의 얘기들을 우리는 학습 서클에서 토론하곤 했다. 이들의 말은 유익했고, 사고에 자극을 주고, 미래를 보게 하는 면이 있었다. 그렇지만 이들의 말은 우리가 추구하는 전체와 뭔가 어긋났다. 어딘지 고답적이고, 권력 세계의 규범과 채 절연하지 못한 어떤 면이 있었다. 이른바 문화라는 것이 우리에게도 분명 도움이 될 거라는 말이 진보 진영에서 들려오곤 했다. 실제로 우리는 많은 예술 작품의 위대성과 중요성을 이해하게 되었다. 사회적 계층 분화와 모순과 갈등이 그 시대의 예술적 기록에 어떻게 반영되는지 이해하기 시작했다. 하지만 그것만으로는 우리 자신을 담아내는 세계상을 얻을 수 없었다. 우리에게 맞다는 것

---

54) Anatorly Vasilievich Lunacharsky(1875~1933): 10월 혁명 이후 러시아의 교육 정책 및 문화, 예술 분야에 큰 영향을 미친 러시아의 마르크스주의 문화이론가.

55) Sergei Trett'yakov(1892~1937): 러시아의 아방가르드 작가로 브레히트의 작품을 러시아어로 번역했으며 1937년 스탈린에 의해 숙청되었다.

56) Leon Trotsky(1879~1940): 러시아 혁명가. 1918~25년에 '전쟁전권위원'으로 붉은 군대를 창설했으나 1929년 스탈린의 반대자로 낙인찍혀 소련에서 추방된 후, 1937년부터 멕시코에 체류하다 1940년 암살되었다.

전부가 빌려온 형식과 양식들을 혼합해놓은 것들이었다. 기존 작품에 우리 입장을 넣어가며 해석을 시도해도, 결국 자기소외에 직면할 뿐이었다. 어떤 영원한 것, 위대한 것을 찾으려고 하면, 우리 자신의 계급에서 멀어지는 위험이 있었다. 기존의 예술 작품에 다른 개념을 적용하고 새롭게 해석해보려는 시도에 불신을 표시하는 사람들이 있었다. 부르주아 이데올로기의 막강한 헤게모니에 철저히 파괴당해, 지적 사유에 대한 동기가 전혀 없는 그런 사람들이었다. 하지만 그 얼굴을 들여다보면, 그들에게 잠재된 표현력이 있다는 걸 바로 알 수 있었다. 1933년 이전 시절에 나는 가끔 점심시간에 공장으로 아버지를 찾아가곤 했는데, 마침 어떤 문화 단체에서 온 사람이 구내식당에서 강연이나 시낭송을 할 때가 있었다. 그런데 그런 방식으로는 결코 여러 정신 분야에 대한 관심을 유도할 수 없다는 걸, 당시 나는 분명히 알게 되었다. 노동자들은 가져온 함석 도시락과 보온병, 기름 먹인 종이에 싼 버터 바른 빵 조각에 고개를 박은 채 앉아 있었는데, 금속과 리벳 해머의 끊임없는 소음 때문에 귀는 반쯤 먹을 지경이었다. 점심시간은 20분이었다. 그들이 앞에서 말하는 사람을 외면하고 식탁 위로 떨군 고개를 들지 않았던 것은, 식사 시간이 얼마 없어서만은 아니었다. 그것은 선의로 베푼 행사가 아무래도 낯설기만 한 데서 오는 당혹스러움 때문이기도 했다. 행사가 끝나고, 몸은 벌써 바쁘게 다시 공장 작업장으로 향하며, 박수를 쳤던 것은 예의에서였다. 무언가를 받아가는 건 예술가였다. 노동자들 자신은 공허하게 물러갔다. 우리를 구속 상태에 두는 한, 외부에서 그리고 위에서 오는 그 어떤 것도 우리를 감동시킬 수 없으며, 그래서 이런 상황이 벌어진다는 걸 나는 당시에 이미 간파했다. 우리에게 어떤 한 가지 전망을 선사하려는 시도는 서로를 불편하게 만들 뿐이었다. 어떤 특별한 배당을, 별도로 우리 몫

으로 마련해주길 원한 게 아니었다. 우리가 원한 것은 전체였다. 기존과
는 전혀 다른, 이제 새로이 창조되어야 할 그런 전체였다. 우리에게 우선
필요한 것은 현황 설명이었다. 정치적 조치나, 조직상의 계획들을 설명해
주는 것이었다. 이런 걸 할 수 있는 건 우리 자신뿐이었다. 우리끼리 있
을 때면, 실무적인 논의를 하다가 문화라고 할 수 있는 그런 유형의 얘기
로 자연스레 넘어가기도 했다. 그런 논의를 할 때면, 목소리에는 갈구하
는 절실함이 묻어났다. 세대를 거쳐 이어진 경험, 막 싹트는 자부심과
품위가 몸짓에 묻어나곤 했다. 정신적 억압에서 벗어나려는 우리의 노력
은 정치적인 것이었다. 시나 소설, 회화나 조각, 음악 작품이나 영화, 혹
은 드라마와 관련된 것은 모두 일단 정치적 성찰을 거쳐야 했다. 그것은
조심스러운 탐색이었다. 찾아낸 것이 어디에 유용할지 우리는 아직 알지
못했다. 어떤 의미가 있으려면, 그것이 우리 자신에게서 나와야 한다는
것만 알고 있었다. 식탁 위에 세워놓았던 가방에서 코피 아버지는 꼬깃
꼬깃 구겨진 종이와 병 하나, 칸이 나뉜 점심 도시락을 꺼냈다. 코피 아
버지는 개수대에서 설거지를 하고, 커피를 끓였다. 그러고는 윗옷을 벗은
채 목과 얼굴을 문질러 닦았다. 그런 다음 가슴께에 노루 머리가 일렬로
수놓인 모직 재킷을 걸쳐 입었다. 우리는 언젠가 우리가 갖게 될 것들,
우리가 이해하려고 노력하는 작품들에 대해서 다시 이야기를 나누었다.
코피 아버지가 말했다. 저녁이면 내 팔이 2미터쯤 늘어지는 것 같아. 걸
으면 손이 바닥에 끌릴 정도야. 이 모습은 바로 문학과 예술을 공부하기
시작한 그 시절 익숙했던 우리의 일상 그대로였다. 코피 아버지는 공장
하치장에서 여덟 시간 동안 상품 상자들을 밀고 끌고 나르는 일을 했다.
상자 안에는 대포 부품들이 포장되어 있었다. 코피 어머니는 전신국에서
전투기 조정에 필요한 부품을 만들었다. 납품된 모든 제품, 모든 포장 꾸

러미에는 검사표가 달려 있었는데, 거기에는 작업 과정에 참여한 사람들의 이름이 적혀 있었다. 그렇게 해서 한 명 한 명에게 책임을 물을 수 있었다. 느슨해진 나사 하나, 기어에 끼인 모래 몇 알, 빠지거나 잘못 연결된 전선. 우리가 책 한 권을 읽거나, 그림 하나를 감상하면서 판단할 때 기준이 되어야 할 척도는 바로 그런 것들이었다. 우리가 읽은 책의 주제가 우리의 체험과 유사한지, 우리에게 익숙한 사람들을 묘사하고 있는지, 입장이 뚜렷하고 해결책을 제시하는지, 곱씹어보았다. 우리의 기준과 직접적인 연관성은 없지만, 오히려 낯설기 때문에 관심을 끄는 작품들이 있었다. 우리는 주로 잡지나 박물관에서 접하는 글이나 그림들을 놓고, 그 정치적 투쟁 가치를 검토했다. 당파성이 분명하면, 우리는 그것을 긍정적으로 받아들였다. 그러다가 직접적인 정치적 효과는 찾기 어렵지만, 왠지 우리를 설레게 하고 중요해 보이기도 하는 다른 유형의 작품들을 접하게 되었다. 게다가 이런 유형의 책이나 그림은 새 권력자들에 의해 타락한 예술로 낙인찍혀 공공도서관과 미술관의 비치 품목에서 제외되기도 했다. 그 때문에 그런 작품들을 파업 행위 및 혁명 선언 목록에 집어넣고 싶은 마음이 더욱 커졌다. 초현실주의는 우리에게 처음부터 강한 인상을 주었다. 그건 헤켈 홀에서 호단이 노이로제와 우울증, 강박관념의 기원에 대한 많은 물음에서 시작해, 사회적 상황과 병의 동인들, 또 꿈의 자극 간의 관계를 지적한 뒤, 제약 없이 순간적 착상의 흐름을 따르는 예술에서 그런 특성들이 나타나는 양상을 설명해주었을 때였다. 자기 행동의 동기를 파고들기 위해, 논리를 뛰어넘고 이질적이고 충격적인 것도 허용하는 그런 표현 방식은, 자기 인식을 갈구하는 우리에게도 분명 맞을 것 같았다. 우리 역시 정해진 것, 확고부동한 것을 불신했다. 법칙이라는 외양 뒤에는 조작이 있었다. 그런 조작 때문에 우리 같은 많은 사람이 파멸하곤 했다. 다다이즘도 우리의 어떤 경향을 드러냈다. 다다이즘은 고급 살롱에 침을 뱉고, 석고상을 받침대에서 넘어뜨리고, 소시민적 자기과시를 위한 화환들을 찢어버렸다. 그건 우리 생각과도 맞았다. 위엄을 조롱하고, 성스러운 것을 희화하는 것은 동감이었다. 하지만 예술을 몽땅 파괴하라는 호소에는 호감을 느끼기 어려웠다. 그런 구호는 질리도록 많이 교육받은 사람들이 외칠 수 있는 것이었다. 우리는 문화의 영역을 일단 온전하게 넘겨받고 싶었다. 그곳에 무엇이 있는지, 무엇이 우리의 지식욕에 도움이 될지 살펴보고 싶었다. 막스 에른스트, 클레, 칸딘스키, 슈비터스, 달리, 마그리트[57]의 그림에서는 시각적 편견들이 해체되고, 불안과 부패, 공포와 변혁이 문득문득 번쩍이는 것을 볼 수 있었다. 어떤 것이 가치를 상실한 것, 몰락하는 것에 대한 공격이고, 어떤 것이 그냥 막 나가는 건지를 구별하게 되었다. 후자는 결국 시장제도를 흔들지 못했다. 딕스나 그로스[58]처럼 한편에서 현재의 다층성과 불

---

57) Max Ernst(1891~1976): 독일의 화가이자 조각가로 20세기 초 독일 다다운동과 초현실주의 운동의 대표적인 인물이다.
Paul Klee(1879~1940): 스위스 출신의 독일 화가로 표현주의, 구성주의, 입체파, 초현실주의 화풍을 구사했다.
Wassily Kandinsky(1866~1944): 러시아 출신의 화가이자 예술이론가로 20세기 초 추상예술의 선구자다.
Kurt Schwitters(1887~1948): 독일의 화가이자 시인으로 구성주의, 초현실주의, 다다이즘의 영향을 받았으며 광고포스터와 설치예술 분야의 선구자다.
Salvador Dalí(1904~1989): 스페인의 화가이자 판화가, 조각가로 20세기 초현실주의 예술의 대표적 인물이다.
René Magritte(1898~1967): 벨기에의 화가로 초현실주의의 대표적 인물이다.
58) Otto Dix(1891~1969): 20세기 초 독일의 대표적인 화가이자 그래픽디자이너로 신즉물주의에 입각한 사회비판적 화풍을 구사했다.
George Grosz(1893~1959): 독일의 화가이자 삽화가로 사회 고발적이고 풍자적인 화풍을 구사했다.

안정성과 혼란을 즐겨 묘사하면서, 동시에 붕괴를 사실적이고 정확히 그리려는 입장이 있었다. 또 한편에는 파이닝어[59]처럼 주어진 현실을 날카롭게 분석하고 계산하려는 입장이 있었다. 다른 쪽에는 놀데나 코코슈카, 베크만[60]처럼 현실을 격동적으로 과장하는 입장이 있었다. 우리는 이런 입장들 사이의 차이와 대립에 대해 토론했다. 금지 조치, 또는 이제부터 예술은 이런 것이라고 정해주는 허가 조치, 그리고 검열 조치들이 우리를 더욱 자극했다. 검열은 권력자들이 회화와 문학에 대단한 저항 기능이 있음을 인정한다는 것을 알게 해주었다. 그래서 우리는 이제 지하로 잠입했거나, 이 나라를 떠난 그 선구자들의 작품이 아직 남아 있는 책과 잡지들을 구하려고 늘 애썼다. 비합리적으로 보이는 어두운 사건들의 묘사에 비밀스러운 시적 언어와 암호 같은 비유와 마술적인 상징들이 적당한지, 아니면 사건들이 불가해하기 때문에 반드시 어떤 분명한 표현이 필요한지 생각해본 적이 있었다. 야간학교가 파하고 집에 가는 길에, 글라이스 드라이에크 역에서 하일만이 자신이 직접 번역한 랭보의 『지옥에서 보낸 한철』을 읽어주고 난 뒤였는데, 하일만은 둘 다 옳다며 말을 보탰다. 그는 기존 관념을 뒤흔드는 충격도 옳고, 단순한 사실들을 분석하기 위해 확고한 토대를 정립하려는 노력도 옳다고 했다. 코피 아버지가 입을 열었다. 하지만 대부분의 사람은 그런 문제들과는 동떨어져 있기 때문에, 도대체 그런 걸 물어볼 필요 자체를 느끼지 않아. 너희 얘기는 그런 사람들의 귀에는 전혀 들어오질 않아. 이명이 떠나지 않는 귀에 무

---

59) Lyonel Feininger(1871~1956): 독일계 미국 화가이자 그래픽디자이너, 삽화가로 20세기 초 모더니즘 회화의 대표적 인물이다.

60) Emil Nolde(1867~1956): 독일 표현주의의 대표적 화가이다.
   Oskar Kokoschka(1886~1980): 오스트리아 화가이자 작가로 빈 모더니즘을 대변했다.
   Max Beckmann(1884~1950): 구상적 표현주의 화풍을 구사한 독일 화가이다.

대 위의 대화나 연단의 현악기와 목관악기 소리가 들어갈 수는 없었을 것이다. 게다가 쑤시는 등을 접는 의자에 기대고 앉아 있기란 견디기 힘든 일이었다. 검은 연미복 차림으로 휘두르는 팔, 저 앞에서 두드린 건반을 타고 벌어진 뚜껑 사이로 흘러나오는 소리는 쇠테를 두른 머리에는 차라리 고통이었을 것이다. 모조 공간들에 둘러싸여서, 화려한 옷차림에 조명을 받으며, 립스틱을 바른 입을 움직이고, 애매한 몸동작을 하기보다는 수면 욕구가 우선일 수밖에 없었을 것이다. 작업대의 벨트가 돌아가는 가운데 그들은 극한까지 꼼짝없이 매달려 있었다. 시멘트 바닥에서 올라오는 지독한 냉기는 쉴 새 없이 발을 때렸다. 코피 어머니가 말했다. 새벽 3~4시부터 일어난 사람들이 녹초가 되도록 일한 그 장소에서 잠시 벗어난다고 해도, 렘브란트와 루벤스 그림이 양쪽에 걸린 푹신한 소파에 앉는 건 아니었으니까. 이불을 뒤집어쓰고 자기 바빴어. 두꺼운 책에 적힌 것들을 이해하려고 노력한다거나, 공연을 관람하기 위해 매표 창구로 간다든가, 신청서를 쓴다든가, 요망 사항을 자세히 적는다든가 하는 일은 무식을 드러낼 뿐이며, 생각할 수도 없었을 것이다. 금속 공장이나 기관차 차고, 버스 종점에서 돌아갈 곳은, 반쯤 감긴 눈으로 지친 다리를 끌고 기계적으로 걸어왔던 그 닳아버린 길밖에 없었다. 그것은 하나의 예술 양식이 어떻게 다른 양식으로 발전하느냐 하는 문제가 아니라, 하루는 아프고 다음 날은 기력이 없으면 어떻게 하느냐 하는 그런 문제였다. 별다른 지원책이 없었기에, 셋째 날도 아프면 처절한 고통이 시작되었다. 혹사당한 사람들에겐 지식이 다가오기 전에 병이 먼저 찾아왔다. 손가락으로 밑줄 그으며 읽는 문장들은 눈이 채 따라가지 못하고, 입으로 중얼거려보지만, 머리는 금방 다시 잊어버리는 식이었다. 집세를 더 이상 내지 못해서 관리인이 노크도 없이 마구 드나드는 지경이 되면,

끝장난 것이었다. 칭송받는 고상한 극작품들에서 카타르시스로 끝나는 일들이 오늘날에는 가혹하게도 일상의 체험이 되었다. 어떤 주목도 받지 못한 채, 초라한 모습으로. 코피 어머니가 말했다. 한 번 일을 쉬면 그다음에는 일이 더 힘들어지지. 코피가 말을 받았다. 그럼에도 불구하고 늘 우리의 과제가 무엇인가 생각해봐야 해요. 아무도 우리가 처한 현실의 맥락을 설명해주지 않으니까요. 사실 우리로선 접근이 어려운 문제들을 두고 우리가 대화를 나누게 만든 것도 이러한 현실이었다. 해방의 수단과 방법에 대해 무언가 말해줄지도 모를 이론들을 해석하려면, 우선 우리 활동 영역의 질서를 이해해야만 했다. 과거 어느 때보다 더 큰 자기상실을 겪고 있는 지금, 우리가 지금까지 성취한 게 없다는 사실이 분명해졌다. 우리가 공장의 폐쇄된 세계에서 야간고등학교의 열린 강의로 가는 일을 코피는 문화 노동이라고 불렀다. 강의로 발길을 향하는 것 자체가 성취였다. 반드시 해내야 했다. 우리의 발전을 가로막는 탈진 상태를 그렇게 극복해야만 했다. 참가자의 반 이상이 처음 몇 시간이 지나면 떨어져 나갔다. 저녁 7시면 납처럼 무거운 열두 시간 노동에 기진맥진하여, 이마로 책상에 방아를 찧어댔다. 주최 측은 이런 수강자들을 이미 감안하고 있었다. 간신히 버티는 나머지 수강생들은 손가락으로 눈꺼풀을 열고, 희미한 칠판을 노려보며, 또 팔을 꼬집어가며, 노트에 빽빽이 적어댔다. 강의 막바지에 이르면 더 많은 사람이 떨어져 나갔다. 방을 구하느라, 일자리를 구하느라, 사고가 나거나 혹은 그냥 의욕을 잃는 바람에 일주일 정도를 날리면 그것으로 끝이었다. 그러면 더 이상 강의를 따라갈 수 없었다. 질질 끌리는 무거운 발걸음을 외면한 채, 예술에 대해 논하길 원한다면 그것은 착각일 것이었다. 그림이나 책을 향해 1미터 더 다가가는 일은 일종의 투쟁이었다. 기어오르기 위해 몸을 밀어야 했다. 눈꺼풀은 껌벅여대고, 어떤 때는 그 때문에 웃음바다가 되기도 했다. 그럴 때면 무엇을 하려던 참이었는지 잊어버리기도 했다. 그림을 하나 감상하려고 하면, 눈에 들어오는 건 뭉쳤다 흩어지며, 어둡고 밝은 면들로 나누어지는, 얽히고설킨 번쩍거리는 선들이었다. 시신경의 조정 장치 덕에 우리에게 쏟아지는 혼란스러운 광선들이 읽을 수 있는 어떤 메시지로 통합되었다. 지식 습득 과정에 수반되는 모든 어려움을 우리는 잘 알고 있었다. 왜냐하면 우리는 늘 준비 단계에 있었기 때문이다. 어떤 때는 출발점을 채 벗어나지도 못했다. 그냥 주어지는 것은 아무것도 없었다. 어떤 문학 작품, 어떤 예술품도 곧장 이해되는 건 없었다. 사회주의적 사실주의 계열의 작품에서만은 양식과 형식 문제를 접어두었다. 이 경우는 내용만 보았다. 그것은 모든 다른 예술 사조들과 근본적으로 달랐다. 오로지 새로운 메시지를 통해 예술적 가치를 주장하는 이런 회화의 발생 과정을 우리는 알고 있었다. 이 회화는 19세기에, 암울한 고통에서 유래했다. 이 회화는 오늘날 힘차게 궐기한 그 세력의 선조들을 자유롭고 당당한 모습으로 그렸다. 난공불락의 우세한 권력에 맞서가며 세대를 이어갔던 노복들, 헐벗은 사람들, 빈민들의 모습을 가늠할 수 있게 해준다는 점에 바로 이 예술 전통의 커다란 가치가 있었다. 러시아 사실주의 화가들의 작품에는 굴종과 억압, 무력함만이 있었다. 하지만 묘사된 인간들에게 접근하고, 이들이 당한 부당함을 묘사했다는 바로 그 점에서, 화가들은 이미 변화를 생각하는 사람들 편에 서 있었다. 힘겹게 줄에 매달려 배를 끄는 레핀의 그림 속 인물들, 철둑 건설 현장에서 흙을 나르는 사비츠키의 부역자들, 눈보라 속에 물통을 끄는 페로프의 아이들. 또 천장이 낮은 가마실에 갇힌 채 핏줄이 불거진 손으로 부지깽이를 들고, 붉은 화염에 말라버린 듯 축 처진 야로셴코의 화부.[61] 넝마 차림에 맨발로, 또는 해진 샌들이나 짚신 장화를 신고, 강가 모래밭에서 힘겹게 발을 옮기는, 수염 더부룩한 농노들의 얼굴에는 아무 표정이 없었다. 모든 희망이 사라진 모습이었다. 썰매 앞의 아이들은 피골이 상접했고, 기진맥진해 멍한 그 얼굴들은 창백했다. 철로 건설 노동자들이 군인들의 감시를 받으며, 저 먼지 날리는 비탈에서 짐을 가득 실은 손수레를 몸으로 지탱해가며 끌었던 것은 1874년이었다. 그 황량한 삶, 소진만이 있는 그 삶을 살면서, 그들은 프랑스 혁명이나 코뮌에 대해서는 아무것도 몰랐다. 그들의 현실은 아직도 중세였다. 쿠르베[62]의 돌 깨는 사람들도 나아진 것은 없다. 하지만 돌 더미 가운데서 일하는 그들은 더 이상 절망에 압도당한 모습이 아니다. 옷은 남루하고 해졌지만, 그 동작에서 1848년 2월과 6월 봉기의 남은 힘을 느낄 수 있었다. 비록 폭동은 진압되었지만, 돌이 가득 찬 바구니를 밀어 올리는 젊은 노동자, 그리고 망치 자루를 움켜잡은 나이 지긋한 일꾼의 손은 바리케이드를 치고, 치열하게 저항하던 그 몸짓들과 어딘지 닮아 보였다. 두 인물은 관람자에게서 등을 돌리고 있었다. 인쇄물로 본 그 배경은 거의 검은색이었다. 먹을거리를 담은 쭈그러진 통이 있고, 곡괭이 몇 개가 무기처럼 준비되어 있었다. 두 사람이 몸을 돌린다면, 그 몸짓은 아마 기세등등할 것이다. 이런 그림들에서 우리는 우리 삶의 여러 모습을 발견할 수 있었다. 잡지나 책에서 보았기에 그림들은 선명하지 못하고 희미했다. 우리의 사유나 학습도 그와 비슷했다. 작품들에 대한 우리의 모든 판단은 개략적이고 잠정적일 뿐이었다. 눈으로

---

61) 각각 레핀의 「볼가 강의 배꾼들」(1870~1873), 사비츠키의 「철도 복구 작업」(1874), 페로프의 「트로이카」(1866), 야로센코의 「화부」(1878)를 말한다.
62) Gustave Courbet(1819~1877): 프랑스 사실주의 회화의 대표적 화가로 파리 코뮌에도 참여했다.

본 막연한 느낌이 지식이 되려면 수십 년은 더 필요할 것이었다. 원본을 보는 것은 대개 꿈도 꾸지 못했기에, 우리는 아쉬운 대로 흑백으로 인쇄된 것을 살펴보곤 했다. 그러면서 전형적인 요소, 몸짓, 그리고 인물 간의 관계들, 흐린 흑백 사본에서 읽어낼 수 있는 모든 것에 대한 식별력이 날카로워졌다. 런던 부두를 그린 도레[63]의 연작에서 노동자들은 화가가 그린 단테의 「지옥」편 삽화와 똑같은 심연의 어둠을 배경으로 하고 있었다. 하지만 노동자들이 세상을 떠난 것 같은 모습은 아니었다. 피어오르는 김, 자욱이 퍼지는 연기, 번득이는 불길, 부글부글 끓어오르는 물이 어울려 빚어내는 활기 속에서 노동자들은 억척스레 일하고 있었다. 흑백으로만 본 밀레의 그림에서는 하루하루의 삶이 벗어날 길 없는, 끝없는 고생이었다. 밀레가 그린 농촌 사람들은 몸에서 줄줄 흐르는 땀과 이글대는 태양빛이 뒤섞여 만들어내는 아스라한 수증기에 감싸여 있었다. 그들은 농기구와 한 몸이었다. 쌓아올린 짚 더미와 한 덩이를 이루었다. 추수한 작물을 붙잡고 씨름하며, 한바탕 비를 뿌릴 것 같은 후덥지근한 날씨에 흙덩이처럼 버티고 있었다. 하지만 그들이 가꾸는 그 땅은 그들의 소유가 아니었다. 하루 일에서 얻는 것은 비지땀과 소진된 몸뚱이, 그리고 동전 몇 푼이었다. 그나마 그 몇 푼 없이는 다음 날을 버틸 음식을 마련할 수 없었다. 그래도 그들은 일에 완전히 몰입해 있었다. 그들에게 노동은 결코 낯선 것, 강요된 것이 아니었다. 손놀림 하나하나에 마음이 실려 있었다. 일단 일을 손에 잡으면, 자신의 끈기를 스스로 알 수 있었다. 그들의 육체는 무디거나 무기력한 구석이 결코 없었다. 노동하는 인간들은 아직 자연적 존재로 묘사되어 있었다. 이삭 줄기를 뜯으려고 깊숙이 구부린 그 모

---

63) Gustav Doré(1832~1883): 삽화로 유명한 프랑스의 화가. 1869년부터 5년간 「런던 연작」을 제작했다.

습은 자연의 일부 같았다. 일렬로 늘어선 여자 세 명이 앞으로 나아가고 있었다. 한 여자의 손은 이삭을 막 잡으려는 중이고, 다음 여자의 손은 이삭을 움켜쥐었으며, 그다음 여자는 짚단을 모으고 있었다. 세 인물 모두가 똑같은 무게감, 똑같은 비중을 가지고 있었다. 구부린 채 쉬지 않고 천천히 앞으로 움직이고 있었다. 그런데도 의지가 느껴지지 않았다. 그들을 특정한 생산 과정의 구성 인자로 바라보지 않았다. 일하는 사람들의 몸짓에는 1848년 봉기의 흔적이 역력했다. 그러나 여전히 그들의 사회적 삶에 의문을 제기하지는 않았다. 괭이에 기대거나, 삽으로 밭을 찍거나, 씨를 뿌리려고 손을 휘두르는 인물들은 웅장하게 화면 전체를 차지하고 있지만, 여전히 운명에 순종하는 듯 보였다. 밀레 자신이 이런 사람들 사이에서 성장했다. 소작인은 아니었다. 부농의 아들이었다. 그는 곡식 냄새를 한껏 맡아보았으며, 헤라클레스처럼 양을 돌보기도 했다. 온갖 모양의 구름들을 쳐다보았고, 저편 높이 솟은 바위들을 바라보며, 결박된 프로메테우스를 떠올리기도 했다. 그의 그림에는 이런 신화적 광활함이 깃들어 있었다. 첫눈에 보기에, 혁명으로 성취한 것은 별로 없었다. 한번 성취한 것도 부르주아지의 힘 앞에 바로 다시 무너지곤 했다. 그러나 몸에 힘을 주고, 뻗고, 뛰어오르는 행위들은 더 이상 부정할 수 없는 가치였다. 밀레는 이런 프롤레타리아적인 에너지를 알아보고 재현할 줄 알았다. 밀레는 쿠르베와 같은 정치가는 아니었다. 그는 사회적 소요의 미래적 함의를 생각하지 못했다. 그는 자신의 체험을 그냥 그렸을 뿐이다. 사실주의자로서 인간 몸짓의 새로운 측면을 찾아내 묘사한 것이었다. 밀레는 비록 아직은 유토피아적이지만, 노동자들에게 어떤 특별한 힘이 있다는 것을 보지 못했다. 그러나 그는 노동자들을 그들이 자력으로 되찾은 인간의 품위를 갖춰 그려냈다. 그의 그림은 과도기 상황을 보여주었다. 인물들의 신체적 표현은 혁명의 경험 없이는 나오기 힘든 것이었다. 하지만 자의식을 향한 발걸음은 이제 막 시작되었을 뿐이었다. 그들의 힘은 단지 그 싹만 드러냈다. 하지만 밀레는 그런 삶을 사교계의 살롱에 들여놓았다. 땅 같은 표정을 하고 흙처럼 무거운 저 인물들, 땀에 찌든 저 인물들을 그들이 한 번도 벗어나지 못했던 익명의 장소에서 옮겨, 고상한 초상화와 님프와 양치는 여인들을 그린 그림들 사이에 놓았다. 그럼으로써 밀레는 혁명적 사건에 견줄 만한 일을 한 것이었다. 부르주아 계급만의 구역에 그런 인물들이 등장한 것은 그 자체로 예술 애호가들을 정면으로 공격하는 일이었다. 이 더러운 인물들은 원래 그들이 속한 곳, 저 바깥에 있어야 했기 때문이다. 하지만 이제 더 이상 그들을 물리칠 수 없었다. 비록 저녁 종이 울리는 가운데, 기도하며, 밀레의 들녘에 잘 어울릴 만한 신비주의적 몰아 상태에 빠져 있었지만, 이 인물들에게는 보는 이를 불안하게 만드는 무언가가 있었다. 조야한 나무 신발 차림에 괭이를 기대고 힘들게 숨을 몰아쉬는 품팔이꾼이나, 어두침침하고 먹처럼 흐릿한 모습으로 음산하게 흙덩이를 밟으며 걸어가는, 씨 뿌리는 사람은 한눈에도 위협적인 데가 있었다. 하늘에는 한 줄기 빛도 없었다. 동트기 전 일을 나선 것이었다. 그리고 일은 해 지기 전에 끝나지 않을 것이었다. 이 인상적인 몸짓들은 혁명에 어울렸다. 하인과 하녀들이 갑자기 아카데미즘의 신성한 영역, 부르주아 계급만의 무풍지대에 침입한 것이었다. 레르미트의 그림에 나오는 추수하는 일꾼들은 관리인이 주는 일당을 받는 중이었다.[64] 한 명은 꼿꼿이 선 채 돈을 받으려고 관리인을 향해 손을 뻗어 내민 모습이었다. 비굴함은 찾을 수 없었다. 또 한 명은 받은 동전이 맞는지 꼼꼼히 세는 중

---

64) Léon-Augustin Lhermitte(1841~1925): 농촌 풍경을 주로 그린 프랑스의 사실주의 화가로 여기서 묘사되는 작품은 「추수하는 일꾼들에게 품삯 주기」(1882)이다.

이었다. 또 다른 한 명은 날이 선 커다란 낫을 앞에 놓은 채 당당하고 육중하게 앉아 있었다. 이 그림은 임금 문제와 더불어 노동력의 착취 문제까지 건드리고 있었다. 노동자들의 가치는 이날 저녁 그들이 받은 것, 딱 그만큼이었다. 그들 앞에 놓인 그 풍성한 곡물은 다른 사람들 몫이었다. 그렇지만 그들은 다섯이고 관리인은 한 명이었다. 이러한 세력 관계뿐 아니라, 신체가 주는 느낌에서도 일꾼들이 우월했다. 뫼니에[65]의 광부들이나 부두 노동자들은 어떤 움직임도 없이 몹시 진지한 모습으로 우뚝 서 있었다. 그들은 힘이 충만했다. 하지만 손을 쳐들지는 않았다. 미술에서 노동자가 전면에 등장한 지난 세기에, 대항하거나 공격하는 모습은 별로 볼 수 없었다. 하지만 노동자들이 새로운 계급으로 부각되었다는 것, 실제 현실에 가까운 모습으로 등장함으로써 관객들을 곤혹스럽게 했다는 것은 충분한 예술적 업적이었다. 노동자들이 예술에 등장한 배경에는 일련의 봉기와 혁명이 있었다. 비록 실패를 반복했지만, 매번 새로운 경험을 쌓은 것도 사실이었다. 다음 돌격에서는 아마 좀더 준비가 잘되어 있을 것이었다. 화가들이 노동자들에게 다가갔다는 것, 그림의 모티프를 노동의 세계에서 찾았다는 것은 예술 역시 과거의 속박에서 벗어났다는 것, 민중의 힘이 예술을 사로잡았다는 것을 보여주었다. 그 힘이 표현으로 터져 나온 것이었다. 처음에는 역시 발언하고 전달하는 능력을 지닌 사람들이 그것을 담당할 수밖에 없었다. 화가들은 그 다그침을 들을 수 있었다. 그 경고를 자신들이 사는 체제 전체로 확장하진 못했지만, 그들은 문제를 고발했고, 비참한 현실을 강조했다. 화가들은 노동자들에게서 어떤 위임을 받았다고 느꼈고, 노동자들의 이름으로 항

---

65) Constantin Meunier(1831~1905): 벨기에의 화가로 노동자의 생활을 많이 묘사했다.

의했다. 화가들은 일시적으로나마 그들과 일체감을 느꼈다. 그러다가도 그들은 다시 관습의 유혹에 사로잡히곤 했다. 늘 그렇듯이 근원은 인민에게 있는데, 형상화는 그들보다 높은 차원에서 이루어진다는 데 모순이 있었다. 그런 형상은 더 이상 실재의 진실한 표현이라고 신뢰하기가 어려웠다. 인민의 것은 미화되고 과장될 필요가 없었다. 하지만 형식과 색채의 세계에서는, 그만의 독자성이 생겨나기 쉬웠다. 지난 세기의 사실주의 작품들은 간접적으로만 노동자들에게 도움을 줄 수 있었다. 노동자의 이미지가 예술의 영역에 퍼진 지는 이미 한참 되었지만, 그 예술적 영감의 원천인 노동자들은 여전히 예술에서 소외되어 있었다. 노동자들은 바로 자신들의 삶에서 대가들이 건져낸 것들을 거의 보지 못했다. 그런데 유리한 위치에 있는 사람들이 노동자들에게 관심을 갖고, 그들의 문제를 다루려고 생각하게 된 것이었다. 당분간 다른 방식은 어려웠다. 혁명의 기본 행동들이 언제나 위에서 넘어와서 실행되듯이, 상승을 원하는 사람들의 생각과 희망이 문화라는 그릇에 담겨 승화를 겪었다. 원래 인민의 것인데, 거꾸로 이들에게 베풀어지는 셈이었다. 종종 넘치는 동정심이 동반되었다. 끊임없는 모욕이자 일종의 비난인 이 순환 고리를 드디어 끊어내는 것, 우리에겐 그것이 중요했다. 그래서 노동자들이 이뤄낸 최초의 대돌파, 그 승리, 그 권력의 성립 과정을 그린 그림들을 코피와 나는 주저 없이 받아들였다. 우리 눈에 그 그림들은 필요한 모습 그대로였다. 분명하고, 사실적이며, 실제 사건에 부합했다. 그 그림들은 보통 예술 활동이 이루어지는 저 위에서 온 것이 아니었다. 그것은 직접 투쟁을 한 사람들, 그림을 통해 자신을 다시 보고 싶은 바로 그 사람들에게서 나온 것이었다. 그들은 익숙한 회화 기법을 택했다. 시각 습관의 변화를 요구하지 않았다. 혁명적 사건들의 묘사를 이해하기 위해, 새로운 양식을 검토하는 것보다 더 중요하고 근본적인 것이 교육에는 있었다. 과거 말할 줄도 모르고, 수동적이며, 용병으로 푼돈이나 받던 노동자들이 자신의 연장을 들고, 자신의 기계를 돌리는 때가 왔다는 것은 엄청난 도약이었다. 현실의 모습은 크게 변함이 없었지만, 인민의 삶을 그린 과거 러시아 그림들에 드리워졌던 폭정은 씻은 듯 사라졌다. 인물들은 더 이상 죄지은 사람처럼 수동적으로 서 있지 않았다. 그들은 전에 없던 자부심과 웃음을 머금고 있었다. 하일만이 말했다. 하지만 혁명이라는 사실 자체가 그 회화적 표현 방식의 문제를 면제해주는 건 아니야. 우리가 행동을 할 때도, 무엇이 옳고 무엇이 그른지, 다음 행동에 어떤 것이 해가 되고, 어떤 것이 도움이 되며 발전적일지, 꼼꼼히 따졌잖아. 하일만은 무력 작전의 특징은 신중함이었다고 했다. 그러니만큼 사람들의 그 에너지, 그 열광이 예술적 작업에 부합하는 가치로 전환되었는지 검토해야만 한다고 했다. 예술적 가치가 확인되지 않는 한, 그 작품은 외부 행동의 부산물일 뿐이라고 했다. 코피가 말을 받았다. 하지만 이 예술은 기존의 모든 잣대에서 벗어났어. 이 예술은 현실에서 곧바로 나온 거야. 과거의 지배 체제에서 생산된 누더기와 쇠사슬 그림들이 아마도 더 멋있을 수 있겠지. 구성과 색채 대비, 또 명암 효과가 완벽한 감옥 그림들이 있었겠지. 가난과 고통을 다룬 작품들이 새로운 예술 사조가 되기도 했겠지. 그러나 이 그림들은 지금까지 한 번도 실현되지 못했던 것, 바로 노동이 스스로 그 주체가 되는 사건을 표현하고 있어. 그런데 이상화되고 영웅화되면서 이 새로운 현실에서 사실주의가 사라지고 있다고 하일만은 말했다. 세기 전환기 사실주의자들이 극복했던 태도가 다시 등장했다는 것이다. 그래서 그림에 묘사된 실제 사건들이 어딘지 꾸민 것 같은 느낌을 준다고 했다. 하일만은 덧붙였다. 내용은 바뀌었지만, 전투와 알레고리를 그렸던 화가들을 다시 보는 느낌이야. 코피가 말을 받았다. 보통의 비평 방식으로는 이 그림들을 제대로 이해할 수 없어. 그림에 표현된 승리의 기쁨이 바로 그 작품들의 진실이야. 사회주의 건설에 아무 관심이 없는 사람한테는 그런 예술이 단순한 장식으로 보일 수 있겠지. 작품의 열광적 분위기가 공허한 미화로 보이겠지. 하지만 우리는 아직 엄두도 못 내는 해방을 향한 발걸음을 내디딘 그 나라에서는, 이런 과장이 바로 현실과 일치하는 거야. 하일만이 다시 말을 받았다. 이 예술을 평가하면서 우리는 저 노동자 국가에 대한 존경심과 감탄을 그 기준으로 삼고 있어. 그렇지만 예술 문제를 감정적이고 이데올로기적인 관점에서 다룰 순 없어. 우리 예술의 초석은 어떤 비판에도 흔들리지 않아야 해. 코피 어머니가 입을 열었다. 그 그림들은 우리에게 용기를 주잖아. 우리 편 사람들이 많이 무너진 지금, 그런 격려가 꼭 필요해. 그러나 하일만은 물러서려고 하지 않았다. 그 그림들은 그들의 업적과 성공을 보여주고 있죠. 그렇지만 새로운 탄생의 과정에 수반되었던 모순들은 보여주지 않아요. 그 그림의 내용을 당연한 것으로 보아서는 안 되죠. 혁명에 대한 생각이 아직 혁명이 아니고, 우선 실천을 필요로 하듯이, 회화적 발상 역시 형식을 통한 실현이 필요하죠. 그 그림들은 내용과 형식이 서로 어긋나 있어요. 혁명의 사건들을 재현하는 데, 낡아빠진 양식이 섞여 있죠. 미래를 생각하는 화가들이 낭만적 자연주의 기법을 사용하고 있어요. 이 기법은 부르주아 계급의 시대로 돌아가는 거죠. 코피가 말했다. 하지만 이런 자연주의는 소시민들의 편안한 눈요깃거리들을 모두 부숴버렸어. 전통적이고 익숙하다는 느낌이지만, 이 예술은 이윤과 착취를 목가적으로 그렸던 과거를 넘어섰다는 것이 드러나잖아. 더구나 상황이 긴박한 지금, 최종 상태에 도달하는 게 중요한 건 아니라고 코피는 말했다. 중요한 것은 힘을 보여주는 것, 성취한 것을 지키려는 의지를 보여주는 거라고 했다. 도덕적 의미에서 우리는 이 그림들을 지지해야 하며, 언젠가 이 업적의 위대함에 꼭 맞는 예술 형식이 나타날 때까지는 부족한 점이 있어도 받아들여야만 한다고 했다. 그러자 하일만이 말했다. 알면서도 인위적이고 외양뿐인 것을 감수하고, 또 이미 발전이 예상되는데도 그냥 제자리에 멈춰 있다면, 그건 우리의 모든 배움을 스스로 부정하는 거야. 그의 말이 이어졌다. 이런 곳에서 어떤 문화적 반혁명이 사회에 대한 우리의 이해를 잠식하는 거야. 소시민 근성이 파고들어서 우리의 생각을 좀먹는데, 우리는 그걸 눈치채지 못하지. 많은 열성 정치 운동가의 예술 취향이 모방과 적당주의를 넘어서지 못한 데서 이런 상황이 비롯된 것으로 본다고 하일만은 말했다. 하지만 예술품이 하나도 없는 것에 비하면, 천박한 중산층의 방에 걸린 감상주의와 과잉 장식과 모방이 뒤섞인 작품이 분명 낫다고 할 수 있으니, 그런 예술 취향도 이해는 된다고 했다. 교양을 쌓고 싶은 많은 사람이 일단 주변에 널린 이런 것들을 접하니까, 이 형편없는 껍데기들을 예술로 착각한다고 했다. 하일만은 말했다. 우리의 예술을 위한 투쟁은 동시에 소시민적 경향을 극복하려는 투쟁이어야만 해. 고흐의 간단한 스케치 작품 하나만 봐도, 그 거친 선들에서 금박 액자의 웅장한 그림에서는 찾을 수 없는 아름다움을 충분히 확인할 수 있잖아. 그의 말이 계속되었다. 일차원적 낙관주의를 용납할 수도 있어. 그 낙관주의가 다른 모든 주장을 일축하는, 절대적 가치를 요구하지만 않는다면 말이야. 하일만은 다른 미학적 조류, 특히 영화 분야에서 등장한 것들을 지적했다. 바이마르공화국이 몰락하기 전, 우리는 그런 영화를 몇 번 본 적이 있는데, 그때 받은 인상들은 우리가 정치적 신념을 키워가는 데 결정적인 역할을 했다. 고리키나 오스트롭스키,

글랏코프, 바벨[66]의 경우, 등장인물들이 결코 도식적인 느낌을 주는 법이 없었다. 10월 혁명을 전후한 몇 년 동안 회화와 건축에서는 혁명의 본질에 부합하는 발전된 시도들이 있었다. 하일만이 물었다. 그런데 왜 지금 이미 도달한 수준에서 한참 퇴보를 하게 되었지. 왜 혁명적인 예술이 거부되고 폄하되는 거지. 시대의 실험에 목소리를 부여했던 작품들, 예술이 속한 현실이 근본적으로 변화했기 때문에 혁명적이 된 작품들, 그 새로운 출발에 대한 대담하고도 매혹적인 비유인 그 작품들이 왜 다 지난 것에 의해 밀려난 거지. 마야콥스키, 블로크, 베드니, 예세닌과 벨리, 말레비치, 리시츠키, 타틀린, 바흐탄고프, 타이로프, 예이젠시테인, 베르토프[67] 같은 작가와 예술가들이 새로운 보편 의식에 걸맞은 언어를

---

66) Maksim Gor'kii(1868~1936): 제정러시아와 혁명 전야 러시아의 대표적 작가. 그의 장편소설 『어머니』(1907)는 사회주의적 사실주의 문학의 최고봉으로 평가받는다.

Aleksandr Ostrovsky(1823~1886): 제정러시아의 극작가이자 러시아 사실주의 문학의 대표자로 『숲』 『가난은 부끄럽지 않다』라는 작품이 있다.

Fyodor Vasilievich Gladkov (1883~1958): 소련의 사회주의적 사실주의 문학의 대표적 작가로 대표작은 『시멘트』(1925)이다.

Isaak Emmanuilovich Babel(1894~1940): 소련의 언론인이자 작가로 대표작은 『기마부대』(1926)이다. 1940년 스탈린에 의해 숙청되었다.

67) Vladimir Vladimirovich Mayakovsky(1893~1930): 소련의 혁명적 시인. 러시아 미래파의 대표적 예술가.

Aleksandr Aleksandrovich Blok(1880~1921): 러시아 2세대 상징주의 문학을 대표하는 모더니즘 시인.

Demyan Bedny(1883~1945): 소련의 풍자시인. 혁명기의 선동 작가.

Sergey Aleksandrovich Esenin(1895~1925): 20세기 러시아의 가장 대중적인 시인. 혁명 이후 출판이 금지되었으며 1930년 암살당했다.

Andrey Bely(1880~1934): 러시아 상징주의의 대표적 시인이자 소설가, 문학 비평가.

Kazimir Severinovich Malevich(1879~1935): 러시아 아방가르드 미술의 대표적인 화가. 기하학적 추상화의 선구자.

Lazar Markovich Lissitzky(1890~1941): 러시아 아방가르드 미술의 대표적인 인물. 회화, 건축, 사진 등 다양한 분야에서 구성주의 이념을 구현했다.

Vladimir Evgrafovich Tatlin(1885~1953): 러시아의 화가이자 조각가로 1920년대 러

이미 찾아냈는데, 왜 우리의 수용 능력이 제한되고 있지. 코피가 말했다. 10월 혁명 직전 10년간 표현주의와 입체파 예술가들이 한 일은 특별히 교육받은 사람들만 아는 형식 세계 안에서 벌어진 일이었거든. 그것은 예술의 폭동이고, 규범에 대한 반란이었다. 사회적 불안, 잠재적인 폭력, 변혁에 대한 갈망이 그 표현을 찾아낸 셈이었다. 그렇지만 1917년 11월 노동자와 병사들은 혁명의 비유인 그 예술에 대해서 들은 바도 본 적도 없었다. 모스크바의 다다dada와 미래파 예술가들은 투쟁의 담당자들은 모르는 차원에서 변혁을 진행했던 것이다. 이제는 바로 이들이 예술의 주인이 되어야 했다. 그런데 그들이 본 저 혁명적 예술은 원래 서유럽에서 탄생한 것이고, 그곳에서 러시아 지식인들이 자극을 받았던 것이다. 그것은 투쟁을 담당한 노동자와 병사들의 것이 아니었다. 이들에게 또다시 무언가 일방적으로 주어진 셈이었다. 해외 망명자와, 지식인의 것이 강요된 셈이었다. 형식의 혁명이 이제는 삶 전체의 혁명적 변화들과 결합되어야 한다고 말했지만, 그들에게는 별 도움이 되지 않았다. 문학과 회화의 전위파들이 기획한 그런 예술은 러시아 노동자들에게는 난해할 뿐이었다. 토굴 같은 그들의 지하방에는 그림 하나 없었다. 기껏해야 잡지에서 오려낸, 그림을 찍은 천연색 사진 하나 정도가 전부였다. 그건 우리

시아의 전위예술가.

Yevgeny Bagrationovich Vakhtangov(1883~1922): 러시아의 배우이자 연출가. 스타니슬랍스키의 자연주의적 연극이론을 옹호했다.

Aleksandr Tairov(1885~1950): 러시아와 소련 연극예술의 개혁을 이끈 연출가로 이른바 '신사실주의적' 연극을 추구했다.

Sergei Mikhailovich Eisenstein(1898~1948): 소련의 영화감독이자 영화이론가로 「전함 포템킨」 「10월」과 같은 혁명영화를 만들었다.

Dziga Vertov(1896~1954): 러시아의 전위적 영화감독이자 영화 미학 이론가로 「카메라를 든 남자」로 유명하다.

도 마찬가지였다. 모더니즘과 추상예술은 당분간은 예술 전문가들의 특권 이상일 수 없었다. 주창자들이 아무리 혁명 민중의 참된 언어라고 말해도, 그것이 프롤레타리아 예술이 될 수는 없었다. 이러한 과도기 상황에서 과연 무엇이 더 바람직한가, 즉 수준 높은 지성을 고양하는 것이 좋은가, 아니면 초보자의 발전을 도와주는 것이 좋은가 하는 문제가 대두했다. 일국주의 원칙과 국제주의 원칙[68] 사이의 갈등도 이런 식의 고민의 일부였다. 만일 혁명이 확산되었다면, 혁명적 예술 역시 다양해질 수 있을 것이다. 하지만 혁명은 일개 국가에 국한되었고, 홀로 투쟁을 지속하며, 자신을 지키고 방어하면서, 또 외부에서 밀려드는 적에 맞서야만 하는 상황에서, 예술 역시 불가피하게 작품 하나하나를 사회적 무기로 이용하고, 모든 주장에 대해 방어와 생산의 관점에서 유용성 여부를 검토해야 하는 처지에 놓인 것이었다. 그래서 부작용이나 갈등의 소지가 있는 것은 모두 배척을 받았다. 그런 것은 소련에도, 또 밖에 있는 우리에게도 도움이 되지 않을 것이었다. 소련의 그림들이 우리 쪽 예술처럼 파편화되고, 와해되고, 들끓고, 늘 새로운 요소들을 실험할 수는 없었다. 그곳에는 주관적 관점을 위한 자리는 없었다. 필요한 것은 모터나 건축 설계처럼 검토해서 잘못된 점을 밝힐 수 있는 그런 구체적인 것이었다. 제련소나 기계공장, 조선소나 집단농장의 노동자들은 이런 그림들에서 자신들의 존재를 확인했다. 그들의 생활공간, 그들의 활동 과정, 또 그들이 작업 도구를 사용하는 모습이 사실에 맞게 재현되어 있었다. 바로 그것이 중요했다. 그런 그림들은 어떤 기능이 있었다. 그것들은 사회정책이나 기술정책의 한 부분이었다. 코피가 말했다. 이런 예술은 대규모 공장

---

68) 현실적으로 혁명에 성공한 소비에트 러시아를 지키는 것이 중요하다는 입장과 사회주의 혁명은 전 세계적인 차원에서만 가능하므로 세계 혁명을 추구해야 한다는 입장.

이나 수력발전용 댐, 또 전기 시설의 설치, 농업 개혁, 노동자 대학 건립과 다르지 않지. 그런 예술에는 학교나 정치조직처럼 어떤 목적이 있어. 실제적인 요구들이 있다고. 한 개인의 생각이 아니라, 다수의 기대에 부응해야 하는 거야. 하일만이 말을 받았다. 그렇지만 노동자에게 이런 예술이 충분한 건 아니야. 이런 예술이 노동자를 해당 현실에서 아무리 중심에 세운다고 해도, 그건 노동자를 과소평가하는 거야. 그게 현실의 한 측면만을 노동자에게 보여주는 거라면 말이지. 그 맞춤용 주제들은 분명 자기결정권의 박탈로 느껴질 거야. 공부를 시작한 사람, 책을 읽기 시작한 사람, 자신을 그림과 글로 표현할 의지가 있는 사람이라면, 사회주의 문화의 고정된 의미로는 자신에게 중요한 어떤 것, 결정적인 어떤 것이 차단되었다고 느낄 거야. 사진처럼 정확히 묘사된 현실의 상황들을 보지만, 그 모습들은 친숙하다기보다 어쩐지 낯설고 거리감을 주지. 소재가 소화되지 않았기 때문이야. 피상적인 거지. 개별 사실들이 아무리 정확하게 묘사되었다고 해도, 그건 모방이고 가상일 뿐이야. 수백 년 전부터 예술은 그런 식의 모사를 극복하려고 노력해왔어. 하일만이 물었다. 왜 인상주의자들, 입체파나 미래파 예술가들이 눈에 보이는 것을 해체했겠어. 명확한 것에서 멀어지려고 그런 게 아니야. 여전히 잘 이해할 수 없는 대상에 새로운 확실성을 부여하려는 거지. 역사 서술에서 사실과 기록의 영역이 사진을 통해 시각화된 이래, 즉 물체가 반사하는 광선을 직접 포착해 저장하게 된 이래로, 삼차원 현실의 한 단면을 평면의 화폭에 열심히 옮겨서 현실의 환상을 만들어내는 일은 더 이상 회화예술에 적합하지 않아. 예술적 설득력은 언제나, 채색된 화폭이나 글이 적힌 지면이 그만의 고유한 생명으로 충만할 경우에 발휘돼. 예술을 일정한 방향으로 유도하는 조처를 취한다는 것은, 오히려 예술에 내재된 고유한 논리가 있다는 걸 증명하지. 구속이 크다는 것은, 예술의 파괴력이 갖는 위험을 그만큼 많이 두려워한다는 거야. 이런 생각을 하면, 모범으로 내세워진 것이 다 사실은 아닐 거라는 의혹이 생기기도 하지. 예술 활동에 자유가 별로 주어지지 않았음을 보면서, 생각할 줄 아는 사람이라면 자신이 정말 자신이 성취한 것의 주인인지 자문할 거야. 그러면 예술 활동 전체를 능가하며 수만 부로 제작되는 그 성화도 뭔가 의심스러울 수밖에 없지. 코밑수염을 하고, 아버지처럼 모든 것을 다 알아서 보살펴주는 저 높은 분을 보여주고 또 보여주는 그 성화도.[69] 어머니가 말을 받았다. 러시아 노동자들이 일요일에 그림 전시회에 몰려가거나 이제 자신들의 것이 된 박물관에 갈 때는, 무엇보다 자신들의 역사를 보고, 또 적들이 공격했던 시기, 투쟁의 시기에 벌어졌던 싸움들을 주목해서 보지. 그들에게 가장 중요한 것은 버텨냈다는 사실이야. 코피 어머니는 언젠가 리프크네히트하우스에서 키르기스와 투르크멘의 집단농장 농부들이 트레티야코프 미술관을 관람하는 모습을 찍은 영화를 보았는데, 그림을 바라보는 그 얼굴들이 얼마나 거리낌이 없고 환하고, 또 기뻐하며 흥분하는지, 잊을 수 없다고 했다. 하일만이 말을 받았다. 예술이 인간의 경험을 얼마나 다양하게 묘사하는지 보면, 그 예술이 행해지는 나라의 활력을 비로소 알 수 있는 법이지요. 또 예술에 가해지는 제약의 정도에서 그 나라를 지배하는 억압이 드러나죠. 마야콥스키의 자살은 지금 소비에트 국가를 엄습하는 엄청난 비극의 전조였다고 하일만은 말했다. 태업과 분파 기도, 전복 계획, 당수의 살해 음모 등, 이런저런 소문과 증언들은 우리 귀에도 들어왔다. 20년 전 혁명을 하고 소비에트 국가를 세웠던 그

---

69) 스탈린의 초상.

사람들이 해충이니, 버러지니, 기생충이니, 인간쓰레기니 하는 말을 듣고 있었다. 레닌의 동반자였던 그들이 사회주의를 멸망시키고, 산업을 파괴하고, 파시스트들에게 조국의 땅덩어리를 팔아넘기고, 자본주의를 다시 도입하려고 했다는 것이다. 하일만이 말했다. 그런 식으로 간접적으로 레닌에게도 끔찍한 비난을 하는 거야. 우리에게 레닌의 통찰력과 미래에 대한 인식은 언제나 출발점이지. 그런 그가 선택한 동료와 측근들이야. 그들이 이제 몽땅 범죄자며 민족의 적이며 비굴한 개로 밝혀졌는데, 그렇다면 모든 성과를 무산시키려는 속셈을 그들이 처음부터 어떤 식으로라도 틀림없이 드러냈어야 하지. 하일만이 물었다. 볼셰비키의 선발대로 알려졌던 그 일당의 속셈을 왜 레닌은 간파하지 못했을까. 왜 그들 중 단 한 사람, 레닌을 계승할 자격이 있다는 단 한 사람만은 문제가 없는 것일까. 코피가 말을 받았다. 레닌 말년의 상황과 그의 사후의 상황은 달라. 레닌의 인격에서 나오는 통합력 때문에, 측근의 동지들이 각기 자신의 강점을 발휘할 수 있었던 거야. 레닌은 그들의 단점도 보았어. 그렇게 개성이 강한 사람들이 모여서 완전히 새로운 어떤 것을 도모할 때, 벌어지게 마련인 권력 다툼, 파벌주의를 언제나 경고했지. 수년간 레닌과 함께 망명 생활을 했던 사람들, 바깥 세계를 지향했던 그 국제주의자들이 국내에 머물렀던 사람들, 자신의 뿌리를 인민에 두었던 사람들과 충돌했던 거야. 레닌은 당 서기장인 스탈린이 거칠고 관용이 부족한 점을 비판하기도 했지. 서구에서 혁명이 불발하고, 고립된 사회주의 국가를 보존하기 위해 총력을 기울여야만 하는 결정적 상황에서, 서기장이 결속과 집중의 중심을 잡는 그런 인물로 떠오른 거였지. 서기장은 레닌 임종 무렵 불거진 보복과 경쟁, 파벌 형성의 움직임에 거리를 두었거든. 후계 문제를 둘러싼 싸움이 벌어졌을 때, 흔들리지 않으면서 사태를 개관하고, 조정하고, 의견을 개진한 것이 바로 그 사람이었어. 코퍼의 말이 이어졌다. 그렇게 몸을 사린 것이 이기적인 동기에서였는지, 아니면 인민의 최선을 위해서였는지는 역사가 알려주겠지. 절체절명의 위기에서 당의 단합을 지킬 최적의 인물로 보였기에, 전당대회에서 스탈린에게 전권을 위임한 것이었어. 파시즘이 맹위를 떨치며, 가능한 한 모든 힘을 동원해서 노동자 국가를 교활하게 압박하는 중에, 사회주의 국가 내부에서도 내부 반목을 이용해 개인이나 단체를 지도부에 반대하도록 선동하는 일이 벌어질 수 있었던 거야. 그래서 주어진 지침을 준수하지 않겠다고 거부하는 모든 사람을 배제하는 건 정당하고, 또 불가피한 일이었어. 하일만이 다시 말을 받았다. 하지만 스파이나 암살자, 반국가사범의 색출이 국가행정이나 경제나 군대 조직에서만 벌어진 건 아니었어. 우리에게 혁명의 경험을 전해준 많은 예술가가 갑자기 인간쓰레기로 불리고, 퇴폐적이고, 부르주아적으로 오염됐다고 비판 받았지. 책이 수거되고, 영화가 내려지고, 극장들이 문을 닫았어. 바벨, 만델스탐, 메이예르홀트[70] 같은 여러 인물이 체포되었어. 아마 이미 총살되었는지 모르지. 숙청되었는지도 몰라. 강도 살인이 사방에서 벌어지는 이곳에서, 저 악의에 찬 비방들을 우리는 못 들은 체하며 귀를 막고 있어. 우리 편이 하는 거라면, 그런 비방을 그냥 용인해야 하는 건가. 예술적 탐구를 해서는 안 되는 금기로 생각하고, 퇴행적이고 비합리적이라는 딱지를 붙이는데, 이 모든 게 정당하다고, 의미가 있다고 스스로 납득해야 하는 건가. 그런 명령을 내리는 나라가 우리와 가깝다는 단지 그 이유 때문에. 그 나라에 어떤 해가 가서는

---

70) Osip Emilyevich Mandelshtam(1891~1938): 러시아 시인이자 수필가.
Vsevolod Emilevich Meierkhold(1874~1940): 러시아의 연출가이자 배우로 극단적인 반사실주의 연극을 추구했다.

안 되기 때문에. 그 나라를 보존하고 수호하는 데 우리의 행동뿐 아니라 우리의 생각도 계속 필요하기 때문이라는 건가. 하일만이 물었다. 우리에게 너무나 자명했던 것들에 어떻게 그런 왜곡, 그런 모독이 비집고 들어올 수 있었을까. 그런 타락한 도덕을 계속 대변할 힘을 우리가 어떻게 찾아야 하지. 코피 아버지는 좁은 부엌을 서성였다. 문이 난 벽과 창문 쪽 벽에서 그림자가 앞으로 줄어들었다 뒤로 커지기를 반복했다. 그 좁은 부엌에 앉은 우리는, 1년째 심문을 받고 있는 피고들의 행위가 세부까지 다 증명되었다고밖에는 달리 생각할 수가 없었다. 포이히트방거나 하인리히 만, 루카치, 롤랑과 바르뷔스, 아라공과 브레히트, 쇼[71] 같은 작가들까지도 그 발각되었다는 내용에 믿음을 보였고, 증거자료들을 신뢰하지 않았는가. 그 모든 조처의 정당성을 우리는 추호도 의심해서는 안 되었다. 지금은 그랬다. 독일과 일본이 반(反)코민테른 협정을 맺고, 중국군이 상하이에서 후퇴하고, 난징이 폭탄 세례를 받고, 베이징이 위험에 처

---

71) Lion Feuchtwanger(1884~1958): 독일 바이마르공화국의 소설가이자 극작가로 반전·혁명적인 작품으로 유명하다. 1936~37년에 모스크바에 체류했으며 1941년 미국으로 망명했다.
　　Heinrich Mann(1871~1951): 독일 소설가. 토마스 만의 형. 독일 제2제국에 대한 사회비판적 소설로 유명하다. 미국으로 망명했다.
　　György Lukács(1885~1971): 헝가리 태생의 철학자, 문학이론가이자 비평가로 20세기 초 마르크시즘을 현대적으로 계승한 대표적 이론가이다.
　　Romain Rolland(1866~1944): 프랑스 작가이자 음악비평가이며 반전운동가로 국제 노동운동을 지지했다. 대하소설 『장 크리스토프』로 1915년 노벨 문학상을 수상했다.
　　Henri Barbusse(1873~1935): 프랑스의 작가. 반전소설 『포화』(1916)로 공쿠르상을 수상했다.
　　Louis Aragon(1897~1982): 프랑스의 시인이자 작가로 다다이즘과 초현실주의 운동의 대표자이다. 1926년 공산당에 입당했다.
　　Bertolt Brecht(1898~1956): 독일의 극작가이자 연출가로 표현주의에서 마르크주의로 전향했으며 '서사극'을 창시했다.
　　George Bernard Shaw(1856~1950): 아일랜드 출신의 극작가이자 비평가.

한 지금, 이집트가 점령되고 이탈리아가 곧 저 협정에 가입할 예정인 지금, 프랑스와 영국의 불간섭 정책을 기회로 삼아 독일과 이탈리아가 프랑코에 대한 원조를 강화하는 지금, 또 대독일 제국 운운하며, 식민지에 대한 독일의 권리, 동부를 향한 염원을 떠드는 소리가 점점 더 커지는 지금에는. 하일만이 말했다. 그러니까 우리는 그냥 조용히 받아들여야만 하는, 언급이 금지된 사건들에 직면해 있는 거야. 변증법의 일부분인 인식 욕구만으로도 우리가 저주를 받을 이유가 갑자기 충분해진 거야. 그의 말이 이어졌다. 우리가 바로 그 나라를 전 세계에 모범으로 내세우기 때문에, 나는 그곳에서 무슨 일이 벌어지는 건지 묻지 않을 수 없어. 내가 과거에 역사적 관계망을 이해하려는 노력을 포기했다면, 나는 아마 다른 계급의 편에 남아 있었을 거야. 코피 어머니가 말을 받았다. 그 사건들에 대해 입장을 밝히고 해명하는 건 일단 소비에트 인민의 일이 아니겠니. 대륙이라고 할 그 거대한 나라, 2억 인구에 15개 공화국이 있는 그 큰 나라가 20년 만에 완전히 바뀔 것을 어떻게 기대하겠어. 그렇게 가난했던 그 나라가 단번에 최상의 상태가 되리라고 기대할 수는 없는 거야. 그런 우리는 무엇을 했지. 그들이 시작했을 때, 그때 우린 그들을 홀로 내버려뒀어. 그들이 우리에게 호소했던 동참을 실천하는 대신, 우리는 가만있었지. 그들을 믿어줘야 해. 그들이 우리보다 앞서가고 있잖아. 그 순간 코피 아버지는 더 이상 좁은 부엌을 참을 수가 없었다. 그는 숨을 돌려야만 했다. 그는 불을 껐다. 어둠 속에서 코피 아버지가 저벅저벅 걷는 소리가 들렸다. 창문에 빗장이 걸려 있었다면, 유리창을 부수기라도 할 판이었다. 창문이 없었다면, 손톱으로 벽을 긁어내기라도 할 판이었다. 후드득 종이가 떼어지고, 코피 아버지는 창문을 활짝 열어젖혔다. 차가운 기운이 쏟아져 들어왔다. 축축한 흙먼지 냄새도 밀려들었다.

시야가 열리면서 짙은 회색 건물 몇 개가 전면으로 눈에 들어왔다. 거기 불 꺼진 어두운 사각 창문들에 반사된 구름이 지나가고 있었다.

아리스토니코스 이후 2천 년이 지나서야 혁명이 성공했다. 페르가몬 반란을 이끈 이 지도자는 자신이 이룩할 새 국가의 시민들을 정의의 상징인 태양을 따라 헬리오폴리탄으로 부르려고 했다. 그렇지만 반란자들에게 돌아온 것은 집단 무덤이거나 노예의 사슬이었다. 아리스토니코스는 삼단노선의 맨 밑바닥 칸에 처박힌 채 로마로 옮겨졌다. 그의 해방운동의 꿈은 로마의 중앙광장에서 그 종말을 맞았다. 사람들은 좁은 사각통에 갇혀 광장에 세워진 그를 호기심에 차 바라보다 침을 뱉었다. 아리스토니코스는 비참하게 죽어가며, 사방에 우뚝 솟은 막강한 권력자들의 번쩍이는 신전들을 바라보았다. 고대와 중세, 그리고 부르주아 단계를 거치며, 2천 년간 노예제 사회가 흘러왔다. 흔히 말하듯이, 역사는 한 계단 한 계단을 힘들게 올라왔다. 역사의 발전은 대중의 끊임없는 압박을 통해 실현되었다. 개선은 언제나 절망이 폭발해야 이루어졌다. 하지만 지배 체제는 변함이 없었다. 농노와 신민, 고용인이 덤벼들면, 언제나 새로운 무기를 준비했다. 정당방위가 거세지면 거세질수록 진압을 위한 폭력도 더욱 커졌다. 호시탐탐 치고 나가, 기존의 권력자를 축출하고, 스스로 높은 자리를 차지하고, 또 다른 권력자들에 의해 밀려날 때까지, 권력자들은 2천 년 동안 이야기의 중심이었다. 이 변함없는 과정의 기술에서, 저 밑바닥에 있는 사람들에 대해서는 아직 때가 무르익지 않았다는 말뿐이었다. 사회적 갈등이 아직 충분히 첨예화되지 않았다고, 봉기를 위한 조직이 미비하다고, 인민의 각성이 부족하다고 말해왔다. 혁명을 생각하기에는, 또 혁명이 성공하기에는, 하층민의 궁핍이 너무 극심하다고 했다. 역사는 위에서 주어지는 것이었다. 어떤 반란도 진압될 수 있다는 게, 그런 역사의 확실한 서술이었다. 이익을 거두는 사람들이 바뀐다는 것도 그만큼이나 자명했다. 모든 것이 변함없는 원칙들에 따라 흘러갔다. 그도 그럴 것이 우리에게 세상의 모습을 전해주는 사람들은, 언제나 세상의 규칙을 결정하는 사람들 편에 있었다. 생각이 다른 사람들은 처음부터 있었다. 이들이 보기에 역사는 참혹함과 반란의 연속일 뿐이었지만, 소수 권력자 집단의 지배 아래에서 자신들의 생각을 주장할 기회는 결코 없었다. 두루마리 파피루스 시절에서부터 째질 듯 울려대는 라디오 시대까지 진실은 선동 정치에 질식당하곤 했다. 코피가 말했다. 만일 학자와 지식인들이 노동자 계급과 연대했더라면, 평등한 삶의 비전을 실현하기 위해 꼭 우리 시대까지 기다려야만 하지는 않았을 거야. 그렇지만 정신은 바로 돈과 불가분의 관계였거든. 오늘날에도 자신의 현실을 박차고 우리 편으로 오는 지식인은 개별적일 뿐이잖아. 페르가몬 산성의 조각가들이 아래쪽 골목에서 벌어진 소요의 척결에 별 이의가 없었다는 게 코피의 생각이었다. 다른 생각이었다면, 신전 부조를 그렇게 성스럽고 완벽한 모습으로 창조할 수 없었을 거라고 했다. 차분하고 품위 있게 빛나는 신들의 조화로운 모습은 예술가들이 원하는 이상이었다. 만일 타락하고 불온한 존재들의 묘사에서 사회적 갈등이 뚜렷하게 드러났다면, 조각가들은 그 일을 계속하지 못했을 것이다. 그럼에도 불구하고 부조에 인간적인 느낌들이 녹아 있다면, 그건 특별히 의도한 게 아니었다. 그건 구체적인 경험을 관찰하고 재현해내는 그들의 수공업적인 능력 덕분이었다. 주문자들의 뜻을 거부하는 건 권력관계의 실상을 의식해야만 비로소 가능했다. 예술가들은 독자적이며 고립된 예술로 도피했고, 그럼으로써 그런 시도는 훗날로 미뤄졌다. 예술가들은 영주와 고위 성직자들, 그리고 이해타산적인 예술 후원자들에게 계속 의지했다. 그리고 그들에게 진 빚을 갚으려고, 감각의 필터를 거쳐 받아들인 외부 세계의 세세한 모습들을 정성껏 꼼꼼히 묘사했다. 최고의 작품들이 생산될 수 있었던 것은 축적된 돈이라는 전제가 있었기 때문이었다. 궁핍이 널린 곳에서 예술을 후원한다는 건 생각할 수도 없는 것이었다. 권력이 거침없을수록 사상도 깊어졌으며, 약탈한 자산이 많을수록 예술적 치장도 중요해졌다. 예술가들은 아래쪽에 사는 사람들과 자신들이 동의한 권력자들 사이의 중간 위치에서, 구체적 형상화의 유희에 전념했다. 도처에서 테러가 확산되고, 즉흥적이고 불규칙한 출정이 효율적이고 체계적인 전쟁으로 발전하고, 형리들의 고문이 더욱 완벽해지고, 구금이 착착 진행되고, 노예시장은 권리가 완전히 박탈되고 자유의 전망이 사라진, 어마어마한 강제수용소로 변해가는 동안, 예술가들이 지칠 줄 모르고 예술에 몰두했다는 사실은 그 생산물의 독자적 가치에 대한 믿음을 전제해야만 설명이 가능했다. 프랑스 혁명은 예술가들이 쌓아온 아성을 흔들어놓았다. 몇몇 예술가는 자신들 역시 일종의 프롤레타리아라는 것을 알게 되었다. 사실 이러한 인식도 거리에서의 투쟁을 통해 어쩔 수 없이 도달한 것이었다. 코피 어머니가 말했다. 인식을 실천으로 옮기는 데 무엇이 더 필요한지 누가 알겠어. 그 모든 봉기와 반란에도 불구하고, 왜 우리는 언제나 다른 사람들의 발판으로 이용되곤 했는지, 왜 우리는 주체적인 권력의 수립에 언제나 실패했는지, 이에 대한 과학적 설명을 찾기까지 2천 년이 필요했다. 우리의 역사를 들여다보면, 우리는 언제나 약자였으며, 우리에게 적대적인 권력은 조금도 변하지 않은 것 같은 느낌이 들곤 했다. 그런데 10월 혁명은 지난 모든 시도를 통해 어떤 힘이 축적되었으며, 그 힘은 과거 우리를 제약했던 그 무엇보다 더 중요하다는 것을 증명해주었다. 역사가 나선형으로 진전하는 만큼, 어떤 때는 지난 몇백 년간 존재했던 패자들이 우리와 정말 가깝게 느껴지기도 했다. 그들이 광분에 휩쓸리고 무력감에 빠졌던 것을 우리는 잘 이해할 수 있었다. 그렇다고 패배한 다음에 길이 아주 막힌 것은 아니었다. 새로운 행동의 가능성이 움트곤 했다. 아직도 노예나 농노들과 비슷한 처지이지만, 그래도 이제 우리는 우리의 목표들이 실현되기 시작하는 시대에 살고 있었다. 우리는 더 이상 그냥 집단이 아니라 계급으로 일어섰다. 과거에 대한 지식을 쌓으면서, 지난 세대들이 겪은 고난을 알게 되는 부담만 진 것은 아니었다. 압제는 저개발 국가와 식민지에서 계속된다는 것을 우리는 깨닫게 되었다. 굴종은 어디서나 똑같이 힘들었다. 같은 나라에 살지는 않지만, 우리에게 주어진 책임은 동일했다. 아무도 그 책임에서 벗어날 수 없었다. 연대의식, 국제주의 의식은 그래서 생겨난 것이었다. 이 땅의 수백 만 노동자가 스스로 계급적 과제를 도외시하는 마당에, 우리가 그런 말을 하는 게 아마 모순으로 들릴 것이었다. 초기 단계인 현재는 사회주의에도 의견 차이와 경쟁심, 독단과 오만이 존재했다. 새로운 것을 건설하려는 사람들 자신이 아직 구습에서 벗어나지 못하고 있었다. 과거의 유산은 누구에게나 부담이었다. 미래의 것은 여전히 불완전할 수밖에 없었다. 미래를 짐작할 단초는 불확실한 암시와 제안들뿐이었다. 정치교육은 더 이상 할 수 없었다. 우리는 비밀리에 넘겨지는 불법 인쇄물을 근거로 상황을 판단해야만 했다. 각자 판단에 따라 우리에게 옳은 것을 위해 노력할 수밖에 없었다. 정치적 결정이 자신의 삶의 경험에서 오는 신념에 의지해, 파편적이고, 모순적인 사실과 가설, 결의안, 구호 들을 짜 맞춰가면서 내려지는 것처럼, 예술도 불확실하고, 단절되고, 모순된 것들을 함께 받아들이지 않고는 생각할 수 없었다. 예술에서 모순을 떼어내면, 남는 것은 생명 없는 몸통뿐이었다. 처음부터 예술의 표현력에는 상승과 하락이 있었다. 그건 어느 시대나 그랬다. 역동적 단계와 정태적 단계, 폭발적인 생명력과 퇴행, 독창성과 모방이 있었다. 미적 양식의 가치란 다른 양식과 비교해 절하되는 것이 아니었다. 원시적이라는 구석기의 석상들, 바위에 새겨 넣은 신체의 형태들, 이스터 섬의 신성한 석물들, 그리고 아프리카와 인디언의 가면들에는 뭔가 정곡을 찌르는 게 있었다. 그것들은 현재의 예술에 모범이 되었을 뿐 아니라, 그 상징적 힘은 현대 예술을 여전히 능가했다. 알타미라와 라스코의 동굴 벽화가 지닌 마법은 표현주의 작품에서 장식으로 바뀌었다. 엷고 가벼운 색채와 희미한 윤곽으로 그려진 크레타의 프레스코화는 인상주의자들이 본 자연의 모습과 유사했다. 크노소스의 꽃잎 무늬는 유겐트슈틸 양식[72]을 선취했다. 이집트의 부조가 보여주는 시각면의 이동은 입체파를 예고하는 것이었다. 초현실주의는 바빌론과 아스테카의 형상들을 현대화했고, 힌두인과 크메르인의 조각품, 수메르인과 콥트인의 형상들은 현대의 조각 예술에 스며들었다. 고대니 중세니 하는 것은 이론가들이 개념 구분을 위해 만든 명칭인데, 그것은 예술에서는 모든 것이 새롭고 현재적이라는 사실을 망각하게 만드는 면이 있었다. 사실적인 것과 추상적인 것, 또 제례적인 것과 환상적인 것은 고래부터 존재했다. 어떤 시대에는 평면적인 묘사가 설득력이 있었다면, 또 어떤 때는 입체적 효과가 설득력을 발휘했다. 투시도법은 개선으로 평가

---

[72] 1890~1910년 사이에 독일어권에서 유행한 건축과 예술의 새로운 양식이다. 자연과의 조화를 추구하여 자연스러운 곡선을 선호했으며, 상업 예술과 공예 분야에도 큰 영향을 미쳤다. 프랑스에서는 '아르누보'라고 불린다.

하기보다는, 가상적인 것을 전달하는 방식의 변화로 이해해야 할 것이었다. 목적성은 예술에 언제나 있었다. 마찬가지로 독창성, 엄격한 규칙, 놀라운 비약도 늘 있었다. 예술의 역사도 나선형 같은 것이어서, 그 과정에서 우리는 언제나 과거와 가까이 있으며, 예술의 모든 요소가 끊임없이 새롭게 조정되고 변형되는 것을 보아왔다. 우리에게 중요한 변화가 있다면, 그건 예술의 원래 가치를 다시 발견했다는 것이다. 인간이 사유를 시작한 이후로, 예술은 모든 사람의 재산이었다. 우리가 자극을 주고, 우리가 반응하면서 예술은 존재해왔다. 전문교육을 받은 사람들만을 위한 배타적 예술이라는 걸 수긍하지 않았던 것처럼, 노동자 계층에 특별히 맞춘 예술 언어, 쉽게 이해되고, 확실하고 현실적인 그런 언어가 있어야 한다는 것을 우리는 받아들일 수 없었다. 우리에게 과하게 다양하고 과하게 창조적인 것은 있을 수 없었다. 어떤 변명을 끌어댄다고 해도, 모순을 감추려는 그런 그림들은 우리의 일과 맞지 않았다. 이 점에서 우리는 많은 대학생 동지와 생각이 같았다. 어떤 것이 설득력이 있고, 또 어떤 것이 쓸모없는 낡은 것인지, 어떤 것이 선동가들에게 좋은 것이며, 어떤 것이 현실인식의 노력에 도움이 되는지, 우리는 스스로 판단하고 싶었다. 화가와 작가, 그리고 철학자들은 시대적 갈등과 위기, 경색과 균열에 대해 말해주었다. 한 유형의 미적 양식에서 다른 양식으로의 이행이나, 동작과 제스처와 색채의 갑작스러운 해방에서 급격한 사회적 변화를 읽어낼 수 있었다. 현실의 재현, 그 시각적 포착은 다양하지만 언제나 어떤 통일성을 확인할 수 있었다. 전체가 서로 자극을 주고받으며, 서로 도전과 응전으로 만나고 있었다. 이해가 불가능할 만큼 낯선 것은 하나도 없었다. 비록 주문자의 뜻에 따라야 했지만 궁정국가나 성직자들에 종속되어 있던 예술가들은, 이후의 고립과 자율 책임의 시대에 비해 작업에서 더 많은 안정감과 책임감을 누렸던 건 아닐까 생각해보았다. 전통의 계보 안에서 시간을 두고 차분히 수행하던 작품 생산은 독창성의 요구에 의해 밀려났고, 새로움은 완벽한 수공업적 기술에 의해서가 아니라 천재에게서 나온다고 생각하게 되었다. 독창성의 압박, 개인적인 것에 집중해야 한다는 압박이 커지면서, 예술가는 고립되고, 생각에만 빠져들고, 개인적 고통을 중시하고, 권태에 빠져들고, 결국에는 예술 자체를 의문시하는 데까지 오게 되었다. 뒤러[73]는 그의 스케치 「방탕한 아들」과 「멜랑콜리아」로 위계질서에 토대를 둔 예술과 완전히 독립해 혼자 선택해야 하는 예술의 차이를 뚜렷이 보여주었다. 그렇다면 유일성이 예술의 기준이라는 주장이 꼭 옳은 건 아닐 수도 있지 않을지, 어떤 특정한 기능을 정함으로써 예술이 다시 설득력과 일관성을 얻을 수 있는 건 아닐지, 우리는 이야기를 나누었다. 그렇지만 미적 양식은 강요될 수 있는 게 아니었다. 그건 유기적으로 자라나야 하는 것이었다. 과거의 예술들을 우리는 이제야 어느 정도 전체적으로 이해하게 되었지만, 우리 시대는 과거의 예술들이 용광로로 던져지는 시대였다. 우리 시대의 미적 양식은 계속 새로운 것을 찾으며 낡은 것을 버렸다. 코피 어머니가 물었다. 그런데 과거의 예술가들은 어떻게 압제자들 아래에서 그렇게 영원한 작품을 만들어낼 수 있었을까. 코피가 대답했다. 억압의 정도를 인식하지도 못했고, 권력관계를 의문시하지도 않았기 때문이겠지요. 그냥 옳다고 여기는 것을 표현한 거죠. 하지만 만일 알 만큼 아는 현대의 예술가들이 독재 권력에 이용당한다면, 그건 사기고 자기 자신을 속이는 일일 뿐이지요. 그리스와 로마의 작품을 모방한 파시즘의 대형 작품들은 텅 빈 석고상일

---

73) Albrecht Dürer(1471~1528): 16세기 북유럽 르네상스 회화의 가장 대표적인 독일 화가.

뿐이에요. 하일만이 말을 받았다. 그래서 진실의 대변자들이 추방되거나 투옥되는 거죠. 혹은 용기를 내 권력자들에게 의견을 말했다가 목숨을 대가로 지불하죠. 솔직한 대가를 죽음으로 갚는 거죠. 그는 말했다. 예술가가 지배자들과 결별하기 시작한 이래 감옥, 고문, 창작 금지, 도주, 망명, 화형대 같은 것이 예술가들의 운명이 되어버렸어요. 하일만의 말이 이어졌다. 우리 안에는 종합예술, 종합문학이 있어. 아직도 인정할 수 있는 단 하나의 여신, 므네모시네의 보호 때문이지. 예술의 어머니인 므네모시네는 기억을 뜻해. 므네모시네는 예술적 업적 전체에 스며 있는 우리의 자기인식을 지켜주지. 우리의 감정이 무엇을 갈구할지 속삭여주지. 이렇게 축적된 내면의 자산을 인위적으로 양성하고 조절하려는 사람은 바로 우리를 공격하는 것이고, 우리의 판단 능력을 폄하하는 거야. 작품마다 내재한 다면성을 무시하고 교훈조로 평가하는 미술학자들도 사실 종종 역겹게 느껴질 때가 있어. 그런데 정치적 판단에서 무언가를 강요한다면, 그런 사람들은 예술의 본질에 대해 아무것도 모르는 거야. 그림을 찢고, 책을 불사르고, 자신의 생각과 맞지 않는 견해들을 배척하면서, 그들은 종교재판의 일원이 되는 거지. 그건 예술의 영역에 이데올로기가 노골적으로 침범하는 거야. 예술이 이데올로기와 결탁할 수는 있겠지만, 복종을 요구한다면 예술은 자신을 닫아버릴 수밖에 없어. 마르크스와 엥겔스는 이 점을 알고 있었다. 레닌도 자신의 지위를 이용해, 다른 사람에게 자신의 예술관을 강요하지는 않았을 것이다. 미적 관념으로 보자면, 그들은 전통주의자들이었다. 그들의 예술 이해는 부르주아 계급의 예술 사조에서 나온 것이었다. 그렇지만 그들은 그 작품들에서 사회적 진보와 연관된 가치들, 예술을 보편적 소유로 이끌 가치들을 읽어낼 줄 알았다. 혁명이 억압적 제도들을 무너뜨리고 나면, 예술은 살아남는 정도가 아니라 조화와 위대성을 비로소 완벽하게 펼칠 것이었다. 마르크스나 엥겔스, 레닌은 블랑키 식이든, 프루동 식이든, 아니면 바쿠닌 식이든 예술 파괴에 대해서는 회의적이었다. 또한 극단적 급진주의와 전위예술의 어법에 반대했다. 마찬가지로 휠덜린이나 노발리스, 클라이스트나 뷔히너같이 불안정한 인물들보다는 안정적인 고전주의 작가들을 선호했다. 랭보나 로트레아몽, 베를렌과 보들레르보다는 차라리 프랑스 소설가들이 그들의 구미에 맞았다. 또한 그들은 멜로디가 뚜렷한 교향곡 작가들을 선호했다. 무조(無調) 음악은 분명 그들에게는 고통에 가까웠을 것이다. 레닌은 동시대 회화를 자연에 대한 모독으로 느꼈다. 그는 자신의 이상들이 혁명의 혼란 속에서 왜곡되는 것에 몹시 화를 냈다. 그렇지만 노동자 국가에서 막 개화하는 예술에 관해서만은, 균형 잡힌 것, 듣기 좋은 음을 원했다. 인간 신체를 해체하는 것이나, 고함과 공장 사이렌과 터빈이 만드는 야단법석은 싫어했다. 그렇지만 그의 당파성 주장은 모든 예술가가 다시 생각해볼 만한 비전을 담고 있었다. 권위를 대변했던 레닌이 생각한 당파성은 도덕적인 종류였다. 예술에 대해 레닌은 그 고유의 역동성을 인정했다. 하지만 그의 이런 유연한 생각이 그다음 사람들에 이르자 평범하고 조잡해졌다. 자발성보다 모범적 가치가 우선시되고, 자유로운 성장보다 절차와 정확성이 우선시되었다. 이제 우리의 토론은 하나의 물음으로 이어졌다. 만일 저 지도자들이 우리에게 몇백 년 전의 문학과 예술에서 배울 것을 권하고, 발자크나 스탕달, 괴테와 렘브란트, 바흐와 셰익스피어의 성숙함과 인간에 관한 지식, 사려 깊음, 세계적인 안목들을 높이 산다면, 또 명문거족과 영주, 또 귀족과 궁정의 귀부인과 왕들에게서 시대를 뛰어넘는 인간적인 갈등의 예를 본다면, 왜 후기 부르주아 계급의 사변가나 실험예술가들의 작품이 지닌 유용한 요소들에는 관심을 가지면 안 되는 걸까. 문화적 표현은 꼭 당대의 물적 조건의 결과로서만이 아니라, 때로는 그에 반해서 나타난다는 것, 또 예술가들은 기지와 저항과 반어법을 이용해, 생산관계의 제약과 기존 현실을 넘어서 새로운 인식을 유도하고 의식의 변화에 기여한다는 걸 생각하게 만든 것이 바로 마르크스, 엥겔스, 룩셈부르크, 레닌이 아니었던가. 말하자면 예술에는 특정한 계급적 성격만이 아니라, 우리 삶을 결정하는 사회적 경제적 정치적 과정들을 넘어서는 어떤 특성이 있었다. 예술은 종종 사회적 삶의 변화가 시작되는 경계 지점에 자리를 잡았다. 이러한 예술의 특성이 바로 이데올로그들을 당황하게 만들었다. 이데올로그들은 예술이 도처에서 끊임없는 혁신의 에너지를 발휘하게 놔두라는 발상을 따라오지 못했다. 오히려 이들은 정치가인 자신들에게 꼭 필요한 규칙과 절제를 예술 매체에 똑같이 요구했다. 이들이 감독하고 따지고 간섭해도, 사실 그것을 비난하기는 어려웠다. 왜냐하면 언제나 좋은 의도에서 그랬기 때문이다. 사회주의 예술은 예술을 황폐화하는 자본주의 문화 장사에 맞서 보호되어야 했다. 전쟁과 가학적 폭력과 인종차별주의를 미화할 수 없도록 하는 모든 조처에는 당연히 이의가 있을 수 없었다. 단지 반동의 척결과 생각의 자유 사이의 경계를 정하는 일이 어려웠다. 선택의 자유에는 저속한 문화라는 비용이 수반된다는 입장에 우리는 동의하지 않았다. 대중매체라는 하수구에서 매일같이 인민에게 쏟아져 나오는 쓰레기들을 우리는 단호히 거부했다. 그렇지만 문학이나 회화 예술은 결코 단속의 대상일 수 없었다. 우리의 배움은 계급사회의 장애물들에 맞서서 진행되었다. 그뿐만 아니라 과거의 대가들을 규범화하고 20세기의 선구적 예술가들을 파문하는 사회주의 문화 이해의 원칙과도 충돌했다. 조이스와 카프카, 쇤베르크와 스트라빈스키, 클레와 피카소가 단테와 동렬에 놓인다는 우리의 생각은 변함이 없었다. 얼마 전부터 우리는 단테의 「지옥」편을 읽고 있었다.

불안스럽고, 도전적이며, 형식과 내용이 전혀 낯설게 느껴지는 것은 『신곡』이나 『율리시스』나 마찬가지였다. 『율리시스』 역시 숨은그림찾기처럼 겨우 단편적으로만 알고 있었다. 올여름, 『신곡』을 읽던 우리는 거꾸로 뒤집혀 땅속에 가라앉은 야릇한 둥근 지붕으로 들어가는 길에 도달했는데, 도대체 이게 무슨 상황인지 계속 궁금했다. 둥근 반구의 순환하는 원들은 점점 더 깊이 뻗어 들어가고 있었는데, 평생은 걸릴 것 같았다. 그러다가 연결 통로를 지나자, 마찬가지로 빙빙 돌아서 다시 위로 올라가는 것 같았는데, 그 높이를 상상하기가 힘들었다. 우리는 아직도 프란체스카 다 리미니와 파올로 말라테스타 부분을 넘어가지 못하고 있었다. 레크람 문고판인 그멜린 번역본과, 또 코타 출판사의 문고판으로 나온 보르하르트의 번역본을 이리저리 해석하느라 시간을 많이 썼던 것이다. 하일만이 이탈리아어와 프랑스어 실력을 발휘해 낭독해주는 이탈리아 테르친 형식의 3행시 원문을 번역된 3행의 운문들과 비교하며 나아갔다. 번역본에서는 표현이 불확실하고 비유들이 밋밋해졌으며, 표층의 리듬과 선율이 죽어버렸지만, 우리는 거기서 출발해 결코 꺼지지 않는 불꽃같은 내적 의미망으로 파고들었다. 그러자 전에는 전혀 몰랐던 감정들이 우리 안에서 깨어나는 것을 느낄 수 있었다. 그 감정들은 우리 내면에 잠재되어 있었지만, 시를 통해서 비로소 발현된 것이었다. 우리는 책을 읽으면서 신비하고, 비합리적인 느낌이 고조되는 것을 원치 않았다.

어떤 감정이 움트면, 언제나 그것의 구성 요소들을 구분해보려고 노력했다. 방랑하는 주인공을 따라 발을 들여놓았던 그 숲에 대해 얘기하는데만도 몇 주가 걸렸다. 나중에, 그 장의 몇몇 모티프를 겨우 이해했다고 생각되자, 우리는 여러 차례 그 부분으로 다시 돌아갔다. 입구의 대문과 이어지는 정원, 이런저런 벌레와 곤충이 사는 어두컴컴한 숲, 또 숲의 공간학적 여러 특징, 천천히 흘러드는 빛, 모든 게 하나같이 생생하게 묘사된 그 특별한 장소, 감각의 세계에서는 찾을 수 없는 그 장소를 향해 조심스럽게 전진하면서, 전체 구상에 대한 얘기도 함께 펼쳐갔다. 처음 몇 줄을 읽을 때부터, 여기서 묘사하려는 것이 도대체 언어와 형상으로는 표현할 수 있는 게 아니라는 느낌이 들었다. 그런데 옆으로 일련번호가 매겨지고, 일정하게 단락으로 나뉘어서, 한 줄 한 줄이 지나고, 한 절 한 절이 지나면서, 그 불가능한 묘사가 안정감 있고, 조화로운, 꼭 맞는 하나의 형상으로 수렴되었다. 상상력이 혼돈과 이탈, 절대적 불투명성에 맞서 승리한 것이다. 거기서 본 것은, 한 시대가 제공하는 원료가 주관적 비전으로 응축된, 지옥이라는 영혼의 건물로 들어가는 길만이 아니었다. 동시에 예술적 작업의 메커니즘으로 들어가는 방식이었다. 예술을 향해 가는 길이 죽음에 대한 사유와 서로 이어져 있었다. 시인은 팔팔한 장년이지만, 작업에 몰두하는 그는 망자의 인도를 받고, 망자들을 만나는 데 거리낌이 없었다. 시인이 여행에 나섰을 때, 그는 죽음 가까이 자신을 몰아넣은 것이었다. 아직 숨은 쉬었지만, 그는 죽은 것으로 가득 차 있었다. 그의 내면은 더 이상 아무것도 없는 사람들의 환영으로 차 있었다. 망자들이 자신에게 넘겨준 것, 그래서 오로지 자신을 통해서만 살아남을 것에 대해 골똘히 생각하면서, 그는 자연스러운 상태라면 해골만 남아도 다행일 그런 영역에 들어섰다. 시인은 자신이 벌써 소멸되는 느낌에 빠져들었다. 우리는 시인이 그런 식으로 여행에 나서는 것을 잠에 빠져드는 상태와 비교했다. 바로 손 앞에 있는 것이 꺼지면서 갑자기 멀어지는 현상, 꿈이 밀려오는 그런 순간을 우리는 알고 있었다. 그건 크레인 쇠사슬의 집게 고리에 머리통이 깨지거나, 자동으로 돌아가는 기계의 작업대에서 팔이 잘려나갈 수 있는 순간이었다. 또는 밤이나 새벽, 우리가 있는 방이 꿈의 일부인지, 아니면 꿈이 방을 엄습한 것인지 통 분간할 수 없는 순간이었다. 지독히 피로한 상태에서, 아직 뭔가 보고 들을 수 있는 그런 중간 상태에서, 떠오르고 감지되는 것을 형상으로 구체화하기 위해, 생각을 더듬으며 시인은 종이에 글자를 적어 넣었다. 책을 쓰거나 그림을 그린다는 것을 우리는 아직 생각해보지 못했다. 그때까지 우리는 예술을 그저 수용하는 입장이었다. 하일만이 쓴 시 몇 편을 제외하면, 기껏해야 이따금 짧은 글을 쓴 게 전부였다. 대부분 일하면서 겪은 것들을 적은 것이었다. 그런 글을 쓸 때마다 정신을 집중하고 포괄적으로 조망하기가 정말 어렵다는 사실을 절감했다. 단테의 책에 담긴 그 복잡한 문제들을 논할 때면, 마음이 편치 않았다. 책을 읽을 권리를 강변했지만, 『신곡』과 같은 책을 읽으려면 조심스러웠다. 코피의 부모님조차 이런 자리에는 같이하지 않았다. 주어진 것에서 벗어나 우리 자신으로 도약하는 게 얼마나 어려운지 이런 독서에서 드러나곤 했다. 독서 능력이 원래 우리와 다르지 않았을 텐데, 책을 집어 들어 펼치는 걸 제때 익히지 못한 사람들과의 괴리를 우리는 이런 책에서 너무나 뚜렷하게 확인했다. 우리가 아무리 자신 있게 우리의 문화적 자의식을 논하고, 또 몇몇 그룹에서는 이런 자의식이 이미 확립되었으며, 그렇게 되려고 노력 중인 사람들이 아주 많다는 것을 알고 있다고 해도, 대다수의 다른 사람들이 끔찍한 마비 상태에 놓인 것을 외면할 수는 없었다. 가혹한 권력 체제는 이들에게 책을 읽는 데 필요한 자발성도, 여가도, 자극도, 교육도 허용하지 않았다. 도서관의 문이 열려 있다고 지적하는 것으로는 충분치 않았다. 책은 너를 위해 있는 게 아니라는 고질적인 강박관념을 우선 극복해야 했다. 일요일이면 우리는 훔볼트 숲이나 플루크 가 근처의 헤드비히 교구 묘지공원에 앉아 『신곡』이 우리 삶과 어떤 관계가 있는지 알아내려고 했다. 처음에 우리는 육체를 버리는 것이 예술 생산의 한 전제라고 생각했다. 자기 자신 밖의 뭔가를 얻기 위해 예술 생산자는 자신을 포기해야 한다고 생각했다. 그렇지만 다시 생각하면 그것은 앞뒤가 맞지 않아 보였다. 우리의 확신에 따르면, 예술은 최고의 현실이었다. 최고의 현실은 모든 생명력을 고조시킬 때만 도달하는 것이었다. 그러다가 작품의 구성이 꼼꼼히 계산되었으며 그 진행 하나하나가 의도적이라는 점에 주목했다. 그러자 죽음에 대한 생각이, 죽음과 망자들을 품고 있는 삶이 바로 예술 충동을 불러일으킬 수 있다고 여겨졌다. 완성된 작품은 살아 있는 사람들을 위한 것이며, 그렇기 때문에 작품 자체가 모든 삶의 법칙, 즉 받아들이고 되돌려주는 삶의 법칙에 따라 만들어져야 했던 것이다. 죽음의 공포가 그 실제 감정의 시간을 넘어 존속하는 언어로 남음으로써, 공포가 스스로 극복되는 그런 이중성의 방법을 단테는 보여준 것이었다. 처음에는, 이런 구성이 스콜라 철학을 아는 사람만 이해하는 상징과 알레고리들에 뒤덮여 있어 잘 보이지 않는 듯했다. 하지만 이 정교한 비유의 망을 하나하나 더듬어가면, 바로 근처에서 볼 수 있는 현실의 구체적 사건들을 만날 수 있었다. 작품의 언어를 꼭 6백 년 전의 의도대로만 이해할 필요는 없었다. 오히려 그것을 우리 시대로 옮기는 게 필요했다. 여기, 이 묘지공원에서, 어린이 놀이터 옆, 여기, 성 세바스찬 교회 아래, 막 흙을 덮은 새 무덤들 사이에서 생명을 얻는 게 필요했다. 그래야 그 말들이 계속 살아남아서, 우리 자신의 사유를 일깨우고, 우리의 대답을 요구할 것이었다. 온통 죽음 속에서 살면서도, 방금 시작된 우리의 삶이 일찍 끝날 수도 있다는 생각을 이전에는 한 번도 하지 못했다. 그러나 지금, 사라져버린 것 같은 우리 자신의 죽음이 한순간 뚜렷이 다가왔다. 그리고 다시 멀어져 갔다. 하지만 얼마 후 죽음은 또다시 우리에게 다가설 것이라는 사실, 그리고 매번 더욱 뚜렷해질 것이라는 사실을 우리는 이제 알게 되었다. 단테는 거의 죽어가고 있었다. 이런저런 형체들이 그를 포위했다. 그것은 엉클어진 털과 앙상한 몰골로, 낮게 으르렁대며 배회했다. 여우였다가, 늑대였다가, 마지막에는 사자의 목소리로 포효했다. 단테는 쫓기고, 쓰러졌다. 기댈 곳 없는 바로 그곳에서, 그를 버티게 해준 구원자, 안내자는 오로지 기억이었다. 만투아 출신의 그 남자, 그 롬바르드 남자[74]는 단테에게 삶과 죽음을 넘어서 이어지는 연속성을 일깨워주었다. 소멸이 시작되려는 바로 그 경계점에서, 금방이라도 사라질 것 같던 세상은 그렇게 다시 한 번 당당하고, 웅장하고, 기세 좋게 솟아올랐다. 그러면서 단테를 문학과 정치로 내몰았던 것들, 그의 희망을 산산조각 내고, 그를 피렌체에서 쫓아내고 망명과 가난을 주었던 그것들, 또한 체념과 실연 이후에 남아 있던 것들, 그 모든 것과 그는 대면했다. 망자들의 나라로 들어서려는 순간, 카론이 아케론 강을 건너기 위해 힘차게 카누를 밀기 전, 저승이 땅속 깊이 있는 게 아님이 벌써 분명해졌다. 저승은 땅속이 아니라 사람이 사는 세상이었다. 13세기에서 14세기로 넘어가던 시대, 단테는 거기 실재했던 소란과 악, 질투와 분노, 맹목을 모두 모아서, 사람 사는 세상을 지옥으로 뒤집어놓았던 것이다. 처

---

74) 『신곡』에서 단테를 지옥과 연옥으로 안내하는 로마의 시인 베르길리우스.

음에는 베르길리우스가 차분하게 가리키는 대로 따라 보던 단테는 맹목에 빠진 채 우글대는 사람들 무리에서 개개인을 주목했다. 그 인물들은 발가벗은 상태였고 상처투성이에 불구였으며, 각자 자기만의 광기에 휩싸여 있었다. 그뿐만 아니라 그들은 특정한 계급의 이익을 대변하는 인물로 등장했다. 직접 암투와 싸움을 벌였던 자신의 적들을 볼 때면, 단테는 종종 감정에 북받치기도 했지만, 그의 시대가 결코 상상하지 못했던 사회상을 훌륭하게 그려냈다. 황제에서 교황에 이르기까지, 시대의 영웅호걸들이 원래 이름을 달고 개성 있게 묘사되었다. 그들의 욕망은 불처럼 타올랐다가, 화산처럼 폭발하고, 다시 차갑게 식었다. 그 순환 속에서 그들은 영원한 고통을 겪고 있었다. 우리가 처음 책을 펼친 곳은, 이들이 저질렀던 재앙을 나열하는 부분이었는데, 그 엄청나게 다양하고 많은 내용이 체계적으로 서술되어 있음을 금방 알 수 있었다. 악인들에게 그들이 저지른 살인과 고문을 되돌려주고, 그들의 모든 변태적 행위가 다시 자신을 조이는 사슬이 되는 저 상상의 장면은, 동시에 권력에 올랐을 때 수반되는 모든 부수적 현상들을 꼼꼼히 나열한 목록이기도 했다. 코피가 말한 적이 있었다. 그런데 이 도덕주의자는 적과 반대자들은 모두 저주받도록 그리면서, 자기 자신은 깨끗하게 남아 있어. 시인은 원래 가해자였던 그들이 겪는 그 모든 고통을 보면서, 또는 자기 자신의 슬픔 때문에, 울기도 하고 기절도 하지. 그러나 주저하고, 방관하고, 침묵하고, 부인했던 자신 역시 다른 사람들의 눈에는 죄가 있다는 생각은 한 번도 하지 않아. 악의 한가운데를 지나면서도, 예술혼이라는 보호자의 손을 잡고 있는 한 아무것도 자신을 해칠 수 없다는 걸 알고 있어. 그러면서 코피는 물었다. 이 점 역시 우리가 예술에서 경계해야 하는 착각 아닐까. 코피의 물음에 하일만은, 그 무감각은 아마도 우리가 꿈에서 아는 그런 상태, 본 것을 견뎌내고 살아가게 해주는 그런 무감각일 거라고 대답했다. 만일 야수들이 실제로 단테를 가격하거나, 위협적인 주변의 광폭한 인간들이 그를 두들겨 패기라도 했다면, 단테는 그 모든 것을 더 이상 전하지 못했을 거라고 했다. 도망칠 수 없는 상황에 몸을 내맡기는 것이 꿈의 고통이자 문학의 고통이라고 하일만은 말했다. 꿈과 문학에서 우리는 모든 것을 실제처럼 겪는데, 단지 꿈에서는 더 이상 견딜 수 없을 때 깨어나는 것이고, 문학에서는 언어로 옮겨짐으로써 자유로워진다는 것이었다. 무감각증은 철저하게 참여적이며 자신의 입장을 거침없이 드러내는 예술에서도 사용된다고 말했다. 왜냐하면 그런 도움이 없다면, 우리는 타인의 고통을 보며 연민에 빠지거나 자신이 겪은 불행으로 고통에 매몰될 것이라고 했다. 그래서 우리가 말을 잊고, 경악한 나머지 얼어붙으면, 저 악몽의 원인을 제거하는 데 필요한 공격성을 얻지 못할 거라고 했다. 죽느냐 사느냐 하는 결전을 분명하고 세세하게 묘사한 그림들도 물론 있었다. 내가 아직 원심분리기 공장의 조립부에서 일하던 시절, 우리는 피에로 델라 프란체스카의 꿈같은 그림[75]에 빠져 지낸 적이 있었다. 이 경우는 장소의 구속이 없이, 그 자체로 독립되어 어디서나 볼 수 있는 책이 아니었다. 그것은 일련의 단편적인 장면들이었는데, 전체 그림은 그저 상상 속에서 그려볼 뿐이었다. 그런데 그 장면들 하나하나가 너무나 긴장감이 넘쳐서, 어느 장면을 보아도 아레초에 있는 그 프레스코화를 실물로 보고 싶다는 충동을 느꼈다. 깊이감이 전혀 없는 공간에 그림자도 없는 인물들이 무기와 전투용 말, 깃발들과 서로 뒤섞여 있었다. 맨 뒤의 인물과 맨 앞의 인물이

75) 이탈리아 아레초의 성 프란체스코 교회에 있는 프레스코화인 「성 십자가의 전설La Leggenda della Vera Croce」(1452~1466). 초기 르네상스 미술의 최고 걸작이다.

크기에서 차이가 없었다. 투석기의 쇠사슬, 혁대 잠금 고리, 경첩, 투구의 장식 깃털, 병사의 눈, 말의 눈, 그 모든 세부 요소가 같은 비중을 지녔다. 구도를 잡을 평면이 요구하는 법칙에만 따를 뿐, 다른 어떤 법칙도 없었다. 연회색과 진회색과 고동색이 조화롭게 어우러진 말들, 붉은 자주색과 회색, 녹색, 파란색으로 교차하는 의상들, 선홍색 핏자국들, 번뜩이는 칼과 무기들, 광택 없는 가죽에 박힌 구리 장식, 그 사이로 보이는, 백조들이 떠 있는 반짝이며 굽이치는 강줄기, 회벽에 투명하게 점으로 찍어 그린 강변 백사장의 풀과 수풀, 기하학적으로 펼쳐진 도시의 성곽, 야릇하게 매끈하고 깨끗한 땅이 받아주는 하늘의 녹청색. 이 모든 것이 감정을 지운 눈을 통해 형식의 정확한 조화로 통합되어 웅장한 힘을 발휘했다. 코피는 이런 시각이 차갑고 폐쇄적이라고 여겼다. 묘사된 대상들에 깃든 불변성이 숙명론을 말하는 것 같다고 생각했다. 지체 높은 인물들은 별이 박힌 천구의 우산 아래, 무장한 전사들과 군기에 둘러싸인 채 자기들끼리 따로 떨어져 있었다. 서로 죽이려고 덤벼드는 전사들은 그 몸짓으로 영원히 멈춰 있었다. 쭉 뻗은 말의 다리, 휘두르는 도끼, 던지려고 막 움켜쥔 창, 그 어느 것에도 전진의, 상황 변화의 가능성은 없었다. 균형을 잡은 몸짓은 앞으로도 뒤로도 넘어질 것 같지 않았다. 자세의 전환이나 회전은 없었다. 몰두해서 관찰한 이 유일무이의 순간만이 있었다. 모든 감정은 배제되었고, 시각적인 형태들이 맞물리는 전체 모습이 중요했다. 칼과 창, 고삐와 군기를 단 막대들이 그려내는 직선, 방패, 말의 허벅지, 투구들의 곡선, 늘어선 굵고 가는 다리들, 층층이 겹쳐진 팔과 손과 얼굴들, 짙은 눈썹 아래에서 뻗어나가는 시선들. 그림의 이상하고 낯선 느낌은 그림의 내용이 구체적인데도 불구하고, 그림이 사실을 모방하려는 게 전혀 아니라는 데서 비롯되었다. 그림에는 고유의 광채가 있었다. 그림에서 사건은 색채들의 어울림이었다. 코피는 이런 논의가 관념적이며, 우리의 문제를 해결하는 데 도움이 되지 않는다고 말했다. 이 그림에서 벌어지는 싸움은 우리의 투쟁과는 아무 상관이 없다고 했다. 하지만 많은 경우 이런 반문은 무엇보다 우리의 판단을 명철하게 하는 데 도움이 됐다. 인물 집단의 배치를 계급 구별에서 시작하는 이 그림에 왜 우리가 흥미를 느끼는지, 우리는 자문해보았다. 자기만의 확고한 설득력이 있는 작품들은 알 필요가 있다는 게 우리의 대답이었다. 우리는 이런 수준 높은 고급 예술과 문학 작품들을 필요로 했다. 우리에게 익숙한 가난하고 궁핍한 다른 쪽 세계에 대한 지식을 보완하는 셈이었다. 이 다른 쪽 세계를 기념하는 작품은 없었다. 고급 예술 작품들을 다룰 때면 적개심이 들기도 했다. 그렇지만 거부하듯 냉담하게 우리 앞에 마주 선 그것을 다루고 싶은 욕심이 언제나 다시 앞섰다. 마치 그것이 오로지 우리의 학습 소재로서 존재하는 것처럼 욕심을 부렸다. 변화무쌍하게 교차하며 육체에 숨결과 생명력을 주는 그림자를 없애버린 것처럼, 땅에는 혼잡하게 뒤얽힌 다리들의 발자국이나 말발굽 자국이 하나도 없었다. 혼잡한 무리 한가운데, 비늘 덮인 상의와 어깨 보호용 갑옷과 방패로 겹겹이 무장한 몸뚱이들이 조각상처럼 우뚝 서 있었다. 하지만 그 어떤 인물도 제대로 된 무게감이 없었다. 거대한 투구 아래 전사들의 얼굴은 어떤 동요나 미동도 없이 어지럽게 교차하는 무기 사이를 응시하고 있었다. 나는 종종 내가 기억하던 그 그림의 세부 내용을 내가 다루던 원심분리기의 보일러와 실린더와 피스톤에 투사해보곤 했다. 내게 떠오르는 건 대부분 얼굴들이었다. 감정 없는, 그러나 강한 인상의 얼굴들, 한창 투쟁 중인 그 얼굴들은 진지하고, 아무 말이 없었다. 그중 세 얼굴은 초록의 대지와 하얀 언덕을 배경으로, 갑옷 장식물과 칼과 창들 사이에서 서로 다닥다닥 붙어 있었다. 그중 희끗희끗한 수염이 더부룩한 한 얼굴은 비스듬히 기운 채 정면을 향하고 있었다. 두번째 얼굴은 옆모습이었는데, 그 코는 새 부리처럼 굽었고, 아랫입술은 불거져 있었다. 그 뒤로 세번째 얼굴이 있었는데, 벌린 입 안으로 이들이 반짝였다. 공격을 받아 찢어진 뺨은 피범벅이었다. 세 얼굴은 나란히 붙어 있었지만, 제각각 홀로인 채 그 눈은 모두 깊이 생각에 잠겨 있었다. 각이 날카롭게 돌출된 닫힌 투구와 나팔과 몽둥이와 한 마리 말의 머리 사이에 끼인 또 다른 사내가 집요하게 관객을 바라보고 있었다. 그는 관찰에 몰두한 나머지, 자신에게 무슨 일이 일어나는지 알아채지 못했다. 그의 뒤에서는 단도 자루를 움켜쥔 어떤 주먹이 칼끝을 그의 목에 겨누고 있었다. 「성 십자가의 전설」에서 이 장면을 구성하는 한 요소인 단도의 드라마는 정확히 같은 높이에 있는 또 다른 부분에서도 발휘되고 있었다. 그렇지만 여기서는 비좁고 은밀한 방식이 아니었다. 훤히 드러난 채 교훈을 주려는 것 같았다. 푸른 옷을 입은 쭉 뻗은 팔뚝 끝의 손은 정교한 세공 장식의 칼자루를 가볍게 살짝 잡고서, 뻣뻣하게 뒤로 젖힌 적의 목젖을 그 길고 얇은 칼날로 깊이 찌르고 있었다. 턱을 위로 들어 올린 이 사내의 얼굴은 옆을 향했으며, 그 머리는 꽃무늬를 그려 넣은 투구를 쓰고 있었다. 칼을 휘두르는 남자의 얼굴은 이 사내보다 한참 위에 있었는데, 치밀하고 냉철하게 생각하는 모습이었다. 그것은 아마도 작업 내내 화가를 이끈 치밀함과 냉철함일 것이었다. 특권층과 귀족들을 위해 제작된 작품에서 병사나 노예의 얼굴들이 설득력이 있다는 것, 이들의 얼굴이 주인들의 얼굴보다 더 진실하고, 더 강렬하고, 더 유능한 모습으로 돋보인다는 것도 우리는 알게 되었다. 만테냐와 마사초, 그린과 그뤼네발트와 뒤러, 또 보스와 브뤼헐과 고야[76]에 오면, 어느덧 노동하는 인간들이 중요해지기 시작했다. 장식적 기능에 머물렀던 목동이나 어부가 푸생[77]의 그림에서는 갑자기 소박함과 온화함을 버리고, 고전 비극의 강렬한 열정을 분출했다. 라투르[78]의 그림에서는 일하는 대장장이 한 명, 목공장이 한 명이 압도적인 모습으로 홀로 화폭을 채웠다. 주문을 하거나 사가는 사람들은 없었다. 베르메르와 샤르댕[79]은 성숙함이나 아름다움을 상류층의 전유물로만 두지 않고, 침모, 세탁부, 하녀 들의 모습으로 살려냈다. 역사적으로 주어진 질서들, 특정한 한 시대의 상호관계들이 일단 밝혀지고 나면, 현실의 어떤 지속적인 모습이 보였다. 그러면 예술가가 얼마나 미래를 준비했는지, 세기를 거쳐 이어지는 억압에 어떤 입장이었는지, 헤아려볼 수 있었다. 영주나 성직자들, 또는 이해타산적인 후원자가 작품의

---

76) Andrea Mantegna(1431~1506): 북부 이탈리아 초기 르네상스를 대표하는 화가로 원근법을 활용한 견고하고 웅장한 인물 묘사와 강한 색감이 특징이다.
Masaccio(1401~1428): 원근법을 사용한 최초의 이탈리아 르네상스 화가.
Hans Baldung Grien(1484 또는 1485~1545): 독일 르네상스 시기를 대표하는 화가.
Matthias Grünewald(1475/1480~1528): 뒤러, 크라나흐Cranach와 더불어 독일 르네상스 회화를 대표하는 화가.
Hieronymus Bosch(1450~1516): 네덜란드 르네상스 화가.
Pieter Brueghel(1525~1569): 플랑드르의 르네상스 화가로 농촌 생활과 풍경 그림으로 유명하다.
Francisco José de Goya(1746~1828): 스페인의 독창적인 낭만주의 화가로 근대 회화의 선구자로 평가받는다.
77) Nicolas Poussin(1594~1665): 프랑스 바로크 고전주의를 대표하는 화가로 「아르카디아의 목동들」(1627/37)은 그의 대표작 중 하나다.
78) Georges de La Tour(1593~1652): 17세기 프랑스 바로크 화가로 명암을 강조한 종교적 소재의 작품들을 그렸다.
79) Johannes Vermeer(1632~1675): 네덜란드 17세기 황금기를 대표하는 화가로 가정생활을 정감 있게 그렸다.
Jean-Baptiste-Siméon Chardin(1699~1779): 프랑스 18세기 화가로 정물화 및 부엌, 하녀 등 일상의 실내 생활을 주로 묘사했다.

소유권을 주장했는지와 무관하게, 많은 예술 작품은 예술 고유의 진실한 감수성에 충실하고, 편견과 한계를 넘어서면서, 예전부터 어떤 무계급적 요소를 내포하고 있었다. 사회를 개혁하고, 권력자들의 손에서 그 발견과 업적들을 넘겨받고, 우리 자신의 권력을 마련하고, 우리를 위한 과학적 사유의 토대를 세우는 것, 이런 것이 우리가 예술과 문학에서 생각했던 주제들이었다. 그렇지만 우리는 수많은 표현의 가능성들을 알게 되었고, 또 우리 자신의 수용 능력과 반응과 목표가 다양하다는 것을 생각하게 되었다. 그러면서 우리는 사회주의적으로 사유하는 사람들 사이에서 새로운 예술이 탄생할 것이며, 뜻이 같은 사람들이 택하는 길은 강령에서 내려진 모든 지시보다 그 지향점이 확고하다는 확신을 갖게 되었다. 혁명의 편에 있다면, 혼란이나 실패도 나쁘지 않았다. 각자가 과거에서든 새로운 것에서든 주어진 가능성에서 자기 자신의 생각에 부합하는 것을 찾아내야 했다. 우리는 자발적으로 시사 사건들을 탐구했고, 그러면서 나름대로 판단을 내리고 정치적 입장을 결정했다. 그런 우리들이었기에 우리가 가입했거나, 혹은 동조했던 당을 향해서도 문화 분야에서의 우리의 선택을 존중할 것을 요구했다. 전쟁과 궁핍 속에 성장한 우리 젊은 노동자들이나, 우리 부모들이 예술이나 문학에 몰두했다는 사실, 또한 숨 막히는 삶의 현실에 대항할 수 있었던 건 바로 우리 스스로 획득한 인식이라는 수단 덕분이었다는 사실은, 미래의 예술이 우리 자신에게서 비롯될 것이며, 그렇다면 무엇보다 우리 자신을 신뢰할 필요가 있다는 것을 시사했다. 이 모든 것은 일종의 확인이었다. 지금, 코피네 부엌에서 보내는 이 마지막 날, 나는 우리가 시작한 일, 우리가 쌓아온 게 어떤 것이었는지 보고 있었다. 방공훈련 직전의 이 짧은 시간. 책과 거리, 그림, 작업 현장, 박물관, 이념, 그리고 정치적 현실들을 이 짧은 시간에 온통 들추고 펼쳐본 것은 우리가 함께 만들어온 것들을 확인하고 싶었기 때문이었다. 이 땅에서 내가 보낸 세월이 한꺼번에 진하게 다가왔다. 나는 내 삶의 어떤 전환점, 새로운 단계로 넘어가는 어떤 지점에 서 있었다. 곧 다가올 나의 작별을 이야기하다가, 우리는 이 표현이 옳은지 서로 물었다. 우리에게 주어진 과제가 어디서나 다르지 않고, 또 그것이 우리를 서로 묶어주는데, 현재 있는 장소가 바뀐다는 것이 어떤 의미가 있겠느냐고 자문했다. 코피가 말했다. 아레초에서 승리한 뒤에 보자고. 그건 프란체스카 그림에 몰두했던 시절에 우리가 서로 나누던 인사였다. 그러면서 코피는 자신의 예술 선전 활동 초기에 만든 그림 한 장을 내게 건네주었다. 그것은 세계대전에서 활약했던 장군들과 파시스트당의 우두머리들을 담은 엽서 시리즈 중 하나인데, 코피가 덧그려 희화화한 것이었다. 엽서의 인물들에 말풍선을 달아놓았는데, 그 내뱉는 말이 문서위조범이자 국가 재산 도둑에다 인종차별 선동자이며 대량학살자인 그들의 정체를 드러내고 있었다. 또한 인물들은 자신들의 의도를 보다 분명히 하려고 칼과 도끼와 권총을 치켜들고 있었다. 코피는 이 풍자화들을 처음에는 지하철 게시판이나 버스 시간표 게시판에 끼워놓거나, 아니면 거리의 원통 광고 게시판, 대중 집회를 알리는 포스터 위에 붙여놓곤 했다. 그러다 나중에는 이 풍자화들을 직접 전단으로 인쇄, 제작했는데, 어떤 공장 정문 앞에서 이 인쇄물을 돌리다가 체포되었다. 그러나 하일만은 이 그림을 내게서 빼앗았다. 그가 말했다. 너희들은 적의 권력기관을 여전히 과소평가하고 있어. 그는 코피의 그 그림들과 코피네 화덕 옆에 숨겨놓은 책들을 자기 부모님 집 지하실에 보관하겠다고 했다. 그곳이라면 발각될 일이 없을 거라고 했다. 그리고 조심하는 의미에서 현관의 표지판 말고도 집 안에도 총통 사진을 걸어두라고 충고했다. 집 안에 들어오는 사람은 모두 제 나름대로 어떤 메시지를 얻을 거라고 했다.

경보 사이렌이 울리고, 구역별 반장들이 근처 방공호로 나를 몰아넣으려고 내게 소리를 질렀다. 삑삑대는 반장들의 호루라기 소리에 쫓기며, 나는 슈바르츠코프 가 지하철역에서 쇼세 가를 가로질러 플루크 가를 향해 뛰었다. 그렇게 뛰는 내내 마음속 깊은 곳에서 한 가지 물음이 나를 떠나지 않았다. 자동차와 버스들이 멈추어 서고, 행인들이 하얀색 화살표로 표시된 방공호 입구로 급히 사라지고, 나는 집을 향해 더욱 서둘러 다음 모퉁이를 돌아서면서도, 내내 그 물음의 답을 찾고 있었다. 책과 그림에 몰두했던 건 혹시 그냥 어떤 도피가 아니었을까. 감당하기 어려운 실제 문제들을 피하려는, 숨 막히는, 공포에 가득 찬 도주. 비에 젖어 번들거리는 포장도로를 가로질러, 장식 조각이 새겨진 기둥에 달린 대문 양 날개를 밀치고, 복도를 따라가다, 안뜰을 건너고, 계단을 올라, 텅 빈 썰렁한 집까지 내달려온 지금처럼. 가난이 무엇인지 다시 한 번 느끼는 데는, 우리가 밤을 새우며 현기증이 나도록 얘기했던 것이 우리의 것이 아니라는 사실을 인정하는 데는, 이 리놀륨 바닥 장판과 이 방을 한 번 쳐다보는 것으로 충분했다. 리놀륨 장판은 줄무늬가 닳고닳아 희미해졌고, 장판 아래 바닥에 깐 널빤지의 모서리가 불거진 곳마다 찢어져 있었다. 화덕과 개수통, 그리고 옆방 문 쪽으로는 수없이 밟고 다녀 생긴 발자국이 길처럼 이어져 있었다. 텅 빈 방에는 네 개의 침대 다리가 남긴 자국이 움푹 들어가 있었다. 나는 열어젖힌 창가에 기대어 섰다. 저 아래 어지럽게 얽혀 있는 선로들, 또 슈테틴 기차역 앞마당에 삑

빽이 늘어선 전봇대들을 바라보았다. 그리고 회의가 들 때면 늘 그랬듯이, 반박이 시작되었다. 훈련 중인 비행기 편대의 굉음 속에서, 나는 스스로 다짐했다. 가난 때문에 얼핏 난센스처럼 보일지라도, 정신적 재화들과의 대결은 생존 투쟁에서 우리가 담당해야 하는 몫이라고. 아무것도 없는 우리의 칙칙한 초록색 방에는 검약의 미가 있는 조토의 아시시나 파도바의 사각 그림들이[80] 잘 어울릴 거라고 나는 생각했다. 왜 우리는 머리 쓰는 것 말고는 전혀 드는 게 없는 일마저도 이래저래 자꾸만 포기하는 건지, 나는 자문했다. 우리가 영원한 무산자임을 확인하려는 건가. 불현듯 초록색 혼방 모직 재킷을 입고, 왼쪽 어깨가 올라간 아버지가 떠올랐다. 그 모습은 요아힘의 일생을 담은 아레나 성당의 기하학적 도형에서 걸어 나오는 것 같았다. 어머니는 벽을 통해 성스러운 말씀을 듣는 안나처럼 긴 갈색 속치마를 입고, 내가 침대로 쓰던 나무 받침 앞에서 바닥에 무릎을 꿇고 있었다. 부모님은 이 집에서 쫓겨났다. 나도 이사를 갔다. 며칠 전에는 막노동꾼 부부가 두 아이를 데리고 부엌 옆방에서 나갔다. 수레 하나로도 충분한 살림살이를 끌고, 몸 부칠 셋방 한 칸을 찾아서였다. 부엌에는 옷가지와 책 몇 권, 노트 몇 권이 든 낡은 트렁크만 놓여 있었다. 벽에는 테두리가 너덜너덜해진 빛바랜 포스터 한 장이 붙어 있었다. 회색 바탕에, 힘찬 몸짓으로 쇠사슬을 끊는 노동자가 그려져 있었다. 포스터가 뜯겨 나갈 때까지, 노동자는 여기 걸려 있을 것이었다. 그건 마지막 고함이라고 할 수 있었다. 우리의 지난 삶과 연관된 것이라면 무엇이라도 여기 남을 필요가 있었다. 벽은 이미 삭아서 부서

---

80) 아시시의 성 프란체스코 교회와 파도바의 스크로베니 예배당, 일명 아레나 예배당에 있는 이탈리아 화가 조토 디 본도네Giotto di Bondone(1266?~1337)의 프레스코화 연작이다.

져 내리고 있었다. 작은 빵 두 덩어리와 생선을 담은 둥근 나무판 위로 엄숙하게 칼을 치켜든 성 프란체스코의 매끈한 식탁을 더 이상 떠올리는 것도 힘들었다. 이 프레스코화에 비하면, 우리 집에서는 모든 것이 먼지와 잔해 사이에서 한 줌 바람이 되어버렸다. 조명이 원을 그리며 뿌연 연기를 가르다가, 낮게 깔리는 구름에 갇혀버렸다. 비행기 편대가 멀어졌다. 정찰기들이 경쾌하게 부르릉대는 소리가 들렸다. 비상 경고 해제를 알리는 긴 사이렌이 울리고 난 뒤 이웃집인지 아니면 기차역에서인지, 어디선가 확성기를 타고 훈련이 성공적으로 끝났음을 알리는 목소리가 밀려들었다. 사이사이 몇 마디만 겨우 알아들을 정도였다. 맞은편 기차역 대합실은 대번에 불이 환해졌다. 기다랗게 뻗은 광선과 그림자들이 선로와 선로를 교차시키는 삼각기둥, 들고 나는 기차들 위로 떨어졌다. 기차의 표지판에는 슈트랄준트, 로스토크, 슈테틴이라는 이름들이 보였다. 화물 기차들은 삑 하는 호루라기 소리와 흔들어대는 푸른 램프를 따라, 주차용 선로 한쪽에 정렬하는 중이었다. 촉촉이 젖어 번들거리는 역 주변의 전선과 기둥들 뒤편 아커 가의 집들 위로, AEG[81] 계량기 공장의 광고판이 환하게 불을 밝히고 있었다. 라자루스 병원 주변을 둘러싸고 검게 자리 잡은 공원과 리젠 가의 묘지공원 사이로 성 세바스찬 교회의 청회색 첨탑이 증기기관차의 연기로 뒤덮인 채 솟아 있었다. 시내 전차와 버스들이 움직이기 시작했다. 골목들은 다시 사람들의 발소리와 떠드는 소리로 넘쳐났다. 이제 부엌 천장에 매달린 알전구의 스위치를 켤 수 있었다. 나는 창문 아래 벽에 기대어 바닥에 주저앉았다. 오늘 밤은 신문으로 몸을 덮고 여기 누워서 잘 참이었다. 내일도 마찬가지였다. 짐은 모두

---

81) 아에게AEG는 독일의 전자 · 전기기기 제조업체로 1883년 에밀 라테나우가 설립했다.

꾸렸고, 가구들도 팔아치웠고, 집세도 다 치렀지만, 출발은 2~3일 뒤에 나 할 것이었다. 출발을 이렇게 미뤄 잡은 이유가 잘 생각나지 않았다. 더 할 일이 있었는지 이 순간 떠오르지 않았다. 경찰서에서 전출신고서를 작성해야 했고, 체코 영사관에 다시 한 번 가봐야 했다. 그 밖에는 생각나는 게 없었다. 차표는 이미 가지고 있었다. 빈방에는 오직 텅 빈 대기의 시간만이 남아 있었다. 아마 내가 일정을 잘못 계산했는지도 몰랐다. 아니면, 떠나기 전에 내가 이 나라에서 보낸 세월을 돌아볼 필요가 있는지 자문해보았다. 하지만 이것이 어떤 결정적인 단절이 아니라는 사실이, 지금 다시 분명하게 다가왔다. 출발하는 날짜가 그다음 날짜들과 분리되는 게 아니었다. 시간은 나눌 수 없는 하나의 연속체였다. 그것은 언제나 전체로만 생각하고 전체로만 관찰할 수 있는 것이었다. 어떤 시기가 시야의 중심에서 멀어질수록, 그것은 더욱 뚜렷이 그 앞뒤와 하나로 이어졌다. 지금 이 시간에도 앞으로 올 모든 시간이 그렇게 이미 들어 있었다. 1937년 9월 22일 수요일. 이 오늘이 며칠 뒤 바른스도르프에서, 또 몇 주 뒤 스페인에서, 또 3~4년 뒤 나도 모르는 어떤 곳에서, 어떻게 기억될지 나는 생각해보았다. 내가 지금 벽 한구석에 기대앉아, 못 자국들, 가구가 남긴 바닥과 벽의 흔적들을 하나하나 찾아보고 있는 이 삼차원의 공간 외에 무엇으로 이날을 기억하게 될까. 생생한 체험으로 가득했던 이날을 나는 지금 역사적으로 정리해보고 싶었다. 오늘에 대해 내가 생각해낸 것은, 아버지 고향이 슬로바키아로 넘어가면서 내 국적이 된 나라의 대통령 마사리크가 이제 프라하 근교 라니에 안장되었다는 것, 또 베를린의 방공훈련과 동시에 메클렌부르크에서 대규모 군사훈련이 진행되었다는 것뿐이었다. 이런 생각 역시 도피의 일부였다. 하루하루를 외적으로 특징짓는 사건들에 대해 나는 가능한 한 많이 알려고 했다. 그렇지만 결국 남는 것은 언제나 변변찮은 신문 기사들을 통해 읽는 것들뿐이었다. 생각은 끊임없이 넘쳐났지만, 우리는 그렇게 끔찍하게 단순화된 소식들 틈에서 살아갔다. 현실의 알 수 없는 복잡한 관계망에서 멀리 가는 게 도피라면, 그건 피할 수 없는 도피였다. 지친 우리는 물러나 앉았다. 방송 뉴스와 신문 기사 더미에 온종일 파묻혀 있어도, 상황 파악에는 별로 도움이 되지 않았을 것이다. 우리는 실제 사건과 하나도 맞지 않는 정보들을 무시하고, 위조될 수 없고 우리가 제약 없이 파고들 수도 있는 특수 분야에 주로 관심을 기울였다. 하지만 이 분야에서도 결국 우리가 선택한 일반적 방법에 따라 움직일 수밖에 없었다. 매일매일의 현실적 조건에 대응하는 유일한 방법은, 결정과 조처를 단호하게 내리는 것뿐이었다. 현실의 사실들은, 모든 상황은 이해 가능하며 설명 가능하다는 우리의 생각과는 전혀 달랐다. 사태를 이해하지 못했다고 그대로 물러서버린다면, 세상은 조금도 달라지지 않을 것이었다. 전진을 위해서 우리는 흑백 구분의 모델을 만들어냈다. 지지냐 거부냐, 찬성이냐 반대냐로만 우리는 결정을 내렸다. 비록 내부적으로 계속 변동은 있었지만, 우리가 선택했고 지지했던 당은 우리에겐 구체적이고 안정적인 기준이었다. 우리는 정치적 입장을 절대화하는 식으로 불확실성에 대응했다. 당 지도부의 의견 차이와 분열에 대해 듣게 될 때도, 근본에서는 당이 변하지 않았다고 우리는 스스로 다짐하곤 했다. 복잡한 문제에 대해 양자택일식으로 내린 판단은 사실을 통해 제대로 검증할 수 없는 경우가 많았다. 하지만 같은 판단에서 행동하고, 같은 동기를 가진 우리가 이렇게 많다면, 우리의 계획이 옳았음이 언젠가는 증명될 거라고 우리끼리 말하곤 했다. 아군과 적군의 전선을 확정함으로써 우리는 우리의 활동에 의미를 부여했다. 그래서 우리는 불법 전단을 제작하고, 지령을 세포

조직에 전달하고, 쫓기는 동지에게 숙소를 제공하고, 스페인으로 떠날 수도 있었던 것이다. 나는 부엌을 응시했다. 천장까지 삐져나간 부엌 벽의 도색이 닳아서 벗겨져 있었다. 그 벽에 전구의 빛이 반사되었다. 하일만이 감각의 여과 장치에 대해 했던 말들이 떠올랐다. 그건 우리 감각기관 위에 위치하면서, 우리 뇌가 처리할 수 있는 것만 받아들이게끔 한다는 여과 장치였다. 우리는 꼭 필요한 만큼 이해하고, 가장 단순한 설명이 언제나 참된 설명이 되는 좁디좁은 인지 틀을 가지고도 충분히 살 수 있다는 것이었다. 우리에게 무질서하게 밀려드는 것 중에서 우리는 기존 경험의 망에 끼워 넣을 수 있는 것만 선택한다고 하일만은 말했다. 여기까지는 이해할 수 있었다. 그런데 어떤 사람들은 우리가 분명히 이해한 어떤 내용에 대해, 그건 우리의 지적 능력 밖의 것이라는 반응을 보일 때가 있었다. 학습의 권리가 우리에게도 당연했던 야간학교에서조차, 그때그때 우리가 주제를 정말 이해했는지 미심쩍어하곤 했다. 우리에게 할당된 사유의 영역은 정해지고 제한되어 있었다. 대학생들에게는 대단치도 않을 지식이 우리에게는 금단의 열매였다. 분노는 우리 학습의 추진력이었다. 내가 그런 분노를 가장 강하게 느꼈던 것은 어느 날 저녁 프리드리히 황제 박물관을 관람한 뒤 이어진 토론 자리에서였다. 코피와 내가 노동자라는 것을 안 한 미술사가가 우리의 지식에 대해 깜짝 놀라면서, 다른 참가자들에게 우리의 출신을 몇 번이나 언급했다. 내 왼쪽 구석, 침상 위쪽에 책들을 꽂아두던 선반이 있었다. 나는 부엌 한가운데에 있던 둥근 탁자도 떠올려보았다. 모양이 제각각인 의자들, 그릇과 옷가지들이 들어 있는 장롱. 다시 옆집으로부터 라디오 소리가 파고들었다. 이번에는 갈라지는 쨍쨍한 목소리가 참수형을 내건 국가반역법을 공표하고 있었다. 스파이 짓이나 태업으로 유다처럼 더러운 돈을 챙기는 이른바 혐오분자들은 가차 없이 그 대상이 된다고 했다. 아시시의 벽화에는 불마차가 있었다. 붉은 말 두 마리가 끄는 그 마차에는 프란체스코가 타고 있었는데, 좁다란 칸으로 나뉜 집의 지붕에서부터 초록빛 하늘로 올라가고 있었다. 나는 그림 아래쪽에 웅크리고 앉아 자고 있는 갈색 승복의 수도승과 가죽 재킷을 입고 웅크린 채 누워 있는 나를 비교해보았다. 그림을 떠올리며 이런 연상을 하는 것이 내 정신이 말짱하다는 증거인지, 아니면 혼미하다는 증거인지 분명치 않았다. 그러자 다음 순간, 바닥이 살짝 삐걱대는 소리에 나는 긴장했다. 리놀륨 장판도 움직이는 것 같았다. 그건 이전에 탁자가 서 있던 곳, 바로 전구 불빛이 물결처럼 원을 그리며 반사되는 바로 그 지점이었다. 바로 거기 바닥에 깔린 널빤지 하나가 들리면서 장판을 밀어내고 있었다. 장판이 불거지더니, 끝이 뾰족하게 갈라진 널빤지가 터지듯 뚫고 나왔다. 장판은 뿌지직 소리를 내며 거의 내 발치까지 찢어졌다. 나는 벽에 등을 기댄 채 두 손을 난간에 의지해, 창문을 향해 몸을 밀어 일으켜 세웠다. 어깨는 반쯤 밖으로 나가 있었다. 내 앞에서 무언가 힘겹게 애쓰고 있었지만, 나는 전혀 도울 수가 없었다. 앞으로 움직이려고 했지만, 몸은 꼼짝도 하지 않았다. 팔을 뻗으려고 할 때마다, 오히려 더 창문 쪽으로 뒷걸음칠 뿐이었다. 처음 뿌지직거릴 때부터 나는 이미 누군가 그곳에 묻혀 있다는 것을 알았다. 갈라진 널빤지가 양쪽으로 벌어지자, 온통 먼지로 뒤덮인 그 손도 나는 금방 알아보았다. 골격이 넓고, 튼튼한 뼈를 가진 아버지의 손이었다. 아버지의 팔이 시멘트에서 떠올랐다. 얼굴은 아직 굵은 나무 막대들 사이에 꾹꾹 채워진 짚 속에 파묻혀 있었다. 나는 아버지를 돕고 싶었다. 하지만 몸이 한껏 창문 밖으로 걸쳐 있어서, 움직이면 금방이라도 밖으로 떨어질 것만 같았다. 아버지가 어떤 모습일까 나는 생각해보았다. 그렇게 긴 시간을, 거의 3년이나 되는 시간을 방바닥 아래 있었는데. 못질한 널빤지와 그 위에 딱 붙어 있는 리놀륨 장판을 찢어내기까지, 아버지는 얼마나 애를 썼을까. 나는 아버지의 얼굴을 그려보았다. 그러느라고 내가 창문을 넘어 미끄러져서 거리 위로 공중에 높이 떠 있다는 것을 전혀 알아채지 못했다. 그러나 내가 본 것은 아버지의 얼굴이 아니었다. 이 잿빛 진흙 덩어리, 대충 얹어진 뭉툭한 코, 푹 들어간 두 눈구멍, 뚜렷하게 일직선으로 파인 입을 한 이 진흙 덩어리가 왜 아버지의 얼굴을 닮지 않았는지 알아내려고 나는 애를 썼다. 저기 누워 있는 것은 분명 아버지인데. 나는 혼자 되뇌었다. 이건 무엇을 정확히 생각해보려고 할 때, 무엇을 이해하려고 노력할 때, 나타나는 어려움이야. 두 발로 창문 난간을 차고 나간 나는 굴처럼 뻗은 철로 위로 날아갔다. 우리가 사물들 사이에서 조금도 의심 없이 확신하며 살아왔다는 것, 사물들이 실제로 우리가 생각하는 바로 그것이라고 여기며 살아왔다는 것이 정말 신기하게 느껴졌다. 잠깐 동안 어떤 승리감조차 스쳐갔다. 우리들이 어떤 현실의 존재에 대해 합의했다는 사실, 모든 것을 명명하고, 그 가치를 평가하고, 그것을 우리 의식에 정리해 넣는, 대단하고 과감한 협약을 맺었다는 데서 느끼는 승리감이었다. 그렇지만 다음 순간, 사지를 쭉 펼치고 후진으로 날고 있던 나는 전혀 그렇지 않다는 것을 알게 되었다. 명확하고 구체적인 것은 소란과 혼잡에 포위되어, 언제라도 흔들릴 수 있으며, 사라질 수 있다는 것을 보았다. 바로 저 아래에서 이름과 명칭들이 사라져가며 중얼대는 소리만 들려왔다. 언어를 잃어버렸기 때문에, 원래는 지금 저 아래 틀림없이 있을 것들을 더 이상 알아볼 수가 없었다. 저기 아래 기차역에 대해 알고 있던 모든 지식이 내게서 빠져나가버렸다. 내가 알고 있던 건물의 세부적 사실과 내용들이 도대체 생각나지가 않았다. 그 건물을 내가 가끔 보았다는 것만이 확실했다. 저기 마차와 택시들이 서 있는 완만한 곡선의 역전 빈터가 보였다. 옥외 계단이, 출입구가 나타났다. 또 노란 벽돌들, 무어 식의 반원형 장식과 장미꽃 장식들이 보였다. 저기 매표창구가 있는 대합실, 출입 차단기, 플랫폼 들이 나타났다. 열차 차량 사이의 완충장치들이 서로 부딪쳤다. 가방을 든 사람들이 오가고 있었다. 저기 있는 저 물체는 기차역일 것이었다. 그렇지만 어느 기차역인지, 기차들이 어디를 향해 떠나는 것인지 알려주는 표지가 없었다. 지금이 언제인지조차 확인하기가 어려웠다. 그런데 옷차림이나 열차의 외양이 몇십 년 전의 것이었다. 양자택일의 삶은 단순하고 틀림없었다. 끊임없이 어떤 결정들을 내렸고, 원인에는 언제나 결과가 있었다. 하지만 단순하고 확실했던 바로 그만큼, 삶은 금방 그리고 자연스럽게 예측불가의 상태로 넘어갔다. 우리가 한 것이 옳은 거라는 느낌, 다르게 할 수 없다는 느낌만은 아직 남아 있었다. 방향감각은 아직 살아 있었다. 나는 몸을 돌려, 까맣게 때가 앉은 기차역 유리 지붕 위를 미끄러지듯 스치며 날아갔다. 오른쪽으로 넓은 대로가 나오리라는 것을 나는 알고 있었다. 어느덧 나는 한 박물관 전면에 도열한 기둥들을 따라 촘촘히 늘어선 나무들 위를 낮게 날고 있었다. 박물관에는 고대의 유골과 식물 화석과 조개 화석이 가득했다. 나는 은은한 불빛이 켜진 전시실들을 들여다보았다. 그것은 일요일이면 아버지와 함께 걸어 다녔던 방들이다. 그러더니 다시 묘지가 나타났다. 거대한 석조 기념물에 걸리지 않으려고 솟구쳐 오르기 위해 나는 두 팔을 휘저어야만 했다. 그런 다음 다시 나는 오른쪽으로 돌아서, 경주용 장애물과 모래판과 높이뛰기대가 놓여 있는 경기장 위로 미끄러져 갔다. 육상 트랙의 흰 줄 위로 빽빽하게 열을 지은 채 검은 옷차림을 한 사람들이 팔에 팔을 끼고 서 있었다. 그들이 움직이기 시작했다. 아주 느릿느

릿, 서로 깍지를 껴 단단히 얽힌 채였다. 똑같은 리듬으로, 오른쪽 바깥쪽에서 제자리걸음을 하는 사람을 축으로 하여, 시계 방향으로 짧게 깎은 마른 잔디밭 위를 걸어서 돌고 있었다. 그런데 그들 앞쪽에서 뭔가 움직이는 게 있었다. 팔과 다리, 몸뚱이 들이었다. 그들은 포로들을 몰아대고 있었던 것이다. 포로들은 서로서로 의지하면서, 끌어주고 당겨주었다. 많은 사람이 부상을 당했거나 이미 죽은 상태였다. 그들은 아무 소리도 내지 않았다. 운동장 끝에 자리한 병원도 불이 환한 그 유리창 뒤에서 조용하기만 했다. 그곳에 그들은 살이 찢기고, 피범벅인 채 바닥에 던져져, 다닥다닥 붙거나 포개진 채 누워 있었다. 한 병사가 쇠로 된 채찍을 휘두르며 그 사이를 거칠게 걸어 다녔다. 나는 다시 한 번 오른쪽으로 방향을 돌려, 거의 땅에 닿을 정도로 내려앉아 건물들 사이의 좁고 긴 공간을 헤치며 날았다. 그리고 내가 사는 건물 전면으로 이어지는 모퉁이로 되돌아왔다. 두서너 블록을 날았다. 내게 익숙한 것이 가까워지고 있었다. 다만 조금이라도 힘이 빠지면 그것들을 알아볼 수가 없었다. 눈꺼풀을 감는 것처럼 그렇게 순식간에, 부지불식간에 일어났다. 한 차원에서 다른 차원으로의 이동은 거의 인식할 수 없었다. 질서며, 유효한 법칙들이 완전히 서로 달랐다. 모든 것이 우리에게 문제가 되고, 모든 것이 물질적이며, 우리가 모든 일에 목숨을 내놓고 있다는 건 여전히 분명했기에, 이 낯선 현실이 유일하게 가능한 현실이었다. 직접적인 요구와 위험으로 가득한 현실. 이 무거운 잿빛 세상이 아닌 다른 세상은 생각할 수 없었다. 모든 일은 바로 이 세상에서 벌어졌다. 집들은 무겁고 둔중해야 하며, 거리는 온통 어두침침해야 하며, 하늘은 분명 낮게 가라앉아 이글거려야 했다. 이처럼 공중에서 헤엄을 치는 것, 담장과, 기둥과, 지붕 홈통들을 따라 이렇게 더듬어가는 것 말고 다른 것은 없었다. 운동장의 시체 더미를 부정할 수 있겠는가. 일렬로 늘어선 금속성 다리들은 태엽을 감아주자 아주 천천히 움직이며 시체들을 밀어내며 치우고 있었다. 병원은 저기 있었다. 병원에는 신음도 탄식도 없었다. 찰각대거나 툭탁거리는 소리도 없이 움직이는 저 바깥의 기계처럼. 이 모든 것이 어디, 어느 거리, 어느 도시에서, 어떤 시점에 벌어지는지 묘사할 수는 없었다. 그렇지만 하나하나가 자연스러웠다. 별난 느낌이 없었다. 창문으로 두 발이 먼저 들어갔다. 이번에도 등을 대고 누운 채였다. 그렇게 나는 부엌으로 되돌아왔다. 방금 내가 자리를 떴던 바로 그 부엌이었다. 전구가 매달려 있고, 맨바닥을 비추고 있었다. 그 바닥에, 부서져 나간 널빤지 사이로 아버지가 누워 있었다. 나는 아버지에게 말했다. 이제는 말할 힘을 갖고 싶었어요. 바깥세상이 어떤 모습인지, 모든 게 그대로인지 확인하고 싶었어요. 이 부엌에서 벌어진 일을 믿을 수 없었거든요. 둘러보았는데, 거리와 집, 광장과 공원들은 당연한 일이지만 진짜로 있었어요. 그렇다면 이 부엌도 잘못된 것일 수 없다고 확신해요. 모든 의심이 사라지자, 이제 진흙 덩어리는 원래 되어야 할 그 얼굴이 되었다. 아버지가 몸을 일으켰다. 짧게 깎은 엉클어진 머리카락은 석회 부스러기로 뒤범벅이 되었고, 입술은 더께가 앉아 굳어 있었고, 콧구멍과 속눈썹은 들러붙어 있었다. 아버지가 팔꿈치로 몸을 받쳐 세웠다. 나는 아버지가 눈을 뜨고, 입을 열기를 기다렸다.

플루크 가가 어땠는지 기억나세요. 플루크 가 주변의 거리 모습을 그려 볼 수 있겠어요. 나는 아버지에게 물었다. 아버지는 맨 먼저 7이라는 숫자가 붙어 있었던 우리 집 건물 입구의 대문을 떠올렸다. 그것은 안쪽에서 긴 쇠못으로 벽에 지지한 육중한 두 쪽 여닫이문이었는데, 창살을 댄 유리창이 나 있었다. 물결무늬로 조각된 문의 바깥 면에 등을 돌리고 서면, 맞은편 거리의 붉은 벽돌 건물이 눈에 들어왔다고 했다. 그건 다른 건물들과 외따로 떨어져 있었던 초등학교 교사였다. 4층 건물로, 창문들 아래로 돌출된 턱이 있었고, 입구에는 층계 두서너 단이 있었던 것으로 아버지는 기억했다. 그 옆으로 석조 기단에 주철로 된 담장이 뻗어 있었는데, 담장 안 폭 좁은 마당에는 관목 사이사이 채마밭이 일궈져 있었다. 채마밭에서 건물 뒤쪽으로 가면 자갈이 깔린 널찍한 뜰이 바로 이어졌다. 양옆으로는 학교보다 더 높은 방화벽이 솟아 있었다. 뜰이 끝나는 지점에는 굴뚝과 그을린 창문들이 줄지어 달린 소규모 공장과 작업장들이 있었다. 포석이 깔린 도로를 건너가 다시 우리 집을 향해 몸을 돌리자, 아버지가 본 것은 집 왼쪽으로 펼쳐진 대규모 주거 구역이었다. 발코니가 달리고 넓게 휘감은 시멘트 장식을 넣은 건물 전면이 다른 임대주택들에 비해 확실히 돋보였다. 이곳에는 경찰들과 그 가족들이 살고 있었다. 대부분이 쇼세 가에 있는 시청이나 군부대에서 근무하는 중간급 공무원들이었다. 그 건물은 우리가 살았던 플루크 가 끝, 뷜러 가로 접어드는 모퉁이에 있었다. 아버지가 말했다. 경찰의 녹색 제복 때문에 그 집은 풍뎅이 집이라고 불렸지. 그 집이 우리를 보호해준 셈이야. 경찰이 지척에서 감시하는 곳에 우리 동지들이 들락거릴 거라고는 아무도 생각하지 못했거든. 1933년 이후 동지들이 우리 집에서 몇 주씩이나 숨어 있었는데 말이야. 바른스도르프, 니더그룬트 가의 한 다세대 건물 지하층의 방 두 칸짜리 셋집 부엌에서 서성대면서, 아버지는 베를린 우리 집을 떠올리려고 애쓰는 중이었다. 아래 입구 복도에는 세입자의 명패들이 걸려 있었다. 손으로 쓴 것이었는데, 이름들이 자주 바뀌고 또 종이로 덧붙여지곤 했다. 좌우로 측면 건물로 올라가는 계단이 있었다. 안뜰에는 양철 쓰레기통들이 허름한 목조 헛간 앞에 놓여 있었다. 우리가 이사 갈 당시에도 그 헛간에는 재래식 변소가 있었다. 아버지는 자신이 매일 오르내리던 그 계단에 대해 그 이상은 기억해내지 못했다. 그렇지만 후면 건물 뒷벽에 난 창문에서 내다보던 광경은 또렷이 기억했다. 그 창문에서는 5층 아래로 철로 끝의 자갈밭이 내려다보였다. 그리고 사방으로 뻗은 철로들 너머로 교차점과 신호등 기둥과 연기에 휩싸인 기차들이 보였다. 밤이면 계량기 제조 공장 지붕에서 훤하게 번쩍거리는 A와 E와 G 자가 우리 방 안까지 밀고 들어왔다. 아픈 곳이 잠시 괜찮아지면, 바로 몸을 굴려야 했던 현실, 모든 자유를 상상해볼 수는 있지만, 벗어날 수는 없었던 현실, 아무리 힘이 빠져도 정신을 차려야 했던 그 현실을 가능하면 정확히 확인해보고 싶었다. 정신을 바짝 차려야 했다. 우리가 살아온 현실이 남긴 것을 확인하는 일은 쉽지 않았다. 인발리덴가였다. 박물관 못미처 그나덴 교회 옆으로, 우리는 흑백 체크무늬 띠가 그려진 초록색 택시를 보았다. 뻗은 한 손에서 치켜든 다른 한 손으로 돈이 건네졌다. 이 돈에는 요란한 주식시장이 붙어 있었다. 밀, 석탄, 석유가 핸들 너머 돈을 받으려 벌린 손으로 함께 흘러들어 갔다. 활처럼 선을 그으며 재빠르게 빼낸 다른 한 손은 벌써 외투와 재킷과 치마 사이로 사라졌다. 아마도 이런 순간은 우리가 쇼세 가 쪽에서 오면서 지질학 박물관을 지나, 자연사박물관으로 가는 중에 겪었을 것이다. 왜냐하면 우리는 주로 일요일에 자연사박물관을 찾곤 했다. 박물관은 입구에 인물 조각상들이 서 있었고, 발코니 모양으로 돌출된 기단 장식과 장미꽃 장식과 기둥을 갖춘 고전주의 양식이었다. 박물관 건물 앞 광장에는 커다란 나무들이 서 있었다. 중앙에 난 길 오른쪽으로는 너도밤나무 두 그루, 왼쪽으로는 너도밤나무 한 그루와 떡갈나무 한 그루가 있었다. 나무 사이사이에는 중생대 나무 화석이 세워져 있었다. 그렇게 우리 눈은 어느새 아스라한 태고의 파편으로 빠져들었다. 입구를 지나 현관홀에 들어서면, 공룡들이 버티고 있는 유리 지붕의 중앙 홀이 보였다. 공룡들 중에서 제일 큰 놈은 길이 23미터에 키 12미터였는데, 아버지도 이놈은 처음 보았다. 공룡의 뼈는 탄자니아의 텐다구루 구릉 지역에서 가져와, 그해에 설치된 것이었다. 사실 두 눈과 콧구멍이 전부인, 작디작은 머리를 떠받치는 목, 가는 빗살 모양의 한 무더기 척추뼈일 뿐인 그 목은 천장에 댄 막대까지 뻗어 있었다. 공룡의 작은 뇌는 거대한 몸뚱이의 움직임을 통제하기에도 역부족이었다. 이 브라키오사우루스는 호숫가나 강가에서 풀을 뜯어 먹고 살았다. 산 같은 몸뚱이가 천천히 수렁에서 나와, 양치류 야자수와 양치식물과 유칼리나무의 잎사귀와 열매를 뜯어 먹다가, 진흙탕에 철퍼덕 다시 몸을 잠그곤 했다. 도마뱀 주둥이와 거북이 발톱을 한 이 뒤뚱대는 초대형 짐승에 대해 우리는 자세히 알아보았다. 어떻게 거친 숨을 들이쉬고 내쉬었을지, 어떻게 덜컥대며 이빨로 씹었을지 상상해보았다. 뒷다리로 서서 뛰어다니는 날렵하고 작은 몸집의 육식 종자들에게 물리고 난 뒤, 꼬리 끝에서 등으로 타고 올라오는 고통을 뒤늦게 느끼고는 그 거대한 목을 돌리는 모습을 상상해보았다. 무섭기는커녕 오히려 불쌍한 그 몸짓을 상상해보았다. 수억 년 전 황야에서 전무후무한 거대한 몸집으로 커버린 이 평화로운 포유동물, 뛰어다니며 다른 짐승을 사냥하는 부지런하고, 잽싸고 꾀 많은 약탈자들에게 괴롭힘을 당하면서, 결국 자신의 과도한 몸집 때문에 멸망한 이 동물에게는 어떤 장엄함이 있었다. 그때 아버지가 손으로 한 동물의 뼈 구조물을 가리켰다. 가시들이 뽀족하게 돋친 굽은 등줄기를 따라 흐르던 그 손은 처진 튼실한 어깨판 뼈에서 원을 그렸다. 어느덧 인간 전 단계의 이 생명체들이 활보하는 풍경이 사방에 펼쳐졌다. 갈대밭과 초원의 풀밭, 은매화와 맹그로브나무 사이로 거대한 짐승들의 모습을 그려볼 수 있었다. 하지만 무엇보다 상상력을 자극하는 건 손바닥만 한 크기의 시조새 화석이었다. 석회석 판에 갇힌 시조새의 다리는 정교했고, 갈비뼈들은 가늘었다. 활짝 펼친 꼬리와 양 날개 자국은 그 주변을 둥글게 감싸고 있었다. 이가 돋은 좁다란 턱이 달린 머리는 뽀족하게 뻗어, 도마뱀 같았다. 길고 가는 꼬리와 양 팔뼈에서는 깃털이 자라 있었다. 줄줄이 찍힌 깃털은 중력 극복의 능력, 비행이라는 새로운 이동 방식의 가능성을 보여주었다. 발톱은 막 나뭇가지를 차고 나른 듯 아직도 팽팽히 부풀어 있었다. 하나의 생물 형태에서 다른 생물 형태로 이행 중인 이 몸뚱이는 비행 상태에서 굳어버린 것이었다. 공룡들이 우글대는 구역을 벗어난 우리는 언제나 이 파충류 새, 생물 진화사의 이카로스인 이 새를 찾곤 했다. 그리고 내게 중요한 박물관이 또 있었다. 연기에 그을린 경화 벽돌 담장을 두른 창고 비슷한 이 박물관은 넓은 브레멘 역 광장, 콜럼버스 호텔을 마주한 거리 모퉁이에 있었다. 박물관 뒤편으로는 화물역의 청과물 하역장이 붙어 있었다. 이 박물관으로 가려면 베저 교와 대성당 마당을 건너, 시청을 끼고 돈 다음 쉬셀코릅 구역과 토성 공원을 통과해야 했다. 그러면 왼쪽으로 수목원으로 이어지는 공원이 완만한 경사로 펼쳐졌는데, 브레멘 시 수로를 굽어보며 풍차가 솟아 있었다. 힐만 호텔 옆, 헤르덴토어부터는 혼잡하게 뒤섞인 자동차와 전차들 사이를 지나는데, 기차들이 내뿜는 수증기 구름이 벌써 눈에 들어왔다. 어느덧 우리는 박물관 홀에 들어섰다. 높은 유리 지붕 아래, 늘어선 화살표들이 나타났다. 우리를 각 대륙 깊숙이 인도할 화살표들이었다. 조각이 새겨진 막대며, 기둥, 그리고 신전의 지붕 들이 열대식물을 빽빽하게 심어놓은 화분들 뒤로 솟아 있었다. 나는 아버지 손을 이끌고 곧장 오른쪽 대각선 방향으로 향했다. 나지막하고 둥그스름한 오두막 앞에 피그미족이 있었다. 벌거벗은 여인은 미동도 없었다. 왼손은 아이를 감아 안았고, 오른손은 표범 이빨로 엮은 목걸이 쪽으로 올라가 있었다. 옆구리에 매달린 아이는 여인의 앞가리개용 치마 허리끈에 발을 버티고 있었다. 옆으로 돌린 여인의 얼굴은 반쯤 감긴 눈으로 앞을 응시하며 생각에 잠겨 있었다. 그건 곡물 겨 위에 무릎을 꿇고 앉아 있는 남자도 마찬가지였다. 남자는 잎사귀를 펼쳐서 엮는 손 앞의 일을 잊고 있었다. 원숭이 한 마리가 남자 옆에 누워 있었다. 원숭이는 장난을 치다가 졸음이 온 것 같았다. 활짝 벌린 한 팔이 축 처져 있었다. 피그미족은 적도 아프리카의 우림 지역이 고향이다. 그들은 채집과 사냥을 하며 여기저기 이동했다. 정글에서는 한곳에 정주하기가 어려웠다. 그들의 오두막은 임시 숙소였다. 몇 가지 도구와 화살, 활이 피그미족이 소유한 전부였다. 그들은 거의 멸종 상태였다. 그들은 나무뿌리와 덤불 사이에 반원형의 거처를 마련했는데, 굽은 나뭇가지로 지지하고, 잎사귀들을 덮어서 가는 덩굴줄기로 둘둘 묶는 식이었다. 그 작은 달팽이 집에는 진한 어둠이 가득했다. 사방으로 끝없이 뻗은 원시림에서 새들이 날개를 푸드덕거리는 소리, 짐승들이 꾸르륵대고 꽥꽥대는 소리가 들려왔다. 폭포를 따라, 강을 따라 유랑하는 삶, 오두막은 벌써 오래전에 식물들의 터로 변해버렸기에, 손바닥만 한 터를 쳐내, 밤이 오기 전에 재빠르게 거처를 마련한다. 그 삶이 이곳에서 한 순간의 절대적인 기다림으로 펼쳐져 있었다. 여섯 살짜리 나보다도 크지 않은 이 삼림의 인간들은 바스락거리는 소리들이 교차하는 적막 속에서 숨죽인 채 정지해 있었다. 그 부드럽게 빛나는 검은 피부를 손가락 끝으로 건드려도 그들은 알아채지 못했다. 그곳에는 베두인족도 천막 가옥을 배경으로 서 있었다. 창과 부메랑을 든 호주 원주민들, 문신을 한 솔로몬 군도 수상 가옥 원주민들, 정교하게 엮은 사모아 고사리 풀집도 볼 수 있었다. 일본식 정원, 버마, 한국, 티베트에서 온 제구(祭具)들, 에스키모인의 얼음집, 북미 대초원 지대 인디언들의 토템 기둥들도 있었다. 그렇지만 내 기억 속에 새겨진 것은 무엇보다 그 난쟁이족 가족이었다. 나는 아버지에게 브레멘에서 우리가 살았던 거리에 대해 물어보았다. 아버지에게 남겨진 인상을 내가 가진 기억과 비교해보고 싶었다. 그 거리에 대한 기억은 어렸을 때 만들어진 것이지만, 플루크 가에 대한 인상보다도 자세하고 뚜렷했다. 우리는 이 박물관에서 베저 교를 건너 다시 알테노이슈타트를 향해 돌아갔다. 마르틴 교회 아래쪽에 있던 부교들에는 헤멜링엔과 델멘호르스트로, 항구로, 또 페게자크로 떠나는 증기선들이 정박해 있었다. 그중 하나는 바퀴가 달린 증기선이었다. 둥글게 휘어진 철제 들보가 매달린, 뾰족한 탑 모양의 베저 교 입구 문을 통과하면, 오른쪽으로 강 한가운데 혀처럼 뻗은 반도에 자리 잡은 헤를리히카이트라는 이름의 수백 년 된 거리들을 볼 수 있었다. 이곳에 늘어선 부두 적재소와 창고들은 성곽 모양의 테어호프 건물까지 뻗어 있었다. 테어호프에서는 웅장한 곡선의 카이저 교로 이어졌다. 맞은편 좁다란 지류의 강변 모래밭에는 조각배들이 밧줄에 묶여 정박해 있었다. 좁은 다리 하나가 반도에서 대형 사각돌로 쌓아올린 맞은편 높은 제방 언덕으로 뻗어 있었다. 그 제방 언덕은 다이히 가에서 브라우트 가가 갈라지는 지점이었다. 아버지가 말했다. 이곳에는 단선전차 궤도가 깔려 있었지. 전쟁 기간 중에는 말 한 마리가 그 전차를 끌었어. 베스터 가 모퉁이에는 에베르트[82])가 마구 제조업을 그만둔 뒤 지배인으로 일했던 술집이 있었어. 아버지는 말했다. 나중에 이 맥줏집은 초대 제국 대통령의 집으로 불렸지. 나는 그뢰넨 가를 떠올리려고 애를 써봤다. 나는 아버지에게 물었다. 브라우트 가 쪽에서 가면 그뢰넨 가가 약간 오르막이지 않았나요. 내 기억에는 우리 집에서부터 뱀페네 잡화점까지 내리막길이었던 것 같았다. 뱀페네 가게는 도로 시작 지점 건너편, 초등학교 옆에 있었다. 학교 전면에 기둥이 늘어서 있었다. 아버지의 기억은 달랐다. 아버지 기억에 그뢰넨 가는 평평하게 뻗어 있었다. 오른쪽으로 침가네 도축장, 메르텐네 우유 가게가 있었고, 제방으로 꺾어지는 쿠르체 가라는 이름의 좁다란 골목과 술집 몇 채와 창고와 마구간들과 유리 기술자 바흐만의 공방이 있었다. 23번지였던 우리 집 뒤편에는 담장을 둘러친 넓은 슬레이트 공장이 있었고, 커피 가공 공장과 도량형 검정국 건물이 있었다. 그뢰넨 가로 들어서기 직전, 베스터 가 건너편, 암 노이엔 마르크트에서는 말물통과 모서리가 닳고 닳은 우물, 기다란 펌프 자루와 양조장 마부들이 말고삐를 묶어두는 돌기둥을 보았던 기억이 있다. 마부들이 술집으로 들어가면 구리 장식이 박힌 마구를 얹은 볼품없는 말들은 주둥이를 물속에 들이밀었다. 내가 기억하는 이 지역은 지금 아버지가 생각하는 모습과는 달랐다. 거리들의 기본 윤곽은 얼추 기억이 났다. 우리는 집을 향해 움직였다. 이 구역은 베스텐보스텔 기계 공장과 하케 맥주 양조장이 있는 헤셴 가가 경계였다. 그로세 알레는 한참 떨어져 있었다. 그로세 알레를 따라가면 카이저 교와 가을이면 노천장이 서는 그뢰넨캄프로 갈 수 있었다. 거리의 맨 끝에는 노이슈타트 기차역이 있었다. 기차역에서 자전

82) Friedrich Ebert(1871~1925): 1913년부터 독일 사민당 당수였다. 독일 바이마르공화국의 초대 대통령을 역임했다.

거를 타고 가는 아버지가 보였다. 카이저 양조장, 커다란 하케 베크 양조장, 그리고 도정 공장의 앞마당을 지나, 철교를 건너, 화물 기차들 옆으로 난 널빤지를 깐 좁은 길을 타고 베저 조선소로 가는 아버지가 보였다. 나는 다시 우리가 살았던 집 맨 위층으로 돌아왔다. 복도에서 위층으로 가는 좁고 가파른 계단을 오르면, 간단한 취사가 가능한 부엌이 나왔다. 울타리와 벽으로 나눠진 이웃집 뒤뜰들이 창문 너머로 보였다. 제방 쪽 집들 지붕 위로는 나란히 늘어선 테어호프의 박공지붕들이 보였다. 짐이 드나드는 박공지붕의 창에는 돌출된 도르래 장치가 달려 있었다. 내가 소유한 유년기는 피그미족의 공간과 유사했다. 내가 경험한 모든 것은 작은 공간으로 집약되어 있었다. 방향감각과 부피감, 그리고 숨은그림찾기 같은 암시들로 가득했다. 시선을 집중하면 그 암시들은 다시 살아 움직였다. 모아놓은 잎사귀 더미 뒤로 정글과 폭포수, 야생 짐승들로 가득 찬 거대한 삼림의 존재를 예감할 수 있듯이 건물과 마당, 다리, 창고와 제방, 대목장의 간이 점방, 거리 모퉁이 들이 한데 얽혀들면서 도시 전체의 모습을 가늠할 수 있었다. 이 기억의 공간에는 거리감이 없었다. 모든 것이 가까이 있는 느낌이었다. 조금만 눈길을 돌리면 모든 것이 눈앞에 떠올랐다. 우리 집 주변에는 늘 맥아와 커피 냄새가 길 맞은편 비누 공장에서 오는 증기와 뒤섞여 감돌았다. 아버지가 말했다. 저녁이면 종이를 붙여 비누를 포장하고, 낱개로 포장된 비누들을 상자에 담곤 했어. 가내 작업으로 그 구역 주민들에게 배당되었거든. 내 삶의 최초의 원료가 축적되던, 그 작은 조화로운 세계에 그렇게 아버지의 경험들이 덧붙여졌다. 탕탕대는 소총과 기관총 소리, 쿵쾅 울리는 대포 소리를 들은 것은, 내가 채 한 살도 안 된 때였다. 물론 그에 대한 인상은 나중에 이야기를 들으면서 비로소 만들어질 수 있었다. 1919년 2월 4일 이른 아침, 어머니는 나를 팔에 안고 창가에 서 있었다. 아버지가 말했다. 노이슈타트 토성에 있던 군부대 병사들이 아직 우리 편인지, 아니면 이미 백군 쪽으로 붙었는지 알 수 없었지. 전령을 통해 듣기론 백군은 시내를 장악하고 분텐토어를 넘어 노이슈타트로 진격한다는 거야. 베저 교에는 우리 쪽 부대가 진을 치고 있었어. 우리는 조선소에 있는 노동자평의회까지 돌파하려는 중이었지. 그러려면 카이저 교를 넘어, 로이드 상선회사까지, 그러니까 슐라흐트포르테까지 가야 했지. 슈테파니토어를 폐쇄하려고 군대가 철교 쪽으로 이동 중이라는 소문이 돌았지. 아버지가 얘기하는 동안, 나는 군부대를 눈앞에 그리고 있었다. 연병장을 중심으로 붉은 벽돌 건물들이 빙 둘러 서 있고, 가지를 쳐낸 검은 나무들이 격자 울타리를 따라 서 있으며, 초소들이 배치된 출입문이 있었다. 그로세 알레가 보였다. 도로 가운데로 넓은 산책길이 나 있고, 양옆으로는 전차 궤도가 깔려 있었다. 항만 지역에서부터 쉴 새 없이 울려대는 공장 사이렌 소리가 들렸다. 전투 중인 사람들을 고무하려는 것이었다. 시내 쪽에서 의용단 부대들이 마르티니 가를 넘어 카이저 교로 진격하고 있었다. 암노이엔 마르크트에 있는 성 파울리 교회 주변, 요하니스 가에서 총격전이 벌어졌다. 골목길에서 지붕을 넘어, 정원 담장을 넘어 혁명군들이 나오고 있다. 고립된 혁명군들이었다. 지금 분명히 보이는 그 모습들. 뭔지도 모른 채, 과거 우리 집 창문에서 내 안에 이미 담아두었던 모습들이었다. 저기 눈보라 속에서 판자 지붕 위를 기어가는 사람들, 몸을 날려 나무를 타고 다이히 가로 내려오는 저 사람들 중에 아버지가 있었다. 아버지는 이들이 어떻게 강변 진지에서부터 천천히 그로세 알레를 향해 다리의 연결 지점까지 밀고 나갔는지, 또 이들이 어떻게 쿡스하펜 수병들의 엄호 아래 난간을 따라 몸을 숨기며 전진했는지 묘사했다. 그 순간

내 머리 위로 큰 쇠못으로 접합된 교각의 아치가 드리워졌다. 빽빽한 가로 들보들이 그대로 드러나 있었다. 지뢰들이 땅을 찢고, 파열된 가스관들이 파르스름한 화염을 뿜어냈다. 아버지가 말했다. 저편 베저 교에 있었던 노동자들은 진압되었지. 수레와 상자, 널빤지와 매트리스를 끌어 모아 만든 바리케이드에서 검은 연기가 뭉게뭉게 솟아올랐어. 벌써 반혁명의 승리를 알리는 대성당의 종소리가 울리고 있었지. 그때 우리들은 아직 카이저 교 중간에 있었어. 철로 된 다리 아치가 바닥에 닿은 지점, 테어호프로 길이 갈라지는 바로 그 지점에 엎드려 있었지. 내가 총에 맞던 바로 그 순간, 한 수병이 터진 가스관을 향해 몸을 날리는 것을 보았어. 그는 자신의 몸으로 터진 곳을 막아 가스관을 지킨 거야. 도대체 왜. 나는 속으로 되뇌었어. 수병의 제복은 벌써 타버렸고, 그는 불타 죽었지. 몇 명이 그 죽은 수병을 떼어내려고 그쪽으로 기어갔지만 떼어낼 수가 없었어. 너무나 꽉 달라붙었던 거야. 하지만 그것도 다 소용없었어. 메스꺼움 때문인지 아니면 분노 때문인지 아버지는 얼굴을 온통 찡그렸다. 아버지는 말을 이었다. 그날 하루 종일 그리고 그날 밤까지 교전이 이어졌지. 아버지가 속한 무리는 맞은편 강변으로 건너 슈테파니토어에 접해 있는 교각 하단의 철로와 항만 지역까지 돌파하는 데 성공했다. 항만 지역에선 그들은 숨을 만한 곳을 구석구석 훤히 알고 있었다. 조선소는 적의 군대에 넘어가버렸다. 아버지가 그뢰펠링거 페르 가에 있는 한 헛간에 마련된 임시 군병원에 실려갈 때, 벌써 노동자들이 공격하기 위해 다시 모여들고 있었다. 사민당 임시정부가 인민대의원회와 노동자평의회와 병사평의회의 해산을 단행했던 날들에 아버지는 다른 부상자들과 함께 군병원에 누워 있었다. 부엌에서 서성이던 아버지는 이제 두 손으로 양쪽 귀를 막았다. 아마 다시 몰려드는 그 2월 전투의 소음을 털어내려는 것일 수도 있었다. 하지만 무엇보다 우리를 괴롭힌 것은 거리에서 밀려드는 확성기의 굉음이었다. 원하든 원하지 않든 베를린에서 벌어지는 일이 매 단계 모든 사람에게 낱낱이 전해지고 있었다. 상황을 알리는 목소리가 간단없이 이웃집 창문에서 우리 집으로 파고들었다. 행진곡과 울부짖는 소리들이 간간이 섞여 있었다. 메클렌부르크의 대기동 연습에서 베를린으로 온 두체[83]라는 호칭의 그 남자를 어제 헤어 가 기차역에서 맞았는데, 지금 9월 28일 저녁에 그는 올림픽 경기장 뒤에 있는 마이펠트로 이동하는 중이었다. 그곳에서 총통 옆에 서서 전 세계를 향해 연설을 할 것이라고 했다. 브레멘의 그 2월의 시간들을 회고하는 아버지를 보면서, 나는 어떤 감당하기 힘든 짐이 아직도 아버지를 짓누르고 있는 것을 느낄 수 있었다. 그 헛간, 노이키르히 탁송회사의 마구간을 비워 만든 그 공간이 눈앞에 펼쳐졌다. 피로 진득거리는 붕대가 어깨를 감고 있었다. 노동자 편에 섰던 의사는 단 한 명이었다. 그 군의가 칼로 째고 탄환을 빼낸 어깨였다. 유모차를 미는 여인을 순찰 경찰이 통과시켰다. 이불 아래, 내 옆에, 어머니는 순무 몇 개와 빵 한 덩이를 숨겨놓았다. 어머니는 매일 저녁 아버지한테 갔다. 일주일 후 아버지는 노동자와 수병들이 재탈환한 조선소에 다시 가 있었다. 평의회는 그곳에서 거의 두 달을 버텼다. 부르주아 계급이 다시 권력을 세운 이 도시에서 평의회는 혁명의 마지막 초소였다. 힘의 차이가 컸던 이 투쟁의 모든 딜레마가 아버지의 내면에 여전히 살아 있었다. 그리고 그것은 수시로 다시 불거졌다. 11월과 12월, 혁명정부와 제국정부가 병립하던 시기의 상황은 꼭 1년 전 상트페테르부르크와 같았다. 무장한 노동자들이 거리를 활보하는 동안 카페와

---

83) Duce: 총통이라는 의미로 무솔리니를 가리킨다.

영화관과 극장 들은 만원이었고, 네프스키 대로에서는 혁명을 입에만 올려도 불쾌해지는 사람들이 마차를 타고 다녔다. 아버지가 말했다. 우리에게는 그런 사람들의 삶을 뒤집어놓을 오로라 호의 포성[84]이 없었지. 1월 10일 우리는 독립적으로 사회주의공화국을 선언했어. 우리의 붉은 도시와 부르주아지와 상인과 세계 무역의 도시가 나란히 공존했던 거야. 새해 첫날 제75보병 연대가 전선에서 귀환해서 브레멘에 도착했어. 이때 이미 연대장 카스파리 소령은 반란을 진압하고 시정부를 재건하라는 명령을 받은 상태였어. 부르주아지들은 화려하게 차려입고 콜럼버스 호텔이나 힐만 호텔에서 신년 축하 파티를 벌이던 중이었지. 칼을 뽑아 든 장교들과 함께 병사들이 진입하는 것을 호텔 창문과 베란다에서 내다보면서 구원자가 왔다고 생각했을 거야. 역 광장에서부터 토성 지역 너머까지 환호성이 병사들을 뒤덮었어. 총에 장미꽃을 달아 제국의 정복전쟁으로 내몰았던 이 도시의 아들들, 이 살아남은 청년들에게 이제 부르주아지의 수호를 위해 나서라고 꽃이 다시 쏟아졌지. 그러다가 마르크트 플라츠에 이르러 아직 건재한 상대편을 만난 거야. 한편 부대의 지휘부는 군부대 입소 요청을 해놓은 상태였지. 호텔 투숙객들이 건네준 샴페인 잔을 막 비우고 난 참인데, 이제 병사평의회와 마주 선 거야. 그러자 이런 일도 일어날 수 있을까. 어떤 연대감이 압도하고 잠시 계급의식이 발휘되면서, 귀환 병사들은 부대에 들어가기 전에 혁명부대에 자신들의 무기를 그냥 넘겨주었지. 아버지가 말했다. 명문가 부르주아지들은 공원을 산책하고, 콩트레스카르프나 슈바흐하우저 헤어 가의 대저택들에는 배달업자들이 들락거리는데, 노동자 거주 구역에서는 사람들이 굶주리고

---

84) 1917년 10월 25일, 페트로파블로스크 하류에 정박한 7천 톤급 순양함 오로라 호가 러시아 황궁인 겨울궁전을 향해 쏜 대포. 볼셰비키 혁명의 발발 순간이다.

추위에 떠는 이 도시, 혁명을 밀고 나가려는 필사적인 각오와 집요한 기존 현실이 충돌하는 이 도시, 이 도시가 이제 장관과 장성들의 작전 테이블 위에서 공격 목표가 되었지. 이곳에서 한때 마구(馬具) 도제로 일했고 술집을 했던 기억 때문에, 브레멘을 특별히 좋아했던 에베르트는 노스케[85]에게 명령을 내렸고, 노스케는 다시 제9군단과 제10군단의 지휘부와 뤼트비츠 지역 총사령부에 명령을 하달했다. 노스케는 한때 유모차 공장에서 바구니 기술자 도제로 일했는데, 목공 노동자협회를 넘어 곤봉 쓰는 직업으로 출세한 인물이었다. 킬 수병들을 격퇴한 노스케는 베를린으로 소환되어 독일 제국 국방장관이자 군총사령관으로 임명되었다. 한편 뤼트비츠 총사령부는 정부 편이었던 민간 관청들과 포위 작전을 맡은 육군 대령 게르스텐베르크에게 임무를 배정했다. 노동조합장들의 도움을 받아 카스파리는 병사들을 상대로 모병을 진행했다. 귀환 병사들은 무장해제 상태였지만 여전히 잘 단련되어 있었고, 부대 안에서 다시 장교들의 지휘를 받았다. 병사들은 투쟁하는 노동자들과 불안한 공동노선을 취하기보다는 의용군에 참가하는 쪽으로 기울었다. 페르덴[86]에 집결한 그들은 다시 전시처럼 무장했다. 베를린에서 온 대포며 화염방사기며 탱크를 별 생각 없이 손에 잡았다. 1월 중순 제국의 수도에서는 사민당 대의원들이 혁명 세력을 말살하고 그 지도자들을 살해했다.[87] 그러고는 새 정부가 시민들을 위한 공화국의 수호자임을 증명하기 위해 의회선

---

85) Gustav Noske(1868~1946): 독일 사민당 정치가로 바이마르공화국 제1대 국방장관을 지냈다. 11월 혁명과 1919~20년의 투쟁에서 진압작전을 지휘했으며 나중에 공화국 반대 세력과도 결탁해 많은 논란을 부른 인물이다.
86) Verden: 베저 강과 지류인 알러 강의 합류 지점에 위치하는 브레멘 근처의 소도시.
87) 1919년 1월 베를린에서 스파르타쿠스단의 지도자 로자 룩셈부르크와 카를 리프크네히트가 살해되었다.

거를 실시했다. 이 1월 중순 브레멘도 결국 넘어가고 말았다. 인민 직접 통치 체제가 아직 버티고 있던 마지막 도시가 넘어간 것이었다. 아버지는 괴로운 듯 말했다. 그렇지만 그 사건에 대해 대체 내가 무슨 말을 할수 있을까. 무슨 일이 벌어졌는지 설명하기가 어려워. 모든 게 정신없이흘러갔거든. 나중에 책에서 말하는 것과는 모든 게 전혀 달랐어. 우리와관련된 것은 모두 삭제되었지. 신문과 잡지는 언제나 군대의 모습만 보여주었어. 자기 국민을 제압하는 걸로 패전을 만회하려는 군대였어. 아버지는 내동댕이쳐졌던 그 충격을 다시 느끼고 있었다. 아버지가 말했다. 누군가 활짝 편 손바닥으로 어깨를 때리는 느낌이야. 두툼한 재킷을 걸쳤는데도 어깨가 벌거벗은 느낌이야. 그는 말을 계속했다. 모든 걸 잘못 생각했던 거야. 그냥 추측뿐이었던 거지. 우리 위치라는 게 그래. 역사적사건들은 우리를 밟고 굴러갔던 거야. 우리 따위에는 조금도 관심이 없었어. 사람들에게 끌려서 다리를 건너갈 때, 아버지는 어두침침한 집들이 어울려 빚어내는 형상 뒤로 솟아 있는 첨탑들을 보았다. 대성당의 쌍탑, 성모 교회의 경사진 첨탑, 각진 탑신의 높다란 안스가리 탑 꼭대기에층층이 자리한 둥근 지붕, 맨 끝에 공을 박은 성 스테파노 교회의 첨탑, 그리고 슐라흐테 가의 나무 위로 이어지던 상점들의 돌출 발코니, 둘러쳐진 요철 장식, 톱니 같은 테두리의 박공지붕들. 통증은 한참 뒤 그뢰펠링거 포어슈타트 지역을 지나면서야 느껴지기 시작했다. 루르 지방에서 광부들이 파업에 돌입했다고 한 동지가 말하는 게 들렸다. 브레멘 공격을 중단할 것을 요구한다고, 수십만이라고. 그러고는 살을 에는 바람이 불었고, 정신을 잃었다. 아버지는 응급구호소에 와서야 다시 깨어났다. 아버지는 공장 건물 지붕에서 다시 휘날리는 붉은 깃발을 보았다. 탄약과 무기들은 수병들이 조선소로 날라다 놓았다. 어뢰 수색 함정과 징

발된 증기 예선들이 도크에 밧줄로 묶여 있었다. 노동자평의회가 베저 조선소에서 두 달이나 더 버틴 것은 일종의 자기기만이었다고 아버지는 말하지만, 그건 파시즘에 장악된 독일을 전제로 한 현재 관점의 견해였다. 그곳에서 노동자들이 정부에 맞서 그렇게 버텼던 게, 이제 와서 아버지에겐 섬뜩했던 것이다. 아무도 그 노동자들을 돕지 않을 것이며, 그들은 결국 천천히 진이 빠질 것이고, 아무도 모르게 제압할 수 있다는 것을 정부는 알고 있었다. 아버지가 입을 열었다. 그 투쟁이 우리에게 무슨 득이 됐을까. 영웅적이라고 말할지도 모르지. 하지만 그렇다고 다른 사람들이 다시 자극을 받거나, 열광하지는 않았지. 주민들의 투쟁 열기는 그 추운 겨울 날씨 속에 사라져버렸어. 눈보라 속에서 그들은 사망자들의 장례를 치렀다. 복수를 외치는 소리들이 아직 산발적으로 들려왔다. 그들이 초췌한 모습으로 무리지어 거리를 지나가도 제재를 받지 않았다. 시의 권력자들은 그만큼 자신에 차 있었다. 내가 말했다. 그렇지만 지금까지도 버티는 사람들이 있잖아요. 아버지가 대답했다. 얼마 안 되는 사람들이야. 20년이 지났는데도 여전히 얼마 안 돼. 당시 우리는 정말 중요한 것을 위해 뛰었던 거야. 사회적 관계 전체의 변혁을 위해 싸웠던 거라고. 사방에서 대중이 같은 목표를 향해 노력할 것이라고 믿었기에, 우리는 견뎠어. 아버지는 말했다. 4월 15일 우리는 총파업을 부르짖고, 계엄 해제와 구금된 동지들의 석방, 공정한 생필품 분배 등을 외쳤지. 그런데 도시가 어떻게 온통 무기가 될 수 있는지 우리는 몰랐어. 시정부는 모든 상점과 식당, 약국과 병원을 폐쇄하는 식으로 반격해왔지. 있는 사람들이야 제때에 다 준비해놨지. 있는 사람들은 민간 병원이나 의사, 간호사와 산파 들을 이용할 수 있었어. 그러다가 급수마저 일부 중단했어. 우리가 있던 지역으로 가는 급수관을 폐쇄해버린 거야. 강 저편에서 신흥 부자

들이 거드럭대는 동안, 이쪽 강변에서는 여인네들이 베저 강에서 기름이
뜬 더러운 물을 길어 올렸어. 감자 몇 알, 아이들을 위한 우유 한 잔을
구하려고 우리는 수십 리 떨어진 시골까지 가야 했어. 아버지가 주먹을
불끈 쳐들었다. 1919년 5월 1일을 하루 앞두고 파업을 중단해야 했던 무
력함과 무기력에 대해 아버지는 스스로 화를 내는 것 같았다. 엄청난 야
유와 멸시가 브레멘 노동자들을 향해 퍼부어졌다. 이것이 아버지가 겪은
것이었다. 내가 새로운 시작의 가능성을 보고 있다고 해도, 이 순간 아버
지에게는 아무 위로가 될 수 없었다. 기차역 뒤 뷔르거파크와 스포츠클
럽 추어 파르 야외에, 유니폼과 철모를 갖춘 무장한 젊은이들이 모여 있
었다. 그중에는 열여섯 살짜리들도 있었다. 시 당국이 이들에게 무기를
주고 준군사 단체로 조직한 것이었다. 몇 년 뒤 이들은 참모부가 무장해
제 규정을 피해 만든 비밀 부대들, 일종의 지하 국방군인 키프호이저단
이나 에셔리히단[88]에 들어갔다. 단기 훈련을 받은 이 청년들은 노이슈타
트 토성에 있는 군부대에 입소했다. 당시의 훈련 구호와 악을 쓰는 행진
가들은 오늘날까지도 불리고 있다. 도로 높이에 맞춰서 낸 창문을 통해
떨어지는 흐릿한 불빛 아래로, 나는 아버지가 지난 3년간 얼마나 늙어버
렸는지 볼 수 있었다. 얼굴은 지친 기색이 역력하고, 머리는 희끗해졌다.
독일 노동자들이 우유부단했기 때문에 제압을 당했고, 또 맹목적이어서
스스로를 위험에 빠뜨렸다는 생각을 아버지는 결코 떨치지 못했다. 차르
군대의 기관총에 맞은 오른쪽 다리를 약간씩 끌면서, 뻣뻣한 왼쪽 어깨
로 아버지는 부엌을 이리저리 서성였다. 왼쪽 어깨는 카이저 교에서 입은

---

88) Kyffhäuserverband: 독일대학생총연맹의 별칭. 제1차 세계대전 뒤 극우 정당에 인적
자원을 공급했다.
Organisation Escherich: 제1차 세계대전 뒤 결성된 극우주의 준군사 자위단.

부상 이후로 그랬다. 저쪽 편이라면 이 정도 장애는 2급 철십자 포상 대상이었다. 하지만 이쪽 편이었기에 반국가적 인물로 박해를 당할 뿐이었다. 아버지는 손을 치켜든 채, 먼지가 날리는 창밖 거리로 눈길을 던졌다. 그 자세로 아버지는 왜 그 당시에, 승리가 가능할 것 같았던 그 당시에, 무기를 빼앗겼는지 설명하려는 중이었다. 아버지의 세계가 나를 둘러싸고 있었던 것처럼 아버지도 또 다른 어떤 세계, 의결권자들과 파산 관리인들의 세계에 둘러싸여 있었다. 전쟁에 시달린 병사들, 배고픔과 치솟는 물가와 수탈로 인해 지칠 대로 지친 노동자들, 정치적 훈련을 받지 못한 이 사람들이 지도부도 없이 봉기했던 것이다. 불만과 초조에서 나온 운동이 확산된 것이었다. 아직 제대로 파악하지 못했지만, 러시아의 예는 많은 사람에게 하나의 희망이었다. 파업이 벌어지고, 평의회가 즉석에서 구성되고, 여기서도 무산계급의 지배가 시작되는 것 같았다. 상황 분석은 더 이상 필요 없다고, 역사 자체가 자신들을, 다수인 인민을 부르고 있다고 생각했다. 신의 은총으로 세워진 군주정이 무너진 것은 다름 아닌 인민이 일어섰기 때문이라고 생각했다. 노동자들이 당장이라도 국가를 장악할 수 있을 것만 같았다. 그러나 군주정을 퇴출시킨 것은 폭동을 시작한 사람들이 아니었다. 그것은 군사적 몰락 후 자신들의 위치를 지키려고 했던 참모부와 대토지 귀족들과 금융자본가들이었다. 봉기한 노동자, 수병, 병사 들보다 더 발 빠르게 움직인 것은 군과 외교부, 중공업계와 은행계의 권력자들이었다. 상황을 간파하고 제1의 노동자당[89]과 제휴함으로써 외양으로만 변혁을 허용했다. 사민당 의원들이 혁명정부의 관직을 맡은 것은, 민중이 돌격하고, 제국주의 전쟁이 내전으로 바

---

89) 다수파 사민당.

꾸고, 노동자와 병사평의회가 결의했기 때문이 아니었다. 그것은 군 원수들과 구질서 자본가들의 작품이었다. 이상향과 막연한 희망을 내세우며 사민주의의 탄생을 꾸며대는 한편, 봉기를 진압하기 위해 정부는 벌써 지배계급의 각 기관과 협약을 맺고 있었다. 당이 투쟁의 도구로서 노동자 계급에게 절실히 도움을 주어야 할 바로 그 순간에, 당은 노동자 계급의 이익을 완전히 배반했다. 사실 벌써 10여 년 전부터 당 지도부가 그렇게 길을 터놓은 셈이었다. 혁명적 상황이 형성된 지금, 그동안 사회 변혁을 위한 교육 활동이나 조직 활동이 전혀 이루어지지 않았다는 것이 드러났다. 베른슈타인과 카우츠키[90]에서 유래하는 개혁을 통한 사회주의로의 평화로운 이행이라는 환상조차도 이제는 사라졌다는 게 분명해졌다. 다수파 사민당은 반혁명의 중심이 되어버렸다. 아버지가 말했다. 카우츠키와 힐퍼딩[91]의 이론이 틀렸다는 건 전쟁이 터지면서 이미 증명된 셈이었지. 그들의 이론은 자본이 제국주의적 금융 권력으로 팽창한다는 것은 정확하게 설명했지만, 그 팽창이 전쟁으로 귀결된다는 것은 부

---

90) Eduard Bernstein(1850~1932): 독일 사민당의 대표적 정치가로 이른바 수정주의적 마르크스주의 이론의 창시자다. 1917년 룩셈부르크, 카우츠키와 함께 독립사민당 창당에 참여했지만, 소비에트 10월 혁명을 반대하고 의회 중심의 개혁노선을 지지하면서 이들과 결별하고 사민당으로 복귀했다.
  Karl Johann Kautsky(1854~1938): 체코 출신의 독일 사민당 지도자로 제2인터내셔널의 대표적 이론가였다. 1891년 베벨, 베른슈타인과 함께 에르푸르트 강령을 기안했으며 다수파 사민당의 수정주의 개혁노선을 비판하며, 1917년 독립사민당에 입당했다. 하지만 러시아 10월 혁명을 비판한 뒤 룩셈부르크와 결별하고 다시 사민당으로 복귀했다. 사회주의혁명은 정치 활동으로 쟁취하는 것이 아니라, 경제적 · 객관적 조건이 성숙되면 필연적으로 따라오는 것이라고 주장했다.
91) Rudolf Hilferding(1877~1943): 오스트리아 빈 출신의 마르크스주의 경제학자이자 의사, 그리고 독일 사민당의 대표적 이론가로 바이마르공화국의 재무장관을 역임했으며, 나치스가 정권을 장악하자 망명했으나 게슈타포에 의해 체포되어 1941년 사망했다. 대표작으로는 『금융자본론』이 있다.

정했거든. 우리가 세력을 키워나가던 시기에, 우리는 두 이론가의 분석에 큰 영향을 받았지. 한데 그들은 그들대로 금권의 불가항력적인 역동적 외양을 너무 크게 받아들였어. 그러면서 노동자 계급의 물질적 정신적 발전이 독점자본과의 긴밀한 공조 속에서만 가능하다는 생각을 하게 되었지. 아버지가 가입한 독립사민당도 급진이라는 간판은 내걸었다. 하지만 사민주의 좌파를 끌어들이고, 스파르타쿠스단[92]을 견제하려는 의도 말고는 없었다. 내각에 참여한 독립사민당의 지도자들은 대중이 주도하는 상황은 저지해야 한다는 데 이미 공감하고 있었다. 에베르트와 하제[93]와 노스케는 군 수뇌부 및 경찰과 동맹을 맺었고, 레기엔[94]은 기업가 대표들과 타협했다. 노동자들이 알지도 못하는 사이에 노조 지도부와 대산업가들이 연합한 것이었다. 이 모든 게 공영화와는 물론 무관했다. 국제자본과의 연계도 회복되었다. 그것은 공화국 건설의 전제 조건이었다. 시장을 두고 벌어졌던 제국주의 전쟁에서는 독일이 패배했지만, 지금 세계 경제 체제를 위협하는 새로운 위험을 저지하는 데 독일이 다시 필요해진 것이었다. 샤이데만[95]은 어제까지 적이었던 사람들에게, 볼셰비즘의

---

92) Spartakusbund: 제1차 세계대전 기간 중 프롤레타리아 계급의 혁명을 고수했던 독일의 급진적 사회주의자 단체로 카를 리프크네히트와 로자 룩셈부르크를 중심으로 독일 사회민주당(SPD)의 극좌 성향 당원들이 결성했다. 1919년 코민테른에 가입하면서 독일 공산당으로 재조직되었다.

93) Hugo Haase(1863~1919): 독일 사회주의 정치가로 1917~19년에 독립사민당 창당에 참여했으며 1918/19년 혁명 후 에베르트와 함께 인민대표회의 공동의장을 역임했다. 1919년 살해되었다.

94) Carl Legien: 독일 노동조합운동의 지도자로 1919년 독일 전노조연합의 회장으로 취임했다.

95) Philipp Heinrich Scheidemann(1865~1939): 독일 사민당의 대표적 정치가로 사민당 중도파를 대변. 1918년 에베르트와 공동 당수를 지냈고, 독일 바이마르공화국의 초대 총리를 역임했으며, 1933년 망명했다.

퇴치에 독일 정부도 한마음이라는 확신을 주었다. 열심히 일해서 복구하자. 이것이 국민들에게 주어진 해결책이었다. 프롤레타리아 혁명을 가차없이 진압하자, 경제 봉쇄가 풀리고 윌슨 대통령의 미국으로부터 필요한 생필품들이 반입되었다. 독일이 민주국가가 아니었다면, 이런 조처는 불가능했을 거라고들 말했다. 이런 조처들은 공안 정국의 분위기 속에서 진행되었는데, 정부 지도자들은 그 최초의 성과로 국민 상당수를 호도할 수 있었다. 그들은 혁명을 민주주의 시민혁명이라고 불렀다. 또한 이제는 혁명을 끝내야만 한다고 했다. 혁명을 실제로 담당한 것은 노동자 계급이었다. 혁명이 진보적 시민계급에게 길을 열어준 것도 아니었다. 혁명이 주저하고 혼란에 빠져들면서, 그것은 부르주아지에게 한 단계 다시 상승하는 기회를 주었다. 이들은 식민지 경험을 거치면서 더 가혹하고 영악해졌던 것이다. 많은 사람이 이 같은 상황 전개를 파악하지 못했다. 혁명의 공식 대변인들은 스스로 인민의 대표를 자칭했다. 누군가 의심을 하면, 자신들이 노동자들에 반해 행동할 이유가 도대체 어디 있느냐고, 자신들이 바로 노동자 운동의 결과가 아니냐고 대응했다. 아버지가 말했다. 신민국가의 귀족 가문들, 은행들, 관료 기구가 복귀하고 있었지만, 우리는 11월까지도 혁명을 프롤레타리아가 주도하는 단계로 이행시킬 수 있을 거라고 생각했어. 아버지의 말은 계속되었다. 바로 이 점에서 우리가 잘못 생각했던 거야. 우리의 이상에 자신이 있었고, 우리는 잘못될 수 없다고 생각했던 거야. 진리, 아니 정의라고 우리가 부르는 높은 힘이 힘차게 뻗어가고 있다고 믿었지. 그 힘이 모든 잘못과 거짓을 반드시 휩쓸어버릴 거라고 생각했어. 합리적 사유를 한다고 했지만, 성직자와 할아버지들에게서 답습한 어린애 같은 믿음을 우리는 전쟁 내내 버리지 않았던 거야. 그래서 역사적인 순간에 하나로 뭉쳐 굳건하게 버티지 못했고, 우리 지도자를 지키지도 못했어. 러시아 혁명가들은 그냥 앉아서 체포당하지는 않았지. 국외로 나가서 몇 년씩 반격을 준비하고, 용의주도하게 확실한 관계망을 구축했지. 그들은 세력 구도를 파악했어. 그에 반해 우리는 최고의 인재들이 무너지면서, 결속과 세력 구축이 필요할 때 별 힘을 발휘하지 못했어. 우리들은 넋이 나가 손을 놓고 있었어. 리프크네히트와 룩셈부르크[96]가 감옥에서 나왔을 때, 봉기는 이미 한창 진행 중이었지. 베를린 궁정 발코니에서 리프크네히트는 자유사회주의공화국을 선언했고, 동시에 샤이데만은 제국의회 의사당 단상에서 독일공화국을 선포했지. 사방에서 인민이 떼를 지어 밀려들었어. 거리에서 함께 행동한다면, 이런 정도의 불화는 극복될 거라고 여겼지. 아버지가 말했다. 노동자 지배를 향한 투쟁에서, 우리는 당적이란 걸 엄격하게 고정돼야 할 것으로 여기지 않았어. 우리에겐 이론과 행동의 범위가 정해진 게 아니었지. 토론의 토대일 뿐이었어. 세부적 견해 차이로는 흔들리지 않는 어떤 기본 원칙들을 우리는 공유하고 있었지. 독립사민당의 좌파에 속했던 아버지는 브레멘 공산주의자 신문에서 일하고 있었다. 브레멘 공산주의자들은 볼셰비즘에 경도되어 있어서, 스파르타쿠스단 사람들과 가끔 이견을 보였다. 아버지는 룩셈부르크가 대변하는 안을 지지했는데, 특히 문화혁명을 논하는 글에서 자신의 그런 입장을 피력했다. 아버지가 말했다. 이데올로기 갈등을 설명할 수 있는 형식, 그런 표현 방식을 추구하면서, 우리는 다양한 목소리를 수용했지. 혁명적 사건들이 터지면, 모두가

---

96) Rosa Luxemburg(1871~1919): 폴란드 출신의 독일 마르크스주의 정치이론가이자 철학자로 유럽 노동운동, 마르크스주의 이론, 반전운동, 프롤레타리아 국제주의 운동의 지도자였다. 혁명적이고 민주적인 사회주의 노선을 대변했으며, 1918/19년 혁명 실패 후, 베를린에서 극우 자유군단에 의해 살해되었다.

원하는 단결은 결국 실현될 거라고 굳게 믿었지. 분명한 의식을 가지고 혁명 노선을 추구했던 그들은 노동자 정당 안에서도 소수였다. 노동자병 사평의회에서 활동하는 사람들도, 의회주의 공화국을 쟁취하는 것이 사회주의 발전의 전제라는 다수파 사민당의 주장을 들으며 성장한 사람들이었다. 열성분자들도 사민당의 교육단체들이 키워놓은 이상들의 영향을 받고 있었다. 그 이상은 결코 세력의 양극화를 원하지 않았다. 그것은 계급 사이의 조정과 협력을 지향했다. 혁명적 규율이 아니라, 현재의 노동관계 안에서의 규율을 지향했다. 스파르타쿠스단으로 결집한 마르크스주의적 반대파의 주장을 들으면서, 비로소 아버지는 다수의 수정주의적 입장과 결별해야 할 필요를 직시하게 되었다. 지식은 힘이라는 사민주의의 역사적 명제를 이제 아버지는 새롭게 이해했다. 혁명적 변혁 없이는 아버지가 생각하는 문화운동도 실행할 수 없었다. 아버지의 정치적 여정이 그런 판단 과정들과 얼마나 밀접하게 맞물려 있었는지, 나는 점차 이해하기 시작했다. 혁명 이론과 창조성의 발휘가 상관관계를 갖는다는 아버지의 이야기를 들으면서, 나 자신도 문화에 관심을 갖게 되었다는 사실을 나는 이제야 깨달았다. 아버지가 말했다. 언제나 당이 노동자들에게 소재와 문제를 제공해야 한다는 식이었지. 의식이 깨이지 못했다며, 노동자들은 언제나 받아들이는 측이어야 했지. 당 간부들은 한 번도 노동자들에게 묻는 자세로 다가간 적이 없었어. 결코 노동자들의 느낌과 생각을 들어보려는 자세가 아니었어. 아버지가 보기에, 오로지 룩셈부르크만은 열려 있었고 어떤 유보도 없었다. 민주적 태도가 어떤 건지 알고 있었다. 비록 노동자들이 전통적인 교양 지식은 없지만, 풍부한 경험이 있다는 것, 이 경험 자산을 일깨우면 노동자들의 지적 능력이 더욱 발휘될 것임을 룩셈부르크는 잘 알고 있었다고 아버지는 생각했다. 아버지가 말했다. 룩셈부르크는 언제나 노동자들의 생각을 경청하고, 제대로 이해하는 것을 중시했어. 왜냐하면 혁신을 수행할 사람들은 노동자들이었으니까. 계급 지배를 뒤엎을 수 있는 것은 그들뿐이었으니까. 그렇기 때문에 모든 정치적 활동은 노동자들의 자신감을 일깨우고, 노동자들의 지식을 존중하고, 그것을 표현하도록 돕는 방향으로 가야 한다는 거였지. 평화를 회복하는 일에서도, 또 부르주아 계층과 어떤 합의를 할 때도, 노동자 계급을 기반으로, 또 노동자 계급의 조건에 맞춰서 실행되어야 한다고 우리는 계속 주장했지. 사민당 우파 지도자들이 얼마나 냉소적이고 교활하게 반동과 국수주의의 옹호자로 변신했는지 간파하기 전까지는 말이지. 아버지는 말했다. 그렇지만 12월에 베를린에서 개최된 제1차 노동자농민평의회 전국대회는 대회의 본질이 왜곡되어, 인민대표자회의에 모든 권력을 자발적으로 넘겨주고 장교들에게 무기를 양도하기로 결정했지. 이미 장교들이 여러 상임위원회에 속해 있었거든. 사회혁명을 해야 하는 전제 조건들이 더 이상 없다고들 말했지. 지금 이 순간에도 투쟁을 고집한다면, 국가의 적으로 간주해야 한다는 거였어. 아버지는 다시 귀를 막았다. 울부짖는 고함 소리가 마이펠트로부터 밀려들고 있었다. 대중 집회용 광장인 그곳은 50년 전 노동자들의 투쟁일이 된 그날을 따라 마이펠트라는 이름이 붙었다.[97] 그곳에 운집한 수십만 인파가 손을 치켜들고 자신의 굴욕에 동조하고 있었다. 코밑에 달라붙은 조각 수염과 밋밋한 이마를 가르는 가닥 진 머리카락을 한 그 사내가 환영사를 내지르고 있었다. 언제라도 새된 소리로 높아지거나 악쓰는 고함으로 돌변하는 그 목소리는 지금은 낮게 그르렁대고 있었다. 말하자면 역사적 순간의

---

97) 노동절인 5월 1일. 독일어로 5월Mai은 마이로 발음하고 펠트Feld는 벌판, 영역을 뜻한다.

엄숙함 앞에서 자제하는 중이었다. 그르렁대는 그 후두음의 목소리가 내뱉은 문장 하나가 우리 방에 던져진 채 맴돌았다. 이제 중심축이 완성되었다고 했다. 몇 분 동안 이 도시의 거리들, 보헤미아의 다른 마을들, 이 나라 도시와 농촌의 모든 거리, 모든 집, 모든 관청, 모든 음식점, 모든 기차역, 모든 크고 작은 공장들에 자기망각의 폭풍우가, 노도와 같은 현혹의 물결이 퍼져나갔다. 그런 뒤 또 한 명의 사내가 나섰다. 그 작달막한 사내는 발꿈치를 들고 팔짱을 낀 채, 턱과 아랫입술을 내밀고 두 눈을 이리저리 굴렸다. 잠시 이 두 무당 주변이 숨죽인 긴장감에 휩싸인 것을 느낄 수 있었다. 그다음 대머리 사내의 짧게 끊기는 꽥꽥대는 소리가 시작되었다.[98] 기관총이 일제히 드르륵대듯 외쳐대는 혁명이라는 단어가 수차례 들렸다. 마이펠트에서는 혁명을 논하는 중이었다. 이탈리아의 혁명, 독일의 혁명을 말하고 있었다. 그리고 사회주의라는 단어같이 들리는 치찰음이 사이사이 울렸다. 이 모든 것이 1918년 11월에 노동자와 군인과 수병들이 속아 넘어갔기 때문이다. 그들이 자신들의 요구 사항을 포기했던 것은 아니었다. 소비에트 권력의 수립, 모든 자본주의 기업의 전면적 국유화, 대토지 소유의 박탈, 그리고 외무부가 외교관계를 단절한 볼셰비키 러시아와의 연합을 위해 그들은 투쟁했다. 그렇지만 자칭 인민 대표라는 사람들이 인민을 죽음으로 내몰고 나라를 초토화할망정, 자신들의 지위가 혁명 강령에 의해 위협받는 일은 용납하지 않으리라는 것을 그들은 예상하지 못했다. 그 지위라는 것이 노동자 계급의 봉기로 얻은 것인데도 말이다. 에르푸르트 강령[99]에 명시되었고, 독립사민당 정

---

98) 히틀러와 나치스의 선전 담당인 괴벨스, 그리고 무솔리니가 차례로 연설 중이다.

99) 1891년 10월 14~20일에 독일 에르푸르트에서 열린 사민당 전당대회의 정책적 논의 결과를 집약한 강령. 여기서 과거 「고타 강령」(1875)의 개혁주의 노선이 폐기되고, 사

관으로 더욱 강조되었던 약속에 대한 순진한 믿음과 존경, 높은 사람들이 자신들에게 최선이 되도록 노력할 거라는 확신 때문에, 그들은 자기 진영에 있는 적을 알아보지 못했다. 아버지가 말하고 싶었던 건 이런 점들이었다. 그들 투사들이 지도부의 권모술수와는 얼마나 무관했는지, 정치 게임이 현장의 사람들을 얼마나 압박하고 지치게 했는지, 현장 사람들 위에서 흘러가는 움직임과 현장에서 열심이었던 일이 얼마나 달랐는지. 자신이 보는 상황과 지배 권력의 의도가 달랐다는 것을 아버지는 계속 암시했다. 그렇지만 그런 상황에서 흔들린 것은 아버지나 아버지 같은 사람들이었다. 특유의 순종심 때문에, 다수인 그들은 상황이 왜곡되는 데 스스로 기여했던 것이다. 그들은 당과 노조 지도부가 노동자들을 진압하기 위해 정예부대와 공화국 군대를 소집하고, 경찰 병력을 강화하는 현실을 보려고 하지 않았다. 자칭 새 질서의 사냥개인 노스케가 베를린에서 리프크네히트와 룩셈부르크, 그리고 수백 명의 노동자를 학살했던 그 1월의 날들에도, 아버지와 그의 동료들은 프롤레타리아트의 제1당을 혁명 쪽으로 유도할 수 있을 거라는 미련을 버리지 못했다. 베를린의 동지들을 돕기 위해, 브레멘에서는 1월 10일 인민공화국을 선포했다. 아버지가 말했다. 우리는 마지막 날까지 사민당 사람들과 협상을 계속했어. 그 사람들은 불룩한 둥근 유리창이 나 있는 시청에서 회의를 하고 있었지. 우리 회의 장소는 증권거래소 건물이었고. 2월 3일에도 다수파 사민당과의 합병을 끌어내려고 노력했어. 무장 병력을 막아내기 위해서였지. 우리는 군인들이 구식 군대 정신에 호도된 거라고 믿고 있었어. 우

민당은 마르크시즘으로 돌아간다. 그러나 이론적으로 프롤레타리아혁명론에 대한 명확한 입장 표명은 유보한다. 실제적 정책 목표로는 노동자들의 선거권, 하루 여덟 시간 근무, 근로보호법을 내세웠다.

리는 그렇게 눈이 멀었던 거야. 그래서 사민당 사람들이 우리 목을 조르는 행동을 거침없이 시작할 수 있었지. 우리는 그 사람들에게 베벨[100]의 전통을 강조했어. 그때 바이간트[101]가 한몫했지. 그는 자신을 사회주의자라고, 단결을 지지하는 무산계급의 한 사람이라고 내세웠지. 브레멘 노동자들의 복지를 위해, 누구보다 에베르트가 얼마나 많은 일을 했는지 강조했어. 당의 선의와 자신의 정직을 자랑하면서, 그 작자는 막간에 전화기로 달려가, 페르덴에 있는 게르스텐베르크 및 카스파리와 병력 투입 시점을 의논했던 거야. 그러다가 리프크네히트와 룩셈부르크가 무자비하게 학살되었지. 우리 미래의 희망이 곤봉 몇 대에 박살 나버렸던 거야. 우리는 통곡했어. 그렇지만 아직도 끝났다고는 생각하지 않았지. 우리는 투쟁이 계속될 거라고 믿었지. 사방에서, 러시아에서 그리고 우리나라에서도. 우리가 투쟁하면 러시아 혁명에 도움이 될 거라고 우리는 생각했지. 러시아 혁명에 그런 지원이 필요하다고 생각했어. 10월 혁명은 시작일 뿐이며, 결정적인 다음 과정은 독일에서 벌어질 것이라는 레닌의 신념은 우리의 신념이기도 했어. 러시아 혁명과 우리 혁명의 상호 작용을 생각하고 있었어. 눈앞의 일에 정신이 팔리고 또 어느덧 고립되면서, 주변이 온통 용기를 잃고 지쳐 있다는 것을 우리는 눈치채지 못했던 거지. 아버지는 다시 창문을 향해 몸을 돌리며 말을 계속했다. 우리가 무력해진 결과, 오늘날 전 인민이 복종하는 거야. 아버지로서는 자신이 지키려고 투쟁했고, 많은 동지가 목숨을 바친 가치들이 마이펠트에서 모두 무

---

100) Ferdinand August Bebel(1840~1913): 독일 사회민주주의 정치가로 독일 사민당의 창립자이자 뛰어난 이론가였다. 1892년 이후 사민당 내의 노선투쟁에서 마르크스주의 중도노선을 대변하며 통합을 위해 노력했다.

101) Ludwig Waigand(1866~1923): 독일 브레멘의 사민당 정치가로 노조 활동을 거쳐 사민당의 간부로 성장했으며, 에베르트와 샤이데만의 노선을 지지했다.

너져버린 것이었다. 신념을 지키는 사람, 독에 오염되지 않은 사람이 독일에서는 이제 극소수일 뿐이라는 것을 아버지는 알고 있었다. 하루아침에 노조원들이 방울 막대를 들고 취주악대의 호위를 받으며, 줄줄이 갈색 제복의 행렬로 넘어간 것을 떠올리면서 아버지는 몸서리를 쳤다. 이곳 바른스도르프에서도 오래 있기는 어려울 것으로 아버지는 알고 있었다. 여기서도 동원과 순응의 압박을 피하기는 힘들었다. 저기 밖에서는 반들거리는 장화를 신고 날이 선 단도를 찬 채, 사람들이 발걸음을 맞추며 걸어가고 있었다. 공장에서 동지들은 무서워서 더 이상 정치적 입장을 드러낼 수 없었다. 이곳에서도 사람들은 남몰래 만났다. 주데텐란트[102]는 독일 땅이며, 주민들이 외세의 지배에서 해방되어야 한다고 공공연히 떠들고 있었다. 이런 판이라 쉰둘인 아버지는 이민 갈 곳을 찾아야만 했다. 멕시코든, 호주든, 캐나다든, 아니면 스칸디나비아 나라들이든. 하지만 아버지는 힘써줄 인맥도 없었고, 안전을 보장해줄 재산도 없었다. 아버지는 솜씨 좋은 기술자일 뿐이었다. 엔지니어지만 자기 지식을 가지고 노동하는 것이 몸에 밴 사람이었다. 누가 그 나이의 아버지를 받아줄 것이며, 일자리를 줄 것인가. 어깨를 웅크리고 생각에 골몰하던 아버지가 말을 꺼냈다. 1919년 봄이 되어서야 지난 혁명의 겨울에 무슨 일들이 있었는지 우리는 파악하기 시작했지. 룩셈부르크가 무장투쟁에 반대 의견을 냈다는 걸 알았어. 사실 우리 스스로도 11월에 유보적 의견들을 확인했다는 것을 새삼 깨달았지. 그런데 행동의 열기에 들떠 무시해버렸던 거야. 스파르타쿠스단의 지도자들은 투옥 후 사태가 돌이킬 수 없게 되자, 할 수 있는 한 조금이라도 더 혁명 세력을 구하려고 전력투구했지.

---

102) Sudetenland: 보헤미아와 모라비아와 슐레지엔의 경계 지역으로 이곳의 독일인 거주 지역을 일컫는 이름이기도 하다. 바른스도르프도 그 일부이다.

사회주의공화국 선포는 용기를 북돋우려는 최후의 호소였어. 그들은 부르주아 계급의 공화국을 막을 수 없다는 것, 공화국 의회에서 반혁명을 도모하는 중이라는 것을 알았지. 인민의 에너지가 부르주아지에게 팔아넘겨지고 있으며, 이들은 권력을 지키기 위해 어떤 범죄도 서슴지 않을 거라는 걸 알고 있었어. 이런 사실을 우리는 그 당시 제대로 보려고 하지 않았어. 몸을 숨길 곳을 찾아 이리저리 쫓겨 다니며, 룩셈부르크와 리프크네히트, 요기헤스와 라데크[103]는 패배가 확실해지면 벌어질 대혼란을 막아보려고 애썼지. 돌격은 더 이상 막을 수 없는 상황이었고, 망한 독일 제국의 유산을 정리할 사민당 사람들이 준비한 피바다를 피하는 것이 관심사였지. 그것은 룩셈부르크가 생각했던 혁명이 아니었어. 다수가 다수를 위해서 하는 투쟁, 목표 달성에 테러가 필요 없는 투쟁, 때가 충분히 무르익어 저절로 관철되는 그런 투쟁이 아니었어. 인민평의회를 내세운 것은 시기상조였어. 노동자 계급의 아주 일부만이 스파르타쿠스단의 요구를 지지했지. 대다수는 생산이 다시 가동되어야 노동자들의 발전도 보장된다는 주장에 넘어갔어. 그들이 상황을 이해하도록 설명하기에는 시간이 너무 없었어. 투쟁하는 노동자들을 혁명 낭만주의자, 쿠데타를 일으킨 무정부주의자로 폄하하고, 러시아 혁명가들을 풋내기 사회주의자로 비웃는 선전을 당 기관지가 쏟아부었지. 다시 차분하게 숙고하고, 근면과 성실을 되찾자는 상투적인 경고가 노동자들에게 먹혀들었어. 계

---

103) Leo Jogiches(1867~1919): 리투아니아 출신으로 1890년부터 로자 룩셈부르크의 동지이자 동반자였으며 룩셈부르크가 암살된 후 연이어 살해되었다.
　　Karl Radek(1885~1939): 오스트리아-헝가리 왕국의 유대인 가문 태생으로 폴란드, 독일, 소련에서 정치가이자 언론인으로 활동했다. 초기에는 폴란드와 독일 사민당에서 주로 활동했으며 제1차 세계대전 뒤 독일 공산당을 건립하고 이후 코민테른에서 독일 전문가로 고위직을 수행했다. 트로츠키주의에 동조하면서 1936년 모스크바 재판에서 10년형을 선고 받고, 이후 감옥에서 사망했다.

급사법부가 다시 자리를 잡았지. 사법부는 법치국가의 수호자로 나서서, 소비에트 러시아에서와 같은 공포정치를 막아야 한다고 경고했지. 10월 혁명 이후 내려진 조처들에 대한 룩셈부르크의 비판이 이제 되돌아와, 바로 그녀와 독일 혁명을 겨누었지. 반동 세력은 룩셈부르크 자신이 이제 소수로 기습공격을 감행하고, 프롤레타리아 계급에 대한 당의 독재를 구축하려는 게 아니냐고 따졌지. 독일 프롤레타리아 계급을 이끌 당이 없었기 때문에 룩셈부르크는 사실 혁명을 반대했었지. 그런 식으로는 혁명이 분명 내전이 될 거라고. 룩셈부르크와는 전혀 다른 입장에서 사민당 지도자들도 내전 반대를 외쳤지만, 자신들의 무력이 우세해지자, 결국 자기 식으로 내전을 벌인 거지. 그건 노동자 계급에 대한 부르주아 계급의 전쟁이었어. 현혹되고, 약화된 다수인 노동자 계급, 그들의 전위 세력에 대해 소수가 벌인 전쟁이었다. 아버지의 말은 계속되었다. 우리는 룩셈부르크와 같은 행동을 했던 거야. 단지 우리는 어렴풋이 알고 했고, 룩셈부르크는 뚜렷하게 알고 행동했던 거지. 당장의 방법은 잘못되었지만, 정당성이 있는 사람들 편에 룩셈부르크는 섰던 거야. 12월 24일, 주간지 『아르바이터 폴리틱』의 편집자이자 브레멘 급진 좌파의 지도자였던 크니프[104]와 함께 아버지는 베를린에 있었다. 비밀 아지트에 있는 라데크를 찾아가, 투쟁을 진행하기 위한 지시를 받기 위해서였다. 그런 한마디 지시에 얼마나 많은 체험과 역사가 응축되어 있을까 나는 생각해보았지만 어떤 답을 얻을 수는 없었다. 나는 물었다. 라데크를 찾기는 찾았나요. 아버지는 그냥 고개만 끄덕였다. 그 눈길은 흐릿했고 내면으로 침잠

---

104) Johann Knief(1880~1919): 20세기 초 브레멘 사민당의 좌파 정치가로 초등학교 교사 출신이며 『아르바이터 폴리틱』의 편집장을 지냈다. 11월 혁명에서 리프크네히트 및 룩셈부르크의 입장을 지지했다.

되어 있었다. 라데크는 더 이상의 모든 행동은 마르크스주의의 법칙을 벗어나 움직이는 것이며, 우연과 비합리적 요인들이 끼어들 것이라고 말했지. 라데크는 투쟁을 중단하고, 정치운동으로 복귀하라고 충고했지. 그렇지만 룩셈부르크는 축적된 팽팽한 혁명적 에너지가 분출되면서, 여러 세력이 본능적으로 최후의 돌진을 감행할 수 있다는 희망을 버리지 않았어. 육체적으로는 끝까지 와 있었지. 아버지가 말했다. 룩셈부르크를 버티게 한 것은 바로 이런 기대였지. 그건 우리들도 마찬가지였어. 그리고 몇 주 뒤 오로지 룩셈부르크의 죽음을 복수하려고 우리는 싸웠지. 다른 어떤 생각도 없었어. 굴복하느니 용기 있게 혁명적으로 행동하겠다는 생각이었지. 그건 어떤 석연치 않은 자기만족이었을지 몰라. 우리는 다른 사람들에게 모범이 되겠다는 소망에 사로잡혀 있었어. 그러다가 그건 잘못이라는 걸 직시하게 됐지. 일 자체가 잘못은 아니었어. 시점의 선택이 문제였지. 아버지가 말했다. 올바른 시점을 인식하는 것이 역사유물론의 핵심이야.

그런데 언제나 혁명을 반대했던 당에 왜 아버지는 다시 입당하셨나요. 내가 물었다. 설명을 찾으려고 애쓰는 아버지의 모습에서, 아버지의 기억 속에서 1919년 2월의 나날은 그 생생함에도 불구하고 어떤 손실, 어떤 공백을 품고 있다는 것을 나는 알 수 있었다. 물론 과거 우리 집에서는 1920년대 초 노동자 정당들 간의 권력투쟁이 자주 화제에 오르곤했다. 하지만 나는 이제야 비로소 이 과거에 대해 내가 얼마나 무지했는지 실감했다. 언제나 목전의 상황을 파악하려는 마음이 앞서서, 다른 데는 관심을 주지 못했기 때문이었다. 이제 밤이었다. 바른스도르프의 거리 위로 드디어 고요가 내려앉았다. 베를린 마이펠트의 군중은 전차를 타고 도시 곳곳에 있는 자신들의 집으로 다시 돌아갔다. 라이니켄도르프와 베딩과 프리드리히스하인과 노이쾰른에서도 스피커는 잠잠해졌다. 사람들은 이불을 덮고 자리에 누웠다. 새벽 당번 일을 나가기 전까지 아직 두세 시간이 남아 있다. 지금, 이 밤에도 아버지가 전하는 이야기들은 여전히 어딘가 생소했다. 아버지가 머뭇거렸다. 나 역시 현재의 사건들을 설명해줄 단초인 그 시기, 성찰의 자료인 그 시기에 선뜻 다가서지 못한다는 걸 아버지는 느끼고 있었다. 아버지는 죽어버린 베벨 식 사민주의의 사체를 밟고 에베르트, 하제, 노스케, 샤이데만, 제베링,[105] 레기엔, 란츠베르크,[106] 비셀[107] 같은 인물들이 승승장구하는 것을 보고 있었다. 그 펑퍼짐한 얼굴들, 늘어진 두 볼의 비곗덩어리, 퉁퉁한 목과 불룩하게 처진 배. 카우츠키, 힐퍼딩, 베른슈타인, 벨스[108]가 그들을 뒷받침해주었다. 그들은 무언가 수군대고 있었다. 아버지는 귀를 기울였다. 세상이 문제가 없다고 서로 확인하는 것을 들을 수 있었다. 서로 말을 가로채고, 서로 적당히 얼버무려가면서, 그들은 부르주아 계급 사회의 붕괴를 부인했고 빈곤화 이론도 부정했다. 화제는 늘 금융제도의 발전, 제국주의였

---

105) Carl Wilhelm Severing(1875~1952): 독일 바이마르공화국 시기에 사민당 우파의 대표적 인물.
106) Otto Landsberg(1869~1957): 독일의 법률가이자 사민당 정치가로 1919년 샤이데만 내각의 법무장관을 지냈다.
107) Rudolf Wissell 또는 Wissel(1869~1962): 독일 사민당 정치가로 샤이데만 내각의 경제장관을 지냈다.
108) Otto Wels(1873~1939): 베를린 도배공 출신의 독일 사민당 정치가로 1906년부터 자유노조의 간부, 브란덴부르크 사민당 비서 등을 거쳐, 1919년 이후 사민당 당대표 및 국회의원으로 활약했다.

다. 그러다가 마지막에는 감동한 목소리로 만개한 자본의 힘 아래 이루
어진 인류의 통합을 찬양했다. 제2인터내셔널을 묻어버린 노장들 다음
으로, 노동운동의 파산을 현재까지 주도해온 젊은 인물들이 있었다. 이
들 주위로 한 무리의 둔중하고 창백한 자들이 슬금슬금 모여들었다. 흙
터가 나고, 콧수염을 기른, 일그러진 입매의 험상궂은 얼굴들, 그뢰너,
힌덴부르크, 제크트[109]의 모습이 보였다. 또 슈티네스와 후겐베르크, 카
프, 스클라르츠, 탐시크, 또 뤼트비츠, 에프와 에셔리히, 에르하르트, 레
토우 포어베크, 휠젠[110] 그리고 또 다른 온갖 사기꾼과 불법 살인자들,

---

109) Karl Eduard Wilhelm Groener(1867~1939): 독일의 장군이자 정치가로 1928~32년
에 독일 국방장관을 역임했다.
Paul von Hindenburg(1847~1934): 제1차 세계대전 시기 독일 육군의 총사령관이
자 바이마르공화국의 제2대 대통령이었다. 1933년 히틀러를 내각 수상으로 임명했다.
Johannes von Seeckt(1866~1936): 독일의 장군이자 정치가로 1920~26년에 독일
군 참모총장을 역임하고, 1933~35년에 군사자문을 위해 중국을 방문하기도 했다.
110) Hugo Stinnes(1870~1924): 루르 지역의 대기업가로 나치에 재정 지원을 하고 바이
마르공화국의 국회의원을 지냈다.
Alfred Hugenberg(1865~1951): 독일 바이마르공화국 시기의 언론 재벌이자 군수산
업가, 극우 정치가. 히틀러의 정치적 후원자로 1차 히틀러 내각의 경제농업식품장관
을 지냈다.
Wolfgang Kapp(1858~1922): 독일 제2제국의 행정관료. 1920년 3월 뤼트비츠 장군
과 공화국을 전복할 목적으로 무장 폭동을 일으켰다.
Sklarz: 에베르트, 노스케, 샤이데만의 측근이자 석탄 수출업자, 군수물자 사업가.
Ernst Tamschik: 독일 제2제국의 경관으로 1918/19년에 여러 혁명가들을 살해했다.
Walther von Lüttwitz(1859~1942): 독일의 장군. 카프 폭동의 주모자.
Franz Ritter von Epp(1868~1947): 독일 제2제국의 직업장교이자 극우 자유군단 지도자.
1919년 뮌헨소비에트공화국을 진압하고 나치스 정권 시기에 바이에른 주지사를 지냈다.
Georg Escherich(1870~1941): 독일의 삼림학자, 탐험가, 정치가. 1919년 이후 반공
화국 극우 자경단 '에셔리히단'을 조직했다.
Hermann Erhard(또는 Ehrhardt)(1881~1971): 독일 제국의 해군장교이자 자유군단
의 대장으로 카프 폭동에 참여했으며, 바이마르공화국 시기 비밀자경단을 조직해 라
테나우 외무상을 암살하는 등 많은 정치적 암살을 주도했다.
Paul von Lettow-Vorbeck(1870~1964): 독일 제국의 장교로 제1차 세계대전 기간

의용단, 무력 단체, 군사 단체의 우두머리들, 자본주의 국가기구의 무력 조직의 지도자들이었다. 철모단이 다가왔다. 청년독일기사단이 다가왔다.[111] 그다음으로 크고 작은 깃발들이 숲처럼 몰려왔다. 하얀색 원 안에 꿈틀대는 각진 십자가가 있다. 어마어마한 사람들의 무리가 고함을 지르며 행진해왔다. 티센과 크루프, 블레싱과 블롬, 암브로스와 플리크, 하닐 형제와 페르트멩게스와 뷔테피시, 슈베린 폰 크로지크와 메서슈미트[112] 등등의 인물들이, 연기에 감싸여 행진하는 무리 위에 우산처럼 떠

중 독일 동아프리카 식민지군 보병부대장을 지냈다.
Bernhard von Hülsen(1865~1950): 독일 제국의 장교로 바이마르공화국 시기 휠젠 의용단의 대장을 지냈다.
111) 철모단(Stahlhelm)과 청년독일기사단(Jungdeutscher Orden)은 제1차 세계대전 뒤 재향군인을 중심으로 구성된 국수주의적 준군사단체들로 독일 인민당과 독일 민족인 민당을 거친 뒤에 나치스 세력에 흡수되었다
112) Fritz Thyssen(1873~1951): 히틀러 집권에 기여한 독일의 대기업가. 연합철강 대주주였으며 나치 당원으로서 국회의원을 역임했다.
Alfried Krupp(1907~1967): 독일의 대기업가. 독일 파시즘의 핵심 인물로 1948년 뉘른베르크 전범재판에서 12년 형을 언도받았으나 1951년 석방되었다.
Karl Blessing: 독일의 대기업가. 제3제국 시기에 마가린연합 주식회사 대표를 역임했으며 이후 콘티넨털-석유회사 대표를 지냈고, 나치 당원이자 후원회원이었다.
Rudolf Blohm(1885~1979): 함부르크 조선소 블롬&포스Blohm&Voss의 대표. 제2차 세계대전 중 강제수용소에 수감된 포로와 강제노역자들을 조선소에서 착취했다.
Otto Ambros(1901~1990): 독일의 화학자로 1934년부터 독일 최대 화학업체인 IG 염료에서 근무하면서 신경가스 개발에 참여했고, 전후에 IG염료 재판에서 전범자로 유죄판결을 받았다.
Friedrich Flick(1883~1972): 철강, 화학 분야의 유명한 독일 재벌. 나치스의 주요 후원자로 1947년 전범 판결을 받았으나 1951년 사면되었다.
Karl Haniel(1877~1944), Franz Haniel(1883~1965): 루르 지방의 제련업에서 성장한 독일의 대기업 가문. 카를은 1928~44년에 뒤셀도르프 기업클럽 회장을 역임했다.
Robert Pferdmenges(1880~1962): 쾰른의 오펜하이머 은행의 주주. 나치스 정권 아래서 사업적 성공을 이어가다 1944년 활동 금지 처분을 받았다. 전후 독일 대자본의 대변자였다.
Heinrich Bütefisch(1894~1969): 독일의 화학자이자 독일 최대 화학 재벌인 IG염료

있었다. 아버지는 이들의 이름을 정확히 알고 있었다. 아버지는 한 뭉치, 한 덩어리였던 당을 과감히 갈라서게 만든 다른 사람들의 이름을 떠올렸다. 그 이름들을 다시 생각해보는 것만으로도, 결별은 되돌릴 수 없다는 걸 아버지는 바로 실감했을 것이다. 그 이름들은 이름 없이 투쟁했던 사람들이 키워낸 상징이었다. 그 이름에는 궐기했던 모든 다른 사람이 함께 있었다. 프룅리히와 크니프와 플리크,[113] 리프크네히트와 룩셈부르크와 요기헤스, 레비와 레빈, 또 브란들러, 피크, 체트킨, 에베르라인과 엔데를레와 레멜레, 둔커와 탈하이머, 또 아이스너와 란다우어.[114] 이들

기업 이사로 나치스 정권에서 국방군 경영책임자 및 친위대 장교를 역임했다.

Johann Ludwig Graf Schwerin von Krosigk(1887~1977): 1932~45년에 독일 재무장관을 역임했다. 1949년 전범으로 10년 형을 선고 받았으나 1951년 석방되어 언론인으로 활동했다.

Willy Messerschmitt(1898~1978): 독일의 대기업인, 항공기 제작자. 나치스 정권에 독일 공군 전투기를 공급하고 국방군 경영책임자를 역임했으며 전후에 전범 '가담자'로 판결을 받았다.

113) Paul Frölich(1884~1953): 독일의 정치가로 독일 공산당 창당 멤버이다. 로자 룩셈부르크의 저술들을 관리, 출간했으며 1928년 우편향을 이유로 당에서 축출된 뒤 KPO(저항 공산당) 창당 멤버가 되었다. 1932년 미국으로 망명했다.

Leopold Flieg(1893~1939): 독일 공산당 창당 멤버로 1937년 모스크바에서 체포되어 1939년 총살되었다.

114) Paul Levi(1883~1930): 로자 룩셈부르크 재판의 변호인으로 스파르타쿠스단 및 독일 공산당 당원이었다. 1922년부터 사민당 좌파로 활동했다.

Eugen Leviné(1883~1919): 상트페테르부르크 출신의 러시아 유대인으로 1897년부터 독일에 거주했으며 독일 공산당원이었다. 바이에른 소비에트공화국을 변호하다 체포되어 처형되었다.

Heinrich Brandler(1881~1967): 독일 사회주의 정치가로 1919년 공산당에 입당하고 1928년 탈하이머와 함께 KPO를 결성했으며, 1933년 이후 프랑스, 쿠바로 망명했다가 1948년 서독으로 귀국했다.

Wilhelm Pieck(1876~1960): 목공 출신으로 1895년부터 독일 사민당원이었으며 독일 공산당 창당에 참여했다. 1933년 파리로 망명한 뒤 달렘, 플로린과 함께 독일 공산당 해외지도부를 관장했으며 1949~60년에 동독의 대통령을 역임했다.

Clara Zetkin(1857~1933): 프롤레타리아 여성운동의 창시자로 1878년 사민당에 입

의 모습을 그려보려고 하면, 아버지에게는 동료들의 얼굴, 연마공장과 선반기 작업장, 공장 조립부에서 같이 일했던 동료들의 얼굴이 밀려들었다. 전쟁 중 구금 생활을 겪고 허약해진 메링[115]은 병이 있었는데, 그 1월의 살육이 끝나자 바로 죽었다. 그는 당 대표로서는 마지막 사회주의자였다. 크니프와 레빈, 아이스너와 란다우어도 사망했다. 스파르타쿠스단에서 공산당을 창당했던 사람들 대부분이 앞서거니 뒤서거니 당에서 쫓겨났다. 체트킨만은 남았지만, 사망과 더불어 끝이었다. 파시스트들이 권력을 잡기 직전이었다. 플리크와 에베르라인은 모스크바에서 바로 자기

당하고 1927~29년에 공산당 중앙위원회 위원을 역임했다.

Hugo Eberlein(1887~1944): 기계제도사 출신으로 독일 공산당 창당 멤버였으며 1937년 소련에서 체포되었다.

August Enderle(1887~1959): 독일 사민당원이었으나 독립사민당, 공산당으로 이적했다. 1928년 공산당에서 출당되어 1934년 스웨덴으로 망명했다. 자유독일예술가동맹 회원이었다.

Herman Remmele(1880~1939): 선반공 출신으로 1920년부터 공산당 소속 국회의원이었으며 1923~26년에 독일 공산당 기관지『적기』의 편집장을 지냈다. 1937년 체포되어 처형되었다.

Hermann Dunker(1874~1960): 철학박사. 독일 공산당 창당 멤버로 1923년부터 독일 공산당 중앙당학교의 교사를 지냈다. 1936년 나치스에 잠시 체포된 뒤 망명했으며 1947년 소련 점령 지역에 대학교수로 귀환했다.

August Thalheimer(1884~1948): 독일의 정치가로 스파르타쿠스단 및 공산당 창당 멤버였다. 1924년까지 공산당 국민위원회 회원이었으며 1923년부터 당 기관지『적기』주간을 역임했다. 같은 해 모스크바로 이주해 우편향을 이유로 독일 공산당에서 출당된 뒤 KPO를 결성했다. 1933년 이후 프랑스, 1940년부터 쿠바로 망명했다.

Kurt Eisner(1867~1919): 독일 언론인이자 작가, 혁명적 사회주의 정치가로 1918년 뮌헨 공화주의 자유국가를 선언했으며, 극우 장교에게 살해되었다.

Gustav Landauer(1870~1919): 작가이자 언론인으로 바이에른 소비에트공화국의 지도자 중 한 명이었으며 혁명이 진압당한 뒤 감옥에서 살해되었다.

115) Franz Mehring(1846~1919): 독일의 사회주의 작가이자 저술가로 독일 공산당 창당에 참여했다. 대표작으로는『레싱 전설Die Lessing-Legende』(1982),『카를 마르크스, 그의 삶의 역사Karl Marx. Geschichte seines Lebens』등이 있다.

편 사람들에 의해 처형되었다. 이 모든 것이 바른스도르프의 부엌에까지 이어지고 있었다. 단절과 분열은 증폭되어왔다. 지난 몇 년간 아버지는 혁명 당시 선두에 섰던 이런저런 사람들이 이제 박해를 받고 있으며, 죄인이 되었다는 소식을 듣곤 했다. 자신을 뒤흔들었던 그 대변혁이 벌써 20년 넘게 이어지고 있었기 때문에, 아버지는 그 문제에 결코 거리를 둘 수도 없었고, 전체를 조망하기도 힘들었다. 이전에 내렸던 결정들, 또한 종종 결과를 예측할 수 없으면서도 감행했던 행동들이 옳았음을 오늘에야 비로소 알게 되었다고 아버지는 말했다. 당시 우리는 러시아 혁명을 전폭적으로 옹호했어. 아버지의 말이 이어졌다. 퇴보나 왜곡된 상황 전개를 우리는 외부 세력의 개입이나 연합국의 압살 음모나 내전에서 비롯되는 문제로만 보지 않았어. 오히려 독일 노동자 계급의 무능이 가장 큰 원인이라고 보았지. 아버지가 말했다. 우리 중 누구도 시기가 무르익지 않았다는 룩셈부르크의 의견을 더는 대변할 수 없었어. 룩셈부르크가 살아 있었다면, 아마도 자신의 의견을 바꿨을 거라고 생각했어. 반혁명과 좁혀오는 제국주의의 포위망에 대항해 싸워야만 하는 상황에서는 룩셈부르크도 국가에 의한 통제의 문제, 집회의 자유, 언론의 자유, 일반자유선거 문제를 접어두었을 거라고 생각했어. 아버지가 물었다. 도대체 우리가 얻은 게 뭘까. 하루 여덟 시간 노동조차 얻어내지 못했어. 혁명은 기존 지배 체제를 다시 불러왔어. 혁명은 소유와 착취와 수익이라는 불가침의 권리를 보장해주었어. 러시아에서 아직도 인민의 직접 지배가 실현되지 못하고, 강압과 물리력이 동원된 데에는 우리에게도 일말의 책임이 있어. 혁명의 성과를 지키는 것이 중요했어. 러시아를 수호하고 지원하기 위해 우리는 모든 걸 다 했는데, 그건 우리 자신의 미래를 지키려는 투쟁이었어. 세계대전으로 황폐해지고, 내전으로 파괴와 희생을 겪었는데, 그게 지나자 러시아는 다시 폴란드의 공격을 받았어. 폴란드의 공격은 독일 군국주의자들과 사민당 지도자들에게도 자극이 되었어. 우린 러시아를 정말 많이 걱정했지. 폴란드의 침공과 때를 같이해 카프와 뤼트비츠의 쿠데타가 터졌지. 에베르트와 노스케 간에 비밀 접촉이 있었어. 쿠데타가 터지자, 비록 짧은 기간이었지만 독일 프롤레타리아 계급은 하나로 뭉쳤어. 파시스트들의 첫번째 권력 장악 시도를 총파업으로 막아냈지. 아버지가 말했다. 이 시절엔 전시공산주의가 요구하는 엄격한 권위와 규율에 우리는 전혀 불만이 없었어. 러시아에선 인민자치 아래 민주주의의 권리가 제한되었다면, 우리는 모든 권리가 약화되는 걸 넘어서 무너지고 있었거든. 우리는 중앙 권력을 공동체의 최고 기구로 여겼어. 최고 지휘부의 명령권과 모든 하부조직의 복종은 불가피하다고 생각했지. 바로 중앙집권적 조직의 부재, 모든 세부 사항을 계획하고 조정하는 전략의 부재 때문에, 그리고 지방분권주의와 자발성에 대한 믿음 때문에 우리의 혁명이 실패했으니까. 아버지가 말했다. 1920년 말까지 우리는 공산당 입당을 논의했어. 나 역시 당을 바꿀 마음이 있었지. 사민당으로 복귀한다는 것은 생각할 수도 없었거든. 공산당의 확장을 위해, 광범위한 프롤레타리아 계급전선의 조직을 위해 우리는 노력했지. 그것은 혁명으로 활성화된 여러 세력을 통합하려는 최초의 노력이었어. 리프크네히트, 룩셈부르크, 요기헤스와 함께 혁명 지도자들이 새로운 정당을 만들고 있었어. 이 당은 아직 유동적이었지. 우리나라의 특수한 상황에 맞춰 조율하는 중이었거든. 러시아 측 지령 전달 담당인 라데크도 오랜 세월 우리와 함께 일하면서, 자신을 독일 공산주의자로 여기고 있었어. 세계혁명은 한참 멀어졌어. 세계혁명은 더 이상 한 번에 될 일은 아니었지. 그건 승리와 패배가 교차하는 장기간의 계급투쟁이 될 것으로 보였지. 노동자들은 그에 대비해야만 했어. 진짜 싸움이 이제 시작된 거야. 사민당원인 국가 관리들은 모든 소요의 싹, 어떤 파업이나 시위도 진압하도록 했지. 감옥은 노동자들로 넘쳐났어. 그런데 민족주의 단체들이 팽창하는 동안에 사회주의 세력들도 마찬가지로 결집했지. 이제 많은 사람이 상황을 파악하면서, 공산당을 자신들의 이익을 대변할 유일한 조직으로 보기 시작한 거야. 그렇지만 대다수는 여전히 기존 정당에 남아 있었지. 그건 무지나 나태 때문은 아니었어. 그들이 변화를 만들어내지 못한 건, 지쳤기 때문이었어. 아버지는 말했다. 비상 시기, 실직 상황, 하루벌이 일감 찾기, 이런 것들로 어떤 때는 심신이 너무나 피폐해져서 적극적인 정치 활동은 엄두도 낼 수 없었어. 그리고 행동 통일을 강화하려고 시도하면서 정당 간은 물론 파벌들 내부의 의견 충돌도 다시 심화되었지. 통일전선이 대립을 은폐하거나 극복하려고 했던 건 아니었어. 단지 단 한 가지, 필연적이고 합리적인 사항만은 합의하기를 원했던 거야. 그 문제만은 제휴하자고 호소한 거야. 나머지에 대해서는 여전히 이데올로기 논쟁을 허용했어. 대중은 이런 상황에 충분히 동의했을 거야. 그런데 양당 지도부는 극단적인 견해 차이를 드러내며 충돌했지. 각 당 내부적으로도 다시 분열이 일어나고 적대적인 관계들이 생겨났어. 쿠데타 움직임과 군사 독재의 위험, 나중에는 부상하는 파시즘의 위험에 맞서 단결하자는 주장은 처음에 공산주의자들이 했지. 그렇다고 해도 타협을 어렵게 만든 게 사민당의 태도만은 아니었어. 혁명적 공격 전략을 고집하며, 사민당과의 어떤 제휴도 기회주의의 표현이라며 거부했던 좌파 극단주의도 문제였으니까. 사민당 사람들도 자기들 방식으로 통합 투쟁을 했어. 그들의 통합이란 끈질기게 우로 끌고 가는 투쟁이었지. 그런 와중에 사민당과 공산당 중간에 있던 우리들은 엄청난 부담을 겪었지. 1920년 12월 우리 중 반이 공산당으로 떨어져 나가고, 나머지 반은 원래의 정당으로 복귀할 때까지 그런 상황은 계속됐어. 아버지가 말했다. 우리 당의 좌로는 의식 있는 사회주의적 노동자 계급이 있었고, 우로는 소시민층과 중산층을 떠나지 못하는 사람들이 모여들었지. 다음 날 아침 나는 다시 한 번 물었다. 왜 아버지는 공산당에 들어가지 않은 거예요. 아버지는 창문 아래쯤에 서 있었다. 왼쪽 얼굴에 말간 잿빛 광채가 드리워졌다. 눈 위로 불거진 뼈는 그래서 더욱 도드라졌고, 눈썹과 짧게 깎은 머리가 밝게 빛났다. 파인 관자놀이와 광대뼈 아래와 아래턱 사이의 움푹한 부분에는 무거운 그늘이 어른거렸다. 오른쪽 얼굴은 어둠 속에 있었다. 눈동자에 맺힌 한 점 광채가 그 어둠을 깨뜨렸다. 아버지가 대답했다. 아무래도 내가 당 가입에 필요한 전제 조건을 더는 채울 수 없었기 때문이었지. 공산당에는 내가 따를 수 없는 원칙들이 있었어. 나는 아직 그런 원칙들이 요구하는 절대적 희생을 치를 준비가 되어 있지 않았거든. 일종의 적자생존의 원칙이었어. 나는 그걸 인정할 수 없었지. 가장 강한 자만을 선택하고, 다른 사람들, 아웃사이더들을 멸시하는 것. 그건 내 생각과 맞지 않았어. 아버지는 말했다. 그때는 이런 회의를 정확히 표현하지 못했지. 그렇지만 계속되는 분쟁으로 지도부가 연달아 교체되고, 또 당과 인터내셔널을 이끌어왔던 가장 적극적이고 충직한 사람들이 바로 그들을 따랐던 사람들에 의해 돌연 쫓겨나는 것은 정말 역겨웠어. 그때그때 옳다는 노선을 그들이 따르지 않았다는 게 이유였어. 그 야비한 용어들은 사민당 사람들을 능가할 정도였어. 오로지 프롤레타리아 독재를 목표로 삼는 주장들을 지지해야만 급진 좌파였지. 마슬로우와 루트 피셔[116]가 그

---

116) Arcadij Maslow(1891~1941): 러시아 국적으로 1899년부터 독일에 거주했으며, 1923~24년에 공산당 중앙위원회에서 활동했다. 루트 피셔와 함께 당내 급진좌파를 주도했으나 1926년 공산당에서 축출된 뒤 쿠바에서 사망했다.

런 사람들이었어. 투쟁 행동을 경계하고, 계몽을 통해 인민 내부에서 당의 기반을 다지려는 사람들은 우파라고 불렸어. 레비는 이편이었지. 레비와 체트킨은 국회에서 유일한 공산당 의원이었지. 피셔와 마슬로우가 요구한 것처럼 다시 한 번 혁명적 행동을 취했다면, 적은 압도적인 힘으로 이제 막 의회라는 합법성을 얻은 당을 금방 다시 지하로 몰아냈을 거야. 국제주의 문제에서는 우파와 좌파가 함께 움직였지. 하지만 서로 다르게 해석한 국제주의였어. 해석의 차이는 표면적 문제였고, 그 뒤에는 어려운 결정을 내리게 만들었던 문제가 있었어. 소비에트 러시아도 같은 결정을 했던 거야. 원인은 봉쇄 조처였어. 프롤레타리아 계급의 국제적 연대는 공통된 기본 원칙이었지. 하지만 국제적 연대가 흔들리는 상황에서, 레비가 보기에 그건 먼 장래의 목표일 뿐이었어. 그에 반해 좌파는 여전히 바로 달성 가능하다고 보았어. 고립된 일국사회주의 건설을 지향하기 시작한 소련의 정책과 유사하게, 공산당 중앙위원회는 국내 문제들에 비중을 두었지. 당내 좌파 세력과 계속 부딪쳐가며, 당 중앙위원회는 부분적인 요구들에 집중해서 단계적으로 일을 했지. 그리고 광범위한 국민 계층의 생각을 고려해서, 구국투쟁이라는 주장을 펼쳤어. 룩셈부르크의 후임으로 공산당 의장이 된 레비는 이런 정책에 부분적으로만 동의했지. 자국 문제를 중심에 두면서, 이데올로기적으로 협소해지거나 국제주의가 묻히는 것을 레비는 원하지 않았어. 혁명 권력을 세우자는 좌파의 주장을 거부했듯이, 레비는 민족주의 볼셰비즘도 반대했어. 1921년 3월 레비가 쫓겨나기 전까지, 우리는 그래도 그런 치열한 논쟁을 거치면서 틀림없

Ruth Fischer(1895~1961): 오스트리아 사회주의자로 1918년 오스트리아 공산당 창당에 참여했다. 1920년부터 독일 공산당원이었으나 1928년 극좌의 입장 때문에 당에서 축출되었다. 1941년 미국으로 망명했다가 1945년부터 파리에서 언론인으로 활동했다.

이 정화와 상호 이해로 갈 거라고 믿었지. 논점들이 서로 연관되어 있었거든. 배타적인 고집을 버리고 독단 없이 정치를 했다면, 그 논점들은 상호 보완적일 수 있었어. 하지만 결과적으로 틈은 다시 한 번 깊어졌고, 대립은 타협 불가능한 것으로 드러났지. 논쟁의 배경이나 권력 변동의 배후는 늘 그랬듯이 우리는 알 수가 없었어. 러시아에서 반대파 노동자들이 진압된 직후, 3월에 독일 중부 여기저기서 전투가 벌어졌어. 시작은 군부 지배를 반대하는 파업이었지. 군대와 경찰이 자극하면서 충돌이 발생했어. 수천 명 노동자가 총에 맞아 죽거나, 부상을 입거나, 투옥되었지. 그건 소비에트 러시아를 돕기 위해, 어떻게든 세계혁명의 불을 지피려는 절망적인 최후의 시도였어. 혁명적인 상황을 만들 불씨를 살리기 위해 모든 것을 걸었지. 공산당 좌파인 코민테른이 밀어붙이고, 공산당 우파는 경고했어. 중단하라고 했지. 대중이 전투에 가세하고, 노동자 계급에 뿌리를 둔 조직들이 모두 함께 반격에 나설 것이라는 기대는 어긋났어. 그 참패 이후 사민당 측은 공산당을 조롱하고 비방하면서, 혁명의 전제 조건들이 없는 상황에서 공산당은 더 이상 존립할 이유가 없다고 말했어. 나중에 알게 된 건데, 다수 민중의 참여가 확실치 않다면, 공산당은 전투에 거리를 두자는 것이 레비의 입장이었어. 하지만 레비가 당 중앙위원회와 불화를 겪은 것은, 무엇보다 소련 노선의 추종을 비판했기 때문이지. 아버지가 다시 사민당 가입을 결심한 데는 이 한 달이 결정적이었다. 적군(赤軍)이 크론시타트의 노동자와 수병들을 공격한 것은 아버지 눈에는 혁명의 목표를 이반한 것이었다.[117] 아버지가 말했다. 그럼에도

---

117) 1921년 3월 러시아 크론시타트 항구의 수병들이 소비에트 러시아 임시정부에 맞서 일으킨 반란. 수병들은 '모든 권력은 당이 아니라 소비에트에게' 주어져야 한다는 주장을 내세웠다.

불구하고 나는 크론시타트 폭동이 사회혁명가들, 즉 멘셰비키와 백군파의 선동 때문이라는 주장에 넘어갔었어. 혁명 세력은 전선에 나갔고, 정치적 경험이 없는 배고프고 불만에 찬 보충병들이 소시민적 반혁명 세력에 의해 이용당한 거라고 말했어. 크론시타트의 봉기 세력은 모든 권력을 당이 아니라 평의회에 주자고 외쳤다. 국가의 존립이 문제가 되는 시점에 그것은 반역죄가 될 수밖에 없었다. 당이 노동자와 병사평의회의 최고 기구가 아니고 무엇이겠는가. 당의 목표는 크론시타트의 노동자와 수병들이 원했던 것과 전혀 다를 바가 없었다. 평화를 회복하고, 나라를 일으키고, 경제와 생산을 가동하자는 것이었다. 봉기 세력은 노동자의 지배권을 달라고 외쳤지만, 사실 국가권력은 노동자 계급의 수중에 있었다. 신경제정책으로의 방향 전환, 그건 산업화를 향한 투쟁이었다. 거기에는 혁명의 승리에 필요했던 것과 같은 정도의 노력이 필요했다. 모든 사람이 전력투구해야 하는 지금, 다른 주장을 내세우며 경제 계획을 방해하는 어떤 무리도 용납될 수 없었다. 반대하는 사람은 아직도 호시탐탐 혁명의 성과를 파괴하기 위해 손길을 뻗는 반동 세력을 돕는 셈이었다. 아버지가 말했다. 몇 년 후에야 비로소 우리는 크론시타트 봉기가 부르주아 지배의 재건을 원했던 것이 아니라, 민주적 권리에 대한 요구였다는 원래 생각으로 다시 돌아왔다. 그 시점에 그런 반정부 저항이 객관적으로 적을 이롭게 한다고 인정해도, 아버지는 그런 식의 진압에는 더 이상 공감할 수 없었다. 물론 이런 식의 회의를 품는다고 해서, 소비에트 국가에 대해 부정적 입장을 취했던 적은 없다고 아버지는 다시 한 번 지적했다. 아버지는 노동자구호단에서 활동하며 러시아에 대한 지지를 호소했고, 러시아가 버텨주는 것이 얼마나 중요한지 토론 때마다 강조하곤 했다. 아버지가 말했다. 내가 이전 당에 다시 가입한 것은 거기선 비판적 입장을 유지할 수 있었기 때문이었어. 그건 공산당에서는 불가능했지. 게다가 사민당은 여전히 최대 정당이었으니까. 사민당에서는 노동자 다수와 함께하는 거였어. 아버지는 말했다. 사민당으로 다시 들어간 게 투항이라고는 생각지 않았어. 자기기만도 아니었어. 사민당은 당의 입장과 당이 옹호하는 가치를 충분히 분명하게 공표했거든. 나는 당 정책에 반대하는 입장이었어. 그렇지만 나는 노조원으로서 실제 업무에 영향을 미칠 수 있었고, 외부에서보다는 더 실속 있게 사회주의 세력의 통일을 도모할 수 있었어. 재입당 전에 라데크와 얘기를 나눴지. 라데크도 사민당 안에 통일전선 이념을 끌고 갈 교두보를 확보하는 게 꼭 필요하다고 생각했어. 후에 메르커나 베너나 뮌첸베르크처럼 라데크는 공조를 추구하는 우리당 간부나 노조 간부들과의 연계를 중시했어. 하지만 아버지의 기억에서 그다음 15년은 빠져 있었다. 따라서 공산당 측의 어떤 접근 노력도 가차 없이 그리고 철저히 거부했던 사민당을 아버지는 더 이상 보려고 하지 않았다. 그 기억 속에는 사민주의 세력 전체를 계급의 적으로 단정하고 배척했던 코민테른만이 남아 있었다. 아버지는 방금 자신이 말했던 것, 즉 고립무원의 최초의 노동자 국가, 그리고 그 국가가 짊어진 사회주의 일국건설이라는 멍에에 대한 아버지 세대의 책임을 잊고 있었다. 아버지는 독일의 혁명이 얼마나 비조직적이고 무력했는지 체험했다. 혁명의 지도자들이 무방비 상태로 몇 마리의 사냥개에게 잡혀 끌려가고, 살해당했던 그 굴욕적인 종말도 알고 있었다. 그런데 지금 아버지는 10월 혁명의 국가에서 나타나는 왜곡과 변질만 강조하고 있었다. 아버지의 표현으로는, 그로 인해 그 나라만이 아니라 전체 노동운동이 경직과 마비에 빠지게 된 것이었다. 레닌이 주장한 집단 지도 체제의 포기, 절대적인 행정 권력의 1인 집중은 프롤레타리아 민주주의와 자유로운 의사소통을 억압하고, 사회생활과 생산 활동의 각종 문제에서 인민의 적극적이고 직접적인 참여를 배제하는 긴 과정의 종착점이라고 아버지는 말했다. 위협을 받는 상황에서, 그렇게 공공연하게 내부의 위기를 논쟁에 부쳤다는 사실이 어떤 강인함의 표시라고 아버지는 전혀 생각하지 않았다. 갑자기 아버지와 나 사이에 존재하는 차이가 드러났다. 오랫동안 떨어져 지내면서, 아버지와 나, 우리가 이제는 서로 다른 진영에 서 있는 게 아닌지 나는 자문해보았다. 언제나 서로를 잘 이해했던 우리 사이에 불화가 생길 수 있다면, 20년간 적대적이었던 정당들 간에 어떻게 협력이 가능하겠는가. 아버지가 말했다. 무엇보다 순수한 양심이 중요해. 거짓을 통해 이룩한 것은 어떤 것도 우리에게 득이 될 수 없어. 우리의 정치적 과업을 위태롭게 만드는 배신자들을 진압하는 일과, 절대 권력이 생각이 다른 모든 사람을 처벌하는 것은 다른 문제야. 그런 판결들 뒤에는 우리보다 상황을 더 잘 알고 있는 코민테른이 있다고 내가 대꾸했다. 내게 언제나 사려 깊고 침착한 모습만 보여주었던 아버지가 갑자기 격분했다. 아버지는 소리쳤다. 대패질을 하면 톱밥이 떨어지기 마련이라고 말들 하지. 우리의 권리를 거부했던 계급들에 맞서 혁명적 투쟁을 하는 거라면 옳은 얘기야. 그렇지만 지금은 새로운 사회질서를 위해 싸웠던 선구자들이 당의 이름으로 숙청되고 있어. 문제는 우리 자신이야. 학교와 신문과 정치적 수완에 속아 넘어가는 우리가 문제라고. 당 최고 기관들이 우리한테 우리가 자신들의 기준을 따르기에는 미숙하다고 말하도록 놔두는 우리가 문제야. 저 무시무시한 정치조직에 맞서, 우리의 사소한 현실을 주장하는 게 이제 우리가 할 수 있는 유일한 일일 뿐 아니라 우리의 의무이기도 해. 정해진 의견을 그냥 수용하고 전달하는 걸 거부해야만 해. 아무리 어설픈 대응이라도 하는 것이 나은 거야. 경외심을 조장하는 기도문을 의무로 알고 따라 외거나, 또는 수긍할 수 없는 행위들에 대해 침묵하는 것보다 말이야. 아버지가 물었다. 우리의 생각은 부족할 수밖에 없지 않겠니. 잘 모른다고 해서, 우리에게 욕을 해서야 되겠니. 더듬거리며 발언하는 것 자체가 거짓에 대한 우리의 저항의 표시가 아니겠니. 나는 아버지가 늘 하던 비판을 상기시키려고 했다. 도덕과 인간성을 들먹이며 사회주의 국가의 모든 발전을 폄하하려고 온갖 짓을 하는 사람들, 사업에서는 인정사정없고 경쟁자를 교활하게 몰아내면서, 그들 공동의 약탈 체제를 지키는 일이라면 이상주의적인 형제애를 발휘하는 사람들, 문화와 인간의 품위를 칭송하면서 다른 한편 사회주의적 개혁을 조롱하는 사람들에게 했던 비판을. 베를린에서 우리가 나누었던 대화들이 떠올랐다. 소비에트 국가가 무법 상황이라며 모든 신문이 흥분해서 또 한 번 떠들어대던 때였는데, 그때 아버지는 소비에트의 재판 방식과 자본주의 국가에서 벌어지는 불법을 비교했다. 사코와 반제티[118]의 처형이 법치의 표현이냐고 아버지는 물었다. 유럽과 미국, 식민지 국가들과 준식민지 국가들에서 벌어지는 시위를 해산하고 봉기를 진압하는 과정에서 수십만 명이 살해된다는 것, 또 서구 국가들의 형무소 상태와, 몇 년씩 사슬에 묶여서 사는 죄수들을 밤이면 목에 쇠고리를 채워 기둥에 묶어둔다는 인도네시아 감옥에 대해 아버지가 했던 이야기들을 나는 알고 있었다. 또한 아버지가 현장 동료들과 격론을 벌이면서, 시와 국가 관청이 횡령하고 빼돌리고 뇌물로 쓴 몇십 억의 돈을 거론한 것도 떠올랐다.

---

118) Ferdinando Nicola Sacco(1891~1927), Bartolomeo Vanzetti(1888~1927): 미국으로 이주한 이탈리아 노동자로, 매사추세츠 주 찰스타운 법정에서 강도살인죄로 기소되어 1927년 처형되었다. 법정이 불충분한 증거에도 불구하고 사형을 언도한 것은 이들이 무정부주의 노동운동에 참여했기 때문이라는 비판이 거셌다. 미국 사법 역사에서 가장 수치스러운 재판으로 기록된 사건으로, 두 사람은 1977년 복권되었다.

이런 부패를 그것이 저질러지는 사회와 연관해 바라보지 않는 문제를 아버지는 꼬집었다. 스캔들은 개별 현상으로 다뤄지고 다시 망각되며, 제국주의 세계 전체가 걸린 대형 부정들은 점잖을 떨며 자기 좋은 식으로 넘어간다는 사실을 지적했다. 그러나 아버지는 내 반박을 그냥 흘려듣고 있었다. 아버지는 1923년 10월 말 함부르크 봉기가 실패한 뒤, 다시 베를린의 한 비밀 거처에서 마지막으로 보았던 라데크를 생각하고 있었다. 길게 끄는 부드러운 어투에 오스트리아 억양으로 라데크가 말했지. 사람들이 나한테 죄를 물을 거야. 나를 독일 노동자 계급의 실패에 대한 희생양으로 만들겠지. 나는 그저 혁명적 힘이 불충분한 상황에서 행동하는 걸 막아보려고 했던 거야. 무장 공격을 지지했던 것은 또다시 공산당 안의 좌파였어. 반면 코민테른 집행위원회에서 파견된 라데크는 시위나 파업으로 행동을 국한하려고 했지. 당분간은 통일전선 전략을 밀고 나가고 싶어 했어. 하지만 봉기는 더 이상 막을 수 없었고, 결국 군대에 의해 완전히 짓밟히고 말았지. 리드미컬한 목소리로 라데크가 말했지. 레닌은 중병에 걸렸어. 정치국에서 나한테 책임을 물으면, 레닌의 도움은 더 이상 기대할 수 없어. 그런 다음 라데크가 덧붙였어. 이 일에서 버티려면, 이는 꽉 물고, 꽉 붙잡고, 어떤 편법이나 연극도 할 준비가 돼 있어야 한다고. 그것이 무슨 말인지 아버지는 몇 년 후에야 비로소 이해하게 되었다. 그렇게 당과 인터내셔널의 높은 직책에서 물러난 라데크는 유배되었다. 그는 트로츠키와 결별했고, 결국 당 서기장인 스탈린 밑으로 들어갔다. 과거 자신이 대변했던 모든 것을 비웃으며, 라데크는 당의 최고 인물에 대한 숭배를 쌓아 올렸다. 그리고 영웅적 사실주의가 유일하게 옳은 사회주의 예술의 형태라고 선전했다. 아버지가 말했다. 그러다가 라데크는 태업자이며 패배주의자, 배반자며 인민의 적이라고 낙인이 찍혔어. 라데크의 머리는 아직도 적응력이 충분치 못했던 거지. 지금 재판에서 나오는 라데크와 퍄타코프[119]의 말도 안 되는 그 진술들은, 그 나라를 지배하는 맹목적 광기의 체제를 고발하려는 마지막 시도라고 아버지는 여겼다. 사실이 왜곡되었으며, 또 당 수뇌부가 반대자들을 반격하면서 무고한 사람들이 죽었다는 아버지의 말이 맞을지도 모른다. 그렇다고 해도 불과 20~30년 사이에 그 나라가 힘겹게 이룩한 성과들을 교묘히 무산시키고 파괴하려는 제국주의 국가들의 끊임없는 획책은 광기가 아니었단 말인가. 영국과 프랑스, 미국은 여전히 파시즘보다 볼셰비즘을 훨씬 더 큰 위험으로 여기고 있었다. 방어동맹을 맺으려는 소련 측의 모든 노력을 서방 국가의 정부들은 일치단결해 거부했다. 그에 반해 독일이나 이탈리아, 일본의 협박과 공격 행위는 용인했고, 독재자들한테는 비위를 맞추었다. 그들이 바라는 것은 스페인공화국의 패전과 중국 혁명의 실패였다. 소련 측에서 자국이 치명적인 위협 상황에 처했다고 보는 데는 그럴 만한 이유가 있었다. 노동자 국가에 대한 봉쇄와 차단은 완벽했다. 결과만 보고 그들의 필사적인 자기방어의 이유를 반복해서 강조하지 않는다면, 그건 위험 부담을 지는 행동이었다. 적을 이롭게 할 수 있었다. 저쪽, 그러니까 상대편에는 자본의 지배가 있었다. 그곳에서는 억압과 착취의 폭력이 커가고 있었다. 그곳에서는 소유한 식민지를 지키려는 또 다른 전쟁들을 준비하고 있었다. 말을 하면 할수록 아버지와 나 사이의 어색함과 불신은 깊어졌다. 그런 감정은 과거에 서로 이견이 없었던 문제로도 금방 확산되었다. 노동자 계급이 역사를 주도할 진보적 주체라는 생

---

119) Georgi Pjatakov(1890~1937): 레닌의 측근으로 1914년 스위스로 망명했다가 1917년부터 소련에서 고위직을 역임했다. 1923년 독일 내 코민테른 대표를 지냈고 1923년부터 스탈린과 적대관계를 이루다 공개재판을 거쳐 처형되었다.

각, 그 생각도 아버지가 보기에는 앞으로 몇십 년간은 현실성이 없었다. 아버지가 말했다. 노동운동에서 노동자 계급은 배운 게 거의 없어. 긴박한 상황에 대응하는 행동력은 늘 부족했고, 계급의 문화적 발전에 필요한 지식은 아무것도 습득하지 못했어. 노동자들은 자발적인 힘을 모두 잃어버렸어. 다가올 전쟁에 끌려들어 가도, 아마 아무런 항변도 못할 거야. 그게 러시아를 공격하는 전쟁이라도 말이야. 대다수 노동자가 파시즘의 화려한 포장 아래 노예 같은 삶에 타협했고, 국제주의라는 이념을 포기한 채 소시민적 혜택을 기대하며 자위하고 있다고 아버지는 말했다. 나는 아버지의 의견에 반대하며 베를린에서의 경험을 내세웠다. 베를린에서 이런저런 투쟁이 끈기 있게 이어진다는 사실을 과소평가하는 건 잘못이라고 나는 말했다. 지금 상황을 고려하면, 그런 투쟁이 여전히 벌어진다는 건 오히려 아무리 높이 평가해도 지나치지 않다고 말했다. 비밀리에 협력하는 사람들이 비록 소수라고 해도, 이들이 미래 이 나라의 개혁을 위한 토대를 놓고 있음을 알아야 한다고 했다. 아버지는 독일에서는 더 이상 이렇다 할 불법 활동을 펼칠 수 없다고 말했다. 공장에서는 군대의 재무장 작업이 우리의 과거 동지들의 도움으로 열심히 진척되고 있다고 했다. 이제는 오직 외국에서의 변화만이 독일의 상황에 영향을 미칠 수 있다고 했다. 아버지가 말했다. 우리는 처음부터 다시 시작해야 해. 룩셈부르크의 계획들이 중단된 그 지점, 룩셈부르크의 생각을 계승하려던 모든 사람이 쫓겨난 그 지점, 자의식을 가지고 동참하는 자유로운 노동자 계급이라는 이념이 실종된 그 지점, 당이 개개인의 판단력을 향상시키기보다 자아가 매몰된 예배당이 되어버린 그 지점에서 다시 시작해야 돼. 나는 당을 신비로운 조직이라고도, 내 의지를 지배하는 존재라고도 생각지 않는다고 대답했다. 만일 내가 입당한다면,

그건 분명 자유의지의 원칙에 따라서라고, 내가 느끼는 당과의 동질감도 마찬가지라고 나는 말했다. 나는 한 번도 당을 강압적 체제로 생각지 않았으며, 늘 이성적 기구로 생각했다고 말했다. 당에 가입한다면, 그건 이성적이고 실질적인 판단의 결과며 비합리성과는 무관하다고, 그건 판단과 지식을 근거로 한 행동으로, 나 자신의 정치적 의도를 좀더 넓은 맥락에 편입시키고 그럼으로써 나의 의도에 힘을 싣기 위한 거라고 말했다. 하지만 거센 물결처럼 밀려오는 팡파르며 합창 소리에 놀란 아버지는 다시 두 귀를 막았다. 이 소름끼치는 애국가는 이제 거의 전 대륙에 울려 퍼지며, 저항하는 모든 것을 쓸어버리고 있었다. 지금, 서성대던 아버지가 카이저 교에 대해 다시 무언가 중얼거리는 순간, 그의 모순과 모호함을 비난하는 것이 오만임을 나는 깨달았다. 아버지는 최선을 다했다. 불현듯 그 옛날 바짝 깎은 턱수염에 감청색 펠트 모직 재킷을 걸치고 옷깃을 세운 채, 안뜰에서 자전거를 밀고 입구 복도를 지나 거리로 나서는 아버지가 보였다. 보도블록이 깔린 길을 거쳐, 대로인 그로세 알레를 향해 페달을 밟으며 오르는 아버지, 모퉁이를 돌아 사라지기 전, 다시 한 번 몸을 돌려 손짓하던 아버지, 풀이 가지런히 다듬어진 휜한 제방 길을 따라 달려 철교 쪽으로, 다리 너머 슈테파니토어 쪽으로 가던 아버지, 그다음 크레인과 선로와 창고들을 지나, 또 국제선 항구와 목재 화물항과 곡물용 화물항을 지나서 공장으로 내달리던 아버지, 거기, 리벳 해머가 굉음을 내며 내려치고, 용접 불꽃이 거친 소리를 뿜으며, 금속 톱은 새되게 끽끽대는 조선소의 거대한 벽면과 골조물 아래로 달려가는 아버지가 보였다. 다음 순간, 우리 사이에 다시 대화가 이어졌다. 우리는 한편이라는 것이 다시 한 번 분명해졌다. 우리 사이의 오해가 해명될 수 있는 것처럼, 우리의 당들도 이데올로기에서의 이견을 뛰어넘어, 통일전선을 이룰 거라고 나는 생각했다. 반드시 그래야 하니까.

　　대립과 이견을 철저히 따져보면서 오히려 우리는 공통점을 확인할 수 있었다. 반박이 오고 갔고 어려움도 있었다. 하지만 명제와 반명제를 거치며, 우리 둘 다 인정하는 지점을 찾기 위해 노력했다. 차이와 대립이 새로운 발상을 만드는 것처럼, 모든 행동도 대립적인 것들의 충돌에서 탄생했다. 이런 과정들에 대한 이해와 토론을 통해 공존과 상호 존중이 가능했다. 하지만 양당 협상 대표들 간의 대립에서 그런 합의의 기미는 보이지 않았다. 얼마나 갈지 가늠할 수는 없었지만, 스페인에서만은 광범위한 연대가 성사되었다. 사민당과 공산당 간부들이 서로에게 각각의 정치적 입장과 목적을 이해시키기 위해 했던 노력들은 우리가 아는 한에서 지금까지 모두 별 성과가 없었던 것 같았다. 우리가 움직였던 생활 영역이 얼마나 좁았는지, 나는 이제야 비로소 깨닫고 있었다. 우리는 늘 오로지 똑같은 하나의 적, 우리의 행동을 제약했던 그 하나의 적과 대결했다. 우리는 지하에서 특정 그룹에 속했고, 그룹이 제시하는 모든 지향점은 그룹의 규모와 상관이 있었다. 당 고위간부들과의 접촉이 끊어지고, 당이 최소 세포조직으로만 남아 있다는 사실에 우리는 구속되지 않았다. 가끔씩 지침과 보고를 전달받을 수 있고, 국외에서 인쇄된 신문이 우리 손에까지 계속 들어오는 걸로 충분했다. 저 멀리서 활동이 계속되고 있다는 아주 작은 표시만으로도, 우리는 용기와 확신을 가졌다. 이제 갑자기 지평이 열리면서, 복잡한 세력 관계가 어렴풋이 눈에 들어왔다. 그걸 이해하려면 끊임없는 분석과 평가가 필요했다. 우리는 직접적이고 자명한 조처들에 익숙해 있었다. 그런 조처들은 소속된 그룹과 무관하게 우리를 하나로 묶어주었다. 하지만 지도적 위치에 있는 인물들은 일을 할 때마다, 일의 변화과정 및 예상 가능한 진행 단계 등 전체 상황을 파악하고 있어야만 했다. 하지만 적진 한가운데에서 수행했던 우리의 활동이 다른 차원의 포괄적이고 복잡한 탐색에 기여해왔다는 것, 또 노동 현장과 거주지에서 우리가 모은 경험들이 전령을 거쳐 전략 차원으로 통합되고 있었음을 이제 나는 알게 되었다. 우리의 가장 중요한 임무는 발각되지 않는 것이었다. 어떤 때는 그렇게 하는 데만도 온 힘이 필요했다. 우리가 알아낸 정보가 별로 대단치 않다고 우리는 생각했다. 그러나 이제 바깥에서 보니, 몇 명이 버티고 있다는 것, 자기 자리를 지키면서, 필요할 때 뛰어들 준비를 하고 있다는 것만으로도 충분히 중요해 보였다. 지하 세계에서 움직였지만 비밀 작전이 정당하다는 분위기였기에, 우리는 아무도 단절되었다고 느끼지 않았다. 지겹고 힘들게 혼자였지만, 잊히고 고립된 상황과는 달랐다. 우리 중 수만 명이 감옥과 수용소에 있는데, 어떻게 혼자라는 생각을 하겠는가. 아버지의 생각처럼 우리는 한 번도 우리 자신이 결정 행위와는 한참 멀리 있고, 영향력도 없으며, 또 전체 작전 차원에서 일을 지휘하는 사람들과 무관하다고 생각해본 적이 없었다. 전체 작전이 어렴풋이 감지되면, 내 권한 밖에 있는 정보와 생각들을 알고 싶은 마음이 들었다. 내가 아는 것은 몇 가지 주요 노선 정도였다. 광범위하고 강력한 반파시즘의 입장들을 도출하고, 모든 진보 세력을 통일전선에 끌어들이고, 스페인에 무기와 자원병을 보내고, 함부르크 감옥에서 살해당한 앙드레[120]와 같은 처지에

---

120) Etkar André(1894~1936): 제1차 세계대전 이후 함부르크 지역에서 활동한 노동운동 지도자. 사민당 소속이었으나, 전후 혁명기에 갈등을 겪으며 1923년 1월

놓인 텔만[121]의 석방 운동을 확산하고, 공산당은 사민당 지도부에 접근하는 노력을 다시 경주한다는 것 정도였다. 아버지가 보기에, 우리가 당 정책을 둘러싼 논쟁들에 대한 정보와 지식을 얻는 데 겪는 어려움은 어떤 원칙적인 문제였다. 아버지가 말했다. 중요한 사건들을 설명해보려고 하면, 우리는 언제나 간접적인 정보에 의존하는 수밖에 없었어. 우리 자신이 휘말려 있는 사건의 계기들이 우리에게는 비밀로 처리되었지. 각자의 판단에 따라 해석하는 수밖에 없었어. 동지들이 전해주는 단편적 사실들 말고는 다른 자료가 없었어. 보고문과 공식 발표에서 우리에게 제시된 내용, 피상적이고, 특정 효과를 염두에 둔 내용에는 결코 만족하지 못했어. 누군가 우리 같은 사람은 좀 몰라도 괜찮다고 여기는 걸 우리는 용납하지 않았어. 공지 사항을 읽는 것보다, 어떤 때는 우리 자신의 방향감각에 따라 상황을 분석하는 게 핵심에 접근하는 데 더 도움이 되었지. 당이 배부한 정책 설명보다 현장 동료 한 명이 하는 얘기가 더 많은 걸 말해주기도 했거든. 어머니가 입을 열었다. 그런데 올바른 노선이라는 거, 그게 대체 뭐지. 거기엔 언제나 뭔가 종교적인 게 있어. 진리는 단 하나뿐이라고 설득하려고 드는 것 같거든. 중요한 전략들을 은폐하고 위장하는 게 필수적인 것처럼, 지금은 어떤 행동 방향이 반드시 필요하다고 내가 대답했다. 어머니가 말했다. 어쩌면 일을 진행하는 사람들도 쉬쉬

　공산당에 입당한 뒤 텔만의 측근이 되었다. 1924~29년에 적색참전용사회Roter Frontkämpferbund의 단장으로 활동하다가, 1933년 3월 체포, 구금된 후 1936년 11월에 참수되었다. 스페인공화국의 제11국제여단 제1대대는 그의 이름을 따, 에트카르 앙드레 대대로 불렸다.

121) Ernst Thälmann(1886~1944): 1924~33년에 독일 바이마르공화국 국회의원을 역임했다. 1925년 독일 공산당 가입 후, 1932년 대통령 후보로 나섰다. 1933년 게슈타포에 의해 체포된 후, 11년간 독방에 구금되고, 1944년 히틀러의 명령으로 총살되었다.

하는 습관 때문에 대책도 없고 정보도 없을 수 있어. 우리와 매한가지일 수 있단 말이지. 그런데 자신들을 중요한 존재로 내보이고 싶어 하거든. 모든 게 이렇게 앞이 캄캄하고 절망적이 된 것은, 사람들이 작은 직책이라도 맡으면 그걸 더 내세우려고 하고, 위세를 부리고, 자기들끼리 비밀을 만들어내기 때문이야. 그렇게 해서 비밀 숭배 조직의 더 높은 자리로 승진하려는 거지. 어머니가 말을 계속했다. 우리 눈에는 이런 작당의 조짐이 사방에서 보여. 과학적 사회주의를 말하는 사람들이 무슨 서클로, 동아리로, 센터로, 파벌로, 입장으로 뭉치는데, 그건 케케묵은 파벌 본능이야. 이런 행동 방식을 끝내려면, 우리 스스로 사태를 이해하고 판단하고, 우리가 모든 행정 문제에서 영향력을 발휘해야만 해. 우리까지 끌어들이는 이런 패거리 짓이나 세 불리기를 우리가 용납하지 말아야만 해. 이런 행동들은 그 본질상 확산되고, 또 직위의 권력을 강화하거든. 우리는 전혀 감출 게 없어. 언제나 솔직하게 내놓고 하지. 거리로 나서서, 우리의 요구를 그냥 외쳐. 그래서 우리는 행동할 때마다, 다칠 수 있어. 사심이 있으면, 자신을 드러내지 못하지. 속임수가 필요하고, 연막과 함정이 필요하지. 아버지가 말했다. 그러나 우리가 아직도 국가 업무에 참여할 권리를 쟁취하지 못했으니만큼, 우리 자력으로 가능한 한 열심히 정보들을 챙겨야만 해. 우리를 고분고분하게 만들고, 무지하고 유치한 수준에 묶어두려는 이 체제에 우리는 아직도 맞서지 못하고 있지. 사실 모든 판단과 시도와 결정의 출발점은 우리 자신이어야 해. 1백 년 전부터 우린 그것을 알았어. 모든 일에서 우리의 활동이 우선되어야 했지. 하지만 우리는 우리의 결단력을 앗아가도록 그냥 내버려두었어. 우리는 생산 과정을 주도하지 못한 채 여전히 월급 받는 노예로 남아 있어. 해방과 개혁의 비전은 우리 쪽에 있어. 하지만 지배 세력은 이념도 도덕도 없기 때문에 우리보다 강하지. 약탈에는 철학이 필요 없거든. 거칠면 거칠수록 영혼이 없으면 없을수록 오히려 이익은 커지는 법이지. 노동자 계급의 국제주의는 위대한 이념이야. 그렇지만 자본가들의 국제 협력은 훨씬 큰 힘을 발휘하지. 그러나 끈질긴 기존의 판도에 변화들이 파고들고 있음을 부모님은 알고 있었다. 제국주의의 살인과 파괴는 여전했지만, 그 폭력에 대항하는 폭동이 여러 거점 지역에서 줄기차게 이어졌다. 마음대로 정한 포괄적 지하자원 채굴권과 전매권들이 저항에 부딪히고 있었다. 인도차이나에서는 제국주의에 대항하는 폭동이 시작되었고, 중국과 스페인은 무장투쟁에 들어갔다. 연대 의식에서 여러 세력이 국제여단으로 집결하고 있었다. 세계적 차원으로 보면, 탄압 체제의 관계망에 대한 이해가 아직 제대로 형성된 건 아니었다. 그도 그럴 것이, 나라마다 지식인들과 여론 주도층이 인민의 성숙을 가로막고 억압하지 않았던가. 부를 향한 무정부적 욕망에 최초로 맞선 새로운 학문의 탄생은 그리 오래되지 않았다. 지식을 실천으로 전환하려는 사람들 자신도 기존의 현실에서 나왔고, 구체제에 내재한 감정과 속성에 물들어 있었다. 지성은 냉혹한 힘과 늘 투쟁했다. 정치적 조직 활동에서 우리가 신뢰하는 저들에게도 잠입과 음모, 위장과 기만이 무성한 삶의 흔적이 역력했다. 말을 해도 되는지, 자신도 모를 때가 적지 않았다. 그들의 상황은 우리보다 훨씬 어려웠다. 사람들을 만날 때면, 언제 어디에 배반과 속임수가 있을지, 동맹자로 생각한 사람이 상대편에 어느 정도 넘어갔는지, 늘 마음을 놓을 수 없었다. 끊임없이 자신의 말과 생각을 검열해야만 했고, 한순간도 방심하거나 사람을 믿어선 안 되었다. 어떤 것도 기정사실로 간주해서는 안 되며, 어떤 행동을 할 때도 모든 방향에서 확인해야만 했다. 내가 흔들림 없이 버틸 수 있었던 것은, 내게는 단순한 현실 구도가 있었기 때문이다. 그리고 이제 나는 그 단순한 구도에서 벗어나버렸다. 나는 생각했다. 이 모든 것을 어떻게 전달할 수 있을까. 나는 스스로에게 물었다. 우리가 겪은 이것들을 어떻게 이야기해야, 그것이 우리 자신이었다고 인정할 수 있을까. 그런 이야기를 위한 형식은 끔찍하고 현기증을 일으킬 것이다. 어느 쪽으로 방향을 잡아도 불확실성이 드러날 것이었다. 그래서 아무리 짧은 과정에 대한 서술이어도, 뭔가 불충분한 느낌이 남을 것이다. 우리의 대화는 이어졌다. 겉으로 드러난 현상들 사이에서 아버지는 어떻게 방향을 잡았으며, 복잡한 정치적 사건들의 배후 정보는 어떻게 얻었는지 알 수 있었다. 아버지가 노동자 계급의 상황에 얼마나 진지하게 주목해왔으며, 그들이 살아 있음을 얼마나 확인하고 싶어 했는지, 또 엄습하는 절망을 떨쳐내려고 얼마나 열심히 사람들과 연락을 취하고, 지침을 받고, 소식을 알려고 했는지, 나는 알게 되었다. 아버지는, 현재 당 중앙위원회의 일원이며 정치국 후보위원인 베너를 몇 번 만난 적이 있었다. 둘은 1930년대 초부터 노조의 선전 업무를 같이 하면서 알게 되었다. 베너를 마지막으로 본 것은 지난해 가을 파리에서였다. 이 일을 얘기하려던 아버지는 자꾸만 다른 회동과 사건들에 대한 기억으로 빠져들었다. 1931년 민족사회주의자들이 선거에 승리한 뒤, 공산주의자들이 적색참전용사회[122]를 자위 차원에서 설립했을 때 사민당 사람들도 전투조직 하나를 결성했다. 철의 전선이라는 이 조직은 국철 노동자들과 스포츠 단체들, 그리고 노조가 참여한 연합체였다. 만일 양 노동자 정당이 합쳤다면 그것은 강력한 자위단이 되었을 터였다. 그러나 사민당 지도자들은 행동 통일을 할

---

122) Roter Frontkämpferbund: 독일 바이마르공화국 시기의 단체로 명목상으로는 비정치적 단체였으나 실제로는 독일 공산당의 준군사조직으로 우익 성향의 철모단이나 돌격대에 맞서 싸웠다.

마음이 없었다. 그들은 노조 단체들로 구성된 속칭 해머부대를 움직여 파시스트들에 맞서게 한 것이 아니라 오히려 공산주의 노동자들을 치게 했다. 당시 파시스트들은 수적으로 전혀 우위가 아니었다. 힘을 합쳐 움직였다면, 아마 제압할 수도 있었을 것이다. 통일전선을 세울 단초를 찾을 수 있었던 곳은 다시 밑바닥 현장뿐이었다. 베딩 초입 구역을 감시하려고 나치스의 돌격부대가 슈바르츠코프 가의 한 맥줏집에 아지트를 틀었는데, 그때 지역 주민들이 즉흥적으로 집결해, 그들의 생각을 한목소리로 주장하며, 집회 장소 폐쇄 요구를 정치적 이슈로 부각시켰던 것이다. 계량기 공장에서 일하면서 현장의 공산당 계열의 소규모 조직이나 가두 세포조직과 가깝게 지냈던 어머니가 당시를 회고했다. 그 사건이 벌어진 때는 매우 중요한 시기였다. 이 시기에는 온갖 생각이 난무했다. 적은 지배 체제를 미처 구축하지 못한 상태였다. 적의 영향력을 무너뜨리고, 인민이 주도적으로 양당 지도부를 압박해 협정을 맺게 할 가능성이 갑자기 열렸던 것이다. 하지만 이 시절의 열기는 금방 다시 흩어져버렸고, 타성이 만연했다. 통일된 전략의 부재와 조급한 대응이 전진을 불가능하게 만들었다. 1932년 봄, 끈질기게 확산되던 저항운동은 이미 침체의 기운을 보였다. 결국 1년 뒤 노동자들은 완전히 무기력해졌다. 메르커나 베너, 포이케[123]와 디트벤더 같은 공산주의 간부들이 개별적으로 지역 주민들의 행동을 지원할 뿐이었다. 그런 때에 그들이, 그 사건의 주인공들이 슈바르츠코프 가와 플루크 가에 모인 것이었다. 그들은 공장과 일터에서 돌아오는 길이었다. 얼굴은 그을음과 먼지와 검은 기름으로

---

123) Werner Peuke(1905~1949): 1921년부터 독일 공산당원이었으며 1933년부터 프라하의 '노이베긴넨Neu Beginnen' 그룹과 협력해 저항활동을 했고, 1936년 비밀경찰에 체포된 뒤 수년간 수감되었다.

뒤덮여 있었다. 그들은 작은 깃발들을 내건 나치들의 집 앞에 떼 지어 모여들었다. 모자 끈을 턱에 맨 경비병들이 엄지손가락을 허리춤에 찔러넣고 입구에 서 있었다. 그들 뒤편에서는 끔찍한 노래들이 울려 퍼졌다. 어머니는 이날을, 오후 5시경 아커 가의 건물을 나섰을 때 벌어진 일들을, 골똘히 생각하는 중이었다. 어머니는 갈색이 도는 녹색 덩굴무늬 플러시소파 한쪽 끝에 앉아 있었다. 팔걸이에 팔을 기대고 무거운 얼굴을 손으로 받친 채 이제 시끄러운 소음이 잦아든 거리를 내다보았다. 어머니는 슈바르츠코프 가에서 멀리 맞은편 성 세바스찬 교회의 석판 탑 옆으로 폭이 넓은 아치형 창문들을 보고 있었다. 그 창문들 뒤에서 어머니는 여덟 시간 동안 전기 계기를 조립했다. 어머니는 남녀 노동자들 무리에 섞여서, 다른 사람들처럼 그냥 묵묵히 서 있었다. 어머니가 말했다. 그렇게 버티고 기다리면 파시스트들이 물러갈 거라고 우리는 생각했지. 거기서는 우리가 더 많았으니까. 거긴 우리 구역이었어. 그러다가 하나둘 위협적인 구호가 들렸지. 그 소리들이 점점 늘어나자, 사람들이 떼 지어 술집으로 몰려들었어. 갑자기 유리가 쨍그랑 깨지는 소리가 들리고, 돌이 여기저기서 창문으로 날아들었어. 안에서는 뒤엉켜 싸움이 벌어졌고, 총질이 시작되었어. 그런데 총은 그 구역을 에워싼 외부에서 발사된 거였어. 쇼세 가로부터 전투경찰이 밀어닥쳤어. 경찰은 창문이 깨지는 쨍그랑 소리, 그 신호만 기다리고 있었던 거야. 어머니가 지금 그 얘기를 하자, 당시의 격앙된 논쟁이 떠올랐다. 당시 여러 명이 죽고 다친 그 총격전이 경찰의 자극으로 시작됐는지, 아니면 적색전선전사들의 성급함 때문이었는지에 대한 논쟁이었다. 경찰견과 차를 대동한 채 대기 중이었던 경찰들은 거리에 있는 노동자들을 덮쳤다. 경찰이 나치들의 보호자로 등장한 셈이었다. 주민들은 일주일 전부터 나치들의 철수를 요구했다. 그

술집은 누구나 들어갈 수 있으며, 아무도 그곳에 진을 칠 권리가 없다는 걸 보여줄 순간이 온 것이었다. 누군가는 폭력을 자제하자고 외쳐댔다. 어머니가 말했다. 하지만 술집으로 밀고 들어가지 않았어도 경찰과 붙었을 거야. 공산당 지도부는 파시스트들을 보이는 대로 쳐부수자는 노이만[124]의 주장을 허용하지 않았지. 시기를 다 놓치고 나서야 많은 노동자가 그 주장을 따랐어야 했다고 말했지. 나치스의 무력부대가 공산당 노동자들의 구역으로 밀고 들어오자, 이편도 가두자위부대가 필요해졌어. 적색참전용사회에는 용감하고 믿음직한 사람들이 있었어. 그들은 이유가 있어서 공격으로 돌아섰던 거야. 어머니가 말했다. 우리는 다른 전략, 즉 정당 간의 갈등 극복을 목표로 하는 노동자 연대 전략이 더 낫다고 생각했어. 그렇지만 그 사건 이후 양당 간의 교류 금지는 더 심해졌어. 증오에 찬 비방 선전이 우리끼리 적대시하도록 만들었지. 어머니의 말이 이어졌다. 얼마 전까지 함께 행동했던 우리들이 같은 건물 복도에서 서로 낯을 붉히고 외면했지. 우리가 그때 후퇴하고 난 뒤, 나치스 돌격부대는 사방에 모임방을 열었어. 경찰의 보호 아래 말이야. 그렇게 나치들은 세를 키워갔어. 그들은 노동자 정당인 양 위장했지. 민족과 사회주의의 통합을 내세우면서 말이야. 소심한 사람들, 늘 속아왔던 사람들, 순진하게 믿는 사람들을 거짓과 현혹으로 끌어들였지. 어머니가 말했다. 우리 동네 사람들도 나치스에 가담했어. 처음에는 눈치를 보다가, 곧 내놓고들 했어. 주먹을 불끈 쥐어 올리는 대신, 손을 치켜들어 쭉 뻗었어.[125] 그뤼넨

---

124) Heinz Neumann(1902~1937): 철학과 경제학을 공부하고 1919년부터 독일 공산당원이 되었으며 1922년부터 『적기』의 편집자로, 1929년부터는 편집장으로 활동했다. 당내 극좌파에 반대해 당내에서 뮌첸베르크 등과 함께 텔만, 피크, 울브리히트에 맞섰다. 1937년 소련에서 체포되어 숙청되었다.
125) 노동자들의 전통적인 손동작 구호 대신 나치스의 거수경례를 했다는 의미.

가 집 창문가에서 나를 안고 서 있던 어머니, 만일 그날 이후 어머니를 더 이상 볼 수 없었다면, 내 마음속 어머니는 어떤 모습일지 나는 생각해보았다. 어머니에게는 어떤 어두움이 있었다. 깊은 여운을 남기는 그 목소리처럼 어머니의 눈도, 머리도 짙은 색이었다. 아마 이마는 넓다고 생각했을 것이다. 광대뼈는 두드러졌고, 눈썹은 짙다고 생각했을 것이다. 그렇지만 얇은 입, 또 이마 쪽 시작 부분도 우묵한 구석이 거의 없이 곧게 뻗은 코는 너무나 뚜렷하게 내 내면에 각인되어서, 다르게 생각하기가 쉽지 않았을 것이다. 아주 익숙해서, 다시 보기 위한 거리 두기가 쉽지 않았다. 기억만으로 그려야 했다면, 저렇게 찰싹 붙은 짧은 머리, 저렇게 옆으로 탄 가르마를 생각해냈을까, 나는 혼자 물어보았다. 어머니는 저기, 몸을 비스듬히 앞으로 구부린 채 앉아 있었다. 턱을 손에 받치고, 말할 때는 입이 거의 움직이지 않았다. 목소리에는 아직도 알자스 지방 억양이 남아 있었다. 그건 우리만 알아채는 건지도 몰랐다. 북부독일어와 베를린 사투리를 사용한 20년 세월이 그 흔적 위에 퇴적되어 있었다. 어머니는 처녀 시절 슈트라스부르크에서 한 독일인 가정에 보모로 들어갔다. 그리고 전쟁 직전에 그 가족과 함께 브레멘으로 왔다. 어머니는 원래 어머니의 아버지가 하던 일을 하고 싶어 했다. 어머니의 아버지는 간판을 그렸는데, 나무가 빙 둘러선 대성당 광장에 맞닿은 한 골목길에 가게가 있었다. 나는 그 집을 사진으로 본 적이 있다. 어머니의 아버지는 수공업 조합별 표지판이나 가게의 간판, 가문의 문장을 제작했고 또 현관 장식물도 만들었다. 무궁무진한 이야기였을 것이다. 내가 한 번도 가본 적이 없는 어머니 유년기의 집, 지금은 슈트라스부르크에 안장된 어머니의 부모님들, 간호보조사로 일하던 브레멘 외곽 델멘호르스트 요양원에서 아버지와 만난 일, 소자영농이거나 일용 농군이었던 아버지의 조상들, 대장간 도제와 기계공작소 철물공을 거쳐 도나우 강을 항해하는 증기선 기관사로 일했던 아버지, 그렇게 일하면서 비는 시간에 공부를 해 부다페스트의 야간학교에서 고등학교 졸업장을 따고, 그 후 갈리시아 지역 공병대에 징집되었던 아버지의 성장 과정. 하지만 집에서는 그런 이야기를 나눈 적이 거의 없었다. 지나온 길, 수없이 바뀌었던 장소들에서 우리는 우리가 각 시기마다 했던 일 말고 다른 의미는 찾지 않았다. 이곳 바른스도르프 집에서 우리의 삶과 부르주아 계급의 삶의 차이가 생생하게 부각되었다. 이 집은 우리에겐 일종의 대기 공간, 임시 공간이었다. 우리는 이 집을 금방, 손쉽게 떠날 수도, 또 잊어버릴 수도 있었다. 반면 사치와 부유함이 묻어나는 부르주아 계급의 삶에는 가구와 장식물, 양쪽으로 늘어선 방들과 정원에 대한 견고하고 유구한 관계들이 있었다. 열다섯 살 시절, 샤르펜베르크 학교를 이제 다닐 수 없다는 것을 알고는 세상에서 도망치고 싶었던 나는 혼자 파묻혀 지낸 적이 있었다. 그때 나는 슈트라스부르크의 폭 좁은 3층집을 자세히 살펴본 적이 있었다. 문 앞에 닳고 닳은 계단이 나 있었고, 1층 창문 유리창들은 납으로 테두리가 둘러져 있었으며, 쇠사슬에 매달린 나무판자에는 팔레트와 가로지른 두 개의 붓이 있었다. 슈트라스부르크 집을 고풍스럽고 신비로운 분위기로 묘사해볼 생각을 어머니는 한 번도 해보지 않았을 것이다. 어떤 기록자라도 그런 생각은 하지 않았으리라. 고향의 느낌, 아늑함, 그런 것은 없었다. 어머니와 자매들은 어려서부터 먹고살기 위해 일을 했다. 자매들은 뿔뿔이 흩어졌고, 다시는 서로 만나지 못했다. 이사를 다니고, 멀리 떠나가고, 낯선 도시에 내리는 것은 소설에서 읽는 것과는 전혀 달랐다. 그것은 오로지 여기서 일자리를 구할 수 있느냐 없느냐의 문제였다. 『빌헬름 마이스터』 이래 『부덴브로크 가의 사람들』에 이르기까지, 문학에서 주로 나타나는 세계는 바로 세계를 소유한 사람들의 눈으로 관찰된 것이었다. 집안 살림은 세부 요소들까지 갖은 정성으로 묘사되고, 개인은 온갖 다양한 성장 단계 속에서 표현되었다. 소유가 대상을 대하는 태도에 영향을 미쳤던 것이다. 그러나 집이 한 번도 우리 것인 적이 없었고, 거주지 선택은 우연일 뿐이었던 우리에겐 결핍, 부족, 무소유가 중요했다. 하지만 이런 것은 별로 말할 게 없었다. 지금, 찬장에 놓인 쇠로 된 깡통 따개가 눈에 들어왔다. 그 밖에 더 언급할 만한 게 있을까. 깡통 따개는 청어 모양이었는데, 아래턱이 대검의 칼날처럼 앞으로 솟아 있었다. 이 깡통 따개는 브레멘 시절부터 우리 집에 있었다. 나는 틀림없이 그것을 가지고 놀았을 것이고, 어머니는 그걸 내 입에서 빼앗았을 것이다. 우리는 가난에 대해 고민할 겨를이 없었다. 내일, 다음 주를 어떻게 넘길지, 월세를 어떻게 마련할지 계산하는 게 우리의 일생이었다. 물건들은 잠시 사용하는 식이라, 꼼꼼히 챙기고 기록하지 않았다. 슈트라스부르크의 집을 기억하는 것은, 내가 그 집과 화가를 표시하는 작은 간판을 보여주던 그 사진을 자주 들여다보았기 때문이다. 나중에 내가 미술에서 배운 모든 것은 그 사진 속 집에서 시작된 것 같았다. 이런 방식으로, 가난과 소외를 극복하면서 한 가족의 역사를 생각해볼 수 있었다. 그것은 소유도, 소속도 없는 삶에서 자신의 것을 끌어낸 역사였다. 사람들이 나타났다. 손에 잡힐 듯 뚜렷했다. 이들에 대해 이야기를 나누었다. 평가를 내렸다. 그들은 무산계급이었다. 여기서 도움을 주며 나서서 일했던 사람은 누구인지, 저기서 계획에 가담했던 건 누구인지, 확실히 따져보았다. 지역과 도시는 상관없었다. 정치적 견해와 의지를 가졌던 사람들, 그들이 바로 우리가 살아가게 해준 환경이었다. 그들이 했던 말, 던진 질문들, 그리고 대답들. 그리고 책이 있었다. 사람들의 경우와 마찬가지로, 책들도 출처는 중요하지 않았다. 책도 그것이 대변하는 입장이 중요했다. 모든 게 가변적인 삶에서 변하지 않는 것은 책과 사람과 그림 들이었다. 지하활동, 위조 여권을 이용한 여행, 타국에서의 익명의 거주, 그리고 망명. 이 모든 것은 태고부터 이어진 유목생활의 마지막 단계였다. 이동하며 자신의 노동력을 파는 데 익숙한 프롤레타리아들, 이 뜨내기들, 아무 가진 것 없고, 생존에 필요한 최소한의 것을 위해 줄 서고, 한없이 기다릴 수밖에 없는 이들. 안주한 사람들이 사는 집 아래 들어선 바른스도르프의 이 방은 남들이 눈치채지 못하는 그들의 만남의 장소였다. 이 방에서, 이런저런 방해를 받으며, 또 급습당할지도 모를 위험 속에서, 변변찮은 정보들과 전해 들은 다른 사람들의 생각을 토대로, 생각들을 이리저리 비교하고 꿰맞추며, 우리는 우리를 둘러싼 전체 문제를 나름대로 조금이나마 이해하게 되었다. 중간중간 막히면, 다시 생각을 더듬으며 아버지는 말을 이어갔다. 그러면서 아버지는 우리 사이의 의견 차이를 극복하려고 노력하고 있었다. 1936년 9월, 체코 측 대표단에 끼어 파리 만국평화운동 행사에서 베너를 만난 시점에서부터, 아버지는 생각의 실마리를 풀어갔다. 하지만 염두에 둬야 할 중요한 다른 사항들을 언급하느라, 아버지의 얘기는 자꾸 옆길로 흘렀고, 베너와의 회동은 아직 설명하지 못했다. 체코 사민당 지도자 중 한 사람인 타우프[126]와 나누었던 대화와 보덴바흐에서 산악지대를 넘어 체코로 들어와 프라하의 친구집에 숨어 있던 포이케와의 대화를 먼저 풀어놓았다. 이야기의 끈은 이제 1935년 11월에 닿아 있었다. 독일 사민당과 공산당의 지도적인 인물들이 프라하에서

---

126) Siegfried Taub(1876~1946): 체코의 정치가로 1920~38년에 체코 국회의원을 역임했으며 1929~38년에 부의장을 지냈다. 1939년 스웨덴, 1941년 미국으로 망명했다.

최초로 회동한 그날이었다.

아버지의 이야기가 계속되는 동안 나는 도대체 우리에게 가능한 글쓰기가 어떤 것일지 생각해보았다. 우리가 처한 이 정치적 현실을 파악할 수 있다고 해도, 섬세하고 유동적이고 늘 단편적으로만 접근 가능한 이 소재를 어떻게 활자로 옮겨 영속성을 주장할 수 있을 것인가. 장기간의 끈질기고 차분한 고찰과 연구란 우리로선 하기 어려운 일이었다. 시시각각 벌어지는 사건들을 보면서 생각들이 밀려들고, 그러면 우리들은 격하게 반응하곤 했다. 그런 생각들은 행동으로 이어질 수는 있지만, 어떤 완결, 어떤 종합적인 판단으로 이어지지는 못했다. 그런 생각들이란 언제나 단편적일 수밖에 없었다. 다른 문제가 나타나면 앞의 생각은 흐지부지 사라지고 접어둘 수밖에 없었다. 하지만 언젠가, 끊임없이 나의 사유를 가로막는 장애물들을 벗어나서, 발상과 착상, 떠오르는 생각들을 마음껏 펼칠 수 있게 된다면, 나는 어떤 특정한 나라, 확실한 틀이 있는 생활환경, 특정한 민족문화에 속한 작가의 글만이 생명력이 있다는 입장을 따르기는 어려울 것이었다. 사실주의 미술이나 노동자 문학을 다루는 잡지들에서 가장 중요하게 언급하는 일상적 환경의 정확한 묘사 및 그 주민들과의 유대와 경험 교환은 내게는 제한적 의미에서만 옳을 것이다. 우리가 지금 대화를 나누고 있는 이 방이 우연의 결과이며 어느 나라에 있어도 되는 것처럼, 글을 쓴다면 나는 분명 국적과 상관없이 어디서나 만날 수 있는 사람들을 향해서 쓸 것이다. 내가 어딘가 소속되었다면 그건 국제주의일 것이다. 나의 여정은 이제 막 시작되었을 뿐이지만, 우리의 당파성 말고는 어디에도 내 집은 없다는 걸 나는 분명히 알게 되었다. 물론 한 국가나 한 도시에 터전을 갖는 장점을 이해할 수는 있었다. 그러나 내가 하려는 일에 그런 출발점은 존재하지 않았다. 형식도, 고정된 형태도 없는 것에서부터 나는 시작해야 할 것이다. 문제의 상호관계들을 찾아내기 위해 나는 국가와 언어의 경계를 넘어설 것이다. 우리는 미술과 문학에 대한 우리의 논의가 정치적인 것이라고 말했는데, 아마 그때도 비슷한 생각을 했을 것이다. 언젠가 미술과 문학 분야에서 직접 활동하게 된다면, 우리는 무엇보다도 분리된 것들을 이어주기 위해, 정주하는 삶에서 단절된 우리에게 공통된 것을 찾아내기 위해 노력할 것이다. 그래서 한 국가의 문제가 아무리 급박해도, 그것은 언제나 지나갈 상황의 일부로 여겨졌다. 그 문제의 해답은 포괄적 변화와의 연계 속에서 비로소 얻어질 것이었다. 독일의 상황을 우리는 프랑스, 스페인, 중국에서 일어나는 사건들과 연관해서 생각했다. 프라하, 파리, 베를린의 어느 방에 모였던 사람들, 강압적 심문과 고문을 받게 되면 혹시 발설이라도 할까 봐 서로서로 기억에서 지워버려 더 이상 주소를 모르는 그런 방들에 모였던 사람들, 자기 조국의 미래를 구상하며 모였던 그 사람들을 생각해보면, 그들의 말에는 언제나 그런 세계적 연대가 있었다. 그들의 말은 두루 퍼져나갔다. 아프리카, 아시아, 미주 대륙에서 계획 중이며 곧 벌어질 일들이 그 말들과 불가분의 관계에 있었다. 우리는 뿔뿔이 흩어져 있지만 동시에 어떤 전체 안에 있었다. 우리 주변에서 벌어지는 일에 최대한 귀를 열어두고, 또 최대한 깨어 있는 것, 아버지의 표현처럼 지도편달하면서, 우리 생각은 묻지도 않고, 입 다물고 순종하게 만들려는 행태에 대해 의식을 갖는 것이 우리의 과제였다. 아버지가 현혹과 속임수를 강조했다면, 내가 주목했던 건 어떤 부단한 긴장이었다. 나는 어떤 문제에 국한될 필요가 없지만, 정치가들은 정해진 구체적인 문제를 처리해야만 했다. 나는 현실에 다양하게 접근할 수 있지만, 정치가들은 상황을 검토하고 선별해 세부 문제들에 파고들어야만 했다. 나는 어떤 목표를 달성할 필요가 없지만, 정치가들은 성과를 내야만 하고 구체적 사항에 책임을 져야 했다. 그들은 각자 자신의 위치에서 작디작은 자기 몫을 전체에 더함으로써 역사를 만들어가고 있었다. 이런 작은 작업들, 지칠 줄 모르는 이런 각고의 노력이 바로 1935년 7월과 8월에 코민테른 세계대회 선언이라는 결실로 나타났다. 인민전선정책의 결의에는 행동 통일을 끌어내려는 모든 노력이 그 밑바탕에 있었다. 이 새로운 노선은 사민당 전체가 하나의 반동집단이라는 지난 몇 년간의 견해를 수정하는 것이었다. 이제 우리는 사민당 안의 우파 지도부와 광범위한 노동자층을 정확히 구별해야 했다. 하지만 이런 지시들에 실천이 따르려면, 그 전에 입장 차이들이 해소되어야만 했다. 11월 프라하 담화와 관련된 이야기들을 파악해보려고 하면, 거친 외곽을 스스로 탐색해나가며 직접 질서를 잡아갈 수밖에 없다는 느낌이었다. 지하에서 우리가 대결하는 적은 분명했고, 정확히 알 수 있었다. 우리의 적에 대해서는 이론의 여지가 없었다. 싸워서 무너뜨리는 것 말고는 다른 방법이 없었다. 우리가 보기에 파시즘은 금융자본의 노골적인 독점 지배이자, 가장 반동적인 세력들이 유럽을 재분할하고 싶은 욕심을 채우려고 이용하는 무기였다. 아버지가 입을 열었다. 그렇지만 그런 도식이 어째서 이미 1930년에 노동자 계급의 상당수가 나치스에게 표를 던졌는지, 어째서 1933년 봄 파시즘에 표를 준 사람이 1천7백만 명으로 늘어날 수 있었는지 충분히 설명해주지 못했어. 몇 년간의 경제 위기나 노동자 계급의 분열에 그 원인을 돌리는 것으로는 충분치 않다고 아버지는 말했다. 통합의 성사를 막은 진짜 이유들을 찾아내야만 한다고 했다. 겉으로 보기에는 늘 전략을 둘러싼 경쟁이었을 뿐이다. 이런 겉모습은 결단력의 실종과 상황에 대한 치명적인 오판을 초래한 좀더 깊은 원인들을 은폐하고 있었다. 파시스트들이 권력을 장악한 뒤에도, 공산당의 지도 세력은 중도 시민 계층과 계속 타협을 시도하는 사민당을 주적으로 간주해야 한다는 입장을 고수했다. 사회파시즘을 주장하면서 공동투쟁이라는 목표를 달성할 수는 없었다. 생각을 바꿀 수 있었더라면 1933년 3월 제국의회 선거에서 공산주의자들과 사민주의자들은 1천2백만 프롤레타리아 전선을 세울 수도 있었다. 그러나 공산당은 혁명적 대변혁을 고대하고 있었고, 사민당 지도부는 무저항 및 적응정책을 선호했다. 이들은 합법적 정부에 대해 공정한 비판자 역할을 수행하는 것을 자신들의 과제로 생각했다. 나치즘이 이미 몰락에 접어들었다는 것이 공산주의자들의 견해였던 데 반해, 사민주의자들은 1933년 봄에도 독일이 헌법에 적힌 대로 통치되고 있다고 생각했다. 이렇게 해서 나치스는 별 어려움 없이 공산주의 단체들을 파괴하고, 사민당과 노조 조직들을 해산시킬 수 있었다. 파시스트들의 테러를 간신히 피한 공산주의자들이 반격을 준비하려고 지하로 들어갔을 때, 도망친 사민당 지도부는 여전히 충격에서 벗어나지 못한 상태였다. 공산주의자들이 상황을 재평가하기 위해 견해들을 제시했지만, 그들은 혼란에 빠진 채 꼼짝을 못하고 있었다. 프랑스에서는 1934년 2월 사회주의자와 공산주의자 5백만 명이 파시스트들의 쿠데타 시도에 대항해 파업에 들어갔다. 그렇게 그들은 최초의 인민전선을 실현했다. 같은 달 오스트리아에서는 노동자들이 파시즘에 대항해 나흘간 무장투쟁을 벌였다. 그러나 독일 사민주의자들은 움직이지 않았다. 아버지가 말했다. 하지만 노동자 계급의 행동력을 앗아간 것이 양당 수뇌부 사이의 불화만은 아니었어. 비록 20여 년간 갇혀 있었지만, 노동자들에게 어떤 능력이 있었다면 자신의 그 능력을 보지 못할 수는 없었을 거야. 혁명 이후 몇 년간 온갖 경험을 했음에도 불구하고, 우리는 치명적 위험에 대한 불감증, 자기기만, 그리고 이미 그 혁명의 겨울부터 휘말리곤 했던 쓸모없는 상호 비방을 해소하지 못했던 거야. 러시아 혁명가들에 필적할 만한 지도자들이 결정적인 순간에 제거되고 말았어. 지금 소비에트 국가에서 사라지고 있는 뛰어난 인물들에 비하면 우리 쪽에는 소심하고 소시민적 인물들이 너무 많았어. 이 인물들에겐 앞을 내다보는 능력도 대담한 창조력도 없었지. 특히 자신의 당 지도자들이 그랬다고 아버지는 말했다. 자신이 이미 20년 전에 사민당의 최대 실수라고 느꼈던 것, 즉 노조가 가지고 있던 광범위한 교육 기회를 방치한 것이 이후 당의 붕괴에 결정적 요인으로 작용했다고 아버지는 말했다. 자극과 지원이 있었다면, 의식을 확대할 잠재력을 가진 사민당 노동자들이 무수히 많았다고 했다. 아버지는 말했다. 그러나 다른 한편 주도적으로 행동하지 못한 잘못을 당 간부들에게만 돌릴 수는 없어. 왜 노동자들이 스스로 배우고 발전하려는 노력을 하지 않았는지 생각해봐야만 해. 아버지가 덧붙였다. 경제적으로 궁핍해서 너나없이 나서기가 힘들긴 했어. 하지만 수동적 태도와 숙명론, 참여를 회피하는 게 모두 가난 때문이라고 치부할 수는 없어. 아버지의 이야기는 아주 중요한 물음, 즉 어째서 노동자들이 반공과 혁명 타파, 반동적 사회 체제의 지지를 핵심 정책으로 삼았던 그런 정당을 탈당하지 않았느냐는 물음을 던지는 것이기도 했다. 아버지는 대답을 피하고 있었다. 아버지는 파시즘이 독점자본 지배의 극단적이고 공격적이며 무자비한 형태일 뿐이라는 견해가 경직된 거라고 생각했다. 아버지가 말했다. 그 한참 전부터 권위주의가 만들어놓은 왜곡과 자립심의 파괴를 같이 생각해야만 해. 그렇지만 바로 그것이 착취 체제의 일부라고 내가 응수했다. 노동자들을 충복으로 만든 것은 바로 부르주아 사회의 제도들이었다. 언제라도 먹을 것을 던져주면 무력부대로 이용해 먹을 수 있는 그런 타락한 추종자들이 필요했던 것은 그들이었다. 당시 무력부대는 파시즘의 발원지처럼 보였다. 하지만 저들이 부추겨서 풀어놓은 그 추종자들은 상황의 본질을 전혀 모르고 있었다. 그들은 공허했을 뿐이고, 약한 존재들이기도 했다. 막강한 보스들의 권력욕을 대신 외쳐대면서, 힘을 뽐내고 자기를 과시하는 것이 전부였다. 아버지가 말했다. 그 부대의 3분의 1이 정규 노동자였어. 속물과 말단공무원들, 멍청한 아줌마들, 저임금노동자와 실업자와 빈민만 있었던 게 아니었어. 현장의 우리 동료들도 내면에서 무너지고 있었고, 또다시 위기가 오자 복종하고 싶은 마음이 앞섰던 거야. 아버지가 말했다. 이제 노동자 정당들의 지도자들은 이런 사실을 잘 분석해봐야 해. 싹트던 자유주의적이고 반제국주의적인 정신이 어째서 국수주의로 돌변해버렸는지. 또 사회변혁의 의지가 어째서 광신적인 맹목으로 바뀌어버렸는지. 왜 프롤레타리아 계급이 상황을 올바르게 인식하도록 이끌지 못했는지. 이런 와중에 대단한 포장을 내세운 파시즘이 부상한 거야. 그 외양 뒤에는 뒤죽박죽된 개념들, 잡동사니 같은 온갖 상투어와 만병통치의 처방들이 있었을 뿐이지만. 이런 것들을 쓸어버리고, 앞으로 나아갈 방향을 다시 찾기 위해 무엇이라도 해야만 했지. 아버지가 물었다. 그런데 지도자들은 자신들의 과오를 통해 얻을 수 있었던 통찰에 정말 관심이 있었을까. 이들이 정말 자기비판을 하고 실패의 원인을 따질 능력이 있었을까. 풀지 못한 문제가 남아 있는 한 노동자 운동의 재건은 불가능했다. 그래서 인민전선을 주장하는 외침에도 일말의 공허함이 지워지지 않았다. 이곳 국외로 망명한 우리는 이런 내부 균열에 누가 가장 제대로 대응하는지 알려주는 단서들을 잘 살펴보아야만 했다. 벨스, 포겔, 올렌하우어, 슈탐퍼,[127] 힐퍼딩 같은 이론가를 따르는 사민당 구파가 공동 행동을 계속 거부하는 데 반해, 젊은 사민당원들 및 소수 분파의 일원들은 공산당과의 접촉을 시도했다. 적색돌격대[128]가 그런 경우였는데, 이 단체는 과거 사회주의노동자청년단, 국기단,[129] 또 여러 대학생 조직의 단원들이 만들었다. 이들의 계획은 당원증과 무관한 운동을 하는 것이었다. 그리고 적색전사들, 혁명적 사회주의자협의회, 사회주의전선, 국제사회주의투쟁동맹, 노이베긴넨단[130] 등이 있었다. 이 작은 단체들이 내건 이념적 목표는 그 이름만큼이나 원대한 것들이었다. 이들은 소수 종파처럼 종종 고립되어 있었는데, 그러한 고립을 자신들이 노동자 계급을 이끌 능력을 갖춘 엘리트라는 식으로 설명하기도 했다. 이 소수 단체들과 일관된 협상을 한다는 것은 거의 불가능했다. 그들 역시

---

127) Johann Vogel(1881~1945): 독일 사민당원으로 1920년부터 국회의원을, 1933년에는 당의장을 지냈다. 공산당과의 통일전선에 반대했다.
   Erich Ollenhauer(1901~1963): 사민주의 독일 정치가로 1933~46년까지 프라하로 망명해 파리, 런던 등에서 지냈다.
   Friedrich Stampfer(1874~1956): 독일 사민당 정치가로 1920년 이후 사민당 기관지 『전진Vorwärts』의 편집장을 지냈다. 1933년 프라하로 망명한 뒤 좌파의 반파시즘 노선에 반대했다. 1938년부터 파리, 미국 등지로 망명했다가 1948년 이후 서독에서 반공주의를 대변했다.
128) Der Rote Stoßtrupp: 독일 사민당 좌파에 속한 노동자, 학생, 사무원 들로 구성된 반나치스 저항 그룹. 사민당의 소극적 투쟁에 반발하며 결성되었다. 동명의 신문을 발간해 나치스 독일 전역에 배포했다. 정치적 박해자들을 도우면서, 다양한 그룹과 협력해서 반나치스 지하활동을 펼쳤다.
129) Reichsbanner Schwarz-Rot-Gold: 바이마르공화국 시절, 민주 질서의 수호를 목표로 사회민주주의자들이 구성한 준군사단체.
130) Neu Beginnen(NB): '새출발'이라는 뜻. 1929년에 발터와 에른스트 뢰벤하임 형제 및 일부 구공산당원들이 사민당과 공산당의 기존 행태와 노선을 비판하며 건립한 소규모 반나치즘 저항조직으로 특히 1933년 이후 독일 내 지하조직 활동을 고수했다.

어느 정도 이상은 타협할 마음이 없었다. 자신들의 혁명적 꿈을 고집하면서 그들은 점점 더 궁지에 몰렸고, 결국 국가경찰에 의해 소탕당할 수밖에 없었다. 공산주의자들은 오로지 사회주의 노동자 정당에 연계된 그룹들하고만 접촉하고 있었다. 아버지는 이 사실에 상당한 관심을 보였다. 왜냐하면 과거 브레멘에서 동지였던 프뢸리히가 그 그룹에 있었기 때문이다. 그는 독일 공산당 창당 멤버였으나 축출된 인물이었다. 입장을 조율한다는 게 얼마나 어려운 일인지는 프뢸리히 같은 인물을 언급하는 것으로 충분했다. 프뢸리히의 입장은 여러 면에서 사민당과의 협력 시도 자체를 위선과 배반의 표시로 간주한 좌파 공산주의자들의 생각과 비슷했다. 파시스트들의 권력 장악이 프롤레타리아 계급의 패배가 아니라 잠정적 퇴각일 뿐이며, 혁명적 상황의 도래가 여전히 가능하다는 이들의 생각은 이제는 수정되었다. 하지만 1934년 8월, 당 중앙위원회가 반파시스트 투쟁전선의 구축을 호소하던 그 시기에도 사민당이 부르주아지를 떠받치는 핵심 지주라는 주장은 여전했다. 1년 뒤 코민테른 세계대회와 연이은 브뤼셀 회의에 이르러서야 사민당에 대한 새로운 평가를 제대로 주목했다. 이제야 우파인 사민당 지도자들과 사민당에 가입한 노동자 대중을 철저히 구분했다. 현실에서는 공산당과 사민당의 핵심 세력들은 이미 오래전부터 노동 현장과 조직 활동에서 인민전선 전략과 사회주의 통일전선 전략을 추구해왔다. 그런 지하조직에서 상호 지원은 너무나 당연한 일이었다. 노동자들만 보자면 아직 노동조합 전통이 남아 있었다. 그런 근본적인 협동심이 있었기 때문에 노동자들은 지금 구축되어야 할 전선에 모든 계층의 노동자들, 또 진보적인 부르주아 집단이 포함되어야만 한다는 것도 이해하고 있었다. 어떤 정당, 어떤 집단도 혼자서는 저 파시스트 정권을 무너뜨릴 수 없었다. 전쟁의 위험을 억제하는 게 우선이라는 점이 분명해졌다. 그것이 광범위한 인민 계층이 결합해 형성된 인민전선의 공통 관심사였다. 그런 인민전선이 프롤레타리아 계급을 토대로 하는 통일전선과 상치되는 건 아니었다. 계급사회는 여전히 살아 있었다. 그러니 일시적으로 제휴한다고 해도, 자본의 지배에 맞서는 투쟁이 계속되어야 한다는 사실을 호도할 수는 없었다. 사민당 지도자들은 공산당과의 제휴를 거부하는 이유로 코민테른이 1935년 가을에 파시즘에 대한 승리를 프롤레타리아 계급 독재 구호와 연결했다는 점을 내세웠다. 그러나 어떤 시점에도, 인민전선정책의 시기에도, 공산주의의 목표는 계급 없는 사회였다. 이제 공산당은 이 목표를 이루기 위해 꼭 사회주의 혁명이 있어야 하는 건 아니라고 역설했다. 그럼에도 불구하고 사민당 지도자들은 협상 참여를 거부했고, 그럼으로써 저항 세력의 분열을 초래했다. 그들에게 중요한 것은 장차 어떤 사회가 오느냐 하는 문제였지 당장 필요한 반파시즘 투쟁이 아니었다. 그들은 근본적인 이데올로기의 차이를 잠시 유보하고, 공동의 출발점을 찾으려고 하지 않았다. 단결을 향한 노력이 지속되기 위해서는 주도하는 인물들의 열정과 끈기, 규율과 자기극복이 필요했다. 적잖은 공산당 간부들 역시 새로운 노선으로 바로 전환하지 못했다. 밑에서는 가능한 것들이 한 차원 올라가서 지도 원칙으로 바뀌면 종종 회의와 반대에 부딪히곤 했다. 암암리에 진행된 양측의 자연스러운 동조가 체계적으로 수행되고, 포괄적인 정책에 편입되어야 했다. 어떤 확실한 행동 방식이 알려지기 전까지, 그런 새로운 지침들은 긴장을 유발하곤 했다. 이제 노동자 운동이 새로운 투쟁 방법과 형식을, 즉 각국의 조건에 부합하는 새로운 중간 단계를 찾아야 한다는 말들이 나왔다. 우리들은 이 중요한 상황 변화를 어떻게라도 파악하려고 노력했다. 하지만 베너, 메르커, 아커만 및 다른 공산주의자들이 브라스, 미하엘리스, 클라인슈펜, 페트리히, 브릴, 퀸스틀러[131] 같은 노조운동가들과 은밀히 함께 움직였던 게, 1935년 여름 파리에서 제1차위원회가 준비하고 있었던 인민전선과 상관이 있었는지는 알 수가 없었다. 전체적으로 보자면 행동은 사회주의적 동기를, 선언들은 좌파 시민계급의 자유주의적 특징을 보인다는 모순이 두드러졌다. 실천적 행동 뒤에는 소박하고 조용하게 숨어 있는 익명의 노동자들이 있었다. 그에 반해 선언은 조명을 받았고, 전적으로 선언을 한 인물들의 이름에 좌우되었다. 하지만 투쟁이 숨어서 해야 하는 것만은 아니었다. 이슈가 확산되려면 투쟁이 여론을 타야만 했다. 여하튼 준비 중인 인민전선 공동체가 이질적인 세력들 간의 공존이라는 사실이 어쩔 수 없이 불거지곤 했다. 저기 아래에는 목숨을 건 행동가들, 통일의 실천가들이 신념에 차서 그러나 고립된 채 있었다면, 저기 위에서 한 자 한 자 선언을 다듬는 이론가들은 공개적으로 자신을 내세우며, 자유롭게 움직였다. 아버지가 말했다. 또 그런 식이야. 전체 계획을 실제로 감당하

---

131) Otto Brass(1875~1955): 독일 사회주의 정치가. 1922년 공산당에서 축출된 뒤 사민당에 입당했다. 1934년 베를린에서 헤르만 브릴Hermann Brill과 함께 '독일 인민전선'이라는 저항단체를 조직했다.
Herbert Michaelis(1898~1939): 독일의 변호사로 1924년부터 공산당원이자, 반나치즘 저항운동가로 활동했다. 1939년 베를린 플뢰첸 호수 형무소에서 처형당했다.
Johannes Kleinspehn(1880~1945): 베를린 기계공 출신의 언론인이자 사회주의 정치가, 저항운동가로 1944년 강제수용소에서 사망했다.
Franz Petrich(1889~1945): 독일 노조활동가이자 사민당 정치가로 1935~39년에 '독일 인민전선'에 가담했으며 1945년 형무소에서 총살당했다.
Hermann Louis Brill(1895~1959): 독일의 사회주의 정치가이자 저항운동가로 1933년 이후 '노이베긴넨단' '독일 인민전선'의 조직을 주도했다. 1943년 강제수용소에 감금되었다.
Franz Künstler(1888~1942): 열쇠공 출신의 독일 노조활동가이자 사민당 정치가로 1933년 이후 지하 저항조직 활동에 참여했으며 1942년 탈진해 사망했다.

는 것은 노동자들인데, 그것을 언어로 표현하는 일에선 노동자들이 서툴다고들 말하지. 그런데 혁명적 투쟁이나 파업 현장에서 가장 강력하고 위협적인 주장을 하는 건 언제나 노동자들이었어. 그러나 지금은 외교가 중요하고, 외교라면 전통적으로 노동자들을 위한 자리는 없었지. 하지만 지금 몇몇 사민당 지도자가 공산당의 초청에 응해서 쾨넨[132]과 뮌첸베르크가 건립한 위원회에 참여하고, 그럼으로써 자당의 지도부에 대해 반대 입장을 표시한 것은 의미가 컸다. 1935년 10월 공산당은 달렘,[133] 메르커, 울브리히트, 아커만, 그리고 베너에게 당의 국외 작전의 지휘를 위임했는데, 그들은 파리에서 인민전선에 동의하는 몇몇 사민당 측 협상 파트너를 만날 수 있었다. 하지만 이들에겐 최종 결정권이 없었다. 이 자리에서 참석자들은 프라하에 망명 중인 사민당 지도부가 제안에 응하도록 유도하는 방법을 논의했다.

너무 서두르고, 쫓겨서 행동하는 경우가 잦았다는 게 타우프의 생각이었다. 타우프가 말했다. 공산당 동지들은 언제나 즉각 성과가 나오

---

132) Wilhelm Koenen(1886~1963): 1920년부터 독일 공산당원으로 1929년부터 공산당 중앙위원회에서 활동했으며 체코, 영국 등으로 망명했다가 1945년 소련 점령 지역으로 귀환했다.

133) Franz Dahlem(1892~1981): 1913년 사민당에 가입하고 1917년 독립사민당원이 되었으며 1920년 독일 공산당에 가입했다. 1930년대 초반 공산당 중앙위원회에서 활동했고 1933년 파리로 망명한 뒤, 인민전선 형성에 주력했다. 스페인 내전 중에 독일 공산당 대표이자 국제여단 내 코민테른 대표로 활동했다. 1941년 독일로 넘겨져 마우트하우젠 강제수용소에 수감되었다가 종전 후 독일통일사회당SED 중앙위원회 위원 등, 구 동독 정부 고위직으로 활동했다.

기를 바라지요. 일단은 서로 친숙해지고, 또 각자의 의도와 앞으로의 계획을 알려주는 것이 먼저여야 한다고 했다. 그러자 뭘 더 기다려야 하느냐고, 서로를 이미 잘 알고 있지 않느냐고 누군가가 반문했다. 더 이상 시간을 끌 수 없었다. 베너는 프라하 회동을 언급하며 최소한 양측의 절대 소통 불가라는 장벽만큼은 제거되었다고 말했다. 11월 23일 공산당 측 전권대표인 울브리히트와 달렘, 그리고 사민당 지도부인 포겔과 슈탐퍼 사이에 벌어진 장장 세 시간 반의 회담에서 사람들은 아마 한번쯤 치머발트 회의와 킨탈 회의[134]를 떠올렸을 것이다. 그때 감옥에서 안부 인사를 보냈던 리프크네히트를 생각했을 수도 있을 것이다. 그때의 동지들, 지금은 두 쪽이 난, 서로 다른 인터내셔널 소속의 많은 동지가 독일에서 한 감옥에 앉아 있었다. 그러나 실천가들의 이런 운명도 동맹이라는 결실로 이어지지는 못했다. 오히려 남아 있던 과거의 앙금이 다시 고개를 들었다. 사민당 사람들에게 공산주의자들은 여전히 운동을 깨고 나간 분파주의자들이었고, 또 공산주의자들에게 상대 당의 지도자들은 여전히 혁명의 배반자들이었다. 적은 한결같았다. 적은 오히려 몇 배나 강력해져 있었다. 그런데 우리는 다시 뿔뿔이 갈라진 채 적에 맞서고 있었다. 공산주의자들은 즉각 행동에 착수하라고 몰아붙였고, 사민당 사람들은 회피하고 지연시키려고 했다. 15~16년간 유지되어온 타협은 이제 끝났다. 제국주의에 대한 공동의 단죄는 더 이상 불가능했다. 반파시즘 연합이 필수적이라는 공개 선언을 하자는 울브리히트와 달렘의 제안을 사민당 지도

---

134) 1915년 9월 5~8일에 스위스 베른의 시골 마을 치머발트Zimmerwald에서 비밀리에 개최된 국제사회주의자대회. 레닌도 참여했던 이 회의에서 당시 사회주의 운동의 중요한 쟁점들에 대한 합의가 이루어지지 못했다. 제2차 대회는 베른의 계곡 마을 킨탈의 호텔에서 1916년 4월에 열렸다.

부는 거절했다. 나중에 포겔과 슈탐퍼의 설명을 들으면, 그들은 그런 공개 선언이 사민주의자들이 공산주의자들 쪽으로 넘어갔다고 예단하게 만들어서, 많은 사민당 지지자가 우경화되지 않을까 염려했음을 알 수 있었다. 사민당 지도부는 공산당이 통일전선을 오로지 사민당 사람들을 압박하는 수단으로 이용한다고 비난했다. 그러면서도 그들은 공산당 노동자들을 자기편으로 끌어오려고 노력했다. 사민당 사람들은 공산당이 민주주의를 재건하는 건 뒷전이고 프롤레타리아 계급 독재를 위한 조건 조성에만 관심을 두고 있다고 떠들어댔다. 그것은 양당이 같은 이익공동체임을 인정할 경우, 공산주의자들의 영향력이 너무 커질 것을 그들이 두려워하고 있다는 방증이었다. 공산주의자들이 국내 반파시즘 운동을 직접 지원하는 조처들을 취하자고 주장한 반면, 사민당 사람들은 그 전에 먼저 정책을 조정하기를 원했다. 그들은 공산당이 혁명 노선을 보류한 것은 그저 잠정적인 처사일 뿐이라는 비난을 멈추지 않았다. 그러면서도 타우프와 포이케는 몇몇 공산주의자가 문책과 제명 위협을 받는 것을 보고 비민주적인 처사라고 다시 비난했다. 아버지는 문제가 된 인물들로 슈베르트와 슐테, 뎅엘,[135] 라이닝어, 마슬로브스키[136]를 꼽았는데, 이들은 당시 공세이론의 대변자들처럼 소비에트 독일이라는 목표를 고수하며 사

---

135) Hermann Schubert(1886~1938): 독일 공산당원으로 1924년에 국회의원을, 1933년부터 파리 공산당 중앙위원회 정치국원을 지내고 1937년 모스크바에서 체포, 숙청되었다.
　　Fritz Schulte(1890~1938): 화공노동자 출신의 독일 공산당원으로 1927년 당 중앙위원을 지냈다. 1935년부터 모스크바에 체류하다 1938년 스탈린에 의해 숙청되었다.
　　Philipp Dengel(1888~1948): 교사 출신으로 1919년 이후 독일 공산당에 입당했으며 코민테른 집행위원을 지냈다. 모스크바로 망명했다가 1947년 베를린으로 귀환했다.
136) Peter Maslowski(1893~1983): 독일 사회주의 정치가이자 언론인으로 독립사민당과 공산당을 넘나들며 뮌첸베르크와 함께 인민전선 결성에 참여했다.

민주의자들과의 접촉을 기회주의적 타협이라고 규정했던 인물들이다. 노선 변경에 순종하지 않는 공산당원들을 당 기관이 겨냥해 공격하고 굴복시킨 조처들을 사민당 사람들은 양당의 차이로 거론했다. 물론 자신들도 제명을 하지만 공산당처럼 그렇게 철저하고 확실하게 해당 인물을 공격하지는 않는다는 것이었다. 하긴 사민당은 당원들에게 확실한 행동을 요구하지 않으니까, 또 그들에게는 총체적 사회변혁이 전혀 근본적 문제가 아니니까 그렇다는 것이 대답일 것이다. 양당의 회동에 관한 짧은 보고에서 느낀 것은, 사민당 지도자들에게는 파시스트들의 전진을 막겠다는 의지보다 언제나 자신들의 체면이 더 중요했다는 점이다. 그들은, 공산주의자들에게 굴복했다고 해석될 수 있는 행동을 함으로써 혹시라도 기존의 동맹관계를 위험하게 만들기보다, 차라리 관망하거나 해결될 수 없는 문제를 붙들고 있는 쪽을 택했다. 비록 공산주의자들의 초당적인 태도와 인민전선의 슬로건들이 특정한 상황에 맞춘 전략이었고, 그래서 이 투쟁이 성공적으로 끝나면 다시 이데올로기의 차이가 중요해지겠지만, 그렇다고 그들이 동맹 파트너인 공산주의자들보다 더 크게 손해 볼 일은 없었다. 공산주의자들 역시 협력이라는 실험에 응했고, 힘겨루기를 감수하고 있었다. 사민주의자들은 민주적 자유가 복원된 뒤 인민 스스로 소비에트 체제와 국민회의를 놓고 선택하리라는 걸 어떻게 보장할 수 있느냐고 묻곤 했다. 동시에 그들은 자본가와 상류층 부르주아 계급, 그리고 군부의 대표자들과 협상했다. 이제 이 계층들도, 점점 극단화되어 결국엔 스스로 파멸할 것 같은 현재 상황을 자신들의 이익을 해치는 위협으로 여기고 있었는데, 사민주의자들은 이 계층의 도움으로 기존 공화국으로 복귀할 수 있기를 바랐다. 그들은 1918년 밟았던 전철을 그대로 답습하고 있었다. 아직은 다소 주저하지만, 결코 다른 대안을 허용할 수 없다는 걸 그들은 처음부터 알고 있었다. 온갖 사전 탐색과 논의를 거치며 두 목표점이 부각되었다. 사회주의적 민주주의와 민주주의적 사회주의. 후자는 공산주의로 가는 전단계로서, 유산계급의 권력이 사라지고 인민 지배가 확립될 것이다. 전자는 무력혁명을 배제한다. 여기서는 정당 간의 자유로운 투쟁을 통해, 의회의 결정이 자본의 헤게모니를 천천히 밀어낼 것이다. 그렇지만 사민주의적 개혁주의가 어떤 것을 할 수 있는지 아버지는 20년간 보아오지 않았는가. 앞으로도 부르주아지와의 협력은 별 이득이 없는 범위에서만 가능할 것이다. 노동자들이 평화로운 방법으로 사회 정의를 추구할 준비가 되어 있다고 해도, 생산수단을 소유한 자들은 결코 그럴 수 없을 것이었다. 그런 협력은 기존 관계들을 존속시키기 때문에, 개혁이 언제라도 역전되어 바로 개혁이 원했던 것에 장애가 될 수 있었다. 희망을 잃고, 기다리다 지친 노동자 계급이 무력해지고 기강을 잃고, 또 사람들이 판단력을 상실하면서, 아마도 퇴보가 진보를 대신할 것이다. 프롤레타리아 계급에게는 언제나 인내와 선의를 호소했다. 그러나 인내하는 노동자들에게 늘 무장권력이 맞서 있었다. 노동자들이 용납된 선에서 단 한 발자국이라도 넘어서면, 그들은 협박에 가까운 거만한 목소리로 이런저런 요구를 했고, 지배자들의 군대가 벌써 그 앞에 늘어섰다. 이들은 총질도 결코 마다하지 않았다. 이데올로기를 버려서 그러는 게 아니라, 이상주의적 신념 때문에 그러는 거라고 해도, 사민당 지도부가 주장하는 평화주의가 자기기만이라는 사실을 왜 인정하지 않으려는지 다시 묻지 않을 수 없었다. 사실 사민당에는 호전적인 인물들이 득실거렸다. 아버지가 말했다. 민주적 통치란 모든 사람의 견해를 존중한다는 걸 의미해. 내가 물었다. 그렇지만 군대와 경찰, 대중매체와 교육제도가 지배계급을 위해 돌아가는 한 노동하는 인민들의 요구가 무슨 소용이 있겠어요. 아버지가 말을 받았다.

정치적 계몽과 노조 조직을 강화하면 언젠가는 생산자에게 유리하게 생산관계를 바꿀 수 있을 거야. 아버지는 비무장 압력 수단인 파업이라는 언어가 결국 총보다 우월하다는 것이 반드시 증명될 거라고 말했다. 아버지와 나는 각자의 주장을 내세우면서 어떤 벽에 부딪혔다. 체포와 숙청이 사회주의적 사유의 모든 싹을 자르는 것처럼, 모함과 거짓을 퍼부으면 어떤 저항, 어떤 발전적 행동도 무력화된다는 주장을 나는 굽히지 않았다. 그러면 아버지의 말은 하나였다. 사민당 사람들은 소련에서 벌어진 사건 때문에 공산당을 믿을 수 없다고 여기고 있으며, 그래서 인민전선이라는 목표를 위해 민주적인 부르주아 세력과의 연계를 선호할 수밖에 없다는 것이었다. 그런 주장이 단지 자신들이 용기도, 행동력도 상실했다는 걸 은폐하는 건지, 아니면 그 망설임 뒤에 어떤 기대, 즉 독일과 소련 사이에 전쟁이 터질 것이고, 그렇게 파시즘과 공산주의가 서로 만신창이가 되면 뒤늦게 서구 열강이 끼어들 것이고, 그렇게 되면 서구 열강뿐 아니라 사회민주주의도 승리할 거라는 기대가 있는 건지, 나는 자문해보았다. 실제로 이른바 서구적 가치를 강조하고, 자본주의 핵심 국가와 외교를 벌이고, 또 끊임없이 소련을 폄하하는 걸 보면, 공산당과 동맹을 맺느니 차라리 독일이 섬멸전에 휘말리게 놔두겠다는 게 사민당 사람들의 의도인 것 같았다. 이런 결론은 아버지로서는 상상할 수 없는 것이었다. 아버지는 말했다. 그것이 진실이라면 그 때문에 사민당은 철저히 망하겠지. 공산주의자들은 언제나 전쟁 위험의 억제라는 과제를 내세웠다. 하지만 그들은 사민당 지도부의 동참을 끌어내지 못했다. 군수산업, 나치의 노동전선 조직, 민간방공대, 스포츠 단체들, 청소년 조직들 내부에 소규모 반파쇼 모임들이 여전히 버티고 있었다. 그런데 사민당 지도자들은 노동자들이 독재에 대항해 궐기할 능력이 없으며, 투쟁 활동의 강화 및 확대를 꾀하는 모든 노력은 결국 새로운 희생자만 만드는 무책임한 일이라고 공표했다. 1936년 봄 프랑스에서 벌어진 대파업과 노조들의 통합은 독일의 저항 세력에 새로운 확신을 심어주었다. 만일 국외에서 어떤 행동 결의가 뒤따라 선포되었다면, 그것은 그들의 사기에 직접적으로 큰 영향을 미쳤을 것이다. 그런데 사민당 지도부는 계속 망설이며 고집스럽게 거부했다. 그런 태도 때문에 그들이 독일 내부 활동을 단순히 포기한 것이 아니라 활동의 고립과 와해를 도모했다고 믿지 않을 수 없었다. 아버지의 말처럼, 포이케 역시 지하활동의 존재를 더 이상 믿지 않았다. 포이케는 공산당을 나온 뒤로 노이베긴넨단 소속이었다. 포이케의 생각에 따르면, 현재 상황에서 독일에서 공산당을 유지하는 것 자체가 잘못이라고 했다. 철저한 마르크스주의자라면 오늘날에는 영국 노동당이나 프랑스 사회당 같은 대규모 대중정당에서 활동해야 한다는 것이었다. 많은 좌파 사민주의자들처럼, 포이케는 말하자면 트로츠키와 같은 생각이었다. 트로츠키는 인민전선을 반대하면서 프랑스의 추종자들에게 사회주의자들 무리로 잠입할 것을 권했다. 최종적으로 이 모든 작전의 목표는 소련이 원하는 서구 열강과의 반파시즘동맹을 저지하는 데 있었다. 점점 커져가는 단결된 적 앞에서, 사분오열된 채 의견투쟁을 하면서, 이념적 입장이 분명해지기보다 오히려 방향 상실로 흐르는 것을 지켜보는 사람들은 무력감을 느낄 지경이었다. 우유부단하고 소심한 다른 그룹들과 달리, 유일하게 체계적 조직을 갖추고 끈기 있게 버티는 공산당의 강점이 그런 와중에 다시 돋보였다. 1936년 여름 이후 사민당 지도자들은 더욱 관망하는 자세였다. 지금은 일단 스페인내전을 평가하고 교훈을 끌어내야 한다고 했다. 프랑스 인민전선이 블룸[137]

---

137) Léon Blum(1872~1950): 프랑스의 법률가이자 정치가. 2차대전 이전 프랑스 인민전선의 구성에 중요한 역할을 했고, 1936년 프랑스 최초의 사회주의자 수상이 되었다.

의 정책 덕분에 균형을 맞추게 되었다고 그들은 생각했는데, 블룸은 공산당의 압박에 늘 보수 세력을 끌어들여 맞섰고 또 스페인공화국 내전에 어떤 식으로든 개입하지 않으려고 했다. 프랑스에서도 자원병들이 모여들었지만, 피레네 국경을 넘는 것은 불법이었다. 그래서 그들은 두서넛이 또는 혼자서 움직여야 했다. 사민당 측은 스페인공화국 정부 내부의 추이를 주의 깊게 살피고 있었다. 스페인에서는 공산당이 짧은 기간에 주도적 위치를 차지했다. 서방 세계는 소비에트 스페인의 탄생을 막고 스페인 사민당을 장차 평화조약의 주역으로 만들려는 외교를 시작했다. 인민의 힘을 부르짖으면서 프랑스 부르주아 체제를 지켰던 블룸과 마찬가지로 독일 사민주의자들은 이런 움직임에 동참했다. 앞으로 독일이 나아갈 길은 이러저러해야 한다고 말하는 것을 보면, 그들에게 사회주의라는 말은 화석화된 의미를 지닐 뿐이었다. 그들은 노동자 계급이 더 이상 독일의 다른 계급을 적대시해서는 안 되며, 계급투쟁을 연상하게 하는 모든 일을 삼가야 한다고 목청을 높였다. 사실 자본주의 경제 체제 안에서 움직인다는 것은 이미 오래전에 내려진 결정이었고, 사민당 우파 지도자들의 태도는 그에 따른 것이었다. 그렇다 해도 왜 많은 나라의 노동자 대중이 아직도 평화로운 발전이라는 전통적인 개혁주의 이상을 추종하는지는 의문이 아닐 수 없었다. 어떤 원초적인 불안, 말하자면 익숙한 것이 파괴되는 걸 두려워하기 때문이라는 설명 말고는 달리 설명할 길이 없었다. 노동자들은 부당한 조처들, 폭력적 행위들을 너무나 잘 알고 있었다. 직접 겪지 않았는가. 하지만 일상의 곤궁이 크면 클수록 지난 세월 얻어낸 작은 것을 붙잡으려는 욕망이 더욱 커지게 마련이다. 사회에 영향력을 행사하는 대신 노조에 매달렸고, 자신들의 최소한의 요구를 대변해주는 노조라는 기구가 있다는 것에 자위했다. 노조는 더 이상 자율을 얻기 위한 투쟁 기구가 아니었다. 노조는 현재 위치에 매여 압박을 받으면서, 본질적인 문제들을 도외시했다. 노조는 노동자들을 무마하는 권력자들의 무기가 되었다. 노조를 통해 어떤 특성이 자라났다. 사회민주주의 증후군은 계급 감수성을 갉아먹었다. 그것은 노동자들이 짊어진 걱정과 불안 위에 자리 잡아, 후천적으로 답습한 소심함을 체질로 바꾸어놓았다. 노동자들은, 프롤레타리아 계급도 부르주아 계층도 아니면서, 반동적 목적에 동원될 예비자원으로 이용당하는 소시민 계층에 포획되어갔다. 그래도 아버지의 태도는 여전히 이해하기 어려웠다. 굳이 설명해본다면, 그건 공산당의 변화에 대한 그의 깊은 실망 때문이었다. 아버지는 사민주의의 고질병에 물든 게 결코 아니었다. 아버지는 동료들 간의 연대감이 여전히 살아 있는 밑바닥 현장을 고집스럽게 지켜왔다. 고작 한 단계 승진하려고 상급자나 부서반장이나 공장장에게 끌려 다니는 그런 사람들을 아버지는 결코 추종하지 않았을 것이다. 아버지는 자신의 당이 어떤 식으로 노동자 계급의 이해 관점에서 이탈하게 되었는지 지켜본 사람이었다. 상향적 사고가 직장 및 당 간부들의 특징이었다. 밑바닥 노동 현장의 사고는 수평적이었다. 현장에서는 옆 사람을 보게 되어 있었다. 하지만 상급자를 어쩌다 처음 알게 되면 어느덧 순종이 시작되었다. 그런 식으로 지위가 올라갈수록 그런 사람은 상급자들의 입장과 생각에 점점 더 익숙해졌다. 그러다가 윗사람들과의 친분으로 우쭐해진 나머지 그들의 주장을 아래 현장으로 옮길 때면, 그 주장의 대변인이 되는 일이 쉽게 벌어졌다. 사민주의가 자기 식의 질서를 고집하면서 올바른 사회 분석을 하지 못한 거라면, 공산주의의 입장 역시 늦어도 1936년 8월 이후로는 더 이상 옹호하기 힘들다는 것이 아버지의 의견이었다. 아버지가 말했다. 제2차 5개년계획이 끝날 무렴 산업화와 집단경제 체제 건설이 성공하면서, 그동안의 모든 강제조처에도 불구하고 많은 사람은 세계 최초의 노동자 국가를 이상적으로 바라봤지. 그러다가 재판이 시작되자 의문이 생겨나기 시작했어. 하지만 그 문제를 더 이상 언급할 수 없었지. 양쪽 모두에 혐오스러운 면이 있다는 사실이 우리를 선택의 부담에서 벗어나게 해주는 건 아니었다. 전진의 가능성을 어느 쪽에서 볼 것인지 결정해야 했다. 겉으로 보기에 사민당 지도자들의 특징은 소극성과 비관주의였다. 하지만 그들은 뒤로는 독점자본의 핵심적인 행정기관들에서 능력을 발휘했다. 당의 사정이 불확실해지면서, 공산주의자들은 불안과 고통을 겪었다. 그 숫자는 줄었지만, 그러면서도 그들은 활동을 계속했다. 그건 유럽이 파시즘에 통째로 넘어가는 것을 막으려면 꼭 필요한 활동이었다. 이들은 파시즘의 연막전술, 파시즘의 약탈 욕망 같은 신비주의적 개념들과 공산주의에서 만연한 인물 숭배의 와중에서도 사회주의적 과학성을 믿어야만 했다. 온갖 소문 속에서도 계속 실천을 중심으로 생각해야만 했다. 당에 의해 소환되거나 권리를 박탈당할 위험을 감수하면서조차 그들은 당면한 과제를 수행해야만 했다. 그런 압박 속에서 그들은 냉혹성을 키워갔고, 설령 평생 그것을 떨쳐내지 못했어도 그 때문에 그들을 비난할 수는 없었다. 그런 냉혹성, 그런 부단한 긴장 없이는 그들은 사민당의 대표들과 협상을 계속할 수 없었을 것이다. 지금 그 사민당 지도부는 독일의 생산 현장에서 사민당 노동자들에게 공산주의 계열 간부들과의 모든 협력을 금지하지 않았는가. 파시스트들만이 아니라 사민당 쪽 프락치나 선동가가 끼어들 수 있고, 또 당의 노선을 무조건 준수해야 하는 상황에서, 공산당 세포조직은 두 겹 세 겹으로 안전 조치를 취해야만 했다. 그러면서 국내 활동은 한동안 거의 마비될 지경에 이르렀다. 당 중앙에서는 누구나 얌전히 있으라는 강요를 받았다. 반면 대외적으로는 인민전선을 구성하기 위한 노력을 계속하면서 불신을 불식하는 활동을 해야만 했다. 전 사민당 국회 원내대표인 브라이트샤이트[138], 전 자르 지역 사민당 당수였던 브라운[139] 및 과거 프로이센 내무장관이었던 그르제신스키[140]와 공산당 대표들 간에 알력이 생긴 배경은, 사민당 최고지도부를 변혁하려던 시도, 즉 좌파가 우파를 몰아내려던 사건이었을 거라고 아버지와 나는 얘기했다. 파리에 왔던 사민당 대표들 위에는 당의 핵심 인물들이 버티고 있었다. 이 핵심 인물들은 서구 열강의 신뢰를 받고 있었다. 이들이 아니면 당은 국제금융의 지원을 당장 잃어버릴 판이었다. 마찬가지로 공산당 간부들도 자체적으로 행동할 수 있는 게 하나도 없었다. 공산당 의원이 정해진 위원회 자리 말고 다른 곳에서 사민당 의원과 대화를 나누면, 의심을 받을 뿐만 아니라 집요한 추궁에 시달릴 수도 있었다. 베너 역시 브라이트샤이트와의 개인적인 친분 때문에 당에서 제명 경고를 받은 적이 있었다. 또 파리에서 아버지를 만난 일로도 위험을 겪었다. 소련에서 프라하로 온 동지들이 전하는 바에 따르면, 베너는 현재 모스크바의 당지도부 앞에서 해명해야 하는 처지에 몰렸다. 아직도 어렴풋하게만 다가오는 그 현실, 누구나 추궁의 위험을 피할 수 없다는 그 사실이 다시 엄청난 불안을 일으켰다. 잠깐이라도 내 기억 속에 떠오르는 그 인물들은 모두 극도로 긴장한 모습이었다. 정신없이 이어졌던 이 시기의 이런

---

138) Rudolf Breitscheid(1874~1944): 독일 사민당 국회의원으로 1933년 스위스로 망명 했다가 1941년 체포되어 강제수용소에서 사망했다.

139) Max Braun(1892~1945): 언론인 출신의 독일 사민당 정치가로 프랑스 망명 시절 인민전선 정책을 지지하며 뮌첸베르크와 협력했다.

140) Albert Grzesinsky(1879~1947): 금속인쇄공 출신의 독일 사민당 정치가로 1925년 베를린 시 경찰국장을 지냈으며 1933년 이후 프랑스, 페루, 미국 등지로 망명했다.

저런 회동들, 그리고 거칠 것 없던 적의 공격 수단들 때문에 우리 편도 영향을 받고 있었다. 신경전이 만연했고 곧 불화와 분열로 이어졌다. 파시즘에 점령된 나라의 경우, 과제를 수행하는 사람들은 종종 몇 주씩이나 변화하는 정치 현장으로부터 단절된 채 움직였다. 그러다가 사태 자체가 달라져, 전략을 바꿔야 하는 상황에 직면하곤 했다. 간단한 소식 하나를 전하는 데도 미로 같은 과정을 통해야 했다. 부족한 정보를 이리 맞추고 저리 꿰어서 작전의 진행을 간파하고 알아내야 했다. 일의 전망에 대해서도 설명해야 했다. 일을 담당하는 사람들도 종종 우리처럼 막연한 가정이나 추측, 또 우연이나 오판을 피하지 못했다. 베너는 몇 차례나 프라하에 왔었는데, 매번 연락책이 나타나지 않았고 접선 장소로 가지도 못했다. 베너는 1935년 봄, 한 호텔에 투숙하던 중 경찰의 기습 수색을 받고 체포되었다. 베너는 당시 최고의 위조 거점이었던 트렙토우 천문대[141]의 한 비밀 장소에서 만들어진 신분증을 지참하고 있었지만, 체코 국가경찰은 그의 정체를 밝혀냈다. 한 독일 이주민의 제보 때문이었음이 분명했다. 경찰은 처음 2주 동안 베너를 독방에 감금했다가, 그다음 다시 5주간 투옥했다. 그리고 앞서 다른 공산주의자들에게 했던 것처럼 독일로 압송하겠다고 위협했다. 그러다 결국 아무 예고 없이 그를 삼국 접경 지역인 메리쉬 오스트라우에서 폴란드 경찰에 넘겼고, 폴란드 경찰은 그를 폐쇄된 화물열차에 태워 소련 국경역인 네고렐로예로 보냈다. 베너는 이곳에서 코민테른 독일 문제 담당 부서의 입국 허가가 떨어질 때까지 창문도 없는 창고에서 2~3일을 기다려야만 했다. 이런 식의 여행과 표류 얘기는 언제나 지나가듯 했다. 몇 주, 몇 달씩 갇히는

---

141) 1896년 베를린 동부 지역인 알트 트렙토우의 한 공원에 건설된 아르헨홀트 천문대.

일은 늘 있었다. 어떤 때는 침상도, 이불도, 씻을 데도 없었다. 아무것도 모른 채 움직이고, 정보 하나하나를 몰래 캐내야 하는 건 특별한 게 아니었다. 한참 동안 떠나 있던 나라, 자신이 한때 그 국민이었던 나라를 베너는 기차로 여행하며 사람들이 주고받는 얘기들을 집중적으로 엿듣고 다녔다. 달라진 동태를 파악하기 위해, 피로와 권태, 반항과 분노의 조짐들을 살피기 위해서였다. 베너는 함부르크 부두 지역의 한 집회와 루르 지역의 한 노동자 집회에 모습을 나타냈다. 그는 군중이 모이는 대중 행사를 찾아다녔다. 그러나 어떤 때는 식당의 한 테이블, 풍경이 미끄러져 달아나는 기차의 어느 한 칸에 앉아서 엄습하는 이질감에 몸서리를 쳤을 것이다. 위장의 몸짓이 풀어지고, 자신의 가명을 망각할 수도 있는 이런 상황이 가장 위험한 순간이었다. 많은 사람이 그런 순간의 부주의로, 또 누군가의 배신으로 감옥과 고문실에 끌려갔다. 그래도 또 다른 누군가는 약속된 장소에 도착했다. 소식을 가진 사람들이 매일 에르츠 산맥[142]을 넘어왔다. 무사히 도피시켜야 하는 동지들을 숲이나 산골 마을에 은닉했다가, 그다음 프라하로 보냈다. 사민당 계열의 피난민들은 프라하에서 당이나 이런저런 위원회들로부터 도움과 음식을 제공받았고, 또 망명의 기회를 얻었다. 정치 활동 포기 서약을 한 뒤에, 수천 명이 그렇게 이 나라에 수용되었다. 그러나 경찰 외사과에 포착된 공산주의자들은 독일과의 관계 개선을 위해 필요하다는 얘기가 체코에서 돌던 때는 추방되어 독일 국경 경비병에게 넘겨졌다. 끝도 없이 뒤얽힌 사건들에서 그런 단편적 징후들을 포착해 계속 추적할 수밖에 없었다. 하지만 알아낸 것은 그림자 같아서 금방 다시 희미해졌다. 파헤치고

---

142) Erzgebirge: 독일 작센 지방과 보헤미아 지방을 나누는 약 1천2백 미터 높이의 산맥.

뒤지고, 숨죽인 채 몇 시간이나 누워 있고, 천천히 탐색하며 전진하고, 이름 없는 중개자를 찾아가고, 암호로 감춰진 주소를 찾아내고, 갑자기 살인자와 맞부딪치고, 이 모든 것을 표현할 수 있는 언어는 여전히 없을 것 같았다. 베너에게 일어난 것처럼 조직의 다음 거점과 접선하는 데 실패할 경우 이것은 한두 시간 만에 그룹 하나가 유실되고 새로 결정을 내려야 한다는 걸 뜻했다. 큰 규모로 진행되는 작전에 속했다고 해도, 기댈 것은 각자 자기 자신뿐이었다. 누구나 전적으로 혼자였으며, 비상시에는 다른 모든 사람을 대신해 책임을 지고 혼자 죽어야 했다. 프라하에서, 파리에서, 어떤 정해진 장소에서, 정해진 사람들이 끊임없이 회담과 합의와 논쟁을 진행했다. 그것은 우리에게도 매우 중요한 것들이었다. 우리의 미래를 결정하는 일을 했던 그들은 어떤 사람들이었을까. 그들은 어떤 활동을 했을까. 그들은 대체 어떤 생각을 했을까. 그들이 머물렀던 공간들, 거리들은 어떤 곳이었을까. 나는 바로 이런 것들을 알고 싶었다. 아버지는 1년 전 파리에서 스치듯 만났던 사람들, 그리고 도시 자체에 대해 말할 만한 것을 곰곰이 생각하고 있었다. 아버지는 이제야 자신이 그 당시 파리를 거의 둘러보지 않았다는 것을 깨달았다.

내가 가진 파리의 이미지는 유명한 건물 사진과 책에서 본 천연색 삽화, 그리고 몇 가지 영화 장면들이 모여서 만들어진 것이었다. 파리의 강을 눈앞에 그려볼 수 있었다. 그 다리들이며 강변길들. 파리에 대한 찬미와 유혹의 말들은 내 귀에 아직도 남아 있었다. 파리, 파리는 문학과 미술과 철학의 메트로폴리스였다. 파리는 민중이었다. 막대와 곡괭이와 쇠지레를 들고 연기에 휩싸인 바스티유를 덮쳤던 그 민중들. 파리는 화석처럼 굳은 폭정을 물리친 맨손들의 승리였다. 파리는 높이 솟아오른 것들, 거대한 것들 사이로 바글대는 왜소한 인간들이었다. 파리, 그것은 방돔 광장에 서 있는 나폴레옹의 승리의 기념탑을 무너뜨리는 것이었다. 그것은 일종의 축제였다. 맞은편, 라팽 가에 있는 오페라에 한 번도 초대받지 못했던 그들이 지금 손풍금과 취주악에 맞춰 자신들의 음악제를 펼치고 있었다. 파리, 파리는 베르사유로 도망간 그 권력자들을 조롱하는 노래였다. 그 도시에서 네 개의 오케스트라 선율에 맞추어 크랭크의 밧줄이 당겨졌다. 기념탑이 넘어갈 방향을 계산하고, 아래 둥치를 쐐기 모양으로 파냈다. 넘어갈 반대편에 칼집을 낸 것이다. 주위에는 온통 방어용 바리케이드를 설치했다. 1871년 5월 16일 저녁 5시 반, 도시를 장악한 1천2백 대의 대포가 쏟아놓는 청동 포탄들의 요란한 굉음 속에서, 튈르리 궁 너머로 떨어지는 햇살을 받으며 대열로 늘어선 사람들은 돌격했다.[143] 긴 토가에 월계관을 쓴 통치자가 먼지구름 속 돌더미 사이에 쓰러져 있었다. 혁명을 배반한 죗값을 치른 것이었다. 파리 코뮌의 참가자들 사이에는 쿠르베도 있었다. 챙이 넓은 모자를 쓴 채 검은 턱수염이 더부룩한 그는 잠적할 작정으로 복면이라도 두른 것 같았다. 예술 담당위원이었던 쿠르베는 이날을 기록할 책임이 있었다. 인민에게 도움이 되는 것은 보존하고, 인민의 굴욕을 전하는 건 삭제해야 했다. 그러나 뒤로 돌아가는 영화처럼 나폴레옹의 승리의 기념탑이 어느덧 다시 솟아오르고, 청동 포탄은 나선을 그리며 날아오르고, 부서진 황제의 입상은 다시 맞추고 붙여져 트라야누스[144]풍으로 높이 세워졌다.

---

143) 1871년 봄 파리 코뮌의 봉기와 진압을 묘사하고 있다.

144) Traianus(53~117): 로마 제국의 제13대 황제로 적극적인 군사 원정으로 로마 제국의

쿠르베는 이 복구 작업에 들어가는 경비를 보상해야 했다. 금화 50만 프랑이었다. 감옥, 압류, 그리고 망명이 이어졌다. 파리, 그것은 이 희망에 달뜬 돌격, 이 열광, 그리고 너무 빨리 끝난, 깨어진 열광이었다. 파리, 그것은 부의 수호자들의 총구가 뿜어대는 불길이었다. 파리는 죽어가는 사람들이었다. 프랑스의 은행을 장악하지 못한 그들, 은행가들의 목을 치기에는 너무 착하고 평화를 원했던 그들. 파리, 그것은 노동자와 수공업자들이었다. 자신들이 건설한 성곽 앞에서 한꺼번에 사살당한 그들. 파리는 총살된 열한 명이었다. 좁은 나무 상자에 쑤셔 넣어진 그들, 목에 감긴 번호표, 두 명은 동시에 4번, 아버지와 아들이었다. 피범벅에, 반쯤 벌거벗겨진 채, 또는 자루에 담긴 채 몇 명은 아직도 눈을 뜨고 있다. 이 11명은 2만, 아니 3만의 남자와 여자와 아이들, 72일간의 인민 지배가 끝난 뒤, 다시 힘을 얻은 부르주아지에 희생당한 사람들 가운데 일부였다. 파리, 그것은 예배당과 오벨리스크, 그리고 권력의 초소들 사이를 걸어가는 것이었다. 한때 시민군의 대포들이 놓여 있던 언덕을 압도하며 솟아 있는, 하얗게 빛나는 바실리카 사크레쾨르[145]를 지나 걷는 것이었다. 파리, 그것은 도로 가장자리 마감석에 기대서, 구정물에 전 누더기를 입은 채 죽어가는 것이었다. 파리, 그것은 상상력의 무한한 자유였다. 라스파예 대로를 따라, 나뭇잎 그늘을 받으며, 1936년 9월 아버지와 베너가 걸어가고 있었다. 막 모스크바에서 돌아온 피스카토르[146]가

___

영토를 최대로 넓혔다.

145) Sacré Cœur: 성심교회. 19세기 말 파리 몽마르트르 언덕에 건설된 로마-비잔틴 양식의 교회.

146) Erwin Piscator(1893~1966): 바이마르공화국 시대의 진보적 연극연출가로 1931~51년에 모스크바, 스위스, 뉴욕에서 활동하다 1951년 동독으로 귀환했다.

그들과 함께했다. 그는 잿빛 얼굴로, 빠르게 두 눈을 손으로 훔쳤다. 그는 어느 날 독일에서 도망친 여배우 네허에게 쏟아진 의혹들에 대해 이야기했다. 아무리 해도 네허에게 연락이 닿지 않는다고도 했다. 수사국에 끌려간 다른 반파시즘 인사들도 마찬가지라고 했다. 8월에 시작된 카메네프와 지노비예프,[147] 그리고 또 다른 볼셰비키들에 대한 재판을 베너는 일회적인 과시로, 겁을 주려는 경고용으로 보고 싶어 했다. 심판의 적법성을 의심하는 발언은 그의 정치적 입장에 맞지 않을 터였다. 하지만 피스카토르가 연이어 디트벤더의 체포 소식을 전하자, 베너는 충격을 감추지 못했다. 과거 빌머스도르프[148] 구위원이자, 아버지도 함께 일했던 적색구호대 집행부의 일원이었던 디트벤더는 1933년 2월 첫번째로 체포된 인물들 중 하나였다. 그는 제국의회 의사당 방화 사건 재판 중에 디미트로프[149]에게 불리한 진술을 할 다른 공산주의자들과 함께 재판정에 불려 나온 적이 있었다. 그 대가는 석방이었다. 그러나 디트벤더는 디미트로프에게 불리한 증언을 하는 대신 오히려 그를 옹호했고, 그 결과 잔인한 고문을 당했다. 심한 장기 손상에서 간신히 회복된 그

---

147) Lev Borisovich Kamenev(1883~1936): 레닌의 측근으로 1913년 『프라우다 Prawda』를 발간하고 1919~26년에 중앙위원회 및 정치국 의원을 역임했으며, 스탈린 치하에서 좌파 이단이라는 죄목으로 공개재판을 거쳐 처형되었다.
    Grigori Evseevich Zinovyev(1883~1936): 레닌의 동지로 1924년 레닌의 서거 후 스탈린, 카메네프와 함께 소련 공산당 지도부를 형성했으나, 스탈린의 경쟁자로 부각되면서 1936년 공개재판에서 사형선고를 받고 처형되었다.
148) Wilmersdorf: 베를린 남서부의 구.
149) Georgi Mikhailovich Dimitrov(1882~1949): 불가리아의 정치가로 1923년 이후 모스크바, 빈, 베를린 등지로 이주했으며, 1933년 독일 제국의회 의사당 방화 혐의자로 지목되기도 했다. 1935~43년에 코민테른 총비서를 역임했으며 1946~49년에 불가리아인민공화국 총리를 지냈다.

는 3년 뒤 소련에 발을 들여놓았다. 그리고 그곳에서 그는 독일 비밀경찰에 자신을 석방해주면 협조하겠다는 제안을 한 혐의를 받게 되었다. 디미트로프의 말에 따르면 독일 노동자 계급 출신 중 가장 뛰어난 인물인 디트벤더, 청년 시절부터 공산주의를 향한 자신의 신념을 위해 일했던 그, 누구도 겁쟁이라고 말할 수 없을 바로 그 디트벤더가 지금 자신이 언제나 옹호했던 그 국가를 위해할 음모를 꾸몄다는 죄목으로 기소되었다. 공산당을, 인터내셔널을 세우고 키우는 데 참여했던 사람들이 이제는 조국을 배반하고, 적과 내통한 죄인으로 불리자, 답답해서 숨이 막히고 양심의 가책까지 느낄 지경이었다. 1936년 가을에는 누구라도 미움을 사거나, 쫓겨나거나, 체포될 수 있다고 느꼈다. 아무도 자신의 입지를 안심할 수 없었다. 모든 사람이 당내에서 자기 위치를 지키려고, 자기 목숨을 지키려고 전전긍긍했다. 그렇지만 자신이 무슨 일로 책임을 지게 될지는 알지 못했다. 1년 뒤인 1937년 9월, 그들 전부가 줄줄이 엮여 들어갔다. 그 끝은 보이지 않았다. 네허는 정보요원으로, 간첩으로 체포되었다. 모스크바에서 태어난 그녀의 두 살배기 아들은 격리되었다. 노이만, 슐테, 레멜레, 키펜베르거,[150] 플리크는 체포되어 어디론가 사라졌다. 1년 전에는 베너조차 어떤 위험을 느꼈다. 당의 저명인사인 뮌첸베르크도 곧 끝장날 거라고 많은 사람이 예견하고 있었다. 뮌첸베르크, 바이믈러[151]와 함께 베너는 최초의 자원병 부대를 조직했다. 이 부대는 스페

---

150) Karl Hans Kippenberger(1898~1937): 독일 공산당 간부이자 제국의회 의원을 지냈다. 1933년 파리에서 독일 공산당 국외지부를 담당했으며 모스크바 체류 중 1937년에 체포되어 처형당했다.

151) Hans Beimler(1895~1936): 금속공 출신의 독일 공산당원으로 1932~33년에 바이에른 주의회 의원을 지냈으며, 스페인 내전 초 텔만 백인부대에서 활동하다 마드리드에서 불명확한 정황 속에서 전사했다.

인에서 결성된 텔만 백인부대에 통합될 것이었는데, 가을에는 바이믈러의 지휘 아래 우에스카에서 작전에 투입되기도 했다. 아버지는 스페인 전투에 대한 베너의 고민들을 기억해내려는 중이었다. 나눴던 대화 중에서 옮겨도 좋은 것, 함구 대상이 아닌 것, 같은 사상을 가진 사람에게 털어놓아도 좋은 것이 무엇인지 아버지는 속으로 자문하고 있었다. 베너는 아버지를 믿고 여러 가지를 털어놓았다. 물론 상황 파악을 위한 자료를 얻기 위해서라면, 베너로서도 모든 것을 철저히 비밀로 할 수는 없었을 것이다. 함구할 의무를 지키지 못하고 발설하는 내용은 모두 우리의 목숨이 달린 것들이었다. 적에게 모든 걸 철저히 감춰야 했지만, 맥락을 모르면 우리가 당할 수 있는 것들은 알고 있어야만 했다. 아버지와 베너는 매우 가까운 사이였다. 속한 당은 달랐지만, 정치적으로 서로 믿고 움직일 수 있었다. 직장, 주거지, 거리의 활동 현장, 이런 하부 단위들에서는 협조가 가능했다. 그러나 지금 베너는 코민테른 조사위원회에 소환된 상황이었다. 아버지는 베너에게 부담을 줄 수 있는 것은 조금도 발설해서는 안 되었다. 불현듯 아버지가 나를 의심하고 있다는 걸 느낄 수 있었다. 한 순간 내가 혹시 정보를 캐내려고 온 게 아닌가 생각하는 듯했다. 나는 아버지의 그런 조심성을 존중하고 싶었다. 아버지는 조심스럽게 다시 입을 열었다. 주저하듯 내뱉는 토막 난 말들에서 나는 아버지가 뭔가 감춘다는 걸 눈치챌 수 있었다. 아버지는 베너가 왜 스페인으로 가기를 고집했는지에 대해 입을 다물었다. 베너는 자원병 부대를 조직하는 작업에 수반되는 어려움, 모함, 분열 들도 잘 알고 있었다. 하지만 그는 당내 활동에서 발생하는 갈등과 의심보다는 차라리 무력부대에 참여하는 편을 택한 것이었다. 스페인에서도, 보이는 적과의 직접적이고 공개적인 전투가 아니라, 또다시 불신과 모략, 혹독한 비방에 휘말릴 수 있다는 것을 베너는 아버지에게 암시했었다. 과거 흑해에 침략한 프랑스 함대를 러시아 혁명가들 측으로 끌어왔던 마르티[152]는 스페인에서 자원병 부대의 결성과 정치적 지도 임무를 위임받았다. 그는 모든 독일인 자원병을 잠재적 방해꾼, 태업주의자이자 트로츠키주의자로 보았다. 맨 처음 온 독일 자원병 백인부대가 엉성한 장비에 추가 지원도 없이 불구덩이로 내몰린 것은 마르티의 미움을 받았기 때문이라고들 했다. 국제여단이 결성되던 초창기 상황을 아버지는 베너에게 들어 조금 알고 있었다. 나중에는 다른 소식들이 더해졌다. 내전이 터진 7월에 중앙위원회의 명령으로 슈라이너[153]는 텔만 백인부대를 소집해 스페인 카를로스 마르크스 노동자군단에 배속했다. 텔만 백인부대는 원래 약 60명이었는데, 그중 반 이상이 반(反)올림픽 대회에 참가하려고 바르셀로나에 온 사회주의 운동선수들이었다. 8월 초 파리에서 온 바이믈러도 사람들을 결집했다. 그 인원에 대해서는 지금 서로 다른 말이 오가고 있다. 백인부대는 80~90명 정도로 불어났다. 하지만 텔만 부대가 두 개였는지 아닌지는 알 수가 없었다. 10월에 와서야 통일된 백인부대 얘기가 나왔고, 그 부대원은 143명이라고 했다. 타르디엔타에서 텔만 백인부대가 투입되었을 때, 바이믈러는 이 부대의 정치위원이었고, 가이젠은 사령관이었으며, 빌레와 신들러는 부지휘관이었다. 이렇게 하나하나 따지고 꼼꼼히 파고드는 것은 아버지가 어떤 사건을 스스로 납득하려고 할 때 두드러지는 방식이었다. 아버지는 베너의 관점에 영향을 받은 것 같았다. 베

---

152) André Marty(1886~1956): 프랑스의 해양기술자로 스탈린의 추종자였다. 스페인 내전 당시 국제여단의 총사령관으로 활동했다.

153) Albert Schreiner(1892~1979): 사민당 좌파로 1917년 스파르타쿠스단에 참가해 독일 공산당 창당에 관여했다. 1933년 이후 텔만 위원회에서 활동했다.

너는 작전 준비가 불충분하다고 말했다. 탄약과 식량, 간호병이 부족하다고 했다. 아버지가 바른스도르프로 돌아온 지 한 달이 된 10월 24일, 프랑코 파시스트들인 팔랑헤당[154] 당원들이 점령하고 있던 산타 퀴테리아 고지를 향해 백인부대가 돌격했다. 요새화한 그 수도원을 점령하는 데 백인부대는 34명의 사망자와 41명의 부상자를 대가로 지불했다고 아버지는 말했다. 희생자 중에는 사령관인 가이젠도 있었다고 했다. 하지만 이런 숫자들도 다 믿기는 어려웠다. 백인부대의 반 이상을 타르디엔타에서 잃었다는 말로 대충 사상자의 숫자를 총괄했다. 아버지의 얘기에는 불확실한 어떤 것, 불안하게 만드는 어떤 것이 숨어 있었다. 나는 혼자 생각했다. 아버지는 내게 경고를 하려는 것일까, 나의 스페인행을 막아보고 싶은 것일까. 하지만 파고들고 따지는 그의 태도는 무엇보다 아버지 자신의 불안과 무소속감을 드러내고 있었다. 나중에 텔만 대대로 바뀐 텔만 백인부대가 배척되었다거나 어떤 불이익을 당했다는 얘기를 나는 한 번도 들어본 적이 없었다. 오히려 그 부대는 타르디엔타에서 보여준 용맹함 때문에 유명해졌고, 카탈루냐 정부에게 명예기를 상으로 받기도 했다. 백인부대가 입은 희생은 불충분한 군사교육과 처음 서너 달간 임기응변식이었던 전투 방식, 그리고 권력이 집중된 사령부가 없었던 데서 비롯한 것이었다. 스페인 얘기를 할 때면, 아버지는 본질적인 문제를 건드리지 않으려고 말을 피하고 돌렸다. 베너와 만났을 때, 아버지는 베너가 당의 지도자급 인물들과 첨예한 의견 대립을 겪고 있다는 걸 느꼈다. 베너가 당한 심문들이 떠오를 때면 아버지는 침묵을 지켰다. 이 재판이

---

154) 1933년 파시즘 경향의 소규모 정당으로 설립되었다가, 1937년 프랑코에 의해 카를로 스파와 통합되어 국민 진영의 정치조직이 되었다.

혼란스럽고 진저리가 나는 건 어느 쪽에서 혐의를 제기했는지 정확히 밝혀지지 않는다는 점이었다. 추측할 수 있는 건, 뮌첸베르크가 불리한 자료 일부를 위원회에 제공했다는 것뿐이었다. 지금은 뮌첸베르크 자신도 조사 대상이 되었다. 해당 기관이 이미 베너의 숙청을 시작했고, 뮌첸베르크는 권리와 활동 기반을 하나씩 빼앗기고 있다고 아버지는 우려했다. 파리에서 아버지는 이 재판이 시작된 것을 전혀 모르고 있었다. 독일 공산당의 건립자 중 한 명이며, 레닌의 스위스 망명 시절부터 이미 가까이 알고 지낸 몇 안 되는 독일 공산주의자 중 한 명인 뮌첸베르크는 대외적으로는 선전가로서 또 출판인으로서 여전히 명망이 높았다. 알려진 것은 뮌첸베르크와 당내 울브리히트 휘하 그룹 사이의 불화 정도가 전부였다. 게다가 그런 식의 불화는 반파시즘 투쟁을 이어갈 전략을 둘러싸고 빚어지는 불화여서 아무도 완전히 벗어날 수 없었다. 지금, 그러니까 1937년 가을에 와서야 비로소 아버지는 어떻게 뮌첸베르크라는 개념이 수정되기 시작했는지 깨닫고 있었다. 어떻게 은근한 암시를 통해 뮌첸베르크의 과거가 여기저기 각색되고, 어떻게 그의 공로가 부정되고 있는지 깨닫고 있었다. 그가 공산당의 역사에서 갖는 의미만 축소되고 왜곡되는 게 아니었다. 소비에트 러시아를 위해 국제노동자구호대를 조직하고, 출판사를 설립한 일에서부터, 파리의 반파시즘 작가회의, 인민전선위원회, 또 세계평화운동에 이르기까지, 그의 수많은 활동이 부인되고, 그의 이름이 지워지고 있었다. 집요하고도 단호하게 그를 말살하려는 적의가 실행되고 있었다. 1915년 헝가리 사민당 기관지였던 『민중의 의지Volkswille』[155]에서 일

---

155) 1890년 사회주의자법이 폐지된 뒤 하노버에서 발행된 사민당 일간지. 제1차 세계대전 기간과 그 이후 사민당 중도 계열의 입장을 대변했다. 1933년 폐간되었다.

하면서 아버지는 치머발트 좌파[156)에 속했던 뮌첸베르크를 처음 접했다. 브레멘에서 『아르바이터 폴리틱』의 편집부에 있으면서 아버지는 뮌첸베르크와 서신을 교환하곤 했다. 뮌첸베르크는 이때 사회주의청년인터내셔널을 이끌고 있었다. 나중에 베를린에서는 노동자구호대 기관에서 뮌첸베르크와 인연을 이어갔고, 한때는 뮌첸베르크가 발행하는 『노동자 화보 신문Die Arbeiter Illustrierte Zeitung』[157)에 글을 기고하기도 했다. 아버지가 말했다. 여론 형성에 결정적인 역할을 한 신문이지. 우리에게 매주 가장 중요한 논쟁 자료를 제공했거든. 또 이 신문 덕에 많은 사람이 예술과 문학, 학문의 여러 문제를 알게 되었지. 뮌첸베르크가 독일로 수입한 예이젠시테인이나 푸돕킨, 에크,[158) 베르토프의 위대한 영화들이 준 자극이 화보로 된 이 신문을 통해 확산되었지. 아버지가 말을 이었다. 그런데 이제 뮌첸베르크의 이런 노력까지도 폄하한다는 말이 들려. 이전에도 부르주아 언론 독점을 깨뜨리고 대중매체를 당을 위해 전용한 뮌첸베르크를 붉은 후겐베르크라며 폄하한 적이 있기는 했다. 그러나 지금은 뮌첸베르크가 오로지 사적으로 돈을 벌 욕심이었고, 위탁받은 코민테른 돈을 횡령했기 때문에 모스크바로 소환되었다고들 했다. 베너 역시 이미 1936년 9월에 뮌첸베르크에게 등을 돌린 것 같았다. 베너는 자신이 뮌첸베르크를 좋지 않게 생각한다는 말을 드러내놓고 하곤 했다.

---

156) 치머발트 회의에서, 제국주의 전쟁으로 규정된 제1차 세계대전을 계급혁명으로 전환할 것을 주장한 레닌의 급진적·혁명적 입장을 지지했던 국제사회주의자들.
157) 1921~38년에 베를린과 프라하에서 발간된 주간 화보지로, 뮌첸베르크가 창간하고 편집했다. 독일 사회주의 운동과 노동자 계층의 여론 형성에 큰 영향력을 발휘했다.
158) Vsevolod Pudovkin(1893~1953): 소련의 유명한 영화감독으로 무성영화 「어머니」 「상트페테르부르크의 최후의 날들」이 대표작이다.
    Nicolas Ekk: 소련의 영화감독. 러시아 최초의 유성영화 「생으로 가는 길」을 제작했다.

뮌첸베르크는 원칙이 없고, 너무 자주 전략적 입장을 수정했다는 것이다. 아버지는 뮌첸베르크를 변호하는 입장이었다. 아버지가 말했다. 뮌첸베르크가 한 가지 입장을 고수하지 않은 것은 언론으로 연마된 그의 스타일 때문이었어. 뮌첸베르크 식 논쟁법의 일부였지. 그 사람은 시대의 여러 현상을 설명하려고 했고, 그러기 위해서는 끊임없는 시각 조정이 필요했던 거야. 뮌첸베르크의 다양성은 그가 지지했던 사진 몽타주나 실험적 정치영화의 기법 같은 거였어. 지금 『노동자 화보 신문』을 발행하는 프라하 사람들은 그 신문이 제 모습을 갖추기까지 뮌첸베르크가 기여한 부분을 지워버리려고 해. 뮌첸베르크가 그 인상적인 하트필드[159]의 몽타주를 게재하지 못하도록 오히려 막으려고 했다는 거야. 베너는 뮌첸베르크가 개인적 권력을 넓히는 데만 관심이 있었다고 말했지. 뮌첸베르크가 아이디어는 넘쳤을지 모르지만, 실제로 일을 한 건 다른 사람들이었다는 거야. 아버지는 그렇게 아이디어를 제공하는 역할을 결코 부정적으로 보지 않았다. 아버지는 뮌첸베르크가 중앙위원회의 위원이면서 언제나 완전히 독립적인 인상을 주었다는 것을 그의 강점으로 꼽았다. 아버지가 말했다. 뮌첸베르크는 당내에서 개방적 토론을 주장했던 룩셈부르크의 입장을 고수한 마지막 사람이었어. 어떤 말이나 계획도 의심을 받는 시대에, 이제 뮌첸베르크의 순서라는 걸 예감한 아버지는 몸서리를 쳤다. 아무도 자신과 가장 가까운 사람을 이용하는 행위에서 완전히 자유로울 수 없는 시대였다. 비록 다음 순간 바로 자신이 그렇게 당할 수 있다는 걸 알고 있어도 그랬다. 비합리적인 것이 논리를 덮고 있었다. 과학성은 환상으로 대체되었다. 파리 여행에서 아버지는

---

159) John Heartfield(1891~1968): 1918년 독일 다다 운동의 발기인이자 독일 공산당 창당 멤버이다. 나치즘에 저항하는 사진 몽타주로 유명하다.

뮌첸베르크를 다시 보길 원했다. 그러나 대회 중에 뮌첸베르크와 대화를 나눌 기회는 없었다. 1933년 이후 아버지는 그를 더 이상 보지 못했지만, 그의 활동은 계속 주목하고 있었다. 반소비에트 선동을 저지하자는 호소, 반파시즘 투쟁에 나서자는 호소, 중국 혁명을 지원하자는 호소, 그가 천형을 받은 지구민이라고 불렀던 식민지의 궐기한 인민을 지원하자는 호소, 뮌첸베르크의 이름은 이런 것들과 함께 있었다. 뮌첸베르크는 사회주의에 아직은 유보적이었던 사람들, 또 사회주의에 호감을 갖고 있던, 인본주의적 부르주아 지식인들 중 많은 사람을 동참하게 만들었고, 그들의 진보적 태도를 정치화하는 데 성공했다. 그의 선언에는 한 시대의 문학과 예술, 연극과 영화를 대표하는 모든 사람이 서명했다. 아버지와 나눈 이 며칠간의 대화에서 그랬던 것처럼, 지금도 내 귀에는 정치적 운동의 선두에 선 작가와 예술가들의 이름이 울리고 있다. 처음에는 그 이름들을 무시하려고 했다. 그 이름들이 뭐 특별한가. 같이 행동한 다른 모든 사람이 거명되지 않는데, 내가 왜 그 이름들에 관심을 가져야 하지. 나는 이렇게 생각했다. 그러다가도 그 이름들은 다시 나타났고, 나를 압박했다. 그것은 이정표나 기념비 같은 것이었다. 브레히트, 피스카토르, 두도, 이에링, 예스너, 부시, 또 그로스, 딕스, 콜비츠, 하트필드, 포이히트방거, 되블린, 톨러, 투홀스키, 오시츠키, 키시, 베허, 제거스, 렌, 고리키, 글랏코프, 예렌부르크, 드라이저, 쇼, 싱클레어, 넥쇠, 바르뷔스, 롤랑, 그로피우스, 타우트, 반 데어 로에, 케르와 야콥슨, 페히슈타인, 무헤, 호퍼, 클레, 아인슈타인, 프로이트. 1935년 9월, 뮌첸베르크의 초청으로 라스파예 대로변 루테치아 호텔에는 얼마나 대단한 거물들이 모였던가. 호텔 이름을 따 불렸던 독일 인민전선 준비위원회를 결성하는 이 모임에 처음에는 51명, 그다음에는 118명이 참가했다. 작가와 언론인으로는 하인리히 만, 클라우스 만, 포이히트방거, 아르놀트 츠바이크, 톨러, 레온하르트, 올덴, 루트비히 마르쿠제, 슈바르츠실트[160]가 있었고, 사회민주주의 진영을 대표하는 사람들 중에는 바이마르 정부 시절 고위직에 있었던 브라이트샤이트와 브라운, 그르제신스키와 쿠트너, 시프와 헤르츠와 시프린[161]이 있었다. 이렇게 이질적인 정치가들과 문화계 인사들이 모여서 인민전선의 지도부가 결성될 수 있느냐 하는 점은 분명 당시에도 의문이었을 것이다. 하지만 사민당의 지도자급 인물들이 공산당 대표였던 쾨넨, 뮌첸베르크, 달렘, 마테른, 아부시[162]와 회동했다는 것, 이들이 어떤 합의를 했다는 것, 과거의 적들이 생각을 바꾸어 이제 처음으로, 당 지도부는 여전히 하지 못하는 공동성명을 냈다는 것, 사람들은 처음에는 이것만으로도 성과로 여겼다. 비록 파시즘에 대한 일반적 단죄이며 기본적 인권의 회복을 촉구하는 정도였지만, 그것은 협력의 필연성을 명백히 보여주었다. 위원회가 추구하는 과제와 목표에 대해

---

160) Leopold Schwarzschild(1891~1950): 독일의 언론인으로, 1927년부터 주간지 『타게부흐*Das Tage-Buch*』를 편집했다.

161) Erich Kuttner(1887~1942): 독일의 작가, 언론인, 사민당 정치가로 인민전선을 지지하며 저항운동에 참여했으며 마타우젠 강제수용소에서 사망했다.
Victor Schiff(1895~1953): 언론인으로 1920~33년에 사민당 기관지 『전진*Vorwärts*』의 국제정치부 편집자를 역임했으며 인민전선을 지지했다. 1940년 런던으로 이주했다.
Paul Hertz(1888~1961): 독일 사민당 국회의원으로 1933년부터 프라하, 파리, 미국 등지로 망명했다. 전후 서베를린 시 행정가로 활동했다.
Alexander Schifrin(1901~1950): 언론인으로 바이마르공화국 시기 사민당 좌파의 뛰어난 이론가였으며 프랑스 망명 시절 인민전선을 지지했다. 미국으로 이주했다.

162) Hermann Matern(1893~1971): 독일 공산당 정치가로 1934년 독일을 탈출해 스칸디나비아로 망명했다가 1941년 모스크바로 이주했다. 1954년부터 동독 의회 의장 대변인을 지냈다.
Alexander Abusch(1902~1982): 작가이자 언론인이면서 독일 공산당 정치가로 1939년 이후 수용소에 감금되었다가, 1941년 멕시코로 망명했다. 1961~71년에 동독 내각에서 문화정책을 담당했다.

서는 여전히 얘기가 없었다. 독일의 반파시즘 세력들과 어떻게 협력하겠다는 말도 없었다. 베너는 뮌첸베르크가 이 모임으로 실제적인 영향을 미치기보다 효과적으로 여론을 환기하는 데 관심이 있었다고 말했다. 뮌첸베르크는 유명인사들로 구성된 일종의 정신적 반정부를 생각했던 것이다. 이들은 지하에서 버티는 국내 독일인들을 기념문이나 열정적인 연설로 지원할 것이었다. 그러나 이러한 막연한 구상은 루테치아 그룹을 통해 국내 시민계급의 저항 움직임에 영향을 끼치고자 했던 당 중앙위원회의 의도와 맞지 않았다. 공산주의자들이 초당파적 모임을 자기 당의 집행기구로 전용하려고 든다는 비난이 일었다. 하지만 독일에서 벌어지는 사태에 단지 외부에서 접근하면서, 어떤 무력 행동에도 가담하지 않았던 사민당이나 자유주의 진영의 위원들과 달리, 공산주의자들은 국내 활동을 활성화하기 위해 노력을 기울이고 있었다. 공산주의자들은 다소 진보적인 다양한 개인들의 느슨한 연합체인 이 모임을 그다음 단계로 나아가기 위한, 즉 사민당 지도부와 협약을 이루기 위한 수단으로 볼 수밖에 없었다. 회합이 당 정치 차원으로 옮겨간다면, 비로소 어떤 실질적인 작업으로 이어질 것이었다. 이미 준비모임에서, 장차의 국가 형태를 구체화하려고 하자 의견 차이는 더 깊어졌다. 파시즘 희생자를 원조하는 선언이나 구금자 사면 요구, 전쟁 준비에 대한 항의에서는 합의가 이루어졌다. 문제는 반파시즘 투쟁 이후 어떤 국가가 설립되어야 하는가였다. 평화, 민주주의, 의사 표현의 자유, 연구, 교육, 종교의 자유가 보장되어야 한다는 말로는 충분치 않았다. 누가 권력의 주체가 되는가, 무엇이 국가 건립의 기반이 되어야 하느냐가 문제였다. 1936년 6월 당 중앙위원회의 사전 작업을 거쳐서, 공산주의자들은 인민이 경제, 정치 및 문화의 모든 문제를 자유롭게 결정하고, 일반선거, 평등선거, 비밀선거, 직접선거로 정부가 구성되는 민주공화국을 거론했다. 그러나 인민 개념이 어디까지 해당되느냐, 인민의 적으로 간주되는 인물들과의 경계는 어디서 시작되느냐, 또 어떤 관점에서 부르주아지를 세분해야 하느냐는 물음이 제기되었다. 반파시즘 전선에 참여한 모든 사람에게 똑같은 권한이 주어져야 한다고들 했다. 자신들의 권리를 위해 결집한 반파시즘 전선이지만, 사유 대토지와 중공업과 은행의 국유화를 요구할 거라고 했다. 민주공화국은 사회주의 국가는 아니지만, 파시즘을 종식하고 사금융제도의 부활을 막을 거라고 했다. 하지만 독일 사회주의노동자당[163] 대표들이 자유노조 그룹 및 좌파 시민계급 인사들과의 연합을 반대하기 시작했다. 자이데비츠[164]는 공산당 측 노선으로 옮겨갔지만, 프뢸리히와 볼프슈타인[165]은 준비모임에서 물러났다. 이들은 계급사회의 유지에만 관심이 있는 잡탕의 인민전선보다 사회주의 통일전선이 더 중요하다고 생각했다. 이들은 인민전선이 사회주의 통일전선을 배제하는 게 아니라는 사실을, 노동자계급의 단결을 향한 투쟁이 가능한 한 많은 국민 계층을 진보 진영으로 끌어들이려는 노력과 똑같이 중시되고 있다는 사실을 인정하려 들지 않았다. 이런 태도는 마슬로브스키와 비슷했다. 반면에 헤르츠와 슈바르츠

---

163) Sozialistische Arbeiterpartei Deutschlands(SAPD, 1931~1945): 1931년 사민당의 소수 좌파가 분리해 결성한 당으로 통일전선 정책에 적극적이었으며, 반나치스 투쟁에 중요한 역할을 담당했다.

164) Max Seydewitz(1892~1987): 1910~31년에 독일 사민당 정치가로 국회의원을 지냈으며, 1933년 이후 체코, 노르웨이, 스웨덴 등지로 망명했다. 사민당과 공산당의 행동 통일을 지지했다. 1947~52년에 동독 작센 주지사를 지냈다.

165) Alma Rosali Wolfstein(1888~1987): 독일 사회주의 여성 정치인으로 독일 공산당 창당 멤버였다. 로자 룩셈부르크의 유고집을 남편인 프뢸리히와 함께 관리, 출판했으며, 1929년 공산당을 탈퇴하고 브뤼셀을 거쳐 미국으로 망명했다가 종전 후 서독 사민당에 합류했다.

실트는 우파 입장에서 인민전선 대회를 무산시키려고 했다. 헤르츠는 공산당이 주도하는 인민전선은 파시즘을 약화하기보다 오히려 강화할 거라고 말했다. 헤르츠는 힐퍼딩, 올렌하우어와 함께 유럽의 공산당을 말살하자는 선동을 외곽에서부터 하기 시작했다. 그리고 슈바르츠실트는 자신의 잡지 『노이에 타게부흐*Das neue Tagebuch*』[166]에서 이들을 지원했다. 사실 인민전선 설립 모임에 참가하기 위해서는, 마음을 비우는 대단한 결심을 하거나, 과거의 실수를 극복하려는 엄청난 노력이 필요했다. 한때 정부의 고위 관리로 공산주의자들을 향해 발포 명령을 내리고, 비상사태를 선포하고, 이들의 투쟁단체와 당 조직, 그리고 신문을 금지했던 사민당 사람들이 공산주의자들과 마주 앉았으니 말이다. 이 동맹은 극한의 자기절제와 역사적 필연에 대한 통찰을 전제로 했다. 이런 시도에서, 당은 모든 개개인의 능력보다 강하고, 적개심에서 벗어날 줄 아는 통합력을 갖고 있다는 게 드러났다. 당의 위임을 받아 행동했던 공산당 측 임원들보다 사민당 지도부의 반대를 무릅쓰고 인민전선위원회에 이름을 올렸던 브라이트샤이트, 브라운, 쿠트너, 그르제신스키가 더 어려움을 겪었다. 그렇지만 이들의 서명이 얼마나 유효한 건지, 독일의 지하조직 세포들은 그 서명을 어떻게 받아들일지 나는 궁금했다. 나는 초록색 부엌에서 전단을 읽고 있을 코피 가족을 떠올려보았다. 그르제신스키도 같이 작성했을 그 전단을. 그르제신스키는 프로이센의 내무장관으로서 1929년 5월 1일 경찰국장 최르기벨이 지휘한 베딩 지역 노동자들 살해 사태에 책임이 있다. 5월의 그날은 내게도 큰 의미가 있다. 브레멘 봉기에 대한 간접적인 기억 다음으로, 네텔베크 광장에서의 그 시가전은 나로 하여금 정치적 입장을

---

166) 1933~40년에 파리와 암스테르담에서 독일 망명자들이 발행한 신문.

정립하게 만든 계기였다. 당시 우리는 브루넨 가에 살고 있었는데, 사건이 벌어진 당시에 내가 그것을 뚜렷이 의식했던 건 아니다. 2년 뒤 열세 살이었던 나는 플루크 가에서 살았는데, 노이크란츠의 『베딩의 바리케이드*Barrikaden am Wedding*』[167]라는 책을 읽으면서 그 사건의 무게를 이해하게 되었다. 그전에도 나는 그 사건에 대해 다른 사람들이 분노하거나 부모님이 말하는 걸 들은 적이 있었다. 그런데 책을 읽는 며칠 동안 나는 엄청난 흥분과 분노에 휩싸였다. 그러면서 어떤 신념이 자리를 잡아갔다. 그건 쾨슬리너 가였다. 길지 않은, 좁다란 거리로, 비젠 가와 맞닿아 끝나는 거리였다. 그건 우리가 살던, 토막 난 짧은 거리와 비슷했다. 『베딩의 바리케이드』는 바로 이런 거리에서 어떻게 인간의 힘이 기계화된 폭력에 맞서 궐기했는지, 어떻게 그들이 돌 더미 뒤에 숨어, 무기도 없이, 기관총과 저격수, 장갑차 들의 포화 속에서 며칠을 버틸 수 있었는지, 상세히 그려냈다. 5월 1일 노동자의 날에 시위할 권리, 프롤레타리아 계급의 이 권리가 부르주아 계급의 위임을 받은 자들에 의해 얼마나 잔혹하게 짓밟히는지, 책을 읽는 내내 나는 숨이 멎을 지경이었다. 쾨슬리너 가 건물들 외벽에는 대충 회로 덧칠된 총탄 자국들이 아직도 선명했다. 이 거리에는 언제나 창문마다 붉은 깃발이 촘촘히 내걸려 나부꼈다. 우리가 살았던 거리에서도 심각한 소요가 벌어졌다. 주말에 샤르펜베르크 학교에서 집으로 돌아오는 길에 플루크 가를 지날 때면, 나는 매번 전투가 다시 벌어질 수 있다는 생각을 해보곤 했다. 처음에는 직감적으로, 나중

---

167) Klaus Neukrantz(1897~1941): 독일의 작가이자 언론인으로 공산당원이었다. 라디오를 사회주의 계몽에 활용했다. 1928년 프롤레타리아 혁명작가동맹에 가입했고 1933년 나치에 체포되어 정신병자 수용시설로 이송된 뒤 실종되었다. 소설 『베딩의 바리케이드』(1931)는 그의 대표작으로 1929년 베를린 5월 1일 투쟁 사건을 그린 것이다.

에는 이론적 인식이 더해져서, 나는 점점 더 우리를 핍박하고, 우리의 목소리를 빼앗으려는 그 체제를 이해하기 시작했다. 1929년 5월 1일에 그 체제가 드디어 폭발했는데, 그것은 더 격렬한 다른 폭력을 위한 준비일 수도 있었다. 나는 사민당이 내세우는 헌법에 대한 충성과 현재 체제에서 해방될 수 있을 거라는 노동자들의 희망, 그리고 노동자 계급을 공격할 진지를 건설하는 것 사이에는 모순이 있다고 생각했다. 부엌에서 이리저리 배회하던 내 모습이 떠올랐다. 역 쪽에서 부엌 창틈 사이로 검댕이가 날아들곤 했다. 창문을 열어놓아야만 하는 여름이면, 부엌 식탁이며 바닥은 한 시간 만에 벌써 까만 먼지로 이불을 덮어썼다. 의아해하던 내 모습이 떠올랐다. 부모님에게 어떻게 사민당을 우리의 생활조건을 개선하고 생산 방식을 개혁할 적임자로 볼 수 있는지 묻던 내 모습이. 1929년 5월에 왜 노동자들은 그들을 매일같이 모욕하던 신문들을 찍어댄 윤전기를 때려 부수지 않았던 것일까. 부르주아 계급의 신문들뿐 아니라 사민주의 계열의 신문들도 5월 학살의 책임은 경찰을 자극한 노동자들 자신에게 있다는 식의 온갖 거짓말을 내뱉지 않았던가. 왜 노동자들은 그냥 욕만 하고, 언제나 다시 직장으로 돌아갔던 것일까. 왜 그들은 순종하고 복종했던 것일까. 지금 바른스도르프에서, 아버지는 과거에도 했던 대답을 되풀이했다. 집세를 내고, 매일매일 입에 풀칠할 거리를 마련하려면, 일하는 것 말고는 다른 길이 없었다고 했다. 1936년 브라이트샤이트가 공산주의자들과의 행동 통일을 위해 노력하고, 유럽의 안전을 확보하려는 소비에트의 정책을 환영했던 것이 무슨 소용이란 말인가. 그르제신스키와 쿠트너가 사민당 지도부가 언제라도 노동자 계급의 이해를 배반할 세력들과의 연대를 포기하지 않으면, 자신들의 활동을 중단하겠다고 한 게 무슨 소용이란 말인가. 독일 지하조직에서 공동전선을 취하자는 제안을 사민당 지도부가 거부한 것은 수십 년을 이어온 사민당의 기만적 태도의 마지막 단계였을 뿐이다. 이번에도 공산당이 대화를 촉구한 것처럼, 1930년대로 이어지는 전환기에 단결을 호소한 것도 공산당이었다. 비록 목표는 아직 막연하고, 또 사민당 지도부와 대중당원을 제대로 구분하지는 못했지만 말이다. 1929년 의회에서 나치스의 의석이 두서넛에 불과하던 시절, 공산당은 파시즘 세력의 급속한 약진을 예상하지는 못했지만, 프롤레타리아 계급의 결속과 대응을 끊임없이 부르짖었다. 그에 반해 사민당 지도부는 소위 자유주의적 입장 때문에 부르주아지에 이용당하면서, 중산층의 표를 얻기 위해 혁명적 성향의 노동자들을 향한 모든 폭력을 용인했다. 지도부 몇 명이 반대하기는 했지만, 이들은 재계 및 군대의 권력자들과 맺은 협정을 버리지 못했다. 관직을 수임하며 이들은 애국적 전통에 대한 일체감을 분명히 표시해야만 했다. 아버지는 도대체 무엇 때문에 뮌첸베르크가 비난을 받는지 이해할 수 없다고 베너에게 말했다. 뮌첸베르크는 사민당이나 노조의 고위 간부들과 좋은 관계를 맺고 있었다. 즉 인민전선이 출범할 수 있는 조건을 마련한 것이다. 근본적으로 뮌첸베르크는 당의 정책이 추구하던 것을 실현한 셈이었다. 그리고 광범위한 관심을 모으기 위해, 그는 양 진영의 만남에 화려한 외양을 입혔던 것이다. 아버지는 베너에게 물었다. 루테치아라는 명칭으로 인민전선위원회에 어떤 의미를 부여한 건지 뮌첸베르크가 언급했던 적은 없었나요. 암시와 수수께끼, 은밀한 풍자는 뮌첸베르크의 방식이었다. 루테치아는 로마 시대의 파리, 즉 센 강의 섬 시테에 자리 잡은 켈트족의 수상(水上) 거주지 이름일 뿐 아니라, 공산주의에 대한 신념을 담은 하이네의 '파리 일기'의 제목이기도 했다. 하이네의 책은 뮌첸베르크가 즐겨 읽던 것이었다. 프랑스어판 서문에서 작가가 말하듯이, 이 책은 1840년에서 1843년의 시기를 다루지만 1848년 2월 혁명의 발발에 대한 일종의 사전학습으로 볼 수 있었다. 아버지가 말했다. 호텔에 모인 사람들이 이 책의 서문을 읽었더라면, 뮌첸베르크의 의도를 알아차렸을 거야. 그랬다면 아마 몇몇은 겁이 나서 위원회에 참여하지 않았을걸. 루테치아의 정신 아래 위원회에서는 부르주아 계급 출신의 자유로운 사상가들이 공산주의자들과 어울렸다. 그리고 이 자유로운 사상가들이 흠모하는 시인 하이네는 이 순간의 진정한 주인공이 누구인지 가르쳐주고 있었다. 그 주인공은 사회의 발전이었다. 귀가 열려 있었다면, 최선의 의도로 모였던 그들은 하이네가 하려던 말, 무엇보다 의회 정치와 그에 딸린 엑스트라들이 벌이는 위선적인 코미디, 그리고 금융귀족의 권력을 흔들 유일한 이론인 공산주의 이념에 대해 그가 하려던 말을 들었을 것이다. 아버지는 찬장으로 가더니 상단의 유리문을 열고 그 안에 진열되어 있던 책 하나를 빼들었다. 그것은 하이네 작품집 제13권부터 제15권을 합본한 봉 Bong 출판사의 붉은 포도주색 책이었다. 아버지는 줄 쳐진 페이지를 펼쳐 들고, 하이네가 어떻게 자조를 섞어가며 공산주의자들, 그 음울한 성상 파괴자들이 권력에 올라, 모든 아름다운 대리석상들을 부수고, 모든 장식용 예술을 짓밟아버리고, 시인의 월계수 숲을 베어내어 그 자리에 감자를 심고, 시집을 뜯어내 커피나 담배를 보관할 봉지를 붙이게 될 그런 시대에 대해 얘기하는지 소리 내어 읽었다. 자신을 향한 이런 반어법은 바로 뮌첸베르크의 특징이기도 했다. 하이네는 이렇게 외치고 있었다. 아, 나는 이 모든 것을 예견하노라. 저 승리에 찬 프롤레타리아트가 나의 시에 가져다줄 몰락의 운명을 생각하면, 나는 말할 수 없는 슬픔에 빠져든다. 나의 시는 낭만적 세계와 더불어 소멸할 것이다. 뮌첸베르크가 루테치아 호텔에서 진행된 말기 부르주아 사회 지식인들의 회동에 부여했던 의미를 떠올리며 파안대소했을 것을, 아버지는 충분히 상상할 수 있다고 말했다. 그러나 같은 해 9월, 모스크바로 떠나기 직전 코민테른에 제출할 보고서를 읽어주려고 베너와 달렘에게 방문할 것을 청했을 때, 뮌첸베르크에게서 그런 명랑함은 전혀 찾을 수 없었다. 아부시와 함께 이미 제국의회 의사당 방화 사건 재판에 대한 『브라운부흐』를 집필했던 카츠[168]가 보고서 작성에 동참했는데, 그는 이 대화에는 같이하지 않았다. 뮌첸베르크는 동지들의 반응과 평가를 듣고 싶었던 것이다. 그는 목전에 다가온 인터내셔널 집행위원회 출두 생각으로 예민해졌고, 긴장했으며, 두려워하고 있었다. 다른 때는 언제나 당당하고 자신감에 차 있던 뮌첸베르크가 불안해하고 있었다. 그는 분명 경고를 받았을 것이다. 스페인 문제로 급히 처리할 일들을 핑계로 모스크바행을 미루는 것이 나을지, 뮌첸베르크는 고민하고 있었다. 누가 누구를 속이는지, 누가 누구를 누구와 이간질하는 것인지, 알 수가 없었다. 아마 카츠는 이미 뮌첸베르크에게서 등을 돌렸을지 몰랐다. 피해를 입지 않으려고 몸을 빼고, 모스크바에서 벌어질 대결의 결과를 두고 보려는 걸지도 몰랐다. 베너와 달렘은 냉정하고, 무심했다. 그들은 뮌첸베르크를 이미 부정적으로 대했다. 카츠에 대해서도 베너는 호의가 없었다. 이제 와서 되돌아보면, 베너가 카츠의 거만한 태도와 자만심을 얼마나 비방했는지 아버지는 새삼 깨달았다. 1927년 이래 카츠는 공산당원이었다. 한때 피스카토르 밑에서 행정부장을 역임했던 카츠는 그 후 소비에트 영화제작소에서 활동했다. 그는 철저히 당의 노선에 따라 행동하는 것으로 알려져 있었으며 낭비벽

---

168) Otto Katz(1893~1952): 체코 언론인으로 나치스가 집권하자 파리로 망명해 뮌첸베르크와 함께 일했다. 스페인 내전 중 공화국 정부의 언론 담당자로 일했으며 제2차 세계대전 종전 후 체코로 귀환했으나 1952년 숙청당했다.

이 있었다. 이런 낭비벽은 불법 활동을 하며 스파르타식으로 사는 데 익숙한 베너에게 거부감을 일으켰을 것이다. 베너로서는 복잡한 성격의 카츠가 미덥지 못했다. 비록 카츠가 능력을 인정받기는 했지만, 스스로를 프롤레타리아트의 대변인으로 내세우는 그를 베너는 속물로 보았다. 노동자 집안 출신인 베너로서는 그런 속물은 조심해야만 했다. 하지만 베너는 덧붙여 말하길, 오늘날 우리 대부분이 자신을 위장하면서 살고 있으니만큼 자신이 받은 인상이 정확한 건 아니며, 아마 신경이 곤두서고 불신이 팽배한 전반적 분위기 탓일 수도 있다고 했다. 아버지는 베너와 나눈 대화 중에서 어떤 확실한 내용이 있었는지 다시 꼽아보았다. 아버지가 들었던 건 변변찮고 조심스러운 암시들뿐이었다. 아버지가 베너와 만난 곳은 평화위원회의 소재지였다. 대외용 선언들은 이미 그 전주에 열린 브뤼셀 대회에서 발표되었고, 그때는 총회가 열리고 있었다. 정당과 노조에서 파견된 대표들은 개별회의에 들어가 있었다. 브뤼셀에서는 반파시즘 투쟁이나 스페인 내전 같은 중요한 사안들은 건드리지 못했다. 할 수 있었던 건 세계평화 유지를 위한 국제연맹의 역할을 강조하는 정도였다. 반파시즘동맹에 서구 열강을 끌어들이려는 소련의 노력이 무산된 뒤, 이제는 제네바에서 소련의 정책에 대한 지지를 구하는 것이 중요했다. 파리에서는 공동의 관심거리들을 토론에 부치지도 못한 채 각 파벌 간에 더 깊어진 이견의 골만 확인했다. 공산당 대표단에게는 인민전선 정책이 아니라 자당의 정책을 펼치고 있으며, 대회를 지배하려 든다는 비난이 가해졌다. 체코의 한 이름 없는 노조 대표였던 아버지는 이런 격론에서 물러나 있었다. 뮌첸베르크가 각 당의 지도자들과 국회의원들 앞에서 보고하는 자리에 아버지는 입장이 허용되지 않았다. 아버지는 혼잡 속에서 영국과 프랑스 외교관들 사이로 멀어져 가는 뮌첸베르크를 보았을 뿐이다. 나는 아버지에게 그러면 어디서 베너와 말을 나눌 기회가 있었느냐고 물었다. 아버지는 엄청나게 혼잡했던 그 파리에서 정신이 없었다. 그곳은 파리의 관청 지역이었다. 국회와 외무부, 국방부, 산업부, 노동부, 교육부 사이였다. 아버지는 파리 동역에 있는 호텔과 앵발리드 역 사이를 지하철로 다녔다. 콩코르드 광장과 샹젤리제, 튈르리 궁을 언제나 밑으로 다녔던 것이다. 아버지는 노트르담 성당을 보지 못했다. 언제나 소망했던 루브르도 보지 못했다. 매일 아침저녁마다 에펠 탑은 보았는데, 그 까마득한 탑 꼭대기에는 올라가보지 못했다. 그런데 이 거대한 분주함의 한가운데에 작은 공원이 하나 자리 잡고 있었다. 그 이름은 루소 스퀘어, 장 자크 루소가 아니라 사뮈엘 루소로 아버지는 기억했다. 유사 고딕 양식의 성 클로틸드 대성당 바로 앞이었다. 대성당은 카지미르 페리에 가에 붙어 있었는데, 이 거리에 있는 스웨덴 은행가 아시베리[169]의 집은 외빈들에게 국빈에 걸맞은 숙소를 제공하고 있었다. 회담이 끝나 맞은편에서 숙소로 돌아올 때면, 아버지와 베너는 국방부 쪽으로 걷다가 그 공원으로 들어서곤 했다. 공원은 폭풍의 중심에 자리한 고요한 심장이었다. 이곳 의자에 앉는 것, 적어도 그것은 구체적이었다. 나지막한 관목과 비둘기들, 그리고 주변 건물들을 나는 그려볼 수 있었다. 대화 자체는 별로 현실 같지 않았다. 아버지가 들은 것은 이미 한 번 걸러진 내용이었다. 그리고 아버지가 내게 전하는 건 다시 그것의 희미한 잔영이었다. 뮌첸베르크가 독일 파시즘을 격퇴할 만한 전략을 서술한 보고서를 작성했다는 건 1년이 지난 지금, 많은 게 변한 상황에서 더 이상 비밀이 아니었다. 뮌첸베르크는 그 보고서를 자신의 근본 신념이자 코민테른과

---

169) Olof Aschberg(1877~1960): 스웨덴의 은행가로 최초의 노조은행을 세웠으며 반파시즘 운동을 지원했다.

소비에트 정치국이 생각해봐야 할 선도적 모델이라고 했는데, 베너가 말하듯이 과장된 면이 있었다. 그 보고서의 내용은 아버지도 아는 바가 없었다. 뮌첸베르크가 독일의 상황을 사실적으로 분석하지 못했으며, 현실적 문제와 모순들을 간과했고, 나치스의 성공을 주로 선전과 선동, 신화적 믿음에서 비롯된 것으로 보고, 계몽 활동의 강화를 촉구했다는 게, 베너가 한 말의 전부였다. 사실 당은 파쇼적 선동의 중요성을 보려고 하지 않았다. 베너가 말했다. 항상 그랬듯이 뮌첸베르크는 자신의 영역에서 인정받으려는 생각뿐이었죠. 뮌첸베르크는 외곽에 머물면서, 겉모습을 번드르르하게 세워서, 독일인 망명자들이 자만심을 느낄 수 있도록 했다는 것이다. 카츠의 우아함과 세련됨이 베너에게 거부감을 주었던 것처럼 자신의 판단과 행동을 확신하는 뮌첸베르크에게 베너는 마음을 열기 힘들었다. 얼핏 손을 흔들며 공원을 벗어나는 베너의 입장은 그러면 무엇인지, 아버지는 생각해보았다. 아버지는 베너가 당 중앙위원회의 정책에 더는 동의하지 못했을 거라고 생각했다. 베너에게 무슨 일이 일어난다면, 그건 그가 지나치게 사민당 임원들과 타협했다는 것, 분명한 차별화를 중시하지 않았다는 게 이유일 것이었다. 그렇다면 뮌첸베르크 역시 베너와 같은 목표를 추구한 셈인데, 그는 왜 뮌첸베르크에게 적대적이었는지 아버지는 궁금했다. 소비에트당 지도부는 뮌첸베르크에게 면회를 허락하지 않았다. 모스크바에 도착한 직후, 뮌첸베르크는 라데크를 만나려고 수소문했다. 그리고 라데크가 퍄타코프, 소콜니코프, 무랄로프[170]

---

170) Grigori Sokolnikov(1888~1939): 볼셰비키 지도자로 브레스트-리토프스크 협상에 참여했다. 1922년 레닌 정부의 재무장관을 지냈으며 코민테른에서 활약했다. 1925년 스탈린에 반대했고 1937년 공개재판을 받은 뒤 10년 구류형에 처해졌다.
Nikolai Muralov(1877~1937): 1917년 혁명을 이끈 러시아 혁명가이자 적군의 사령관으로 트로츠키의 측근이었다. 1923년 좌파 야당의 창립 멤버였으며 1936년 체포되

와 함께 막 체포되었다는 것을 알게 되었다. 코민테른에서 준비한 연설문을 읽고 설명하는 대신, 뮌첸베르크는 코민테른 국제관리위원회에 불려 갔다. 당내 정보를 외부로 흘렸으며, 혁명적 조심성이 부족하고, 이념적으로 이탈했으며, 반대파적인 활동 조짐이 있다는 이유로 받게 될 재판을 준비시키려는 것이었다. 아버지는 베너의 행방을 알려준 동지들로부터 그 당시 국제관리위원회에서 디미트로프를 대행하던 토글리아티[171]가 뮌첸베르크의 석방을 이끌어냈다는 것을 알게 되었다. 10월 15일 스페인 공산당에 소련의 무기 지원이 고지된 후, 뮌첸베르크가 파리에서 꼭 필요하다는 점을 토글리아티가 강조했던 것이다. 그러나 이제 뮌첸베르크에게는 더 이상 스페인 원조 활동에 대한 전권이 없었다. 그의 업무는 체코의 임원이었던 스메랄[172]에게 위임되었다. 1937년 9월인 지금 뮌첸베르크를 완전히 배제하려는 작업이 시작되었다. 내가 물었다. 그러면 루테치아 모임에서 아직 무엇이 남아 있나요. 아버지가 말했다. 더는 아무 것도 없어. 1936년 12월 이 모임이 결의한 마지막 호소문이 공표되었다. 플로린, 달렘, 메르커, 아커만, 뎅엘, 쾨넨, 울브리히트, 피크 같은 공산주의자들이 주축이 된 호소문이었다. 그러고 나서 사회민주주의자들이 차례차례 떨어져 나갔다. 결국 공산주의자들의 독단적 행동과 다수화를 비난하던 브라이트샤이트와 브라운이 이탈하면서, 위원회는 해체 직전

어 제1차 모스크바 공개재판을 거쳐 총살되었다.

171) Palmiro Togliatti(1893~1964): 이탈리아 정치가로 1919년 이탈리아 공산주의 주간지 『새 질서*Ordine Nuovo*』의 주간을 역임했으며 1922년부터 이탈리아 공산당 중앙위원회 위원을 지냈고 1927년에 당 총비서가 되었다. 1937년 스페인 내전에 참전했으며, 1945~46년에 이탈리아 법무장관을 역임했다.

172) Bohumir Šmeral(1880~1941): 체코슬로바키아의 혁명가로 1920년 소련에서 레닌을 만나고 1921년부터 체코슬로바키아 공산당의 지도자가 되었다.

까지 가게 되었다. 스페인을 위한 사업에서는 아직도 공동의 지지선언문
이 산발적으로 나오고 있었다. 그렇지만 사민당 집행부는 스페인 전투에
대해 어떤 입장 표명도 하지 않았으며, 독일 인민전선의 미래에 대해서도
일절 언급하지 않았다. 사민당 지도자들의 생각을 가장 분명히 보여주
는 것은 벨스의 주장이었다. 파쇼 독재를 끝낼 수 있다면, 그것은 군대와
경제계 내부의 저항 세력을 통해서일 것이고, 과도기 단계로 보수적 군
사정권을 생각해볼 수 있다는 식이었다. 노스케 식의 목소리가 그렇게
다시 커지고 있었다. 공산주의의 신념을 버리지는 않았지만 당의 권력
집단에서 밀려난 뮌첸베르크는 1937년 초 파리에서 결성된 자유주의적
인 좌파 부르주아 계급의 독일 자유당에 가담했다. 이 조직을 거점으로
이데올로기적 구호나 정당정치와 무관하게 루테치아 전선을 밀고 나가,
은밀하게 독일로 확대하기 위해서였다. 독일 자유당은 법치국가의 복구
를 지향했다. 자유당은 이상주의적이고 인본주의적 입장에서 군대와 기
업계의 반파시즘적인 인물들과 접촉하는 실제적인 작업을 시도했다. 소
위 양식 있는 독일인들에게 평화의 편지를 보내는 활동을 했던 이 단체
는 한계가 분명했고, 뮌첸베르크의 활동 방식에도 꼭 부합하지는 못했
다. 하지만 그들은 분명 투쟁하는 사람들 편에 서 있었다. 적잖은 자유
당 당원들이 강제수용소와 처형장에서 사라졌다. 아버지는 베너가 몇
년 동안이나 지하활동을 해왔던 만큼 지금 겪는 심문을 버텨낼 것이라
고 믿고 있었다. 디미트로프와 마누일스키[173]가 베너에게 우호적이었고,
게다가 베너는 몇 달이라도 고집스럽게, 동시에 넓은 시야를 가지고 한

---

173) Dmitri Manuilski(1883~1959): 소련의 정치가로 1924~43년에 코민테른 집행위원
회 의장단에 소속되어 서유럽 내 코민테른 활동을 주도했다. 1945년 국제연합 창설
당시 소련 대표였다.

가지 입장을 지키며 싸우는 특성이 있었다. 나는 느낄 수 있었다. 아버지가 의무를 다하기 위해 겪었던 이 모든 수고와 희생이 얼마나 아버지를 힘들게 했는지, 개인의 비극 따위는 상위의 목적에 종속된 부차적인 것으로 치부되면서 개인들이 겪어야 했던 그 고통들을 목도하면서 아버지가 얼마나 충격을 받았는지, 사반세기 동안의 정치적 활동이 마감되는 지금 그 모든 활동이 어쩌면 쓸데없었을지 모른다는 생각, 그리고 처음부터 다시 시작할 힘은 더 이상 없다는 생각에 아버지가 얼마나 불안을 느끼고 있는지. 나는 아버지를 공장까지 배웅했다. 만다우 강변의 프뢸리히 직물염색 공장이었다. 수량이 빈약한 이 강은 도시를 가로질러 괴를리처 나이세 강으로 흐르고 있었다. 나는 아버지와 코앞에 놓인 나의 스페인 여행에 대해 얘기를 나누었다. 우리는 어느덧 다시 이전과 같은 일체감을 느끼고 있었다. 앞으로 겪게 될 위험에도 불구하고, 아버지는 내가 스페인행을 결정한 것이 나의 배속지인 슬로바키아의 트렌친에서 입대하는 것보다 낫다고 생각했다. 더 젊었다면 자신도 국제여단에 들어갔을 거라고 아버지는 말했다. 지금, 하나의 결정이 달린 투쟁의 핵심 전선인 그곳에 있었을 거라고 했다. 강가에 늘어선 아카시아나무에서 붉게 물든 잎사귀 하나가 아버지를 향해 떨어져 내렸다.

프라하 스페인위원회로부터 알바세테[174] 근처 쿠에바 라 포티타 병원

---

174) Albacete: 스페인 메세타 남반부인 카스티야 라 만차 지방 알바세테 주의 수도. 마드리드 동남 방향 2백 킬로미터 지점에 위치해 있고, 스페인 내전 당시 국제여단 자원병들의 주요 집결지였다

에서 호단이 나를 기다린다는 전갈을 받기까지, 베를린 집에서 보낸 마지막 몇 시간 동안 빠져들었던 그런 상태로 나는 다시 며칠을 보냈다. 나는 기다리고 있었다. 이 기다림은 무위도, 휴식도 아니었다. 내가 플루크가 집에서 부엌 바닥에 주저앉아 일종의 침잠, 일종의 명상에 빠졌던 것은 내 내면에 축적된 모든 것이 너무나 강력해서 어떤 검토, 어떤 설명이 필요했기 때문이다. 페르가몬 제단을 보고 난 뒤 나눴던 그 모든 얘기는 하나의 근원적 형상으로, 명제로, 인생관으로 집약되었다. 내가 지금 가려는 길은 그것의 당연한 결과였다. 일주일이 흘렀지만 나는 아직 스페인에서 어떤 임무를 맡게 될지 전혀 알지 못했다. 내 계획은 단지 페르피냥으로 떠나는 것, 불법이지만 우리에게는 지고의 법이 허용하는 월경을 하는 것, 그리고 피게라스로 가는 것뿐이었다.[175] 그곳에 도착하면 나는 조직에 소속될 것이고, 그 조직은 그때부터 내 일거수일투족을 결정할 것이었다. 미래를 향한 내 기대는 무명인 우리들이 끊임없이 협력하며 만들어온 토대 위에 서 있었다. 내 가족과 친구들처럼 나 역시 오래전부터 우리의 상황을 변화시킬 실천을 준비하는 은밀한 작업에 참여해왔었다. 거대한 세력 구도 안에서 거의 흔적도 없는 미미한 활동이었지만, 그 활동은 이제 나를 지하에서 끌어내 계급투쟁을 넘어선 인민전쟁의 단계로 인도하고 있었다. 여기 외딴 바른스도르프에서 내 마음은 이미 무장투쟁의 현장에 있었다. 우리가 생각하는 발전이 실현되려면, 우선 적을 이겨야만 했다. 이 목표로 내닫게 하는 추진력은 부단한 증오였다. 탐욕과 이기심에 대한 증오, 착취, 압제, 고문에 대한 증오. 처음에는 주관적인 방식으로 증오가 표출되었다. 막연하고 총체적으로 우세한 적을 향

---

175) Perpignan: 프랑스 남부 지중해 인근의 도시.
   Figueras: 페르피냥에서 가장 가까운 스페인 북부 지중해 연안 도시.

해, 우리에게 학습과 발전을 허용치 않으려는 사회를 향해 표출되었다. 그 뒤에 정치적 식견이 생겨나면서 증오는 더 커졌다. 우리를 억압하려는 것을 분쇄하기 위해, 우리는 목표를 정하고 투쟁하기 시작했다. 냉정하고 처절한 혐오가 우리를 이끌었다. 이런 감정을 표현하는 예술이나 문학은 아주 드물었다. 그로스나 딕스의 그림에는 부분적으로 그런 느낌이 표현되어 있었다. 그런 감정에 가장 부합한 것은 하트필드의 콜라주였다. 레닌의 4월 테제는 그런 감정을 정확한 언어로 표현하고 있었다. 우리에게 파시즘은 모든 악의의 총합이었다. 매일매일의 노동에서, 사회생활에서, 또 미술, 문학, 학문을 배우면서 알게 되는 모든 것에서, 우리는 적을 넘어서야 한다는 과제를 우선적으로 생각했다. 우리가 하는 모든 일, 세우는 모든 계획에서, 무시무시한 파괴력을 지닌 그 약탈적 힘과 우리 삶에 의미를 주는 가치들이 반복적으로 충돌했다. 어떤 때는 증오가 너무 강력해 숨이 막힐 지경이었다. 증오에 그냥 타 들어갈 것 같았다. 약탈과 살인을 자행하며 온 세상을 나락으로 끌고 가려는 저들의 권력은 너무나 거대한 것 같았다. 정신이 몽땅 빠져나가고, 관자놀이만 쑤셔대는 때가 있었다. 머리는 납처럼 무겁고, 우리를 완전히 충격으로 몰아넣는 그 세력들을 향한 광기와 분노만이 들끓는 때가 있었다. 하지만 그러다가 다시 어떤 힘이 솟아나곤 했다. 중요한 것은 우리 자신의 도덕성과 당당함이었다. 근본적인 변화, 새로운 삶을 건설하고픈 소망은 자본의 지배가 무너지고 노동자의 권력이 수립된 그 나라에 대한 공감으로 이어졌다. 그 나라는 무너지지 않을 거고, 모든 모욕과 악의와 불안을 틀림없이 이겨낼 거라고 생각하지 않았다면, 우리의 분노와 저항은 어떤 희망도 없었을 것이다. 우리 스스로 절망이 뭔지 알기에, 그 나라에서도 광기와 광란이 폭발할 수 있다는 것을 이해했다. 그 행동의 조급증을 받아들였다. 그들은 그냥 기다리고 있을 수 없었을 것이다. 화해나 조정은 가능하지 않았다. 혼란이라고, 실패라고, 공황 상태라고 말할 수도 있겠지만, 우리가 보기에 그 모든 공격과 무력에는 이유가 있었다. 우리가 오로지 우리뿐인 것처럼, 그 나라도 혼자였다. 이런 고립을 겪으며 우리는 결속되었다. 이 결속이 없었다면 우리는 버텨낼 수 없었을 것이다. 이처럼 끈질기게 버티는 동안 우리에겐 그 놀랍고 감동적인 10월 혁명의 모습들이 살아 있었다. 어떤 절망도, 어떤 회의도 그 모습들을 가릴 수는 없었다. 그것은 우리를 침울하게 만드는 모든 것을 압도하고, 쓸어버렸다. 행동을 하거나 참여할 때, 우리는 언제나 그 10월의 모습들로부터 출발했다. 그건 우리 행동이 감정과 꿈에 지배된 경우거나, 정확한 생각과 계산과 계획에 따른 경우거나 마찬가지였다. 순간적인 것, 설명하기 힘들어 보이는 것도 뭔가 이성적인 면을 가졌던 건 바로 이 중심 생각, 이 원칙 때문이었다. 이것은 우리가 논란의 시기를 헤쳐가게 해준 힘이기도 했다. 그렇기 때문에 회의와 불확실성이 엄습해도, 우리는 그것을 그냥 두고 보지만은 않았다. 불확실한 것은 언제나 새로운 설명을 시도해볼 계기일 뿐이었다. 기존의 인식이 더 이상 맞지 않으면, 새로운 해석으로 나아갔다. 우리가 선택한 설명은 구체적이고 완결된 형태였어도 다양한 종합을 거친 것이었다. 주장과 반대, 추측과 판단, 결론의 과정을 거쳐 차츰 형성된 것이었다. 반파시즘 저항과 소비에트 국가와의 연대, 이것은 경험에서 비롯된 절대적인 필수 사항이었다. 코피와 하일만, 그리고 다른 많은 사람이 제자리를 지키는 것처럼 나는 스페인에서 내 임무를 수행할 준비가 되어 있었다. 이것이 우리에게 옳은 일이며, 구체적이며, 가능한 일이었기에, 갑작스럽게 맞은 자유로운 며칠 동안 흔들림은 없었다. 그 며칠 동안 우리가 어떤 전체 안에 있다는 것, 우리 스스로 정립한 것만이 우리를 앞으로 이끈다는 게 확실해졌다. 우리가 어떤 특정한 개별 사안에 몰입하면, 우리의 사유는 타당한 것, 바로 그 시점에 필요한 것을 언제나 찾아낸다는 걸 나는 이미 여러 번 경험했다. 문제에 몰입하면, 우리는 책을 찾고 그림을 뒤적였다. 이 시점에 오면, 비로소 우리 안에 뭔가 차올랐고, 그러면서 대화가 터졌다. 이런 사실 역시 우리의 인식이 얼마나 보편성을 갖는지 보여주었다. 조건들이 이미 마련되어 있지 않으면, 어떤 새로운 것도 탄생할 수 없었다. 우리는 우리 안에 이미 준비된 어떤 것을 인식했다. 우리는 전체에서 자료를 취하고, 축적하고, 그것을 확대했다. 어떤 때는 그것이 감지되고 구체화되는 걸 알아채지 못했다. 증오의 감성은 언제나 우리 주위를 넘실댔다. 우리의 특징이며, 우리 자립성의 토대인 개방성이 그렇게 마모됐을 것이다. 이미 얼마나 많은 사람이 무너졌던가. 너무 망가져서 자신들이 겪는 왜곡을 더 이상 느끼지도 못할 정도로. 누군가 바로 이런 왜곡을 정말 세부까지 정확히 묘사했다. 『성』이라는 책이었다. 그 책을 나는 시내 마르크트 광장에 있는 한 서점에서 보았다. 나는 그 책을 펼쳐 들고 읽다가, 사서 들고 왔다. 그에 앞서 책방 주인이 건네준 다른 책을 들춰보았는데, 그 책에는 브뤼헐의 그림들이 컬러로 실려 있었다. 그 책은 안락하게 자기 집에서 사는 사람들에게 적합했다. 가벼운 짐을 꾸려서, 옮겨 다녀야 하는 사람에게는 맞지 않았다. 책방 주인은 슈롤 출판사에서 나온 가로로 긴 그 책을 입식 탁자에 올려놓았다. 보헤미아의 가을 속에 파묻힌 소도시 바른스도르프가 16세기 플랑드르의 풍경 안에 녹아 있었다. 그날부터 며칠 동안 읽었던 카프카의 소설, 거기에 묘사된 마을과 성 역시 소시민적이고 농민적인 고독과 음울함이 지배하는 바로 이 지역의 모습들이었다. 브뤼헐과 카프카는 세상의 풍경을 그렸던 것이다. 섬세하고, 선명하게, 그러면서도 땅의 색깔로. 이들이 그려낸 모습들은 빛나면서 동시에 어두웠다. 전체적으로는 육중하고 무겁지만, 하나하나의 형상들은 불타오르는 듯, 너무나 또렷했다. 이들의 사실적 세계는 금방이라도 알아낼 수 있는 장소와 지역들인 것 같다가도, 다음 순간 지금까지 봐왔던 것과는 또 달랐다. 온통 일상적인 느낌이었다. 모든 것이 일상적인 몸짓, 감정, 행동이었다. 모든 것이 전형적이었다. 온통 중요한 것, 핵심적인 것을 보여주는데, 바로 그 순간 그것은 어느덧 낯설고 기이한 느낌을 풍겼다. 책방 창문 너머로 청과물을 팔거나 닭이며 오리 따위의 고기를 파는 노점상이 눈에 들어왔다. 작은 사각의 포석들 위로 수레바퀴 구르는 소리가 들려왔다. 제각각 또는 무리를 지어 선 사람들이 청회색 장터 바닥과 갈색과 붉은색의 건물 외벽들을 배경으로 깎아낸 듯 뚜렷한 형상을 그리고 있었다. 어두운 옷차림을 한 사람들이 움직이며 서로 빙글빙글 섞이고 있었다. 여자들은 검은색과 갈색이 많았고, 남자들은 적갈색 옷이나 가죽옷이었다. 사이사이 밝은색들이 눈에 띄었다. 초록색과 흰색의 머리 수건들, 빨갛고 노란 아이들의 옷이었다. 사람들이 만들어내는 동선은 어떤 행사의식, 장엄하게 거행되는 경배 행진 같았다. 나는 서로 자리를 바꾸며 돌아가는 사람들, 내 앞을 지나는 움직임을 마음에 담아보았다. 하지만 이것은 연극이 아니었다. 현실이었다. 이것은 특정한 목적을 가진 행동들이었다. 찬거리를 구하고, 물건을 내놓고, 물건을 자랑하고, 물건을 고르고, 즉 사고파는 목적이 있는 것이었다. 이 분주함과 소란함, 그리고 사람들의 말소리에 특별한 것은 없었다. 장이 설 때마다 그건 한결같았다. 그런데 딸랑거리고, 찌르릉대고, 덜커덕거리고, 사각대는 소리로 번잡한 이 의례적 행사가 문득 전혀 다른 것으로, 어떤 교습용 종교 행렬로 변모했다. 그건 카니발과 금식 사이의 투쟁이었다. 사이사이 끊어지는 행진곡과 쿵쾅대며 지나는 발걸음을 끝으로 시끄러운 소음은 사라졌다. 딸랑이와 백파이프, 피리와 북이 선두를 이끄는 다음 행렬은 아무 소리도 없었다. 그 소리는 기억으로만 울리고 있었다. 그 색깔과 대열의 형태는 환영으로 떠오를 뿐이었다.[176] 치렁거리는 갈색 수도사 복장의 육중한 인물들이 골목길을 올라오고 있었다. 화형을 위해 쌓아놓은 장작더미와 춤추는 사람들을 지났다. 교회 옆문에서 그들이 밀려 나왔다. 몇몇은 다리가 셋인 교회 의자를 머리에 이고 있었다. 기도서와 장미 화환을 들고, 몸을 구부린 채 묶은 잎사귀 다발로 자신을 때리면서, 이 고행자들은 홍청대는 사람들을 향해 움직이고 있었다. 사방에서 아이들이 몰려들어 행렬 뒤에 따라붙었다. 아이들은 원래 부모들이 서 있는 대열에 함께 있었는데, 곳곳에서 빠져나와 제멋대로 가면놀이 쪽으로 가거나, 서로 싸움질을 하거나 팽이를 쳐댔다. 어른들이 아이들을 제자리로 다시 데려다놓느라 바빴다. 반원으로 늘어선 아이들은 회전식 기도문 통처럼 딸랑이를 돌려댔다. 그 앞에는 뼈가 앙상한 한 노파가 꿀벌 통을 머리에 뒤집어쓴 채 수레차 위에 앉아 있었다. 노파는 경건한 신자로 꾸민 사람들의 무리를 이끄는 중이었다. 그들과는 다르게 꾸민 아이들은 가면을 쓴 채 통을 말 삼아 올라탄 뚱뚱한 카니발 왕자의 행렬을 따라다니고 있었다. 이 행렬은 춤 블라우엔 시프라는 식당에서 게걸스럽게 먹고 마시다 이제 막 밖으로 나오는 사람들 사이를 가르며 움직였다. 분수대 근처의 돼지들처럼 빵 쪼가리나 과자 부스러기를 얻을 요량으로, 목발을 짚고 절룩대며 뛰는 병신 거지들은 이 홍청대는 무리에게서 아무것도 얻지 못했다. 자선을 해야 하는 사람들이 지나는 다른 편에서만, 거지들은 몇 푼 동냥을

---

176) 브뤼헐의 그림 「사육제와 사순절의 싸움」(1559)의 환영에 빠져들고 있다.

억지로 받아냈다. 그들은 누더기 옷과, 병든 몸뚱이, 앞을 볼 수 없는 눈, 잘린 다리, 손이 잘린 팔, 바구니에서 빽빽대며 우는 야윈 젖먹이들, 수레에 싣고 나온 죽기 직전의 병자들을 행렬을 이루며 지나는 사람들 눈앞에 들이댔다. 이 사람들에게서도 많은 것을 기대할 수는 없었다. 고급스러운 옷차림을 한 이 사람들은 욕심으로 가득했다. 그 볼품없는 노파의 삽에 담긴 가느다란 브레첼 빵, 푸석한 만두, 기름기를 뺀 청어는 고행 중인 그들이 먹을 음식이었다. 그들은 가슴 덮개 아래로 빵 덩어리를 감추었고, 뒤편의 선술집 춤 드라헨에서 단지에 가득 채운 포도주는 다 마셔버렸다. 모든 것이 마음껏 먹고 마시고 싶은 초라한 소망의 표현이었다. 시장 가판대의 달걀들이 다 뜯어 먹은 뼈다귀와 내버린 놀이카드 옆에 깨어진 채 널브러져 있었다. 빈 그릇을 젓고 있는 긴 나무 숟가락들은 어떤 경고 같았다. 결코 오지 않을 식사를 기다리듯, 모자와 허리띠에 꿰어 찬 숟가락들도 있었다. 주석 잔들이 나무 막대 위에서 돌고 있었다. 고철 덩이에 날을 세우는 중인 칼, 배에 매달린 칼, 넓적다리 사이로 흔들리는 칼, 빵을 찌르는 칼, 그리고 맨 앞 카니발용 큰 통에 달린 넓적한 훈제 돼지 허벅지 고기, 모든 탐식의 진수인 그 고기를 음란하게 찌르는 칼이 있었다. 두레박이 있는 우물가에 자리한 장사치 아낙들의 물건은 보잘것없었다. 양배추 한 바구니, 금식 중인 사람들을 겨냥한 생선 몇 마리가 전부였다. 그 옆, 싸리나무 더미 옆의 여자 농부는 축제 막바지에 지친 사람들을 위해 마지막 팬케이크 한 장을 굽고 있었다. 이 보잘것없는 음식도 궁핍한 사람들, 머슴과 하녀들, 떠돌이 부랑인과 유랑 악사들에게는 꿈같은 것이었다. 여기, 둥글게 도는 행렬이 감싼 장터 한가운데에는, 돈을 내고 사는 것, 손님들이 원하는 것이 있었다. 기름진 음식도 있고, 담백한 종류도 있었다. 장사꾼들은 주변에서 벌어지는 일에는 전혀 상관하지 않았다. 그림 중앙에는 경멸하듯 관람객에게 등을 돌린, 시민계급 남녀 한 쌍이 걸어가고 있었다. 남자는 엄청나게 큰 모자 아래 숨었고, 여자의 엉덩이께에는 정원용 등이 매달려 흔들렸다. 이들의 옷은 팽팽히 부풀어 있었다. 이들은 부족함이 없는 생활을 했을 것이다. 민중의 생활을 그린 그림들에서는 유흥이나 사교는 전혀 찾을 수 없었다. 농촌의 날품팔이꾼, 마부, 짐꾼, 목동, 벌목꾼, 손기술자, 농부 들, 이들 모두가 종종 멍청하다 싶을 정도로 생기가 없었다. 비바람이 몰아치는 하늘 아래에서 버드나무 가지를 자르거나, 바위산 꼭대기에 거대한 바빌론의 탑을 쌓거나, 십자가에 못 박힐 예수를 뒤따르는 중이거나, 또는 교회의 헌당기념 축제에서 원무를 추거나, 그들은 언제나 불변의 존재로 고착되어 있었다. 열락의 표현과 고통의 표현을 구분하기 힘들었다. 떡 벌어진 입은 있어도, 웃는 모습은 없었다. 책방 주인이 말했다. 사람 하나가 죽어도 가래질은 멈추지 않지요. 그러면서 주인은 농부가 쟁기질하는 밭 한 구석 덤불 아래, 보일 듯 말 듯 사지를 뻗고 누워 있는 한 노인의 머리통을 가리켰다. 양들 옆에서 막대에 기대고 선 목동은 멀리 텅 빈 하늘을 바라보고 있었다. 그 하늘에서는 이카로스가 추락했는데, 아무도 알아채지 못했다.[177] 경구 대신 삽입된 모티프들은 현세의 삶은 노동이라는 불변의 사실을 가리키고 있었다. 그리고 그 노동은 힘들며 기쁨과 무관하다는 것도 말하고 있었다. 노동은 굴욕 속에서 진행되며, 개혁은 없었다. 멀리서, 흘낏 끼워 넣은 듯, 작디작은 모습으로, 양초 날개가 녹아버린 다이달로스의 아들이 바다로 풍덩 떨어지고 있었다. 버둥대는 두 다리만 아직도 보였다. 곧 파도가 그 위로 덮칠 것이다. 이 모습을

---

177) 브뤼헐의 「이카로스의 추락」(1555).

주시하는 눈길은 가혹하고 흔들림이 없었다. 나는 화가의 눈, 꼭 다문 화가의 입을 생각해보았다. 화가는 일어난 사태를 정확하게 재현하고 있었다. 상황을 완화하거나 도와줄 생각은 없었다. 다음 순간 눈앞에는 평화로운 마을 풍경이 펼쳐졌다. 나무들은 헐벗었고, 지붕에는 눈이 쌓였고, 시냇물은 얼어붙었다. 철갑을 입은 한 남자가 말을 탄 채 시종을 데리고 나지막한 다리를 건너왔다. 두 손을 꼭 맞잡은 한 여인이 집 문 앞에 얼어붙은 듯 서 있었다. 병사 하나가 여인의 갓난아이를 데리고 서둘러 자리를 뜨는 중이었다. 이 장면을 시작으로 집단 살인이 벌어졌다. 빽빽이 모여 선 무장 기병대가 도망치는 사람들 앞을 모조리 막아섰다. 양 옆으로는 병사들이 집들을 향해 돌진해, 부모에게서 아이들을 빼앗았다.[178] 소름 끼치도록 실감나는 광경이었다. 셔츠 자락이나 팔을 잡힌 채 끌려가는 아이들, 칼과 창에 꿰뚫린 그 몸통들. 시체들 너머에는 넋 나간 사람들이 웅크리고 앉아 있었다. 마을은 멀리서 보면 일상과 전통이 지배하는 자족의 공간이었다. 그러나 가까이 다가서서 바라본 마을은 이름 없는 절망의 현장이었다. 왈론족 주구들의 붉은 윗옷과 바지들, 그리고 뛰어오르는 개의 동작으로 리드미컬하게 점철된 채, 인물들이 합치고 흩어지며 만들어내는 구도는 그 끔찍한 현실을 벗어날 수 없는 어떤 것으로 묶어놓고 있었다. 주민들과 용병들 사이에 벌어지는 일은 보고 있기가 힘들었다. 용병들은 사실 주민들과 다르지 않았다. 늘 그랬던 것처럼 상관의 명령을 따른 것뿐이었다. 끝없이 이어지는 경악과, 냉혹한 살육의 몸짓들이 하얀 평면 위에 성상처럼 영원히 새겨져 있었다. 피난처라고 여기던 공간에서 겪는 이 충격, 상상할 수 없는 비극의 이런 돌발

---

178) 브뤼헐의 「영아 대학살」(1566).

적인 습격은 측량기사를 다룬 그 소설에서도 나타났다.[179] 그 소설에서는 자신의 의지로 무언가를 할 수 있는 영역을 더는 찾을 수 없었다. 측량기사가 도착한 마을은 어떤 질문도 하지 않는 사람들이 살고 있는 곳이었다. 납작하고 길게 뻗은 건물이며, 담쟁이덩굴로 뒤덮인 둥근 탑이며, 또 모여드는 까마귀 떼며, 성은 눈으로 볼 수는 있지만 결코 접근할 수 없는 대상이었다. 곤혹스러운 것은 처음부터 이 분리가 확고하다는 점, 성은 접근불가라는 법칙이 왜 유효해야 하는지에 대해 아무도 묻지 않는다는 점이었다. 이곳 아래쪽 마을에 사는 사람들 모두, 방문자인 측량기사까지도, 자신들의 세계와 주인들의 세계 사이에 강요된 이 거리를 좁힐 수 없는 것으로 받아들였다. 라우지츠 산 속에서, 그리고 국경을 긋는 쇠버선,[180] 벙커로 요새화된 이 협로에서 그 소설을 읽는 며칠 동안 나는 나 자신과 나와 같은 편인 사람들의 어떤 기질과 특징들을 이해하게 되었다. 지난날 내가 외면했거나 아니면, 주의 깊게 생각하지 않았던 그런 특성들이었다. 측량기사는 노동자로서의 삶 그리고 노동자의 예속성을 이야기하고 있었다. 그는 자신이 성과 어떤 고용관계를 맺고 있다는 사실을 전제했다. 그는 상승을 원하는 게 아니었다. 자신의 계급에서 벗어나는 어떤 것을 얻으려는 게 아니었다. 단지 자신의 활동을 인정받으려는 것뿐이었다. 자신은 복종하는 자로, 일을 주는 사람은 독재자로 만드는 그 체제에 맞서지 않고, 그는 단지 자신의 현재 모습대로만 인정받고자 했다. 이런 그의 모습은, 우리 같은 사람들이 얼마나 강박적인 안분지족의 정서를 갖고 있는지, 또 얼마나 많은 사람이 따로 지시가 없

---

179) 프란츠 카프카의 『성』(1926)을 가리킨다.
180) Schöberlinie: 독일 및 폴란드와 만나는 체코 북단 국경인 라우지츠 산맥에 설치된 요새들. 나치 시대 체코의 국가방어선.

어도 자기보존 본능에서 기존 상황을 옹호하기까지 하는지 환기시켰다. 반대나 저항, 파업을 하면 생업을 빼앗길 수 있다는 두려운 마음에, 공장주가 주는 일자리에 감사해야 한다는 말을 종종 듣곤 했다. 사람들의 의식은 그 우세한 힘에는 결코 대항할 수 없으며, 짓밟히고 엎드린 채, 자신들은 언제나 아래에 있을 수밖에 없으며, 혹시 반항하면 얻는 것은 권리가 아니라 해고뿐이라는 생각에 철저히 지배되고 있었다. 우리는 그런 상태를 그냥 받아들이는 걸 비판했지만, 그 상황을 벗어나기 위해 우리가 할 수 있는 것은 별로 없었다. 성 측 사람들처럼, 우리의 상급자들도 불만 없는 노동자를 원한다고 말했다. 그들이 탄압을 신봉하는 건 전혀 아니었다. 그들은 그 나름으로 최고의 정의를 행하고 있었다. 비록 우리는 전혀 관여할 수 없는 정의지만 말이다. 당국에겐 무거운 책임이 있었다. 마을의 경제를 유지하기 위해, 저들은 끊임없이 머리를 굴렸다. 내가 성장하던 20년간 노동자들이 얼마나 비참한 조건에서 거주했는지 생각해보면, 성의 마을 주민들이 만족하며 지내는 궁색한 거처들은 살 만했다. 게다가 마을에서는 도시에서보다 성가신 일들이 적었다. 단지, 우리는 자주 복종하기를 거부했지만, 이곳 사람들은 절대적으로 복종했다. 끝없이 부탁하고 복종하면서 우리가 겪었던 궁핍과 굴욕은 이 성의 마을에서보다 심했다. 따라서 그 광범위하고도, 믿기지 않는 무기력은 분명 마을 사람들보다 우리가 더 심했을 것이다. 벗어날 수 없는 이런 질서 아래에서 우리 능력에 훨씬 못 미치는 일을 해야만 한다는 것은 마을의 생활 방식일 뿐 아니라 우리들 자신의 경험이었다. 나 자신이나 나의 부모, 코피네 부모뿐 아니라, 이런저런 직장에서 내 옆에서 일하던 사람들은 모두 늘 그런 굴욕을 당했다. 생산 과정에서 이들에게 허용된 것은 단순한 서너 가지 손동작뿐이었다. 이들은 아침부터 저녁까지 자신의 능력을 부정하고 무감각증과 의식의 망각에 더욱 깊이 빠져들 수밖에 없었다. 이러한 피폐함, 또 생계유지를 은혜로 보는 만연한 환상이 카프카 책의 출발점이었다. 책을 읽으면서 왠지 불안해지고 부담을 느끼는 것은, 거기서 우리의 모든 문제를 생생하게 만나기 때문이었다. 우리 측의 정책들을 언급하거나, 우리를 질곡에서 벗어나게 할 전망들을 논할 수는 있었다. 그래도 우리는 여전히 그 측량기사와 똑같은 압박을 느끼고 있었다. 책을 쓴 작가를 비난할 수도 있었다. 성에 누가 사는지, 자신을 그렇게 완벽한 존재로 관리하는 인물이 누구인지, 좀더 분명하게 말하지 않는다고. 지배자들을 거의 종교적이라고 할 어떤 모호한 신비로 감싸놓았다고, 성의 내부를 폭로하지 않았다고, 또 성의 몰락을 도모하는 움직임들을 보여주지 않는다고. 지금 문득 생각났는데, 예전에 이런 식의 반박을 들은 적이 있었다. 하지만 이런 반박은 무의미했다. 카프카가 그려내는 그 법칙이 무엇인지는 충분히 알 수 있었고, 바로 그 일관된 서술방식 덕분에 그 법칙은 더 강력하게 마음을 흔들었다. 성은 초라하며, 쓰러질 것 같은 모습에, 구식이고, 조금도 위엄이 없으며, 요새도 없었다. 아마 손쉽게 함락될 수 있었을 것이다. 게다가 어쩌다 나타나는 관리들은 왜소하고, 툴툴대고, 허약한 인물들이었다. 우리에게는 자본주의라는 건물 역시 꼭 그렇게 보였다. 곧 몰락할 듯 괴팍하고, 경멸스러웠다. 그런데도 계속 버티고 서서는, 악의에 찬 자잘한 공격을 가하고, 사기를 치고, 야비함을 드러내며, 허풍쟁이 심부름꾼과 세리와 경비원들을 동원해 우리를 옭아맸다. 사실주의 논쟁에서 카프카에게는 퇴폐적이라는 낙인이 찍혔다. 하지만 그런 반응으로 사람들은 응축된 현실의 모습에 눈을 감아버렸던 것이었다. 반항할 줄 모르고, 사소한 것들에 몰두하고, 소름끼치도록 무지한 사람들이 사는 카프카의 현실은 왜 아직도 그런 부조리를 단번에 일소하는 행동을 하지 않느냐는 물음을 우리에게 던지고 있었다. 내가 읽은 카프카의 책은 내게 절망이 아니라 부끄러움을 주었다. 소설 곳곳에서 성의 파견인과 마을 사람이 만날 때 보이는 태도는 알파 라발에서 내가 엔지니어나 공장장과 대면했을 때 충분히 자주 겪었던 바로 그것이다. 그런 순간에는 서로 애써 감추지만 양측 모두가 똑같은 거리감을 드러냈다. 감독관의 세련되고 친절한 태도가 느껴졌지만, 동시에 그가 나를 전혀 보고 있지 않으며, 그에게 나의 존재는 없다는 것 역시 분명했다. 충분한 휴식과 좋은 식사, 그리고 방금 목욕을 하고 난 감독관은 이른 오전에 조립부서를 순회했다. 반면 이미 네 시간째 원심 분리기를 조립하는 우리들은 땀범벅에 수면 부족으로 지쳐 있었다. 한번 둘러보고, 우리를 향해 고개를 끄덕이고, 작업반장과 몇 마디 나눌 때면, 감독관은 우리에게 일감을 주는 게 주주들이라는 걸 강조했다. 화를 내는 노동자는 단 한 명도 없었다. 우리는 부지중에 마음이 풀어졌으며, 칭찬과 대접을 받는다고 느꼈을지도 몰랐다. 왜냐하면 그렇게 누군가가 우리에게 나타나면, 우리가 공장 경영진에 가까워졌다고 생각하며, 해고당해 빈민구호소에 가는 일은 없을 거라고 믿으며 잠깐이나마 안심했기 때문이다. 결정권자들이 우리를 여전히 맘에 들어 하는지, 언제나 조마조마했다. 경제가 붕괴되었던 그 몇 년간은 노조도 우리의 안전망이 되지 못했다. 기업연맹의 높은 분들을 대변하는 인물들은 우리가 관철한 개혁과 권리들을 늘 우호적으로 말했다. 그렇지만 그분들에게 맞지 않으면, 훗날을 기약하자며 간단히 폐기해버렸다. 카프카의 책은 바로 이런 절대적인 결정권의 차이를 말하고 있었다. 고용주들이 저 높이 우리 위에 군림하는 현실을, 우리는 그 얼굴은 볼 수 없는 현실을, 우리는 그냥 놔두었던 것이다. 그들의 집으로 찾아가, 그냥 방문을 열어젖히고, 그 앞에 나서서 우리의 의견을 말한다는 것은 생각할 수도 없었다. 측량기사가 성을 직접 방문한다는 걸 상상할 수 없었던 것과 같았다. 주인 나리들이 보낸 사람이면 아무리 하찮아도 우리보다는 나았다. 아무도 그를 제지하지 않았다. 대리인은 허풍을 치고 제멋대로 뻔뻔하게 행동할 수 있었다. 명령권자들이 자기 구역에 몸을 감추고, 그들의 바쁜 움직임이 소리로, 노래로, 웽웽대는 울림으로 다가오는 건 우리들이 겪은 것과 꼭 같았다. 지친 측량기사가 기진맥진한 채 성으로 연락을 취하려고 수화기를 들자, 들려왔던 바로 그 소리처럼. 그는 물론 저 위의 책략을 설명해줄 어떤 내용도 듣지 못했다. 어떤 중요한 일, 심대한 파장을 낳을 어떤 일이 진행되고 있다는 인상을 불현듯 받았을 뿐이다. 어떤 세계적인 엄청난 사업이 진행된다는 인상. 우리는 그저 그 전체 과정의 작디작은 한 부분으로 복무해야 하는 그런 사업이. 제국주의의 목소리가 바로 그랬다. 경제가 이루어지는 그 관계망을 이해하기 어려운 사람에게는 그렇게 들렸다. 하지만 우리가 그런 관계망을 파악했다 해도, 우리는 여전히 그 소리의 진원에서 멀리 떨어져 있었다. 우리가 화부로, 기계공으로, 운반부로, 수레꾼으로 그 과정에 참여하고 있음에도 불구하고, 우리가 가진 것은 오로지 단 하나, 파업이라는 힘뿐이었다. 그 힘은 측량기사의 마을 사람들은 몰랐던 것이었다. 그 힘은 우리가 스스로 학습한 결과였다. 카프카가 이 점에 대해 침묵했다고 비난할 수는 없었다. 우리 자신이 파업이라는 무기를 사용하는 데 너무나 소심했으며, 또 일단 파업을 결심했다가도 늘 다시 물러서서 똑같은 옛날이야기를 들떠서 노래하지 않았던가. 그런 옛날이야기가 아래에 있는 평범한 우리들 사이에서는 한동안 사라졌는데, 다른 데서는 오히려 더 커지고 있었다. 카프카의 책을 읽으면 읽을수록 우리의 세계가 더 층층이 들추어내졌다. 이 책은 일자리를 잃는 실업 이야기만은 아니었다. 어디서나 작동 중인 우월한 권력에 대해 우리가 맺고 있는 관계 전체의 이야기였다. 우리는 재벌과 독점 대기업들의 사업에 어떤 영향도 미칠 수 없었다. 또한 대규모 상품 교환 사업이 얼마나 잔인해지는지, 어떻게 착취가 살인강도로까지 치닫는지, 우리는 잘 모르고 있었다. 정치 세포조직에 가담했던 우리 역시 마을 사람들의 무지함에서 그리 멀지 않았다. 사회과학이 우리의 것이라고 예정해준 그런 인식 수준은 우리에겐 여전히 멀었다. 내 부모님이나 친구들은 사는 곳을 한 번도 스스로 선택해보지 못했다. 우리는 상황이 돌아가는 대로 옮겨 다녀야만 했다. 그러면서도 누울 곳이 있다는 사실 자체를 기쁘게 여겼다. 수년간 공장 돌바닥에 선 채로 일하면서 허리와 등에 관절염이 생겨, 소파에 구부정하게 앉아 있던 어머니의 모습이 눈앞에 떠올랐다. 퉁퉁 부은 두 발을 대얏물에 담그던 코피 어머니가 떠올랐다. 직물 공장의 솟구치는 김에 휩싸여 있던 아버지, 바른스도르프 부엌에서 웃통을 벗고, 수작업 염색에서 생긴 푸르죽죽한 얼룩들을 긁어내던 아버지, 또한 살갗에 튄 타르 자국과 쇳가루를 저녁마다 씻어내던 브레멘의 아버지가 떠올랐다. 내가 알았던 그들 모두가 마을 사람들과 비슷했다. 한 공간에 언제나 너무 많은 사람이 복작댔다. 여자들, 남자들, 아이들. 한 명은 이불을 머리까지 뒤집어쓴 채 이편에서 자고, 다른 한 명은 탁자 앞에 앉아 함지박의 물로 몸을 씻는다. 한 공간에서 모든 걸 했다. 이편에서는 얘기를 나누고, 저편에서는 누군가가 관자놀이에 손을 얹고 책을 읽느라 고개를 숙인 채 앉아 있다. 마흔이 넘은 사람은 이미 퇴물로 취급되었다. 나이 든 사람들은 한 귀퉁이에 쓰레기처럼 웅크리고 앉아 있었다. 호젓이 또는 단둘이 있을 기회는 없었다. 여자와의 데이트는 그래서 술집 카운터 뒤나, 여기저기 흘린 맥주가 고인 맨바닥에서 했다. 측량기사의 여자 친구인 프리다, 한때 성 관리의 애인이었기에 여전히 뭔가 특별한 프리다조차도 비쩍 마른 몸에 병약했고, 피부는 누르스름하며, 머리숱은 듬성듬성했다. 소설이나 영화에 나오는 이성 간의 유혹이나 다정함은 우리에게는 생각할 수 없는 것이었다. 카프카는 프롤레타리아 소설을 쓴 것이었다. 그의 소설에는 사랑 이야기가 없었다. 우리에게 무언가 부족하다는 것, 있어야 할 뭔가가 없다는 것을 우리는 생각조차 못했다. 젊은 여공들이나 일자리를 잃은 아가씨들은 소설의 마을 여자들이 겪는 것과 같은 모욕을 당했다. 성에서 나온 직원이나 서기들은 마을 여자들을 건드리고, 불러내고, 이용하고, 내팽개칠 수 있었다. 여자들은 이들의 손아귀에 있었다. 그러면서도 마을 여자들은 그 못된 남자들 중 누구에게라도 관심을 받고 몸을 바치면, 자기 가치가 올라가는 거라고 믿기까지 했다. 많은 단순 포장직 여공과 여자 사환은 사무직 남자에게 선택되기를 바랐고, 우리 위의 사무직 여직원들은 관리부의 멋쟁이 남자들을 바라보며 치장을 했다. 프리다는 자기 계급의 남자에게 돌아온 셈인데, 그래서 삐딱하다는 이유로 바로 문책을 당했다. 더는 자신을 이용하도록 놔두지 않겠다는 결심 때문에 그녀는 축출당한 것이었다. 자신을 팔아야 하는 법칙이 지배하는 사회에서 자립을 원했던 그녀는 몰락할 수밖에 없었다. 라우지츠 산맥의 최고봉인 라우셰에서 나는 멀리 독일 쪽으로, 슈피츠베르크 아래 가을빛으로 물든 숲 뒤로 부모님이 사는 마을을 바라보았다. 그곳을 바라보며 나는 카프카가 그리는 피폐함과 황량함, 그 패배의 공간이 우리를 쓸데없는 고민과 방관에 빠지게 하지는 않는지, 스스로에게 물었다. 더러움, 궁핍, 비천함. 우리가 잘 아는 이 모든 것을 고통스럽게 환기함으로써, 바뀌지 않을 것처럼 보이는 현실에 저항할 힘을 빼앗는 건 아닌지 물어보았다. 하지만 다음 순간 나의 저항은 내가 받은 상처와 충격과 함께였다는 걸 다시 생각했다. 구부정하고, 피폐해지고, 망가진 이 마을 주민들에게서 나는 바로 내 주변 사람들을, 또 나 자신을 발견했다. 우리한테도 그런 둔명함, 구부정한 자세, 속물적인 불만이 있었다. 발전이나 목표를 추구하는 경우에도, 우리 중 많은 이가 성의 관청으로부터 인정받으려고 애쓰는 측량기사와 비슷했다. 물론, 저편 자이프헨너스도르프[181] 국경에 서 있는 나무들 뒤로는 아무리 작은 나약함, 아무리 작은 방심도 용납되지 않는 현실, 어떤 권태의 징후도 물리쳐야 하는 그런 현실이 시작된다고, 다짐에 다짐을 거듭할 수도 있을 것이다. 그래도 카프카의 작품이 우리의 사회적 정치적 세계에 갖는 의미는 여전했다. 성의 위계질서 속에서 모든 사람은 각자 맡은 일이 있었으며, 정확히 허용된 것 이상은 아무것도 몰랐고, 언제나 다른 사람들이 요구하는 대로만 움직였다. 성에는 실제 체험이 꿈의 장면으로 이어지는 그런 마력이 있었다. 그건 우리가 직접 겪는 현실이기도 했다.

『성』을 『베딩의 바리케이드』와 비교하면, 내가 보기에 매우 중요한 서로 다른 두 개의 본질이 다시 한 번 대비되었다. 『성』에는 다층적이고, 난해하며, 결코 손에 잡히지 않는 현실이 있었고, 『베딩의 바리케이드』에는 구체적이고, 거칠고, 육중한 현실이 있었다. 적갈색 장정을 한 카프카의 책은 끝없이 가지를 치는 생각들, 얽히고설킨 도덕적 윤리적 철학적 상념들, 현상의 의미와 행동의 의도를 묻는 질문으로 가득했다. 1마르크

---

181) Seifhennersdorf: 독일 작센 지방 동남단 체코 국경에 인접한 소도시.

짜리 적색소설 시리즈물인 노이크란츠의 투쟁서[182)]에는 질문은 없었다. 오로지 답만 있었다. 허무주의는 미연에 방지하고, 고통은 실제적인 수단으로 대응하라고 외쳤다. 이 책은 직접 행동을 하도록 우리를 고무했고, 우리 동네 사람들 누구나 이 책을 이해할 수 있었다. 여기에는 우회나 상념을 위한 시간은 없었다. 싸워 물리쳐야 할 것이 무엇인지 결정되어 있었으며 분명했다. 카프카의 마을 위에 불길하게 숙명처럼 버티고 선 그것은 베딩 사람들에게는 명백한 계급 억압이었고, 그들은 그에 맞섰다. 카프카의 책이 상상 속에서 천천히 형태를 잡아가는 유동적인 질료로 이루어졌다면, 노이크란츠의 책은 부딪힐 수 있는 물건이었다. 그곳에는 복잡한 대화도, 세밀한 심리 분석도, 자아를 포획한 세계에 대한, 절망과 죄의식으로 점철된 탐구도 없었다. 거리에 쌓인 돌들에 하나를 더한 바로 이 돌, 현관을 질러 잠근 바로 이 각목, 상처를 동여맨 바로 이 붕대가 있을 뿐이었다. 카프카의 책에서는 성의 본질을 해석한 내용들이, 여기서는 실제 사실로 나타났다. 측량기사가 감히 엄두도 내지 못했던 성으로의 진입을 이 책의 노동자들은 겁내지 않았다. 이들에게 성은 알렉산더 광장에 있는 경찰서였다. 더럽게 얼룩진 바지와 앞치마를 두른 채 가설 방어물에서 출발한 노동자들은 곧장 복도를 따라 실권자들의 사무실을 향해 전진했다. 그들은 경찰청장의 방 앞 대기실로 쳐들어갔다. 비서들이 구슬렸지만 아랑곳하지 않고, 그들은 대변인에게 그들의 요구를 내세웠다. 그 조그만 남자는 카프카가 본 그대로였다. 육체노동과는 거리가 먼, 딱 붙은 맞춤복이 왜소한 몸을 감싼 것이며, 말 많고 허세를 부리는 그 모습은 성의 관리들과 잘 어울렸다. 다른 점이라면 노

---

182) 소설 『베딩의 바리케이드』를 가리킨다.

동자들이 그에게 전혀 존경심을 보이지 않는다는 것이었다. 그들은 구걸하며 그를 대하지 않았다. 그들은 자신의 권리를 요구했다. 그런 다음 그들 역시 온갖 말장난에 넘어가 그냥 물러났지만, 그들은 적의 아성 한가운데로 돌진할 수 있다는 걸 보여주었다. 이것은 대단한 일이었다. 당시 상황에서 상상할 수 있는 가장 용기 있는 행동이었다. 그다음 벌어진 가두 전투 역시 그들의 용기가 얼마나 대단했는지 보여주었다. 그것은 그들의 죽음과 파괴로 끝날 수밖에 없었던 전투였다. 아직은 성을 접수할 수 없었다. 인간다운 삶, 착취의 종식을 요구하면, 상대는 모른다며 몸을 뺐다. 만나보기도 힘든 높은 사람들에게 가보라는 식이었다. 마을 사람들을 피폐하게 만든 그 경직된 질서를 더는 견딜 수 없었다. 그것은 쳐들어오는 탱크나, 쿵쾅대는 대포보다 더 무서웠다. 저항과 반격의 의지가 있다는 것을 보여주어야만 했다. 노동자들이 2~3일이나 버텼다는 것, 오로지 이 사실이 그들이 이룬 승리였다. 이제부터 성의 지배자들도 저 밖의 고요가 마지못한 것이며, 언제라도 다시 깨질 수 있음을 알았을 것이다. 카프카는 이 문제를 떠나지 못했다. 그는 언제나 동일한 출발점으로 다시 돌아왔다. 그는 혼자 생각에 골몰하다, 새로운 운신의 가능성을 찾아보다가, 기회를 기다리다가 박차고 일어났다. 그리고 실망하고, 쫓겨나고, 굴복당했고, 어떤 결실도 얻지 못했다. 하지만 결코 포기하지 않았다. 카프카의 소설이 결말이 없는 것처럼, 그의 실험은 끝이 없었다. 어떤 개별 경우를 다룬 게 아니었다. 그는 삶 전체를 다루었다. 희망은 없으나 행동은 있는 삶. 카프카의 주인공은 익명이자 암호였다. 그려진 것은 사유의 모습이었다. 주어진 한계 때문에 고통스러워하는 사유, 오로지 자기 한계의 확장, 자기 한계의 파괴를 원하는 사유. 노이크란츠는 특정한 시대적 상황으로 곧장 다가갔다. 벌어진 사태를 어떻게 봐야 할지를, 객관적으로 사실적 자료들을 가지고 설명했다. 노이크란츠의 언어는 미묘한 맛은 없었다. 작업 중의 대화처럼 그렇게 얘기했다. 지성의 세계를 노동의 세계와 분리하는 게 당연해 보이겠지만, 그런 경우 전자의 의도나 후자의 의도 양쪽 다 어떤 왜곡을 겪을 것이다. 나는 과거 한동안 실제적인 일들에 반해 예술이나 문학을 하는 것은 외도며 고립이라고 생각했었다. 다른 사람들도 지적 생산물에 불신과 경멸을 보이곤 했다. 하지만 지금 내가 비교하는 이 두 책은, 그 다른 두 세계가 얼마나 서로 연관되어 있는지, 얼마나 서로를 보충하며 서로를 필요로 하는지 분명하게 보여주었다. 내가 읽은 카프카의 책에는 우리의 일상이, 그 포장실, 조립실, 새벽 4시 반에 또는 근무교대 후 미어터지는 전차를 타고 가던 그 귀갓길이 멀리 있지 않았다. 노이크란츠의 책이 묘사한 무력은 그 뒤에 이념이 없었다면 무의미했을 것이다. 목전의 구체적 현실과의 투쟁만큼이나, 미로와 같은 것, 비유적인 것 역시 우리와 가까이 있었다. 지적 탐구와 저항 투쟁은 같은 입장의 두 가지 측면이었다. 이곳 바른스도르프에서 여행하며 보낸 며칠간, 지금까지 퇴행적 반응으로 보였던 예술의 여러 원칙이 보다 설득력 있고 자명하게 다가왔다. 책을 읽으면서, 그림을 보면서 내가 만나는 건 더 이상 전문가들만의 어떤 특수한 외딴 세계가 아니었다. 책과 그림이 보여주는 모든 게 오히려 내 일상의 경험에 녹아들었다. 노이크란츠의 이야기를 읽으면서부터 어느덧 나는 글쓰기를 일종의 수작업, 일종의 직업으로 생각하게 되었다. 과거 나는 쿠퍼나 디포, 디킨스, 메리엇, 멜빌, 스위프트, 포, 콘래드, 잭 런던을 읽었다. 하지만 스스로 무엇을 기록하고, 무언가를 밝혀보고 싶다는 마음이 들게 한 것은 『베딩의 바리케이드』가 처음이었다. 나도 그렇게 단도직입으로, 솔직하게, 내 입장을 가지고 써보고 싶었다. 샤르펜베르크 고교 시절 작문을 할 때면, 나는 그런 식으로 써보곤 했다. 성(城)에 관한 그 책은 오랫동안 쌓여온 불안과 그 불안의 출발점이기도 한 나의 지식욕을 자극했다. 그 책은 숨 막히는 느낌을 불러일으켰다. 그리고 나의 약점과 놓쳐버린 기회들을 직시하게 했다. 6년 전, 그때는 넘지 못할 것이란 없었다. 나는 바움베르더 섬[183])을 마주 보고 휘감아 도는 강변의 갈대밭 보리수나무 가지에 걸터앉아, 푸른색 노트에다 생각나는 대로 빠르고 거침없이 한 글자도 고치지 않고 써내려가곤 했다. 그런 다음 나는 노동의 세계에 발을 들여놓았는데, 꾸민 생각을 쓰는 것은 쉬웠지만 반대로 실제로 겪은 일을 표현하는 건 몹시 힘들었다. 표현을 찾아내려면, 우선 우리를 따라다니는 의기소침과 무기력을 극복해야만 했다. 우리는 예술의 진실이 무엇인지 고민했다. 그리고 진실은 바로 우리 자신의 감각과 신경을 거친 재료, 그것이어야 한다는 생각이 들었다. 하지만 사유와 판단을 오로지 우리와 연관시키려고 하면, 또 사유와 판단이 삶의 일부며, 어떤 전체적 맥락에 통합되어야 하며, 그것을 통해 우리의 자립을 실현해야 한다고 말하고 나면, 우리는 우리의 기계와 공구들, 작업실 출입기록계, 우리의 비좁은 공간들이 도서관이나 박물관, 또 학문과는 얼마나 무관한지 새삼 느끼곤 했다. 지속적 탐구나 시야의 확대는커녕, 우리는 서로 놀리며 웃어대고, 서로 야유를 던지며, 아무 생각 없이 코앞 작업대만 보았다. 까마득한 옛 시절, 그곳, 학교가 있던 섬 한 끝자락에서 나는 파업 노동자들을 선동하고 있었다. 그리고 통째로 외워버렸던 『공산당 선언』을 나는 확성기에 대고 슈테틴 역 앞 광장 너머로 외쳐보곤 했다. 또는 오라니엔 광장 드레스드너 가에 있던 어느 집 다락방, 내가 화실로 삼았던 그

183) Baumwerder: 베를린 테겔 호수의 섬. 샤르펜베르크 섬과 인접해 있다.

방의 창문 뒤에 숨어서 나는 거대한 해방의 우화를 그렸다. 그런 다음 플루크 가에 오면 그 환상들은 먼지처럼 흩어져 날아가버렸다. 사회적 불안, 경제적 궁핍, 그리고 정치적 폭력은 어떤 소망도 자라지 못하게 했다. 1937년 9월에 와서야 나는 지적 인식을 위해 애쓸 때는 언제나 동료들의 침묵과 피로를 고려해야 한다는 것을 이해하기 시작했다. 또한 우리가 알아낸 모든 게 그들을 위해 성취한 것이기도 하다는 걸 깨닫기 시작했다. 예술과 문학을 섭렵하려고 애쓰는 우리의 목표와 그 안에 담긴 진실은 바로 그때까지 예술이나 문학과 무관하다고 느꼈던 사람들 간의 유대를 강화하는 것이 아닌 다른 어떤 것일 수 없었다. 우리가 예술의 고유한 가치를 찾아간다면, 우리는 어떤 진공상태에 빠질 위험이 있었다. 우리 삶의 영역, 그 조건과 특수성, 그 행동 방식들과의 상호작용 속에서만 우리의 배움, 우리의 탐색은 비로소 어떤 결실을 맺을 수 있었다. 하루에 적어도 한 시간 책을 읽거나 학문적 문제를 다루지 않으면, 그날은 뭔가 부족하다는 걸 우리는 사실 오래전부터 실감했었다. 정치사회학 개설서들이나 야간학교 강좌들은 생각할 여유를 주지 않는 일상에 저항하는 우리에게 학습 자료를 제공했다. 하지만 요 몇 년간 특히 우리의 관심을 끌었던 문제, 또한 우리의 사유를 확장하는 데 도움을 준 한 가지 문제만큼은 우리 자력으로 설명을 찾을 수밖에 없었다. 그것은 우리 삶의 조건인 이중성, 대립성, 모순의 문제였다. 현실을 직접 몸으로 만날 때 다가오는 이 문제에서, 무엇보다 소설과 시와 미술에서 얻는 자극들이 우리의 체험이나 생각들에 잘 맞았다. 무엇보다 이런 것들이야말로 우리가 우리 자신과 조화를 이룰 수 있게 도와주었다. 우리의 사유는 대립적인 명제들 사이를 이리저리 치달았다. 기절할 지경이었지만, 우리는 끈기로 버텼다. 우리의 상상력은 전제적 질서에 맞섰다. 행동의 자유를 체계적으로 말살하는 것에 우리는 자발성으로 대항했다. 현재의 시대적 사건들을 설명할 절대적으로 옳고 정확한 답은 찾을 수가 없었다. 하지만 우리는 우리가 가진 근본적인 답에 의거해서 그에 저항했다. 우리는 졸라, 고리키, 바르뷔스, 넥쇠 다음으로 우리 시대의 노동자 작가들의 작품을 읽었다. 이들이 새로운 건 무엇보다 뒤채와 임대 아파트에서, 어둡고 지저분한 작업장과 지하창고에서, 또 선반기, 기계, 적하용 지지대에 붙어 선 채 돌아가는 우리의 삶을 묘사했다는 점, 또한 노동자총회와 파업 준비, 그리고 정치적 충돌을 사실적으로 묘사했다는 점이었다. 클레버, 고체, 횔츠, 브레델, 마르흐비차,[184] 노이크란츠의 책들에서는 우리는 침울하고 우울한 무력감과 직접적인 투쟁 사이를, 또 지하의 삶과 투옥 사이를 오가는 프롤레타리아의 현실을 만날 수 있었다. 오직 이런 책들만이 우리에게 가치가 있다는 의견을 우리는 종종 들었으며, 또 스스로 그렇게 주장한 적도 있었다. 왜냐하면 이런 책은 우리의 실제 모습과 우리의 과제를 묘사하고 있었고, 또 짓누르는 단조로움을 떨치고 자신의

---

184) Kurt Kläber(1897~1959): 독일의 노동자 작가이자 언론인으로 독일 공산당 당원이었다. 1933년 스위스로 망명했다. 대표작으로는 청소년 소설 『붉은 조라*die rote Zora*』가 있다.
　　Otto Gotsche(1904~?): 노동자 작가로 독일 공산당원이었으며 프롤레타리아 혁명작가동맹 소속이었다. 지하 저항운동 참여했고 1958년 동독 정부의 국가상을 수상했다.
　　Max Hoelz(1889~1933): 농촌 노동자 출신 작가로 독일 공산당원이었다. 1928년부터 소련에 체류하면서 자서전 『흰 십자가에서 적기편으로*Vom weißen Kreuz zur roten Fahne*』를 출간했다. 소련에서 연설가로 활동하다 1933년에 익사했다.
　　Willy Bredel(1901~1964): 선반공 출신의 독일 작가로 공산당원이었다. 망명 시절 브레히트 등과 함께 『말*Das Wort*』을 편집했다. 1937년 스페인 국제군 텔만 부대의 정치위원을 지냈으며 1939년 이후 소련에 체류하다 동독으로 귀환했다.
　　Hans Marchwitza(1890~1965): 독일 노동자 작가로 공산당원이었다. 스페인 내전에 참여했으며 잠시 국제여단 정치의원으로 활동했다. 1941~46년 미국 망명 시절 노동자로 생활하다 1946년 동독으로 귀환했다.

힘을 계발하는 방법을 알기 쉽게 알려주었기 때문이다. 이런 책들의 직설적 어법, 단순한 르포 형식의 문체는 억압적 현실을 정확히 알려는 노력에 부합한다고 생각했다. 등장하는 인물 하나하나의 성격을 파고들고, 내면세계나 수시로 변화하는 공간들을 묘사하는 기교적 기법들은 모두 본질적 문제에서 이탈하는 것이라고 느꼈다. 개인적인 것이 아니라, 계급의 관심을 표현하는 것이 옳다고 생각했다. 작가들은 이런 계급적 단결로 개인주의적인 소설에 대항해야 한다고 우리는 생각했다. 도도하고, 온갖 상상으로 넘쳐나는 그런 소설은 부르주아 문화의 요새 안에 자리를 튼 채 우리의 반대편에 층층이 솟아 있었다. 그렇지만 롤랑이나 트라클, 하임과 하웁트만, 베데킨트[185]에만 와도 우리의 이런 생각은 흔들렸다. 우리가 미성숙에서 벗어나는 그만큼, 우리의 직접적인 생활공간 밖의 경험을 기록한 것에도 우리는 열린 자세를 갖게 되었다. 우리의 일상활동과 연관을 갖는 언어가 확대되었다. 갑자기 작업장 출입기록기계나 재고조사 목록, 임금협상, 노조회합과 외양상 전혀 무관한 시들이 이해되었다. 머지않아 우리는 『장 크리스토프』, 고흐의 편지, 고갱의 일기, 지드의 『위폐범들』, 함순의 『굶주림』을 방수포에 싸들고 와, 점심시간이면 상자들을 비집고 한구석에 모여서 읽었다. 바이네르트, 베허, 렌, 플리비에르, 되블린, 제거스, 키시, 바이스코프, 프리드리히 볼프,[186] 브레히트

---

185) Georg Trakl(1887~1914): 오스트리아의 초기 표현주의 시인으로 제1차 세계대전에 위생병으로 참전 중 신경쇠약에 빠져 1914년 자살했다.
Georg Heym(1887~1912): 독일의 표현주의 시인.
Gerhart Hauptmann(1862~1946): 독일 자연주의 문학의 대표적인 극작가이자 소설가로 1912년 노벨 문학상을 수상했다.
Frank Wedekind(1864~1918): 독일의 극작가. 표현주의 문학의 선구자로서 보수적 도덕을 공격하는 사회비판적 작품을 썼다.
186) Erich Weinert(1890~1953): 독일 사회주의 작가이자 공산당원으로 『적기』 발행에

가 부르주아나 소시민 계급 출신이지만, 사고의 전환을 통해 노동자 계급의 대변자가 된 것처럼, 우리 역시 우리의 입장을 바꾸지 않은 채 사회의 다른 분야의 문제를 이해하게 되었다. 스스로를 과도기의 모순에 대입해보면 우리는 부르주아 계급 작가들이 고전에서 배운 치밀한 세부 묘사 기술을 발휘하면서 와해하고 몰락하며 파산하는 그들의 시대를 전하는 이야기들을 빨아들였다. 이들의 글을 다루는 게 어떤 때는 마음에 걸리기도 했다. 왜냐하면 그런 독서는 부르주아 계급의 작가들과 가까워지고, 타협하는 거라는 비난, 또는 변절의 전 단계라는 비난을 받았기 때문이다. 이제 주변을 둘러보면, 이 분야에서 했던 우리의 모든 작업은 옳은 것이었다. 착취 체제는 전 사회 계층을 관통하는 것이었다. 우리는 모두 그 위계질서에 포획되어 있으며, 무한히 뻗어나간 서열 체계에 우리

참여했다. 프롤레타리아 혁명작가동맹 창립 멤버이며 1937~39년 스페인 내전에 참전하기도 했다.

Johannes R. Becher(1891~1958): 독일 사회주의 작가이자 시인으로 문화정치가이며 공산당원이었다. 1954~58년에 동독의 문화부장관을 역임했다.

Ludwig Renn(1889~1979): 제1차 세계대전 장교 출신으로 1928년에 독일 공산당에 가입해 『적기』 편집자로 일했다. 스페인 내전에 참전하고 동독으로 귀환했다.

Theodor Plivier(1892~1955): 독일의 작가로 빌머스하펜 수병 폭동에 참여했다. 소련으로 망명한 뒤 종전 후 구동독과 서독을 거쳐 1953년부터 스위스에 거주했다.

Alfred Döblin(1878~1957): 독일의 소설가이자 수필가로 독일 모더니즘 문학의 선구적 인물이다. 대표작은 『베를린 알렉산더 광장』(1929)이다.

Anna Seghers(1900~1983): 독일의 작가로 1928년 공산당 및 프롤레타리아 혁명작가동맹에 가입했다. 프랑스 망명 시절 다양한 저항운동에 참여했으며 1947년 동독 지역으로 귀환했다.

Egon Erwin Kisch(1885~1948): 체코의 언론인이자 독일어 작가이면서 오스트리아 공산당원이었다. 1937~38년에 스페인 내전에 참여했으며 1948년 프라하로 귀환했다.

Franz Carl Weiskopf(1900~1955): 유대계 독일 가문의 체코 언론인이자 작가로 1928년 프롤레타리아 혁명작가동맹에 가입했다. 1953년부터 동독에 거주했다.

Friedrich Wolf(1888~1953): 독일의 의사이자 작가로 1928년 공산당 및 프롤레타리아 혁명작가동맹에 가입했으며 1949~51년에 주체코 동독 대사를 역임했다.

나름의 책임이 있었다. 온갖 방향의 혼란과 불만, 파괴, 그리고 권위주의의 반란을 기록하는 책들을 편견 없이 접하면 접할수록, 세상의 모습은 다양해졌고, 언어의 풍성함은 더 잘 이해되었다. 처음에 우리는 더듬거리는 언어로 시작했다. 독서를 할 때, 창작을 할 때, 우리는 우리 삶의 출발점이었던 저 밑바닥으로 늘 되돌아가곤 했다. 현실의 복잡한 연관관계를 새로 배울 때마다, 우리는 우리와 우리 동료들을 놓아주지 않는 가난을 떠올렸다. 우리에게 책은 디딤돌이었지만, 카네티의 책에 나오는 책벌레 인간 킨 교수는 책에 파묻혀 죽었다.[187] 우리에게 책은 너무나 귀했다. 책을 구입한다는 건 힘든 일이었다. 킨은 넘치도록 많은 책을 가지고 있었다. 그가 얻은 모든 지식은 자기만의 화염 속에서 불타버렸다. 지식에서 결론을 끌어내는 대신, 그는 격렬한 광기 속에서 몰락했다. 『밤의 끝으로의 여행』에서 가난과 고통의 수렁에 빠져 있었던 셀린 역시 개선의 가능성을 가늠할 전망을 보여주지 못했다.[188] 저항 대신 조소와 저주만이 있었다. 정치적 지하운동 대신 셀린은 어떤 희망도 없는 절망의 지하 세계를 보여주었다. 하지만 이런 극단적인 반명제들은 우리 스스로 좀더 적극적으로 답을 찾아보게 만들었다. 책이 병적 상태를 기록했다면, 우리의 일은 발병의 원인을 밝히는 것이었다. 부르주아 계급 출신의 예술가들이 자신의 권태와 소외를 표현했다면, 개인적인 고통을 파고든다는 점에서 그들이 여전히 출신 계급에 고착된 것일 수 있었다. 그러나 글을 씀으로써, 그들은 바로 문학을 불필요하고 사치스러운 일로 보는

---

187) 1981년 노벨문학상을 받은 불가리아 태생의 영국 작가 엘리아스 카네티(Elias Canetti, 1905~1994)의 소설 『현혹*Die Blendung*』의 주인공 페터 킨을 말한다.

188) 프랑스 작가 루이 페르디낭 셀린(Louis-Ferdinand Céline, 1894~1961)의 대표작 『밤의 끝으로의 여행』(1932)을 말한다. 셀린은 전후에도 허무적 사상과 반체제·반유대 입장을 고수하다 전범 작가로 찍혀 덴마크로 망명했다.

그런 사람들에게 다가섰다. 그들 자신은 아마 그런 사실을 잘 이해하지 못했을 것이다. 그들이 자신의 절망과 무기력을 영원히 넘어서지 못할 수도 있었다. 자신의 불안에서 정치적 통찰을 끌어내려는 노력으로 결코 나아가지 못했을 것이다. 자신의 출신 계급을 단지 일반적으로 경멸하면서, 결코 혁명적 세력과의 연대에 이르지 못했을 것이다. 하지만 침울하든 열정적이든, 목표의식이 뚜렷하든 막연하든, 그들이 속한 변화의 움직임은 너무나 거대한 것이었다. 진보를 위한 투쟁이 도처에서 벌어지고, 표현의 기준과 방법들이 변화하는 중이며, 와해와 혁신이 교차하고 있다는 것을 우리는 분명히 알 수 있었다. 중산층이나 소시민층 출신들은 완전히 혼란에 빠져 상황의 변화를 마구 요구했다. 많은 사람이 파시즘에 걸려들었다. 그들은 어설픈 논리로 반동들의 싸구려 이론에 빠져들었다. 어떤 사람들은 자신이 얼마나 자본에 종속되어 있는지 깨닫기 시작했다. 이들 역시 임금노동자들이었다. 잉여가치의 생산자, 착취당하는 사람들이었다. 사무실, 관청, 대학, 연구소, 어디서 일하든 이 계층 사람들은 누구도 생산수단을 소유하지 않았다. 일단 자신의 상황을 직시하려고만 들면, 이들은 모두 산업 현장에서, 공장에서 일하는 사람들과 연대할 수 있었다. 그렇게 노동자 계급의 개념은 확대되었다. 과거 부르주아지로 분류되었던 사람들 중 점점 더 많은 사람이 프롤레타리아 계급이 가는 길에 동조했다. 그들은 종종 이론과 실천으로 기여하면서, 이 길의 의미를 더욱 높여주었다. 위기의 시대를 말하는 책들이 이런 생각을 직접 표현하는 경우는 매우 드물었다. 표방한 바로는 그런 책들은 교양 있는 엘리트들을 위한 것이었다. 결정적인 발걸음은 아직 내딛지 못한 셈이었다. 단지 초조감, 기존 현실에 대한 싫증, 어떤 미래 지향성이 그런 대변화를 추측하게 만들었다. 과거의 구속에서 벗어난 새로운 진보 세력들을 보면서, 우리는 우리의 위치에 대해 좀더 생각하게 되었다. 우리와 연대한 대학생과 학자들, 예술가와 작가들이 자신들의 출신 계급을 불변이라고 여기지 않았던 것처럼, 우리 역시 특정한 사회적 경제적 조건 때문에 유일하게 우리만 프롤레타리아 계급의 주인이라는 오해를 뛰어넘어야 했다. 오히려 우리의 입장을 정확히 구분해, 다시 한 번 선택하고 규정해야 했다. 노동자 계급을 위해 행동하는 사람이 노동자 계급이었다. 출신 계급은 상관없었다. 상당수의 노동자가 혼란에 빠져 자신들의 출발점을 이탈한 지금, 이 점은 특히 중요했다. 프롤레타리아 계급의 광범위한 행동 통일은 실패했다. 노동자들은 파시즘과 분명하게 갈라서지 못했다. 이제 파시즘에 대항하는 것은 인민전선으로만 가능했다. 인민전선은 프롤레타리아 계급에 전속되지 않았더라도 반파시즘 투쟁 의지를 공유하는 단체와 정당, 국민 계층을 포괄했다. 단 노동자 계급이 단결하지 못했다고 해도, 다른 정치적 집단들과의 협력 과정에서 주도적 역할을 하겠다는 목표를 포기할 수는 없었다. 노동자 계급은 언젠가는 그런 역할을 해야 할 것이었다. 소련, 스페인, 중국에서 이미 그렇게 되었다. 전술적 동맹에도 불구하고 계급 대결은 계속되어야 했고, 경우에 따라 강화되어야만 했다. 아버지는 사회적 세력들 내의 이런 계층 변동을 역사적 동맹이라고 했다. 그러면서 아버지는 10년간의 수감 생활 끝에 올해 4월 이탈리아 파시스트들의 감옥에서 사망한 그람시를 언급했다. 그람시는 역사적 상황을 근거로, 시민계급의 강박관념에서 벗어난 지식인들이 노동자들과 함께 뚫게 될 길을 암시했었다. 그렇다고 지금까지 특권을 누리며 지배자들을 위해 복무했던 사람들의 손에서 문화 자산을 단순히 전수받는 건 아니었다. 그런 식이라면 문화의 탈정치화, 계급투쟁의 거부 역시 물려받게 될 것이었다. 그보다는 이제 기존의 성과와 우리만의 표현을 향한 노력 간의 상호작용이 시작돼야 했다. 우리가 문화를 우리 것으로 만들면서, 그 문화를 한 부분으로 포함했던 전체 체제는 파괴되어야만 했다. 우리를 발전시킬 문화는 새로 창조되어야 했다. 프롤레타리아트라는 땅 위에 정립되고 또 그 땅 위에서 해석될 때만이, 문학과 예술 그리고 철학 작품들은 비로소 새로운 의미를 얻게 될 것이다. 저 아래 깊은 곳에서 우리의 눈길은 과학의 시대를 향하고 있었다. 아직 우리는 공포와 박해의 단계에 있었다. 아버지 머리 위로 뚫린 좁은 창문으로, 다시 끈을 맨 가죽 장화와 하얀 양말을 신고 행진하는 다리들이 나타났다. 그 뒤에는 팽팽하게 당겨진 줄에 아가리를 목젖까지 벌린 셰퍼드 한 마리가 묶인 채 따르고 있었다. 호루라기 소리가 들렸다. 그리고 폭력의 제국 앞에 복종할 것을 외치는 시끄러운 고함들이 들렸다. 나는 물었다. 하지만 제도교육을 받은 사람들이 우리들의 부족한 지식에 관여하기 시작하면, 결국 또다시 기만당하지 않을 거라고 어떻게 확신할 수 있죠. 아버지는 룩셈부르크의 자유로운 자발성 훈련, 창조적 행동교육이라는 발상과 그람시의 기계적 제도의 거부, 권위적 학습의 거부를 종합하며 질문에 답했다. 아버지는 말했다. 1920년대 초 거론되었던 문화혁명은 여전히 실현되지 않았어. 문화혁명은 우리뿐 아니라 역사의 압박을 감지하는 모든 사람을 변화시킬 거라고 아버지는 말했다. 자신의 노동의 주인이 되려는 공동의 관심이 우리를 서로 이해하게 만들 거라고 했다. 아버지의 말이 이어졌다. 만일 우리가 기본적 생산물들을 더 이상 남에게 넘겨주지 않고 스스로 처분한다고 해보자. 그러면 과거에 예속된 채 공급만 하던 사람들 모두가 이제는 계획 및 관리에서 마음껏 행정력과 지도력을 발휘할 텐데, 이들이 정신노동자라는 것에 누가 이의를 제기하겠어. 아버지가 이런 생각을 한다는 것은, 지난 세월을 거치며 아버지는 아직 다 소진되지 않았으며, 여전히 새로 시작할 준비가 되어 있음을 보여주었다. 베를린에서 자주 그랬던 것처럼 아버지는 지금도 부엌을 작업실 삼아, 수제염색법을 개량하기 위한 여러 가지 시도를 하고 있었다. 아버지의 작업대 위에는 나무로 된 틀 하나가 놓여 있었다. 아버지는 그 틀을 날염기에 고정하는 방법을 강화하고 있었다. 또한 아버지는 가는 금속 채로 된 모형을 대고 염료를 밀어내는 주걱을 좀더 안정적인 형태로 만들려고 애쓰고 있었다. 이곳으로 이주하면서 더 어려움을 겪은 건 아버지보다 어머니였다. 나가서 일하는 데 익숙했던 어머니, 늘 가족의 살림을 같이 책임져왔던 어머니가 이제 손을 놓고 있을 수밖에 없었다. 어머니는 공장이나 사무실 어디에서도 일자리를 찾지 못했다. 그렇게 생겨난 불안 때문에 어머니는 몇 시간이나 서랍장이며 테이블이며 의자며 그릇 들을 쓸고 닦아대기 시작했다. 이전에는 자기 몫의 집안일을 재빨리 해치우던 어머니였다. 어머니는 간간이 혼자만의 생각에 빠져 멍하니 앞만 보다가, 주의를 완전히 잃곤 했다. 한번은 우리가 집 앞뜰에 놓인 벤치에 앉아 있었는데, 집주인인 골드베르크 부인이 오더니 비키라고 했다. 첫째, 우리가 집세만 냈지 정원을 세낸 게 아니며, 둘째, 그 벤치는 유대인용이 아니라고 말하는 것이었다. 내가 격분해 응수하려고 하자 어머니는 일어서는 내 팔을 꽉 붙들어 당기며 말렸다. 나를 집 안으로 끌고 가면서 어머니는 말했다. 사람들이 검은 머리 때문에 자기를 몇 번 유대인이라고 불렀고, 그 후 이제 어머니는 스스로 그냥 유대인이라고 했다는 것이다. 그런데 그 때문에 어머니와 아버지는 바른스도르프에서 새로 이사 갈 집을 찾는 게 어려워졌다고 했다. 그래서 어머니는 집주인 여자에게 굽히고 지내는데, 이 여자는 기회가 있을 때마다 어머니가 여기 사는 건 오로지 은총 덕분이며, 또 곧, 당장이라도 합당하게 처리할 거라고 강조한다고 했다.

바른스도르프에 머물던 마지막 며칠 중 어느 날, 나는 그 처리라는 게 뭔지 보게 되었다. 성 게오르겐 계곡 쪽에서 도시 외곽을 향해 오던 나는 그곳에서 한 무리의 청소년들이 깔깔대며 뭐라고 외치는 소리를 듣게 되었다. 키르헨부시라고 불리는 작은 숲을 통과하는 길이 이어지는 자갈 채취장 근처였다. 처음에 나는 전쟁놀이일 거라고 생각하며 천천히 지나갔다. 그러나 다음 순간 나는 아이들 사이로 사람 하나가 자갈 더미 한가운데 쓰러져 있는 걸 알아차렸다. 그는 끙끙거리며 신음 소리를 내고 있었다. 좀더 다가가자 그가 에거 프란츠라는 것을 알 수 있었다. 동네 얼간이, 유대 놈이라고 놀림을 당하던 그는 정신 능력이 좀 떨어지는 그냥 사람 좋은 날품팔이꾼이었다. 그는 피범벅인 얼굴로, 입에 거품을 물고 경련을 일으키면서, 아이들 틈에서 온몸을 버둥거리고 있었다. 아이들은 그를 발로 걷어차고 막대기로 머리를 때리고 있었다. 악동들을 쫓아버린 나는 그를 들쳐 안고 니더그룬트에 있던 피알라 농원으로 데려가 구조를 청했다. 에거가 부상의 후유증으로 죽었다는 걸 나는 나중에 듣게 되었다. 어린 살인자들의 이름이 밝혀졌지만, 사람들은 그들에게 책임을 묻지 않았다. 사람들은 떠돌이 유대인이 간질 발작으로 넘어져서 머리가 깨졌다고 말했다.

2부

여기 돈키호테의 땅, 이곳이 바로 내가 있어야 할 자리야. 우리를 빼곡히 싣고 달리던 트럭이 석양빛에 붉게 또는 보랏빛으로 물든 채 높이 떠 있는 뭉게구름 아래 펼쳐진 라만차 고원에 들어섰을 때, 나는 호단이 보낸 편지의 그 구절을 떠올렸다. 프라하의 스페인위원회를 거쳐, 바른스도르프에 있던 내게 배달된 편지였다. 프랑스 국경 초소들을 뒤로 물리고, 세레와 홍케라 사이 계곡의 자갈길을 지나고, 덤불숲과 올리브 삼림 지역을 몰래 통과해, 우리가 공화국 최전방 초소에 도착한 것은 1주일 전이었다. 헤로나와 칼레라를 거쳐 바르셀로나까지는 기차로 이동했다. 검은 바르셀로나 역은 연기로 가득했다. 하지만 바르셀로나에서 하루를 보내는 동안 내가 받은 이런저런 인상들을 압도한 것은, 폐허처럼 허물어져가던 한 건축물이었다. 높은 건물들이 양옆으로 늘어선 대로를 벗어나자마자 갑자기 우리를 막아선 그 건축물 정문의 기둥들은 먼지바람을 뒤집어쓴 채 거북이를 딛고 서 있었다. 정문은 위로는 구멍이 숭숭 뚫린 높은 종탑을, 옆으로는 둥근 아치들을 거느리고 있었다. 그것은 마치 우리가 알지 못하는 미적 형식의 세계에서 탄생할 어느 대성당의 꿈을 보듬고 있는 것 같았다. 우리는 머리를 한껏 뒤로 젖히고, 그 어마어마한 석물을 한참 올려다보았다. 그것은 고딕식이라고 할 수 있었다. 그러나 동시에 이집트와 바빌론을 연상시키기도 하고, 중세의 성채와 바로크 시대의 궁전과 인도의 사원, 유겐트슈틸과 입체파의 흔적 또한 간직하고 있었다. 천장은 이슬람식 종유석과 온갖 석조 식물로 뒤덮였는데, 저 위 높은 곳에서부터 심지 모양, 원추 모양, 공 모양, 그리고 육면체의 꽃이 벌어지며 피어나고 있었다. 그 천장에서 한참 더 아래로 오면 사각 기둥들 사이에, 그리고 벽감과 박공지붕 공간에, 그리고 온갖 테두리 장식을 한 유리 없는 창문 주변에, 웅장한 19세기 양식의 인물 형상들이 자리 잡고 있었다. 이 인물 형상들은 크고 작은 원추형 방울들, 이끼식물과 양치류, 해조와 산호 모티프가 가득한 배경과 어우러져 있었다. 가운데 문 위에 덩굴 장식으로 감싸인 사각 판에는 어린 예수의 가족이 있었는데, 그 주위로 칠면조와 닭, 공작과 거위, 노새와 황소 들이 모여 있었다. 이 성가족은 아직 일부만 건축된 이 성당의 이름이기도 했다.[189] 미래 지향적인 건축 미학과 키치가 어떻게 이렇게 하나로 융합될 수 있는지 아이시만이 물었다. 나보다 네 살 위인 아이시만[190]은 유대인 이민자의 아들로 런던에서 파리를 거쳐 이곳으로 왔는데, 페르피냥에서 만났다. 이처럼 기괴하고 유일무이한 형태의 건축이 가능하려면, 모든 예술 양식에 대해 어떤 선입견도 없는 자세, 말하자면 확고한 미적 취향이 없

---

189) 바르셀로나의 사그라다 파밀리아La Sagrada Familia 대성당을 말한다. '사그라다 파밀리아'는 '성가족'이라는 뜻이다.
190) Jacques Ayschmann: 페터 바이스가 영국 망명 기간(1934~1936) 동안에 사귄 친구로, 1936년에 스페인 내전에 참전한 뒤 실종되었다.

어야 할 것 같았다. 두건을 늘어뜨린 채 구유를 감싸 안은 마리아를 향해, 몸을 기울인 채 두 손을 치켜들고 기도하는 요셉의 몸짓은 피상적이고 경박했다. 사실적으로 표현한 금속 나팔을 불고 있는 천사들은 과장스럽게 치장되었다. 예수의 열두 제자나 성자들의 형상 역시 그 자체만 보면 흔하게 널린 어느 기념 건축물에서도 만날 만한 것들이었다. 그러나 이 형상들이 기하학적으로 다듬은 누르스름한 회색 돌덩이들 사이에 배치되고, 무성한 장식들과 대비를 이루고, 물결 같은 주름이 잡힌 공이나 날카롭게 돌출한 모서리 위에 위태롭게 서 있었기 때문에, 그 사실적 모습들이 오히려 낯설게 보였다. 굳어버린 진흙덩이와 뭉쳐진 물결 거품 바로 옆에 자리 잡은 그 인물들의 경건한 몸짓은 뭔가 야릇하고 광기 어린 느낌이었다. 단지 이 형상들만 그런 느낌을 주는 건 아니었다. 한 손에는 주철로 된 칼을 들고, 다른 한 손으로는 강탈한 아이를 높이 쳐들어 올린 갑옷 입은 전사, 꽥꽥대는 거위 쪽으로 축 처진 아이의 시체 옆에서 멈출 것을 간청하는 한 여인, 자신의 거처에 머무는 주교와 율법학자들, 이들은 모두 학교 수업 시간에 등장하는 인물들이었는데, 근본적으로 전체가 잡탕인 이 건축물의 일부로 편입되어 색다른 느낌을 주었다. 서로 맞물리고 달라붙은 원통들을 지지해 늘어선 조각상들은 서로 뒤엉키고 포개진 채 움푹한 부분들과 반구형 천장들을 온통 뒤덮고 있었다. 하지만 조각상들 위로 활짝 펼쳐진 종려나무 잎사귀와 뾰족한 봉우리들에는 언제나 가벼움이 피어났다. 중력이 끌어당기는 모든 무게감은 물결과 덩굴과 뿌리의 뻗어가는 선들과 뒤섞여 사라져버렸다. 규칙도 없이 온갖 것을 뒤섞은 이 건축물은 쌍곡 포물면 건축 원리에 의해 제어되고 있었다. 쏟아질 것 같은 과잉된 장식물들 옆으로 성곽같이 밋밋한 사각 돌들이 나란히 자리 잡고 있었다. 과도하게 자세한 내용을 담은 세부 요소들 옆에 일부러 쏟아놓은 것 같은 용암석이 그대로 이어져 있었다. 쭉 뻗은 축복하는 손 하나. 신의 계시를 고대하는 그 몸짓에 목이 긴 새들의 활짝 펼친 큰 날개와 머리들이 답하고 있었다. 여기저기 터져나간 거친 석벽에 쇠사슬과 추들이 매달려 있었다. 부서지는 파도 사이로, 쫑긋 기울인 커다란 귀들이, 흘끗 배어나는 맑은 얼굴들이 다가왔다. 눈과 입을 꽉 다문 채 그 몸뚱이들은 해초와 바닷말, 불가사리와 오징어들을 헤치고, 방울져 흩어지는 돌 포말들을 뒤로하며, 무중력의 가벼움으로 피안을 향해 날아가고 있었다. 그것은 죽음의 순간이었다. 하나의 상태에서 다른 하나의 상태로 넘어가는 순간이었다. 자비를 찬양하는 중앙의 정문은 상처로 뒤덮여 있었다. 송이송이 흐르는 엄청난 양의 피와 고름 덩이 위에 잔뜩 똬리를 튼 뱀들이 떨어질 듯 간신히 달라붙어 있었다. 촉수를 드러낸 거대한 달팽이, 흉물스러운 성게들이 발코니에서 아래로 믿음의 문과 소망의 문을 향해 기어 내려가고 있었다. 구멍 뚫린 성당 반원형 벽감 뒤쪽 성당 본체는 아직 제대로 세워지지 않은 상태였다. 성당 앞부분의 텅 빈 공간들 사이로 바람이 훑고 지나갔다. 이 앞부분의 맨 아래 우묵하게 들어간 벽감에서는 철학자들이 대화를 나누고, 한 장인(匠人)이 작업대에 놓인 판을 끌로 내려치고 있었다. 입구의 아치 밖으로, 쏘는 듯 쨍쨍한 햇빛이 가득한 안뜰이 눈에 들어왔다. 안뜰에는 석공들이 내버려둔 사각 화강암 덩이들이 수북이 쌓여 있었다. 파충류의 얼굴들, 그 두개골의 선을 막 깎아 들어간 상태였다. 우리는 대립적 특성들이 응축된 이 건축물을 음미했다. 과잉과 삭막함이 공존하고, 딱딱함에서 출발해 부드러움으로 이어지고, 거친 것에서 출발해 매끄러움으로 향하며, 파편일 뿐이지만 동시에 완성된 세부 요소들이 있으며, 케케묵은 전통의 산물이자 동시에 어떤 미래적인 것을 보여주는 이 건축물은 어느 쪽으로도 단정하기 어려웠다. 홀로 또는 무리지어 서 있는, 화석같이 창백한 이 모든 인물은 이제 어떤 계시를 하려는 것 같았다. 기적을 말하려는 것 같았다. 그런데 그게 기도가 아니라 고함과 춤과 환호로 터질 것 같았다. 거기다 대고 당나귀와 황소, 용 들이 웃어댔다. 낑낑대는 소리, 또 떠들썩한 웃음들. 쇠칼들이 번쩍이고, 긴 나팔들이 새된 울림을 내뱉고, 늘어진 주머니, 엉킨 매듭, 뭉툭한 덩이 들이 떨리면서 흘러내리기 시작했다. 새겨진 글자들이 입으로 바뀌었다. 돌이 말하기 시작했다. 소리치기 시작했다. 더께 앉은 벽면에서 무엇인가 부스러지며 우리를 향해 떨어져 내렸다. 멀리서 포화 소리가 들려왔다. 봉우리처럼 늘어선 전면은 거북이를 밟고 서 있었다. 진득하게 참고 있는 그 딱딱한 등은 성경 이야기의 장면들을 떠받치고 있었다. 이 어마어마한 광경을 등에 업은 거북이들은 아무도 모르게 앞으로 기어갈 것만 같았다. 탑 부분에 미처 자리를 잡지 못한 마스토돈[191] 크기의 거대한 달팽이 몇 마리가 뒤쪽에서 밀고 있었다. 내부는 온통 구성주의 양식이었다. 심하게 각진 계단, 층층이 자리 잡은 돌출된 반원의 발코니, 비스듬한 연결 축들이 달려 있는 벽 들은 대성당의 바닥을 에워싸며 솟아오르고 있었다. 아이시만이 물었다. 아직 완공되지 않은 성당인데, 측벽과 삼단 횡렬 통로에 계단식으로 도열한 성가대에서 부르는 합창은 과연 어떤 소릴까? 수천 명이 부르는 이부합창, 그들이 부르는 노래들은 과연 어떨까? 마치 그 노래에 귀를 기울이듯 먼지가 자욱한 가운데 아이시만은 눈을 꼭 감았다. 그란 비아 거리 한가운데 전차 궤도의 한 지점을 가리키며 아이시만이 입을 열었다. 바로 여기서 건축가가 죽었지. 전차 바퀴에 빨려 들어가

---

191) 빙하기에 멸종한 코끼리처럼 생긴 동물.

깔려 죽었지. 1926년 6월이었어. 속도와 소음과 굉음이 가우디의 저 조용한 세계를 덮친 셈이었다. 물결무늬와 모래톱 형태의 층간 단들, 그리고 절벽에 구멍을 파낸 것 같은 창문들이 달린 가우디의 건축물들을 우리는 그라시아 가에서도 만날 수 있었다. 우리는 카사 바트요와 카사 밀라를 둘러본 뒤, 바르셀로나를 떠나기 직전에 벌어진 바위 동굴 같은 사그라다 파밀리아 성당을 다시 찾았다. 건축이 계속 진행돼야 한다는 듯 비계와 사다리들이 외벽에 기대어 서 있었다. 널빤지를 못질해 막아놓은 창고의 벌어진 틈으로 석고 흉상들과 몸뚱이들이 뒤엉켜 있는 걸 볼 수 있었다. 나무 막대들 사이로 다리와 팔이 삐죽이 솟아 있었다. 수학 공식들이 빼곡히 적힌 팔랑대는 종이들 사이로, 잡동사니들 가운데 부분별 모형들이 있었다. 규칙적인 크기의 구멍이 뚫려 있는 모형들은, 갈비뼈, 팔뼈, 넓적다리뼈와 유사한 것으로, 하중을 견디는 건축물 장력의 토대가 되었다. 몸을 돌려 서자 번잡스러운 외양 아래 감추어진 이 건축물의 뼈대, 힘줄과 근육으로 된 살아 있는 그 몸체가 눈에 들어왔다. 안뜰에서는 긴 회색 가운을 입은 아이들이 돌무더기 사이에서 놀고 있었다. 아이들은 물결 진 지붕을 얹은 나지막한 집 옆에 있는 초가집에서 나왔다. 초가집 안에 교실이 있었다. 그것은 가우디가 바란 것이었다. 조금씩 완성되어가는 건축물에서 아이들이 자라고 배우기를, 다양한 형식이 창조되는 현장에서 아이들이 상상력을 키우기를 그는 원했다. 바르셀로나를 탐방한 그날, 우리는 어디서나 대성당을 암시하는 표지들을 찾을 수 있었다. 산만하고 번잡스러운 모든 것을 하나로 모아 전체에 어떤 웅장함을 부여한 그 대성당을 암시하는 표지들은 사방에 있었다. 너무 길어서 볼 때마다 길 끝에까지 가볼 생각을 포기하게 만드는 대로들에는, 어디나 인물들의 대리석과 푸른 청동상이 먼 곳을 응시하며 단이나 기둥 위에 서 있었다. 석고로 된 전면 띠 장식은 집집마다 이어져 있었고, 아치형 입구들은 다닥다닥 연결되었으며, 벽면에는 장식용 턱들이 돌출되어 있었다. 여기저기 호화 주택의 장식용 건축물에는 플래카드와 현수막이 걸려 있었다. 우리는 식사를 하기 위해 숙소인 빅토리아 호텔에서 카탈루냐 광장을 가로질러 호텔 콜론으로 향했다. 카탈루냐 광장에는 긴 돌 의자들이 놓여 있었고 물이 마른 분수 주변으로는 신화의 영웅들이 늘어서 있었다. 호텔 콜론 입구에는 양쪽으로 현수막이 걸렸는데, 화가 난 레닌이 웃고 있는 당 서기 스탈린을 마주 보는 모습이었다. 우리는 피이 마르갈 거리로 올라갔다. 저 멀리 앞쪽 기둥 꼭대기에 서 있는 나체의 여인상을 보면서, 우리는 당사를 지나갔다. 끝없이 뻗어 있는 4월 14일 거리를 향해 걷는 우리 머리 위로 이 자유의 여신이 스쳐 지나갔다. 우리가 서류와 이동 지시를 받아야 했던 국제여단 사무실이 이 거리에 있었다. 전차 교차로를 가로지른 우리는 다시 중앙광장의 전화국으로 갔다. 전화국 건물 전면에는 5월 전투에서 생긴 총탄 구멍들이 아직 남아 있었다. 5월 전투에서 무정부주의 야당이 경찰과 군부대에 진압당했다고 들었다. 우리는 계속해서 폭이 넓은 대로인 람블라스 가로 향했다. 늘어선 상인들의 가판대 사이를 지나가는데, 한쪽에는 꽃과 화환과 꽃장식이, 다른 쪽에는 새장에 갇힌 앵무새와 꿩, 또 어항에 담긴 금붕어 들이, 또 다른 한쪽에는 도자기와 바구니와 에나멜 빗과 레이스 숄 들이, 또 다른 쪽에는 검은색과 붉은색이 섞인 목도리와 검붉은 모자와 파란 작업복 들이 있었다. 대로 가장자리로는 전차들이 흔들거리며 지나갔다. 전차에도 적색과 흑색이 대각선으로 교차하는 이베리아연맹의 표지가 그려져 있었다. 우리는 포효하는 사자들이 둘러싼 원통의 기둥 탑이 서 있는 곳까지 걸어갔다. 이 탑 꼭대기에는 콜럼버스가 지구본 위에 서서 항구 저편의 바다를 주시하고 있었다. 구구대는 비둘기 떼 사이에서, 우리는 사진사가 펑 하는 소리를 내며 찍은 사진을 작고 빨간 세발 수레 위에 놓인 상자에서 꺼내기를 기다리고 있었다. 끈적거리는 누런 종이에 우리 모습을 영원히 새긴 뒤, 우리는 구도심의 골목길로 향했다. 골목길 담벼락에 새겨진 순교자와 독수리와 도마뱀 들이 우리를 향해 뛰쳐나올 것만 같았다. 레알 광장으로 가는 하나뿐인 통로를 지나 광장으로 들어서자 공명이 울렸다. 광장은 한쪽이 열린 회랑들로 사각의 담을 이루고 있었다. 우리는 광장의 종려나무 아래에 있는 벤치에 걸터앉았다. 쉼 없이 걸어온 발을 앞으로 뻗은 채 우리는 온갖 것이 뒤엉킨 채 찌를 듯 솟아 있던 건축물 이야기를 나누었다. 그로부터 사흘이 지나고, 덜컹대는 트럭을 타고 이동하는 지금, 아이시만의 말이 이어졌다. 그 건축이 지녔던 교회라는 종교적 계기가 이미 완전히 무의미해졌기 때문에, 아마도 그 건축물이 완성되지 못하는 거라고 그는 말했다. 공허해진 이념을 중심으로 그 성소가 지어졌던 거고, 그렇기 때문에 미완성으로 남을 수밖에 없다는 것이었다. 그래서 성당은 그런 파편으로만 존속할 수 있으며, 단지 초현실적인 종합예술품으로서만 가치가 있다는 것이었다. 아이시만은 말했다. 다른 사람들이라면 그 안에서 미사를 보려고 성당을 계속 지었을 거야. 그랬다면 그 건축물은 퇴행일 뿐이지. 그건 폐허의 상태로만 어떤 진정성을 지닐 수 있을 거야. 예배당이라면 인위적이 될 수밖에 없지. 그 순간 어마어마한 몸뚱이 같은 구름들이 우리 머리 위에 드리워졌다. 울퉁불퉁한 팔들은 아래로 쭉 뻗었고, 엄청난 주먹은 움켜쥐었으며, 얼굴은 잔뜩 부풀어 올랐다. 그 푸르스름하고 불그스름한 구름들이 우리 머리 위를 스치며 지나갔다. 머리는 연기처럼 흩날리고, 날개는 희미하게 사라져갔다. 바르셀로나에서 발렌시아까지는 다음 날 아침부터 저녁까지 기차 목조 화물칸에 타고 이동했다. 정오경에 우리는 다시 해안가로 들어섰고 비나로스[192)]에 도착했다. 이곳에 오자 우리가 이곳에 온 이유인 바로 그 현실이 다가왔다. 누군가 손으로 가리켰다. 저 바깥쪽에 스페인 해안을 봉쇄하려는 독일 함대가 있었다. 이제 적이 구체적으로 다가왔다. 적은 우리가 어린 시절 배우고 자란 언어와 같은 언어를 쓴다. 적이 보낸 병사들은 교실에서 우리 옆에 앉았을 것이고, 고향마을 거리에서 만났을 것이고, 공장에서 우리와 같은 기계를 매만졌을 것이다. 그러나 다시 만난 지금, 우리 사이에 더 이상 어떤 공통점은 없었다. 결별은 돌이킬 수 없었다. 우리 맞은편에는 파괴돼야만 하는 차가운 잿빛 권력이 존재할 뿐이었다. 산탄데르와 히혼[193)]은 적의 수중에 떨어졌고, 수십만의 피난민이 도망치는 중이었다. 에브로 강에는 파시스트의 군대가 진격 중이었다. 이탈리아군 2만 명이 출정한 군단을 강화하기 위해 카디스[194)]로 이동하려고 막 승선한 참이었다. 지난여름 벌어졌던 무력 충돌 이후 그들은 자신들의 전선을 공고히 해야만 했다. 바르셀로나에 머무르는 동안 우리는 그 도시에서 1백 명이 넘는 아나키스트가 체포되었다는 소식을 들었다. 정부의 지시에 저항한 아나키즘적 생디칼리슴 단체들이나 마르크스주의 통합노동자당을 둘러싼 소문들은 혼란스럽고 서로 모순되기도 했다. 아라곤의 아나르코생디칼리스트[195)]들이 공

---

192) Vinaroz: 발렌시아 지방 카스테욘 주의 북쪽 경계 지점의 항구 도시로 1938년 5~11월 독일 콘도르 군단의 장비와 비행기가 주둔했다.

193) Santander: 스페인 북부 자치주 칸타브리아의 수도.
Gijón: 칸타브리아 주 옆에 위치한 북부 자치주 아스투리아스의 해안 코스타 베르데의 도시.

194) Cádiz: 스페인 남부 안달루시아 주의 해안 도시.

195) 아나르코생디칼리슴은 자본주의 사회의 계급모순과 불평등을 극복하기 위한 사회주의 혁명 이론의 한 부류로 임금노동자들의 결사체인 노동조합이 생산수단을 민주적이

격당한 얘기들도 마찬가지였다. 마르크스주의 통합노동자당의 약칭은 둔탁한 총성 같았는데,[196] 그 당에 대해서는 이후로도 계속 들려오는 이야기들이 있었다. 브루네테 전투가 끝나고, 곧바로 벨치테를 차지하려는 전투를 준비하고 있었다. 콘도르 의용단은 사라고사에 폭탄을 쏟아댔다. 리스테르 장군은 인민군 제11사단과 함께 자치운동사령부를 해체하기 위해 카스페로 진격했다.[197] 들리는 말로는 평의회들은 저항 없이 항복했다고 했다. 노동자 혁명군들은 무장해제되었고, 그들 중 상당수는 재교육 기간을 거쳐 정규군으로 이적되었다. 그 뒤 분리파의 중심 세력은 무력화되었으며, 인민전선 정부는 통수권을 증명한 셈이 되었다. 반파시즘 투쟁과 동시에 불거진 내부 갈등의 진상을 이해하지는 못했지만, 우리는 어떤 동요도 물리쳤다. 무슨 일이 있어도 여기서 단결을 보여줘야 한다는 것만 생각했다. 우리가 탄 트럭은 코스타 델 아사아르를 따라 길게 뻗은 오렌지 밭을 통과했다. 마을들을 지나치고, 또 전쟁과는 아무 상관이 없는 것 같은 작은 도시들을 가로지르며 달렸다. 손님을 기다리는 해변이 연이어 나타났다. 이 나라의 내륙에서 벌어지고 있는 저 전투는 혹시 그냥 이 현실의 한 부분일 뿐인 건 아닐까. 우리의 이상들, 정의

고 평등하게, 집단적으로 직접 관리하는 것을 목표로 하고, 국가권력은 불필요한 위계 질서로 보며, 아나키즘 이념의 영향으로 개인의 자유와 평등, 참여를 강조한다. 제1차 세계대전을 전후하여 나타난 대중적인 노동운동으로, 특히 스페인, 이탈리아, 프랑스 에서 확산되었다. 스페인의 전국노동연합(CNT)이 그 대표적인 경우다.

196) Partio Obrero de Unificatión Marxista: 보통 약칭인 '포움POUM'으로 불렸다.

197) Brunete: 마드리드 서쪽 약 25킬로미터 지점에 있는 소도시로 마드리드를 두고 1937년 7월 공화 진영 군대와 국민 진영 군대의 치열한 전투가 벌어졌다.
Belchite: 아라곤 지방 주도 사라고사에서 동남쪽으로 40킬로미터 지점에 있는 소도시로 1937년 8~9월에 공화 진영 군대와 국민 진영 군대 사이에 치열한 전투가 벌어졌다.
Caspe: 아라곤 지방 사라고사 주의 자치도시로 사라고사에서 동쪽으로 약 1백 킬로미터 지점에 있다. 내전 중에 아라곤 주의회가 주재했다.

가 이루어질 거라는 우리의 믿음과 나란히 소심함과 이기심이 변함없이 지배하는 이 견고한 일상의 현실. 이 언덕들 너머에서는 혹시 곧 해수욕 시즌이 다시 시작되고, 이 몇 달, 이 몇 년간의 진격과 행군, 노력과 희생들은 잊는 것이 아닐까. 내부의 배신자들을 향한 증오가 솟구쳤다. 그럴수록 우리는 더욱 단단하게 하나가 되었다. 그 무엇도 우리의 결속을 깰 수 없다는 걸 우리는 알고 있었다. 하지만 내부의 갈등을 어렴풋이 예감하면서, 더욱 경계하고 집중했다. 우리 앞에 광범위하게 포진한 적의 전쟁기계로부터 우리의 관심을 돌려놓는다면 누구라도 경계했다. 우리는 발렌시아에서 하룻저녁을 보냈다. 발렌시아는 꼭대기 층까지 온통 바로크 양식의 난간 기둥들이 솟아 있고, 거대하게 무리 지어 층층이 자리 잡은 집들 위로 천사와 신들이 맴돌고, 넝쿨처럼 휘감은 격자 발코니들이 다닥다닥 이어지고, 아무리 좁아도 파이앙스 도자기와 걸이 화분과 아기 천사 조각상이 빠지지 않는 그런 도시였다. 북역 옆, 무수한 발길로 어지러운 투우장 마당에 텐트를 치고 하룻밤을 지낸 뒤 우리는 동틀 무렵 이미 카스텔라르 광장에 도착했다. 그곳 시청 앞에는 덮개도 없는 트럭들이 대기하고 있었다. 우리는 거기서 함께 갈 부대를 한참 더 기다려야 했다. 우리는 여기저기 화분대 사이로 자리 잡은 벤치에 주저앉아서, 나부끼는 옷차림에 쌍쌍이 늘어선 황홀경의 성자들과 천사들을 지그시 쳐다보았다. 시민들은 이제야 일어나 키클롭스[198)가 버티고 선 시청 입구 이곳저곳으로 들어서고 있었다. 다시금 이 사람들이 우리의 전쟁과 아무 상관이 없는 것처럼 느껴졌다. 저기 창문 뒤, 가는 금속 무늬 장식이 박힌 유리 창문 뒤에서 그들이 무슨 일을 하는지, 그게 누구에게

198) 호메로스의 『오디세이아』에 나오는 외눈박이 거인.

이익이 되는 일인지 궁금했다. 사람들은 자신의 높다란 집 건물 발치에 몸을 뻗고 자리를 잡은 우리들, 이 모험가들, 이 의용군들을 레이스가 달린 커튼 사이로 몰래 내려다보고 있었다. 우리가 물러가자 안도하는 모습이었다. 바르셀로나와 발렌시아에서 우리는 어슬렁대는 관광객 이상이 아니었다. 우리는 석조물의 예술적 완성도와 미적 가치를 어떻게 읽어내야 할지 잠깐 생각했었다. 지금, 평야와 언덕과 산을 가로질러 이동하면서 우리는 그 형상들이 재현하는 내용을 더는 묻지 않았다. 그보다 그것의 고유한 가치가 무엇일지 생각해보았다. 저기 붉은 황토는 점토가 되고, 점토는 가마에서 벽돌로 구워졌다. 물결 진 지붕 기와들은 구운 벽돌과 같은 붉은색이었다. 덧칠한 하얀 석회 밑으로 담벼락의 붉은빛이 어른거렸다. 계단식 언덕에 나지막한 돌담장이 둘러쳐진 포도나무 밭에는 농익은 포도송이들이 매달려 있었다. 포도나무 사이로는 이 땅에서 자란, 철분이 풍부한 올리브나무들이 초록색과 짙은 자주색의 탱탱한 올리브 알들을 품은 채 줄지어 서 있었다. 오렌지 농장의 측백나무 울타리들은 알부페라 호숫가 논 너머 바다에서 불어오는 바람을 막아주고 있었다. 길가로는 나무 높이의 갈대와 두툼한 용설란들이 자라고 있었다. 치바[199] 뒤편 산들은 회색빛이었다. 이곳에서는 시멘트 공장들이 연기에 휩싸인 채 굴착 중이었다. 뻗어나간 산줄기 위로 구름들이 몰려들더니 점점 높아졌다. 끝없이 펼쳐진 풍요로운 포도나무와 올리브나무, 그러나 농부의 짧은 구령에 쫓겨 나무 쟁기를 끌며 좁은 밭고랑을 가는 불쌍한 노새. 마른 풀밭에는 둥그런 바위 같은 양들 사이로 막대를 들고 배낭을 멘 양치기가 짤막한 그림자를 그리며 서 있었다. 양치기는 우리

---

199) Chiva: 스페인 발렌시아 주의 내륙에 위치한 도시.

와는 다른 시대의 사람이었다. 아이시만이 말했다. 원시적인 도구에 의
지하는 양치기나 농부는 사그라다 파말리아 성당의 미장이들과 비슷해.
이들의 신산한 노동은 형편없는 임금을 받고 삼각 들보에 고정한 석조상
을 도르래로 끌어올려 하나하나 힘들게 쌓아올린 미장이의 수작업과 같
은 거지. 과거에 사람들이 대를 이어서 권력의 질서 앞에 참고 복종하며,
고딕 대성당들 앞 야영 숙소에서 살았던 것과 다르지 않아. 오후에 레케
나에서 카사스 이바녜스로 오자 풍경이 달라지기 시작했다.[200] 추수하
는 사람들이 들판에 길게 늘어선 채 줄지어 움직이고 있었다. 그들의 움
직임과 얼굴에는 신선한 표정이 묻어났다. 그들은 혼자 또는 몇 명이 따
로 작업하는 것이 아니라, 전체로 이어져 일하고 있었다. 그들에게는 어
떤 열정, 어떤 힘이 있었다. 그들 중 많은 사람이 무기를 차고 있거나 총
을 서로 기대서 근처에 세워두었기 때문에, 그런 느낌은 더욱 강렬했다.
청년작업반이 포도와 올리브 수확을 돕고 있었다. 그들은 짧고 튼실한
기둥에서 뻗은 나뭇가지들을 막대로 쳐댔다. 그리고 열매를 주워 모았
다. 혹은 손으로 잎 사이를 가볍게 훑으면서 가지에서 열매를 따 모았다.
버드나무 가지로 엮은, 등에 진 바구니들이 진초록의 포도송이들로 채워
져 갔다. 올리브를 담은 바구니들은 무게 때문에 대접처럼 옆으로 퍼졌
다. 바구니들이 불끈 들어 올려져 수레에 실렸다. 노새가 수레를 더 쉽
게 끌도록, 사람들은 커다란 수레바퀴의 살을 발로 밀었다. 모래언덕 너
머에서 구령 소리와 탕탕거리는 총성이 들려왔다. 카사스 이바녜스에서
부터 마드리케라스와 타라소나를 지나 비야누에바 데라하라까지[201] 크

---

200) Requena: 발렌시아 지방의 자치도시. 무어 시대의 성곽 지형이 특징적이다.
　　　Casas Ibañez: 카스티야 라 만차 지방 알바세테 주의 작은 자치도시.
201) Madriqueras: 알바세테 주의 소도시.

게 반원을 그리며 국제여단의 진지와 훈련소가 자리 잡고 있었다. 옛날식, 거의 중세식이라고 할 만한 것도 보였다. 마오라 마을의 집들은 벽에 거친 파석을 박고 찰흙으로 회칠을 했다. 문은 썩어가는 회색 널빤지로 만들어졌고, 노인들은 입구에 나와 앉아 있었다. 남자들은 목에 두건을 칭칭 감은 채 검은 모자를 깊숙이 눌러썼고, 여자들은 술이 달린 검은 보자기를 머리에 쓰고 있었다. 백리향 관목 사이에서 닭들이 발로 모래를 파헤치고 있었다. 1년 전만 해도 이곳은 모든 것이 침체되고 고립되어 있었다. 급격한 변화가 시작되고 그 변화가 이곳에 터를 잡지 않았다면, 이곳은 아마 계속 그런 상태로 남았을 것이었다. 노동과 무장의 결합, 생산과 경계의 결합은 전적으로 새로운 것이었다. 바로 이곳이 공화국 방어의 중심이었다. 갑자기 불확실성과 회의가 물러가고, 모든 것이 확실해졌다. 북부와 서부전선을 지킬 수 있을 거라는 믿음이 생겨났다. 동쪽 해안 도시들은 직접적인 대결에서 벗어나 있었다. 저기 돌산 지역에는 공화국의 승리를 믿지도 원하지도 않는 많은 사람이 살고 있었다. 그곳에서는 인내력도 바닥이 나고 있었다. 그곳에서는 제5군단이 활동 중이었다. 생필품 배급소에서 사람들이 줄지어서 기다리는 동안 지하시장에서는 물건들이 빼돌려졌다. 그곳에서는 금권이 다시 재화의 유통을 장악하려고 노리고 있었고, 국제관계는 상호 연대가 아니라 이익을 위해 맺어지고 있었다. 그곳에서는 많은 비밀 계획이 인민전선 정부를 공격하며, 정치적 노선의 차이를 조정이 불가능한 것으로 부풀리고, 혼란을 부추기며, 식언과 배반을 조장하고 있었다. 많은 사람이 자기만의 길과 탈출구를 찾고 있었다. 그래서 그곳에서는 여기 이 고원 지역에서 실현된 단결이 전

Tarazona: 사라고사 주의 소도시.

Villanueva de la Jara: 카스티야 라 만차 지방의 쿠엥카 주의 소도시.

혀 생겨날 수 없었다. 지금까지는 모든 게 입국을 위한 과정이었을 뿐이며, 첫 탐색일 뿐이었다. 이제야말로 우리는 진작부터 우리의 땅으로 느꼈던 나라 깊숙이 들어온 것이었다. 비록 이 땅의 말은 할 줄 몰랐지만, 이 나라는 우리가 속할 수 있는 유일한 나라였다. 우리는 새로운 유형의 군대에 들어온 것이었다. 억압에서 해방시킬 뿐, 아무것도 정복하려고 하지 않는 군대. 그 해방은 누군가의 축재를 도와주는 그런 것이 아니라, 모든 착취를 종식시키는 것이어야 했다. 우리는 이 군대에 징집된 것이 아니었다. 강제로 전투에 끌려온 것이 아니었다. 모두가 자신의 결단으로, 자원해서 이곳으로 왔다. 처음으로 우리는 우리의 움직임, 우리의 행동에 언제나 영향을 미쳤던 그 절대 권력의 영역 밖에 서 있었다. 우리가 결정할 권리, 또 지금까지 우리를 억눌러왔던 세력들에게 무력을 사용해야 할 필연성을 지금처럼 분명하게 느낀 적이 없었다. 우리의 차는 알바세테를 향해 광활한 고원의 쭉 뻗은 직선로에 들어섰다. 나란히 늘어선 밀밭과 포도밭, 진홍색 맨땅과 띠처럼 이어진 자줏빛 백리향들, 그리고 그 위에 점점이 서 있는 길고 곧은 줄기와 둥근 왕관의 소나무들을 뒤로 물리며 차는 달렸다. 반쯤 허물어진 돌다리가 넓은 자갈 바닥을 가늘게 흐르는 개울을 가로질러 놓여 있었다. 후카르 강이었다. 부대를 수송하는 특별 차량들이 우리를 향해 다가왔다. 이 차량들, 그리고 점점 늘어나는 교차로의 초소들이 군사령부가 가깝다는 것을 알려주었다. 빠르게 내려앉는 어둠 속에서, 잉크빛으로, 납빛으로 물드는 구름 아래로 알바세테는 누르스름한 지평선에 하얀 윤곽선을 그리며 나타났다. 알바세테의 무어식 이름인 엘 바시티가 예고하듯이, 도시는 평원 그 자체이자 평원의 중심이었다. 납작하게 누운 도시는 가는 줄들이 무성한 지층이 마모되며 드러낸 얄팍한 줄무늬에 그대로 이어졌다. 어둠 속에서 트럭들이

털털거리며 철로를 건넜다. 트럭들은 암석이 그려내는 무늬를 광선처럼 가로지르는 길들 중 하나를 따라 달렸다. 그리고 한 성문 앞에 도착했다. 성문 위로는 둥근 탑과 요철 성벽이 보였다. 과르디아 시빌[202] 병영의 입구였다.

알바세테는 원래 로마의 식민지로, 아랍 대상들의 중간 휴식처인 도시였다. 칼리프와 여러 왕조, 정복자들과 지방 토호들의 지배를 받은 이 지방도시는 2만 명의 주민만으로도 이미 협소했는데, 지금은 국제여단의 진지가 되었다. 새로움, 혁명, 혁신이 이곳에서 특정한 형식을 찾을 수 없는 분주함으로 표출되었다. 시내 중심에 솟아 있는 몇몇 웅장한 건물 말고는 영락한 야트막한 집들이 줄줄이 늘어서 있는데, 곳곳마다, 구석구석 넘쳐나는 인파는 새로움과 혁명, 혁신을 말해주었다. 금융기관들과 보험회사와 무역회사는 주로 총사령관 및 참모부와 행정관청이 이용했다. 원래 대농장주들을 위해 설립된 이 기관들은 번성하는 자본주의의 수익을 장식하기 위한 외양을 갖추고 있었다. 반면 민간주택과 상점들, 지하실과 헛간들에는 모든 군 장비, 그리고 그와 함께 장비 공급업자와 판매업자들이 수용되었다. 그렇다고 사람들이 모든 걸 판단하며 체계적으로 이 도시에 입주한 건 아니었다. 오히려 모든 게 바뀌고 섞여 뒤죽박죽이었다. 층층이 쌓인 상자와 드럼통들 바로 옆에서 서기들이 조립 책상을 앞에 놓고 일했다. 대장장이가 화롯불에 망치질을 하던 작업장은

---

202) Guardia Civil: 민간 대상의 경찰 업무와 국방 업무를 겸하는 스페인의 준군사조직. 일종의 국가군경찰.

화물차 운전자들의 취침 장소로 활용되었다. 전투 지역을 표시한 지도 위로 지휘봉이 오가는 가운데, 옆에서는 기계공들이 기관총과 포가들을 수리했다. 모래주머니와 밀가루 포대, 탄약통은 야전 부엌으로 바뀐 어느 집 안마당에 적재되었고, 그 옆에는 김이 모락모락 나는 수프 솥단지가 놓여 있었다. 조각상과 발코니 격자와 박공지붕과 작은 첨탑으로 장식된, 알토사노 광장의 그란 호텔에는 두 개 층에 장교용 숙소가 들어섰다. 그 위층은 옷이나 시트 등을 보관하는 장소로 썼고, 맨 위층에는 마흔 개의 침상에 중상자들이 누워 있었다. 광장에서 대각선으로 맞은편에 위치한 에스파냐은행에는 선전국장인 바리오의 사무실이 있었다. 그 건물의 다른 방들은 카드 함과 서류장과 금고 들을 그대로 둔 채 신병들의 숙소로 사용되었다. 대리석 기둥과 넓은 계단에 윤기 나는 목재 난간이 있는 카페 센트랄은 고위급 장교들에게 배정되었다. 이곳 아치형 창문들 너머로 유명한 방문객들이 흘깃 보이기도 했다. 헤밍웨이와 예렌부르크와 루이스 피셔[203]가 여기 원탁에 앉았었다. 지금은 소련 자문관인 콜초프[204]와 그 옆으로 소련 영사인 안토노프 오브세옌코[205]가 보였다. 1917년 11월 7일 겨울궁전의 돌격을 이끌었던 오브세옌코에게 나는 손

---

203) Il'ya Grigorevich Erenburg(1891~1967): 소련의 작가로 사회주의적 비판의식을 바탕으로 사실주의적이고 사회 고발적인 작품을 썼다.
   Louis Fischer(1896~1970): 유대계 미국 저널리스트로 1920~30년대 베를린, 모스크바, 스페인에서 활동했다. 간디와 레닌 전기로 유명하다. 종전 후 공산주의에 비판적인 입장을 표명했으며 퓰리처상을 수상했다.
204) Michail Koltsov(1898~1942): 소련의 저널리스트로 1918년 소련 공산당원이 되었다. 1936~37년에 스페인 내전에 참전했으며 이때의 경험을 기록한 『스페인 일기』로 유명하다. 1938년 소련에서 체포되어, 사망했다.
205) Vladimir Antonov-Ovseyenko(1883~1938): 러시아 혁명가로 소련의 군사령관, 외교관을 지냈다. 1936~37년 스페인공화국에 특사로 파견되었으며 트로츠키와 가까웠다. 1937년 스탈린에 의해 숙청되었다.

을 흔들고 싶었다. 하지만 제복을 입은 사람들이 이미 그를 둘러싸버렸다. 그들의 제복에 달린 별과 줄무늬와 옷깃의 금장이 빼곡히 놓인 화분들 사이로 번쩍거렸다. 사람들이 트렁크들을 옮겨오고, 돌격근위병들은도로를 봉쇄했다. 자동차 한 대가 앞으로 나왔다. 오브세옌코가 출발해야 한다고 했다. 모스크바로 소환되었다고, 로젠베르크[206] 특사와 함께간다고 했다. 알토사노 광장에서 부산하게 움직이는 몇몇 무리는 그 이야기로 설왕설래했다. 광장의 중앙에는 먼지에 뒤덮인, 마구 뻗은 야자수 몇 그루가 연못을 빙 둘러서 있었다. 한편 시청과 은행 사이에 위치한카지노에는 무릎 아래까지 오는 바지에 각반으로 종아리를 동여맨, 올리브색 펠트지 차림의 국제여단 병사들이 들어앉아 있었다. 맞은편 과거상공회의소 건물에도 국제여단 병사들이 나무 탁자를 중심으로 잔뜩 모여 있었다. 법원과 대극장도 있는 이 광장이 모든 계획과 행동의 중심이라는 것을 짐작할 수 있었다. 이 도시의 유일한 대로인 레푸블리카, 가지친 플라타너스가 호위하는 그 거리를 따라가면 기차역에 도착했다. 그곳에는 오래된 도미니크회 수도원이 있었는데, 주둔군 총사령관 마르티가가족 및 가사도우미들과 함께 거기 거주하고 있었다. 바로 이곳이 권력과 명령의 출발점이었다. 사람들이 그의 이름을 입에 올릴 때면, 그의 명성에 대한 경외심과 그의 거만함과 지배욕에 대한 거부감이 뒤섞여 있었다. 그러나 마르티 말고도 이탈리아 사령관들, 또 무엇보다 독일 사령관들이 있었다. 우리가 군사 지역에서 보낸 이 첫날, 국제군의 관리 조직과불가분 연관된 것으로 보이는 우리 내부의 어떤 의견 차이, 긴장, 단절이다시 밀려오는 느낌이었다. 이 도시에 들어섬으로써 우리는 하나의 총체

---

206) Marcel Rosenberg(1896~1937): 최초의 주 스페인 소련 대사로 스페인 내전 기간
   중 복무하다가, 1937년 소련으로 소환되어 숙청당했다.

적 세계에 합류한 것이었다. 이 세계는 모든 갈등을 자기 안에 담고 갈 수밖에 없었다. 이 세계에서의 해결책은 언제나 전선에서의 무장행동이었다. 우리는 현상들을 더 이상 개인으로서 인지하지 않았다. 우리가 본 것은 많은 다른 사람의 시선을 통해 보완되었다. 우리의 모든 행동은 하나의 유기적인 전체 속에서 실행되었다. 알바세테에서 우리는 우리를 이끌게 될 힘을 처음으로 구체적으로 느낄 수 있었다. 우리가 배정된 장소로, 소속 부대로, 훈련장으로 다시 이송되기 전에, 단일한 인민군으로서 싸운다는 우리의 생각은 시험에 처한 셈이었다. 다양한 판단이 있다는 걸 느끼면서, 이성적인 결단에 익숙하고 허풍이란 잘 모르던 우리 대다수에게 전쟁은 갑자기 변화무쌍하고 새로운 모습으로 다가왔다. 우리 대부분은 가능하면 조속히 소속 부대로 가고 싶어 했다. 질투심과 반목이 끓어오르고, 형제애가 망각될 위험에 처한 이 논쟁의 가마솥을 벗어나고 싶어 했다. 하지만 그에 대한 어떤 도덕적 비난도 자제해야 한다는 것을 우리는 어느덧 경험으로 알고 있었다. 우리에게 스페인은 파시즘에 저항하는 국제적 연대가 실행되는 곳이었다. 우리는 이 점에 집중했고, 전선에서 귀환한 병사들의 말 역시 그것을 확인해주었다. 우리에게 절대적 답은 이것이었다. 소박하고 삭막한 거리에 바람이 스치고, 모퉁이에서는 회오리가 일던 이 도시에서 우리는 앞서 바르셀로나에서처럼 단 하루만 머물렀다. 다음 날 아이시만은 포소누비오의 훈련소에, 나는 북쪽으로 5킬로미터 더 먼 후카르 강 근처의 쿠에바 라 포티타 요양원에 입대 신고를 해야 했다. 우리는 집단의 일부였지만, 그 속에서 만나는 무질서한 다양한 목소리는 우리 자신의 개인적인 탐색을 통해 다시 조화를 찾아야 했다. 끊임없는 의식의 각성은 우리의 의무이기도 했다. 자유의지는 우리의 근본적 입장과 불가분의 것이었다. 그 자유의지가 우리가 본 모순적인 모습들에 대해 설명을 요구할 것이었다. 그것은 의심을 키우기 위한 게 아니었다. 그건 잠복해 있는 패배주의에 대항할 힘을 얻기 위한 것이었다. 지도 세력 간의 투쟁, 주장들 간의 대결은 어떤 면에서 불가피하다고 생각했다. 유럽 전체가 적대적 힘들의 싸움터였다. 다양한, 고집스러운 에너지들이 스페인으로 몰려들 수밖에 없었고, 또한 어떤 통합을 찾아야만 했다. 차이의 통합은 우리 모두의 일이었다. 지금까지 늘 숨어서만 공략했던 적을 공격하기 위해 결집하고, 직접 맞붙는다는 게 어떤 것일지 우리는 과거에 종종 상상해보곤 했다. 우리가 이곳에 합류한 시점은 복잡하게 얽힌 반대파의 주요 세력 일부가 제거되고 정부가 개각된 지난여름 사건의 흔적이 아직 가시지 않은 때였다. 이제 모든 힘을 군대의 수호에 쏟아야 한다는 것은 우리에겐 결정적이었고 또 자명했다. 혁명의 희망에서 시작된 전쟁이었고, 처음부터 어마어마한 무기로 자신을 과시했던 적을 이기는 길은 군사적인 방법 말고는 없었다. 권위와 질서, 계급이 다시 도입되면서 원래의 열정에서 어떤 부분이 사라졌다. 그러나 즉흥적인 혁명적 열정은 바로 패배로 이어졌고, 아나키스트들조차도 직업군인으로 구성된 군대와 맞서는 데는 경험 있는 전술가가 필요하다는 걸 깨닫게 되었다. 어떤 사람들은 혁신을 위한 전투에 평등의 요구와 어긋나는 케케묵은 조직을 이용하는 걸 모순으로 생각했지만, 일사불란하게 통제된 무력만이 물량전에 대응할 수 있는 유일한 수단이었다. 우리의 물질적 장비는 열세였지만, 이념적 자기확신에서는 결코 약점을 보여서는 안 되었다. 사회를 변화시키려는 우리의 의지는 컸다. 하지만 그 의지는 흔들림 없이 단결되었을 때만 지킬 수 있었다. 우리의 과업이 지닌 이중성을 직시하면서, 우리는 서로를, 또 스스로를 점검했다. 전체에 대한 책임감에서 우리는 불화를 상쇄하려고 노력했다. 스페인으로 갔던 모든 사람은 옳은 일을 한다는 느낌, 그런 자부심으로 가득 차 있었다. 그들이 떠나온 나라는 이른바 민주국가였지만, 형성되는 통일전선을 무력화하고 스페인 인민전쟁을 고립시키기 위해 자원병들의 출국을 방해하는 등 온갖 짓을 자행했다. 그들이 정부의 회피정책과 기만과 협박을 극복하고 이곳에 온 것은 신념 때문이었다. 목숨을 바치겠다는 자발적 의지에는 동등한 권리를 인정받고 그렇게 존중되어야 한다는 요구가 전제되어 있었다. 하나의 계급적 입장이 그들의 결단을 떠받치고 있었다. 우리 편이라면 누구나 일단 그런 계급적 입장에 동의했다. 하지만 사실 그것은 좀더 정확한 해석을 요구하는 문제였다. 이곳에 있다는 것 자체로 그들은 모두 같은 가치를 지니기 때문에, 그들은 자신을 상급자와 구분하는 것 역시 원치 않았다. 그런데 이제 과거 고국에서 군복무 시절 아마 저항했을 그런 질서에 다시 복종해야만 했던 것이다. 여러 보고를 보면, 전선에서는 직능의 분배가 당연시되며, 사람들은 긴밀하게 협력하며 장교의 권능에 신뢰를 주고 있었다. 그러나 여기 여단본부에서는 위계적 조직이 투쟁의 본뜻과 괴리된 퇴행적 경향을 드러내고 있었다. 최고 정치 지도자가 마치 영주처럼 수도원과 석조회당에 틀어박혀서, 개인적인 자의로 피해망상 수준의 월권 통치를 한다는 것은 사람들에게 충격이 아닐 수 없었다. 프롤레타리아 계급의 군대에서 감독, 다툼, 술책이 용인되는 것에 실망하는 소리들이 들려왔다. 하지만 마르티를 따라다니는 소문, 모든 대화를 오염시키는 그 소문이 문제를 호도하기 위해 일부러 부추겨진 것일 수도 있었다. 마르티의 폭군 같은 성격이 그가 짊어진 책임에서 비롯된 것일 수도 있었다. 사진에서 보는 그의 창백하고 부은 얼굴, 어두운 그림자가 진 눈가에서 그가 얼마나 큰 공포와 싸우는지 알 수 있었다. 공화국 측은 아스투리아스, 비스카야, 산탄데르 같은 중요한 산업 지역을 빼앗겼다. 해상봉쇄는 대규모 전쟁물자의 조달을 방해했다. 피레네 국경 지대는 언제 폐쇄될지 모르는 상황이었다. 마르티의 얼굴은 전투 가능한 부대를 모아 재공격을 준비해야 하는 비상 상황의 반영이었다. 누가 조금이라도 자신의 계획을 반대하면, 그는 폭발하듯 격노했다. 누가 조금이라도 다른 발언을 하면, 그는 배신을 의심했다. 소비에트당 지도부가 그를 현재 직책에 임명했고, 따라서 당 지도부가 전략 전술상 필요하다고 여기는 지령들을 수행할 책임이 그에게 있다는 사실에서 우리는 마르티의 냉혹성을 설명하려고 노력했다. 하지만 다른 사람들은 그의 성격적 특성에만 주목했다. 그는 지배자의 망상에 빠져 있으며, 그가 버티는 건 오로지 최고 명령권자가 지원하고 있고, 그래서 모든 비판에서 벗어나 있기 때문이라고들 했다. 또 마르티는 실력으로 영향력과 명망을 획득한 독일 여단의 지도자들과 거리를 둔다는 말도 있었다. 이것은 베너가 이미 파리에서 아버지에게 암시했던 것이기도 했다. 바이믈러가 1936년 12월 마드리드 코앞에서 전사할 때까지, 마르티는 그를 집요하게 공격했다. 그다음에는 레글러[207]와 렌, 칼레와 차이서에게, 또는 달렘이나 메비스[208] 같은 정치 간부들에게 공격의 방향을 돌렸다. 누군가 콘셉시온 가에 있는 예수회교회에 난 계단을 가리켰다. 마르티가 사보타주를 저질렀다는 몇 사람을 바로 이 계단에서 총으로 쏘아 죽였다는 것이다. 그들은 옆 건물에 있는 헌병대에 구금되었다가 끌려온 것이라고 했다.

---

207) Gustav Regler(1898~1963): 독일 언론인이자 작가. 1918년 11월 혁명에 참여했다. 1929년 공산당 입당했으며 1933년 파리로 망명했다. 스페인 내전에서 한때 국제여단 정치위원으로 활동했다.

208) Karl Mewis(1907~1987): 열쇠공 교육을 받았다. 1924년 공산당에 가입, 1933년 이후 망명 독일 공산당에서 지도적인 역할을 하며, 스페인 내전 중에는 스페인에서 독일 공산당을 대표했다. 이후 스웨덴에 망명, 종전 후에는 구동독에서 고위직을 수행했다.

교회를 지나면서 우리는 교회 중앙 홀에 눈길을 던졌다. 홀에는 오른쪽과 왼쪽으로 펠트로 덮인 침대가 붉은 타일 바닥 위에 촘촘히 줄지어 놓여 있었다. 그 뒤에는, 제단이 뜯겨나간 연단에서 병사들이 불을 쬐고 있었다. 찰나에 지나간, 회색 담요를 두른 그 병사들의 모습은 앞쪽 교회 입구에서 인피로 짠 보호대에 든 긴 주둥이의 포도주병을 서로 건네는 병사들의 무리와 다를 것이 없었다. 높이 난 창문을 통해 빛을 받아 환해진 그들의 얼굴, 벌린 입으로 흘러드는 포도주액의 줄기, 서로 술을 건네는 몸짓들, 일렁이는 불꽃을 받으며 서 있는 모습, 이 모든 것이 똑같이 의미심장했다. 밝은 회색 바탕의 평면에 대비되며 하나하나 뚜렷이 각인되었다. 웅크린 몸들, 기둥과 벽면 돌출 장식의 딱딱한 선들이 추위와 불편한 상태를 전하고 있었다. 좁고 낮은 문 하나가 취침 장소를 감옥과 취조실로부터 분리해주고 있었다. 아마 그곳에서 행해진 가혹한 취조로 인해, 고통스러운 재판 이야기가 떠돌았을 것이다. 그러나 다른 장소에서도 마르티가 직접 처형을 수행했다고 했다. 시립공원 안의 한 연못가, 또 후카르 강변에 가까운 로스 예사레스 인근 계곡에서도. 이런 소문들이 그냥 소문일 뿐이라고 해도, 그것은 국제여단의 최고위직이 잘못 채워졌다는 사실, 부당함이 용인되고, 사태 파악을 위해 아무런 노력도 하지 않는다는 사실에 맞선 반항과 분노를 표현하는 것이었다. 충성심 때문에 우리가 우리 진영의 폐해는 일절 거론하지 않도록 호도되는 건 잘못이라고 일행 중 누군가가 말했다. 아나키스트들은 자유의지를 꺾으려는 강압을 용납하지 않았기 때문에 척결되었노라고 그는 말했다. 다른 누군가 말을 받았다. 하지만 그렇게 자유를 추구했기 때문에 아나키스트들은 전쟁에서 출발부터 이미 지고 들어간 거죠. 그들은 권력 문제에서 실패했어요. 국가권력을 인수해야만 했는데, 그들은 이미 국가 자체를 반대했지요. 지나치게 개인의 자발성만 믿었어요. 중앙의 계획이 없었기 때문에 아나키스트들의 공동체는 실패했지요. 생산은 줄고 수확은 형편없었죠.' 그들이 실패한 건 토지와 공장이 과거의 소유주들에게 반환되었기 때문이라고, 앞의 사람이 대꾸했다. 인민군이 아라곤에 진입했을 때, 집단농장의 밭들은 황폐화되어 있었다. 방어력이 붕괴한 책임은 무능한 평의회정부가 아니라, 오히려 평의회정부를 강제해산하고 농업노동자들을 무장해제시킨 것에 있다고 그는 말했다. 그러나 우리가 대화를 나누었던 대다수 사람은 규율에 대해, 일관된 지휘 체계 아래 놓인 군대에 적응해야 한다는 것에 공감을 표했다. 일사불란한 조직은 억압과는 다른 것이라고들 말했다. 적의 힘을 생각하면 절대복종이 필요하다고들 말했다. 냉혹성, 때에 따라서는 잔인성조차도 옹호할 수 있겠지만, 동시에 그것을 견제하는 힘이 유지되어야만 한다고 아이시만이 말했다. 그렇지 않으면 냉소주위가 뼛속 깊이 파고들어, 언젠가 새로운 세계의 건설에 참여해야 할 때 장애가 될 거라고 했다. 암시만 했지 제대로 언급되지도 않았지만, 강자가 되는 게 중요한 상황에서 권위적 패턴, 틀렸다고 인식한 그 낡은 제도를 얼마나 더 인정해야만 하느냐는 문제였다. 어디서나 우리 눈앞에 지침을 들이미는 가부장적인 현수막들을 두고 비아냥거리는 소리가 들렸다. 저런 상투적이고 진부한 말을 우리에게 세뇌해서, 우리의 생각이 단순해지도록 조련한다고 누군가 말했다. 우리가 여기 온 목적은 우리 스스로 제일 잘 알고 있다고 말했다. 하지만 그 구호들에는 그 나름의 진실이 담겨 있었다. 구호들이 비록 외적인 것을 건드리지만, 사실은 본질적인 것을 겨냥하고 있었다. 그것은 슬로건이고, 행동하는 것은 우리들이었다. 우리는 피 이 마르갈로에 있는 당사 문 위에 걸려 있던 현수막을 떠올렸다. 언제나 인민정치위원이 앞서서, 앞에서, 아니 선두에서 간다라고 적혀 있었다. 정확한 표현은 기억나지 않았다. 이제 우리는 부대 숙소들이 설치된 야외공원 라 페리아 앞에 도착했다. 그리고 둥그런 공원 출입문 위로 또다시 진부한 호소를 담은 한 문구를 보게 되었다. 군사기술의 숙달이 전쟁의 승패에 결정적이라는 사실을 다시 한번 상기하는 게 나쁠 건 없었다. 모든 운동에는 단순함과 압축이 필요했다. 라마르세예즈[209]의 가사나 인터내셔널가도 관련된 사람들이라면 이미 외우고 있는 말들, 그러나 언제라도 다시 듣고 싶은 말들을 담고 있었다. 이와 비슷하게 가우디도 자신과 신도들이 늘 기억하도록, 글로리아 글로리아나 상투스 상투스, 그리고 호산나 인 엑셀시스[210]를 사방 벽면에 새겨 넣곤 했다. 하지만 다른 한편 이것은, 우월한 지도부가 우리를 통제하고 있다는 것, 지도부는 우리의 독립성이 부족하다고 전제하고, 우리는 암묵적으로 그에 동의하고 있다는 것, 우리가 보호감독에 매달리고 있다는 것, 충성을 다짐하는 우리의 구호가 잘못된 의식에서 비롯되었다는 것, 우리가 아직도 과학적 사유에 서툴고, 소시민적 이상주의에 머물러 있다는 증거일 수도 있었다. 우리는 우리 자신의 가치를 향해서 전진하는 중이었다. 그런 우리의 머리 위로, 우리와 더 이상 상관없는 시대의 산물인 깃발과, 군기, 문장, 표장 들이 나부꼈다. 하지만 그렇지 않았다. 이 전쟁의 시대에 우리에게는 그것이 필요했다. 우리에게 그것은 미래, 전쟁의 극복, 해방과 평화를 의미했다. 여기, 풍물장이 서던 이 원형의 공터에 유럽, 북미, 남미의 모든 나라 사람들이 모여들었다. 나무들이 양쪽으로 늘어선 긴 야외 회랑이 앞으로 뻗어 있는 이 변두리 공터,

---

209) 프랑스 혁명가로 오늘날의 프랑스 국가다.

210) Sanctus Sanctus는 '거룩하다. 거룩하다.' Hosanna in excelsis는 '높은 곳에 호산나'를 뜻한다. 기독교 찬미가의 후렴구로 주로 사용된다.

보잘것없는 노동자들의 주거지 뒤로 밭들이 이어지는 이곳, 축산물시장이 열리고 새벽 시간에 물건을 실은 농부의 수레가 밀려들던 이곳에 우리들은 모였다. 이곳, 전쟁 전에는 민속축제에서 가판대들이 들어섰던 아케이드들 사이에, 또 조화와 색색의 전구로 장식된 오케스트라용 대형 정자 주변의 미로 같은 길에, 우리는 집결했다. 5월 1일의 행진을 준비하는 것처럼 우리는 자신들의 상징과 구호들을 맨 앞에 세워놓았다. 이곳으로 각 부대에 소속될 병사들이 모여들었다. 텔만, 앙드레, 바이블러, 뷔유맹,211) 링컨, 가리발디, 돔브로브스키, 차파예프,212) 또 오스트리아의 2월 12월, 파리 코뮌 같은 부대명은 그 자체로 보편타당한 개념이었다. 잠시 명절 같은 분위기였다. 여유와 가벼움이 느껴졌다. 마치 우리 앞에 놓인 힘든 일이 지나가버린 듯, 이미 승리를 이룬 듯 저기, 대로 한가운데 정자에서는 웃음보가 터지고 박수 소리가 퍼졌다. 긴 막대 위에 올라선 라만차의 기사는 펄쩍펄쩍 뛰며 칼싸움을 하고, 베개를 채워 넣은 뚱뚱한 시종은 기사를 진정시키려고 용을 쓰는 모습이 보였다. 저 귀족은 비현실적이고 비합리적인 것을, 그리고 산초판자는 민중의 차분함과 유머를 상징했다. 이것도 일종의 다짐이었다. 좀 단순하지만 메시지는 분명했다. 잘못된 생각을 버리는 데는 약간의 충격만 있으면 된다는 걸 팬터마임은 보여주고 있었다. 분명 주인공은 환상에서 벗어나 상황을 파

---

211) Henri Vuillemin: 프랑스 혁명가. 스페인 내전에서 1936년 12월 그의 이름을 딴 국제여단 부대가 구성되었다.

212) Giuseppe Garibaldi(1807~1882): 이탈리아의 게릴라 지휘관이자 정치가로 이탈리아 통일의 주역 중 한 사람이다.
Jarosław Dąbrowski(1836~1871): 폴란드 혁명 민주열사로 1871년 프랑스 파리 코뮌의 사령관을 지냈다.
Vasily Chapaev(1887~1919): 러시아 내전 시기 적군의 장군.

악하고 효과적으로 반격할 것이다. 과거에 이 주인공은 얄궂은 계략이나 속임수, 또는 심한 장난에 미혹되어 행동에 나섰다. 그런데 지금은 노골적인 조롱의 대상이 되었다. 그는 나무처럼 긴 다리를 덜그럭거리며 헤매고 다녔다. 비애와 비극은 사라지고, 외치는 소리에는 이미 자신감이 없어졌다. 몽상적인 방랑 음유시인의 시대에 속했던 인물이 강제로 전쟁이 벌어지는 현재로 끌려 나온 것이었다. 대목장에서 극단들은 이 바보 주인공이 나오는 극을 종종 공연했을 것이다. 스페인식의 이 서사시는 악을 물리치고, 정의와 인간의 품위를 지키자고 호소했다. 그러나 항상 오류와 악의, 속임수 때문에 실패를 겪었다. 그러나 여기 무대 위의 배우들에게 전통이나 위대한 고전에 대한 경외심은 없었다. 이 새 주인들에게 돈키호테는 케케묵은 교양의 허깨비일 뿐이었다. 이들에게는 그의 변명이나 그의 실패한 이상을 동정하는 마음은 전혀 없었다. 이들은 돈키호테를 자신들의 차원으로 끌어내려 꺽꺽대는 소리로 개종의 변을 내뱉으라고 강요했다. 무장한 노동이 완전히 새로운 본질을 획득했던 것처럼 문화 개념도 고립에서 벗어나 게릴라 같은 실천의 영역 한가운데에 세워졌다. 탈렌토 대대 소속의 작은 이동부대는 군부대와 방공호와 마을에 문학과 예술을 단편적이나마 보급했다. 거대한 기념비들이 무너지면서 조야하지만 새로운 시작이 이루어졌다. 오지에는 일단 글자를 보급하는 정도였다. 힘들게 글자를 익히며 사람들은 글을 읽는 법을 배웠다. 우리가 이미 한참 지난 과거의 일이라고 생각했던 것, 바로 배움의 길로 자랑스럽게 들어서는 일이 이곳에서 진행되었다. 그런 배움은 끈기의 일부가 되었다. 페리아 광장에서 한 남자가 마르티라는 인물을 좀더 알게 해주는 그의 또 다른 모습을 전해주었다. 이슬람 첨탑과 둥근 지붕들로 둘러싸인, 토로스 원형경기장에서 마르티가 수천 명의 의용군을 앞에 두고

의자에 올라서서 환영사를 한 적이 있다고 했다. 그 연설의 영향으로 그 참모부 보급장교는 결코 무시할 수 없는 존재가 되었다고 했다. 누군가 연설의 내용을 물었지만, 남자는 별로 기억하는 것이 없었다. 그는 오로지 그 연설이 얼마나 용기를 주었는지만 기억했다. 문장학(紋章學)에도 그런 카리스마가 내재해 있었다. 상징과 기호는 우리가 전체를 모를 때 그것을 보완해주었다. 우리를 참여와 헌신으로 이끌었던 다양한 계기는 온갖 상징과 비밀 기호와 구호들로 덮여 있었다. 우리가 다른 사람들과 함께하는 데 자세한 해석은 중요치 않았다. 필요한 것은 신속한 동의를 가능케 하는 기호들이었다. 저 상징과 표식들 아래에서 우리는 하나임을 알고 있었다. 개인적인 상황 설명을 위한 시간은 없었다. 그날 아침 사각의 목조 회랑으로 둘러싸인 병영 마당을 나선 후 거리 맞은편에 있는 구내식당으로 들어섰을 때도 그런 식의 상징을 만났다. 일렬의 기둥들이 지붕의 대들보를 받치고 있는 이 건물은 마구간처럼 길게 뻗어 있었는데, 좁은 왼쪽 벽에 벽화가 하나 있었다. 높이 위치한 아치형 창문으로 들어오는 흐릿한 빛 아래에서 처음에는 그림의 중앙에 솟은 붉은색 깃발만이 눈에 들어왔다. 그러다 가까이 다가서자 비로소 그림의 세부적인 내용들이 보이기 시작했다. 한쪽 어깨에는 탄피를 걸치고 다른 어깨에는 긴 총을 가로질러 멘 한 남자, 그리고 여자 하나와 노동자 하나가 보였다. 모두 회청색 상하의 통짜 작업복을 입은 이들은 도식적인 딱딱한 몸짓으로 조금씩 층을 이루며 함께 모여 있었다. 이들의 시선은 미래도시인 것 같은 은회색의 대도시를 향해 있었다. 도시의 지하철 입구에 커다랗게 쓰여 있는 M자는 모스크바를 떠올리게 만들었다. 전체 구도는 뾰족하게 솟은 탑에 걸린 별, 망치와 낫이 있는 별을 정점으로 모였다. 총을 멘 남자는 오른손에는 깃발 달린 막대를 잡았고, 왼팔은 비스듬히 위로 뻗어 희미한 배들이 정박한 항만 구역을 가리키고 있었다. 그 왼팔은 날렵한 포물선 아치가 받치고 있는 다리와 뚜렷하게 대각선을 이루었다. 다리 위에는 속도 때문에 윤곽이 희미해진 기차가 연기를 뿜으며 내달리고 있었다. 누구의 그림인지는 알 수 없었다. 하지만 방어벽을 쌓으려는 것처럼 함께 뭉쳐 있는 인물들의 자세, 집중하고 긴장된 표정의 얼굴들, 그 시선을 마주 보고 달리는 도시의 전면이 만드는 소실점의 선, 수직으로 리드미컬하게 쌓아 올린 건물들, 오로지 깃발의 붉은색에만 대비되는 거의 단색 톤의 채색은 이 그림이 극히 효과적인 집중을 노린다는 걸 말해주었다. 숙소로 사용하기 위해 임시로 꾸며진 마구간의 거친 회벽에, 임시적이라는 것을 전혀 개의치 않고 누군가 그림을 그린 것이다. 양파 수프와 검은 담배의 연무 속에서 그린 것이었다. 청소 때문에 벌써 칠이 갈라진다는 사실, 얇게 칠한 색들이 머지않아 지워지고 긁히고, 또 습기와 거칠게 벽을 친 막돌들의 움직임 때문에 터질 거라는 사실을 전혀 개의치 않는 듯, 그림은 의연하게 솟아 있었다. 그림은 자신의 덧없음을 비웃고 있었다. 그림은 전장의 병사들처럼 능력의 극한을 쏟아내고 있었다. 그림은 마치 긴 시간을 위해 그려진 것처럼 거기 있었다. 엄청난 에너지들이 결집되는 이곳 스페인에서 우리가 보낼 그 우주적 시간을 위해 그려진 것 같았다. 그림은 이 벽에 꽉 붙어 있을 것이다. 우리가 승리하든 패배하든 한 조각 얼룩으로 사라질 그때까지. 아마도 가장 여러 번 붓질을 한 곳, 얼굴이나 손, 그런 부분들이 가장 고집스럽게 버틸 것이다. 다음 이동을 위해 알바세테 시립보건소에 신고하러 가야 했던 그날 저녁에, 우리는 또다시 어떤 양면성을 경험하게 되었다. 어느덧 스페인 하면 이런 양면성이 연상될 지경이었다. 위쪽, 마호르 광장에 면한 시장 뒤편, 과거 아랍인 구역의 분수대에서 우리는 구습과 가난의 유물을 만났다.

부슬부슬 떨어져 내리는 담벼락에 뚫린 좁은 공간에 차려진 선술집들 옆으로, 접는 문이 달린 헛간 앞에 몸을 파는 여성들이 서 있었다. 상품 시장에서 더 이상 아무것도 가진 게 없는 여성들, 완전한 자기부정에 내던져진 여성들, 그들 뒤로 흙벽에 걸린 카펫 장식이 침침한 등잔불빛에 반짝였다. 그녀들의 굴욕이 벌어지는 자리 바로 위였다. 착취당하는 인간의 해방을 위해 싸우는 병사들이 진흙땅을 걷는 것처럼 고개를 숙인 채 어두컴컴한 골목길을 걸어가고 있었다. 병사들은 주변을 훔쳐보다가, 마침내 인간에 의한 인간의 약탈에 동참하는 그 장치에 이끌려 들어갔다. 아이시만이 말했다. 현대는 일종의 예언이야. 우리 자신도 아직 중세에 살고 있어. 잠깐씩 광명이 비추면, 우리는 숨이 막히고, 열광하게 되지. 그런 다음 우린 다시 깊이 가라앉는 거야. 그러나 이 말은 맞지 않았다. 우리가 우리 시대의 가장 큰 도약의 일부라는 것 역시 부정할 수 없는 사실이었다. 뒤돌아보지 않고, 추락을 두려워하지 않고, 앞서간 사람들을 알고 있었기에, 우리는 기존의 성취를 지키고 다지는 데 최대의 노력을 기울여야만 했다. 문득 우리 눈앞에 시장 광장 아래쪽 변소의 더러운 타일들이 나타났다. 아이시만은 몸을 돌리더니 다시 병영을 향해 걸었다. 한순간 날카롭게 굽은 코와 돌출된 턱이 분명한 그의 옆얼굴이 내 눈에 들어왔다. 나는 알바세테의 중심 상점가인 마호르 가로 향했다. 인도가 따로 없는 이 좁은 길은 사각의 석판들을 길 중앙에 홈이 생기도록 약간 기울여 포장했다. 보건소는 약국과 포목 창고 사이에 있었다. 테두리를 친 무거운 나무문에는 14라는 숫자와 1896년이라는 쇠 장식이 부착되어 있었다. 이 문을 지나자 홀로 올라가는 대리석 계단이었다. 홀의 한가운데는 빛을 끌어들이는 공간인 유리 입방체가 솟아 있었다. 그 주변으로는 복도가 둥글게 감싸고 있었는데, 복도의 바깥벽 쪽에 다른 방으로 들어가는 유리문들이 있었다. 천장의 석고 장식과 복도 바닥의 꽃무늬 모자이크가 유리판들에 반사되며 조각조각 부서졌다. 상자와 병들, 또 책상 위에 놓인 수술 도구와 주사기 들은 몇 번씩 반사되어 열을 이루었다. 그 물건들이 어떤 유리방에 있는지 판단하기가 어려웠다. 주문 용지와 꾸러미와 가방을 든 의무관들, 명령을 받은 병사들 역시 이중 삼중으로 반사되며 이런저런 방들을 드나들었다. 누군가의 얼굴이 빙글거리는 만화경처럼 나를 향해 다가왔다. 둥글둥글한 선에, 반짝이는 두 눈, 짧고 검은 수염이 잔뜩 덮인 얼굴이었다. 쿠에바 라 포티타의 행정관인 파인골드였다. 그는 짐을 가득 실은 자동차로 후카르 강변의 그 병원에 나를 데려가기 위해서 기다리고 있었다.

이곳도 무언가 정리가 필요한 장소였다. 이따금 작은 구름들이 몰려들었는데, 윙윙대고 붕붕거리는 구름들은 먼지를 먹은 비가 아니라 작고 까만 모기 떼였다. 그 소리를 빼면 요양원 주변에는 정적만 감돌 뿐이었다. 요양원은 포플러가 울창하게 뒤덮은 급경사의 강 언덕 끝자락에 자리 잡고 있었다. 높이 솟은 소나무 군락이 요양원의 배경을 이루고 있었다. 암설동굴이 있는 협곡 위 다리 초입의 방공포만이 이곳이 군사시설이라는 것을 말해주었다. 본관의 탑을 완전히 덮을 정도로 가지들이 무성한 큰 나무들 아래로 환자들, 그러니까 휴가를 받은 병사들이 타일 벤치와 시멘트로 마감된 분수와 연못 주변에 빙 둘러 앉아 있었다. 분수의 수반 한가운데 앉아 있는 개구리상은 원시의 괴물 같았다. 또 다른 수반에는 축도하는 예수가 솟아 있었다. 세번째 수반에는 펼쳐 든 책에 머리를 박고 무아지경에 빠진 소년 소녀 한 쌍이 어깨동무를 하고 받침대 위에 서 있었다. 진입로는 모두 저 아래 동굴에 널린 둥근 황색 자갈로 마감되었는데 아마도 지루함을 이기려는 누군가의 욕구 때문이었을 것이다. 꼬인 나뭇가지 모양으로 점토를 구워 강변을 굽어보는 테라스 축대 위에 좌석 등받이와 난간을 만들고, 선인장과 작은 야자수 화분을 늘어놓고, 담쟁이와 들장미가 뻗어갈 막대와 철물 아치를 세우고, 철사로 위가 좁은 둥근 새장을 만들어 졸린 눈으로 새장 밖을 내다보는 공작새를 넣어놓은 것도 모두 그런 짜증스러운 무료함을 견디기 위한 것이었다. 포소누비오 근처 훈련소에서 나던 콩 볶는 듯한 기관총 소리와 덜컹대며 달리던 탱크 소리는 벌써 한참 전에 언덕 너머로 사라졌다. 여기서 벌어지는 일은 모두 일정한 테두리 안에서, 단지 시간을 죽이기 위해 쳇바퀴를 돌듯 마지못해 하는 활동들이었다. 도자기 받침판 위에 날개 달린 사자들이 자리 잡았고, 건물 벽에 그려진 알바세테의 수호성인, 야노스의 성처녀는 인형같이 하얀 얼굴에 금박이 수놓인 자줏빛 망토를 두르고, 광채 나는 왕관 아래 서 있었다. 또 창문을 둘러친 금속 세공 창살, 현관 앞 계단 부분에 세워진 도리아 양식의 기둥들, 이 모든 것은 자신의 장례식을 바라보는 한 문명의 퇴적물들이었다. 1920년 대지주였던 니에토는 자신의 부인에게 이 별장을 결혼 선물로 주었다. 시내에 있던 자신 소유의 은행 건물을 허물어 직육면체의 돌과 기둥, 벽면 돌출 띠 장식, 창살 들을 떼어내서는 이 별장을 짓는 데 썼다. 참나무 문짝이며, 벽 마감 판, 계단 들도 마찬가지로 활용했다. 이 지방에서 가장 부유한 가문이었던 이 가족은 비슷한 건물을 여섯 채나 거느렸는데, 이 별장은 사냥할 때만 방문했다. 겉으로는 그냥 목가적인 별장은 안으로 들어서면 어딘가 황량한 느낌을 주었는데, 그건 새로운 사람들이 입주했어도 크게 달라지지 않았다. 별장의 마지막 주인이었던 누녜스 데 발보아 남작이 현재 인민의 적으로 공화국 감옥에 갇혀 있다는 사실이 홀의 커다란 페치카 주변에 무료하게 둘러앉은 병사들에게 위로가 되지는 못했다. 우리가 이 나라 바깥에서 만났던 새로운 세상은 이 쇠락하는 봉건적 휴양지에는 아직 터를 찾지 못한 것 같았다. 원래의 기대나 계획과 달리 병원에 근무하게 되어서인지, 건축물의 세부 요소들이 자꾸만 내 눈에 거슬렸다. 그런 건축적 특징들과 이 폐쇄된 요양원 구내에서 벌어지는 일들은 서로 상관이 있었다. 다른 병사들과 달리 나의 전장은 진격과 후퇴를 오가며, 땅 한 뼘 한 뼘을 방어해야 하는 그런 가변적인 영역이 아니었다. 나의 전장은 나란히 늘어선 방, 저장고, 계단, 복도 들, 그리고 강박적으로 촘촘히 심어놓은 소나무 숲 주변으로 특정하게 배치된 공간들이었다. 협곡, 강이 흐르는 계곡, 채소밭, 평야로 이루어진 이 지역에서 변하는 건 아무것도 없다는 점이 거주자들의 행동반경과 상호관계에 영향을 미치고 있었다. 처음 도착했을 때 받았던 평화로운 인상은 일상에서 어느 틈엔가 곧 답답하고 갇힌 듯한 느낌으로 바뀌었다. 계단 구역과 살림 구역 사이의 복도에 위치한 호단의 사무실에서 그와 마주 앉았을 때, 면담을 하고 나면 나는 훈련소로 이송될 것으로 믿고 있었다. 그러나 호단은 행정과 간호에 조수가 필요하다는 쪽으로 대화를 끌고 갔다. 나는 몇 년 전 베를린에서 구급의학 과정을 밟았는데, 그 때문에 호단은 내가 조수로 적당하다고 생각했다. 쇼세 가에 있던 경찰청에서는 그 당시 우리 구역에 살던 청소년들에게 여름방학 동안 그런 준군사적인 교육에 참가하라는 명령을 내렸다. 그것은 무엇보다 청년들을 대상으로 모병을 하기 위해서였다. 경찰이 중개를 담당하고, 교육 과정은 되베리츠 병영에서 진행되었다. 내가 지원한 건 배운 지식을 나중에 지식을 준 그 사람들에게 맞설 때 사용할 거라는 생각에서였다. 그리고 그다음 해 나는 그 몇 주간의 실무 경험을 심화하는 야간학교 의학 강좌를 들었다. 그것이 호단이 알바세테의 본부에 나의 요양원 체류를 요청할 수 있는 좋은 근거가 되었다. 이 시점에 나는 이미 쿠에바 라 포티타의 공간이 발산하는 어떤 효과를 느낄 수밖에 없었다. 호단과의 면담에서 나는 아무런 반박을 하지 못했다. 나는 이미 이 요양원이 자리한 사각의 공간에 갇혀버린 것이었다. 체류가 임시적일 거라는 생각은 했다. 호단은 창문을 등지고 앉아 있었다. 그의 등 너머로 앞뜰이 보였다. 지하 저수통이 앞뜰을 거의 다 차지했는데, 펌프 머리에는 위로 한껏 굽은 손잡이가 달려 있었다. 호단의 넓적한 얼굴, 머리가 빠져 넓어진 이마와 사시로 두 눈이 살짝 벌어진 그 얼굴은 탁한 청회색 그늘 속에 잠겨 있었다. 그의 목소리는 잠겨 있었다. 호흡곤란 증세 때문이었다. 그러나 자신의 박사학위가 박탈되었음을 전하는 서류를 내보이면서도 차분하고 여유가 있었기에, 나는 그냥 감기로 목이 쉰 것으로 짐작했다. 심한 베를린 사투리로 그는 1937년 10월 11일 『독일 제국 관보』에 실린 베를린 대학교의 결의안을 한 줄 한 줄 읽어 내려갔다. 이 대학 의학과에서 호단은 1919년 12월에 박사학위를 취득했다. 홍보처가 최근에 발송한 서류를 그는 서류철에 집어넣었다. 그의 말에 따르면 그 안에는 또 다른 명예증서인 국적 박탈 통지서도 들어 있었다. 1933년 7월 14일의 일이었다. 이때 호단이 회전의자에 앉은 채 몸을 옆으로 틀었다. 그러자 누르스름하고 창백한 얼굴 반쪽이 드러났다. 피부는 축축하고, 이마에는 땀방울이 맺혀 있었다. 호흡 장애 때문에 경련이 일어난 호단이 서류철을 채 닫지도 못한 채 숨을 들이쉬려고 격렬하게 힘을 쓰기 시작했다. 베를린에서 호단이 아픈 걸 본 적이 없었기 때문에, 나는 그에게 천식이 있다는 것을 모르고 있었다. 나는 벌떡 일어나 그를 부축했다. 그리고 도움을 요청하려고 재빨리 문 쪽으로 몸을 돌리자, 그는 격렬한 몸짓으로 책상 위에 놓인 검은 가죽 케이스를 가리켰다. 나는 케이스를 열고 주사기와 앰플을 꺼냈다. 몸을 잔뜩 웅크리고 앉은 호단은 격렬하게 기침을 하며, 목 깊숙한 곳의 가래를 쥐어짜내어 바로 옆 바닥에 놓인 대접에 뱉어냈다. 동시에 그는 부들부들 떨리는 손으로 아드레날린 캡슐의 마개를 뜯고 주사기에 약을 채웠다. 그러고는 엄지와 검지와 중지 사이에 주사기를 치켜들고, 두 눈을 부릅뜨며 주사약을 한번 뿜어낸 후, 그대로 군복 바지를 뚫고 허벅지에 바늘을 찔렀다. 앰플 하나에는 2밀리그램이 들어 있었다. 나중에 호단이 말하길, 자신은 이미 4~5밀리그램이 필요한 수준이라고 했다. 내륙 지역을 떠나 바닷가로 가야 한다는 말도 했다. 아마도 해안 기후가 증상을 완화할 수 있을 거라고 했다. 그의 기관지 마비는 1분간 더 지속되었다. 기도의 경련을 풀어보려고 그는 고통스럽게 몸을 앞뒤로 뒤틀며 흔들었다. 입에서는 침이 흘러 나왔다. 내가 다시 주사기를 잡아채자 그는 두 손으로 손목이 하얗게 불거지도록 의자의 양쪽 팔걸이를 꽉 움켜쥐었다. 창 밖에서는 집게발 석조 테이블에 모여 앉은 병사들이 리드미컬하게 카드를 들었다 내리기를 반복하고 있었다. 힘을 실어 한번 크게 신음 소리를 낸 호단은 간신히 숨을 되찾았다. 그는 한동안 몸을 앞으로 깊이 숙인 채 힘들게 숨을 들이쉬다가 가래 끓는 소리로 천천히 숨을 내쉬기를 반복했다. 그런 다음 손수건으로 이마와 얼굴의 땀을 훔쳐내더니, 금방 다시 미소를 지었다. 과거 베를린 시의사이자 라이니켄도르프 구 보건국장이었으며, 의사회 위원이면서 동시에 베를린 시 사회위생위원회 위원이었고, 사회주의 의사협회 회원이었던 호단은 올해 7월부터 텔만 대대 전속 요양원인 쿠에바 라 포티타의 원장이 되었다. 그는 1933년 5월 10일 독일을 떠났다. 그날은 볼테르의 친구, 플루트 연주가이자 군사교관을 자임했던 프리드리히 2세의 기념상과 헤드비히 교회 사이의 광장에서, 이단적인 작가들의 책이 처음으로 민족사회주의의 화형대에 올라 불살라진 날이었다. 호단은 히르시펠트, 포렐, 헤이블록 엘리스, 콜론타이[213]와 더불어 과학적 성 개혁을 위한 세계연맹을 설립한 사람이었다. 그는 1920년대 말, 1930년대 초부터 유명해졌는데, 자유분방한 성 계몽 활동 때문에 논란에 휩싸이고 모함도 받았다. 그는 공산당에 우호적이었고, 소련을 몇 차례 방문한 뒤 소련의 모범적 면들을 기사와 책에 쓴 적이 있었다. 제국의회 의사당 방화 사건 뒤, 호단은 체포되었고 모아비트 감옥에 갇혔다. 한 달 뒤 교도소 안뜰에서 오시에츠키와 뮈잠[214]과 함께 매일 하는 구보를 하던 중, 호단은 교도관에게 불려 갔다. 교도관은 그에게 종이를 한 장 내밀더니, 감옥에서 좋은 처우를 받았다는 확인을 하라고 했다. 탈출 시도를 했었기 때문에 호단은 자신이 총살당할 거라고 확신했다. 하지만 그는 석방 통고를 받았고, 교도소 대문까지 안내를 받았다. 그리고 문에서 거리로 나서는 그를 정말 아무도 제지하지 않았다. 이런 유의 이야기를 할 때면, 호단은 동화를 들려주듯 유머와 기지가 넘쳤다. 그는 자신

213) Magnus Hirschfeld(1868~1935): 독일의 의사이자 성과학자로 사민당원이었다. 공산당 및 코민테른에 관여했으며 뮌첸베르크와 친교를 맺었다.
Auguste Forel(1848~1931): 스위스의 심리학자.
Havelock Ellis(1859~1939): 영국의 심리학자로 성과학의 아버지로 불린다.
Aleksandra Mikhaylovna Kollontai(1872~1952): 러시아 혁명가, 노동운동가이자 여성해방운동가.

214) Carl von Ossietzky(1889~1938): 진보적인 독일 언론인으로 1927년부터 『세계무대 Weltbühne』의 편집자를 지냈으며 나치에 의해 투옥되고, 강제수용소에 수용되었다. 1935년 수용소에서 노벨 평화상을 수상했으며 결국 옥사했다.
Erich Mühsam(1878~1934): 독일의 작가이자 무정부주의적·혁명적 정치가로 강제수용소에서 살해되었다.

을 죽음으로 몰고 갈 뻔한 사건들을 우스갯소리로 꾸며내는 재주가 있었다. 출감 뒤 그는 알렉산더 광장에 있는 공안 경찰서로 출두해야 했다. 그곳에서 그는 검은 선글라스를 쓰고 나타난 친위대 장교 한 명을 양 날개를 활짝 편 독수리 문장 아래에서 만났는데, 그 목소리가 귀에 익었다. 그는 언젠가 호단이 법원 의료전문가로서 무죄가 되도록 힘썼던 피의자였다. 당시 실업자였던 그는 강간죄로 고소되었다. 그는 보답으로 호단이 남성합창단에 숨어들어 샤프하우젠에서 스위스 국경을 넘을 수 있도록 도와주었다. 호단은 1936년까지 제네바에서 국제연맹의 국제보건사무소 일을 했다. 이곳에서 그는 노르웨이 여기자이자 역사학자인 린드백을 알게 되었고, 그녀와 함께 오슬로로 이주했다. 오슬로의 카를 요한 지역에서 지독한 추위를 겪으면서, 그는 어린 시절 이후 처음으로 다시 천식에 걸렸다. 그리고 그때부터 이 병은 그를 떠나지 않았다. 그는 천식은 불필요한 가벼운 통증이라 언급할 가치가 없다고 했다. 하지만 방금 전의 발작이 그의 진을 빼놓은 것은 분명했다. 그의 얼굴은 아직도 창백했고, 셔츠는 가슴과 등 쪽이 흠뻑 젖었다. 그는 평정을 유지하려고 애썼다. 첫날 내가 이미 경험했듯이 쿠에바에서의 호단의 활동은 힘든 상황이었다. 병사들을 위한 음식이 충분치 않았고, 의료 장비도 부족했다. 사람들은 지치고 상황은 불확실했다. 그런 가운데 확신을 심어준다는 건 어려운 일이었다. 그가 최근에 심리 장애 치료를 해야 했던 환자들의 숫자는 부상으로 입원한 병사들만큼이나 많았다. 그는 병사들이 무료함 때문에 겪는 갈등에 대처해야만 했다. 간호와 상담 말고도, 좁은 공간에 모여 살고, 또 고립된 채 마냥 기다리는 상황에서 발생하는 사소한 사건들도 조사해야 했다. 이런 사건들은 대부분 너무나 사소해서 호단으로서는 그만두라고 손짓하는 것 말고는 딱히 논할 만한 가치도 없었다. 하지만 횡령, 도둑질, 밀고 같은 요양원 규칙을 거스르는 사건이 잇달아 발생하면, 그것은 짜증을 유발하고 분위기를 흐려놓았다. 특히 때때로 이런 사건들이 집중적으로 발생해서 범죄수사처럼 특별히 강압적인 조처를 취해야만 하면, 호단의 건강 상태는 더욱 나빠졌다. 오늘도 중환자용으로 수령한 다이어트식 닭고기에서 제일 좋은 살코기와 내장이 없어졌다는 보고를 받은 참이었다. 지금까지 조사한 결과로는, 안뜰에서 도축한 닭들은 주방으로 옮겨졌고, 여기서 보조요리사인 퀼른과 호흐케플러가 그것을 토막 냈다는 것이다. 이 나라의 광활함과 우리 앞에 놓인 과제의 위대함에 아직도 충만해 있던 나는 호단과 함께 복도를 지나 주방으로 들어갔다. 석재로 꾸며진 주방은 바로 옆에 있었는데, 나지막한 건물들이 사각으로 둘러선 안마당에 면해 있었다. 주방의 중앙에는 작업용 탁자가 있었다. 배기구 아래로 두 구의 화덕이 있고, 개수통이 있고, 솥과 냄비들을 가득 올려놓은 탁자들이 서 있었다. 보조요리사들은 전혀 입을 열 자세가 아니었다. 그들은 나뭇단을 아궁이에 집어넣으며, 우리 쪽으로는 몸도 돌리지 않았다. 그러더니 어느새 잔가지가 실려 있는 수레 쪽으로 서둘러 나가버렸다. 그곳에, 담벼락에 우묵하게 들어앉힌 문턱에 검은 천으로 몸과 얼굴을 가린 노인 몇이 앉아 있었다. 노인들은 받침대에 나무를 대고 힘들여 톱질하는 한 남자를 하염없이 바라보고 있었다. 안마당에서 밖으로 나가는, 위가 둥글고 폭이 넓은 대문은 열려 있었다. 그 너머로 사람들이 땅바닥에서 달리거나 뛰어오르고 있었다. 한 남자가 쏜살같이 달려가더니 축구공을 높이 차올렸다. 환호성과 호각 소리가 들려왔다. 우크라이나 출신의 소사 미헬이 마른 수건 더미를 헤치며 나타났다. 파인골드는 호단의 방 맞은편에 있는 자기 방에서 손가락으로 턱수염을 만지며 나왔다. 퀼른과 호흐케플러는 일행을 따라가야 했다.

안마당 쪽에 면한 그들의 숙소에 있는 옷장을 열어보라는 명령이 내려졌다. 이곳, 과거 영주 저택의 하인용 거처였던 방에서 일행은 뱉어낸 뼛조각과 물렁뼈들의 흔적을 이미 발견했다. 두 사람은 옷장 열쇠를 못 찾는 척했다. 하지만 사라진 고기들 중 남은 일부가 담긴 옹기 대접이 침상 밑에 숨겨져 있었다. 헐렁한 바지에 앞치마를 동여맨 두 사람은 당황한 채 꼼짝 않고 서 있었다. 파인골드는 얇은 장문 틈으로 끌을 집어넣어 나무판을 부서뜨렸다. 그러고는 그 안에서 커피 원두가 든 자루 하나, 농축 우유 깡통이 가득 찬 박스 하나, 그리고 몇 가지 다른 상자와 꾸러미들을 끄집어냈다. 전쟁의 후방에서 그렇게 나는 한 저택의 수색 작업에 참여하고 있었다. 그 저택은 전선에서 이송된 사람들을 위한 휴식처였다. 저택의 어두운 홀 위쪽 2층에는 복도를 빙 둘러서 방들이 나란히 나 있었다. 치료실, 물품 보관실, 의사 숙소, 간호사 숙소, 행정관 숙소. 나는 이 2층 구역은 아직 잘 몰랐다. 아래쪽 복도, 주방, 작은 사각 포석으로 포장된 안마당, 거기 빙 둘러 있는 방들은 알고 있었다. 여기 천장이 낮은 방들에는 직원들, 또 과거에도 발보아 남작의 땅을 부쳤던 농부 가족이 살고 있었다. 수치심에 굳어진 호흐케플러의 마른 얼굴, 또 어쩔 줄 몰라 풀어져버리는 쾰른의 얼굴을 보려고 내가 여기 온 게 아니었다. 하지만 호단은 이런 조사가 방어라는 복합적이고 커다란 과제의 일부라고 내게 말했다. 우리는 당 세포원이었던 이 두 주방 보조원들의 직위를 박탈하고, 처벌을 위해 그들을 알바세테의 여단본부로 인도해야만 했다. 호단의 방으로 돌아온 나는 곧바로 사건 기록을 작성하는 일을 거들어야 했다. 사실들을 확인하고, 압수한 48개의 네덜란드 농축 우유 깡통과 포장도 뜯지 않은 21개의 전구, 그리고 발견한 커피와 설탕의 무게를 목록에 기입해야만 했다. 이런 자세한 기록이 유럽을 뒤흔들고 있는 해방전쟁과 어떤 연관을 갖느냐고 내가 물었다. 호단은 빙그레 웃더니, 우리가 이곳에서도 작전본부에 있는 것처럼 생각해야 한다는 걸 다시 한 번 지적했다. 오류투성이인 취사 장부, 의약품의 분실, 환자들 간에 또는 독일 병사들과 독일어를 모르는 정치고문 디아스[215] 사이에 벌어지는 불화의 조정, 늘 자기 권위가 무시당한다고 생각하는 행정관 파인골드와 직원들 간의 충돌, 또 헌병을 불러오거나, 불순한 뜻에서 스페인에 온 건 아니었는데 초심을 잊고 약해져서 방향을 잃어버린 동지들을 낭패감 속에서 내보내는 일, 위대한 역사적 과업의 그늘과 계속 맞닥뜨리는 이 모든 일이 이곳 의사의 일과였다. 아무리 지쳐도 끈기를 잃지 않고 도움을 주는 걸 게을리 하지 않으며 인간에 대한 지식과 설득의 능력을 발휘해나가야 했다. 단, 부족한 시간과 전시법을 생각해야 하니 어쩔 수 없이 저지른 잘못에 적합하지 않은 처벌을 내리기도 한다고 호단은 말했다. 이때 또 다시 한 무리의 병사들이 간신히 자제하는 모습으로 방으로 몰려들었다. 하지만 얼굴에 담긴 경직된 진지함은 얼마 가지 못했다. 곧 두서없는 주장들이 뒤섞여 터져 나왔다. 병사 호르눙이 앞으로 떠밀려 나왔다. 그의 얼굴은 창백하고, 입가에는 피가 흘렀다. 다른 병사들은 그의 양팔을 꼭 붙잡고 있었다. 병사들은 호르눙이 범죄를, 그러니까 살인죄를 저질렀다고 주장했다. 하지만 곧 이 사건이 선동이나 폭동일 수 있다는 느낌이 들었다. 병사들의 주장은 호르눙의 폭발하는 성질 때문에 작업의 조화가 깨진다는 것이었다. 호단은 무슨 일인지 자세히 말해보라고 했다. 그러자 금방 이 요란한 소동의 원인이 사소한 것이었음이 드러났다. 기와가 문제였다. 떠들던 병사들은 자신들의 소란에 스스로 머쓱해져서 더듬

---

215) José Diaz(1896~1942): 스페인 노조운동가이자 공산주의자로 스페인 내전 시기에 스페인 공산당 당서기였으나, 제2차 세계대전 중 모스크바에서 의문사했다.

거리며, 그토록 화를 낼 만한 이유가 될 수 없는 말들을 덧붙였다. 파인골드가 자신들에게 창고 짓는 일을 그만두고 주방의 지붕 수리를 하라고 했는데, 호르눙이 늘 그렇듯이 조금만 맘대로 안 되면 소리를 지르고, 그냥 놔두라고, 그만두라고, 더 이상 기와에 손대지 말라고 했다는 것이다. 이제 그들은 호르눙을 놓아주었다. 그는 두 손으로 배를 움켜잡았다. 골몰한 채 앉아 있던 호단은 양어깨를 삐죽 올리더니, 이 모든 소동이 금욕적 생활 때문이라고, 부족한 담배 때문이라고 간단하게 그리고 차분하게 설명했다. 그는 말했다. 담배가 도착하면, 다시 괜찮아질 겁니다. 게다가 호르눙이 위궤양 때문에 몹시 예민하다는 걸 생각해야 한다고 덧붙였다. 폭발은 연기처럼 사라졌다. 무기를 제대로 쓸 줄 아는 이들이, 막강한 공격을 버텨낸 이들이 이해하기 힘든 자신들의 졸렬함에 창피함을 느끼며 등을 돌려 나가버렸다. 다시 우리끼리 남게 되자 호단이 말했다. 이 현상도 병적 증상의 일부야. 포화 속에 있던 병사들이 갑자기 무위 상태에 들어온 것이었다. 전선에서는 끊임없는 긴장, 위험, 그리고 상호 신뢰의 필요 때문에 병사들은 서로 매우 밀착되어 있었다. 유일한 과제는 적을 무찌르는 것이었다. 자신들의 부대에서 분리되어 혼자 헤쳐가야 하는 지금, 그들이 겪었던 충격적인 체험들이 신호를 보내고 있었다. 그 체험은 대답을 원하고 있었다. 적 앞에서는 어떤 회의도, 어떤 불확실성도 없었다. 스페인에서의 반파시즘 전쟁은 우리 세대의 노동자와 지식인들에게는 일종의 시금석이었다. 입대함으로써 그들은 자신의 입장을 분명하게 증명했다. 이런 당파성을 통해 그들은 개인적 삶의 모든 문제를 단번에 뛰어넘을 수 있었다. 이제, 진부하기만 한 고립 속에서 병사들은 그 문제들이 다시 삐져나오는 걸 느끼고 있었다. 불안이 성적 금욕에서만 비롯되는 건 아니었다. 정치적 상황의 모순과 반목들을 자꾸 보면서, 감히 물어볼 수조차 없는 질문들이 생겨났다. 그러면서 병사들은 우울과 고민에 빠져들었다. 성실성을 조금도 의심할 수 없는 병사들이 초조하고 비열한 모습을 보이고, 불평꾼이 되고, 종종 스스로 놀랄 정도로 폭발하곤 했다. 이러한 폭발은 아마도 누군가가 자신을 제지하고 문책해서 다시 이성을 되찾게 해주기를 바란다는 신호일지도 몰랐다. 1백 명이 넘는 환자에, 부하 의사 한 명과 서툰 직원들밖에 없는 호단으로서는 모든 병사와 일일이 대화를 나누고 위로해주기란 불가능했다. 병사들의 활동성을 자극하려는 호단의 일을 보조하는 것이 내 업무 중 하나가 될 것이었다. 예를 들면 스터디그룹을 짜거나 벽보용 소식지를 제작하는 일 같은 거였다. 호단의 눈길을 보자 지금 하게 될 내 결정이 무엇을 의미하는지 분명해졌다. 여기서 요구되는 행정적 업무에 내 능력이 충분한지, 내가 물러나고 싶은 건 아닌지, 나는 스스로 물어보았다. 호단의 눈은 거의 검은색이었다. 오른쪽 눈이 조금 더 컸고, 눈썹은 치켜져 있었다. 나는 무력부대에 들어갈 것으로 생각하고 있었다. 이 전쟁에는 세 개의 전선이 있다. 군사전선, 정치전선, 그리고 문화전선. 이 세 개의 전선이 서로 분리될 수 없는 전체를 이루고 있었지만, 군사전선이 가장 구체적이었다. 군사전선에서는 행동이 바로 결과로 이어졌다. 행동이 바로 나 자신을 통해서, 그리고 나 자신에게서 실현되었다. 군사전선은 단순하고 분명했다. 그것은 스페인으로 향했던 대부분의 사람이 원하는 것이었다. 최전방에서 귀환한 병사들, 상처가 남은 그 얼굴들을 보고 난 지금, 나는 스페인행을 준비하는 동안 목숨을 잃을 수도 있다는 생각을 한 번도 해본 적이 없다는 걸 깨달았다. 만일 내가 곧바로 무장부대에 투입되었다면, 아마 나는 계속 그렇게 겁없이 지냈을 것이다. 하지만 이곳 요양원에 남게 되면서, 비로소 나는 참전이 얼마나 큰 모험인지, 이런 대결이 얼마나 끔찍하고 부자연스러운 건지 의식하게 되었다. 내가 호단의 요구를 피하고 싶었던 것은, 비겁해지려는 내 마음을 부정하거나, 아니면 그런 불안조차도 내 참전 결단의 일부라는 걸 보여주고 싶었기 때문이다. 앞에 나가서 전투를 하는 것이 전투부대를 보호하는 일보다 반드시 더 영웅적인 건 아니라고 호단이 말했다. 나는 최대의 희생은 전선에서 벌어지며, 행정관이나 봉사요원의 일은 결코 전선의 일을 대신할 수 없다고 반박했다. 호단이 말했다. 하지만 너를 가장 필요로 하는 곳, 바로 그곳이 네 자리야. 우리는 소나무 정원을 지나, 하얀 회칠을 한 막사 쪽으로 건너가는 중이었다. 막사에는 2층 침대 스무 개가 놓여 있었다. 그리고 침대 여기저기에 환자들이 멍하니 누워 있었다.

다진 흙바닥에는 대충 다듬은 기둥들이 일렬로 박혀 있었다. 그 기둥들은 주름 진 양철 지붕 박공 아래로 질러진 들보를 떠받치고 있었다. 측벽에 난 폭이 넓은 여닫이문 두 쪽은 활짝 열려 있었다. 그 밖으로 나지막한 축사들이 눈에 들어왔다. 나무 막대를 가로질러 세운 울타리와 여물통과 건초 더미가 보였다. 양들은 스페인 농부들의 손에 이리저리 몰려다녔고, 가끔 닭들이 구구대며 지나다 바짝 마른 듬성듬성한 풀밭을 발로 헤집어댔다. 떨어지는 태양 광선 한줄기가 문으로 들이쳐 몇몇 침대의 머리맡을 잠시 환히 스치고 지나며 저녁이 왔다. 그 시간만큼은 쭉 뻗은 소나무들을 따라 길게 펼쳐지는 붉은 황금빛 유희가 눈길을 끌었다. 차츰 밤안개가 피어오르면, 이 색의 유희는 점점 가늘어지다가 마침내 사라져버렸다. 우선 돌봐야 하는 대상은 행동 능력을 상실한 뒤 고통이 가장 큰 환자들, 기댈 언어가 없는 환자들, 상처를 내보이는 것 말고는 뜻을 전할 방법이 없어 입을 닫고 있는 환자들이었다. 몇몇 덴마크인과 스웨덴인, 그리고 유고슬라비아인 환자들이 그런 경우였는데, 우리는 이들에게 함께한다는 믿음을 주어야 했다. 매일 있는 체육시간, 축구경기, 또 모여 앉아 하는 카드놀이나 장기놀이, 본관 홀에서 함께하는 전자피아노 연주로는 크게 도움이 되지 않았다. 이질감을 가장 많이 느끼는 병사들부터 시작해야 했다. 그런데 이들의 문제는 어떤 면에서는 다른 사람들 모두에게 해당되는 것이었다. 그것은 자기를 표현하는 근본적인 어려움이었다. 어떤 객관적인 일을 위한 거라면, 병사들은 누구나 열심이었고 관대했다. 하지만 개인적인 경험이나 성향을 물으면, 그들은 어떻게 표현해야 할지 잘 알지 못했다. 어린 시절부터 쌓여온 내적 장애물들이 작동하는 것이었다. 병사들은 온갖 종류의 직업군에서 모였으니만큼 실무적인 문제들은 할 말이 많았을 것이다. 하지만 어떤 겸손이 그들로 하여금 체계적으로 의견을 개진하는 걸 꺼리게 만들었다. 호단은 병사들이 요양원에 체류하는 것을 약화나 실패가 아니라, 참전 결정과 똑같이 그렇게 당연히 대응해야 할 새로운 과제로 느끼기를 원했다. 병사들이 전선에서 서로를 믿고 의지할 수 있었던 것처럼, 이곳 요양원에서도 대화와 토론을 통해 서로 힘을 북돋워주어야 했다. 강사나 훈련지도사들을 요청해놓은 상태였다. 하지만 호단은 그들을 기다리기보다, 병사들이 자체적으로 교육을 시작할 수 있을 거라고 말했다. 병사들 모두가 뭔가는 배운 사람들이고, 따라서 자신의 지식을 전달할 줄도 알아야 한다고 했다. 누구나 잠재적인 교사이며, 발언을 통해 자기 자신을 확인할 수 있을 뿐 아니라 듣는 사람들에게도 각자의 지식을 신뢰하도록 일깨울 거라고 했다. 그러나 호단의 이런 제안은 병동에서도, 목재로 마감된 높은 천장의 별장 홀에서 열린 회의에서도 별로 호응을 얻지 못했다. 모든 사람이 배우고 더 교육을 받고 싶어 했지만, 스스로 전수할 만한 가치가 있다고 여기는 것은 찾지 못했다. 외국인 동지들은 영어 통역과 호단의 노르웨이어 통역을 통해 논의에 참여했다. 이런 복잡한 중계 방식은 호단이 시작한 노력 전체의 지난함에 걸맞았다. 누군가 다들 잘 아는 임금 노동 문제를 논하는 건 무의미하다고 말하면, 그걸로 이미 타격은 충분했다. 병사들은 자신들의 관심사는 군사적 상황이나 정치 현황이라고 말했다. 일주일에 두 번 알바세테에서 오는 소식만으로는 현황을 가늠하기에 충분치 않다고 했다. 아나키스트들 및 마르크스주의 반대파와의 싸움의 배경, 인민전선 정부와 사회주의당의 의도, 전쟁의 원인이 된 현실들, 전문가만이 설명할 수 있을 그런 수많은 세부 사항을 이들은 정확하게 알고 싶어 했다. 전문가가 오기 전이라도 각자가 참전 동기를 얘기해보면, 모두가 국제여단을 좀더 깊이 이해할 수 있지 않겠느냐고 호단이 다시 물었다. 이들 모두 참전이 자신들이 할 수 있는 유일한 일이었기 때문에 이곳에 왔고, 그래서 그 사실은 전혀 논할 필요가 없는 거라면, 그건 아마 그들이 지닌 저력의 증거일 수도 있었다. 하지만 호단은 그렇게 물러서지 않았다. 호단과 디아스 간에 논쟁이 벌어졌을 때, 비로소 몇몇 병사가 호단의 의도를 이해하기 시작했다. 디아스는 마르티의 참모로서 지시된 노선이 어긋나지 않고 정확히 준수되는지 감독해야 했다. 자율학습의 가능성을 검토한다는 건 디아스에게는 미심쩍은 일이었다. 디아스는 방송 청취와 분석에 한 팀을 배정하자는 제안에 반대했다. 호단이 말했다. 당신은 직설적인 낙관주의로 병사들을 격려하는 연설을 하는 걸임무로 생각하고 있어요. 명령과 복종이라는 원칙 아래에서만 당의 규율을 지킬 수 있다고 생각하지요. 당신은 권위주의적 패턴으로 일을 하려고 해요. 많은 자원병이 습관상 그런 것에 익숙하니까. 그렇게 당신은 병사들의 자유로운 발언을 막고 있습니다. 전투 중에 병사들은 서로 당적을 묻지 않았습니다. 오로지 그 군사적 능력, 얼마나 믿고 맡길 수 있느냐에 따라서만 서로를 판단했지요. 전투에서는 인민전선이 실천되었던 겁니다. 투쟁의 한 국면에서 실행했던 그 협력을 이곳 요양원에서는 다른 식으로 실천해야 하는 겁니다. 전장에서 병사 누구나 감당했던 그 책임은 여전히 그대로 남아 있어요. 단지 그 책임이 이제는 직접적인 순응이나 복종보다, 내용은 좀더 논해볼 필요가 있겠지만, 어떤 자립성과 상관이 있어요. 정관에 따르면 정치인민위원은 군인이 아니라 인간에 대해 의무가 있는 거죠. 그렇다면 당신은 개개인의 자발성과 창의력을 고무하기 위해 전력을 다해야죠. 그 정치 문제 담당자가 격하게 항변했지만, 결국 방송부의 구성에 동의하기로 결정이 났다. 이제 뭔가 움직임이 확산되기 시작했다. 내 주요 업무는 간호사 업무였다. 그래서 나는 요양원의 모든 입원 병사와 접촉했고, 사방에서 터져 나오는 의견들을 어느 정도 들을 수 있었다. 일부 병사는 일부러 자신의 상황을 생각하지 않으려고 애썼다. 그들에겐 생각이 불안을 일으킬 수도 있었다. 그들은 그런 우울에서 벗어날 직접적인 방법을 알지 못했다. 또 다른 병사들은 조심스러워하면서도 입을 열기 시작했다. 그들은 스페인에서 군사적 목표나 정치적 목표만이 아니라 인간 및 인간 삶의 조건 전체의 변화가 중요하다고 말했다. 그런 변화는 모든 사람의 의식이 변할 때 달성될 거라고도 했다. 하지만 그런 생각마저도 이곳 병사들의 상황이 얼마나 열악하고 비현실적인지 보여주는 것이었다. 여기, 이 고립된 생활에서 우리가 직면한 문제는 궁핍과 물자 부족이었기 때문이다. 당장 꼭 필요한 물자를 조달하는 일조차 형언할 수 없이 어려웠다. 사람들은 부족한 물품을 대신할 것을 구하느라 늘 전전긍긍했다. 심리적 타격을 받은 환자들을 안정시킬 약품도 없었고, 놓아줄 진통제 주사도 없었다. 많은 환자가 이질을 앓았고, 위생 장비도 불충분했다. 이런 만큼 자기 자신의 의미를 묻는 질문은 우습게 느껴질 수밖에 없었다. 하지만 호단의 주장은 바로 이 지점에서 출발했다. 그는 병사 한 명 한 명이 미래를 위해 일하는 세력의 일원이고, 따라서 아무도 결정권자 뒤로 물러서 있거나 후견을 당해서는 안 된다고 말했다. 전선에서 병사들이 용기와 의연함을 보였다면, 지금은 집요한 정신력을 발휘해야 한다고 했다. 그러나 솔직하고, 질문하고, 비판하라는 호단의 요구와 주어진 노선에 무조건 맞춰야 할 필요를 강조하는 디아스 사이의 대립은 불식되지 않았다. 규모가 큰 회의 때면 언제나 상호 경계와 불신이 불거졌다. 디아스는 확고한 이념성을 갈파했다. 반면 호단은, 우리가 택한 정치적 실천을 계속 고민하고 검증하자고 요구한다고 해서 우리의 충성심이 해를 입는 것은 전혀 아니라고 주장했다. 누군가 용기를 내 발언할 경우, 누구든 어떤 문제를 분명히 밝혀보려는 의지와 공식 결의에 어긋나는 발언은 하지 않으려는 조심성 사이에서 조심스럽게 움직였다. 호단이 외쳤다. 우리는 여러분이 진실하다는 걸 잘 알고 있습니다. 그렇기 때문에 여러분이 한마디 할 때마다 그 정당성을 염려할 이유가 없습니다. 여러분이 잘 알고 있는 것을 다시 반복할 필요가 없습니다. 오히려 여러분은 아직 불확실한 것, 불분명한 것을 고민해보아야 합니다. 그러나 인민위원인 디아스가 고발할지도 모른다는 두려움, 그 긴장을 없애지는 못했다. 더욱 조심할 필요가 있었다. 정해진 틀과 견해가 같지 않으면 불신을 받을 게 틀림없었다. 자신이 의무를 다하고 있으며, 공식 지침을 정확히 따르고 있다는 걸 증명하려고 모든 병사가 애를 썼다. 아무리 자신의 충성심을 확신한다 해도, 의심을 받을 수 있다는 두려움은 종종 사람을 거의 미치게 만들 수 있었다. 대부분의 일이 잘 풀리지 않았지만, 방송부만은 일관된 모습이었다. 이 일은 질서 있게 그리고 구체적으로 진행되었다. 기술자들이 텔레풍켄 방송 수신기에 옥외안테나를 설치했고, 여섯 명으로 구성된 편집위원회는 교대로 스피커 앞에서 방송 내용을 받아 적었다. 그러나 밤에, 받아 적은 소식들을 요약할 때면, 모든 언표 행위에 잠재된 갈등이 불거졌다. 무엇을 선택해야 하는지, 어떻게 해야 가장 효과적으로 적이 하는 말들을 공화국 측 보고와 대비시킬 수 있을지, 불충분하고 불분명한 말들에서 어떻게 명료한 사실을 읽어낼 수 있을지, 계속 넘쳐나는 소리들 중에서 도대체 어떤 게 중요하고, 타당하며, 방향을 제시하는지, 우리는 고민했다. 우리가 매일 아침 본관 홀에 붙이는 벽보신문의 기준이 된 건 단파 29.8에서 잡는 여단 방송이었다. 마드리드에서 송출하는 이 방송에서 우리는 모두에게 똑같이 중요한 문제들, 국제원조 현황이나 통일 노력의 향방, 또 독일 국내 상황에 관한 것들을 청취했다. 그럴 때면 스페인 전쟁을 지지했던 사람들, 이 땅을 방문했던 사람들의 이름이 다시 우리 귀에 들려왔다. 렌, 우제,[216] 바이네르트, 브레델, 레글러, 부시, 마르흐비차, 제거스, 키시, 알프레트 노이만, 알베르티,[217] 헤밍웨이, 이벤스,[218] 예렌부르크,

---

216) Bodo Uhse(1904~1963): 독일의 작가이자 저널리스트로 망명 시절 공산당에 입당했다. 1936~38년에 스페인 내전에 참전하고 동독으로 귀환했다. 『건설Aufbau』의 편집장을 역임하기도 했다.

217) Afred Neumann(1895~1952): 독일의 작가로 피렌체, 니스, 로스앤젤레스 등지로 망명했다.
Rafael Alberti(1902~1999): 스페인의 시인으로 1939년 공화국의 몰락 후 아르헨티나로 망명했다.

218) Joris Ivens(1898~1989): 네덜란드의 유명한 다큐영화 감독으로 노동자 문제, 스페인 내전을 다룬 다큐를 제작했다.

말로, 생텍쥐페리, 브란팅,[219] 톨러, 스펜더, 더스패서스, 네루다, 시케이로스.[220] 스페인 밖에서 여론에 호소했던 사람들, 하인리히 만, 토마스 만, 아르놀트 츠바이크, 포이히트방거, 브레히트, 볼프, 피스카토르, 롤랑, 쇼의 이름도 들렸다. 우리가 쓰지 않는 기사도 있었다. 세계대전으로 몰아가는 세력이 엄청나게 결집하고 확대되는 것에 비해, 공화국의 연대 세력은 얼마나 작은지, 또 경고하고 이성에 호소하는 사람들이 얼마나 매번 같은지. 프랑스에서, 영국의 노동운동에서, 또 스칸디나비아 국가들, 미국, 인도차이나, 그리고 무엇보다 중국에서 사회주의의 진척을 암시하는 어떤 신호가 있는지 우리는 잔뜩 귀를 세우고 있었다. 데모, 소요, 파업, 그 하나하나가 우리에게는 격려였다. 이런 중에 디아스가 우리를 찾아왔다. 우선 그는 벽보신문이 너무 다양한 걸 다뤄서 혼란스럽다고 지적했다. 그러고는 벽보신문이 충분한 분출구가 될 테니, 더 이상의 토론은 필요 없다고 말했다. 사실 대부분의 병사는 우리 벽보신문을 좋게 여기고 있었다. 호단이 말을 받았다. 그건 아니죠. 그는 이 신문이 중요하고 유익한 소식들을 전하지만, 사실 그건 재생산일 뿐이라고 말했다. 중요한 건 이런 소식들을 읽고 어떤 결론을 내리느냐, 어떤 해설을 하느냐,라고 했다. 10월 말 호단은 본관 홀에서 회의를 소집할 것을 지시

219) Hjalmar Branting(1860~1925): 스웨덴의 사민당 정치가로 1920년 스웨덴 최초의 사민당 내각에서 수상을 역임했고 1921년 노벨 평화상을 수상했다.

220) Stephen Spender(1909~1995): 영국의 시인, 작가, 언론인으로 사회비판적 작품을 다수 집필했다. 스페인 내전에 참여했다.
   John DosPassos(1896~1970): 미국의 작가로 『미국 삼부작U.S.A. trilogy』이 유명하다.
   Pablo Neruda(1904~1973): 칠레의 시인으로 1971년 노벨 문학상을 수상했다.
   David Alvaro Siqueiros(1896~1974): 멕시코 화가이자 혁명가로 스페인과 프랑스 체류 후 1923년 멕시코로 귀환했다. 트로츠키 암살 기도에 연관되었으며 1960년 멕시코 공산당 정치국 의원을 역임했다.

했다. 때 이른 겨울이 시작되고 있었다. 폭풍이 일고 비바람이 치고, 박쥐들이 건물을 향해 날아들며 부딪혔다. 알바세테 시의 문장(紋章)에는 박쥐 한 마리가 들어 있었다. 문장에서 뜯겨져 나온 이 상징물들이 미친 듯이 파득대며 은행과 대토지소유제가 공생하는 이 건물 주위를 맴돌았다. 박쥐들이 계단 위쪽에 난 채색된 창문에 부딪히는 소리가 귀에 들려왔다. 그 둔중한 소리가 벽난로에서 나무가 탁탁 튀며 타는 소리와 뒤섞였다. 높다랗게 위로 난 유리 지붕에서 2층 발코니 회랑까지 드리워진 붉은 깃발이 샹들리에의 둥그런 나무 테 위를 훑는 바람에 가볍게 흔들렸다. 이 깃발은 접수된 이 저택의 성격을 바꿔보려는 시도의 일부였다. 피아노 안에 넣어둔 무수한 구멍이 뚫린 둥근 악보통에서, 개회를 알리는 「탄호이저」 서곡과 「카발레리아 루스티카나」, 그리고 시벨리우스의 「슬픈 왈츠」가 흘러나왔다. 하지만 오히려 귀신 나올 것 같은 분위기가 더 심해졌을 뿐이다. 이 홀에도 벽을 따라가며 날개 달린 사자들이 작은 받침 위에 늘어서 있었다. 문을 감싼 틀에는 손때를 탄 맨가슴의 천사들이 돌출되어 있었다. 부글부글 끓는 브랜디 증류기를 놓고 술 몇 방울을 부은 잔들을 돌리자, 겉으로 보기에는 아늑한 분위기가 났다. 하지만 벽에 고정된 긴 의자나 한 위원회의 회의실에서 가져온 엄청나게 큰 테이블 주변에 비좁게 서로 붙어 앉은 우리는 추위에 떨고 있었다. 병사들의 입에서는 숨이 하얀 연기로 피어올랐다. 대부분의 병사는 여전히 침묵했다. 한 병사가 물었다. 모든 발언이 기록되고 경우에 따라 그것이 발언자에게 부담으로 돌아온다면, 대체 토론이라는 걸 생각할 수 있겠느냐고. 호단은 여기서 나온 발언은 자신이 책임을 진다고 말했다. 자신이 장교이자 원장이니까, 상급 부서에 책임을 지는 건 오로지 자신뿐이라고 했다. 누군가 호단의 이 말에 이의를 제기했다. 책임의식에서 공화국 방어에 참여한 사람들이, 그런 식으로 자신을 미성년 상태로 놓는 데 동의하는 건 모순이라고 했다. 모두가 똑같은 깃발 아래 서 있고, 따라서 자신의 말은 스스로 대변해야만 한다고 했다. 호단이 자극을 주려고 일부러 그런 말을 했는지도 모르겠다. 그는 디아스를 향해 입을 열었다. 그는 도그마의 힘에는 좀더 심화된 역사적 학문적 철학적 교육으로 맞서야 한다고 했다. 바로 첨예한 상황에서, 생각을 표현하는 게 반드시 필요하다고 했다. 디아스는 통역의 입을 빌려 대답했다. 그는 혼란을 막기 위해 노동자 계급이 그 어느 때보다 물샐 틈 없이 조직되어야만 하는 시점에, 그런 식으로 한다면 무정부주의를 부추길 거라고 했다. 디아스와 그의 추종자들 때문에 자제하는 분위기가 조성된 건 사실 우리가 처한 상황에 부합했다. 탐구의 소망은 무조건적 복종의 원칙을 주장하는 사람들의 반대에 부딪힐 수밖에 없었다. 그것은 이곳에서만이 아니라 프롤레타리아 계급의 당이 입지를 유지하고 확장하려고 싸우는 곳이면 어디나 같았다. 우리는 전쟁 중이었고, 일탈과 회의를 위한 여유는 없었다. 당의 상급 기관이 내린 명령은 절대적 구속력을 지녔다. 반대의 권리는 없었다. 이렇게 보면 호단의 시도는 위험한 것이었다. 호단이 실제 아나키즘이나 부르주아 자유주의적 동기에서 대화를 유도하려고 한다는 의심이 생길 수 있었다. 원칙적으로 열린 토론이 가능하냐는 질문은 이론적으로, 적이 노리는 상황에서 아무리 작은 실수도 끔찍한 결과로 이어질 수 있다는 선언으로 나아갈 수 있었다. 상흔으로 일그러진, 선이 굵은 얼굴이 더욱 펑퍼짐해지도록 주먹으로 받치고 있던 첫번째 발언자가 입을 열었다. 하지만 그런 얘기는 우리 역시 내부에 배반자가 있다고 전제하는 걸 의미한다고 그는 말했다. 자신은 그런 가정을 인정할 수 없다고 했다. 토론을 주저하는 건 오히려 우리들이 내내 비민주적인 교육을 받았음을 보여준다고 했다. 뮌처는 브레멘 근처 헤멜링엔 출신의 식자공이었다. 저지 독일어 억양이 있는 그의 말에 나는 문득 친숙함을 느꼈다. 그의 말이 이어졌다. 일을 할 때는 자기 확신, 에너지, 포용력이 넘치는 병사들이 자발적으로 발언해야 하는 경우에는 침묵하죠. 우리 모두 핵심적인 것, 결정적 행동을 위해 자신을 단련해왔지요. 나 자신도 눈 하나가 뽑혔고, 귀 한쪽이 멀었어요. 이제는 우리가 그 행동들을 성찰해볼 권리와 시간이 있어요. 우리가 했던 행동들은 해방으로 이어져야 합니다. 이 해방을 시작한 것이 우리 계급이죠. 해방은 우리에게 그냥 주어지지 않습니다. 그건 우리 스스로 성취해야만 하는 겁니다. 스스로 성취하지 못한다면, 해방은 우리에겐 없는 겁니다. 우리를 억압하는 체제와 그 체제가 자라나는 조건들을 제거하지 못한다면, 우리는 해방될 수 없습니다. 그런데 우리가 늘 순응하고, 복종하고, 지시를 기다리는 것만 배운다면, 어떻게 우리로부터 해방이 시작될 수 있으며, 어떻게 변혁이 실현되겠습니까. 레닌마저도 우리에게는 조합 차원의 생각만을 허용했죠. 당이라는 전위대가 우리 대신 결정하게 했지요. 당시의 역사적 상황에서는 그것이 맞았을지도 몰라요. 프롤레타리아트가 즉흥적으로 시작한 것을, 당이 정치적으로 실행했죠. 그는 물음을 던졌다. 하지만 우리의 과제가 언제나 변함없이 조합 차원에 머물러야 하는 걸까요. 우리에게는 제일 낮은 차원의 운신이 허용되고, 결정은 엘리트가 내려야 하는 걸까요. 아래에서 위로 대표자를 뽑아주었는데, 위에서는 아래로 명령을 내립니다. 직업 분야와 세포조직을 벗어나면, 우리는 아무 영향력이 없지요. 더 관여할 수도 없고, 지시에 따라 생산합니다. 그것이 우리의 노동 생활이고 우리의 정치 생활입니다. 타인의 훈계를 받고 낮추는 것이 우리의 본성이지요. 그리고 그게 쓸모 있는 자질이라고 합리화했지요. 부지런하고 성실하고 순종적인 것이 우리의 자부심이 되어야 했죠. 우리의 비굴함을 토대로 이 규율이 생기고, 당에 대한 충성의 원칙이 성립된 것이죠. 동요가 일며 술렁이는 가운데 그는 말을 이어갔다. 내가 지적하고 싶은 건 이겁니다. 권위의 지배를 떨쳐내고 우리 스스로 판단하고 결정하는 그런 위치에 도달하려는 마음에서, 해방을 향한 우리의 모든 노력이 시작되었다는 겁니다. 그런데 우리는 옳은 게 뭔지 모른다고, 그래서 지도부가 우리를 위해 행동해야 한다고 말하는 윗분들을 언제나 만납니다. 노동운동에서의 나의 위치를 정확히 파악하려고 하면, 우선 헤치고 나와야만 한다는 생각이 듭니다. 우리를 뒤덮은 쓰레기 더미를 파헤치고, 긁어내고, 벗어나야만 한다는 느낌입니다. 우리의 조직들이, 우리 자신을 찾으려면 들어내 버려야 할 토층 같아요. 내가 하고 싶은 말은 이겁니다. 평등하지 않다는 겁니다. 우리가 아무리 독립적이 되려고 해도, 우리에게 행동을 지시하는 누군가를 늘 만난다는 것. 우리가 끊임없이 어떤 규제 아래 있다는 것. 우리에게 제공된 모든 것이 분명 옳을 수 있지만, 그것이 우리 자신에게서 나오지 않는 한 그것은 틀렸다는 것입니다. 다른 한 사람이 반박했다. 그렇지만 당은 우리를 대변합니다. 당이 곧 우리라고요. 뮌처가 말을 받았다. 말은 그렇게 하지요. 그런데 그런 말을 하는 사람들은 대개 위쪽에 있는 사람들이죠. 그런 말을 할 때면, 그 사람들에겐 짐짓 초현실적인 아우라가 보입니다. 그 사람들은 결정권은 자신에게 있고, 우리는 순종한다는 데서 출발합니다. 지위 덕분에 그들은 접근하기 어려운 존재로 남아 있죠. 디아스가 벌떡 일어섰다. 한동안 격양된 목소리들이 어지럽게 뒤섞이며 날아들었다. 그러자 호단이 몸을 일으키더니, 예상치 못한 격한 목소리로 발언권이 아직 뮌처에게 있다고 외쳤다. 주위가 잠잠해지자 뮌처가 입을 떼었다. 우리가 미래 사회의 미래의 인간에 대해 많은 것을 얘기하지만, 반드시 현재의 인간들을 생각해야 한다고 했다. 현재의 사람들이 불안하고 의기소침하며, 비딱하고 굽어 있다면, 그건 미래의 인간들에게 별로 도움이 되지 않을 거라고 했다. 호단이 말을 받았다. 그는 지금 스페인에서 보는, 권위적 중앙집권 모델에 저항하는 소위 자유주의적 노선은 사실 부르주아 혁명의 특성이라고 했다. 정치적 행동을 거부하고 독립된 생산 공동체를 추구하는 이 땅의 아나르코생디칼리스트들은 대중주의적 노선을 따르고 있었다. 그들은 개인주의적 가치를 강조하면서, 소규모의 자연발생적 노동공동체 이상은 원치 않았다. 이들은 대중조직과 관료주의적 당기구와 국가제도를 반대했고, 마찬가지로 기술 발전과 계획경제도 반대했다. 그들은 이런 식으로 노동자 계급의 투쟁이 사회주의 경제를 향해 나아가기보다 낭만적이고 복고적인 수공업주의로 퇴행하도록 이끌고 있었다. 뮌처는 다시 한 번 자신의 입장에서 개인적인 것의 의식적인 제한과 거의 자기 포기 수준인 규율에 대해 언급했다. 이런 것 때문에 공산주의자들이 경직되고 냉혹해진다고 했다. 다수에게 최선인 일을 위해 개인으로서의 자신을 뒤로 놓는 결단이 바로 최대의 자유라고 누군가 대답했다. 토론을 중재하던 호단이 스페인 문제에 집중해줄 것을 요구했다. 오늘 저녁 토론에 사회주의청년연합 회원 한 명이 참여하니만큼 특히 그렇게 해달라고 했다.

스페인 내부의 반목들에 우리는 종종 의문을 가졌다. 고메스[221]와

---

221) Gomez(1893~1958): 본명은 Wilhelm Zaisser. 독일 공산당원으로 소련에서 군사 전문가로 교육을 받은 후, 고메스라는 가명으로 스페인 내전에 참가했다. 1950년대

호단은 이 문제의 원인을 스페인의 근본적 갈등에서 찾으려고 했다. 로마 지배에 대항한 노예들의 반란에서부터, 봉건 영주에 맞선 농노들의 폭동, 대농장주들의 과두정치에 저항한 소작농들의 투쟁, 나폴레옹 휘하의 점령자들과 카를로스파[222] 왕조에 대항한 소규모 전쟁들에 이르기까지, 이 나라에서는 봉기가 이어져왔다. 인민의 특징과 삶의 방식에 적합한 해결책을 찾으려는 시도들이었다. 형편에 따라 때로는 막대와 낫을, 쇠스랑을, 때로는 총을 들었던 노동하는 인간들은 무기에서는 언제나 적보다 열세였다. 하지만 그들은 죽음조차 개의치 않는 투쟁의지로 압제자들을 향해 나아갔다. 그들에게는 자부심과 분노만으로도 충분했다. 대공들[223]의 용병부대는 결코 그들을 말살하지 못했다. 폭동은 언제나 아래에서부터 시작되었고, 즉흥적으로 타올랐다. 조직되거나 결집된 적은 한 번도 없었다. 게릴라들조차 그냥 뭉친 한 떼의 사람들, 어설픈 무리, 패거리일 뿐이었다. 가난한 사람들을 위해 일했던 빨치산뿐 아니라 모험가와 노상강도들도 있었다. 제1차 인터내셔널의 바쿠닌[224]은 자신이 생각했던 노동자 연합을 스페인으로 확산하기 위해, 1868년 이탈리아인 파넬리를 파견해 비밀 아나키스트협회의 교리를 도입하려고 했다. 세대를 이어 권력에 맞선 저항이 계속되었기 때문에 그 초석이 이미 마련되어 있었고, 또 프루동의 이론적 지지도 있었다. 아나키스트 코뮌 설립에 관건이었던 농민들은 가난한 데다 문맹이어서 여전히 접근하기가 어려웠

구동독에서 정치가로, 안보 전문가로 활동했다.

222) 19세기 부르봉 왕가의 스페인 왕위 계승자인 돈 카를로스(1788~1855)의 추종자들. 가톨릭과 절대왕권을 지지하며 자유주의자들 및 공화파와 극단적으로 대립했다.

223) 스페인의 최고 귀족.

224) Mikhail Aleksandrovich Bakunin(1814~1876): 러시아의 무정부주의자이자 혁명가로 제1인터내셔널의 운영방침을 두고 마르크스와 대립했다.

다. 하지만 수공업자와 매뉴팩처 노동자들은 파넬리의 말에 귀를 기울였다. 파넬리가 스페인에 온 때는 극빈자들이 왕가에 맞서 막 폭동을 일으켜 들끓는 시기였다. 자본과 교회와 국가의 타도를 외치는 그의 주장은 반향을 일으킬 수밖에 없었다. 파넬리의 이름에는 처음부터 어떤 영웅 숭배가 붙어 다녔다. 인물을 부각하고, 신비한 후광을 부여하려는 경향이 이후 그를 묘사하는 데 영향을 미쳤다. 파넬리는 키가 크고, 더부룩한 검은 수염과 이글대는 검은 눈을 가졌고, 격하게 감정을 토로할 때면 금속성 목소리가 울렸다고 묘사되었다. 그는 혁명가일 뿐 아니라 순회목사였으며, 재세례파 교인이었고, 마술사이기도 했다. 그는 스페인어를 자유롭게 구사하지는 못했고, 발음을 굴리는 말투는 알아듣기가 쉽지 않았다. 하지만 토지는 경작하는 사람의 소유가 되어야 하며, 공방과 공장은 그곳에서 일하는 사람들이 넘겨받아야 한다는 그의 주장, 큰 몸짓으로 힘을 실었던 그 주장은 더 이상 번역이나 자세한 설명이 필요치 않았다. 국가사회주의의 이념들은 잘 먹히지 않았다. 하지만 자조(自助)하자는 주장은 사람들이 직접 겪어본 적이 있었기에 반응이 좋았다. 그들에게 상부에서 내려오는 지시는 의심스러운 것이었다. 지도층은 믿을 수가 없었다. 변혁은 작은 그룹에서 시작되어야 했다. 그런 실천이 정당의 결성으로 귀착되어서는 안 되었다. 노동자들이 어떤 프로그램이나 독재를 통해 권력을 잡아서는 안 되었다. 모든 헤게모니, 모든 권위는 사라져야 했다. 아나키즘이 염두에 둔 지방공동체 연방은 자발성과 평등을 토대로 해서만 성립할 것이었다. 1871년 런던에서 벌어진, 정치투쟁에 참여하는 문제를 둘러싼 논쟁에서 바쿠닌은 마르크스, 엥겔스와 갈라섰다. 바쿠닌과 그의 동맹은 엄격한 질서 체제에 반대하는 극단적인 자유주의적 공산주의를 주창했다. 그다음 몇 년간 그는 스페인에서 그 모델을 증명하려고 노력했다. 아직 큰 규모의 산업이 자리를 잡지 못해 노동자들이 전통적인 가족 사업체에서 피고용 신분으로 주인과 몸을 부대끼며 사는 이 나라에서는 누구나 즉각적으로 방어 반응을 보일 자세가 되어 있었다. 바쿠닌의 생각이 집단주의적이긴 했지만, 그 역시 새로운 공동체의 기획을 주도할 일단의 엘리트를 염두에 두고는 있었다. 하지만 그에게는 인민의 본능과 단결에 대한 이상주의적인 믿음이 더 컸다. 아직 모호하지만 그 원초적인 힘에서부터 자유의 제국이 유기적으로 자라나기를 바쿠닌은 희망했다. 그리고 2년 뒤, 지속적인 압박과 부지런한 침투 작업으로 형제단 결성이 가능할 것처럼 보였다. 자유주의 세력의 압박으로 군주정은 더 이상 버틸 수가 없었다. 왕이 하야하고 공화국이 선포되었다. 초대 대통령 피 이 마르갈은 프루동과 연방주의 시대의 도래를 칭송했다. 그는 언제나 불의와 폭력의 방패로 이용되었던 질서를 부정했다. 피 이 마르갈은 전국을 시 단위로 나누기 위해 전면적인 지방분권을 도입했다. 그것은 많은 사람에게 막 와해된 파리 코뮌의 꿈을 실현한 것처럼 보였다. 혁명 시민군의 역할을 공화국의 군대가 넘겨받았다. 곳곳에서 공장과 농장이 공동소유로 바뀌었다. 시장은 쫓겨나고, 성직자들은 그 직위가 박탈되었다. 관리들은 해임되고, 부자들에게는 벌금이 부과되고, 귀족과 왕가의 몇몇 대표적 인물이 추방되었다. 가톨릭 사제와 귀족계급은 물론 자본과 국가 질서에 대항하는 이 투쟁에 유럽의 급진적 청년들은 열광했다. 스페인에서는 실제로 혁명이 시작되었다. 당시에 이미 말했듯이 그것은 영속적인 혁명으로, 악의 원리인 국가 그리고 인간을 억압하는 모든 제도를 총체적이며 최종적으로 파괴하고, 그 자리에 자유로운 결사체들을 세우는 것이 목적이었다. 그러나 과학적 사회주의의 지도자들이 반대하고 나섰다. 그런 행동이 개인적인 테러와 공장이나 궁성, 교회의 방화, 약탈, 살인으로 돌변할 수 있다는 것이었다. 그들은 폭탄 투척 대신 파업을, 목을 베는 행동 대신 훈련과 교육을 지지했다. 즉흥적으로 행동하기보다 노동자에게 계급의식을 교육해야 한다고 주장했다. 기준 없는 단발성 조처나 마을 공동체들의 독립선언으로는, 복수에 불타는 사람들, 종교적 분파들, 비밀단체들이 뒤섞인 무리로는, 소작농과 노동자 빈민의 해방을 성취할 수 없었다. 그것은 프롤레타리아트의 이해를 대변하는 당으로 결집해야만 가능했다. 하지만 아직 계급의식이 없는 곳, 지식은 부족하고 증오는 가장 큰 곳에서 소요가 일어났다. 빈곤하고 굶주린 농촌 노동자들과 수공업자들이 작전도 계획도 없이 폭동을 시작했다. 아나키즘의 원리에 따르자면 이런 방식은 진정한 변화를 이끄는 유일한 길이기도 했다. 왜냐하면 변화가 개개인의 자발적 의지에 의해 만들어지지 않는다면, 결코 지속될 수 없기 때문이었다. 개인적 결단, 개인의 정신적 힘을 인식하는 것이 우선되어야 했다. 노동하는 사람이 더 이상 자신을 종속적 존재로 느끼지 않아야, 자신을 해방할 수 있을 것이었다. 마르크스는 라파르그[225]를 마드리드로 파견했는데, 그것은 극단적 자유주의자들 사이에 그래도 사회주의적 사유 방식을 찾아내고, 아나키스트 연합이 인터내셔널에서 완전히 분리되는 것을 막을 수 있지 않을까 하는 희망에서였다. 그러나 책임자가 없다는 것, 지도부를 확인할 수 없다는 것도 이 지하운동의 본질이었다. 밀사인 라파르그는 별 결실 없이 이 나라 이곳저곳을 전전했다. 그는 민중의 분노가 갑자기 폭발해 지역의 대표적인 착취자들, 즉 농장주나 저택의 주인, 사제가 체포되고 교수형에 처해지는 것을 지켜보았다. 또한 여러 번의 사소한 승리를 큰 승리

---

225) Paul Lafargue(1842~1911): 프랑스의 사회주의자이자 국제노동운동가. 프랑스에 마르크시즘을 도입하고 프랑스 노동당 창립에 참여했다.

로 오해하는 걸 목격했다. 하지만 무너진 국가의 중심 세력이었던 중산층과 그 위로 과두정치의 특권층 체제는 온전히 남아 있었다. 자신의 소유물을 지키려는 그들은 여전히 반격의 호기를 기다리고 있었다. 그 자발적 체제가 탄생한 과정이 그랬던 것처럼, 결성된 단위 공동체들은 마찬가지로 갑작스럽게 와해되어버렸다. 계획과 조직이 없었기에, 그들은 집요한 적들이 역공하려고 결집하고, 지역주의를 부추기면서 오히려 장군들이 주도권을 쥐게 되어, 여전히 건재한 부대들을 이용해 반란의 거점들을 하나씩 소탕하며, 나라를 다시 중앙집권화하고 군주주의적인 부르주아지의 요새로 만들려는 움직임을 제대로 살피지 못했다. 변증법적 역사유물론의 창시자들은 합리적 설명으로 노동운동 반대자들에게 영향을 미치는 데 실패했으나, 역사가 그들을 도운 셈이었다. 엥겔스는 아나키스트들의 공화국이 자신과 마르크스의 주장에 비해 약점을 드러내며 갑자기 무너지자 짐짓 안도했다. 그렇지만 연방주의 전통은 결코 약화되지 않고 살아남았다. 그 후 50년간 스페인 사회는 이렇다 할 변화가 없었다. 아스투리아스의 탄광과 바스크 지방의 철강소와 조선소를 제외하면, 단결된 프롤레타리아트가 생겨날 수 있을 만한 대규모 산업이 거의 없었다. 아직도 공장 1백 곳 중 90곳은 종업원이 다섯 명 이하인 데다 주인에게 속박되어 있었다. 사람들이 이제는 노조의 필요성을 알게 되었지만, 그래도 여전히 단독 행동을 추구하는 경우가 더 많았다. 그것은 공산당의 경우도 마찬가지였다. 군주정과 군부독재가 무너지고 공화국이 재건된 1931년 4월에도 공산당원은 수백 명에 불과했다. 고메스의 보고에 따르면, 마드리드의 공산주의자들 60명이 회동할 때, 한 동지가 매번 커다란 사제 폭탄을 가지고 와서 의자 밑에 놓아두었다는 것이다. 왜 폭탄을 휴대하느냐고 물으니까, 언제라도 갑자기 폭탄이 필요하면 즉

시 사용하기 위해서라고 대답했다고 한다. 이 시기에 당은 의회주의에 반대했죠. 부르주아 그룹들과 결탁했던 사회주의자들과의 협력도 반대했어요. 고메스가 말했다. 우리에게 공화국은 소비에트 지배라는 목적으로 가는 과정일 뿐이었지요. 중앙위원회 의원들이 마차를 몇 대 빌려 타고 마드리드의 마요르 광장에 간 적이 있어요. 그곳에 모인 50명의 동지와 함께 파업과 무장투쟁, 그리고 평의회 권력을 준비하자고 호소하기 위해서였죠. 그런데 문제는 건물들로 완전히 둘러싸인 광장에서 행사를 열었다는 거였어요. 광장으로 진입할 수 있는 길은 두세 개 좁은 골목뿐이었죠. 광장에 군중이 밀려들면 비상구가 없는 셈이었는데, 결국 거의 모든 당원이 체포되고 말았죠. 이런 일을 겪고 나서, 스페인 공산당은 1년간 정치활동을 제대로 하지 못했고 결국 현실에 부합하는 전략을 모색하기 위해 노력했다. 숫자상으로는 여전히 미미했지만, 공산당은 항구 지역과 탄광 구역, 그리고 약탈을 가장 많이 겪어야 했던 농촌 사람들 사이에서 영향력을 얻기 시작했다. 하지만 안달루시아와 카탈루냐 지방 고용 농부들이 일으킨 폭동의 배후에는 아나키스트와 생디칼리스트 단체들이 있었다. 개혁이 유보되자 이 단체들은 대지주의 토지 소유권을 박탈하고 농부들이 토지를 소유할 수 있게 해야 한다는 주장을 지지했으며, 발렌시아와 바르셀로나에서 총파업을 선언했다. 교육을 받지 못한 프롤레타리아트에게는 공산주의자와 아나키스트를 구분하는 것이 쉽지 않았다. 기초적인 상황을 개선하는 것이 문제였던 그들에게 조직 구성이나 정부 참여 여부를 둘러싼 논쟁들은 별로 중요하지 않았다. 고메스는 자신 역시 어떻게 해서 혁명적 고용 농부들의 진영에서 공산주의 청년연합으로 넘어가게 되었는지는 크게 신경 쓰지 않았다고 말했다. 사회주의 정당만은 분명하게 구분할 수 있었다. 사회주의 정당에는 반동주의가 있었고, 소시민이 있었으며, 그 배후에 봉건주의가 있었다. 1934년 가을 아스투리아스 탄광 노동자들의 폭동이 있기까지, 아나르코생디칼리스트 세력과 공산주의 세력은 한편이었다. 전환점이 된 이 사건에서 비로소 복잡하게 뻗은 이념적 방향들 사이의 모순이 드러났다. 지금까지 모두가 원했던 노동자 계급의 통일은 어려워졌다. 오히려 관점과 목표의 이동과 변화가 나타났고, 그 변화에서 공산당의 새로운 정책이 발전했다. 그리고 이 새로운 정책 덕분에 2년 뒤, 특별한 역사적 상황에서 공산당은 지도적 위치에 올라서게 되었다. 노조위원장 카바예로[226]가 지도하던 사회주의 좌익은 혁명적 프롤레타리아트 편에 섰다. 공동 행동을 하자는 호소에 공산주의자들과 지역 생디칼리스트 그룹이 가세했다. 그러나 스스로를 혁명적 엘리트로 생각하는 이베리아 아나키스트들과 다수 노동자 연합의 지도부는 투쟁 행위에 참여하기를 거부했다. 그들은 투쟁을 오로지 당략적 권력 게임의 표현으로 치부하려고 했다. 사실 권력이 문제이기도 했다. 그 권력은 내부 갈등을 포함한 권력이었고, 그 갈등은 현재까지도 지속되고 있었다. 스페인 노동자 계급의 절반은 아나키스트들의 지시 아래 수동적으로 움직였고, 결국 아스투리아스 폭동의 패배에 일조했다. 사회주의 통일전선의 수립은 공산주의 원칙과 아나키즘 원칙의 대립에 막혀 실패했다. 엄격한 당 조직은 자유주의적 즉흥성과는 맞지 않았다. 코민테른 정책이 새로운 방향을 잡기 1년 전인 1934년 10월, 스페인에서는 인민전선의 토대가 준비되어 있었다. 오로지 인민전선 전략으로만 다가올 투쟁에서 이길 가능성이 있다는 걸 사람들은 인식하고 있

---

226) Francisco Largo Caballero(1869~1949): 스페인 사회주의노동자당과 노동자총연맹
    의 지도자로 스페인 내전 기간 중인 1936년 9월에서 이듬해 5월 공산주의자들과의 분
    쟁으로 물러나기까지 총리직을 역임했다.

었다. 카바예로가 소련과 코민테른에 적대적인 태도를 견지했지만, 공산당은 그와 연대했다. 그것은 커가는 파시즘에 맞서 싸우려면 중도 세력이 함께 가야 한다는 통찰 때문이었다. 한편 아나키스트들은 중심을 좌로 더 이동하라고 요구했다. 고메스가 말했다. 1934년 가을 폭동 중에는 공동 행동을 주장하는 공산당의 의도가 약화되었다는 느낌은 없었지요. 봉기한 노동자들은 스스로 병사평의회와 혁명위원회를 결성했다. 이들은 단결을 호소했는데, 이는 강력한 사회주의적 토대를 형성하자는 것이었다. 장차 결성될 좀더 광범위한 통일전선에 반드시 필요하다고 생각했기 때문이었다. 노동자 계급의 단결 조짐에 깜짝 놀란 이 나라의 지배층은 군대를 풀어 따로따로 움직이던 반란자 무리들을 때려잡게 했다. 그들이 보여준 폭력과 잔인함은 팔랑헤당의 반동혁명의 전조였다. 탱크와 대포와 항공편대를 거느린 적의 3개 군단에 노동자군 연대는 수제 권총과 엽총으로 맞서야 했다. 문자 그대로 피바다 전투였다. 그것은 상상 가능한 모든 잔혹성을 보여준 광란이었다. 고문과 살인 훈련을 받은 용병 외인부대와 모로코에서 데려온 무어인 부대는 폭격에서 살아남은 사람들을 끌고 갔다. 아스투리아스에는 고문의 시대가 시작되었다. 망나니들에게 붙잡힌 사람들이 집게로 꼬집히고 달군 인두로 지짐을 당했다. 손과 성기가 짓이겨지고, 무릎과 발이 망치에 깨졌다. 그들은 수차례씩 죽음의 공포를 겪어야 했다. 총살용 벽에 끌려가고, 교수형 밧줄 아래 서고, 직접 삽질한 구덩이 앞에 서고, 사형 집행용 의자에 포박당하기도 했다. 결국 밧줄로 교수형을 당하거나, 둥근 쇠테로 조여져 질식사를 당하거나, 총살되거나, 또는 박아놓은 날카로운 막대에 밀려서 찔려 죽기까지, 모든 과정이 부인과 어머니들 눈앞에서 진행되었다. 전제정치에 노동자 통치로 맞서고자 했던 아스투리아스 주민은 사망 3천 명, 부상 7천 명, 포로 4만 명이라는 대가를 치러야만 했다. 하지만 그런 능욕이 반란의 숨을 끊지는 못했다. 혁명적 과정은 시작되었고, 노동자 계급의 정치의식은 강화되었다. 그로부터 1년이 조금 더 지난 뒤, 1936년 2월에 사회주의자와 공산주의자들의 노력으로 인민전선 정부가 실현되었다. 호단은, 이제부터 벌어지는 모든 일에서는 우리가 진리라고 생각하는 것과 가장 가까운 걸 지지해야 한다고 말을 거들었다. 아직 객관적인 평가가 가능하지 않으니만큼, 두 가지 방향 중 어느 편이 상황을 올바르게 진단하는지, 또 확실한 추진 전략을 갖고 있는지 판단하면서, 오로지 우리의 능력에 따라 선택할 수밖에 없다고 했다. 호단은 말했다. 아나르코생디칼리스트들과 공화국의 인민전선은 둘 다 파시즘으로부터 나라를 해방한다는 같은 목적을 좇았죠. 단지 그들이 택한 수단과 목표를 실행하는 방식에서 서로 합의하지 못했던 겁니다. 이미 선거에서부터 양측의 줄다리기가 시작되었다. 아나르코생디칼리스트 단체들은 자신들의 전통에 따라 선거 참여를 거부했는데, 그건 정당과 의회에 맞서 독자성을 지키기 위해서였다. 정치기구가 아니라 기업조합이 자신들의 이익을 대변한다고 여기는 다수 대중이 그들 단체들에 가입해 있었다. 그럼에도 불구하고 많은 노동자가 인민전선에 표를 던졌다. 그것은 인민전선 정부가 아직도 3천 명이나 되는 정치범의 석방을 약속했을 뿐 아니라, 계획 중인 농업 개혁과 산업화를 통한 생활환경 개선을 약속했기 때문이다. 체제 타협적인 해결은 기껏해야 빈곤의 공공화를 초래하게 되며, 무력혁명만이 노동자들의 요구를 실현시킬 수 있다고 아나키스트들은 주장했다. 그들은 공산당이 혁명을 배반했다고 비난했다. 반면 공산주의자들은 스페인의 세력 관계가 혁명을 허용하지 않는다고 지적했다. 그들이 주장한 인내와 절제가 옳았다는 건 선거 결과가 증명해주었다. 인민전선이 거의 5백만 표를 얻은 데 반해, 우익과 중앙당은 450만 표에 그쳤던 것이다. 고메스가 말했다. 우리에겐 이제야 비로소 진정한 현실 정치가 시작된 셈이었죠. 우리는 가장 작은 정당이었습니다. 사회주의 의원 89명, 부르주아 의원 84명과 함께 이제 국회에서 공산당은 16석을 차지하게 되었죠. 1933년에 의원이 고작 한 명이었던 것에 비하면, 이건 분명 성공이었죠. 고메스는 말을 계속했다. 하지만 우리 눈에 보이는 것과는 조금 다르게 계산해봐야 했죠. 1936년 7월 우리 당은 당원이 3만 명으로 불어났지만, 아나르코생디칼리스트연합에는 1백만 명 이상이, 사회주의 노동조합에는 150만 명이 있었으니까요. 공산주의 청년들과 사회주의 청년들을 하나의 단체로 통합하자는 우리의 캠페인이 성공했던 게 매우 중요했어요. 이 활동을 통해서 당은 20만 명을 새로 끌어들였으니까요. 전쟁이 터지자 이들 중 3만 5천 명이 바로 무장투쟁에 뛰어들었죠. 고메스의 말이 이어졌다. 당을 건설하던 짧은 몇 년간, 우리는 우선 이론적 지식의 부족과 자신을 내세우는 개인주의적 영웅주의 성향을 극복해야만 했어요. 또 아나키스트들의 빠른 성공에 현혹되지 말고, 대다수 노동자의 견해에 맞서가며 우리의 혁명적 열정을 합리적인 행동으로 대치해야 했죠. 반파시즘 전쟁이 시작되었을 때, 권력이 거리에 있으니 프롤레타리아트 정당이 이 권력을 잡아야 한다고들 했어요. 하지만 권력이 마치 담뱃갑을 집어 들듯이 그렇게 거리에서 주울 수 있는 건 아니었죠. 그건 저 앞, 전장에 있었어요. 전장에서, 고된 전투로 권력을 얻을 수 있다고 해도, 우선 외교적 노력이 뒷받침되어야만 했지요. 처음 돌격할 때는 인민권력을 성취하려는 의지 말고 다른 생각은 없었지요. 10월 혁명 이후 모든 봉기가 실패한 유럽에서, 처음으로 평의회 정부가 성립할 수 있으리라는 환상이 퍼져나갔죠. 그런 생각이 생겨난 데에는 우리도 한때 일조를 했죠. 고메스의 말이 이어졌다. 우리는 사민주의자들에 대한 의구심뿐 아니라 상인, 소시민, 중산층에 대한 모든 혐오감을 넘어서야만 했어요. 우리의 세가 커지는 동안 이 세력들에게서 만만찮은 적대감을 느꼈거든요. 하지만 이제는 그들과 협력해야만 했어요. 공화국의 적과 벌이는 투쟁이 이번에는 중도에 멈추면 안 된다는 주장, 군사 행동과 동시에 사회혁명도 밀어붙여야 한다는 주장에 우리는 전적으로 공감하고 있었어요. 당의 노선에 적응하려면, 최근에 익힌 규율을 최대한 발휘해야 했지요. 하지만 얼마 지나지 않아, 방어를 구축하면서 당이 보여준 상황 판단과 조직 능력이 우리의 마음을 얻었어요. 짧은 시간에 당은 모든 정치적 전술적 조처에 관여하게 되었죠. 하지만 여전히 많은 대중이 우리를 반대했어요. 이들은 공산당이 왜 혁명을 중단시켰는지 이해하지 못하고, 중도 자유주의자들과의 협조를 거부했죠. 또 우리가 위장과 기만전술을 구사한다고 책망하며, 스페인의 이익에 반해서 코민테른의 지령을 실행하려고 한다고 비난했지요. 처음 몇 달간의 성공을 과대평가한 아나르코생디칼리스트들은 프롤레타리아트 독재가 이미 현실이 되었다고 믿고 있었죠. 지방 귀족과 금융계의 고위 인사 그리고 교회의 권력이 무너지고, 노동자농민위원회가 일련의 공장과 농장들을 접수하고 나자, 그들은 이제 스페인에서부터 세계혁명이 일어날 것이라는 환상에 빠졌어요. 그들은 자신들의 공동체를 쑥정이처럼 날려버릴 군대와 맞서고 있는 상황을 인정하려고 하지 않았어요. 또한 파쇼 강대국들이 스페인 문제에 깊숙이 개입하고 있는 데다, 그들이 이 땅을 자신들의 실험장으로 만들려고 하는 한, 근본적인 사회변혁을 꾀하는 건 시기상조라는 걸 받아들이려 하지 않았어요. 고메스가 말했다. 그들은 돈키호테의 정신으로, 과거에 바로 우리 것이기도 했던 그 맹목적인 열광으로, 그들의 강령인 무질서 속에서 적의 불길을 향해 뛰어들었죠. 싸움에서 죽지 않고 도망친 아나키스트들은 자신들의 이상을 버리지 않았어요. 모두가 믿기만 한다면, 아나키스트 결사체가 적의 세력을 몰아낼 수 있을 것이라는 이상 말이죠. 고메스의 말이 계속되었다. 우리가 산업체와 은행과 대토지 사유지의 접수를 반대한 건 아니었어요. 공산주의자인 우리가 어떻게 그걸 반대할 수 있겠어요. 단지 급진적 변화를 반대했을 뿐이었죠. 우리가 달성한 것은 임시적인 비자본주의 국가였어요. 일부 토지개혁이 착수되고 교육제도의 기초가 마련되었지만, 그 밖에는 적을 막는 데 전력을 투입해야 했어요. 적의 목표는 서유럽에서 방금 생겨난 스페인이라는 사회주의의 요새를 파괴하고, 그러면서 소련과의 일전을 위한 경험을 모으는 것이었죠. 우리를 지키려면 인민의 단결이 전제되어야 했습니다. 그렇기 때문에 소규모 자작농들, 자영업자들, 중도 부르주아지에 어떤 안전을 보장해줘야만 했던 겁니다. 당이 질서유지의 역할을, 어떤 보수적 역할을 할 수밖에 없었죠. 당은 절제와 의회주의의 유지, 정부의 의무 수행을 주장했어요. 그건 장기적 관점에서 혁명의 진행을 담보하기 위한 것이기도 했죠. 대화가 이쯤 이르렀을 때, 뮌처가 아나키스트들의 입장을 대변했다. 혁명에서 멀어지면서 인민전쟁이 무력화되자, 전투적인 노동자들이 속았다고 생각했고, 바로 이들이 부르주아지와의 동맹을 신뢰하고 지지할 수 없었기 때문에, 공산주의자들이 추구했던 통일이 이루어질 수 없었다는 주장이었다. 성공적인 해방전쟁은 사실 1936년 7월에 이미 확보되었던 프롤레타리아 계급 토대 위에서만 가능했을 거라고 했다. 그러나 이제 노동자들은 방향을 상실했으며, 그 많은 에너지가 갑자기 역류해서 내부 다툼에 소진되었기 때문에, 그들은 무엇을 위해 싸워야 하는지 더 이상 알 수 없는 지경이라고 했다. 그들은 파시즘을 향한 공격이라면 어떤 희생도 할 각오가 되어 있었지만, 부르주아 국가를 유지하기 위해 목숨을 바칠 마음은 없었다는 것이었다. 하지만 혁명을 계속하자고 주장했거나, 재산을 더 몰수하자고 요구했다면 공화국 한복판에서 전쟁이 벌어졌을 거라고 고메스가 대답했다. 인민전선이 와해되고, 중간층이 적의 편으로 넘어가는 것을 막기 위해서, 당은 자기 진영의 누수를 감수할 수밖에 없었죠. 처음엔 이성적인 논쟁이었어요. 그러다가 다른 도리가 없자, 당은 좌익 아나르코생디칼리스트들, 그리고 마르크스주의 통합노동자당의 지도자인 닌, 고르킨, 안드라데[227]를 완력으로 공격했던 겁니다. 이들의 이름이 대단한 위력을 발휘하는 것 같았지만, 추종자들은 3천 명을 넘지 않았어요. 열렬하긴 했지만요. 공산당은 공화국의 분열을 마다하지 않을 정도로 비타협적이었던 이들과는 부딪쳤지만, 다른 한편 점점 더 사람들의 호응을 이끌어 냈어요. 1937년 봄, 당원이 50만이 넘게 늘어난 것은 당이 대중적 기반을 얻었다는 걸 보여주는 거였죠. 그러자 뮌처가 말을 받았다. 하지만 이 신입 당원들은 노동자 계급보다는 상업 분야, 관리, 학자층, 장교 단체에서 왔죠. 공산당원 신분이 출세 가능성을 높여주었으니까요. 실제로 공산당에 가입한 사람만이 영향력 있는 자리에 오를 수 있다는 게 밝혀졌고요. 그러자 고메스가 응수했다. 중산층이 많이 합류한 것은 당의 전략

---

227) Andrés Nin(1892~1937): 스페인의 혁명가로 1911년부터 스페인 사회당 소속으로 트로츠키를 지지하고 스탈린에 맞섰다. 1930년 소련에서 추방되고 1935년 마우린과 혁명적 좌파당인 마르크스주의 통합노동자당(POUM)을 창당했으나 1937년 체포 후 살해되었다.
　Julián Gorkin(1901~1987): 1921년 스페인 공산당 창당 멤버로 1920년대 코민테른에서 활약했으며 1935년 닌, 마우린과 함께 POUM을 창당했다. 1940년 멕시코로 망명했다가 종전 후 파리로 이주했다.
　Juan Andrade(1898~1981): 스페인의 혁명 정치가이자 저널리스트로 스페인 공산당 및 POUM 창당에 참여했으며 프랑스 망명 중 독일 비밀경찰에 체포, 구금되었다.

에 부합하는 거였소. 이 말과 함께 그는 몸을 일으키더니, 한동안 국가 경영에 대해 설명했다. 반사된 불길이 깃발과 손, 얼굴 들 위로 물결쳤다. 검붉게 깎아낸 조각들 같았다. 반사된 그 빛은 책상 너머까지 밀려들었다. 홀의 중앙 기둥은 한편에 비켜 앉은 사람들 위를 가로질러 그림자를 드리웠다. 책략과 냉혹성은 인민전선을 유지하는 조건이었다. 이런 정치는 본질상 반동에 가까운 세력들을 포섭해야 했다. 적의 선전을 끊임없이 접하면서, 전진을 방해하고 과거 지배 체제의 부활을 도모할 세력들을 끌어들여야 했다. 바로 이런 세력들의 환심을 사고, 바로 이런 세력들이 매력을 느껴야 했다. 왜냐하면 이들 중에는 활용 가치가 있으며, 그 지식을 이용할 수 있는 사람들이 많았다. 이런 중간층들이 일단 포섭되고 인정을 받고 나면, 그다음으로 강력한 우파 주변 그룹도 영향권에 들어왔다. 이들의 보루는 팔랑헤 장군들이 지배하는 스페인 지역들, 또 공화국을 노리는 유럽 도처에 널려 있었다. 이 모든 우파 주변 세력들은 세심하게 구분할 필요가 있었다. 그들이 동조하는 이해관계는 그때그때 출세의 전망에 따라 끊임없이 변했다. 이러면서 과거 초라했던 공산당이 갑자기 전면에 나선 것이었다. 공산당이 사회적 안정의 구심점이 되자, 결정적인 순간이 도래했다. 공산당은 이성의 대변자가 되어, 혼란과 와해를 막기 위해 나서게 되었다. 군대는 처음 몇 번의 무질서한 방어전으로 힘을 잃었고, 인민전선은 무너질 지경에 이르렀다. 파시즘에 대한 공포는 소시민들에게도 밀려들었다. 소시민들은 비록 이기적이지만 몇 세대를 거치며 독립을 위해 싸웠던 스페인의 열정을 어느 정도 공유하고 있었다. 서구 강대국들이 무역을 봉쇄하고, 영국과 프랑스가 공화국의 몰락을 기다리는 게 역력해지자, 공포에 휩싸인 사람들은 적에게 항복해버리려는 분위기였다. 하지만 이제 공산당이 의연하게 나서면서, 방어의 새로운 가능성들이 보이기 시작했다. 저항의 애국적 노력이 아직 소진된 것이 아니었다. 문제는 군사적 수단이 고갈되고, 과도하게 밀어붙인 사회변혁은 흔들리고 있다는 점이었다. 투사들의 역동성은 강고해질 필요가 있었고, 배후 지역에서는 강제적인 변혁의 충격이 완화될 필요가 있었다. 이런 현실은 어떤 권력을 요구했고, 바로 현시점에 필요한 것을 끌어낼 자원을 지닌 사람만이 그 권력을 쟁취할 수 있었다. 봉쇄를 뚫고 전선의 방어에 필수적인 무기들을 공산당에 전해주기 위해, 오데사에서 배들이 출항했다. 중요한 것은 스페인공화국을 지키는 것이었다. 사회주의자들과 아나르코생디칼리스트들과 마찬가지로 공산주의자들도 처음부터 이 목표를 위해 싸웠다. 어느 특정 정당이 아니라 공화국이, 인민 진영이 원조의 수혜자가 되어야 했다. 이 새로운 실천은 다소 영웅적인 면이 있었다. 그 영웅성은 소망이 아니라 실제 능력에서 온 것이었다. 당이 변혁과 혁명적 변화를 향한 노력들을 배제하는 것처럼 보였어도, 공산주의라는 목표를 포기한 것이 아니었다. 부르주아지의 도움은 길을 닦기 위해 필요했을 뿐이다. 길이 닦이면 부르주아지는 언젠가 스스로 무력해질 것이었다. 사유재산의 몰수가 취소된 지금, 부르주아지는 아직 공산주의자들과 파트너가 될 수 있다고 생각했다. 부르주아지의 말살을 공공연하게 협박하는 사람들과는 달랐다. 그런 조처를 실행하고, 그러면서 동시에 노동자들의 이해와 지지를 얻는 것이 바로 당이 설정한 과제였다. 적대 관계를 조정할 수 있는 정부를 구성해야만 했다. 1934년 모든 사회주의 세력은 다가오는 부르주아 혁명에 참여해야 한다는 당의 입장과 결별했던 카바예로는 아스투리아스 폭동 이후 개혁주의 노선을 버리고 자본주의의 폐지를 주장하고 있었다. 이런 카바예로는 노동자 계급에 큰 영향력이 있었다. 카바예로는 극단적인 자유주의적 공산주의로 전향했다. 이

정파는 중도파에게는 진지한 대상이 아니었지만 아나키스트들과 생디칼리스트들에게는 카바예로가 존경을 얻는 이유가 되었다. 카바예로는 이런 식으로 프롤레타리아트의 호감을 얻으면서 동시에 자유주의 진영의 경계도 피하는 위치로 올라섰다. 전쟁이 벌어진 첫 달에도 카바예로는 군을 재건하자는 공산주의자들의 요구를 반혁명으로 치부했다. 하지만 군사 상황이 급박해지고 생필품 공급이 무너지기 시작하자, 중앙집권적 군 지도부뿐 아니라 안정된 국가권력이 필수적이라는 것을 깨닫게 되었다. 스페인의 레닌이라고 불렸던 카바예로는 공산당의 외교적 감언에 풀어져서 총리 겸 전쟁장관이라는 자리에까지 오르게 되었다. 공산당이 생각한 대로, 인민전선의 지도자로서 부여받은 책임은 카바예로를 자제하게 만들었고, 그러면서 부르주아 측도 조심스럽지만 그를 어느 정도 신뢰하게 되었다. 소련에서 군사 장비가 들어오고 여단의 합류로 국제적 연대가 증명되자, 그의 태도는 더욱 확실해졌다. 카바예로를 자신들의 계획에 편입하고, 참모부의 지휘를 맡게 된 공산당은 우익 주민들에게 카바예로가 더 이상 그가 요구했던 노동자 정부로 선회하지 않을 것이며, 인민전선과 함께 살고 함께 죽을 거라고 확약했다. 동맹을 확장하고 보호하려는 진짜 이유는, 공산당을 불신하고 적대감을 가질 수밖에 없는 사람들 사이에 거점을 확보하려는 것이었다. 그것은 처음 사회주의자들에게 접근할 때도 마찬가지였다. 아나르코생디칼리스트들은 아마 전장에서 보여준 용기와 전략적 능력 때문에 공산주의자들을 믿게 되었을 것이다. 하지만 장교, 경제전문가, 행정가 들을 끌어들이려면 약속을 해주고, 설득하고, 그들의 야망에 호소해야 했다. 이 과정에서 이들에게 지불한 보상은 동시에 이들을 당의 관리 아래 묶어두는 역할을 했다. 농부들 역시 그들에게 아직 낯선 생산방식을 강요하기보다, 한 뙈기라도 자기 땅을 갖고 싶어 하는 소망을 이룰 수 있도록 지원해야 생필품 공급에 적극적이었다. 이런 접근법은 냉소적 계산이 아니라, 현실에 밀착한 생각이었다. 고메스가 말했다. 가진 게 하나도 없는, 많은 소작농이 아나키스트였지만, 땅을 배당받자 그들 역시 아나키즘보다 합리적인 경영방식을 원했어요. 아직도 무질서와 위기를 혁명을 위한 축전기라고 반기는 사람들의 눈에는, 당이 사유재산을 보호하고 국가재정을 위해 애쓰는 것이 패권을 장악하려는 술수로 보였다. 당이 무력전에서 적을 타도하는 데 딱 맞는 지시를 내리면, 그런 능력은 오로지 소련의 지원 덕분이라는 억측까지 난무했다. 당은 공산주의 정당으로서 코민테른의 일부였고, 그것은 당의 강점이었다. 공산당이 중심적인 위치에 설 수 있었던 것은 그것이 세계운동의 일부이기 때문이었다. 그 세계운동이 지금 스페인에서 위력을 발휘하는 중이었다. 고메스가 말을 이었다. 스페인 중앙은행에서 확보한 금으로 소련에 무기 값을 지불한 것은 잘한 일이었습니다. 소련은 자국 방어를 위한 생산에 전력을 기울이는 와중에 그 일을 해야만 했으니까요. 그 돈이 그냥 우리 금고에 있다면 무용지물이지만, 그렇게 해서 승리를 쟁취하는 데 사용된 겁니다. 나중에는 국가 재건에도 이용될 거고요. 갑자기, 모인 병사들 뒤로 죽음의 세계가 열리는 느낌이었다. 형형한 한쪽 눈 옆으로 어두운 구멍이 난 뮌처의 얼굴 때문만이 아니었다. 말하는 고메스를 쳐다보는 모든 얼굴에 뭔가 다른 말, 뭔가 다른 설명, 자신들이 연관된 그 사건들에 좀더 알맞은 어떤 표현을 갈구하는 표정이 내비쳤다. 질문이 없었기 때문에 병사들이 어떤 말을 듣고 싶어 하는지 알 수 없었다. 하지만 미동도 없는 눈길에서, 그들의 침묵에서, 어깨와 팔의 자세에서, 뭔가 그 이상을 바란다는 것을 느낄 수 있었다. 이런 집요함은 자신들이 곧 사라질 수 있다는 인식과 상관이 있었다. 이런 인식이 비극적인 것은 전혀 아니었다. 죽음은 어느 순간에나 함께 있었다. 죽음은 당연한 것이었고, 일의 일부였다. 하지만 바로 자신의 최후를 맞겠다는 준비가 되어 있었기 때문에, 책임을 묻고 싶었고 또 어떤 진실이라도 다 듣고 싶은 마음이 더욱 강했다. 그들이 고메스를 이런 의미에서 믿지 못한 건 아니었다. 단지 이 순간에 드러난 것은, 싸우는 병사들이 보기에 당의 정책이 뭔가 본질적인 가치에서 유리되어 있다는 사실이었다. 정치적 노선을 관철하기 위해 치러야 하는 희생이 두려운 것이 아니었다. 그들은 그 점에 대해서는 한마디도 하지 않았다. 또한 그들은 결정은 높은 곳에서 내려지고, 자신들은 그것을 실행하는 존재라는 사실에도 이의가 없었다. 모두 싸우기 위해 스페인에 왔으며, 참모부가 모두의 행동을 이끌어야 하는 건 당연했다. 하지만 퍼져가는 이 고요 속에서, 상황 전개에 아무런 영향도 미칠 수 없다는 것을 문득 깨달으면서, 그동안 분명하고 깔끔한 전술의 표면 아래 묻혀 있던, 해결되지 않은 모든 것이 병사들을 힘들게 했다. 자신들이 거처하는 이 저택에서 병사들은 고립감을 느꼈다. 그들은 직장 동료들, 가족을 떠올렸다. 떠나온 자신의 나라를 옥죄는 반동 권력을 떠올렸다. 병사들은 전선의 현장으로 돌아가기를 원했다. 그곳에서는 아무리 적은 인원이라도 자신의 힘을 언제나 생생하게 느낄 수 있었다. 병사들은 프랑스에서, 스칸디나비아 국가들에서 지금 무슨 일이 벌어지고 있는지 알고 싶어 했다. 그곳의 노동자 계급에 관한 소식을 듣고 싶어 했다. 단순하고 직접적인 행동을 하던 병사들이 복잡한 외교의 장에 들어온 것이었다. 무력감이 병사들을 엄습했다. 그들은 묻고 싶었다. 왜 반파시즘 전쟁을 치르면서도 반목을 해소하지 못하는지, 전선의 포화 속에서도 항상 해냈던 단결을 왜 상부에서는 하지 못하는지. 첫번째 대공격의 영웅이었던 두루티,[228] 당파 싸움과는 무관한, 야성적 인민 의지의 화신이었던 두루티는 1936년 11월 마드리드의 대학 구역 전투에서 사망했다. 많은 사람은 그가 제때에 죽었다고 했다. 그래서 마르크스주의 통합노동자당의 지도자들처럼 숙청되는 운명을 피했다고 했다. 또 다른 사람들은 두루티가 너무 일찍 죽었다고 했다. 어쩌면 두루티야말로 혁명의 이상들, 초기의 열광적인 연대감을 중앙집권적인 국가 운영 및 효율적인 군사제도와 결합시킬 능력을 가진 유일한 인물이었을지도 모르기 때문이었다. 호단이 말했다. 두루티는 자신의 부대로는 적에 대적할 수 없다는 것을 알았다고. 비록 자신은 체질적으로 아나키스트였지만, 죽기 전에 그는 일원화된 군사행정을 요구했고, 소련의 무기 공급을 환영했다고 말했다. 그러다가 닌의 조직에 대해 논해보려고 하자, 우리의 머리에 어떤 빗장이 내려졌다. 사람들은 마르크스주의 통합노동자당을 트로츠키주의의 도구로 간주했다. 호단조차 이 이름에 붙은 터부를 깨는 걸 주저했다. 홀 쪽으로 난 유리문을 활짝 열어놓은 옆방에서, 나는 목재로 마감된 벽에 일렬로 박혀 있는 서투른 솜씨의 작은 그림판들을 보았다. 거기에는 돈키호테가 살아온 장면들이 그려져 있었다. 과거 화려한 만찬용 룸이었던 이곳, 천장의 검은 들보까지 솟은 돌출 벽난로의 불빛을 받아 스토리의 장면들이 눈에 들어왔다. 어떻게 주인공이 기사 작위를 받았고, 어떻게 시종과 함께 길을 나섰으며, 어떻게 무시무시한 풍차와 포도주 가죽부대와 싸웠으며, 그다음 모든 모험을 이겨냈는지, 그리고 둘시네아에게조차 버림받은 채, 불길한 예언을 받은 뒤 고향 마을로 돌아와, 유언처럼 자신

228) Buenaventura Durruti Dumange(1896~1936): 스페인의 유명한 아나키스트 혁명가이자 생디칼리스트로 스페인 내전의 핵심 인물이었다. 1936년 11월 19일 아라곤 전투에서 의문의 총격으로 사망했다.

의 어리석음을 고백하는 글까지 미리 써놓은 다음, 한탄과 눈물 속에 자신의 혼을 놓아버렸는지. 그런데 호단이 다시 입을 열었다. 노동자 동맹을 이끌던 닌과 마우린[229]은 원래 코민테른에 합류하는 데 찬성했지요. 두 사람은 공산당의 창립자들이기도 했으니까요. 하지만 크론시타트 폭동 이후 소련의 노선에서 멀어진 겁니다. 나중에 좌익공산주의자 반대파로서 트로츠키와 가깝게 지냈고, 트로츠키의 노선을 넘겨받기도 했는데, 둘은 트로츠키와도 결별합니다. 왜냐하면 트로츠키가 그들에게 사회주의 정당에 가입해서, 거기서부터 혁명의 토대를 구축할 것을 권했기 때문입니다. 트로츠키는 프랑스 동자들에게도 그렇게 권했습니다. 닌의 그룹이 혁명 농민 진영 사람들과 연합하자 트로츠키는 비웃었지요. 트로츠키는 문맹인 그 인민대중의 행동력이 아무리 감탄할 만해도 어떤 형식으로 드러날지 알 수 없는데다, 이 연합체가 결코 혁명의 실천에 필수적인 정치적 조직을 만들어내지 못할 거라고 말했지요. 행동력 있는 노동자평의회가 없는데 프롤레타리아트 독재를 말하거나, 더 이상 혁명적 상황이 존재하지 않는데 혁명의 심화를 논하는 것은 트로츠키가 보기에는 용서받을 수 없는 실수였죠. 트로츠키의 시각에서 보면, 소위 마르크스주의 노동자당이나 좌익 아나르코생디칼리슴은 소련의 지령에 매인 공산당과 마찬가지로 혁명의 진행에 방해가 되는 것이었죠. 고메스가 물었다. 그렇다면 작은 세포 단위로 전 세계에 흩어져 있는 트로츠키의 인터내셔널은 어떤 대안을 내놓고 있지요. 트로츠키가 소비에트 당 지도

---

229) Joaquin Maurin(1897~1973): 스페인의 혁명적 정치가이자 언론인으로 1923년부터 스페인 공산당 중앙위원회에서 활동했다. 1931년 당에서 축출되고 POUM 창당에 참여한 뒤 당서기를 역임했다. 1936~46년에 프랑코-국민진영에 의해 감금되기도 했다. 1947년부터 뉴욕에 거주했다.

부에 대적한다는 건 결국 소련과 싸우는 겁니다. 우리를 보호하는 국가에 맞선 어떤 공격도 우리를 향한 공격입니다. 스페인공화국의 투쟁을 공격하는 거라고요. 고메스는 그럼에도 불구하고 트로츠키를 파헤쳐보는 건 옳다고 말했다. 반대편을 물리치기 위해서는, 반대편의 생각과 이념과 계획을 잘 알아야 한다고 했다. 그의 이름을 입에 올리지 않는 게 도움이 되지는 않는다고 했다. 오히려 우리 지식의 완성을 추구하면서 트로츠키에게서 몇 가지를 배울 수도 있을 거라고 했다. 고메스가 말했다. 하지만 그러면서 우리는 딜레마에 처하는 거죠. 이제 우리는 불가피하게 두 가지 서로 다른 잣대를 사용해야 하는 겁니다. 우리는 좀더 세심한 분석을 원합니다. 하지만 시간에 쫓기고, 또 생사를 건 싸움을 하는 중이라 우리는 어쩔 수 없이 단순하고 개괄적인 고찰 방식을 택하죠. 과거 레닌의 동지였고 10월 혁명을 함께 기획했던 트로츠키를 자세히 알고 싶지요. 하지만 당장 절박한 사실은, 비록 파시스트들과는 전혀 다른 동기에서이지만 그가 소련과 대립하면서 파시스트 진영에 서게 된다는 점이죠. 적으로서의 성격은 정도를 구분해서 말할 수 있습니다. 하지만 결정적인 순간에는 우리는 단 하나의 적에 맞서는 것입니다. 그렇기 때문에 닌, 고르킨, 보네트, 안드라데, 히로네야, 아르케르,[230] 또 그 밖의 반대파의 지도자들을 체포해야만 했던 겁니다. 뮌처가 말을 받았다. 그 사람들에게 횡령, 무기 밀매, 간첩 활동, 태업을 획책하고, 이 나라를 팔랑헤주의자들에게 넘길 준비를 했다는 죄를 씌웠죠. 그건 그 사람들의 입장과 맞지 않죠. 고메스가 말했다. 우리는 진실을 위해, 더 나은 미

---

230) Pedro Bonet: POUM의 중요 인물.
  Enrique Gironella: 스페인 내전 시기 POUM의 중요 인물.
  Jordi Arquer: POUM의 중요 인물.

래를 위해 싸우고 있어요. 우리가 이 길을 가기 위해서는 역사적 관계들을 좀더 깊이 통찰하고 프롤레타리아 운동의 여러 문제에 대처할 수 있도록 부단히 훈련해야만 합니다. 동시에 사방에서 적들의 음모가 우리도 모르게 팔을 뻗치고 있어요. 날조, 왜곡, 모순된 주장 들이 우리의 발언이나 지시들과 뒤섞이고 있다고요. 우리에게 이로운 것과 해로운 것을 구분할 수 있으려면, 우리는 몇 가지 특정 개념에 합의해야만 합니다. 나중에 우리가 과제를 완수하고 나면, 우리가 지금 그린 흑백의 그림을 그 모든 스펙트럼으로 나눠볼 수 있을 겁니다. 지금은 우리의 적들 중 하나에게 어떤 죄를 묻는다면, 나머지 모든 적에게도 같은 죄를 물을 수밖에 없습니다. 그렇기 때문에 정부의 결의 사항에 반대하는 사람들을 군법재판에 세울 수밖에 없는 겁니다. 필요하다면 숙청해야만 하고요. 그건 많은 생디칼리스트나 노동조합 사람들의 생각과는 다르다고, 뮌처가 말했다. 이들 사이에서 닌과 그의 동지들은 여전히 평판이 높으며, 그들의 안위를 걱정하는 소리들이 점점 더 커지고 있다고 했다. 호단이 입을 열었다. 이들에게 다른 죄를 물을 수 없을지 모릅니다. 퇴행적 영웅주의, 완전한 자유라는 꿈에 빠졌다는 것 말고는요. 하지만 그 이상들은 이탈리아 탱크의 철벽과 독일 비행기의 폭탄 아래서 산산조각 나버렸죠. 우리는 그들의 제거를 승인할 수밖에 없습니다. 그들은 무분별한 이상에 열광함으로써 노동자 계급의 해방에 방해가 된 겁니다. 하지만 뮌처의 생각은 달랐다.

자신은 닌은 물론 그의 동지들과도 함께 전장에서 싸웠고, 그래서 그들의 용맹성을 증언할 수 있다고 뮌처가 말했다. 이들을 폄하하는 주장은 이데올로기와 당 정책에 의해 결정된 거라고 했다. 그가 말했다. 전선에서는 전투가 우선입니다. 전선에서는 적의 움직임에 온 정신을 쏟습니다. 모든 에너지를 적을 공격하는 데 집중하지요. 그러나 후방에서는 힘과 물자의 상당 부분을 부대를 염탐하고, 통제하고, 획일화하고, 노선대로 추종하도록 만드는 데 쓰고 있어요. 경찰이 인민군 안의 또 하나의 군대로 커버렸어요. 정보기관과 심문기관들이 점점 늘어나고, 구치소, 감옥, 조사위원회, 특별재판소의 활동은 점점 더 많아지고 있어요. 뮌처의 말이 이어졌다. 우리의 의식이 분열될 위험에 처했습니다. 자신의 생각과 맞지 않는 지시들을 규율 때문에 따르면서, 의식이 지속적인 압박을 받는 거예요. 북부전선에서 귀환한 뒤, 재투입되기 전에 알바세테의 부대로 왔다가 쿠에바로 우리를 방문한 아이시만이 뮌처의 말을 받았다. 체제에 순응하려고 애쓰는 건 정치와 군대의 지도부만은 아닙니다. 우리도 그렇게 합니다. 사실 그건 우리의 투쟁을 실행하기 위한 전제죠. 누구도 전쟁을 혼자 힘으로 치를 수는 없는 겁니다. 우리는 지휘에 수반되는 원칙들을 인정할 수밖에 없어요. 아이시만은 자기로서는 지금 의사 표현의 자유를 고집하고 분파를 조장하는 사람은 누구라도 제거한다는 데 동의할 수밖에 없다고 했다. 내 뒤에 통일된 확고한 전술이 있고, 내가 그것을 전제할 수 있다는 것, 그리고 필요하면 폭력적 수단을 써서라도 그 전술이 고수될 거라는 사실이 전선의 자신에게는 유일한 확실성이었다고 말했다. 그는 믿음직한 동지들만 스페인에 온 것이 아니고, 모험가, 사기꾼, 첩자 들도 왔다고 했다. 따라서 어떤 방해 세력이 거침없이 활동하게 놔두는 것보다, 조금이라도 의심스러우면 개입하는 편이 낫다고 말했다. 무엇보다, 점점 강해지는 반동 세력들이 호시탐탐 노리고 있는데, 유럽

남부의 요새인 이곳에는 우리밖에 없다고 했다. 만일 후방의 질서가 무너지는 것을 군대가 알게 된다면, 그건 군의 기강에 치명적이라고 했다. 뮌처가 말을 받았다. 전투에서는 우리의 목표와 정부의 목표 사이에 어떤 차이도 없습니다. 전선에서는 부대원과 장교들이 절대적인 신뢰 속에서 서로 단결하고, 모든 행동에서 서로 의지하죠. 전선에서 명령을 받았는데 무시하는 경우는 결코 없죠. 그런데 우리가 어쩔 수 없이 휴식 중인 지금, 반목을 조장하고 키우고 있다는 겁니다. 생각이 다른 사람, 이단자, 변절자를 우리 틈에서 찾아내야 하니까요. 갑자기 우리가 스페인에 온 동기를 설명해야 하는 상황에 처했어요. 이런 의심은 모욕이며 굴욕입니다. 뮌처가 물었다. 누가 지도부에게 우리를 이렇게 창피 주고 무력하게 만들 권한을 주었나요. 그의 말은 계속되었다. 우리가 처한 모순때문에 분열된 인간들이 생겨난다는 제 주장은, 언제나 우리를 종속된 위치에 서도록 강제하는 그 패턴을 두고 하는 말입니다. 우리가 스스로 사고하기 시작한 이래, 우리는 바로 우리 자신의 것들, 우리 계급 고유의 것들을 갈구해왔어요. 그리고 우리에게 강요되는 것들을 비판하고 거부하려고 노력했지요. 마르크스가 가르치려고 했던 건, 노동과 우리 자신의 관계를 새롭게 이해하는 것이었다고 나는 생각해요. 필요한 건 적응이 아니라, 우리를 종속된 존재로 만드는 체제들을 파괴하는 겁니다. 그런데 생산수단을 우리 손에 넣는 대신, 반쪽짜리 해결로 만족하라는 요구를 우리에게 하고 있단 말이죠. 우리가 앞으로 나아갈 때, 동시에 다른 종류의 힘, 그러니까 억압하는 힘도 함께 커졌어요. 이제 나아졌다고 생각한 지점에서 바로 퇴행이 시작된 거죠. 우리와 직접 관련된 어떤 걸 이야기할 때마다, 그런 건 이미 다 지나간 문제라고 단정하곤 했죠. 아이시만이 말을 받았다. 대표직이나 지휘 업무를 맡은 많은 사람도 우리처럼 자유를 제약받으며, 우리처럼 정답을 찾는 데 어려움을 겪는다고 했다. 이들도 임시처방, 과도기적 형태, 타협안 이상을 만들어낼 수 없으며, 그것만도 대단한 거라고 했다. 우리의 전진과 동시에 적의 힘 역시 점점 강화되고 있으며, 그 힘은 우리를 정지시키고 무력화하려 든다고 했다. 뮌처가 입을 열었다. 우리는 적과 공공연하게 전투를 벌이는 중이죠. 그런데 상급자들의 활동 조건을 배려해서 불만족스러운 것, 임시방편, 일탈, 명백한 오류 들을 언제나 그냥 넘깁니다. 아이시만은 우리가 그 자리에 있다 해도 더 잘하기는 어려웠을 거라고 말했다. 우리는 강으로 내려가는 비탈을 따라 걷고 있었다. 동굴 옆을 지나고, 무너진 축사가 남겨놓은 돌무더기를 건넜다. 걸으면서 뮌처가 입을 열었다. 아이시만의 말은 맞지 않다고 했다. 언제나 기본적인 부담은 우리가 맡고, 행정은 다른 사람들에게 위임한다면, 강압적 체제를 해소하려는 원래 목표에서 우리는 점점 더 멀어진다고 했다. 그가 말했다. 10월 혁명 이후 이제 20년이 지났죠. 그런데 가부장적 국가, 관리와 간부들의 지도와 보호, 장교 계급, 맹목적인 복종, 최고 명령권자의 위엄이 유지돼야 하는 이유를 우리는 여전히 대고 있어요. 그래야 할 이유가 노동자 지배라는 목표를 위해 우리가 넘어야 할 단계들보다 더 많아요. 나는, 스페인에서는 사람들이 숙명론에 기대면서 구체제가 천천히 고사하기를 기다리지 않고, 필요하다면 단호하게 속속 청산할 것으로 믿었어요. 그렇게 믿었기 때문에 이곳에 왔고. 하지만 여기서도 사람들은 좁은 길을 간다는 것, 그리고 그 길에서 벗어나려는 모든 걸 잘라버린다는 사실을 인정하지 않을 수 없었어요. 이제 나는 생존 투쟁을 하는 셈이라오. 내가 추구하는 것이 지도부가 내게 투사하는 것과 다르다는 사실이 드러나지 않도록 말이지. 맨 아래쪽 지층이 강물에 깊게 파여 나간 맞은편 강가에서 메추라기들이 푸드덕 날아올랐다. 그러자 무수한 잎사귀가 사각대는 소리가 밀려들었다. 가지들이 넝쿨로 잔뜩 뒤덮인 포플러들이었다. 바람에 따라 커졌다가 잦아들곤 했던 그 소리, 하지만 단 한 번도 완전히 그친 적이 없었던 그 소리. 첨탑의 계단부에 있는 내 방에서 밤에도 들을 수 있었던 소리였다. 우리는 나무가 빼곡한 숲을 따라 걸었다. 부드러운 땅, 11월인데도 이곳에는 회색이 감도는 보랏빛 이끼류들이 피어나고 있었다. 이끼는 로메로라고 했다. 떫은맛의 야생 아스파라거스가 나무뿌리 사이에서 자라고 있었다. 작은 모기 떼가 부풀어 오르듯 커지더니, 한동안 우리 머리 위에서 움직이지 않고 머물러 있었다. 그러더니 갑자기 날아올라 강 저편으로 사라지는가 싶다가, 다시 수목이 뒤엉킨 숲 속으로 돌아가버렸다. 우리는 얼음장처럼 차가운 물이 거칠게 흐르는 좁은 강을 징검다리 돌을 밟으며 건너뛰었다. 그리고 가파르게 솟구친 희끗하고 누런 사질 지형물 아래로 계속 걸어갔다. 뮌처가 조심한 건 잘한 거라고 아이시만이 말했다. 카바예로가 자리에서 쫓겨나고 이제 체포까지 된 마당에, 비판은 국가반역죄라고 했다. 전직 수상의 체포 소식을 라디오에서 청취한 우리는 그가 반공화국 세력에 가담했다는 해설을 달아서만 다시 내보낼 수 있었다. 홀에서 가졌던 토론에서는 아무도 인민전선의 창시자 중 하나였던 카바예로의 몰락을 입에 올리지 않았다. 카바예로는 동맹정책에서 자신의 몫을 해냈다. 그는 어느 정도까지만 설득이 가능했다. 그는 정해진 것 이상 협력할 자세는 아니었다. 의견 차이가 불거졌을 때, 당은 이미 힘이 강해져서 수상과 아나키스트 각료들을 실각시킬 수 있었다. 그런 정치 공동체가 꼭 양 진영의 조화로 끝나야 하는 건 아니었다. 흔들리는 사람들의 마음을 우월하고 통찰력 있는 행동으로 장악하는 식으로 나아갈 수도 있었다. 이것은 역사적 힘에서 오는 승리였다. 더 이상 지도부와 맞지 않는 사람은 누구라도 배제되어야 했다. 그가 과거에 어떤 직무를 수행했는지는 상관없었다. 인민전쟁에서는 단 하나의 노선만이 유효했다. 전술은 오로지 하나의 방향으로만 구사할 수 있는 것이었다. 정치에서 도덕 개념은 인간관계에서와는 다른 척도를 가졌다. 정치에서는 현실감각으로 결정을 내렸다. 현실감각이 따지는 건 감정이 아니라 실용 가치였다. 친구 아니면 적이 존재할 뿐이었다. 공식적 설명에 따르면, 카바예로는 우유부단하고 무능했다는 것이었다. 그는 군사적 실패에 책임을 져야 했다. 5월, 카바예로는 닌의 조직을 공격하기를 거부했고, 그럼으로써 그의 불충이 공공연히 드러났다. 뮌처가 입을 열었다. 카바예로는 자신이 노동자들의 지도자라는 위치에 있으면서 노동자 조직을 해체한다는 건 맞지 않다고 생각했죠. 또 정부 반대편 사람들을 여전히 애국자라고 생각하고 있었고. 아이시만이 말을 받았다. 하지만 우리의 정책에 맞섬으로써, 그들은 파시즘을 도운 셈이었어요. 공산당이 인민전선을 지켜내리라는 걸 증명하는 게 관건이었다. 그건 스페인만을 위해서가 아니라, 영국, 프랑스와 함께 반파시즘 동맹을 세우려는 소련의 노력을 이어가는 데도 필수적이었다. 공화국은 서구 열강의 존중과 신뢰를 얻어야만 했다. 스페인이 혁명적 변혁을 지지한다는 의구심을 조금이라도 불러일으켰다면, 제네바 및 서구의 여러 외교 중심 도시에서 진행 중이었던 위태위태한 협상들은 물거품이 되었을 것이다. 스페인을 수호하기 위해 싸우는 것과 동시에 소련을 지켜내야만 했다. 소련이 위험해지면, 우리도 결국 패배하게 될 테니까. 뮌처가 말했다. 내가 당의 정책을 인정하지 않으려는 게 아니에요. 내가 지적하는 건 어떤 근본적인 문제라오. 당내에서 우리의 존재에 관한 것이지. 우리가 대적하는 적은 너무나 비열해서, 그 앞에서 당의 모든 결함과 잘못은 사소한 것으로 보이지. 하지만 그런 이유에서 침묵하는 것과, 열등함을 드러내는 침묵은 별개죠. 우리는 우리를 지키려고 조직을 세운 거라고. 조직이 우리의 의식을 촉진해야지, 순종심을 조장해서는 안 되는 거죠. 우리의 조직들은 연대하려는 우리의 의지, 함께 행동하려는 우리의 의지에서 생겨났어요. 진보와 해방을 향한 우리의 길에 대한 가능한 모든 상상은 바로 이 연대의 사유에서 나오는 거라오. 그런데 우리가 습관적인 단점을 버리지 않고, 의무를 수동적으로 받아들이고, 조직에 도움을 바라기만 하고, 조직이 우리를 단순히 끌고 가도록 놔둔다면, 우리의 참여는 별 가치가 없겠죠. 뮌처의 말이 이어졌다. 오히려 조직이 개개인에게 자신의 몫을 하라고, 함께 이끌어가자고 끊임없이 요구해야 하는 거죠. 우리는 어릴 적부터 우리를 옭아매려는 거짓들에 맞서 싸우면서 우리의 입장을 선택했어요. 임금 투쟁에만 관심이 있는 노조의 경박한 개혁주의 여론과 탈정치에 빠지지 말고, 전체 사회와 경제, 문화를 스스로 이해하자고 다짐했죠. 그가 말했다. 그런 근본적인 문제들을 이해했기 때문에, 우리가 여기 있는 거요. 그리고 지금, 바로 그런 지적 노력이 더 알려는 우리의 열망에 가해지는 억압에 저항하는 거고. 우리에게 요구되는 순종을 언제나 철저한 연대의 입장에서 생각해봐야 한다오. 100퍼센트 단결해야만 냉혹한 전투를 수행할 수 있다는 건 인정해요. 하지만 결코 우리를 불투명한 상태, 위선, 신비화에 묶어두지 않는다는 게 분명해야죠. 우리가 그렇게 적당히 넘어간다면, 고국에서 파시즘이 선동한 환상에 빠져서, 자신을 부정하고 민족주의와 인종주의와 국수주의의 쓰레기를 삼킨 수백만 명의 사람들에게 할 말이 없어요. 제국 영토 수복이니, 피와 땅이니, 기쁨의 힘이니, 모성적 여성이니, 강한 남성이니, 감사할 줄 아는 어린이니 하는 슬로건들, 내려주기만 하면 어떤 구호도 앵무새처럼 떠들어대는 사람들,

천박한 유행을 따르듯 신이 나서 양털 모자 장식과 엽도를 갖추고, 유니폼 줄을 달고, 징이 박힌 장화를 신는 수백만 명의 사람들에게 말예요. 모래 비탈을 손으로 훑으며 뮌처는 말을 계속했다. 그런 일이 벌어질 수 있었던 건, 토양이 척박했기 때문이라오. 노동운동이 고유한 가치를 살리지 못했기 때문이라오. 정원용 난쟁이 인형이나 카나리아, 수놓은 방석이나 휴식과 안락함을 말하는 벽 장식용 경구들에 노동자들이 아주 쉽게 감동을 받았기 때문이지. 그렇게 눈이 먼 사람들이 이제 거짓 안전과 거짓 평화, 거짓 풍요와 거짓 완전고용이라는 새 질서를 얻었지. 그런데 만일 우리가 자신의 모든 행동을 대변할 만큼 강하지 않다면, 만일 우리마저 자기부정과 불확실성과 강요에 갇혀 꼼짝 못한다면, 어떻게 우리가 이 새 질서에 효과적으로 대적할 수 있겠어요. 아이시만은 협박과 맹목의 이 시대에 절대주의를, 극단적 강압을 완전히 내재화한 적을 물리치려면 권위적인 권력이 필요하다고 말했다. 그러자 뮌처가 응수했다. 공포정치와 싸우기 때문에, 내가 사용하는 수단과 관련된 정보를 언제라도 줄 수 있는 권리가 없어진다는 것을, 나는 납득할 수 없어요. 미래를 위해 투쟁하는 우리가 그런 태도를 유지한다면, 그건 치명적이라오. 우리의 후대는 틀림없이 그런 태도를 버리게 될 거야. 뮌처의 말이 이어졌다. 마야콥스키, 마야콥스키가 우리의 비전을 제대로 표현했어. 뮌처가 너무 크게 말했기 때문에, 강의 양쪽 언덕에서 이 이름이 메아리쳐 울렸다. 마야콥스키는 오로지 대중의 정의감을 말했어. 우리는 그의 말에서 우리 자신의 느낌과 생각을 만날 수 있었다오. 많은 내용이 열광적이고 유토피아처럼 들렸지만, 그건 정확히 10월 혁명의 정신이었어요. 혁명의 진행이 아직 한참 불확실했던 때였는데도 말이지. 그게 출발점이었어요. 나는 그런 마음에서 시작했던 거였지. 1920년대 말, 도제였던 나는 레닌이 추구했던 그 길을 그렇게 가기 시작했다오. 나는 그 길을 언제나 우리 자신이 사는 영역과 연관해서 생각했죠. 작업장에서, 우리의 주거 구역에서 그 길을 찾으려고 했죠. 이런 곳이야말로 우리에게 유효한 것을 찾을 수 있는 유일한 장소들이었거든. 우리는 늘 마야콥스키를 얘기했다오. 마야콥스키는 특정 인물의 이름이지만, 다른 인간들을 같이 끌어주었던 거지. 그 이름은 우리도 표현 능력이 있다는 메시지였지. 우리 모두 말하고 창조할 수 있다는, 늘 쓰레기 사이에 있는 우리가 어떤 일도 할 수 있는 가치 있는 존재라는 메시지였지. 이 순간, 로스 예사레스[231]의 물레방아와 마주 선 뮌처가 외쳤다. 국가 통치권으로 무장하고, 완벽과 불가침의 특권으로 치장한 모든 것을 난 증오해. 마야콥스키가 우리의 수호 화신이었던 만큼, 그의 죽음, 그의 자살은 우리의 추락이기도 했다네. 불현듯 우리는 깨달았다. 우리가 우리 앞에 놓인 약속된 미래를 만드는 일에 여전히 착수조차 하지 않았다는 것을. 우리는 불현듯 다시 느꼈다. 노동이 얼마나 우리를 소모시켰는지, 생존의 근심이 우리를 얼마나 지치게 했는지, 우리가 스스로의 교육을 위해 힘을 내는 데 얼마나 무능했는지. 이 지점에서 강은 댐에 막혀서 물레방아 쪽으로 갈라졌다. 그러나 물레방아의 날개들은 멈춰 있었고, 보에 갇힌 회녹색 물은 미동도 없었다. 옆으로 난 좁은 지류에서만 물이 흐르고 있었다. 물은 부서진 콘크리트 더미와 무너져가는 좁은 나무다리 아래 부서진 기둥들 사이로 사라졌다. 우리가 다가간 맞은편 건물들 역시 무너지고 폭파된 채 텅 비어 있었다. 그것은 아마도 축사와 그 옆 건초 창고의 잔해였을 것이다. 황폐해진 주택에는 아직도 가구 몇 개가 놓여 있었고, 축축한 벽에

---

231) Los Yesares: 알바세테 근교 북동 지역으로 고대부터 석회채굴장이 있었다.

는 곰팡이가 피어 있었다. 이 모든 것이 아마 뮌처로 하여금 자신의 삶을 떠올리게 했을 것이다. 식자공인데 이제 외눈박이가 됐으니, 더 이상 쓸모가 없어졌다고 뮌처는 말했다. 그의 아내는 물론 압박을 받았기 때문이겠지만, 두 아이 때문에, 또 교사직을 잃지 않으려고, 이혼 신청을 낸 상태였다. 이것 역시 인민전쟁의 일부였다. 전투행위에서 멀어진 순간, 언제라도 과거와 혼란이 다가왔다. 가족의 거처가 불안해졌다. 하지만 전선에서 요구되는 것과 동일한 강건함을 개인적인 문제에서도 견지해야 했다. 사실 스페인에서 보여준 용기와 희생정신을 제대로 평가하려면, 개개인에게 매일 어떤 절제와 자기극복이 필요했는지 함께 보아야 했다. 영웅성의 가장 큰 부분은 눈에 보이지 않았다. 보이는 것은 단지 전선 여기저기서 돌진하는 부대들이었다. 이 돌진하는 행위에 담겨 있는 인간의 삶은 정식 보고 대상이 아니었다. 그것은 가까운 사람들 사이에서도 농담 정도로, 또는 웃거나, 가벼운 제스처로 얘기하고 그냥 흘려버리는 대상이었다. 왜 그런 일이 벌어졌는지, 왈가왈부해서도 안 되었다. 이 엄청난 수의 인간이 결집하고, 이 엄청난 사회적 힘들이 충돌하는데, 달리 어쩔 수 있었겠는가. 사람들은 개인의 삶을 가지고 이곳에 도착했지만, 그들의 과제는 하나로 엮인 사슬이 되는 것이었다. 누구나 자기 자신을 생각할 수 있었지만, 누구나 전체의 일부로서만 간주되었다. 한 명이 없어지면, 그 빈자리는 다시 메워져야 했다. 그의 무덤처럼 그 역시 이름 없이 남아 있을 것이다. 그가 과거에 존재했다는 표시가 한 가지는 남을 수 있었다. 안개에 휩싸인 텅 빈 집을 가리키며, 뮌처가 한 이탈리아 자원병을 입에 올린 지금처럼. 여기서 한 이탈리아 병사가 농부가 쏜 총에 맞아 죽었다고 했다. 농부의 아내와 병사가 사랑을 나눴다고 했다. 담담한 말이었다. 고통, 공포, 절망은 더 이상 없었다. 그때 총성이 들렸다면,

아마 얘기가 돌고 돌아 마르티가 로스 예사레스의 계곡 강변에서 즉결재판을 했다는 소문으로 변했을 것이다. 어느덧 오르막길이었다. 뮌처는 모래언덕을 따라 요양원으로 돌아갔다. 나는 아이시만을 조금 더 바래다주었다. 아마도 아이시만은 나를 다시 보지 못할 거라고 생각했는지 모른다. 지금 그는 이 전쟁에서 사람들이 말하지 않는 어떤 것을 내게 털어놓았다. 그는 한 얼굴 이야기를 했다. 저 위쪽 저수탑 뒤편 골목에 도열해 있던 문들, 그중 한 문에 서 있었던 반짝이는 눈과 짙은 갈색 피부의 갸름한 얼굴을 기억하느냐고 그는 내게 물었다. 어렴풋이 그 여인이 기억에 떠올랐다. 아이시만은 그녀를 다시 찾아갔던 것이다. 마치 내가 그를 위해 그 일을 잘 간직해줄 것처럼, 아이시만은 내게 뭔가를 설명하고 싶어 했다. 지불이라는 문제에서 벗어나고 싶어서, 그는 그녀에게 자신이 가진 것을 모두 내주었고, 그녀는 금방 그를 이해했다. 그 여인은 자신을 판 게 아니었다. 두 사람은 자유의지로, 서로를 위해 함께 있었다. 그가 이 말을 했을 때, 시간은 이미 저녁이었다. 희미한 안개가 피어올랐다. 우리는 경비 초소 벙커에서 좀 떨어져 서 있었다. 막사 사이로 트럭들이 오고 있었다. 밤을 틈타 중대를 격전 중인 테루엘 근방 산악 지대로 수송하기 위해서였다. 처음에는 어쩐지 마음이 불편했다고 아이시만은 말했다. 문이 쾅 닫힌 뒤, 느슨하게 쳐진 카펫 아래 놓인 나지막한 침상 쪽으로 걸어가면서, 온갖 병에 걸려서 이 배신의 죗값을 치르기를 바랄 정도였다고 했다. 그런데 그녀의 앙상한 어깨와 허리에서 검은 누더기 옷을 벗겼을 때, 그런 생각은 몽땅 잊어버렸다고 그는 말했다. 그의 말이 이어졌다. 거즈로 덮인 상처, 카펫의 금색 무늬에 반사된 석유램프 불빛, 시끄럽게 바스락대던 종이, 종이로 만든 바다 이야기. 그의 손은 황금빛 먼지 사이를 훑고, 거품을 헤집고, 흩날리는 얼음 가루 사이로 미끄러졌다. 잠시 나는 그가 꿈 얘기를 한 건 아닐까 생각했다. 하지만 다음 순간, 아이시만은 벌써 등을 돌려 가버렸다. 그의 한 조각 현실이 내게 남겨졌다.

우리가 홀에 모인 건 기념일 때문이었는데, 그날은 내겐 특별한 의미가 있었다. 20년 전, 저녁 8시, 가발과 안경으로 변장한 레닌이 낡은 모자를 깊숙이 눌러쓰고 목도리를 턱까지 감은 채, 노동자 라챠와 함께 스몰니[232]를 향해 길을 나섰을 때, 내 어머니는 베저 강변의 산부인과 병원에서 진통을 시작했다. 자정쯤 레닌이 위층에는 귀족여학교가, 바로 옆으로는 넝마 같은 군용 외투 차림의 소비에트회의 대표자들이 빼곡히 들어찬 대강당이 보이는 복도 끝 방에서 모든 변장을 벗어놓았을 때, 그리고 오로라 호의 6인치 구경 대포를 떠난 포탄의 굉음이 울렸을 때, 내 아버지는 여전히 대기실에서 초조히 서성이고 있었다. 그리고 11월 8일 새벽 2시 10분, 알바세테의 커피숍 창문 너머로 비쳤던 모습 그대로, 테가 넓은 부드러운 모자에 무테안경을 쓴, 어깨가 좁은 안토노프 오브세옌코, 내가 대부라고 부르는 그 오브세옌코가 겨울궁전에 있던 임시정부 각료들의 체포를 선언했을 때, 내가 태어났다. 내가 막 씻긴 후 포대기에 싸여 누웠을 때, 이제 진정한 혁명 질서를 대변할 노동자, 군인, 농민 소비에트에 모든 권력이 이양된다는 선고가 떨어졌다. 개회사에서 호단이 말했다. 신생 소비에트 국가는 현재 스페인공화국처럼 모든 게 부족했

---

232) 1806~1808년 귀족계급 소녀들을 위해 페테르부르크에 건립한 러시아 최초의 여성 기숙학교. 10월 혁명 당시 볼셰비키의 참모본부로 사용했다.

죠. 생필품도, 군사 장비도 없었던 만큼, 의견 다툼과 적대적 경쟁 관계들도 많았죠. 모든 혁명운동과 인민전쟁에는 대립과 격렬한 갈등이 존재할 수밖에 없습니다. 굶주림과 물자 부족을 피하기 어려운 것과 마찬가지로요. 그것은 투쟁의 자연스러운 일부죠. 사회적 변혁이 시작되면, 이해관계가 정확한 두 개의 계급만 대립하는 게 결코 아닙니다. 무력 충돌 전체를 추동하는 적대감은 언제나 투쟁하는 각 진영 내부도 장악합니다. 우리가 단결과 공동 행동을, 상호 이해 및 연대를 외치면서 공격의 기세를 올릴 때, 그곳에는 언제나 상이한 종류의 견해, 노력, 목표 들이 함께 부글대고 있죠. 노선에 합의하고, 공동의 적에 대항해 협력하려는 마음은 언제나 또 다른 욕망에 직면합니다. 내게 절대적 선이고 진리인 어떤 것을 실현하려는 욕망입니다. 하지만 그것은 일부 사람들의 생각일 뿐, 또 다른 사람들은 자신들이 생각하는 진리와 다르다고 여기죠. 처음 돌파할 때는 이런 모든 것이 사소할 수 있고, 그래서 곧 잊힙니다. 그때 정말 혁명적인 것이 생겨납니다. 새로운 것, 새로운 인간의 단초가 탄생합니다. 그것은 이념이 물리적 힘으로 바뀌는 순간입니다. 그때에는 지금까지 몰랐던 가치를 만들어내는 바로 그 힘이 모든 사람을 추동합니다. 하지만 이런 상태는 결코 계속될 수 없죠. 무언가 기반을 만들어주어야 합니다. 그러지 않으면 그런 상태는 금방 와해되고 흔적도 없이 사라집니다. 그래서 이론은 행동을 향해 돌진해서, 숙고한 결과임을 주장하며 매 단계 자기 식으로 관철하려고 듭니다. 이론은 언제나 실천보다 더 논란을 부르게 마련이고, 그래서 첫 단계가 지나면 바로 위기가 오죠. 별로 고민하지 않았던 확실한 생각에 불화가 스며들고, 서로 어긋나는 복잡한 생각으로 행동의 단순함은 사라져버립니다. 그래서 공동의 목표를 향해 노력하던 사람들 사이에 가장 심한 경계선들이 생기고, 서로 물고 뜯는 지경까지 가는 모순된 상황이 발생하는 겁니다. 역사에 대한 넓은 안목과 함께, 가장 끈기 있고 가장 영리한 리더십만이 수많은 흐름을 모아 지속 가능한 통합을 이루어낼 수 있죠. 호단이 말했다. 비싼 대가를 치르고 얻은 브레스트리토프스크[233]의 평화 이후, 중요한 건 혁명의 보존이었죠. 그가 물었다. 그렇다면 사회혁명주의자들의 봉기를 진압해야 했던 건 아니었을까요. 내전이 끝나고 연합국의 간섭을 물리친 후에 터진 크론시타트의 폭동도 마찬가지고요. 소비에트 국가를 건설하는 동안, 그리고 지금까지도, 반대파들은 다양한 활동 무대를 갖지 않았던가요. 그래서 지금 재판에서 폭력으로 받아칠 수밖에 없도록 말이죠. 호단의 말이 이어졌다. 복잡하고 기나긴 정치적 과정에 우리의 사소한 개인적 잣대를 들이대서는 안 됩니다. 역사의 기관차 옆에서 우리는 미미한 존재입니다. 비록 우리의 전무후무한 창의적인 행동이 역사의 기관차를 움직였지만 말입니다. 호단은 자신이 처음 소련을 방문했던 경험을 이야기했다. 가난하고, 경제와 산업은 낙후되었고, 여전히 내전의 후유증을 겪고 있었는데, 사람들은 제1차 5개년 계획의 실행에 막 착수한 참이었다. 운송 수단도, 적합한 장비도 없이, 사람들은 굴착공사를 하고, 비계를 세우고, 건물의 기초를 세우려고 팔을 걷어붙였다. 많은 사람이 이미 새로운 세대였다. 10월 혁명을 일으켰던 사람들의 아들과 딸들이었다. 나이가 많거나 적거나, 그들 모두가 공장을 세우고, 댐을 건설하고, 기계 장치를 건설했다. 설계 도면을 하나하나 힘들게 해독하면서, 배송된 기계를 조립하

---

233) Brest Litowsk: 백러시아 서남부의 도시인 이곳에서 1918년 3월 6일 러시아 볼셰비키 정부와 주축국의 주도국이었던 독일 제2제국 사이에 이른바 브레스트리토프스크조약이 맺어졌다. 내전으로 위기에 처한 볼셰비키 혁명정부는 이 조약으로 제1차 세계대전에서 벗어난다.

느라 골치를 썩이면서, 매일매일의 노동에서 수학과 정역학, 수력학과 전기역학을 배우고 있었다. 이 몇 년간의 확신과 집요함은 우리에게도 전파되었다. 초원 한가운데, 우랄산맥의 동남쪽, 마그니토고르스크 산 앞에서, 야금 콤비나트 건설을 위해 마차들이 줄지어 미국산 부품들을 실어 나르고, 과거 배꾼이거나 유목 목동이었던 건설 노동자들이 손수레와 곡괭이와 삽을 들고 와 땅을 파고, 흔들거리는 나무판자 구조물에 지지해 최초의 용광로를 위한 기초공사를 하고, 2년간이나 산자락에서 천막 생활을 하면서, 점점 올라가는 제련 공장 옆에 신도시 하나를 천천히 탄생시키고, 장차 굴착기와 트랙터와 터빈을 생산할 공장의 돌 하나하나를 쌓아 올리는 것을 눈앞에서 보게 되었으니까. 거대한 수력발전소가 동시에 건설된 마그니토고르스크와 드네프로페트로프스크, 그 두 이름은 혁신의 메시지가 되었다. 그 두 이름은 모든 결핍에도 불구하고 정해진 목표를 향해 나아갈 수 있는 인간의 능력을 보여주었다. 이런 건물들을 이미 오래전부터 있었던 서구 국가의 건물들과 견줄 수는 없었다. 뮌헨 베르크의 『노동자 화보 신문』에 실린 르포 사진들은 상류층에겐 조롱의 대상이었다. 문명을 실험하는 사진 속 사람들은 문맹자들이었다. 황무지에 들어선 공장 하나, 발전소 하나가 뭐 대단했겠는가. 유럽과 북미에서는 엄청나게 넓은 구역에서 굴뚝들이 치솟고, 곳곳에서 발전소가 윙윙대며 돌아가고, 자동 컨베이어 벨트가 자동차와 농업용 기계들을 뱉어내는데. 사람들은 소련의 노동자들을 깔보았다. 단지, 끈기와 상상력이 가득한 이 노동자들의 규모만큼은 약간 불안감을 일으켰다. 우리 눈에는 소련에서 만들어진 것이 디트로이트나 루르 지역의 것보다 우월했다. 자본을 소유한 자가 아니라, 생산하는 자에게 이익이 되는, 그런 생산이 이제 여기서 처음으로 시작되었기 때문이다. 부자 나라들은 거들먹거리며 러시아 노동자들의 궁핍한 삶을 꼬집었다. 하지만 우리는 그들 나라에 살고 있는 몇 배나 더 가난한 수백만 인구를 상기시켰고, 그들의 부를 떠받치는 착취를 지적했다. 그렇다. 서구의 국가들은 소련에는 없는 식으로 부를 모았고, 재화를 독점했다. 그들은 강탈한 재화로 으스대며, 그들이 자랑하는 우월한 사회체제가 불쌍한 민족과 대륙들의 부담 위에 서 있다는 사실은 침묵했다. 우리는 도로가 나고, 철로가 깔리는 것을 관심 있게 주목했다. 모든 것이 아직 시작 단계여서, 실수도 있었고 부족함도 있었다. 서방 세계의 조롱은 어느덧 당황으로 바뀌고 있었다. 드네프르 강에서는 발전기가 돌기 시작하고, 독일에서 파시즘이 성공적으로 돌파하기 1년 전, 마그니토고르스크의 용광로에서는 불길이 치솟고, 이 도시 주변으로 주민 수가 10만 명을 넘어서고, 차르코프에서는 트랙터가 줄지어 나오고, 고리키에서는 트럭이 생산되고, 쿠즈네츠크 탄전에서는 석탄이 줄줄이 실려 나오게 되자, 서방 문명의 주도자들은 분노의 소리를 높였다. 노동자와 농민들이 독자적인 산업국가로 자신들에게 맞서는 일은 있어서는 안 되었기 때문이다. 그런 국가라면 스스로 무장할 수도 있을 테고, 그러면 숨기고 싶은 자신들의 공격심에 맞서 방어를 할 테니까. 홀에는 요양원의 모든 사람이 모여 있었다. 몇몇 중환자도 들것에 실려왔다. 중앙 홀과 옆방, 그리고 계단 층계마다, 그리고 붉고 푸른 유리창 아래편 붙박이 좌대에도 사람들이 꽉 들어찼다. 위층 복도 난간 사이로는 다리들이 줄줄이 드리워져 있었다. 정적의 순간이면 꺾인 계단참에 서 있는 커다란 괘종시계, 파인골드가 아침마다 열쇠로 감아주던 괘종시계의 재깍대는 소리가 들려왔다. 끽끽거리는 시계는 15분마다 종소리를 울렸는데, 그 공명이 방금 던져진 말의 의미를 더욱 부각시켰다. 파괴를 딛고 이룩한 창조를 생각하자, 선구자들의 자부심이 우리 내면에서 꿈틀거리기 시작했다. 소련 예술에 나타나는 영웅적이고 장중한 경향은 그 업적의 서사성에 정확하게 부응하는 것이었다. 외부인에게는 감상적이고 이상주의적으로 보일 수 있었다. 하지만 러시아 농민들처럼 대부분 교육을 제대로 받지 못한 우리들에게 일견 그것은 1백 년을 꿈꾸어온 이상향의 실현이었다. 아마 뮌처는 생각이 달랐을지 모르겠다. 이상향은 아직 실현되지 않았으며, 노동자 국가를 건설한 사람들은 아직 그 분투의 대가를 받지 못했다고 생각할 것이다. 그렇다면 우리가 꿈꾸는 것이 뮌처에게는 신파극일 수 있었다. 하지만 나는 뮌처 역시 이런 작업의 이유와 목적에 동의하고 있으며, 이미 이룬 성과의 보존을 정말 중요하게 생각한다는 걸 알 수 있었다. 한 광부가 제련소의 평로와 압연 라인을 거론하며 기술적인 세부 내용을 말할 때 내 옆에서 경청하던 뮌처를 본 적이 있다. 말없이 경청하던 그가 직접 나서서, 저수된 물이 어떻게 좁아지면서 낙하 속도가 빨라지는 수갱을 거쳐 나선형 급수관으로 들어가는지, 그래서 어떻게 터빈의 날개를 돌게 하는지, 어떻게 수력으로 에너지를 만들어 소련이 전기를 더 가질 수 있는지 직접 설명했다. 그는 단지 모든 문제를 완벽하게 설명하려는 마음에서, 모든 면을 들여다보았고, 특히 실수나 오류, 실패를 언급했던 것이다. 무조건적 수용보다 오히려 그런 비판적인 접근이 대상을 더 높이 평가하는 거라고 호단이 말한 적이 있다. 왜 소련에 대해 쓴 책에서 부정적인 발언을 했느냐는 질문을 받았을 때였다. 그는 전적인 수용은 언제나 약점이 있다는 방증이라고 했다. 우리는 러시아의 노동자들이 처했던 문제들과 직접 씨름해보고, 그들이 실천한 해답을 따라 해보았다. 이 모든 건 피아노에서 끽끽거리며 울리던 아이다 행진곡으로 전체 행사를 마친 뒤, 몇 주에 걸쳐 진행되었다. 우리 중 많은 사람이 물리학 법칙을 이용한 과학적 논증을 처음 경험했다. 우리가 균형을 잡을 수 있다는 것, 다림줄과 각도기와 수준기로 제작된 물체가 그 자리에 서 있다는 것을 우리는 당연하게 생각해왔다. 이제 대화를 나누면서, 우리는 지식을 갖게 되었고, 물체의 항상성과 운동의 조건을 이해하게 되었다. 우리는 모두 공구를 사용하고, 나사를 조이고, 레버를 누르는 일을 해왔다. 선반을 돌리고, 금속을 절삭하고, 리벳을 조이고, 모터를 조립하고, 석탄을 채굴하고, 길을 다지고, 알바세테의 부대식당 벽화에 있던 것 같은 일직선의 건물들을 건설하기도 했다. 하지만 정지나 위치 변화를 야기하는 힘들이나, 또는 한 물체의 운동과 크기는 언제나 다른 물체와의 관계 속에서만 생겨난다는 기초적인 지식에 대해 말할 줄 아는 건 하나도 없었다. 10월 혁명은 지나간 과거가 아니었다. 그것은 바로 현재의 사건이었다. 10월 혁명은 쿠에바 데 라 티아 포티타의 외딴 땅에도 찾아들었고, 근래의 의욕부진과 무기력을 몰아냈다. 우리는 모임에 참석하러 농가로 가곤 했는데, 그럴 때면 흙길에서, 헛간과 마구간 사이에서, 과거 집주인이었던 죽은 포티타 아주머니의 영혼이 다시 살아오는 것 같았다. 그리고 옛 스페인식의, 굴속같이 낮은 방에 앉으면, 우리는 변화된 삶을 얘기하는 소리들을 들었다. 토론이 진행되면서, 우리 중에 수학자와 천문학자가 한 명씩 있다는 것이 밝혀졌다. 수학자는 건설 노동자였고, 천문학자는 선원 출신인 스웨덴인이었다. 두 사람은 노동과 대학 학업을 병행했다. 이 수학자 덕분에 우리는 시간 및 공간에 대한 생각의 혼란에서 벗어날 수 있었다. 그는 우리에게 모든 사물과 과정이 계산 가능하다는 것과 양자의 상호관계를 입증해 보였다. 스웨덴 동지인 로예뷔는 갈릴레이의 세계관을 설명해주었다. 파인골드와 함께 쓰는 내 방에서, 나는 며칠 밤을 모든 물체는 그 상태와 속도를 유지하려고 한다는 것, 그래서 다른 힘을 가해야만 그 상태와 속도를 변화시킬 수 있다는 명제를 생각했다. 옆방에서 호단의 기침 소리가 울려댔다. 나는 그가 벽을 두드리면 달려갈 채비를 했다. 머리맡과 발치에 커다란 원구들이 달린 호단의 놋쇠 틀 침대가 삐걱대며 앞뒤로 밀렸다. 이곳 위층 복도에도, 문틀 위로 거울처럼 반질대는 석고 벽 사이에 나체의 천사들이 솟아 있었다. 잠을 못 이루던 호단이 삐걱대는 계단을 걸어 내려와, 홀 옆방으로 갔다. 서류와 공책과 책 들로 수북한 책상이 놓인 그 방에서 호단은 외투와 담요를 뒤집어쓴 채, 등받이가 앉은키 위로 한참 올라오는 검은 나무 안락의자에 앉았다. 논문을 쓰거나 일기를 쓰는 게 아니면, 호단은 이런 밤에는 휠덜린을 읽곤 했다. 숨이 막힐 것 같은 경련성 기침이 잦아든 뒤, 나는 그에게 내려갔다. 호단은 자신의 독서노트를 내게 보여주었다. 호단이 말했다. 휠덜린의 통찰, 그의 헬레니즘, 프랑스 혁명의 세례를 받은 그의 정신이 아니라, 피히테의 게르만 중심의 국수주의가 독일인의 심성에 영향을 주었지. 합리적 계몽주의자인 후텐[234]이 지나치게 민족성을 강조한 루터에 의해 밀려났고, 이성적이고 과학적인 헤르더가 감성적이고 이상주의적인 괴테에 의해 밀려났고, 인간의 경험 영역에 사유를 국한했던 사실적인 칸트가 형이상학적인 헤겔에 의해 밀려났어. 호단은 우세했던 이 인물들이 특별했다는 걸 부정하려는 게 아니라고 말했다. 하지만 이들은 언제나 영주를 위해 일했고, 그 모든 진보적 경향에도 불구하고 결국 지배 체제의 유지에 기여했다고 했다. 그리고 그런 지배 체제에 진정한 민주 세력들은 깨질 수밖에 없었다고 했다. 인민에게 이성과 자주권을 인정하지 않고, 충직한 복종을 권했던 이들, 통치권자들의 지주였던 이 거인들, 다른 한편 포르스터, 클라이스트, 그

---

234) Ulrich von Hutten(1488~1523): 16세기 독일의 학자, 시인, 개혁가로 계몽주의 관점에서 로마 가톨릭을 비판했다. 스위스 망명 중 사망했다.

라베, 뷔히너, 하이네[235] 같은 핍박받고 배척당한 혁명적인 인물들, 이 양자 간의 괴리 때문에, 독일에서는 한 번도 휴머니즘의 발전이 제대로 이루어지지 않았다고 했다. 바그너의 선율에 도취하고 베토벤을 남용하는 파시즘의 대중심리의 근원이 바로 여기에 있다고 호단은 말했다. 문득 업무보고서와 일람표와 병상 소견서 사이에 끼어 있는 종이 쪽지들이 눈에 들어왔다. 단정하면서도 흘려 쓴 작은 글씨들은 전쟁 자원병이 아니라 평화 자원병을 주장하고 있었다. 그 글은 지배자적이고 남성적인 감성이 국제적 필요에 자신을 맞출 줄 아는 건강한 자아감으로 바뀌어야만 한다고, 또 영웅적 군인이 아니라 평화의 영웅이라는 이상을 세워야 한다고 주장하고 있었다. 그러나 구겨진 종이쪽지 위에서 호단은 그렇게 하기 위해 필요한 방향의 전환과 안정을 어떻게 확보할 수 있는지 묻고 있었다. 돈키호테의 허구적 생애를 그린 장면들에 둘러싸인 채, 호단이 혼자서만 몰두했던 생각들이었다. 그의 이런 생각들은 곧바로 다시 조서들 아래 묻혀버렸다. 자정이 지난 이 시간에, 아무도 그런 생각에 관심을 가질 이유가 없었다. 그런 생각을 실험해볼 시간은 없었다. 야전침

---

235) Georg Forster(1754~1794): 독일의 학자이자 혁명가로 1792~93년에 마인츠공화국의 임시행정위원회 부대표를 지내고 파리에서 사망했다.
Heinrich von Kleist(1777~1811): 괴테 시대의 독일 극작가이자 소설가로 『깨어진 항아리』『미하엘 콜하스』 같은 작품을 남기고 자살로 생을 마감했다.
Christian Dietrich Grabbe(1801~1836): 3월 전야(1848년 3월 혁명 이전 시기) 독일의 극작가로 뷔히너와 더불어 독일 연극의 현대화에 기여한 인물이다.
Georg Büchner(1813~1837):「당통의 죽음」「보이체크」등의 작품을 남긴 독일의 극작가로 혁명가이자 의사, 자연과학자이기도 했다. 3월 전야 시기를 대표하는 극작가이다.
Heinrich Heine(1797~1856): 독일의 시인이자 비평가, 진보적 저널리스트로 사랑을 노래한 시와 혁명을 부르짖는 시를 썼다. 25년 동안 파리에서 망명생활을 한 뒤 척추 결핵으로 고통을 겪다 사망했다.

대에 다시 누운 나는 잠시 더 호단의 생각을 되새겨보았다. 내 옆에서는 파인골드가 몸을 이리저리 뒤척이며 코를 골면서 자고 있었다. 그 모습은 건물 여기저기에 있는 다른 방들의 모습이기도 했다. 짚으로 만든 매트리스 위에 누운 몸들로 가득 찬 방들, 잠이 들면, 그 내면에서는 형상들이 깨어났다. 어떤 병사들은 일자로 뻗은 채, 빗발치는 총탄 세례에 가위눌려 꼼짝 못하고 누워 있었다. 말은 없었다. 그러나 씰룩거리는 입술들, 내면의 고함을 내지르려는 것이었다. 지금 그들은, 자신이 안전하다고 느끼지 못한다. 그들은 어딘가를 기어가거나, 내달리고 있었다. 고함을 내질러야만 했다. 쏟아지는 총탄을 향해서 소리를 내질러야만 했다. 이 원초적인 폭력 앞에서 고함을 지르는 것 말고 다른 방법은 알지 못했다. 그런데 목이 터지지 않았다. 어떤 병사들은 그냥 가만히 누워 있었다. 땅바닥에 누운 채, 귀를 기울이고 있었다. 가까이 그리고 멀리서 그 비명을 듣고 있었다. 그것은 여인을 찾는 처절한 비명이었다. 언젠가 그들을 낳고, 먹이고, 길렀던 그 여인을 찾는 비명. 혈액의 순환이 멈추기 직전, 태어난 곳으로 돌아가기 직전의 그 비명. 호단이 생각했던 평화의 군인은 아마도 이런 것이었을지도 모르겠다. 아마도 전쟁의 광기, 이 총체적 파괴, 모든 삶의 가능성으로부터의 너무 이른, 이 처참한 단절을 생각했을지 몰랐다. 나는 혼자 자문해보았다. 하지만 전쟁의 군인들, 파괴의 용병들은 저편에만 있는 게 아닌가. 이쪽에는 이미 호단이 생각하는 그런 군인들이 존재하는 것 아닌가. 이쪽에는 평화를 위한 자기희생이 아닌 다른 식의 영웅심은 없지 않은가. 나는 호단이 위험하다는 느낌이 들었다. 설명할 수는 없었지만, 몹시 걱정스러웠다. 새벽 3시, 아직 잠들지 못했거나 문득 잠에서 깨어났다면, 그건 우리가 어떤 저항도 할 수 없는 시간이었다. 그래서 태양이 아직 지구 한참 저편에 걸려 있는 이 시간대에, 사형수들을 처형하려고 데려가곤 했다. 파인골드가 앓는 소리를 내는 가운데, 의식이 흐려진 호단의 숨소리가 섞고 벽면을 뚫고 들려왔다. 파악할 수 있는 소리들은 대부분 하나하나 떨어져 있고, 서로 연관이 없었다. 그건 이성보다는 감정적인 것들이었다. 호단은 의식이 깬 상태에서는 하지 않을 것, 그래서 익숙하지 못한 것, 낮이 되면 진부하고 유야무야돼버리는 어떤 걸 생각하는 중이었다. 예를 들면 인간들을 갈라놓는 것보다 이어주는 것이 더 많다는 것, 잔인함보다는 이해심이 더 많다는 것, 그럼에도 불구하고 모든 것이 아직 파괴적인 힘의 지배를 받는다는 것, 그런 생각을 하고 있었다. 호단은 그런 것을 결코 입 밖에 내지 않았다. 일종의 시험을 당할 때도 그랬다. 물론 드러내놓고 의심한 건 아니었다. 그냥 지나가면서 하는, 전혀 심각해질 필요가 없는 추궁이었다. 사실 그들은 호단에게서 무엇을 알아내고 싶은 건지도 정확히 모르고 있었다.

그들이 온갖 수고를 감수하면서 차를 달려 쿠에바로 왔다는 사실은 그 방문이 얼마나 긴급했던 것인지를 암시했다. 호단의 애인인 린드백은 제설용 삽으로 차 앞을 터서 길을 냈다. 흩날리는 눈보라 속에, 회녹색의 펠트 군복에 긴 장화를 신고 모피 모자를 쓴 린드백이 맨 먼저 들어섰다. 그녀의 뒤에는 완전히 중무장을 한 일행이 서 있었다. 그 모든 모습으로 인해 그들의 방문은 가족이라는 신화의 느낌으로 다가왔다. 그녀는 손가락으로 코를 풀더니, 모자를 벗고 올려 얹은 검은 곱슬머리를 흔들어 털어냈다. 린드백의 옆에 선 호단은 작고 가냘픈 느낌이었다. 스스로 말했듯이, 호단은 이날 아침에도 몸이 썩 좋지 않았다. 격렬한 발작성

천식 때문에, 호단은 5밀리그램의 아드레날린 주사를 막 맞은 참이었다. 린드백은 뒤로 흘러내리는 외투 뭉치에서 그대로 팔을 빼내더니, 호단을 자기 쪽으로 끌어당겼다. 린드백은 지난 두 달간 또다시 전선에서 통신원 생활을 수행했다. 그다음 예렌부르크가 시베리아 늑대 털목도리를 의자 위로 벗어던지면서, 호단에게 다가갔다. 그는 오랫동안 알아온 이 친구를 숨 막힐 정도로 힘껏 껴안았다. 검은 머리의 땅딸막한 브레델은 호단의 손을 굳게 잡았다. 나는 코피와, 하일만을 당장 불러오고 싶은 심정이었다. 왜냐하면 브레델은 우리의 이상이었기 때문이다. 그는 우리의 상황에 맞는 표현을 찾아내고, 장애물을 돌파하고, 우리 자신의 책을 문화라는 금단의 영역으로 투척할 수 있다는 사실을 우리에게 보여주었다. 그는 스파르타쿠스단의 일원이었고, 공산당 건립 때부터 당원이었다. 바이마르공화국 시절에 2년이나 투옥되었고, 파시스트들의 집단수용소에 1년간 갇혀 있다가 도망쳐 나온 이 서른여섯 살 남자는 우리에게는 프롤레타리아트의 끈기와 우월성의 화신이었다. 정치참모부와 군사참모부의 대표자인 메비스와 슈탈만[236]은 여전히 조금 비켜서 있었다. 말로는 예렌부르크가 알바세테 주변의 요양원들을 시찰하려는 거라고 했다. 그래서 이 방문은 소풍 같은 인상을 풍겼다. 위원회가 아니라 손님들이 도착한 것이었다. 달궈진 숯이 가득 담긴 놋쇠 난로 주변으로 사람들이 자리를 잡고 앉았다. 그러나 메비스는 곧바로 호단이 해안 지역으로 전보 발

---

236) Richard Stahlmann(1891~1974): 목수 교육을 받고 1919년 독일 공산당에 가입, 1923년부터 공산당 군사위원회에서 중요한 역할을 담당했다. 1924년 소련으로 이주해 소련 국적을 취득한 뒤 코민테른 요원으로 활동하다가, 스페인 내전 중 국제여단의 대대장으로 활약했다. 이때 원래 이름인 아르투어 일네르Artur Illner 대신 슈탈만이라는 이름을 얻었다. 제2차 세계대전 기간 중에 헤르베르트 베너와 함께 스웨덴에서 독일 내 공산당의 반나치스 저항운동을 지휘했다. 전후 구동독에서 군사 및 정보 분야 고위직을 수행했다.

령을 요청한 일을 언급했다. 그는 지금 건강 상태로 데니아에 있는 시설의 주임 의사직을 맡을 수 있겠느냐고 호단에게 물었다. 막 서로 눈을 마주친 둘 사이에 어딘가 비슷한 면이 있는 것 같았다. 메비스는 몸을 앞으로 숙인 채 앉아 있었다. 그의 왼쪽 눈동자는 초록색이 감도는 회색이었고, 오른쪽은 파란색이 감도는 회색이었다. 짝짝이인 호단의 두 눈의 동공이 수축하면서, 오른쪽 눈썹이 치켜졌다. 눈들이 특이하다는 점을 빼면, 사실 두 사람 사이에 더 이상 공통점은 없었다. 등받이 없는 의자에 웅크리고 앉은 호단은 자신이 사직이나 퇴직을 신청한 게 아니라고 말했다. 기후가 더 좋다면, 좀더 능력을 발휘할 수 있을 거라는 게 자신의 생각이라고 했다. 하지만 언쟁의 조짐은 금방 사라졌다. 예렌부르크가 쿠에바의 요양원을 칭찬하는 말을 했다. 그는 이곳에서 꾸리는 학습모임의 효과와 환자들의 신체적 활동 범위에 대해 많이 들었다고 했다. 그러나 몇 가지 프로젝트에 관해서는 우려를 표해야겠다고 슈탈만이 말했다. 슈탈만은 전쟁 중 군인들의 성 문제를 다룬 호단의 글이 실린 잡지 『라 보스 데 라 사니다드*La Voz de la Sanidad*』[237]를 가지고 왔다. 슈탈만은 이런 종류의 논의를 게재하는 것은 소시민적이며, 스페인에서 진행되는 이런 해방전쟁에서는 성적 욕구는 접어둘 수밖에 없고, 이런 시기에 사적 영역의 문제를 다루는 것은 의사의 의무가 아니라고 말했다. 그는 이 말을 농담처럼 던졌다. 또한 넓고 듬직한 이마, 양끝이 치켜진 두 눈, 튀어나온 광대뼈, 입 위쪽 근육이 도드라진 땅딸하고 탄탄한 체구의 이 사내는 엄격한 인상도 아니었다. 그러나 호단은 좌중에 터진 웃음에 휩쓸리지 않았다. 약간 새된 숨소리로 그는 설명을 시작했다. 메비스와

---

237) '의학의 소리'라는 제목의 프랑스 잡지.

슈탈만이 끝내자는 손짓을 하는데도 불구하고, 그는 계속했다. 모든 전쟁은, 그것이 국가적 인민전쟁이라고 할지라도 일종의 병적 상태이며, 모든 개인적 후유증을 동반한다고 그는 말했다. 아무리 정치적 의식이 높다고 해도, 전투병들은 금욕 생활로 일종의 과민 상태에 빠지게 되고, 그것은 병사들의 저항력을 약화시킨다고 했다. 계급국가는 유곽을 세워서 병사들의 충동을 충족시켰지만, 인민군은 그런 방식은 수용할 수 없다고 했다. 병사들의 정서를 안정시킬 수는 있겠지만, 그건 여성들에게 굴욕이기 때문이라고 했다. 파시스트들에게 여성은 전쟁 중에도 각자의 요구에 따라, 다양한 가격으로 살 수 있는 존재이니까, 그들은 아무 거리낌이 없다고 했다. 호단의 말은 계속되었다. 하지만 우리는 스페인공화국에서 매춘을 없애려고 노력하는 중이죠. 사회적 교리적 독단들을 차치하면, 여성은 원칙적으로 남성과 동등합니다. 이런 의미에서 전쟁은 어떤 정상화 과정을 유발한 면도 있다고 그는 덧붙였다. 그러나 특히 스페인 동지들의 경우, 가톨릭 도덕률의 영향으로 여전히 이성 문제를 도외시하려는 경향이 있다고 했다. 결혼할 때 여성이 처녀여야 한다는 어리석은 원칙이 아직도 유효하기에, 휴가를 나온 많은 병사가 여자 친구를 다정하게 포옹한 뒤 유곽에서 해소를 해야만 한다는 것이었다. 호단이 말했다. 매춘부들을 좀더 품위 있는 노동의 삶으로 재교육해야 하는 지금, 남성도 재교육을 받아야 합니다. 예렌부르크는 소비에트 건설기에 콜론타이가 주창했던 자유연애를 상기시키면서 연이어 지적하기를, 소련에서도 지금 여성의 자리를 다시 부엌과 요람으로 되돌려놓으려는 경향이 생기고 있다고 했다. 이 말에 고무된 호단은 스페인 같은 나라에서 성 관념을 바꾸는 일이 얼마나 어려운지 이야기했다. 이 해방전쟁에서 남녀가 동지로 만남으로써 비로소 여성의 순수성을 숭배하는 구태에서 해방될 거라고

했다. 자위에 관해서 말하자면, 전쟁 중에, 또 매춘을 거부하는 우리로
서는 그것을 자연적인 예방 수단으로 간주해야만 한다고 했다. 슈탈만은
사자 같은 얼굴을 들어 올리더니, 손짓을 했다. 그러고는 그 얼굴에 내내
담고 있던 폭소를 터뜨렸다. 그러나 호단은 많은 사람에게 이 문제는 청
교도적인 조심성, 불안 그리고 죄책감과 연결되어 있기 때문에, 정치적
신념처럼 과학적으로 명료하게 다루어야 한다고 설명해나갔다. 다리를
앞으로 쭉 뻗은 채, 안락의자에 깊숙이 기대앉아 있던 린드백이 호단의
등에 팔을 올렸다. 마치 린드백이 호단을 꽉 붙잡으면, 이제 다른 사람들
은 첫 단계를 지나 본격적인 심문에 들어가려는 것 같았다. 그러나 느닷
없이 들이닥쳤던 것처럼 그들은 계속 그때그때 반응했고, 부드럽고 막연
하게 탐색할 뿐이었다. 성 위생학에 대한 호단의 견해가 담화의 주제였
던 건지는 확실치 않았다. 지금은 오히려 그 문제에서 벗어나려는 것 같
았다. 이 주제를 떠나지 못하는 것은 호단 자신이었다. 노동자 계급은 충
동을 통제하며, 이념적 규율을 통해 조화를 갖게 되었다는 생각을 호단
은 반박했다. 자신의 임상 경험이 보여주는 것처럼, 어떤 사회 계층보다
프롤레타리아 계급에서 성 문제와 관련된 장애와 불안, 우울증이 더 많
이 나타나며, 치료는 사회학적 계몽과 똑같이 중요하다고 했다. 그가 말
했다. 피임이나 임신중절 또는 자위를 이야기하는 건, 시민적인 도덕 코
드가 쳐놓은 선입견이나 강압과 대결하는 겁니다. 착취의 체제에서 가장
큰 피해를 보는 사람들이 성생활의 갈등 역시 가장 많이 겪게 되는 거
죠. 호단의 깊이 있는 설명에도 불구하고, 사람들의 거리낌이 여전히 느
껴졌다. 메비스는 스포츠 같은 신체 단련이나 추가적인 군사교육이 영혼
을 파고드는 것보다 병사들의 안녕에 더 도움이 될 거라고 말했다. 호단
으로서는 사회적 역량을 갖췄다고 말할 수 있는 사람이란 어떤 전체적인

존재였고, 전체적인 존재란 심리적 현실을 포함하지 않고는 생각할 수 없었다. 자신은 결코 정신분석학적인 개인 치료를 찬성하지 않는다고 호단은 메비스의 반박에 응수했다. 자신은 언제나 환자와의 솔직하고 직접적인 대화나, 또는 그룹 치료를 선호하는데, 그것은 개인의 문제에 내포된 사회적 맥락을 풀어보기 위해서라고 했다. 메비스가 다시 말을 받았다. 그는 호단이 노동자 계급의 문제들을 민간 차원에서 다루고 있으며, 그럼으로써 문제를 축소시킨다고 했다. 이 문제 역시 결정권은 오로지 당에 있는데, 왜냐하면 개인은 정치적 공동체를 통해서만 강화될 수 있기 때문이라고 했다. 슈탈만 역시 공세적으로 자세를 바꾸며 질문을 던졌다. 당신들 이곳에서 도대체 뭘 하고 있는 겁니까. 쿠에바에 사설 도당이라도 세우려는 겁니까. 아니면 아나키스트 사교클럽을 세우려는 겁니까. 슈탈만이라면 그렇게 조롱할 만했다. 그가 맡은 과제들은 호단의 정신의학적 문제와는 정반대의 것이었다. 그는 적의 후배지에서 자신의 부대를 이끌고 교량과 화약고들을 폭파했다. 그는 포르투갈 국경까지 진격했다. 슈탈만의 발언에서 분명 디아스가 제출했을 보고서의 분위기를 짐작할 수 있었다. 예렌부르크가 말을 받았다. 예상과 다르게 그는 어떤 식이든 엄격한 명령조나 지나치게 예의 바른 조심성은 반대한다는 말로 시작했다. 그는 노예와 같은 복종은 사라져가는 시대의 유물이며, 여전히 그런 걸 추종하는 건 시대착오라고 말했다. 그 자리에 동석한, 몇 명의 현지 근무자 중 한 명인 로예뷔가 손을 들었다. 조용하고 생각이 깊어서, 철학자로 불렸던 로예뷔는 일단 입을 열면 항상 이목을 집중시켰다. 하마라, 과달라하라, 브루네테에서 기관총 사수로 참전했던 그가 말을 시작했다. 외국 동지들이 힘들어하는 건데, 독일 반파시즘 부대에는 여전히 프로이센 정신이 남아 있습니다. 자신은 훈련소의 강도 높은 교육에 반대하는 것이 아니라, 단지 스페인에 온 병사들의 전투 정신에 전혀 도움이 되지 않는 그런 전통에 반대한다고 그는 말했다. 심각한 희생을 치른 전투에서 돌아온 스칸디나비아 병사들을 독일 상관 앞에 일렬로 세우더니, 상의 단추가 제대로 채워졌는지 검사하더라고 말했다. 그리고 군화를 닦지 않았다는 질책에 화를 낸 몇몇 병사는 수일간의 금고형을 받았다는 거였다. 메비스가 말을 받았다. 군대 규율 문제는 세계대전과 러시아 내전 경험이 있는 장교들에게 일임했던 거라고 했다. 슈탈만이 소리를 높였다. 모든 결정을 하기 전에 먼저 토론 클럽을 소집한다면, 우리는 한 발자국도 나아가지 못할 거요. 슈탈만이라면 이런 말을 할 만했다. 그의 빨치산 부대야말로 맹목적 복종 같은 건 전혀 없고 다만 긴밀하고 당연한 협조가 있을 뿐이었으니까. 메비스가 말했다. 한데 어느 부대나 발언권은 있습니다. 누구나 민주적인 방식으로 제안할 수 있도록 허용되어 있다고요. 그러자 예렌부르크가 응수했다. 아나키스트들은 그런 게 허용되어 있느냐는 질문조차 하지 않을 거라고, 그들의 자유주의적 공산주의에서는 그런 것은 아예 전제라고 그는 말했다. 아무도 같이 싸우는 동지를 후견한다는 생각을 아예 하지 않을 거라고 했다. 그리고 아무도 봉급 수준과 연계되는, 더 높은 지위나 더 많은 권한을 주장하는 오만을 부리지 않을 거라고 했다. 우리는 자못 놀라면서 도대체 그의 의도가 무엇일까 자문해보았다. 그만큼 자신이 있고, 자기 위치가 확고하다고 생각하기 때문인 걸까. 아나키즘의 영향력이 절멸된 지금, 아나키스트들의 지도자인 두루티와 절친했던 예렌부르크가 다시 이렇게 아나키즘을 옹호하다니. 하지만 이 지점에서 예렌부르크의 특징인 변증법적 반전이 시작되었다. 그는 말을 이어갔다. 아나키스트들의 많은 혁명 원칙은 옳았죠. 그들이 따르던 도덕은 이상적이었습니다. 그들의 목표는 상당 주민들이 희망했던 것들과 일치했고요. 그러나 이처럼 정당하고 진실한 것도 어떤 특정한 상황에서는 잘못이고 진실이 아닌 게 될 수밖에 없었죠. 그들의 진실은 추구할 가치가 있었고, 또 희생을 감수할 만큼 위대한 거였지만, 장기적으로는 버틸 수 없었다고 그는 말했다. 도덕적 진실이 사회 정치적 환경 탓에 몰락할 수밖에 없는 운명이라면, 그건 틀린 거라고 했다. 또한 처음에는 이상에 어긋나는 것처럼 보이던 것이, 논리적으로 숙고하고 그 토대가 강화되면서, 결국 우월한 것으로 드러날 수도 있다고 했다. 콩 요리가 차려진 식탁 앞에 앉은 브레델이 말을 시작했다. 그는 일반적 휴머니즘으로서의 반파시즘과 당 노선과의 공조 속에 정확히 계획된 반파시즘 간의 차이를 얘기했다. 그가 생각한 것의 예가 토마스 만이라면, 그의 엄격함은 그럴 만했다. 브레델은 무장행동에 직접 참여했다. 또한 노동자였던 그는 자기 확신에 찬 부르주아 계급의 개념 체계에 끊임없이 저항해오지 않았는가. 그의 말이 이어졌다. 만이 자유주의 작가에서 파시스트 독재에 적극적으로 반대하는 인물로 변한 것은 분명 감탄할 만한 일이지만, 그건 여전히 편한 길이라고 했다. 하루에 몇 시간 정치적 의무를 다하고 나면, 만은 독립적인 예술 세계를 그대로 유지했다고 했다. 당에 가입한다고 해서, 특히 그 당이 작가의 견해를 실현할 방법을 알고 있는 당이라면, 작가의 생각에 부담이 더해지는 건 아니라고 했다. 또한 위기 상황에서 벌어지는 사건들로 작가의 창조적 자유가 방해받는 것도 아니라고 했다. 오늘날 자신이 어떤 정치적 진영을 선택했는지는 자신의 인격 전체로 증명해야 한다고 했다. 브레델은 예술에 현재를 넘어서는 어떤 자기만의 영역이나, 우리의 시간과 다른 고유한 시간 차원이 있다는 것을 부정했다. 작가는 최전선의 전투병, 불법 행동의 기획자와 마찬가지로, 피할 수 없이 그리고 직접적으로 구체적인 사건과 연관되어 있다고 했다. 예술 작업을 현실을 결정하는 행동들에서 비켜선 좁은 주변 영역에 두려는 모든 시도는 낡은 세계의 규범을 고수하는 것과 같을 뿐 아니라, 공공연하게 적을 돕는 거라고 했다. 예렌부르크가 다시 적극적 비판자의 역할을 자처하고 나섰다. 완전한 고요와 고립 속에서, 세상의 혼잡을 멀리해야 창조적일 수 있다는 괴테의 이상에 동의하려는 건 아니지만, 가장 시사적인 르포보다 시대를 더 많이 말해주는 시적 비전이 가능하다고 그는 말했다. 격랑의 깊은 한가운데에서, 현재의 사건들에 둘러싸여 있지만 개의치 않으면서, 시대를 말해주는 시적 비전이. 작가가 자신을 전부 던져 생생한 현실에 섞이고, 그다음 자기만의 고유한 수단으로 그에 반응하는 건, 시민의 권리인 폴리테이아, 즉 정치의 가장 본질적인 행위 중 하나라고 했다. 그런 행동은 그 자체로 공동체에 가장 중요한 것으로 볼 수 있다고 말했다. 슈탈만이 의자를 뒤로 밀면서 몸을 일으켜 세웠다. 그가 말했다. 우리는 테루엘로 가는 길입니다. 판세를 결정할 전투가 그곳에서 시작되었지요. 그런데 여러분은 문학의 본질에 대해 이야기를 나누고 있군요. 예렌부르크가 말했다. 물론이죠. 며칠 후면 나는 그곳에 있을 거요. 린드백도 마찬가지죠. 브레델, 그리그,[238] 또 다른 많은 작가가 오겠지요. 그곳에서 우리는 기사를 쓰면서 전투를 하는 겁니다. 그가 물음을 던졌다. 그런데 왜 우리는 전투를 하는 걸까요. 그건 우리의 문학이 속한 이 세계를 왜곡에서 벗어나게 하고 싶기 때문이죠. 우리가 이 전투에 사용하는 무기 때문에 혼란스러워할 필요가 없어요. 어떤 작가들은 전선에 함께하지 못하겠죠. 하지만 그들이 목격한 것, 그들이 묘사한 것, 또 그들이 예측한 미래가 우리를 지지해주고 우리에게

---

238) Nordahl Grieg(1902~1943): 노르웨이의 작가로 1932~34년에 모스크바에 체류했으며, 스페인 내전에 참전했고, 1940~43년에 연합군 장교로 복무 중 사망했다.

힘이 됩니다. 우리가 무사히 살아나온다면 말이죠. 자신의 에너지를 전적으로 내면의 표상에 집중하는 사람들, 우리로서는 가장 중요한, 실제적인 요구들 앞에서 감정이 흔들리지 않는 사람들, 그들보다 우리가 더용맹한 것은 아닙니다. 슈탈만이 소리를 높였다. 우리가 없다면 그 사람들은 무력할 뿐이오. 끝장이라고. 예렌부르크가 응답했다. 그리고 그들이 없다면 우리는 아무것도 아닐 거고. 그는 말을 계속했다. 몇 주 뒤면나는 아마 다시 나의 도시, 모스크바에 있을 거요. 그곳에서도 사람들이사라지지 않을 언어, 살아 있는 언어를 위해 전력을 다한다는 것을 알기에 나는 힘이 납니다. 예렌부르크가 누구를 생각하는지 나도 알 수 있었다. 그 이름들을 언급하지 않았다 해도, 그건 위험한 일이었다. 금기가된 이름들, 바벨, 메이예르홀트, 타이로프, 트레티야코프, 만델스탐, 아흐마토바[239]를 언급하는 것만으로도 이미 예렌부르크는 죄인이 되었을 것이다. 갑자기 호단이 예렌부르크의 동지들, 진작 스페인을 떠나 귀환한오브세옌코, 로젠베르크, 콜초프에 대해 질문했다. 예렌부르크의 발언으로 그 역시 충격을 받았음을 알 수 있었다. 어느새 예렌부르크는 다시몸을 곧추세우더니 말을 계속했다. 자신을 지키지 못하는 사람은 몰락하는 법이죠. 내 말은, 전투 중이거나 아니면 후방 어디서 방어를 하거나, 우리 모두 똑같이 치명적인 위협에 처해 있다는 거죠. 이쯤 되자 나는 이들이 도대체 무슨 의도로 방문했는지 궁금해졌다. 호단을 시험해

---

239) Vsevolod Emilevich Meierkhold(1874~1940): 러시아의 연출가로 연극을 통해 사회주의 국가 건설에 참여할 것을 주장했으나, 1938년 정부 명령으로 운영하던 극장이폐쇄되고 메이예르홀트는 인민의 적으로 낙인찍혔다.
　　Anna Andreevna Akhmatova(1889~1966): 러시아의 가장 유명한 여성 시인이자작가로 스탈린 시기에 출판 금지 조처를 당했으며 가족과 친구들이 체포되고 살해되기도 했다. 이 경험을 소재로 작품들을 집필했다.

보고, 자극하고, 경고하려는 것인가. 아니면 해가 바뀌면 쿠에바에 새로운 지도부가 들어오고, 근무처가 바뀌는 걸 호단에게 미리 준비시키려는 것일 뿐인가. 호단이 데니아로 전출된다는 것은 이제 조금의 이견도 없이 확실해졌다. 데니아의 병원은 요양원이라기보다는 일종의 중간 통과용 병원으로 알려져 있었다. 부상자가 엄청나게 밀려든다고 했다. 메비스는 호단이 오래전부터 쿠에바의 요양원을 떠나고 싶다고 말해왔으면서 환자들의 정신 활동을 촉진하려고 애쓰는 건 좀 모순이라고, 넌지시 표현했다. 그러더니 그 프로그램은 처음부터 곧 중단할 요량으로 시작한 게 아니냐고 호단에게 물었다. 호단은 아니라고 대답했다. 그는 자신에게 남은 시간이 두세 주밖에 없었다고 해도, 환자들에게 의료적 지원 외에 지적 자극을 주기 위해 그 시간을 이용했을 거라고 했다. 오로지 그런 방법으로만 회복을 촉진할 수 있다고 했다. 하지만 병원에 입원한 환자들 대부분이 이제 각자 소속된 부대로 복귀하거나, 다른 집합 장소로 갈 거라고 말했다. 머지않아 이곳에는 요양이 필요한 새로운 환자들이 올 거라고 했다. 호단의 두 눈에 드리워진 그늘이 한층 더 어두워졌다. 알바세테의 정치 지도부가 얼마나 자신의 활동을 의심하고 있는지 그가 깨달았다는 걸 나는 간파했다. 하지만 방문자들이 쿠에바를 일소하려는 의도였다고 해도, 그들의 생각이 마르티와 같다는 식으로 비난할 수는 없었다. 그들 역시 마르티의 독단을 좋아하지 않았다. 그들이 그 지시를 내릴 때, 생각이나 배려가 없었던 건 아니었다. 병 때문에 필요하니만큼, 호단에게는 임무를 줄여주었다. 하지만 특히 예렌부르크가 여단의 시설을 보고 싶어 했기 때문에, 호단은 환자들이 정적과 고립 속에서 수동적이고 무감각해지지 않도록 책임자들이 실행해야만 하는 일들을 보여주려고 했다. 호단은 방문객들에게 요양원을 둘러보지 않겠느냐고 말했다.

아마 날씨가 나빴기 때문에 더 그러자고 했을지 모르겠다. 이제 일행은 다시 외투를 겹겹이 껴입고, 눈보라 속으로 나섰다. 나는 그들을 따라가지 않고 좁고 가파른 탑의 계단을 올라 은폐된 망루로 갔다. 아래쪽 홀이 너무 높은 천장과 많은 문, 또 흑갈색 목재 벽면 탓에 편안하지 않은 것처럼, 이 탑도 겉치레가 많았다. 탑은 별궁의 구성 요소를 흉내만 내고 있었다. 외양은 커다란 네모 돌들로 축조되었고, 아치형 창문들을 갖추었지만, 내부는 햇빛이 들지 않아, 춥고, 완전히 막혀 있었다. 위쪽으로 바람이 휘몰아치는, 좁은 회랑이 있을 뿐이었다. 회랑에는 벽을 따라 좁은 널빤지 자리들이 있었는데, 여름에도 사실 정겨운 느낌은 아니었다. 그러나 이곳에서는 사방을 조망할 수 있었다. 나는 이미 작별을 시작하고 있었다. 요양원 전체가 눈에 들어왔다. 백색의 대지에 들어앉은 요양원은 나무 기둥과 가지가 만들어내는 검은 선들로 둘러싸여 있었다. 방문객 일행은 삐뚜름한 족적을 그리며, 주름진 양철 지붕의 막사 쪽으로 힘겹게 발걸음을 옮기고 있었다. 막사는 긴 주방 건물 쪽으로 이어져 있었다. 화덕 굴뚝에서 연기가 솟아올랐다. 나지막한 부속 건물 사이로 난 사각의 마당에서는, 언제나처럼 사람들이 톱질을 하고, 나무통들을 도끼로 패고 있었다. 막사 쪽 오른편 구석, 길가에는 농가가 있었다. 길 위에는 오가는 수레바퀴로 파인 자국이 길게 이어져 있었다. 농가는 높이가 제각각인 지붕들을 이고 늘어서 있었다. 그 뒤로는 분뇨통과 거름 더미가 쌓인 마당이 담장으로 둘러쳐져 있었다. 사방으로, 우묵한 평지들에 작은 마구간과 헛간 건물들이 서 있었다. 그사이로 어지럽게 그어진 울타리 선들이 서로 이어졌다. 교각 근처에는 분수와 조각상과 벤치들이 원형극장처럼 함께 몰려서, 눈 이불을 덮은 채 쓸쓸히 서 있었다. 대포 옆에서는 보초병이 서성거리고 있었다. 방문객 일행은 이제 침실 공간으로 들어섰다. 딱딱하게 다진 침실 바닥에는 소나무 가지들이 깔려 있었다. 침상 맞은편, 긴 벽면에는 포장지에 그린 별자리 한 장과 알록달록한 핀이 박힌 전선 도면 한 장이 군기 사이에 걸려 있었다. 휴가를 받은 병사들, 요양 중인 환자들이 어깨에 담요를 걸치고 침대에서 내려왔다. 무쇠 난로에 불이 타고 있었지만, 널찍한 침실은 추웠다. 지붕 대들보를 받치고 있는 기둥 사이로, 그들은 흔치 않은 귀한 손님들 앞에 모여 섰다. 아마도 방문객들은 병사들의 경험을 물었을 것이다. 그들의 이야기를 경청하고, 격려의 말을 했을지도 모르겠다. 병사들은 아마도 차렷 자세로 바지에 양손을 나란히 하고, 희망에 차서 몸을 쫙 폈을 것이다. 아마도 그들은 좀더 오래 대화를 나누기 위해, 원통의 무쇠 난롯가 주위로 널빤지로 만든 벤치에 둘러앉았을지도 모르겠다. 서로 다가가려면 언제나 시간이 필요한 법이니까. 그러나 일행은 벌써 뒤쪽 문에서 나오더니, 흩날리는 눈발에 맞서며 농가를 향해 이동하고 있었다. 창문에 불이 밝혀진 것을 보니 학습모임을 위해 모여 있는 모양이었다. 불을 밝힌 농가 너머 멀리로는 모든 것이 점점 짙어지는 하나의 회백색 덩어리에 파묻혀 있었다. 서리가 하얗게 내린 포플러와 강 언덕과, 깊게 파인 강줄기를 굽어보던 나는 불현듯 여전히 우리가 이 나라와 얼마나 단절되어 있는지, 이 나라의 주민들에 대해 얼마나 아는 것이 없는지 깨달았다. 이 나라의 내전에 참여하는 우리에게 이 나라는 하나의 상징 이상이 아니었다. 오로지 우리 자신의 관심 때문에, 우리 자신의 활동을 위해서, 우리는 이 땅에 발을 내디딘 것이다. 우리는 몇 개의 도시와 한 개의 위수병원을 보았다. 막사 한 곳, 그리고 한 번의 이동을 경험했다. 전투가 벌어지는 전선에 있기도 했다. 우리가 본 것은 지극히 작은 단면들이었다. 우리는 이곳에서 우리가 해야 하는 의무에 만족하고 있었다. 모든 것이 부족한 상황을 극복하며, 우리는 먼 곳을 향한 국제적 과업을 펼치고 있었다. 이 땅에서 세계운동이 계속 살아 있다는 생각을 지키는 것이 가장 중요했다. 언어, 무기, 군 장비는 엉망진창이었다. 우리의 소속감은 정치적인 결단에서 오는 것이었다. 스페인이라는 이 행동의 장, 이 전술적 표상, 그러나 이 지도는 아직 살아 있는 구조물이 아니었다. 사람들과의 만남이 이루어지고, 또 특별한 방식의 시각과 특별한 방식의 표현이 존재하는 그런 구조물이 아니었다. 나는 가파른 망루의 난간에 몸을 기대고, 아래쪽의 까마득한 곳을 내려다보았다. 좁은 테라스에는 조화를 꽂아놓은 화병과 기둥 사이로 석조 테이블과 의자들만이 놓여 있었다.

1월 초 어느 날, 나는 아래편 석조 테이블에서 높이 솟은 망루를 올려다보고 있었다. 갑작스레 갠 하늘이 청명했다. 이제 내가 처하게 될 현실에 대해 뭔가 들을 수 있었다. 내일이면 나는 호단을 따라 데니아로 가야 했다. 쿠에바 시절은 끝났다. 뮌처와 로예뷔를 포함해 동료들은 이미 지정된 장소로 출발했다. 호단의 마지막 회진 대상은 주변 경작지에서 병원에 채소와 과일과 육류를 공급하는 농부들이었다. 이곳에서도 농부들과 관청 사이에서 이견을 조정해야만 하는 경우가 종종 있었다. 농부들은 농업부의 규정에 따라 잉여생산물을 여단 행정부에 제공해야 했다. 관청은 이들을 통제하고 지시하며 농경에 간섭했고, 농부들은 몇 번이나 파업을 하겠다고 위협하며 맞섰다. 호단은 후임자에게 결과보고서를 넘겨주면서, 주민들과 좋은 관계를 맺으려는 지속적인 노력이 군사 전투만큼 중요하다는 걸 강조했다. 중국의 옛 격언이 말하듯, 해방전쟁에서 군인이 인민 속에서 물속의 물고기처럼 움직이지 못하면, 결코 승리할 수 없다고 했다. 우리가 방문한 마지막 농가에서는 열일곱 살짜리 아들이 입대를 위해 출발하려는 참이었다. 그들은 우리에게 그 환송 자리에 동석해달라고 청했다. 호단의 전출을 알고 있던 그들이 그를 예우한 것이기도 했다. 우리는 농부를 따라서, 비스듬히 뻗은 나무막대와 쇠줄에 매달린 양동이가 갖춰진 긷는 식 우물을 지나, 지하 창고를 향해 걸어갔다. 환송식은 이렇게 따라 걷는 것으로 시작되었다. 지하 창고의 둥근 점토 지붕이 눈을 뚫고 삐죽이 솟아 있었다. 널빤지로 된 문을 천천히 열어젖히고, 닳아빠진 가파른 계단을 하나하나 디디며 땅속 깊은 동굴로 내려가는 것으로, 그 예식은 계속되었다. 농부의 아들이 치켜든 석유램프의 불빛을 받자, 줄지어 늘어선 크고 둥근 통들과 수동식 포도주 압착기가 달린 사각의 대야가 모습을 드러냈다. 통들 중 하나의 마개를 뽑은 농부는 끈을 엮어 감싼 불룩하니 커다란 유리병 하나를 포도주로 가득 채웠다. 아들이 출생한 해에 수확해 밀봉해둔 포도주였다. 관습에 따르면, 그 통은 아들이 입대하기 직전에만 열 수 있었다. 무거운 유리병을 어깨에 멘 농부가 딱딱해진 점토 계단을 딛고 올라왔다. 아들이 지하 창고의 둥근 지붕에 납작하게 누워 있는 두 쪽 문을 다시 걸어 잠갔다. 우리는 하얀 석회 칠을 한 나지막한 부엌으로 다시 돌아와, 식탁에 앉아 포도주를 마셨다. 참모부가 내준 자동차를 타고 알바세테에서 데니아로 가는 중에도, 우리의 혀와 배 속에서는 오랫동안 숙성한 투명하고 밝은 황금색 포도주의 그 코냑 같은 풍미가 여전히 느껴졌다. 농가 방문이 낯설고 색다른 건 아니었다. 오히려 익숙한 어떤 것을 아련히 떠올리게 했다. 식탁에 둘러앉자 내가 어린 시절부터 친숙했던 공간이 떠올랐다. 우리의 식사도 언제나 그런 식이었다. 화덕 가까이에, 나무 의자에 앉곤 했다. 쿠에바 영주의 저택에서 보낸 몇 개월보다, 농부의 살림 공간인 이 부엌에서 이 나라에 대한 나의 연대감은 더 확고해졌다. 저택에서는 항상 우리와 다른 계급의 힘을 예감했다. 저택의 벽면마다 계급적 적대감이 스며들어 있었다. 문을 열 때마다, 계단 하나하나를 밟을 때마다, 적대감은 삐걱거리며 다가왔다. 식당의 커다란 테이블에 둘러앉은 아이들, 머리에 리본을 단 여자아이들, 무릎까지 오는 통이 좁은 바지에 하얀 남방을 입은 남자아이들은 높은 의자에 등을 기대지 않고 똑바로 앉아 있어야만 했다. 운전사의 말로는, 그 아이들 할아버지가 그렇게 명령했다는 것이었다. 저기 맞은편, 우리 위쪽으로 미끄러지듯 지나가는 친칠라 성곽 산 아래 자리 잡은 요새에 지금 그 할아버지가 갇혀 있다고 했다. 농부들과 함께 보낸 그날 오후 이후로 이 공화국은 더 이상 단순한 전쟁의 무대, 부대의 후퇴와 전진을 계산하는 지도만은 아니었다. 그곳은 밟았던 족적 하나하나가 우리 자신의 운명과 연결되어 있는 그런 땅이었다. 눈으로 살짝 덮인 밭에는 바싹 쳐낸 포도나무들이 앙상한 손처럼 삐죽이 솟아 있었다. 일렬로 늘어선 모습이 꼭 전사자들이 묻혀 누워 있는 것 같았다. 이동하는 군용 트럭 한 대를 만날 때마다, 보초가 감시 중인 저장소나 물품 창고를 볼 때마다, 대포 한 문 한 문, 탱크 한 대 한 대가, 우리가 이 전투를 버텨낼 거라는 희망을 품게 해주었다. 그러나 테루엘에서 카스티욘을 따라가며 공화국이 분할될 위험을 막아내기 위해 우리는 다시 얼마나 힘을 쏟아야만 하는가. 그리고 그에 비해 분말살충제와 연성비누로 이와 바퀴벌레를 몰아내기 위해 병원을 소독했던 지난 며칠간의 우리의 노력은 얼마나 하찮았던가. 호단이 입을 열었다. 이곳에 있는 우리는 누구나 중요한 역사적 행동을 하고 있지. 또 어느 자리에 있든, 아침부터 늦은 저녁까지, 엄청난 에너지의 발현 과정에 동참하고 있어. 하지만 종종 개개인의 작업은 별 성과가 없는 것처럼 보이기도 하지. 호단의 말이 이어졌다. 나는 지난여름부터 부상과 신경성 장애를 치료했어. 불면증과 환자의 자의식 손상을 다뤘어. 나는 로잔의 티소 교수의 견해가 틀렸다는 걸 보여주었지. 티소는 1776년 자위가 야기하는 끔찍한 피해에 대해 썼거든. 나는 성적 공포의 원인을 설명하는 데 많은 시간을 보냈어. 무지와 심적 혼란을 잠재우기 위한 그런 무의미해 보이는 치료 말고도, 수많은 사소한 일, 달걀과 우유를 확보하고, 붕대나 거즈, 솜, 연고, 그리고 비누 같은 것들을 보충하는 일들을 하고 지냈지. 이 낡은 시골 저택을 어느 정도 제대로 돌아가는 요양원으로 만들려고 노력했어. 사소한 것 하나하나를 인민위원과 협상해야 했지. 또 토마토를 어떻게 관리해야 하는지, 돼지의 사료를 어떻게 배합해야 하는지는 농부들이 더 잘 안다는 걸, 행정관에게 설명해야만 했어. 그러는 내내, 천식과 싸우느라 대접에 가래침을 가득 뱉어내면서 말이야. 이제 내 자리를 후임자들에게 넘겼으니까, 그 사람들도 그 지겹고 세세하고 힘 빠지는 일을 할 수밖에 없겠지. 이제 장소는 다르지만, 내가 할 일은 똑같을 거야. 기후 조건만큼은 좀 낫지. 그는 덧붙여 말했다. 제발 상황의 진전을 확인할 수 있어야 하는데. 그렇지 않다면 이런 일상적인 것들은 모두 쓸데없는 짓이야. 나는 언젠가는 바로 이 지점에서부터 이 전쟁을 서술해볼 필요가 있다고 말했다. 보이는 사건들, 정치적 과정의 중요한 변화들에 대해서는 린드백, 예렌부르크, 브레델, 그리그, 그 밖의 또 다른 많은 사람이 소식을 전하고 있어요. 이들은 장차 이 몇 년간의 사건들을 고찰할 때 꼭 필요한 것들을 기록하고 있지요. 나는 물었다. 하지만 이곳 대부분의 사람이 얼마나 큰 희생을 치르며 살았는지는 누가 전할까요. 이들은 자신의 상황은 이야기할 가치가 없다고 여기며, 그런 요구는 하지도 않는 바로 그런 사람들이거든요. 호단은 바로 그런 생각에서 출신 계급이 드러난다고 말했다. 그의 말이 이어졌다. 네가 부르주아 계급의 교육을 받았다면, 네가 겪는 모든 것이 바로 너의 문제이며, 너의 견해를 요구한다는 확신을 가졌을 거야. 상황이 어떻게 흘러가더라도, 너무나 당연하게 모든 상황을 너를 중심으로 생각했을 거야. 그러는 대신 너는 여전히 열패감의 경험을 떨쳐버리지 못하고, 아무도 네 말을 들으려고 하지 않는다고 생각하고 있어. 네가 공부한 것을 어떻게 사용하고, 어떻게 표현해야 할지 확신이 없지. 그의 말은 계속되었다. 나는 청년 노동자들과 이야기하면서, 이런 점을 반복해서 경험했지. 그들은 자신의 지식을 전하는 데 겁을 내. 다른 사람들한테 무시를 많이 받아왔기 때문이야. 학교에서는 그들을 진작부터 제쳐놓았지. 학문이나 예술, 경영을 할 리는 없고, 조만간 기계 밥을 먹도록 정해져 있다고 치부하니까. 나는 그의 말을 반박하고 싶었다. 우리가 이미 얼마나 많은 것을 성취했는지 설명하고 싶었다. 그러나 다음 순간, 우리가 무엇을 배웠다면, 언제나 소극성을 조장하는 교육에 완강히 맞서면서였다는 걸 인정할 수밖에 없었다. 어떤 것도 자연스럽고 차분하게 얻을 수 없었으며, 언제나 반항과 강압적 반격을 거쳐서 얻어냈다는 것, 그럼에도 불구하고 결코 결정을 주도하는 세계로 도약하지 못했다는 것을 인정할 수밖에 없었다. 호단이 말했다. 그렇지만 노동하는 사람들의 결단력이 의결하는 사람들의 권력보다 더 우세한 거야. 단지 노동자들은 자신의 힘을 사회에서 아직 이용하지 않았을 뿐이야. 그러나 다른 차원에서, 도덕성이나 연대의식을 보면, 노동하는 사람들이 미래의 권력을 획득할 수 있을 거라는 걸 느끼지. 호단의 말이 이어졌다. 스페인에 온 사람들은 다름 아닌 바로 노동자들이지. 이들 편에 선 부르주아 출신들은 자신의 계급과 절연한 거야.

그의 말이 계속되었다. 이 사실 역시 노동자 계급의 미래를 암시하는 거야. 노동자는 아무도 자기 가치를 자각하려고 자신의 출신과 단절할 필요가 없어. 반대로 그의 전 잠재력은 바로 자신의 출신에 있지. 부르주아 계급의 짐을 진 우리들은 오히려 우선 자신의 출신에 맞서야만 뭔가를 이룰 수 있지. 호단은 말했다. 여러 면에서 자신의 계급을 부정해야 하는 사람이 나아가는 길은, 자신의 계급을 진보적 계급으로 긍정할 수 있는 사람들의 길보다 어려운 법이지. 내가 말을 받았다. 우리가 그 점에서는 비열한 부르주아지보다 앞서 있다고 하더라도, 그들은 여전히 상황을 넓게 조망하는 능력을 갖고 있어요. 그들은 자기 이익만을 위해 움직이면서도 어떨 때는 우리가 연대해서 성취하는 것보다 더 많은 것을 성취하죠. 하지만 그들이 우리보다 수천 개의 단어와 개념을 더 많이 가졌다고 해서, 그 때문에 우리가 주눅 들었던 적은 결코 없었어요. 우리가 문학이나 예술, 그리고 학문적 주제를 놓고 토론할 때면, 일단은 차용해서 하는 얘기라는 것, 장차 구체화하고 실행해야 할 것의 스케치일 뿐이라는 걸 알고 있었어요. 모든 것이 준비였던 셈이죠. 지금은 더듬거리지만, 언젠가 일관되고, 지속적인 언어로 바뀔 거라는 확신이 있었지요. 지금 우리가 미처 표현해내지 못하는 그것을, 10년, 20년 뒤면 정확히 말할 수 있을 거라고 결론을 내렸지요. 그런 대화를 할 때면, 우리는 언제나 오래 살기를 원했어요. 우리의 불리함을 만회하려면 오래 사는 게 전제겠죠. 호단이 말을 받았다. 하지만 지금이라도 네게 확실한 것이 있다면, 미루지 말아야 해. 겸양은 열등감과 상관이 있다고 나는 생각해. 그리고 이런 시대에는 우리의 기대수명이 줄어든다는 것도 염두에 둬야만 해. 네 머리에 떠오르는 것을 말하거나 직접 기록하지 않는다면, 너를 향한 선입견에 스스로 따르는 거야. 우리가 원하는 노동자 문학은 처음부터 모든 경계를 넘어서야만 해. 노동자 문학이 부르주아 계급의 문학에서 전제하는 그런 교양 수준에 도달하기를 기다려서는 안 돼. 노동자가 쓴 작품에 다른 모든 예술 작품에 적용되는 것과 동일한 요구를 해서는 안 된다는 것을 나는 장점이라고 봐. 내가 말을 받았다. 얼마 전까지도, 내가 스페인에 대해 가졌던 지식은 잘못되고 부정확했어요. 고야의 광기와 재앙을 소재로 한 작품 몇 편, 로르카의 시, 부뉴엘[240]의 초현실주의 영화 장면들을 떠올리는 정도였지요. 나는 말을 계속했다. 그런데 농부의 집을 방문한 뒤, 비로소 내가 여기 있는 진정한 의미를 약간 파악하기 시작했어요. 호단이 여기서 웃음을 터뜨린 이유를 나는 처음에는 이해할 수 없었다. 알바세테를 떠나기 직전에 우리는 의료본부 옆에 있는 약국에 찾아갔었는데, 호단은 그 약국 이야기를 들려주었다. 대리석을 깐 약국 대기실에 화강암 탁자가 하나 서 있었지. 화려하게 장식한 세 폭 그림의 펼쳐진 양 날개 사이였지. 탁자는 관 받침대 같기도 했고 해부대 같기도 했어. 탁자 뒤에 경비가 서 있었는데, 찾아온 사람을 돌려보내거나, 아는 사람이면 뒤편 방으로 들어가라고 손짓을 했지. 호단은 밤에 셔터를 내리면, 거기서 사람을 탁자에 올리고 절단을 내버리는 것도 가능했을 거라고 했다. 웃느라 사레들린 기침을 하면서 호단이 말했다. 나한테는 스페인 체류의 정수가 바로 그 뒷방이야. 그 방에는 천장까지 계단 칸처럼 올라간 서랍들에 작은 병이며, 통조림, 그리고 단지 들이 꽉 차 있었지. 조제대에는 약사가 서 있었고. 이 약사가 내가 생존하는 데 필요한

<hr />

240) Federico Garcia Lorca(1898~1936): 20세기 스페인의 위대한 시인이자, 작가, 극작가로 스페인 내전 시기 팔랑헤주의자들에게 총살당했다.
　　Luis Buñuel(1900~1983): 스페인의 영화감독으로 파리에서 「안달루시아의 개」「황금시대」 등의 전위영화를 만들었다.

약들을 섞어 갈아주지. 내가 자기로 된 단지에 정교하게 그려진 꽃과 향신료, 줄지어 늘어선 파랑, 초록, 보라색 병들을 바라보고 있는 동안, 약사가 절구 공이로 갈던 그릇에서 올라오던 달착지근하고 살짝 마취시키는 것 같은 냄새를 느꼈던 것이 떠올랐다. 그런 다음 마호르 가 6번지에 있던 그 상점에서 호단이 아드레날린 캡슐과 함께 받아 든 작은 꾸러미에는 아마 모르핀이나 아편이 들어 있었던 게 틀림없다. 알만사 성곽 요새를 지나, 데니아를 향해 산길을 달리는 지금, 호단이 터뜨린 웃음을 더 설명할 필요는 없었다. 호단이 다시 말을 하기 시작했다. 그는 한 나라가 사회 경제적 배경들을 은폐해야 하면 언제나 이국 취향을 칭송하는 법이라고 했다. 한 나라가 자신을 뭔가 색다르고 비밀스럽게 꾸며낼수록 불의와 빈곤과 불행은 더 큰 법이라고 했다. 여행자용 엽서들이 깔끔하면 할수록 그 나라는 소요로 들끓는 거라고 했다. 호단이 말했다. 모든 대륙에서 어떤 도시, 어떤 지역이든 그곳의 물질적 조건들을 알고 있으면 흥미로웠지. 도덕, 관습, 신화, 춤, 음악에서 다른 점을 찾기보다는 내가 알고 있는 것과 유사한 것, 동일한 기원으로 이어지는 연결선을 찾아보곤 했지. 도저히 이해할 수 없는 것은 없었어. 이상한 부족을 보았다고 주장하는 사람은 스스로 세상을 모른다는 걸, 지적 오만에 빠져 있다는 걸 드러낼 뿐이야. 그는 과거 프롤레타리아 국제주의는 노동자에게는 조국이 없다는 명제로 그런 인본주의적 입장에 부응했다고 말했다. 1917년 10월, 레닌은 인도, 중국, 남미 국가들, 그리고 아직 속박 상태인 아프리카가 곧 따라올 것이라고 판단했지. 하지만 그 후 20년간 마구 뻗어간 제국주의의 힘이 혁명의 줄기를 끊어버렸고, 산발적인 봉기들만 있었다고 했다. 그는 말했다. 이런 상황은 여러 위험을 내포하고 있어. 해방투쟁들이 해당 국가에만 제한되고, 국제주의 이념이 뒤로 물러나고 실종되어버리지. 또 혁명에 대해 더 이상 일치된 견해가 존재하지 않으니까, 결국 우리끼리 싸우게 되고. 소련이 스페인에 군사 원조를 하는 것은 공동의 토대를 다시 마련하려는 하나의 시도로 볼 수 있을 거라고, 호단은 덧붙였다. 그러나 이 지원이 얼마나 지속될 수 있을지, 소련으로서도 모든 힘을 자국의 방어에 쏟아야 하니, 지원을 중단할 수밖에 없는 건 아닌지, 확실치가 않다고 했다. 호단에게 스페인 체류는 과거 그의 활동의 완벽한 연장이었다. 그에게는 고향 상실이나 이민이라는 개념이 없었다. 그는 추방되어 독일을 떠났지만, 좌절하거나, 소속감 없는 피난민의 삶을 산 게 아니었다. 제네바에서, 오슬로에서, 파리에서, 그는 일을 얻었다. 스페인에서도 할 일이 있었다. 친구나 동지를 만날 수 있는 곳이면 언제나 다시 할 일이 있을 것이다. 호단이 말했다. 이민자와 정치적 망명자는 달라. 이민자는 자신이 낯선 세계, 어떤 진공 상태에 처했다고 느끼지. 고향의 익숙한 것들이 없는 게 고통스럽지. 종종 이민자는 자신에게 닥치는 일들을 이해할 수 없고, 또 이해하려고 하지도 않아. 개인적인 고통이나 변화를 견뎌야 하는 어려움, 새로운 나라에 적응해야만 하는 어려움으로 늘 힘들어하지. 반면 정치적 망명자는 추방을 결코 수긍하지 않아. 늘 자신이 추방된 이유를 생각하면서, 언젠가 다시 돌아갈 수 있도록 세상을 바꾸겠다는 목표로 노력하지. 그의 말이 이어졌다. 그러니까 우리는 망명 생활에서 생기는 피로 현상이나 역할 부재에서 비롯되는 정신장애 조짐에 적극 대응해야 해. 우리는 항상 자신을 역사적 사건들의 요청에 따라 다른 장소로 배정된 행동가로 생각해야만 해.

쿠에바 라 포티타가 오지에 파묻혀서 눈에 잘 띄지 않았다면, 데니아의 군병원은 훤하게 펼쳐진 너른 땅에 자리 잡고 있었다. 병원 주변에는 정원과 밭, 별장과 올리브 숲 들이 널려 있었다. 땅의 북동쪽은 멀리 수평선으로 달아나고, 남서쪽은 울창한 숲을 이룬 구릉들과 아스라이 푸르스름한 산맥으로 이어졌다. 병원으로 가기 위해 협곡과 암석 산비탈을 통과할 필요가 없었다. 하얀 돌기둥이 양쪽으로 호위하는 목가적인 대문을 통과하는 것으로 족했다. 날아갈 듯 유연한 곡선의 주물 장식 아치를 얹은 대문에는 빌라 칸디다라는 이 별장지의 이름이 걸려 있었다. 주렁주렁 매달린 잘 익은 과실들 때문에 가지들이 축 늘어진 오렌지나무 밭을 통과한 길은 밝은 노란색 건물을 향해 뻗어 있었다. 균형이 잘 잡힌 그 건물은 외벽 모서리와 발코니 기둥을 갖춘 창문마다 붉은 벽돌로 볼록하게 테를 두르고 있었다. 내부의 건축 방식은 후카르 강변의 그 저택과 같았다. 하지만 상단 창문에 초록색과 하얀색 줄무늬 주름 커튼이 걸린, 널찍한 사각의 홀은 묘실 같은 느낌이 전혀 없었다. 장식품 하나하나, 물건 하나하나, 가구 하나하나가 선별되고 관리된 것들이었다. 홀 바닥의 불그스레한 사암 석판에 박아 넣은 채색 도자기 타일들, 돌고래며 사자며 독수리며 백합이며 문장을 그려내는 무늬 타일들은 꼼꼼한 수공업 기술로 탄생한 것이었다. 위층으로 가는 계단을 따라 이어진 도자기 띠도 마찬가지였다. 그곳에는 시골 생활의 장면들이 묘사되어 있었다. 목재로 마감한 벽면에는, 붙박이 촛대들 사이사이로 동인도와 중국의 자기 접시, 군도, 채색동판화 들이 걸려 있었다. 풍성하게 조각된 르네상스풍의 의자, 집게발을 한 함, 주석 잔이 가득 들어찬 장식장, 접이식 양 날개를 펼친, 들보를 댄 육중한 테이블들이 그 너른 공간을 가득 채우고 있었다. 빙 둘러진 위층 회랑의 난간은 나선형으로 깎은 기둥들이 받치고 있었다. 포도를 수확하는 처녀, 당나귀가 끄는 수레, 악사와 춤추는 농부, 사냥꾼과 사슴들을 지나 위층으로 오르면, 몇 개의 그룹으로 배치된 가족사가 펼쳐졌다. 1백 년에 달하는 가족사였다. 액자를 댄 다게레오타이프 사진과 일반 사진 속에는, 레이스로 장식된 드레스를 입거나 실크 모자와 연미복 차림의 아이들, 어깨까지 내려오는 베일을 쓰고 진주를 걸친 부인들, 각종 훈장과 수염으로 치장한 신사들이 있었다. 은행가 메를레가 이 저택의 마지막 주인이었다. 침실 전면에 바다를 향해 난 테라스로 나서자, 그 아래로 화원이 펼쳐졌다. 야자수, 히말라야삼나무, 월계수, 목련, 양치류의 깃 모양 잎사귀가 달린 자카란다 관목들이 가득했다. 오른편으로는 데니아 산이 솟아 있었는데, 그 정상에는 성곽이 왕관처럼 둘러져 있었다. 군병원은 만의 맞은편에 자리 잡고 있었다. 요양원은 병원 주변의 빌라 다섯 채에 마련되었다. 가파른 기와지붕 아래로 덧댄 부속 건물에는 주방과 닭장, 실험실과 사무실이 들어 있었다. 실험실에는 현미경도, 가열로도, 원심분리기도, 전기주전자도 없었다. 사무실에는 타자기도 한 대 없었다. 자동차는 본부로 되돌아갔다. 갑자기 누가 아프거나 사고 신고가 들어오면, 의사와 간호사들은 집들 사이를 몇 킬로미터씩이나 걸어서 오가야만 했다. 빌라에는 침대는 물론 수건과 비누, 세숫대야조차 없었다. 환자들은 돌바닥에 매트리스를 깔고, 그 위에 누워 있었다. 병원에는 가장 단순한 의료 장비들조차 없었다. 예방접종을 할 수가 없었고, 소독제를 마련할 수도 없었다. 3백 명이 넘는 부상자와 환자들이 있었지만, 가장 간단한 처방전조차 가는 데 하루가 걸리는 알바세테로 주문 쪽지를 보내야 했다. 그리고 필요한 의약품을 실은 구급차가 도착할 때까지, 다시 일주일을 기다려야만 했다. 테루엘을 놓고 치열한 전투가 벌어지는 동안 우리는 물과 모래로 방들을 청소했다. 수건, 담요, 양동이, 냄비, 종이를 구하러 데니아를 뒤집고 다녔다. 또 옥도정기, 리졸, 클로라민, 브롬, 아스피린, 그리고 의료 검사 장비를 구하기 위해, 사방으로 전화를 걸어댔다. 이 별장을 넘겨받을 때, 사유재산을 보호하는 것뿐 아니라 빌라 칸디다에 손을 대지 않는다는 조건이 붙어 있었다. 이 저택은 주임 의사의 사택 정도로만 사용할 수 있었다. 호단은 이러한 편의를 받아들이려고 하지 않았다. 그는 이 건물의 처분권을 얻어내려고 노력했다. 건물을 병원 중앙본부로 이용하기 위해서였다. 병원은 별도의 계획 없이 설립된 것이었다. 의사 두서너 명이 어찌어찌 모은 사람들과 함께 이사 나간 빌라들에 환자들을 채워 넣었다. 환자들은 만원 상태인 알리칸테, 베니도름, 알코이의 병원에서 수송되어 왔다. 올리바와 간디아로 가는 길에 있는 빌라와 장원들은 숙소로 이용되었다. 일부는 병자나 고아들을 위한 거주 시설로 쓰였다. 의사와 위생병 대부분이 테루엘 전선으로 소환되었기 때문에, 넓은 지역에 흩어져 있는 시설은 제대로 관리되지 못했다. 라 보스케 농장에서는 보모 혼자서 48명의 아이를 돌보고 있었다. 올리바에는 보모를 한 명도 보내지 못했다. 그곳에는 스칸디나비아에서 보내준 원조금으로 고아원을 세울 예정이었다. 우선 상황을 개관하고, 자력구제를 해야 했다. 입원한 사람들 중에 위생 업무 능력이 있는 자원자를 찾아내야 했다. 대부분의 사람은 의욕을 잃은 채, 자포자기 상태였고, 목숨을 부지하는 데 만족했다. 오히려 병으로 쇠약해진 호단이 나서서 그들을 활동하도록 격려했다. 나는 궁금해졌다. 왜 아무도 스스로 청소를 하지 못했던 것일까. 왜 여기 모인 많은 사람 중 아무도 먼저 행동할 힘을 내지 못했던 것일까. 그들 모두가 마치 가장 기본적인 일들을 해내기 위해 호단이 오기를 기다린 것 같았다. 종종 오해와 남용을 겪는, 수상쩍기 그지없는 이른바 리더십이라는 것이 호단의 경우에는 어떤 인격적 조화로, 경청할 줄 알고 상대로 하여금 자기 자신의 가치를 느끼게 만드는 능력으로 표출되었다. 우리는 가장 단순한 활동을 시작했다. 재고를 조사하고, 입원한 사람들을 국적별로 분류하고, 그룹별 대표자를 선발하고, 전체회의를 열기로 결정했다. 쿠에바에서 그랬던 것처럼, 호단은 입원한 사람들로 하여금 전선에서 멀어졌지만 아직 제대한 게 아니라는 걸 자각하게 했다. 지휘부가 없으니, 많은 사람들은 자신이 군대에 소속되어 있다는 것을 잊고 있었다. 이들 한 명 한 명이 국제주의를 대변하고 있었지만, 그 이념은 아직 공동의 언어를 찾지 못했다는 것, 그 이념 아래 모였지만 국적이 다른 사람들끼리의 공동생활은 금방 불만을 촉발할 수 있다는 것이 다시금 드러났다. 내면이 붕괴되었기 때문에, 충돌이나 공격을 하는 데 아무도 더는 거리낌이 없었다. 쿠에바 요양원에서 작은 규모로 시작되었던 것들이, 이곳에서는 벌써 그 최종 모습으로 나타나고 있었다. 데니아에서 필요한 것은 단순히 교육학적 조처들만이 아니었다. 새로운 출발이 필요했다. 질서와 규율을 세운다는 건, 우선은 무감각 상태에서 갑자기 터져 나올 수 있는 폭력을 억제한다는 의미이기도 했다. 바다 공기가 호단의 호흡을 편하게 만들었다. 그는 하얀 해변 너머로, 화단과 편도나무와 무화과나무 사이에 서 있는 집들 너머로, 그리고 뾰족뾰족한 산줄기 너머 가장 높이 솟은 희미한 산봉우리까지 눈길을 던지곤 했다. 그러나 방문을 열면, 호단이 만나는 건 흉하게 일그러진 얼굴들이었다. 행정실 책상 뒤에 한 여자가 이마와 뺨이 찢어진 채 피를 흘리며 서 있었다. 두 남자는 그 여자에게서 한 걸음 물러나 있었고, 또 다른 한 남자는 구석에 가만히 서 있었다. 나는 왜곡된 말이 나도는 이 사건을 보고서에 정리해야 했다. 병원 본부에 있는 몇 안 되는 여성 중 한 명인 마르카우어[241]는 고립 상태에 있는 많은 남자의 판타지를 자극했다. 프랑스 대대 소속인 뒤쿠르 티아와 제로는 술에 취해 사무실로 그녀를 불쑥 찾아와서는, 상스러운 농담을 하며 소문으로 떠도는 그녀의 연애관계들을 넌지시 들춰댔다. 당의 모든 교육을 망각한 채, 그리고 부상을 얻기까지 수개월간 자신들이 지켜왔던 부대의 명예를 실추시키면서, 그들은 자신들과 같은 유니폼을 입은 여성 동지를 덮친 것이었다. 이 돌발적인 무법 행위는 벙어리 목격자가 있어서 확증할 수 있었다. 터무니없는 모욕이 오가고 귀중한 시간을 낭비해가면서, 역겹지만 기록해야 했던 이 사건은 우리가 도착한 첫날 벌어졌다. 경찰차를 탄 그들의 머리 위로 차의 방수 덮개가 닫히고 사라질 때까지, 침과 땀으로 범벅인 채 술기운에 불콰한 병사들의 얼굴이 나의 뇌리를 파고들었다. 그런데 호단의 태도와 눈길에서, 천식 발작이 언제 터질까 하는 상시적인 두려움이 사라졌다는 것을 알 수 있었다. 그의 고통을 가중시켰던 심리적 압박이 줄어든 것이었다. 공화국 군대의 테루엘 정복, 그리고 팔랑헤 정부의 패배와 체포는 호단의 이런 낙관주의에 일조했다. 북쪽 전선에서는 아직도 살을 에는 듯한 추위가 한창이지만, 기후가 온화한 이곳에서는 전쟁이 반전되고 있다는 확신이 퍼져나갔다. 튀긴 흙탕물로 범벅이 된 트럭에 부상자와 중환자들이 실려 들어오고 있었지만, 그런 확신은 흔들리지 않았다. 승리에 대한 이런 확신이 특이했던 만큼이나, 농익은 과실과 다음 결실을 위한 꽃이 동시에 맺힌 오렌지나무의 모습 또한 특이했다. 린드백과 그리그가 1월 중순에 테루엘에서 돌아왔다. 린드백은 이 노르웨이 작가를 탱크에 태워, 눈 덮인 발베르데를 출발해 교전 중인 산악 지대를 지나 테루엘의 토리하 광장까

241) 스페인 내전에 참전한 공산주의자로 여성해방적 관점을 지녔다. 당에 대한 비판적이고 무정부주의적인 성향을 드러내어 1938년 당에서 제거되었다.

지 데리고 갔었다. 1년 전부터 린드백은 텔만 대대에 소속되어서, 이 부대의 이야기를 쓰고 있었다. 그녀는 이 책의 서문 작업에 대해, 그리고 전체 계획의 어려움에 대해 이야기했다. 군부대에 여성이 들어갈 수 없었기 때문에, 그녀는 하마라에서부터 저널리스트 자격으로 텔만 대대의 모든 전투에 함께했다. 유니폼과 무기는 착용할 수 있었다. 칼레 대령이 몸소 그녀에게 기사 작성을 요청했다. 하지만 지금 그녀는 고민하고 있었다. 아직 상황이 종결되지 않은 단계에서, 많은 연관관계가 여전히 비밀로 남아 있어야 하는데, 어떻게 이야기를 쓸 수 있을지. 그녀가 말했다. 시작은 분명해요. 전투의 공간적 시간적 진행 과정도 서술할 수 있어요. 목격자의 증언들, 개별 인물들의 특징을 묘사해서 텍스트를 생생하게 만들 수도 있어요. 그럼에도 불구하고, 글에 당면한 문제를 넘어서는 전망이 없다면 그건 만족스럽지 못하죠. 그리그가 말을 받았다. 우리는 정치적 작가로서 자기 고유의 인식 탐구와 당의 강령 아래 놓인 양심을 조화시키는 문제에 끊임없이 직면하게 되죠. 10월 혁명 이후의 몇 년간처럼 더 이상 그렇게 완전하게 예술적 원칙들이 혁명적인 사회적 상황에 융합되지는 않으니까. 그때는 직접적인 사실을 말하든, 시적인 비유를 말하든 상관없이 어떤 문학도 변화에 일조한다는 확신이 있었어요. 개인의 목소리를 표현하는 시든, 집단적 의지를 표현하는 산문이든 결코 위축되거나 지시를 받는다는 느낌 없이, 열렬한 진보의 편이라는 게 분명했지요. 문학이 비판을 받는 경우는 있었어요. 때로는 격하고 심한 비판이었죠. 그래도 결국 수용되었어요. 문학은 가변적이지만, 새로운 형식을 탐구하는 어떤 힘, 어떤 과도한 것도 시도해볼 수 있는 힘이라고 생각했지요. 오늘날 우리는 자신이 본 것을 과연 어느 정도까지 전략적 명령에 종속시킬 것인가 하는 문제에 항상 부딪히죠. 그리그는 린드백에게 말했다. 당신이 자신의 기사가 뭔가 부족하다고 느끼는 건 이런 이유에서일 겁니다. 기사를 이리해보고 저리해보아도, 불명확하고 부족한 점이 보이는 거죠. 사실 당신 생각과 달리, 시작도 명백하지가 않아요. 늦어도 바이믈러의 등장 이후로는 잘 알 수 없는 점들이 있어요. 책에서 당신은 슈라이너에 대해서는 아무런 언급을 하지 않았죠. 바이믈러에 관해서는 만족할 만큼 알 수 없고요. 그가 쿡스하펜에서 최전선에서 싸웠고, 수병평의회 의원이었다는 것, 그 후 사형집행 예정일 바로 전날 저녁 다하우에서 도망쳐 모스크바에서 살았고, 1936년 8월 초 스페인으로 왔는데, 바로 12월 1일 마드리드 전투에서 지근거리에서 심장에 총을 맞고 전사했다는 정도예요. 어떻게 파시스트들의 감옥을 탈출할 수 있었는지 그 세부 경로에 대해서는 아무것도 말하지 못했어요. 당신 자신이 아무것도 모르기 때문이거나, 아니면 당신이 아는 것을 적이 알면 안 되기 때문이겠지요. 그래서 바이믈러의 죽음 위에 무명용사 기념비가 세워지는 거죠. 린드백이 말을 받았다. 바이믈러의 탈출 얘기는 들은 게 있었어요. 보초 한 명을 목 졸라 죽이고, 그 보초의 유니폼을 입고 도망쳤다고 해요. 그 행동으로 그는 대단히 유명해졌을 거예요. 바이믈러가 모로코 저격수들의 공격을 받아 대대의 지휘관인 슈스터와 함께 베스트파크에서 전사했을 때, 우리 편이 살해한 것이라는 소문이 퍼졌어요. 두루티가 죽었을 때도 그랬지요. 우리는 이런 일을 잘 알아요. 이런 거짓말을 퍼뜨리는 사람들은 오늘날 테루엘이 팔랑헤당원들의 수중에 다시 넘어갔다고 전하는 자들과 같은 종류죠. 그런 사람들이 원하는 것은, 전투병들로 하여금 의심하도록 만들고, 이들의 품위를 깎아내리고, 불안을 조장하고, 인민전선과 군대를 이간질하는 거죠. 테루엘에서는 독일인 대대를 일부러 패배로 몰고 갔다는 주장도 제기되었어요. 자원병들을 도살용 가축이라고 불러요. 그리그가 말했다. 나는 그런 식의 왜곡을 말하는 건 아니에요. 내가 묻고 싶은 건, 우리가 얼마나 큰 반경에서 한 사건을 서술할수 있느냐는 거죠. 현재의 관점에 맞는, 당장의 구호에 부응하는 그런 반경에만 머물 것이냐, 아니면 마음이 불편해도 모순이 넘치는, 하지만 보다 타당한 모습이 그 안에 숨어 있는 전체를 볼 것이냐는 물음이지요. 그의 말이 이어졌다. 우리는 공산주의자들이죠. 우리는 스스로 그어놓은 반경 안에서 침묵합니다. 침묵으로 우리는 당의 명령을 인정합니다. 우리는 두루티의 관 옆에서 상주 역할을 했던 로젠베르크와 오브세옌코를 두고 아무 말이 없는 이유를 묻지 않지요. 오스트리아인인지 독일인인지 몰라도, 수많은 전투를 치른 영웅인 신비로운 클레버 장군을 왜 더는 언급하지 않는지, 왜 그가 마치 존재한 적이 없었던 것처럼 사라져버린 건지 우리는 묻지 않아요. 이런 상황과 지시에는 그럴 만한 중요한 이유가 있을 거라는 가정, 혹은 확신 아래 우리는 입을 다물고 있죠. 하지만 당이 나중에 우리에게 그런 결정들이 내려질 수밖에 없었던 이유를 자세히 설명해줄 거라는 희망과 확신으로 침묵하는 동안 우리는 고민에 빠집니다. 우리 시대를 위해서만이 아니라, 진실을 알고자 하는 요구가 지금의 모든 타당성을 깨버릴 그런 시대를 위해서도 글을 쓰고 싶다는 욕망 때문에 괴로워지는 거죠. 종종 잘 이해할 수 없는 현재의 당의 결정들은, 언젠가 올바른 시점이 왔다고 판단하면, 당이 그런 결정들을 내린 모든 맥락을 밝힐 거라고 우리는 믿고 있죠. 당이 그 행동들을 이해할 수 없게 놔둔다면, 그것은 더 이상 레닌주의적 당이 아닌 거죠. 현재 우리가 처한 위기를 극복하고 나면, 지금 당에서 벌어지고 있는 알력과 변화의 내막을 알게 되겠지요. 하지만 정의의 이념은 당의 근본과 불가분의 관계에 있기 때문에, 우리는 도덕적 갈등에 빠지는 거죠. 자유를 요구하는 객관적인 역사학자의 입장이 정당 정치인으로서의 자기제한과 충돌하는 거죠. 우리는 휴머니스트들이에요. 그러나 동시에 우리 자신에게는 비인간적일 정도로 엄격해야만 하죠. 호단이 말을 받았다. 작가에게 진리는 포기할 수 없는 겁니다. 작가에게는 과학적으로 설명 가능한 준거만이 진리예요. 작가는 특정한 생각들을 일시적으로 유보해둘 수 있어요. 자신의 발언이 크고 중요한 전술에 방해가 된다면요. 하지만 작가가 전체를 보는 자기만의 틀을 포기한다면, 모든 신뢰를 잃게 될 겁니다. 현실 정치적인 한계를 넘어서 우리가 사는 세계를 해석해보려는 동시대인들의 갈망, 작가가 그 갈망에 어느 정도나 부응하느냐에 따라 작가의 수준이 결정되는 거죠. 린드백이 말을 받았다. 진리는 가변적인 개념이에요. 내게 진리는 어떤 주어진 시점에 우리의 일에 가장 도움이 되는 것, 바로 그것이에요. 그리그가 말했다. 하지만 당신이 밟고 선 땅이 흔들리기 때문에, 당신은 불안을 느끼고 있어요. 린드백이 대답했다. 그것은 내가 불확실하기 때문이 아니에요. 내가 생각하는 진리는 누구나 다 동의하는 것이에요. 우리는 세계전쟁을 예상하고 있고, 그렇기 때문에 내가 하는 어떤 말도 의심을 야기해서는 안 되죠. 내가 우리의 전술에 절대적으로 동의하고 있다는 것을 보여줘야 해요. 나는 무수한 사람이 죽어가는 것을 보았어요. 내가 이 죽음을 설명하고 싶은 거라면, 미심쩍은 점들을 언급하는 건 도움이 되지 않아요. 전선에 있는 사람은 누구나 똑같은 정도로 죽음의 위험에 처해 있죠. 저항하겠다는 결심은 죽을 수 있다는 것을 의미해요. 나는 국제여단의 의미를 과도하게 평가할 마음은 없어요. 파리나 프라하에 있는 망명자들은 우리의 부대들이 전쟁을 결정할 거라고 생각하고 싶어 하죠. 물론 텔만, 앙드레, 바이믈러의 부대들은 끊임없이 교전 중이죠. 그러나 이 부대들은 최대 5천 명이에요. 국제여단의 수를 3만이나 3만 5천으로 추정하죠. 그건 70만 인민군에 비하면 극히 일부분이죠. 팔랑헤당원들은 국제여단의 의미를 확대하려고 들어요. 국제여단이 없었으면 스페인공화국 세력은 진작에 무너졌을 거라고 떠들고 있어요. 그들은 소련군을 1만 명으로 계산해요. 팔랑헤당원들은 외부 세력이 스페인공화국을 장악해서, 볼셰비즘을 일으킬 거라는 인상을 주려는 거죠. 유럽과 미국의 부르주아 언론들은 이것을 그대로 따라하고요. 그러면서 스페인, 독일, 이탈리아 민족주의 세력들의 반볼셰비즘 동맹을 정당화하죠. 하지만 공산주의 세력의 침투라는 비방이 기만인 것처럼, 우리가 국제여단의 참전 규모를 축소한다면 그것도 기만이지요. 국제여단의 절반이 그들이 지키려고 온 이 땅에 묻혔어요. 이들이 빠져나간 자리는 스페인 사람들이 메꾸고 있어요. 이미 여러 부대에서 스페인 동지들이 더 많은 상태죠. 그렇지만 숫자상으로 미미함에도 불구하고, 이 전쟁에 국제군이 참여한 것은 연대라는 관점에서는 대단히 귀중하죠. 인민전선이 파리에서 벌였던 그 대단한 데모에 비하면, 3만 명은 적긴 해요. 그러나 데모에 참가한 그 수십만이 파시즘의 공격을 격파하기 위해 자신의 모든 것을 바치는 것은 아니니만큼, 이 3만 명은 자꾸 언급되어야만 해요. 왜냐하면 이들이야말로 자신의 정치적 통찰에서 일관된 결론을 끌어낸 사람들이기 때문이죠. 이들의 중요성을 무시할 수 없어요. 소련의 무기 공급도 마찬가지예요. 많은 사람이 불충분하다고 생각하지만, 그것이 인민군의 전투력을 지켜주고 있어요. 봉쇄 아래서 수송하는 어려움을 생각하면, 우리가 모든 연대마다 기관총을 한 대씩 가지고 있다는 것은 일종의 승리죠. 브루네테에서는 최신 모델 대장갑차용 대포도 받았죠. 45밀리 포탄의 파괴력은 얼마든지 이야기할 수가 있어요. 하나의 사실은 전달할 수가 있어요. 하나하나의 행위 뒤에 있는 인간적인 힘들을 서술하려고 하면 어려워지기 시작해요. 나는 작은 부대를 설명해줄 수 있는 사실들을 수집해보았어요. 부대 이름이 상징적이죠. 앙드레는 처형되었어요. 전 세계에서 보내는 항의에도 불구하고, 텔만은 여전히 투옥 상태고, 게다가 살해 위협을 받고 있죠. 우리 군대의 단위 조직에 이들의 이름을 붙였다는 것은, 어떤 방향을 시사하는 거죠. 입대를 함으로써 정치적인 소속성을 확인받는 거죠. 그러나 전투병 개개인의 배경을 확인할 수가 없는데, 그 자원병을 이룬Irun의 전선으로, 또 카탈루냐로 향하게 만든 동기와 과정을 모르는데, 어떻게 내가 그들의 정치적 입장을 분명하게 설명할 수 있겠어요. 그래서 대부분의 병사는 익명으로 남을 수 밖에 없는 거죠. 드러나는 건 몇몇 이름뿐이에요. 이 이름들은 내가 전쟁의 다양한 단계에서, 최전선에서 만났던 많은 사람을 대표하죠. 바이믈러와 함께 텔만 대대의 다른 지도자들도 전사했어요. 아들러, 빌레, 슈스터의 이름은 나도 알아요. 산타 키테리아 공격에서 가이젠이 부상당했을 때, 소대장 프로이스가 전사했어요. 푸칼루스라는 이름의 대대 기수도 그렇고요. 그리고 이들의 후임으로 닐센이라는 덴마크인 삼형제가 임명되었어요. 그녀가 말했다. 이것이 바로 나를 괴롭히는 점이에요. 그들이 누구인지 내가 모른다는 거요. 그들 모두를요. 스페인을 위해 생명을 바친 최고의 덕목을 가진 자들인데 말이죠. 그 순간, 나는 그녀의 활기차고 널찍한 얼굴이 갑자기 얼어붙으며 잿빛이 되는 것을 보았다. 나는 린드백에게 수도원 언덕을 정복할 때 얼마나 많은 손실을 입었는지 물었다. 계산을 시작한 린드백은 사망자 19명을 꼽았다. 굼멜, 바그너, 슈빈들링, 히르젤, 엥겔만, 포르트, 뢰시, 마이어, 바움가르텐, 헤라스, 피기어, 그런 다음 더듬거리더니 다른 사람들의 이름은 대지 못했다. 그리고 52명의 부상자가 있었다고 했다. 내가 다른 곳에서 전사자 34명과 부상자 41명이라는 수치를 들었다고 말하자, 그녀는 크게 낙담했다. 그녀가 밋밋한 어조로 말을 계속했다. 아마도 퇴각 시에 부상자의 일부만이 구조되었을 수 있어요. 공격을 감행한 143명이라는 숫자도 린드백은 확인해주지 못했다. 전투행위에 대한 어떤 식의 서술도 반박당할 수 있었다. 서술은 정반대의 관점에서도 가능했다. 한 연대원의 숫자, 전사자와 부상자의 숫자를 정확히 확인하지 못하는데, 도대체 개개인을 윤곽 정도라도 그려내는 게 가능했을까. 그리그가 말을 받았다. 그 세 명의 덴마크 형제에 관해서는 불확실성을 벗겨낼 수도 있을 거라고 했다. 삼형제는 드라마의 인물감이라고 했다. 모순과 뒤섞인 이해관계, 왜곡, 이상적 생각들, 이 모든 것이 함께 흘러가는 가운데, 어쩌면 그들의 개인적 특징을 다시 발견하고, 그들을 대표적인 예로 만들어볼 수 있겠다고 했다. 린드백이 편지 한 장을 꺼냈다. 코펜하겐에서 온, 덴마크어로 쓰인 편지였다. 라르센이라는 이름의 한 전사자의 아버지가 보낸 것이었다. 이 병사도 텔만 대대 출신이었다. 아버지는 편지에서 말하고 있었다. 라르센은 좋은 아들이었습니다. 아들에 대해서는 오로지 칭찬밖에 할 말이 없답니다. 아들의 희생은 좋은 일을 위한 것이었습니다. 단 한 가지 부탁이 있습니다. 내 아들이 묻힌 곳을 알려주십시오. 급하진 않습니다. 세상을 야만에서 구하기 위해, 당신들은 밤낮으로 할 일이 많을 테니까요. 그러나 승리가 오고 나면, 나는 내 아들의 무덤에 가보고 싶습니다. 아들이 마지막으로 싸웠던 장소를 보고 싶습니다. 린드백이 말했다. 하지만 아게 라르센이 어디에 묻혔는지 아는 사람이 아무도 없어요. 테루엘에는 집단묘지가 많이 있어요. 그 아버지는 노동자이고, 코펜하겐 북구, 미메르스가 35번지, 2층에 살고 있어요. 아마 한번쯤 테루엘로 오겠지요. 아버지는 거대한 산줄기 사이로 폐허에서 재건된 도시가 펼쳐진 것을 보겠죠.

계곡 사이의 높은 구름다리, 거대한 공터, 급경사의 산비탈 들도 보겠지요. 이제 내가 알아낼 거예요. 그 아들의 부대가 전멸하기 전에 어디에 있었는지를요. 그래서 우리가 적을 물리치고 나면 그곳에 표시를 할 거예요. 그 자리를 찾는 노동자 라르센의 눈에 충분히 띌 수 있도록요. 몇 주 뒤 린드백은 폭풍우 속에서 다시 테루엘을 향해 길을 나섰다. 그러나 발렌시아 북쪽에서 테루엘로 가는 도로들은 이미 파시스트 군대의 선두 돌격부대에 의해 차단된 상태였다. 계속된 폭격 이후, 기진맥진한 공화국 병사들은 테루엘에서 적들에게 포위되었다. 전력 증원은 할 수가 없었다. 아라곤 전선과 에브로 강변에서 팔랑헤당 병사들이 다시 공격을 준비하고 있었기 때문이다. 린드백과 그리그가 데니아로 돌아왔을 때, 테루엘은 함락 직전이었다.

빌라 칸디다는 그사이 병원 본부로 바뀌었다. 호단이 자의적으로 저택을 압류한 것인지, 아니면 소유주와 직접 협상한 것인지는 확인할 수 없었다. 우리는 더 자세히 묻지 않았다. 우리는 저택의 접수가 전시국제법에 따른 것으로 간주했다. 특별한 간병이 필요한 환자들은 테라스가 있는 방들에 배치했다. 반면 의사와 직원들은 회랑을 따라 난 다른 방들을 사용했다. 아래층 식당과 널찍한 유리문 뒤 응접실은 행정 업무에 사용되었다. 전체 모임은 홀에서 열렸다. 우리가 방들을 꾸미고, 멀리 떨어진 건물들 사이에 확실한 연계를 확보하면서, 이전 시기를 산만하게만 보았던 우리의 생각도 달라졌다. 하루가 계획적으로 진행되자, 지나간 시간도 개관이 가능해졌다. 아무 준비가 없었기에, 우리는 권태와 혼란 상태에 빠져든 것이었다. 행동이 필요했다. 우리는 모든 활동을 우리의 현재 입장에서 바라보았다. 우리 자신을 사건의 장본인으로 이해했다. 그러자 비로소 개개인이 눈에 들어오기 시작했다. 공동의 작업을 하는 동안, 과거의 파편들이 나타났다. 그러자 좀더 큰 관계망이 천천히 드러나기 시작했다. 우리가 오기 전에 무슨 일이 있었는지 알게 되었다. 어디나 그렇듯이, 이곳에도 온통 즉흥적인 조처들이 있었다. 이런저런 것을 조직해보려는 개별적인 시도들이 있었고, 실패들이 있었다. 모든 군병원, 모든 군영, 모든 보급소가 이런 리듬을 따르고 있었다. 모든 분야가 때때로 마비되곤 했다. 공화국의 무기 공장이 봉쇄 조치 때문에 부족해진 분량을 채우지 못했던 것처럼, 모든 다른 분야의 생산도 불충분했다. 급식, 물자 공급은 언제나 와해될 위험이 있었다. 어디 한 군데라도 약해지고 용기를 잃는 조짐이 생기면, 그것은 곧바로 이미 무기력과 절망을 자기 안에 담고 사는 사람들 한 명 한 명에게 영향을 주었다. 그렇게 하강의 물결이 이루어졌다. 물론 막아보려는 시도는 늘 있었다. 별 평가를 받지 못한 노력들, 끝없는 일과에 파묻혀 흐지부지된 노력들이었다. 한편에서는 의복과 폭약이 도착하고, 다른 한편에서는 피난민들에게 음식과 숙소가 제공되었다. 한편에서는 기진한 사람들이 휴식을 필요로 했고, 다른 한편에서는 원기를 회복한 부대들이 출동했다. 사람들은 왜 프랑스, 영국, 스칸디나비아의 노동자들이 이 전쟁을 충분히 지원하지 않는지 물었다. 기부자 개개인이 월급을 절약해서 보내주는 돈은 수요에 비하면 미미할 뿐이었다. 투쟁 행동은 어떻게 되고 있는지, 왜 강력한 총파업 소식은 없는지, 어떻게 프랑스의 노동자 계급이 반동정부에 점차 굴복하고, 인민전선이 조금씩 와해되도록 방치할 수 있는지 물었다. 연말연시에는 시시각각 변화가 무쌍했다. 크리스마스에 독일 함대가 해안을 폭격했고, 동시에 티푸스 발병 신고가 들어왔다. 군병원의 부속 건물들이 무너져 내렸다. 길이 폭파되고, 전염병동이 마련되어야만 했다. 보호자 없이 떠돌아다니는 아이들을 전염 위험 지역에서 격리해야 했다. 부족한 장비로 창고에서 전염병 환자들을 돌볼 수밖에 없었다. 1월 초 데니아의 군영이 다시 총격을 받았을 때, 처음으로 사망자가 발생했다. 이런 무방비 상태, 이처럼 힘들고 혼란스러운 상황에서 우리는 고립된 작은 지역을 떠나 이곳에 온 것이었다. 처음 이곳 상황을 판단할 때, 우리는 위기 상황에서 사람들이 반복적으로 저지르는 실수를 똑같이 저질렀다. 무질서를 탓할 사람을 찾았고, 성취가 아니라 실패만을 보았고, 부족한 점을 아쉬워했다. 지금 새로운 추진력으로 건설에 팔을 걷어붙인 병원 사람들은 우리가 처음에 만났던, 과로하고 지칠 대로 지친 바로 그 사람들이었다. 과거에도 그들은 무언가 시도했던 것이다. 그들은 자발적이었지만 미숙했다. 그들의 본성이 바뀐 것은 아니었다. 그들은 여전히 공포에 빠지고, 우유부단할 수 있었다. 그들은 동참할 자세가 되어 있으며, 자립적이 될 능력도 있었다. 그리그가 말했다. 우리는 그들과 다르다고 주장할 수 있을까요. 우리 역시 때로 멈춰 서고, 절망에 빠져요. 그러면 다른 사람의 도움을 받거나, 어떤 때는 자신의 사유의 힘으로 극복하지요. 그의 말이 이어졌다. 그런데 이 사유란 것이 대체 뭔가요. 우리가 기록하는 이 미사여구들이 대체 뭔가요. 사방에서 실천 중인 행동들에 비하면 말이죠. 우리는 힘을 내서 기사를 쓰고, 인도주의적 책임을 논하고, 목격한 불의와 고통 앞에서 불만과 절망을 외칩니다. 그러나 이곳에서 사람들은 부상자들, 다 죽어가는 사람들을 품에 안아 나르고, 그들의 자리를 봐줍니다. 약도 장비도 거의 없지만, 사람들은 엄청난 헌신과 격려로 상처와 질병을 치료하고 있어요. 우리는 양심의 가책을 덜어보려고, 우리의 부족함을 용서받으려고, 여기 있는 거예요. 우리 모두를 위해 싸우는 스페인 인민을 지원하는 데 유럽 사람들이 충분할 정도로 나서지 않기 때문이죠. 이 파괴의 현장에서, 우리는 이리저리 돌아다니면서 기사를 써서 보내죠. 그 기사들은 참호나 구호소에서 벌어지는 가장 사소한 행위보다도 가치가 적어요. 나는 그리그의 글은 아는 게 없었다. 나는 그가 썼을 법한 글들을 그의 얼굴에서 어떻게라도 읽어내 보려고 했다. 훤하고 매끈한 얼굴이었다. 곧게 뻗은 코, 균형 잡힌 입, 주의 깊은 눈, 높고 넓은 이마, 그 위로 가르마를 탄 짙은 금발. 단정하고, 차분하고, 균형 잡힌 얼굴 아래, 그러나 또 다른 표정이 숨어 있었다. 그 표정은 쉽게 손에 잡히지 않았는데, 간혹 실망, 아니 거의 슬픔 같아 보였다. 그의 체격은 아주 우람했다. 입고 있는 긴 회색 터틀 스웨터는 쇠줄 갑옷처럼 느슨하게 흘러내렸다. 늘 생각에 잠겨 있는 태도가 아니었다면, 그런 그의 외양은 선사시대의 북방 전사를 떠올리게 할 수도 있었다. 그 침잠된 태도 때문인지 그의 강인함에는 힘들게 쟁취한 승리의 느낌이 덧붙여졌다. 그는 처음에는 조화롭고 안정적으로 보였다. 하지만 다음 순간, 그의 눈빛에는 한줄기 슬픔이 배어 나왔다. 마찬가지로 자신의 말을 강조하는 손의 움직임에도, 무언가 머뭇대고 쇠약한 느낌이 있었다. 우리는 휴머니스트들입니다. 다시 그가 말하는 소리가 들렸다. 그러나 우리의 인도주의는 치욕으로 감싸여 있어요. 늘 인도주의와 평화주의를 입에 달고 다니는 사람들, 불의를 보기는 하지만, 변화를 위한 투쟁은 하지 않으려는 사람들이 너무 많아요. 그들은 지배계급의 약삭빠른 옹호자 이상은 아니에요. 나는 그의 자기비판을 이해할 수 없었다. 나는 자문해보았다. 그가 여기 있다는 사실로 충분한 것이 아니었나. 전선의 기사와 정치적 조망으로 계몽에 기여함으로써 자기 역할을 다한 게 아니었나. 우리가 할 수 있는 그 어떤 것에도 한계는 있다. 우리는 자기 자신과 다른 사람들의 약점을 비판하곤 했다. 성급한 결론에 빠지기도 했다. 우리는 왜곡된 행태에서도 진실의 싹을 찾아내려고 노력했다. 그래서 바로 그리그같이, 외부에서 혼란을 들여다보면서 어떤 맥락을 찾아낼 수 있는 작가들이 중요했다. 호단이 말했다. 바로 우리가 제한되고 초조한 상황에서 그러는 것과 같은 방식으로, 지금 소식이 퍼지고 논의되고 있어요. 테루엘 철수, 엄청난 손실이 난 그 퇴각의 희생양을 찾고 있지요. 이런 와중에 처음에는 아나키스트들, 뿔뿔이 흩어진 닌의 추종자들이 거론되었다. 이들의 영향력은 이미 한참 전에 끝난 것으로 보고되었음에도 불구하고 그랬다. 갑자기 이들이 다시 무대에 올랐고, 이들이 음흉하게, 반항하며 군사령부의 명령에 따르기를 거부하면서, 도시가 적의 수중에 떨어졌다는 것이었다. 그다음으로 공격 대상이 된 것은 국방장관인 프리에토[242]였다. 사람들은 그의 파면을 외쳐댔다. 우리는 인민전쟁에 잠재된 갈등이 힘겨운 일상의 토양 위에서 다시 부상하는 것을 보고 있었다. 공화국을 분할하려는 목적으로, 국민군이 테루엘 북쪽에서부터 바다 쪽으로 밀고 들어오려는 시점에, 정부 정책의 불협화음은 위기 수준으로 커지고 있었다. 군대가 카스페 근처의 진지를 지키려고 안간힘을 쓰는 동안, 정당들은 서로 대립하고 있었다. 전장에서는 방어하려고 필사적인데, 정부에서는 국가 지도자들끼리 파벌 투쟁을 벌이고 있었다. 하지만 그것은 다르게 볼 수도 있다고 그리그는 말했다. 군의 계급 질서에서 절대로 대충 넘어가거나 어설프게 행동해선 안 되는 것처럼, 정부에서도 패배주의나 독단적 행동의 경향이 있는 사람은 결코 용납할 수가 없지요. 프리에토는 공화국이 승

---

242) Indalecio Prieto(1883~1962): 스페인의 정치가로 스페인 제2공화국 시기 스페인 사회노동당(PSOE) 지도자 중 한 명이다.

리할 가능성을 더 이상 믿지 않았다. 그는 영국 내각과의 협조 속에서 평화를 협상하기 위한 준비를 하고 있었다. 3월 초 정보교환을 위해 데니아로 온 메비스는 프리에토의 해임이 불가피했던 또 다른 이유들을 말해주었다. 사회주의 우파였던 프리에토, 나는 그가 뚱뚱했고 살이 쪘으며, 개구리라고 불렸다는 것 말고는 아는 게 없었다. 그가 카바예로와는 경쟁 관계였고, 수상 네그린[243]과는 불화를 겪었다는 게 내가 들은 이야기의 전부였다. 또, 공산당의 총아인 프리에토가 카바예로를 무시했다는 소문도 있었다. 우리가 아는 게 이처럼 사소하기 짝이 없다는 사실, 이처럼 철저히 권한으로부터 단절되는 걸 우리가 수용할 수밖에 없다는 사실은 당황스러운 일이었다. 이런 이분법의 느낌은 우리가 하는 모든 설명에서 반복되었다. 그러나 이런 느낌은 당면한 요구들의 무게 아래에서 다시 수그러들곤 했다. 그러다가 이제 우리는 전쟁을 책임지고 있는 장관이 자신의 업무를 스스로 방해했다는 이야기를 듣게 된 것이었다. 부대들을 자극해 끌고 가야 할 프리에토가, 부대가 무너지는 걸 보고만 있었다는 것이다. 메비스가 말했다. 무능과 비관주의에 더해서, 프리에토는 사회당과 공산당의 동맹을 깨려는 시도도 했죠. 그는 인민전선은 지켜내야만 하고, 인민전선의 반대자는 축출할 수밖에 없다고 했다. 지금 인민전선이 반격을 준비하고 있기 때문만이 아니라, 통일의 노력이 더 넓은 기준 아래 다시 착수돼야 할 것이기 때문이라고 했다. 사회주의적 성향의 새 프랑스 정부의 구성이 목전에 와 있었다. 블룸은 과거에 결단력 부족을 드러냈지만, 대립이 첨예화하고 있으니만큼 프랑스 인민전선의 활성화를 기대할 수 있었다. 며칠 후면 발렌시아에서 독일 사민주의자들

---

243) Juan Negrín-López(1892~1956): 스페인의 정치가. 스페인 사회노동당 지도자로 재무장관을 역임했으며, 1937년 수상이 되었다.

과 공산주의자들의 대회가 열릴 것이었다. 전투 지역 한가운데에서 열리는 이 회동은 파리에서 진행될 고위간부들의 회담에 중요한 것이었다. 스페인의 군사전선은 유럽을 가로지르는 광범위한 정치적 전선의 일부였다. 전 세계 노동운동은 이해관계를 공유한다는 사실이 이곳에서 이미 증명되었다. 우리 구역을 잘 유지하고 공고히 하는 것이 당의 정책적 협의에만 직접적인 영향을 미치는 것이 아니었다. 그것은 모든 대회마다 소련이 지칠 줄 모르고 대변했던 주장, 즉 국제 반파시즘 동맹이 필요하다는 주장에도 힘을 실어주었다. 런던에서는 리벤트로프가 핼리팩스[244)와 함께 오스트리아에 대한 독일의 권리를 협의하는 중이었다. 베를린과 빈을 두 개의 수도로 하는 대독일 제국이 논의되었다. 괴링[245)은 보헤미아와 모라비아 지역 독일인의 해방을 요구했다. 메비스는 사민당 지도부가 결단을 해야만 하는 상황에 처했다고 말했다. 브라운, 가르바리니, 마르텐스,[246) 그 밖의 여단에 참여하는 사민당원들이 이미 무장 협력을 주선하려고 나섰다고 했다. 그리그가 말을 받았다. 하지만 협상을 지지부진하게 만드는 온갖 난점도 드러났다고 했다. 서구 세계의 외교와 사민당

---

244) Joachim von Ribbentrop(1893~1946): 독일 민족사회주의 정치가로 1933~45년에 외무장관을 역임했다. 종전 후 뉘른베르크 재판에서 사형을 언도받고 처형되었다.
Edward Frederick Lindley Wood, Earl of Halifax(1881~1959): 영국의 보수 정치가로 1925~31년에 인도의 부통령을 역임했고 1938~40년에 영국의 외무장관으로 파쇼 독일에 대해 불간섭주의 정책을 고수했다.

245) Hermann Göring(1893~1946): 독일의 정치가로 나치스 정권의 공군 총사령관을 지냈고 게슈타포를 조직했으며, 1940년에 히틀러의 후계자로 나치스당의 당수가 되었다. 전후 전범으로 사형을 언도받고 자살했다.

246) Garbarini: 독일 사민당원.
Hans Martens(1908~?): 독일 마구업자 출신의 사민당 정치가로 1933년 이후 체코를 거쳐 스웨덴으로 망명했다. 1936~39년에 스페인 국제여단 텔만대대원으로 활약했으며 종전 후 스웨덴에 남았다.

지도부의 목표는 유럽에서 전쟁을 지연시키는 것만이 아니라고 했다. 공산주의의 영향력을 지연시키는 것도 목표라고 했다. 불간섭이라는 평계를 대면서, 서구에서는 국민진영의 스페인을 인정하려는 분위기가 이미 꽤 퍼져 있다고 했다. 프리에토가 아무 생각 없이 결별을 떠드는 것이 아니라고 했다. 자신은 코민테른이나 소비에트 국가와 대립 관계에 있다고 강조한 프리에토의 행동은, 사민주의 지도자들과 교감한 뒤에 나온 행동임이 틀림없다고 했다. 프리에토는 자신의 출세를 위해 공산당을 이용했고, 마찬가지로 공산당도 프리에토가 가치가 있는 동안만 지지했던 것이다. 프리에토 측에서도 이미 테루엘에서의 실패의 책임을 공산주의자들의 착오와 음모 탓으로 돌리고 있었다. 그리그가 말을 받았다. 사민주의자들은 공산당과의 협력을 거부하면서, 독점적 권력을 추구하는 공산주의자들이 프리에토나 카바예로를 단지 전략적 동맹의 동지로 이용했다는 사실을 그 이유로 들 것이라고 했다. 그리그는 위신과 영향력, 줄다리기와 헤게모니를 두고 힘겨루기를 하는 건 여전하다고 말했다. 그리고 기본 견해가 다르면, 이런 상황은 피할 수 없다고 했다. 절체절명의 위험이 목전에 있다고 해서, 그 두 정당이 서로 이해하게 될지는 의심스럽다고 했다. 그는 자발성의 시기는 지나갔다고 했다. 강제와 무력을 통해서만 단결을 끌어낼 수 있을 거라고 했다. 그가 말했다. 이 모든 게 가혹하지요. 우리는 정말 관대하고 싶었거든요. 이 이분법 속에서, 우리가 가진 개념 대부분이 근본적으로 바뀌었어요. 가능성의 예술인 정치에는 감정을 위한 자리가 전혀 없지요. 우리의 느낌, 우리의 형식 감정, 우리의 시적 감성을 담아내는 불가능성의 예술에서도 지금은 모든 것이 필연의 원칙 아래 설 수밖에 없지요. 행동이 아름다움인 거죠. 대규모 행위에서 우리는 하모니를 봅니다. 우리의 모범은 중무장하고 전장으로 나서는 아킬레스지. 그러니까 문학은 끊임없는 자기극복이어야 하는 셈인 거지. 그는 웃으면서 말했다. 그래서 원래 뱃멀미가 심한 내가 배를 타고 바다로 가는 거예요. 현기증이 심한 내가 가장 높은 건물로 올라가죠. 죽음을 무서워하는 내가 가장 위험한 장소를 찾아가는 거죠. 달렘이 파리로 소환된 뒤, 바르셀로나의 당 정치국을 관장하는 메비스로서는 그 어떤 사변과 일반화보다 실제적인 문제들이 우선일 수밖에 없었다. 한쪽은 초록이고 다른 한쪽은 파란 그의 눈이 그리그를 바라보고 있었다. 정신을 행동력으로 전환하기 위해 스페인으로 온 이 모든 인물과 마주한 그의 가느다란 입은 경멸을 드러내는 것 같았다. 아니라면 그처럼 입술을 꽉 다문 것은, 사민당 간부들이나 마르티와 벌이게 될 논쟁이 걱정되어서였을 것이다. 이제 자신들의 행동을 독일 국내로 집중하려고 생각하는 스페인 거주 독일인 반파시스트들에게 마르티는 반대를 표시했다. 마르티는 제2의 전선을 구상하는 건 자신의 계획에 방해가 된다고 보았다. 그는 발렌시아 대회에 불만을 표하며, 정반대의 명령을 내려서 파견단의 참석을 막으려고 했다. 공화정부 안에서 알력과 분파가 마구 분출되는 가운데, 여단 안에서 국가 간의 이견도 다시 노출되었다. 그게 다가 아니었다. 이런 상황이 고착되자, 모든 단위 부대 안에서도 정치적 사상의 차이가 부지불식간에 불거졌다. 호단은 의자 팔걸이 앞쪽의 돌출 부위에 손을 걸치고 앉아 있었다. 그 옆에는 린드백이 있었다. 검은 머리가 물결쳐 내리는 그녀는 예언자 같기도 하고, 밤의 유령 같기도 했다. 그리그는 바닥의 문장 그림들을 관찰하면서 서성거리고 있었다. 메비스는 자신을 데리러 올 차를 기다리며 창문 너머를 바라보고 있었다. 책상 앞에 앉은 마르카우어는 서류에서 눈을 들어 올려다보았다. 더 기록할 것이 있을지 살피는 눈치였다. 동일한 과업을 위해 모인 이들은 친밀한 사이였다. 불과 몇 안

되는 인물들이 많은 점에서 결코 합의될 수 없는 견해를 피력하고 있었다. 나는 여기저기 작고 하얀 상처가 난 마르카우어의 이마를 바라보았다. 윤곽이 흐릿한 린드백의 넓은 입, 보이지도 않는 건반을 두드리는 신경질적인 그리그의 손가락을 바라보았다. 호단이 앉아 있는 의자만큼은 집중해서 살펴봐야 했다. 예술적으로 제작된 그 의자는, 가죽 방석을 받쳐주는 측면부가 올록볼록 물결을 이루며 교차하는 띠로 이루어졌다. 그런데 메비스를 폭발하게 만든 것은 그리그가 아니라 호단이었다. 그리그가 한 이야기를 두고 시종일관 생각에 잠겼던 호단이 휴머니즘, 사회주의 휴머니즘의 고수는 반드시 필요하다는 말을 했을 때였다. 갑자기, 그리그가 앞에서 한 주장에 동감한다는 듯이, 메비스가 외쳤다. 또 그 이야기군. 도대체 모순이야. 도대체 강박관념이라고. 인간적 얼굴을 한 사회주의니, 자유주의적 사회주의니 하는 말들. 마치 사회주의가 가장 인간적인 공생의 형식이 아니라는 듯이, 공산주의 자체가 다수의 해방을 의미하는 게 아니라는 듯이 말한다고요. 전령이 나타나고 메비스가 황급히 나가버렸기 때문에, 더 이상 대답을 할 수가 없었다. 호단이나 그리그가 더 무슨 대꾸를 하고 싶었을 것 같지도 않았다. 왜냐하면 이 대화 뒤에는 다른 문제가 있었다. 지금은 언급할 수 없는 어떤 다른 문제, 스페인에서의 그 모든 불화보다 우리를 더 무겁게 짓누르는 문제가 숨어 있었다.

이 시기는 매일매일이 역사적이라고 할 수 있었다. 하루하루가 결정을 향해 달려온 많은 날이 만들어낸 결과였다. 하루하루가 국가들, 대륙들, 그리고 전 세계의 미래가 달린 사건들로 가득했다. 특히 3월 2일에서 15일 사이에는, 상호 적대적인 세력들의 존재가 우리에게 너무나 강력하게 다가왔다. 사건의 다양한 층을 구분해내는 건 거의 불가능했다. 권력과 폭력이 집결하는 중심부에서 전해지는 모습들이 우리의 활동, 우리의 행동에 끊임없이 파고들었다. 자체 방송을 위해서, 우리는 영국, 프랑스, 체코의 라디오 뉴스들을 계속 추적하고 있었다. 스칸디나비아 단파방송들이 유용했다. 독일 라디오방송도 유용했다. 그리그는 독일 방송의 시끄러운 호언장담들을 다시 풀어서, 그 뒤의 실상을 어느 정도 짐작할 수 있도록 해주었다. 우리가 듣는 말들은 해설이 필요한, 맥락 없는 신호들, 모스 부호, 암시들이었다. 크렘린궁 외곽에 바로 붙은 마르크스 중앙로, 과거 귀족용 클럽 건물이었던 노조 건물, 그 대연회장의 대리석 기둥들 사이로, 환하게 파란 양쪽 벽 사이, 늘어뜨린 어마어마한 샹들리에 아래, 부하린[247]이 연단에 앉아 있었다. 리코프, 크레스틴스키, 라코프스키,[248] 그리고 또 다른 피고인들과 함께였다. 부하린은 자신이 반동혁명의 지도자라고 고백했다. 소련에 자본주의를 복구하는 게 목적이었다고

---

247) Nikolai Ivanovich Bukharin(1888~1938): 러시아의 혁명가이자 마르크스주의 경제학자이며 철학자로 레닌의 동지였다. 1926~29년에 코민테른 의장을 지냈으며 스탈린에 의해 1938년 공개재판에서 사형선고를 받고 총살되었다.

248) Aleksey Ivanovich Rykov(1881~1938): 1903년부터 볼셰비키파로 활약했으며 1924년 소련의 국무총리를 역임했다. 스탈린에 의해 1937년 체포되어, 1938년 처형되었다.
Nicolai Krestinsky(1883~1938): 러시아의 볼셰비키 혁명가이자 소련의 정치가로 1920년대 주독일 러시아 대사를 지냈다. 뮌첸베르크와 함께 스탈린 반대파를 결성했으나 1928년 이후 다시 친스탈린 입장을 표명했다. 1938년 부하린과 함께 체포되어 처형되었다.
Christian Rakovsky(1873~1941): 불가리아-루마니아의 혁명가이자 정치가, 의사로서 1905년부터 루마니아 사회주의 지도자였다. 1918~23년에 우크라이나 총리를 역임했으며 1924년부터 스탈린을 비판했다. 1941년 옥중에서 사망했다.

했다. 그리그는 부하린이 3년 반 전, 제1차 작가총연합대회 중에 저곳, 저 위 연단에서, 명연설을 하던 장면을 떠올렸다. 그것은 혁명적 예술의 자유, 형식의 무조건적 자유를 설파한 연설이었다. 부하린의 말에는 치열하게 다듬어진 품위가 있었다. 그의 말에는 명징함이 있었다. 그의 말에는 어떤 비전이 있었다. 그것은 성찰적인 의미의 비전이 아니라, 불같은 공격, 투쟁, 응전이었다. 그것은 격렬한 논쟁에서 탄생한 비전이었다. 편협함과 독단주의를 향한 공격, 영웅적 이상주의를 파는 예술 장사꾼들을 향한 질타, 모든 명령에 맞선 거부이자, 개성의 발전을 위한 호소였다. 1934년 8월의 마지막 날들이었다. 그곳에서는, 10월 혁명 이래 자기 표현을 찾아왔던 새로운 예술을 위한 토대가 마련된 것처럼 보였다. 문장 하나하나가 방향을 제시하고 있었다. 연설자의 높은 책임감이 실린 문장들이었다. 연설자 뒤에는 정치국, 당이 있었다. 그리그의 귀에는 그 기쁨에 찬 발언들, 그 폭풍 같은 박수가 아직도 생생했다. 모인 사람들이 나누는 포옹이 램프의 깎인 각마다 수없이 맺혀 있었다. 과거, 보석과 훈장을 번쩍이며 춤추던 귀족들을 비춰주던 이 유리면들은 이제 저주받은 불쌍한 한 무리의 인간들을 보여주고 있었다. 부하린이 1년 뒤 모든 영향력을 잃었으며, 다시 1년 뒤에는 모든 발판을 상실한 것을 그리그도 알고 있었다. 그럼에도 불구하고, 지난 1년 동안 투옥되었던 부하린의 모습을 지금 그는 믿을 수가 없었다. 그리그가 물음을 던졌다. 나는 그래도 부하린이 결백을 밝힐 수 있을 거라고, 지노비예프, 카메네프, 퍄타코프, 라데크, 투하쳅스키[249]에 대한 재판에서 자신에게까지 씌워졌던

---

249) Mikhail Nikolaevich Tukhachevskii(1893~1937): 러시아 내전 시 적군(赤軍)의 조직과 지휘에 탁월한 역량을 발휘하며 소련군 참모총장을 역임했다. 1937년 스탈린에 의해 숙청되었다.

죄목을 해명할 거라고 기대했던 것일까요. 부하린이, 파시즘이 촉발한 전국가적 공황 상태를 해소하고, 사회주의 법치를 다시 확립할 것이라고 믿었던 것일까요. 물음은 이어졌다. 무엇이 레닌의 최측근이었던 부하린을 이렇게 만들었을까요. 온 세상 앞에 자신을 반소비에트 동맹을 조직한 사람으로 내세우고, 자신이 일생 동안 추구하고 싸워온 모든 것을 부정하도록 말이죠. 그리그의 생각으로는, 쇠테 안경을 코에 걸친, 작고, 가냘프고, 축 처진 크레스틴스키가 재판 첫날 한 행동은 그 끔찍한 일을 무산시킬 수도 있었다. 그가 투옥된 사람들 중 유일하게 자백을 거부한 것이었다. 그는 자신은 우파나 트로츠키주의자들 진영에 속했던 적이 없으며, 이들의 존재 자체를 몰랐다고 말했다. 그리고 추궁하는 죄목인 독일과 일본 스파이들과의 연계는 전혀 없었다고 주장했다. 벨치테에서 서쪽으로, 고야의 출생지인 푸엔데토도스로 진격 중인 팔랑헤당원들이 승리했다는 소식이 전해졌다. 그와 동시에 검사가 저항하는 크레스틴스키를 몰아붙이고 있었다. 그는 이제 넋이 나간 상태였다. 검사가 소리를 질렀다. 잘 들으시오. 아무것도 들은 게 없다고 주장할 수는 없을 텐데요. 한때 베를린 주재 소련 대사였던 크레스틴스키는 거의 속삭이는 투로 몸 상태가 좋지 않다고 대답했다. 사건이 여러 언어로 전송되어온 이 수요일, 그리그는 진작부터 하얗게 질려 있었다. 어떻게라도 심문에 응할 수 있는 상태를 유지하기 위해 크레스틴스키가 약을 먹었다는 것을, 그리그는 여러 번 언급했다. 그리그가 말했다. 재판의 모든 규칙을 깰 용기를 내느라고, 크레스틴스키가 정신적 힘을 몽땅 짜냈음에 틀림없어요. 오로지 다른 사람들이 자신을 따라 할 것이라는 희망에서, 크레스틴스키는 그런 결심을 할 수 있었을 거예요. 이 3월 2일, 가능성은 있었다. 반전이 벌어질 수도 있었다. 세계 언론이 집결해 있었다. 경악과 마비를 몰고 온 그 짧은 순간에, 피고인 전체가 호소를 했더라면, 그들의 무죄를 밝힐 수 있을지도 몰랐다. 하지만 아무 일도 일어나지 않았다. 다른 사람들은 눈앞에 놓인 자신의 파멸을 보면서도, 의지를 상실한 채 움직이지 않았다. 심문 기계는 이미 그 돌발 사건을 넘어 다시 굴러가고 있었다. 그건 하찮은 일로 짓밟혀버렸다. 다른 피고인들은 지금까지 그래왔던 대로, 법원의 동맹자가 되었고, 크레스틴스키가 자신의 발언을 번복하도록 몰아갔다. 그러나 3월 3일 저녁 재판까지, 그리그는 여전히 기대를 버리지 않고 있었다. 부하린이 거기, 기둥들이 즐비한 홀, 그 무도회장에서 일어서서는, 볼셰비키였던 자신의 과거를 대면서, 또 변증법적 역사유물론을 근거로, 발생한 상황을 다 설명해줄 거라고. 하지만 그다음 크레스틴스키의 자백이 공중을 뚫고 우리에게 날아왔다. 우리는 그것을 한 자 한 자 받아 적었다. 다음 날 아침 벽보신문에 싣기 위해서였다. 검은색 테두리 박스용 기사였다. 북부전선의 패배에 관해서는, 우리는 아무 기사도 내지 않았다. 전략적 후퇴라면 이런저런 식으로 고지할 수 있었다. 푸엔데토도스와 카스페, 킨토와 몬탈반[250]은 우리 편이 방어하고 있었다. 그리그는 크레스틴스키의 고백을 따라서 해보았다. 그는 홀의 커다란 테이블 뒤로 가 섰다. 나 말고는 호단, 린드백, 마르카우어뿐이었다. 그는 자백하는 사람들의 위치에 서서 그들의 처지가 되어보려고 했다. 크레스틴스키의 말을 자신의 말로 만들어서, 그 말의 의미에 다가가려고 노력했다. 그는 입을 열었다. 피고인석이 주는 수치심에 떠밀려, 게다가 제 몸이 아프기도 했고, 또 전 세계의 언론을 마주하고 보니, 그만 저는 진실을 말하

---

250) Fuendetodos: 아라곤 지방 사라고사 주 벨치테 자치시의 마을.
　　 Quinto: 사라고사 주의 마을.
　　 Montalban: 아라곤 지방 테루엘 주의 마을.

지 못했습니다. 그러나 이제 저는 재판부에 청하는바, 제가 전적으로 배신과 모반의 중죄를 저질렀다는 고백을 받아주시기 바랍니다. 그리그는 잠시 아무 말 없이 서 있었다. 양손은 앞으로 내밀어 테이블 판을 짚고 있었다. 쿠에바에서와 마찬가지로, 여기서도 우리는 긴 붉은 깃발을 유리 지붕에서부터 2층 회랑까지, 길게 늘어뜨려놓고 지냈다. 다시 그리그가 말했다. 나는 공산주의자며, 죽을 때까지 공산주의를 위해 계속 일할 거라고 이제 내가 고백한다면, 판사의 목소리를 듣게 되겠지. 그 목소리는 이렇게 외칠 겁니다. 당신은 공산주의자가 아니오. 당신은 혐오스러운 사기꾼이오. 당신은 썩은 내 나는 인간쓰레기요. 한번 그런 상상을 해보죠. 1년이 넘게, 밤낮으로, 머리가 돌 정도로, 내 좁은 감옥에서, 그리고 취조실에서 이런 말을 들어왔다고. 그런데 아무것도 느낄 수가 없어요. 모든 게 추상적이에요. 이해가 안 돼요. 우리는 그들을 버려둔 거예요. 그렇게 홀로 내버려진 채, 그들은 이제 우리에게 이해할 수 없는 존재가 되어버렸어요. 그들은 나보다 훨씬 더 깊이 공산주의에 뿌리를 두고 있죠. 그들은 공산주의를 행동으로 증명했어요. 그런 그들이 저렇게 무너져버린 거면, 본래의 모습을 흔적조차 찾기 어려운 지경이면, 훨씬 더 약하고, 훨씬 더 결심이 무른 내가 내 신념, 내 내적 논리와 연속성을 지켜갈 수 있다고 어떻게 주장할 수 있겠어요. 그리그가 물음을 던졌다. 도대체 뭘까요. 마르크스주의 사회과학의 가장 강력한 대변자들이고, 사회주의 질서의 가장 집요하고 영리한 이론가들을 스스로도 알아보지 못할 정도로 저렇게 망가뜨린 것은요. 이건 더 이상 크레스틴스키가 아니에요. 이건 그냥 범부예요. 이건 더 이상 리코프도 라코프스키도 아니에요. 저기서, 파시즘에 따른 국가전복을 준비해왔다고 주장하고 있는 사람은 부하린이 아니에요. 비신스키 검사가 부하린에게 말했다. 당신은 명백하고도 천박한 파시즘에 빠졌지요. 예, 맞습니다. 부하린이 대답했다. 그리그가 말했다. 1934년 8월, 부하린은 연설을 끝내면서 외쳤죠. 우리 는 과감하게 나아가야 한다고. 그 말은, 자신은 문화적 사회적 산업적 정치적 삶을 하나로 통합할 때가 왔다고 생각한다는 의미였어요. 모두가 동참하는 가운데, 바로 전체 생산 과정에서 문학과 예술은 피어날 것이 라는 뜻이었어요. 처음으로 공산주의적 존재의식이 선포되었던 거예요. 나는 부하린의 말을 그렇게 이해했어요. 그리그가 물었다. 그런데 그다 음에 어떻게 되었죠. 우리가 어디서 놓친 걸까요. 그 당시 우리 모두가 느꼈던 것을 어떤 한 개인이 파괴하는 건 불가능한 일이에요. 단 한 명의 개인이 어떤 반대도 할 수 없게 막아내고, 자기 주변의 엄청난 지적 에너 지들을 고사시킬, 그런 위치를 구축한다는 것은 불가능해요. 그렇지만, 몸을 일으켜 세우면서 그리그는 말을 계속했다. 그렇지만 우리는 재판을 승인해야만 해요. 우리가 지금까지 믿어왔던 그 사람들에게서 등을 돌려 야만 하죠. 아직은 그 내막을 전혀 알 수 없지만 이유가 있을 겁니다. 잠 시 생각에 잠기더니, 그리그는 계속했다. 그래요. 우리는 저 피고인들을 그냥 내버려두었죠. 그러나 그들 모두는 저기서 고발을 하고 있는 인민 전체를 더 많이 방치했던 겁니다. 우린 그들에게 애정과 희망에 찬 기대 를 가졌기 때문에, 저 나라의 지도부가 저런 폭력을 쓸 수밖에 없도록 만든 사건들이 있었던 걸 알지 못했어요. 어떻게 이제 와서 불만스러워 하면서 이의를 제기하고, 다른 식도 아니고 꼭 저런 식의 조처를 취했느 냐고 감히 비난할 수 있겠어요. 저런 권력이 없었다면, 저 나라는 아마 엄청난 압박 아래에서 와해되었을 거예요. 그랬다면 우리는 여기 있지 못했겠죠. 나는 트로츠키가 프랑스와 노르웨이에서 교류했던 사람들을 알고 있어요. 공산주의의 모든 적이 트로츠키 편에 섰어요. 서구의 반동적 신문들은 소련을 비난하는 트로츠키의 글을 위해 지면을 비워주었죠. 트로츠키가 단지 다른 방식의 사회주의적 삶을 생각했을 뿐이라고 한들, 그는 단지 과거 자신을 몰아낸 사람을 제거하려고 했을 뿐이라고 한들, 그것이 무슨 소용이 있겠어요. 트로츠키가 프롤레타리아 국가의 최선을 위해 노력했다고 주장한들, 그것이 무슨 소용이 있겠어요. 그의 뒤에는, 그의 구호와 뒤얽혀서, 인도주의적 자유주의에서부터 이윤만 좇는 파시즘의 동맹 세력까지, 소련의 전복 말고는 다른 관심은 없는 전 세계의 조직들이 있었는걸요. 마르카우어가 물었다. 진리를 추구한다는 당신들이 그런 식으로 판결들을 인정하고 옹호하겠다는 건가요. 그리그가 말했다. 나는 판결에 반대하는 말을 하지는 않을 거예요. 소비에트 국가를 겨냥한 위협이 너무나 크기 때문에, 출판하기 전 우리는 언제나 수차례씩 말 하나하나의 방어력을 검토해야만 해요. 호단이 말했다. 이 사건에 대해 우리가 침묵할 수는 없어요. 그렇기 때문에 우린 그것을 현재의 절대원칙들에 따라 해석해야만 합니다. 동요가 일어나게 자극해서는 안 되죠. 우리는 쉼 없이 감시하고, 어떻게든 역모를 꾸미거나 훼살을 부리려는 세력이 존재한다는 것을 군대에 보여줘야만 해요. 내부의 적들과 무시무시한 투쟁을 하고 나서, 소련이 더욱 강해질 거라는 확신을 군대에 심어줘야 합니다. 역모의 공개가 사람들에게 새로운 용기와 끈기를 선사하는 일종의 카타르시스로 수렴되어야 해요. 자신을 폭로하는 동안, 피고인들은 비록 끔찍한 방식이긴 하지만, 자신들의 희생으로 당과 나라에 마지막 봉사를 한다는 어떤 확신을 느낄 수 있다는 생각을 나는 해봐요. 마르카우어가 외쳤다. 당신들이 그런 왜곡을 옹호하는 건, 당신들이 남성 세계에 고착되어 있기 때문이에요. 그녀가 물었다. 왜 그리그는 단 한 명의 개인이 지배하고 있으며 그것이 야기한 결과들이 있다는 걸

인지하려고 하지 않는 거죠. 그리그는 한 개인이 그렇게 절대적인 권력을 장악할 수는 없다고 말하죠. 그런데 그 한 개인을 향한 숭배를 만든 건 그 자신이 아니에요. 숭배가 그에게 다가온 거예요. 그를 성스러운 존재로 규정하는 일은 체제를 유지하고 싶은 사람들이 시작한 거예요. 그 개인은 이 체제의 집행자일 뿐이죠. 저기 법원 피고석에 웅크리고 있는 사람들 모두 그 체제에 예속되어 있는 거예요. 복종과 경외심과 규율의 희생자들이죠. 그들은 자신들이 만든 법률에 의해 몰락하는 겁니다. 그들이 이 법을 만들지 않았다면, 명령권도 없었겠죠. 그들 모두 그런 권력을 추구했어요. 저렇게 깨지고 소멸되는 사람이라면, 우선 그렇게 떨어질 만큼 높은 곳에 있어야 하는 거죠. 그들은 권위를 잃어버리자, 나락으로 떨어진 거죠. 그들 스스로 앞에서 이끌고자 했어요. 그러나 이제는 자격이 박탈되었고, 권위를 잃어버렸죠. 나는 그들의 상황을 비극으로 보지 않아요. 광기로 볼 뿐이에요. 주모자, 거물, 대장 들 앞에서 그들은 주입된 것을 그냥 떠들고 있어요. 남의 혀로 스스로에게 사형선고를 내리고 있어요. 그리그를 향해 몸을 돌리며 마르카우어가 말했다. 당신이 위대한 지적 에너지에 대해 말했었지요. 그 에너지가 지금 오로지 한 가지 목표, 좀더 큰 지배력을 향해서 치닫고 있어요. 계속 몰아대는 중에, 그들 중 한 명을 정상에 올려놓았어요. 출세라는 원칙이 그 한 명을 누구나 숭배하고 부러워하는 그 자리에 올려놓았죠. 그들 자신이 지금 자신들에게 징벌을 내리는 그 사람의 옥좌를 갖고 싶었을 거예요. 허영심과 복종, 오만과 굴종이 그들의 세계이니까. 마르카우어가 외쳤다. 당신들의 질서, 그 마지막 결과가 저기 저 주랑 홀에 있어요. 그녀의 말이 계속되었다. 판사 자리에 앉은 자들은 자신의 권력을 진탕 즐기고 있어요. 쫓겨난 경쟁자는 할 수 있는 게 아무것도 없죠. 치욕스러울 뿐이죠. 양쪽은 서로 불가분의 관계예요. 발기불능의 무능력자들과 벼슬을 꼿꼿이 세우고 목청을 한껏 돋우는 수탉들. 저들은 서로 연계되어 있어요. 서로를 필요로 하죠. 지휘관과 학대받는 사람들. 그리그는 자신의 입장을 옹호했다. 마르카우어가 아나키스트처럼 얘기하고 있다고 했다. 그녀가 당의 엄격한 구조를 잘 모르는 거라고 했다. 음모에 가득 찬 양측이 투쟁을 벌인 결과가 아니라, 민주적인 중앙집권제 선거를 통해 사람들이 자리에 임명된다고 했다. 사람들이 이 질서를 받아들이기 때문에, 피고인들이 집단 전체가 선고한 유죄판결을 수용하는 게 설명이 된다고 했다. 마르카우어가 말했다. 그리고 당신은 그걸 지지하는 거고요. 그런 병적 도취 상태가 당신이 말하는 공산주의군요. 오로지 고문만이, 한 인간으로 하여금 자신의 파괴를 감사히 수용할 정도로 모든 걸 포기하게 만들어요. 고문은 당신들 세상의 행정권의 일부죠. 마르카우어는 라데크를 언급했다. 그 비열한 아첨꾼은 일단 거짓 증언을 했죠. 자기만 모면하려고, 다시 출세해보려고요. 그런 다음 그 위대한 가부장, 전지전능한 자, 그 최고의 현자를 미화했지요. 그러다 결국 자신도 숙청되었고, 자아비판을 하면서 몰락했어요. 그녀가 말했다. 우리가 여기서 보고 있는 것은 상류층 집단의 일부일 뿐이에요. 저들은 끝까지 게임을 함께한 사람들이죠. 체면을 지킨 많은 사람, 강압을 받았지만 자신을 부정하지 않은 많은 사람, 낮은 곳에 있는 진정한 공산주의자들, 그들은 아무도 모르게 총을 맞고 죽임을 당했어요. 크레스틴스키의 경우는 그래도 한 줌 불씨가 살아 있었던 거죠. 결국엔 그의 신념도 끝장이 났지만요. 저 피고들이 어떤 식으로 협박에 굴복하는지 잘 보세요. 그들은 하지도 않은 범죄 행위를 인정하고 있어요. 자기 아이들, 자기 여자들을 구하려고 그러는 거죠. 일단은 고귀해 보이겠죠. 하지만 그것은 체제의 존속에 도움이 될 뿐이에요. 저들은 가족을 끌어들이고 있어요. 아무 힘도 없지만, 여자들의 보호자인 것처럼 허세를 부려요. 마지막 자기만족이죠. 여성들, 그들은 남성들의 이기적인 체제 안에 같이 갇혀 있어요. 여자들은 인질로 이용되거나, 다른 남자들에게 넘겨질 수 있죠. 그녀는 말했다. 여기서 벌어지는 일을 하나하나의 사건으로 보면, 잘 이해할 수 없는 것으로 보이겠죠. 하지만 본질적으로 언제나 똑같은 모습이고, 너무나 익숙한 것이에요. 마르카우어가 다시 한 번 소리를 높였다. 이 광란이 바로 남성들의 세계라고요. 가장 교활한 사람들, 가장 적응을 잘하는 사람들이 운전대를 쥐죠. 착한 사람들은 낙오하고요. 여자들은 쓰레기로 간주될 뿐이죠. 당신들이 나를 무정부주의자라고 부른다면, 그래요, 나는 무정부주의자예요. 용기는 명령을 필요로 하지 않는다는 의미에서요. 나도 당신들처럼 계획을 중시해요. 하지만 내가 원하는 것은 계급 없는, 아무도 우대하지 않는 계획이에요. 적에게 극단적 무력을 쓰는 것에 나는 찬성해요. 하지만 그런 무력을 행사하는 데 야생 들소들이 앞에 나설 필요는 없죠. 집단 전체가 살아 움직일 때, 무력의 효과는 가장 큰 법이니까요. 그리그의 얼굴이 납빛으로 변했다. 그는 테이블 앞에 꼿꼿이 서 있었다. 마르카우어가 그에게 말했다. 공산주의는 아직 그 객관성을 실현하지 못했어요. 공산주의를 감정적이고 비합리적인 상태로 묶어두는 건 당신들이에요. 당신들은 어찌해야 할 바를 모르면, 그냥 믿어버리려고 해요. 믿을 수밖에 없겠죠. 그렇지 않으면 당신들의 집은 무너질 테니까. 만일 당신들이 저 피고석에 섰다면, 당신들 역시 재판관을 용서하고, 칭송했겠죠. 왜냐하면 재판관들은 당신들의 이상과 하나니까. 호단이 말했다. 인정해요. 가부장 사회에 대한 당신의 비판은 모두 인정해요. 사회주의 국가도 남성 지배의 특징들을 아직 일소하지 못했죠. 남성들은 자기 과시의 욕망에서 자본주의 억압 체제를 건설했어요. 프롤레타리아 계급에서도 여성 차별은 거의 극복되지 못했죠. 여성이 기만당하고 협박받는 존재인 건, 모든 계급에서 매우 비슷하죠. 오로지 위기 상황에서만 노동자 여성은 남성 동지들과 비슷해질 수 있었어요. 큰 위험이나 큰 희망의 순간들, 파업이나 폭동, 혁명과 같은 상황에서는, 노동자들 안에서 성의 경계가 사라지곤 했지요. 공동의 적을 향한 투쟁은 남성으로 하여금 자신들의 법적 특권을 잊고, 여성에게 동등한 권리를 주었죠. 그런 상황에서는 습관적인 권력관계가 무너지고, 근본적이고 실존적으로 여성은 남성 옆에 섰던 거지요. 하지만 언제나 일시적이었어요. 특히 코뮌과 10월 혁명 중에 그런 시기들이 있었죠. 공장이나 길거리의 단체 행동을 통해서 우리 모두 그것을 잘 알고 있어요. 그런데 거기에서 무언가를 배우는 건, 언제나 소수의 개인들뿐이었죠. 우리 모두가, 모든 사회계층이 자본주의 문명의 영향을 받고 있다는 것, 착취 체제는 착취당하는 남자의 피에도 흘러들었다는 것, 소위 정상 상황이 다시 시작되면 또다시 바로 영향력을 발휘하는 구체제의 가치들에 계속 맞서 싸워야 한다는 것을 깨닫는 건 언제나 소수일 뿐이었죠. 상승이 있으면, 언제나 그다음에는 억압이 있었죠. 호단은 말했다. 하지만 여기서 마르카우어 역시 남성의 위치를 자연이 정한 것으로 보는 실수를 하고 있어요. 자본주의의 남성 세계는 여전히 만인의 만인에 대한 투쟁의 원칙 아래 있어요. 남성 무리들은 서로서로 자기 재산을 지키려고 싸웁니다. 그러나 저 사회주의 국가는 인간 사이에 원시적이고 적대적인 관계를 생산하는 바로 그것을 제거하는 일에 착수한 거죠. 거기서도 퇴행이 일어났고, 분업의 체제가 다시 확산되었죠. 진정한 평등은 아직 도래하지 않았어요. 하지만 밖에서, 그 나라의 부족한 부분을 비난하는 것은 잘못이에요. 우리 자신은, 우리나라에 사회주의적 질서를 세우기 위해 대체 뭘 했나요. 우리 자신은 상황의 변화에 대체 어떤 기여를 했나요. 소비에트 국가에서는 결정적인 변화가 시작되었어요. 여러 분야에서, 사회, 교육, 문화 부문에서, 기획자와 실행자 사이의 경계, 남자와 여자 사이의 경계가 사라졌지요. 우리 사회에서는 여전히 관례인 경계들이 말이에요. 마르카우어는 저 재판이 남성적 세계라고 생각하죠. 그건 옳아요. 하지만 이 남자들이 남성의 대표로서 관심의 대상이 되는 건 아니에요. 그들이 그들 배후에 있는 경제적 요소들을 대변하기 때문에 우리가 관심을 갖는 거죠. 저 심문은 정말 지치지도 않고, 강박적으로, 세세히 따지고 들어요. 그건 현재의 정치를 정당화하려는 시도로 볼 수 있어요. 레닌 시대에서 출발한 이론의 대변인들에 맞서서 말이죠. 부하린이 자본주의를 도입하려고 했던 걸 인정하는 건, 신경제정책 시대의 입안자로서 했던 걸 말하는 거겠죠. 그때는 테일러 식 조처들을 통해 경제의 발동을 걸어야 했죠. 일시적으로 국가자본주의가 불가피하다고 여겨지던 시기였어요. 증산을 고취하기 위해, 농부들에게 우대를 약속했죠. 오늘날 스페인공화국에서 공산당이 장려하는 경향들이죠. 지도자 숭배라는 유별난 현상이 중요한 게 아니에요. 그런 현상은 우리도 분명히 확인했어요. 중요한 건 위로부터의 독재라는 원칙이지요. 문제의 핵심은 하나의 국가가 홀로 사회주의를 건설해야 한다는 사실이에요. 유럽의 다른 국가들에 봉쇄를 당하고, 파시즘의 위협을 받으면서, 맨땅에서 집단화와 산업화를 이뤄내야만 하는 거죠. 사회주의의 자본축적을 위해, 수백만 대중을 필요한 지점에 바로 투입해야만 하는 거죠. 극단적인 중앙집권화를 통해서만 이룰 수 있는 이런 강압적 해법에 많은 구볼셰비키들이 반대를 했지요. 신경제정책이라는 레닌의 마지막 투쟁을 10년도 더 지나, 그 역동적인 발전이 완료된 뒤에, 그의 동지들이 계속 주장하고 있는 거예요. 그러면서 관료주의, 당의 위계질서, 전권을 소유한 국가기구를 반대하고, 정보 공개와 민주적인 통제권, 노동자들의 정치 참여, 지속적인 문화혁명을 찬성하고 있어요. 마르카우어가 말했다. 당신들은 브레히트와 비슷해요. 브레히트는 많은 사람에게 비판적 양심의 화신이죠. 하지만 자기 스승인 트레티야코프가 체포되었을 때도, 재판은 공정하며, 엄청난 음모가 발각되어 처벌을 받는 거라는 주장을 고수하잖아요. 시작한 일을 확실히 앞으로 끌고 나가려면, 새로운 세대가 등장해야 하고, 방해가 되는 낡고 몰락한 것은 청소해야만 한다는 생각이라면, 당신들의 침묵은 동의인 셈이에요. 그러다가 테러가 신경 쓰이면, 모든 혁명의 진행이 그렇다고 설명하겠죠. 소비에트 국가를 건립했던 사람들이 한 명 한 명 차례로 박살나는 것을 당신들은 보았어요. 자칭 인민법정이지만 사실은 지도부의 조직인 법정에서 그들이 당하는 능욕을 당신들은 그냥 수용하고 있어요. 레닌이 살아 있었더라면, 아마 레닌도 법정에서 고발당했을걸요. 크룹스카야[251]까지도 이미 온갖 모욕을 겪었어요. 나중에서야 나는 마르카우어의 발언 취지를 알아차렸다. 그녀가 말하고 싶었던 건, 현재의 모든 사건은 레닌이 더 이상 살아 있지 않기 때문에 벌어질 수 있다는 것, 자기파괴적인 현재의 흐름을 막을 수 있는 사람은 레닌뿐이었을 거라는 점이었다. 사망 직전에 레닌이 쓴 모든 글과 편지와 기록은 이런 방향을 시사하고 있었다. 그러나 지금 내가 직면한 괴로운 문제는 무엇보다 마르카우어를 숙청에 넘길 준비가 되어 있느냐는 점이었다. 남녀가 함께 전투했던 전쟁 초기 몇 달간 룩셈부르크 대대에 속했고, 시에라 알쿠비에레[252]에서 부상을 당한 이 마르카우어를. 그

---

251) Nadezhda Konstantinovna Krupskaya(1869~1939): 레닌의 부인.
252) Sierra Alcubierre: 스페인 아라곤 지방의 사라고사 주와 우에스카 주의 경계에 위치한

럴 수 있다는 생각을 나는 인정하고 싶지 않았다. 하지만 나는 동지들이 동료의 연행을 별말 없이 용인하고, 그것은 당을 지키기 위해 어쩔 수 없는 거라고 설명하는 것을 충분히 여러 번 목격했다. 이런 논쟁의 당혹감은 며칠 뒤 다시 반복되었다. 그날은 메비스가 도착한 날이었다. 또한 부하린은 아침부터 저녁 늦게까지 온갖 반박을 당하고 있었다. 그리고 푸엔데토도스는 적에게 접수되었다. 급경사의 산비탈 아래 놓인 이 마을에는, 공동 우물이 있었고, 거친 돌로 쌓은 담장들, 좁은 골목길들, 화가 고야의 집이 있었고, 주변으로는 덤불이 점점이 흩어진 하얀 모래밭이 있었다. 프랑스는 피레네 국경을 폐쇄한다고 고지했다. 3월 13일, 바르셀로나에서 열리는 회의의 최종 준비를 위해 메비스가 그 도시로 출발했을 때, 부하린이 말하고 있었다. 나는 더 이상 내 목숨을 위해서 싸우는 것이 아닙니다. 내 목숨은 이미 없습니다. 나는 나의 명예, 역사에 내가 서게 될 위치를 위해서 싸우는 것입니다. 내가 받은 메비스의 인상은 불분명했다. 냉정하고, 객관적이며, 정치적 업무에 몰두하는 메비스는 호단이나 그리그, 또 뮌처같이 복잡하고 다층적인 인물은 아닌 것 같았다. 단한 번, 잠깐 메비스가 내 곁에 다가왔는데, 내게 왜 아직도 당에 가입 신청서를 내지 않았는지 물었다. 나는 그런 물음에 답하는 게 난감하다는 사실을 깨달았고, 그러자 그의 말이 얼마나 숙고 끝에 그리고 의도를 가지고 한 것이었는지 알게 되었다. 당의 이익을 위해 내 친구가 배척당해야 할 때, 나는 어떤 태도를 취할 것인가 하는 문제가 다시 대두되었다. 나는 당의 토대와 목표들에 어떤 이견도 없었다. 내게 당은 언제나 바로 손에 잡을 수 있는 투쟁의 도구였다. 그건 내 계급의 정당이었다. 당원증

약 40킬로미터 정도의 산맥.

이 없이도, 나는 당에 소속되었다고 생각하고 있었다. 나는 다수결에 복종하는 것이 당 가입에 따라오는 자발성과 자립성의 포기라고는 결코 생각하지 않았다. 하지만 당에서는 언제나 합리성이 우선시되어야 했다. 형이상학적인 요구는 결코 용인되지 않았다. 완전한 진실을 향한 내 욕구와 모순되는, 불분명한 점들이 생겨났다. 그렇지만 당 역시 변증법의 당이었다. 당에는 낡은 것들, 정통적 이념들이 자리 잡고 있었다. 하지만 마찬가지로 젊음, 변화의 능력도 존재했다. 미래를 지향하는 세력들이 있었다. 예리한 감수성과 상상력이 당의 일부인 것처럼 준엄함, 엄격성, 규율도 당의 일부였다. 서로 반대되는 것들이 어떤 제3의 존재로 통합될 수 있을 것이었다. 메비스가 거의 지나가듯 던진 질문의 답은 추후로 미뤄야만 했다. 지금은 사건들이 너무 빠르게 돌아가고 있기 때문에, 설명할 여유를 찾기 힘들었다. 주시해야 할 것은 다른 사건들이었다. 모호하고, 내막을 알 수 없는 기소들이 쉼 없이 이어졌다. 짓밟힌 주장들의 편린들 틈에, 혹시 그들의 복권을 가능하게 해줄 동기들이 있을지, 우리는 전전긍긍하며 찾고 있었다. 죄수들이 재판에서 쓰는 어법이 독특하게 꼬여 있다는 것이 눈에 띄었다. 그 어법은 부분적으로 전혀 이해할 수 없다가도, 다시 들으면 비밀스러운 암시와 비유가 들어 있는 것 같기도 했다. 부하린이 헤겔을 언급하려는 참이었다. 검사가 말을 끊고 외쳤다. 당신은 범죄자요. 철학자가 아니라고요. 그러자 부하린이 말했다. 좋습니다. 죄를 저지른 철학자로 하죠. 호단이 말했다. 이 호칭은 부하린에게 정확히 맞는군. 다른 의견은 죄가 되는 의견이니까. 부하린은 자신을 이솝으로 만들고 있군요. 지배자들이 이솝에게 지식을 전파하면 사형에 처하겠다면서 금지하죠. 호단이 말했다. 언젠가 문서보관소가 열리고, 그 안의 것을 볼 수 있게 되면, 그의 마지막 수단인 저 노예의 언어를 이해할 열쇠를 발견할 수 있기를 바라보죠. 부하린은 후세를 향해 말하고 있어요. 당 지도부를 심하게 비방하는 말을 했다고 부하린이 인정하는 건, 자신이 주장한 대안에 주목하게 만들려는 것이죠. 배반자로 낙인찍힌 그가 자신을 배반자라고 부르는 것은, 그 명칭이 그에게는 볼셰비키와 같은 뜻이기 때문이죠. 그런 식으로 부하린은 볼셰비즘을 현재의 당의 형태와 대척 관계에 세우는 거죠. 부하린은 되풀이해서 자신의 행동을 불법으로 지칭하고 있어요. 그렇게 집요하게 불법을 강조하니까, 부하린의 행위들이 특정 관점에서만 불법이라는 것, 자신을 포함해 당의 반대파로서는 오히려 그 행위들이 정당하다는 사실에 우리가 주목하도록 만들고 있어요. 자신에게 반국가 세력을 도모하고, 조직하고, 지도한 책임이 있다고 자꾸 강조하는 것도 마찬가지예요. 그건 다른 계획으로 복귀해야 할 필연성을 부하린이 여전히 주장하고 있음을 암시합니다. 비신스키의 격한 반박에도 불구하고, 부하린은 자신의 계획을 여러 차례 궁중혁명에 비유하고 있어요. 궁중혁명은 사회주의 국가와는 연관이 있을 수 없는, 시대착오적인 개념이죠. 부하린이 그 이미지를 끌어들인 건 바로 그런 점 때문이에요. 그는 그런 후진성을 자신이 대변하려는 과학성에 대비시키는 거죠. 내가 질문했다. 하지만 그런 애매모호한 표현으로 부하린이 얻는 게 뭐죠. 더 이상 잃을 것도 없는데, 왜 부하린은 자신의 생각을 직접 표현하지 않는 거죠. 왜 부하린은 자기 얘기들을 다른 사람들이 해석하도록 넘기는 거죠. 사람들에겐 그럴 만한 인내심이 없을 텐데요. 그리그가 입을 열었다. 부하린은 아마 자신이 대파국의 한가운데에 서 있다는 걸 알았을 겁니다. 그래서 그의 말을 들으려면, 우리 역시 태도를 바꿔야 한다고 전제하는 거죠. 우리 역시 그의 발언에서 관습적인 것, 바로 이해되는 어떤 것을 기대하지 말라고 전제하고 있죠.

부하린이 더 내놓을 수 있는 것은 수수께끼뿐이에요. 그게 아니면 그는 침묵밖에 할 것이 없지요. 그 3월 11일, 우리는 대화를 나누며 오렌지 꽃향기가 진동하는 농원을 가로질러 걷고 있었다. 에브로 강까지 올라가는 그 해안 지역 전체를 오렌지 꽃의 아랍식 표현에 따라 아사아르라고 불렀다. 아직도 귓가에 맴도는 재판 중의 발언들만큼이나, 지금 그리그가 부하린의 아들에 관해 하는 말도 생뚱맞았다. 그 아들은 바로 대문학회의가 열리던 시기에 태어났다고 했다. 그는 부하린의 집을 방문한 일, 부하린의 젊은 부인, 그와 부인 사이의 다정한 몸짓과 태도들, 그리고 아들 유리에 대해 얘기했다. 그리그가 말한 상투적이기도 한 어떤 문장이 나의 뇌리에 자꾸만 맴돌았다. 부하린은 그 아이를 하늘처럼 사랑했지요. 그리그의 말이었다. 농원에서의 그날 저녁, 이 구문이 지닌 관성, 고정성, 불변성은 견디기 힘든 정도의 무게로 다가왔다. 그 문장은 바람 한 점 없는 공중에 걸린 채 머물러 있었다. 그리그가 멈추어 섰다. 그는 머리를 한껏 뒤로 젖혔다. 그의 얼굴에 하늘이 내려앉았다. 슬쩍 웃는 호단의 얼굴이 일그러졌다. 호단이 말했다. 이 향기는 감수성을 특별히 높이는 효과가 있다고들 하지요. 모든 외적인 것은 물러나고, 본질적인 것이 다가옵니다. 웃다가 기침을 하면서, 호단은 말을 계속했다. 그래서 영성수련도 주로 오렌지 숲에서 하죠. 천당과 지옥에 대한 사제들의 온갖 설교가 끝나고 수행하는 절대침묵 주간에요. 그러나 우리의 정신 수련에는 뉴스들이 비집고 들었다. 슈스니크[253] 정부의 퇴진 소식, 독일군의 오스트리아 국경 지역 진격 소식이었다. 빈에 꺾인 십자기가 내걸리고, 유대인 구역은 습격과 약탈을 당했다. 우리는 벨치테의

253) Kurt Schuschnigg(1897~1977): 오스트리아 정치가로 1938년 히틀러가 오스트리아를 합병하자 총리직을 사임하고 수감되었다.

패배를 아직 알리지 않았다. 하지만 마드리드 서북전선, 과다라마 산악 지역에서 우리 측이 거둔 승리는 보도할 수 있었다. 사회주의 수호에 전력을 다하자는 비신스키의 주장은 대대적으로 고지되었다. 이 상황에서 그건 피고인들의 뒷목에 방아쇠를 당기는 걸 의미했다. 비신스키의 주장에 박수갈채가 터졌다. 그리그는 다시 한 번 1934년 8월 28일을 떠올렸다. 그리그는 물었다. 당시 부하린은 개성의 계발을 이야기했는데, 무슨 생각으로 그랬던 걸까요. 그의 말이 이어졌다. 우리가 자기 인격의 완전한 주인이 될 때, 우리는 비로소 혁명의 본질인, 삶 전체의 혁신을 이해하게 되고, 그것을 내면적으로나 외부 세계에서나 실현할 수 있다는 것을 부하린은 표현하고 싶었던 거였어요. 레닌이 당의 총아라고 불렀던 그 부하린은 작은 펜으로 자기변호 진술을 하기 위해 아직도 부지런히 메모를 적고 있었다. 그 시각, 킨토와 몬탈반은 함락되었고, 이탈리아 흑화살 부대, 외인군단들, 무어인 부대가 공화국의 방어선을 돌파했다. 독일 비행기들이 투하하는 폭탄의 폭음에 세계의 언론은 스페인 내전의 종결이 임박했음을 말하기 시작했다. 3월 12일 저녁 6시, 부하린의 마지막 발언은 탱크의 굉음과 오스트리아로 진격하는 6만 5천 명의 쿵쿵대는 발소리에 묻혀버렸다. 이제 사태의 진행이 시시각각 공지되었다. 오후 4시, 브라우나우 태생인 그 남자가 인 강[254]을 건넜다. 그는 자신의 고향 도시를 떠나 린츠를 향해 가고 있었다. 린츠의 시장 광장에서는 군중이 그를 기다리고 있었다. 부하린은 한 시간 동안 진술했다. 그가 말했다. 이제 말을 마치고자 합니다. 나는 나라와 당과 모든 인민 앞에 무릎을 꿇겠습니다. 린츠 시청 건물 발코니에는 벌써 히틀러라는 이

---

254) Inn: 도나우 강 우안의 지류. 스위스, 오스트리아를 거쳐 독일로 흐른다. 오스트리아 북부의 브라우나우는 인 강변의 도시로 히틀러의 출생지이다.

름의 남자[255]가 등장했다. 그가 외쳤다. 우리의 총통을 배출한 이곳, 독일의 이 땅이 이제야 구원을 받고 대독일이라는 고향의 품으로 귀환한 것에, 우리는 자부심을 느낍니다. 빌라 칸디다의 홀에는 사람들이 가득 들어차 있었다. 어두운 정원 쪽으로 난 창문들은 열려 있었다. 듣는 사람들의 얼굴이 굳어져 갔다. 입은 심각하게 꾹 다물었고, 두 눈은 꽉 감겨 있었다. 이들 대부분은 독일, 오스트리아, 체코슬로바키아 출신이었다. 여러 사투리가 있었지만, 이들은 라디오에서 뿜어져 나오는 말과 같은 언어를 쓰고 있었다. 이들은 다년간 불법 정치 활동을 했으며, 그중 여럿은 감옥에 다녀왔고, 많은 사람이 이미 오래전부터 망명 상태였다. 지금 이들 모두는 이념의 전투가 이 언어에 새겨놓은 분단의 경계를 느끼고 있었다. 우리는 모든 말을 알아들었다. 하지만 적의 입에서 나온 그 말들은, 마치 번역을 거쳐야만 할 것 같았다. 과거 아직 고국에 있었던 시절, 우리는 이런 식의 말을 듣곤 했다. 누군가 우리를 향해 소리쳐 외치면, 다함께 고함쳐 그에 답하곤 했다. 연설자들의 목소리가 감격에 울컥하는 것을 들었고, 주변에는 열광하는 얼굴들이 있었다. 우리는 과거 우리들의 일터를 떠올렸다. 공장 식당에서, 또 퇴근 후 저녁 시간에 나누었던 대화들을 떠올렸다. 그때는 아직 실무에 따르는 이성적 대화들이 가능했다. 연장과 기계, 집, 길거리 들을 우리는 아직 함께 나누고 있었다. 어떤 활동들을 통해 우리는 서로 이어져 있었다. 그러다가 새로운 질서의 구호들이 우리의 언어 영역에도 끼어들었고, 의사소통의 가능성들이 줄어들었다. 불신이 생겼고, 대화는 감시를 받고, 침묵이 들어섰다. 꼭 필요한 말만 나누었다. 우리와 관련된 문제는 몇몇 사람끼리만 얘기

255) Heinrich Luitpold Himmler(1900~1945): 유대인 대학살을 주도한 최고 책임자로 나치친위대(SS)와 게슈타포를 지휘했으며 전범으로 체포된 뒤 자살했다.

했다. 그럼에도 불구하고 언어의 분단이 아직 돌이킬 수 없는 것 같아 보이지는 않았다. 일상의 언어들이 우리를 둘러싸고 있었으며, 아이들과 이웃들이 하는 말들을 듣고 있었으며, 상점과 도서관과 박물관에도 드나들었다. 모든 것이 아직 친근했다. 우리는 언어의 왜곡은 표면적이라고 생각했다. 노동자들은 근본적으로 선동자들의 용어에 감염되지 않는다고 생각했다. 고국을 벗어난 지금에서야, 우리는 그 왜곡이 역병처럼 인간의 본성에 깊이 파고들었다는 것을 알게 되었다. 공허함은 의식의 마비로 이어졌다. 자신의 상황을 인식하고, 정치적 결단을 바탕으로 행동으로 나아갈 능력이 없었던 모든 사람의 내면적 위기가 대용품을, 위로를 발견한 것이었다. 지금, 저기서 읽고 말하는 모든 것은 포괄적인 자기기만의 증거였다. 그 언어에는 수동적이며, 의식이 마비된 삶의 방식이 드러나 있었다. 그건 우리가 사용해왔던 언어와는 다른 것이었다. 기자가 시장 광장을 에워싼 많은 창문에 불이 켜져 있다고 언급했다. 기자는 이 불 켜진 창문들을 보면 어느 곳에 친구들이, 당원들이 사는지 알겠다고 말했다. 그러나 몇몇 창문은 아직도 불이 꺼져 있다고, 그곳에는 민족의 적들, 유대인들이 사는 거라고 말했다. 그러니 모든 사람이 그 주소를 기억해야 할 거라고 했다. 그러더니 기자는 갑자기 폭소를 터뜨렸다. 그 웃음은 아래 광장에서 총통을 기다리고 있던 사람들 사이에서도 번져나갔다. 지목된 몇몇 창문에서도 이제 불이 켜졌기 때문이다. 라디오의 빈 공간에서 우리에게 밀려드는 이 웃음, 이 지옥의 웃음은 우리가 알고 있는 대중 행사의 느긋하고 체념 어린 왁자지껄함과는 전혀 달랐다. 그것은 피를 갈구하는, 살인을 갈구하는 어떤 도취 상태에 가까웠다. 이 순간, 우리는 비상하는 파시스트의 힘을 목도했다. 우리와 맞선 그 힘, 그것은 계속 뻗어나갈 무시무시한 힘이었다. 그것을 막아내려면, 아직 상상조차 하기 힘든 정도의 노력이 요구될 것이었다. 우리의 작은 스페인 보루는 줄어들고 있었다. 조여드는 방어선에서 우리가 스페인 공화국의 생존만을 목표로 싸운 건 아니었다. 이미 이곳에서 부대들은 다가오는 대규모 전쟁의 전초전을 벌이고 있었다. 6시 10분 전에 시작된 환호성은, 총사령관이 도착하자 광란적인 파괴의 열기를 한껏 뿜어냈다. 이제 그가 시청 발코니에 등장하는 것과 동시에 엄습한 고요에는 마찬가지로 신탁의 기대가 가득 차 있었다. 오스트리아의 새 지배자인 자이스 인크바르트[256]는 환영식을 생제르맹 평화조약의 무효화 선언으로 시작했다. 그것은 1919년 오스트리아의 독립을 보장했던 조약이었다. 울부짖는 고함 같은 발언들이 지나고, 코밑수염을 한 그 총사령관의 연설이 시작되었다. 천천히 이어지는, 남성적 단호함이 깃든 연설이었다. 처음에는 목 깊은 곳에서, 그러다가 갈라지고 째지는 소리로 높아지면서, 그 연설은 전 세계를 겨냥했다. 각오와 신념, 헌신과 경건, 섭리와 실천, 사명감과 의무감을 가지고, 믿음과 희생정신으로, 증인과 보증인. 이것이 그의 문장들이 맴도는 몇몇 기호들이었다. 아무것도 없는 내용이 포효 속에서 초인 정신으로 부풀리고 있었다. 라디오의 스피커에 손을 대면, 이 광분의 진동을 느낄 수 있었다. 우리는 지금 저들 틈에서, 침묵한 채 주먹만 움켜쥐었을 사람들을 생각했다. 죽음을 품은 저 제국에서. 그들의 언어에 아직 남아 있을 표현들로 인해 자신의 정체가 밝혀지는 것을 방지하려면, 그들은 얼마나 조심해야만 하는 것일까. 궁지에 처한 그들은 언어에 생명을 주는 표현들을 혼자만 간직해야 했다. 지금 우리 중 누군가가 지하투쟁을 하러 저 나라에 들어간다면, 자신의 언어에 담긴 생각들이 언제

---

256) Seyß Inquart(1892~1946): 1938년 3월 히틀러의 오스트리아 침공 이후 히틀러의 지지로 총리가 되었다.

라도 도발로 받아들여질 수 있다는 걸 항상 생각해야만 할 것이다. 우리는 궁금했다. 도대체 의사소통이 아직 가능할까. 저기 고함치며 하일과 지크[257]를 외치는 저들이 언젠가 다시 정신을 차릴 수 있을까. 자신에게 어떤 일이 있었는지 언젠가는 인식할 수 있을까. 이날 밤 우리는 앞으로 얼마나 긴 시간 동안 이 투쟁을 하게 될 것인지 깨닫기 시작했다. 지금까지는 무력을 생각했지만, 이제는 그만큼 치열하게 사상을 지키는 전투를 해나가야만 했다. 표현과 말로서 끈기 있게, 교묘한 방법으로, 적의 진지를 찾아내야만 했다. 여기서도 군사 작전에서처럼 돌격을 계획해야 했다. 그러면서 이제 우리는 왜 정치 지도부가 잔류한 당과 노조 단체 사람들과 결코 연락을 끊지 않으려고 애썼는지, 왜 이들을 찾아가서, 안전한 은닉처에서 우리의 견해와 생각을 담은 언어로 얘기를 나누려고 노력했는지 이해하게 되었다. 이런 언어를 구사하는 많은 사람이 국외로 나갔다. 그들은 그곳에서, 공격성, 도덕의 붕괴, 폭정의 왜곡에 잠식되지 않은 문장들을 이어가려고 노력했다. 문학의 전통이 살아 있는 그런 작품들은 그 언어의 고향에 퍼져 있는 광기에서 벗어나 있었다. 하지만 지금 그런 글들은 진공 상태에 서 있는데, 과연 그 글들이 단절을 극복하고, 하루하루 언어 감각을 잃어가는 사람들에게 닿을 수 있을지, 우리는 자문해보았다. 그러면서 우리는 근본적 가치들은 모든 파국을 이겨내는 견고함을 가지고 있다는 주장에 다시 기댈 수밖에 없었다. 또한 결정적인 사건들을 일으키고, 정신적 장벽을 해소할 상황 변화가 도래하면, 생각은 그 변화에 굴복하고 따라간다는 주장을 상기할 수밖에 없었다. 우리가 고립 속에서도 행동의 일관성에 어긋남이 없도록 노력하는 것처럼, 온통

---

257) '하일Heil'은 독일어로 구원을, '지크Sieg'는 승리를 의미한다. 나치스의 대표적인 구호였다.

포위된 저 안에서도 코파나 하일만 같은 수천 명의 사람이 능력을 키우며, 비록 남몰래일 뿐이지만 전진하려는 생각을 버리지 않을 것이었다. 그러나 적은 공격의 초기 단계에 들어섰을 뿐이었다. 적은 오스트리아를 먹었지만, 그 위협적인 구호들은 그다음으로 체코슬로바키아와 단치히를 향하고 있었다. 서구 열강들은 이 장광설에서 위험 경고를 보기보다, 오히려 마음이 움직이는 모습이었다. 그들은 자국의 역사를 통해 팽창과 포획, 식민지 착취의 열망을 잘 알고 있었다. 영국과 프랑스 외교관들의 태도를 보면, 한 미친 인간을 대한다기보다, 간계와 기습적 술책이 우월한 사업 경쟁자를 대하는 것 같았다. 경제 특사들에게 중요한 것은 고문과 살인강도의 체제를 막는 게 아니라, 자신의 이익을 확보하는 일이었다. 자신들의 시장을 계속 보유할 수만 있다면, 그리고 독일의 약탈 욕망이 동쪽, 즉 지하자원이 풍부한 소비에트 공화국들을 향한 것이라면, 서방의 지배계급들은 어떤 양보도 할 태세였다. 노예화와 착취의 주변에는 무관심만이 아니라, 얽히고설킨 음모와 공모가 있었다. 저런 상황에서 단결을 외치는 목소리들이 통할 여지가 있을지, 우리는 궁금했다. 내일 발렌시아 대회에서 선언문이 나온다고 해도, 사민당 지도자들이 스페인공화국의 수호를 거부하고, 소비에트 국가에 대한 부르주아지들의 비난에 동조하는데, 선언문이 더 무슨 영향력이 있을까. 지난 수년간 노동자 계급의 단결에 역행했던 사민당 지도자들은, 이제 마음 놓고 저 사회주의 국가의 위기를 외면하는 자신들의 안을 들먹일 수 있었다. 저녁 9시 반, 소련 대법원 군사위원회는 협의를 위해 퇴정했다. 지지를 부탁하기 위해 네그린이 블룸에게 호의를 구걸하는 동안 블룸은 급진사회주의자들과 협상을 진행하고 있었다. 이들은 스페인 문제에 무간섭 원칙이 계속 지켜져야만, 인민전선 정부에 참여할 수 있다고 했다. 쏴쏴 하는 라디오 소음으로 일그러진 린츠의 그 호텔 이름을 우리는 볼프스그루베258)로 해독했다. 그 호텔에서 오스트리아의 정복자가 다가올 행동을 위해 힘을 비축하면서 취침 중이었다. 일요일 아침 모스크바 현지 시각으로 4시, 촬영 카메라가 윙윙대며 돌아가고, 피고인들은 작열하는 조명 아래 섰다. 판결이 선고되었다. 판결은 신속히 진행되었다. 신음 소리도, 고함도, 기절도 없었다. 피고인 한 명당 군인 두 명씩 붙어 차례로 끌고 나갔다. 죽은 듯 창백한 부하린은 마지막으로 끌려 나갔다. 희끗거리는 뾰족한 턱수염을 한 그는 레닌과 많이 비슷했다. 해 뜨기 전 차가운 어둠을 뚫고 그들은 루비얀카 광장에 서 있는 그 화려한 건물259)로 이송되었다. 그 건물의 아래층 창문들은 폐쇄되어 있었다. 정오가 다가왔다. 그리그는 하얗게 반짝이는 바다 너머를 응시하고 있었다. 그 시간, 브라우나우 출신의 그 정복자는 레온딩 묘원에 있는 부모 무덤 앞에 서 있었다. 그는 잊지 못할 깊은 감동을 느끼고 있었다. 경외심으로 가득 찬 침묵이 흘렀다. 새로 구성된 블룸 정부는 스페인공화국에 대한 모든 지원을 거절했다. 아직 우리 편이 지키고 있던 카스페를 우회해서, 국민군은 쐐기꼴 모양으로 해안가 방향으로 진격하고 있었다. 발렌시아에서는 아무 소식도 없었다. 며칠 뒤 카스페는 함락되었고, 바르셀로나 공습으로 수천 명이 전사했으며, 팔랑헤주의자들은 토르토사260)와 비나로스 앞까지 밀고 들어왔다. 그제야 비로소, 단결을 이룩하기 위한 노력을 지속하자는 발렌시아 대회의 호소가 당도했다. 메비스와 당의 다른 간부들이 파리로 귀

---

258) Wolfsgrube: 늑대 굴.

259) Lubjanka: 1920년에서 1991년까지 소련 비밀정보부 모스크바 사령부와 구치소 및 문서고가 있던 건물의 속칭. 같은 이름의 광장에 위치한다.

260) Tortosa: 카탈루냐 지방 타라고나 주 에브로 강변의 자치도시.

환해야 했다는 것도 듣게 되었다. 파리를 거점으로 지하운동을 조직하기 위해서라고 했다. 남은 우리는 루비얀카 지하실에서 총살당한 그 사람들에 대해 더 이상 묻지 않았다. 이제는 아무도 그 판결들이 정당했는지 아닌지, 죄를 지어 죽은 것인지 아니면 죄 없이 죽은 것인지 생각하려고 하지 않았다. 아무도 저질러진 실수와 오류, 망상에 대해 논하고 싶어 하지 않았다. 지금, 전 세계는 독일의 오스트리아 합병을 이견 없이 수용했다. 소련이 자국의 방어에 집중하면서, 무기 공급도 줄어들 수밖에 없었다. 지금, 우리의 이 땅은 분열과 파괴에 직면해 있었다. 이런 지금, 우리에게는 목전의 일만이 중요했다. 우리의 마지막 힘까지 끌어낼 뿐이었다. 불가능하지만 버텨야 했다. 시간을 벌기 위해. 유럽 전체가 결정적인 대결에 들어가기를 기다리면서.

여름 몇 달이 지나는 동안 그리그는 떠나갔고, 마르카우어는 체포되었으며, 호단의 지병은 다시 심하게 도졌다. 아직은 정확히 어떻게 불러야 할지 모르겠지만, 나의 내면에서는 미래의 내 일이 될 그 무엇을 위한 토대가 단단해지고 있었다. 그건 단지 어떤 울림일 뿐이었다. 그 모든 생각과 경험에 맞는 내 표현을 찾을 수 있도록 해줄 것 같은 울림이었다. 말이든 그림이든, 필요에 따라 그 수단이 될 수 있을 것이었다. 하지만 내 의도를 실현해줄 행동을 취하기는 아직 어려웠다. 상황이 원했던 것과는 완전히 다르게 진행되면서, 내 뜻을 언급하는 것 자체가 무모한 일이 되었다. 만일 제네바위원회의 결정에 따라 자원병들이 스페인을 떠나야만 한다면, 나는 어디로 가야 하는지도 알지 못했다. 나의 내면에서

싹튼 것은 나와 가까워졌다가 멀어졌던 많은 사람을 통해서 내게로 왔다. 그들의 목소리, 그들의 얼굴 표정, 어떤 때는 단 한 번의 눈길, 단 하나의 몸짓, 짧은 한마디 말, 고통을 참아내던 의지, 약해졌다가도 확신을 되찾던 모습, 그들 모두를 특징짓던 태도, 그들 안에 들어 있던 잠재력, 종종 억눌려 있지만, 서서히 드러나던 힘, 한 사람에서 다른 사람으로 확산되던 그 힘, 이 모든 것은 이미 완성을 배태한 어떤 형태로 다 같이 합류하고 있었다. 그걸 재현하는 일은 단순해 보였다. 나는 한 장의 백지였다. 기호들이 서로 연결될 때까지, 기다리기만 하면 되었다. 내 소년 시절 언젠가 이런 순간을 품은 씨앗이 싹트게 만들었던 바로 그 느낌들에 나는 가까이 다가서 있었다. 내게 주어진 과제는 나 자신을 위해 수행해야 하는 것이 아니었다. 그 과제는 다른 많은 사람의 내면에도 살아 있는 어떤 힘, 진실을 찾으라고 우리 모두를 몰아대는 어떤 힘이라고 나는 생각했다. 우리가 함께할 때, 우리에게는 이런 각성된 의식이 살아 있었다. 이제 우리에게 길이 없다는 것을, 우리는 알고 있었다. 많은 사람이 엄청나게 월등한 기술적 힘으로 밀려드는 적에 맞서 버틸 수 있었던 것은 바로 그런 상황에서 가능했다. 소심한 블룸 정부는 무너지고 있었다. 달라디에[261]는 프랑스 인민전선의 마지막 싹들마저 짓밟아버렸다. 영국 대표부는 배반의 구실을 찾기 위해 체코 문제를 조사했다. 체임벌린[262]은 이탈리아와 지중해 방어 협약을 맺었다. 미국의 비호 아래, 전 서방 세계가 승리자가 될 참인 프랑코에게 접근하고 있었다. 더 유리한 조건

---

261) Édouard Daladier(1884~1970): 프랑스의 급진주의 정치가로 1938년, 1934년, 그리고 1936~40년까지 모두 세 차례 프랑스 총리를 지냈다.

262) Arthur Neville Chamberlain(1869~1950): 1937~40년에 영국 총리를 지냈다. 히틀러와의 화해정책을 추구하여 1938년 독일 및 이탈리아와 뮌헨협정을 체결했다.

의 협력 관계를 끌어내리려는 것이었다. 카우디요²⁶³⁾에 대한 소련의 목소리도 화해 분위기였다. 이 모든 것을 우리는 받아들였다. 이 모든 것의 이유를 우리는 알고 있었다. 스페인공화국은 좀더 고차원의 이해관계가 걸린 장기판에서 밀고 당기는 물건이었다. 궁지에 몰린 소비에트 국가가 영국 및 프랑스와의 동맹 협상을 끌고 갈 수 있도록, 게임의 수단이 될 수밖에 없었다. 예렌부르크가 어떤 글에서 팔랑헤당원들을 애국자라고 불렀다거나, 리트비노프²⁶⁴⁾가 국제연맹에서 스페인 문제는 스페인 사람들 스스로 해결해야 한다고 말했다는 걸 들을 때, 우리는 그 말이 무기를 내려놓으라는 요구라고 생각지 않았다. 오히려 더 버텨서, 소련의 짐을 덜어주라는 또 다른 격려로 여겼다. 공화국을 방어하려는 의지가 분명하면 분명할수록, 우리가 부르주아 정부들에 가할 수 있는 압박은 더 강해질 것이었다. 신문에서는 은근히 우리가 기댈 곳이 없어졌으며, 이 나라는 희생될 수밖에 없다는 식으로 말하고 있었다. 그러나 바로 그렇기 때문에 우리 모두는 더욱 이 땅에 매달렸다. 남은 시간이 별로 없었던 국제여단의 부대들은 다시 승리를 갈구했다. 그것이 그들이 이 땅으로 달려온 이유였으니까. 에브로 강에서 우리 편의 공격이 시작되자, 실제로 적을 막아낼 수 있을 것도 같았다. 그렇게 버티다 보면, 전쟁이 전 유럽으로 확산될 것이고, 그러면 독일과 이탈리아 군대가 어쩔 수 없이 철수할 것이었다. 비얄바와 간데사²⁶⁵⁾ 직전까지 돌파한 후, 전선은 안정

263) Caudillo: 강한 지배권을 가진 스페인의 지방 호족, 또는 지역의 지도자. 여기서는 독재자 프랑코를 지칭한다.
264) Maksim Maksimovich Litvinov(1876~1951): 소련의 정치가이자 외교관으로 제2인터내셔널의 여러 회의에서 볼셰비키를 대표해 활약했으며 소련의 외무인민위원, 주 미국 대사를 역임했다.
265) Villalba: 포르투갈과 국경을 접한 스페인 서남단 에스트레마두라 지방의 바다호스 주

되었다. 우리에게 아직 비축된 에너지가 있다는 것을 보여준 셈이었다. 우리는 마지막 순간에 대규모 반파시즘 통일전선이 구성될 거라는 생각을 끝까지 버리지 않았다. 이것이 자기기만일 수 있다고 생각하는 것은 우리의 원칙을 배신하는 것과 같았다. 우리의 모든 행위는 연대를 지향하고 있었다. 우리는 이 나라 저 나라에서 국제주의가 자라나는 것을 목도하고 있었다. 사방에서 연대가 확산될 거라는 확신이 없었다면, 반 조금 넘게 줄어든 국제여단의 대대들과 스페인 인민군 부대들이 강을 건너 적의 진지들을 제압하지 못했을 것이다. 이 작전은 사유와 행동의 절대적 공존, 단호한 일치가 무엇인지 보여주었다. 우리는 목숨이라는 재산을 주저 없이 헌납했다. 부상으로 후송되면, 아마도 누군가는 후방에 남아 돕는 쪽을 고려했을지도 모르겠다. 그러나 부상자들은 바로 다시 전장에 있는 사람들과 한마음이었다. 우리 병원은 이미 철수를 준비하고 있었다. 사람들은 종종 잠깐씩 얼이 나가곤 했다. 얼굴은 표정이 없고 텅 비어 있었다. 그러나 다른 사람들이 그런 이들을 부축하고, 현장과 다시 하나가 되면 달라졌다. 입대한 동기는 각자 다를 수 있다. 또한 누구나 약해지고 용기를 잃는 시간들이 있었다. 누군가는 오류와 실수를 저질렀을 수도 있다. 어쩌면 본연의 자신에서 벗어나 우리와 완전히 갈라섰을 수도 있다. 그럼에도 불구하고 이들 모두는 여기 모인 거대한 힘의 일부였다. 누구나 자기만의 특별한 동기에서 자신의 환경을 버리고 떠나왔다. 누구나 흔들리기도 했다. 그러나 도착하던 날부터 그들의 바람은 하나였다. 그것은 새로운 공동의 출발이었다. 지금까지는 잘 몰랐어도,

---

의 도시.

Gandesa: 카탈루냐 지방 타라고나 주의 도시로 타라고나에서 서쪽으로 70킬로미터 지점에 있다. 내전 중 에브로 전투의 무대가 된 곳이다.

그들이 얼마나 서로 의지했으며, 서로 얼마나 뗄 수 없이 가까운 사이인지, 이 여름, 그들은 느끼고 있었다. 그럼에도 불구하고, 지금 누군가 급격하게 무너지면서, 혼자만 살려는 충동이 압도해 연대를 배반하고, 스스로 도망가거나 또는 쫓겨날 수 있었다. 하지만 그것은 무엇보다 자기 자신과 항상 일치하는 것이 얼마나 어려운지, 그리고 각자가 스스로를 격려해야 할 뿐 아니라, 집단 역시 개인을 격려해야 한다는 것을 우리에게 알려주었다. 이곳에는 서로 책임감을 느끼며 일관된 원칙을 지키는 우리 같은 사람들만 있는 게 아니었다. 게다가 우리는 수많은 방향에서 공격을 받고 있었다. 권태와 탈진은 흔한 일이었다. 때로는 바로 그런 상태를 통해서 우리의 존재를 확인하곤 했다. 빌라 칸디다에서 지도에 화살표와 빨간 선을 그려 넣고, 작은 깃발이 달린 바늘을 옮겨 꽂는 일을 하는 동안 파욘과 토르토사를 이어주는 에브로 강변 구역의 일련번호가 붙은 언덕과 길, 그 장소들은 내게 생생하게 다가왔다. 한 달 뒤, 9월 초에 입원 병동이 폐쇄되고 남쪽으로 부상자들의 이송이 완료되면, 나는 발렌시아에 있는 모병 사무소에서 무력부대에 지원할 것이다. 4월 15일 비나로스에서 공화국이 둘로 분리되자, 몰려드는 적의 부대를 표시하는, 자로 그린 빗금은 더욱 넓어져서 카스테욘 뒤까지 왔다. 발렌시아를 노리며 사군토 쪽을 치고 들어오는 돌격을 수차례나 막아냈다. 서북전선에서도 밀고 당기는 반원을 그리며 수도를 사수하고 있었다. 지도를 보고 있자면, 뭉툭하고, 찌그러지고, 엉망이 된, 우리들의 이 나라, 그 육신이 눈에 들어왔다. 가슴께가 꽉 졸린 몸뚱이, 위쪽 목과 머리는 끊임없이 두드려 맞고 있었다. 무리시아, 알메리아, 알바세테, 쿠엥카로 가는 길들은 신경 줄기처럼 뻗어 있었다. 우리 쪽에서는 정부 소재지인 바르셀로나로 접근하는 것이 불가능해졌다. 마드리드에서는 아직 맥박이 뛰고 있었다.

바다 쪽으로는 아직 여유가 있었다. 그렇게 우리의 눈은 전투의 한복판으로 향했다.[266] 비록 데니아의 하늘은 조용했지만, 우리는 포화의 굉음을 듣고 있었다. 리프크네히트, 텔만, 앙드레, 바이믈러 대대가 선두에서 강을 건넜다. 그들과 함께 가리발디, 그람시, 링컨, 돔브로브스키, 디미트로프 대대도 왔다. 그리고 스페인 전 지역 출신들로 구성된 2월 12일 돌격부대와 파리 코뮌 돌격부대가 왔다. 모라 데 에브로, 미라베트, 베니사네트, 피넬, 코르베라, 파타레야, 메키넨사, 판돌스의 산들, 이 지점, 이 자리, 이 장소 들마다 온통 섬광이 번쩍였고, 총알이 쏟아졌으며, 땅이 터져 올랐다. 모래밭, 산비탈의 자갈밭, 바위 사이를 헤치며, 마을과 언덕을 향해 기어가고, 돌격하는 그들, 우리는 그들과 하나였다. 우리는 작은 배를 타고 있었다. 그 배는 우리 뒤, 높이 솟은 강기슭의 제방을 박차고 나왔다. 강기슭의 벽돌 외벽에는 반원의 창문과 아치, 탑 들이 있었다. 우리는 거친 물살을 힘겹게 헤치며 나아갔다. 적이 북쪽 갑문들을 열었다. 부교의 판자를 움켜쥔 손, 교두보용 진지를 다지기 위해 삽자루를 움켜쥔 손, 그것은 우리의 손이었다. 부상과 정신적 충격을 안고, 여기, 데니아의 병상에 누운 사람들, 이들 모두는 전투에서 벌어졌던 일들을 다시 한 번 겪고 있었다. 이들의 붕대를 갈고, 이들의 절단된 사지를 씻어주는 우리에게 그 전율은 몸을 타고 다가왔다. 우리의 몸뚱이, 이 땅의 몸뚱이는 고통 그 자체였다. 피범벅에, 갈가리 찢긴 몸뚱이. 하지만 이곳저곳에서 몸은 다시 손을 내뻗고, 다시 저항했다. 우리는 저기 위, 공사관과 내각, 경제 주요 기관들과 참모부에서 벌어지는 모든 일을 잘 알고 있는 것처럼 말했다. 하지만 그것은 그 모든 일이 무의미하지 않게

---

266) 1938년 7~8월의 에브로 강 대전투를 말한다. 국민 진영은 6만여 명, 공화 진영은 7만 5천 명의 사상자를 냈다. 이 중 전사자는 3만 명이었다.

보이도록 일부러 그랬을 뿐이다. 우리는 행정부처와 국제연맹 회의실에서 전해지는 소식들을 분필로 게시판에 적었다가 다시 지우고, 그 위에 새 소식을 적곤 했다. 역사의 기록은 우리의 일이 아니었다. 다른 사람들이 우리를 대신해 역사를 기록했다. 산더미 같은 사실들이 제시되었다. 미래의 책이나 도서관, 또는 문서보관소를 위한 자료였다. 들여다볼 수 없는 자료들. 열심히 메모를 해대고, 이리저리 전보를 쳐대고, 리포터의 목소리가 사방에서 윙윙거렸다. 우리에게 중요한 것은 언제나 다른 무엇이었다. 언급되지 않은 어떤 것, 전체 사실을 커버하는 것처럼 큼지막한 머리기사로 신문 지면에 펼쳐지는 그런 것과는 무관한 어떤 것이었다. 우리 눈에 잡히는 것은 정리된 어떤 것이 전혀 아니었다. 오히려 그것은 다른 종류의 논리를 따르고 있었다. 그것은 광범위한 전략의 일부가 아니었다. 그것은 딱지 진 마른 입술이 겨우 뱉어내는 것으로, 거의 들리지도 않았다. 언론에서는 우리에게도 중요한 사항들을 모두 구체적으로 언급했다. 화염에 휩싸인 장소들, 공격 및 퇴각 일자, 사상자의 규모, 군 지휘자들의 이름. 그러나 활자로 또는 라디오 뉴스로 전해지면, 이 모든 게 생경했다. 아무도 개의치 않아도 된다는 듯이, 그렇게 대수롭지 않게 언급되었다. 아침 식탁의 커피와 빵 사이에 놓인 그 소식들을 흘낏 볼 수도 있었다. 또는 저녁에 맥주를 마시면서 배경음으로 들을 수도 있었다. 그 소식들을 전하는 사람이나, 그 소식을 듣고 보는 사람들이나 그건 그냥 남의 일이었다. 비록 형식적으로는 산더미 같은 시체로 둘러싸인 상태였고, 또 상황의 심각성을 논하기도 했지만 말이다. 대부분의 사람이 우리를 더는 심각하게 생각하지 않는다는 사실을 아는 것은 스페인에서 삶의 일부였다. 우리를 생각하는 사람은 우리를 기껏해야 죽음 놀이를 하는 검투사처럼 여겼다. 영상물은 여전히 온전한 세상에 전사들의 죽음을 담은 먼지구름 몇 개를 전해줄 뿐이었다. 하지만 우리 구역 밖에서는 평화로운 활동들이 이루어지며, 그런 일상이 당연한 사람들이 있다는 생각이 신경을 건드리는 건 잠깐뿐이었다. 우리에게 객관적 거리 개념은 더 이상 없었다. 저기 외부인들이 전투 지역이라 부르는 곳, 누군가 무심한 눈길로 바라볼 지리학적 한 지점, 그것은 우리의 벗어진 피부였다. 상처로 파인 피부, 칼이 뼛속 깊이 파고든 피부였다. 모래가 터지고, 손가락들이 모래 속에서 경련을 일으키고, 이 사이로 모래들이 질근거렸다. 부대 이동이라는 손쉬운 한마디는 우리에겐 흙으로 된 방벽들이 끝없이 이어지는 길을 뜻했다. 그 길에서 올리브나무의 우글쭈글한 둥치와 또 바윗덩이들과 우리는 하나가 되어갔고, 우리의 얼굴은 자라나는 덤불과 풀로 덮여버렸다. 린드백은 많은 사람이 밤에 인쇄를 하지만, 날이 새면 더 이상 맞지 않을 이 전투개요도를 붙잡고 있다고 말했다. 중대, 대대, 사단 들을 표시한 이 점선들, 이 뾰족한 삼각점들은 그들에게도 살과 피를 찌르는 창이라고 했다. 작은 점으로 찍힌 파괴된 잔해의 표시들을 눈에서 떼지 못하고, 그 표시들을 자신들의 목숨과 연결한다고 했다. 우리는 린드백의 말에 바로 동감했다. 그 말은 우리로 하여금 바로 국제적 연대를 생각하게 만들었다. 우리들 자신이 바로 그런 국제적 연대에서 출발한 사람들이었다. 그런데 이제 우리는 다시 혼자 힘으로 해나가야 했다. 이것은 우리가 홀로 치러야 하는 전쟁이었다. 살육은 우리가 감당할 몫이었다. 우리가 적을 한 시간 더 막아냈다면, 그때마다 승리는 오로지 우리의 것이었다. 마르카우어는 남은 국제여단 부대의 퇴각과 동시에 독일과 이탈리아 군대가 스페인을 떠나지 않아도, 더 이상 아무도 문제 삼지 않을 거라고 말했다. 그녀가 처음 경고를 받은 것은 그때였다. 8월까지도 우리는 이 땅의 불멸을 믿고 싶어 했다. 그 반대를 암시하는 모든 조짐을 우리는 보려고 하지 않았다. 엄청난 손실에도 불구하고, 우리의 투쟁이 죽음으로 끝나리라는 걸 우리는 여전히 보려고 하지 않았다. 우리는 승리를 얘기했다. 이 끈질김은 실제로 하나의 승리였다. 마르카우어가 말했다. 그래요, 우리는 세상에 본보기를 보이는 거죠. 해야만 하는 것을 우리는 하고 있어요. 그렇지만 아무도 우리를 따르지 않는데, 그게 무슨 도움이 되겠어요. 당과 노조의 리본이 달린 조문 화환이 이미 우리 앞으로 준비되어 있는걸요. 추도사가 이미 쓰였다고요. 8월 말이었다. 우리는 자문했다. 우리가 아직도 물러서지 않았다는 것, 우리가 여전히 비알바나 간데사와 지근거리에 있다는 것, 여전히 에브로 강의 삼각주 지역을 지키고 있다는 것이 정말 승리일까. 퇴각 명령이 내려질 참인데, 국제여단의 마지막 부대가 적을 향해 더욱 반격을 가한 것이 승리일까. 군의 지휘부는 내분에 빠졌고, 많은 장군이 작전을 중단하고 끝내고 싶어 했음에도 불구하고, 기진맥진한 채 그렇게 버틴 것이 승리일까. 그건 승리였다. 남쪽으로 다시 이송되기 전, 잠시 체류하기 위해 밤낮으로 들이닥치던 부상자들도 그렇게 생각했다. 우리가 형제애의 존속을 보는 한, 그것은 승리였다. 국제주의가 아직 완전히 사라지지 않는 한, 그것은 승리였다. 칼레, 리스터, 발터, 플라터, 미라레스. 이 이름들에는 모든 전투원의 삶이 집약되어 있었다. 우리는 그 이름들을 자꾸만 되뇌었다. 그 이름들은 겁쟁이들, 배반과 항복을 꾸미던 자들에 맞서고 있었다. 스물여덟 살의 모데스토 이야기를 많이 했다. 모데스토는 키가 작았다. 아니 왜소했다. 하지만 그의 용기는 다른 사람들까지 전염시켰다. 아니, 젊음의 열린 정신에 자연스레 더해지는 힘을 나누어주었다. 영웅정신, 호단은 잘못된 목적에 사용되곤 해서 의심적은 이 단어를 자신이 어떻게 생각하는지 말했다. 우리가 물었다.

여기 에브로 강에서 벌어진 사건은 영웅적인 것이 아니었나요. 영웅적 이라는 것은 우리 쪽에만 맞는 얘기였다. 저쪽은 아니었다. 사실 자기 생명을 바치는 데 다양한 이유가 있을 수 있다면, 적도 우리와 같은 정도로 영웅임을 주장할 권리가 있지 않을까. 우리는 대부분 영웅적이라는 개념을 기피해왔다. 프롤레타리아트 투쟁의 성과는 사실 그 개념과 밀접한 관계가 있었지만, 그 말에는 어떤 잘못된 비장한 느낌이 섞여 있었다. 그렇다면 우리의 행동을 어떻게 적의 행동과 구분할 수 있을까. 영웅적이라는 것, 그것은 우선 정상적인 것을 넘어서는 행동이었다. 모든 안락함, 모든 개인적 성공의 전망과 의도적으로 결별하는 것, 개인을 넘어선 가치를 향한 원칙에 복종하는 것이었다. 두려움과 공포에도 불구하고 자신의 결단을 대변하고, 자신에게 소중한 이념을 위해 자신이 사랑하는 다른 모든 것을 잃어버릴 위험을 감수하는 그런 사람들이 바로 영웅적이었다. 다수의 삶을 개선하기 위해 사심 없이 헌신하는 것이 영웅적이었다. 저쪽 편 사람들도 우리처럼 위험을 감수하기는 했지만, 그들이 달성하려는 것은 그들 자신의 것이 아니었다. 자신과 주변 사람들에게 혁신을 가져다줄 수도 없었다. 그들이 나선 것은 신념 때문이 아니었다. 부족한 판단력에 걸맞은 무심함에서 어쩌다 동조한 것이었다. 그들은 주입된 것 말고는 자신들이 투쟁하는 다른 이유를 아마 대지 못했을 것이다. 우리는 반문해보았다. 그렇다고 우리가 그들을 하찮게 여겨도 되는 것일까. 그들도 똑같은 희생을 치르고, 똑같은 고통을 견뎌야만 하지 않았나. 부과된 임무를 다하기 위해 싸우는 것이, 어찌 보면 한 계급의 미래를 보고 자발적으로 싸우는 것보다 더 영웅적인 건 아니었을까. 그러나 다른 답은 없었다. 파시즘의 약탈전을 위해 자신을 희생하는 사람은 무의미한 희생을 하는 것이었다. 비록 짧은 시간 동안이었지만, 우리는 해방의 의지와 정의의 이념을 증명했으며, 그 엄청난 물질적 우세를 막아내어 그들을 공포에 빠뜨릴 수 있었다. 바로 이것이 우리의 승리, 그러니까 우리가 우리의 승리라고 부르는 내용이었다. 호단이 입을 열었다. 그것이 오늘날 진보와 반동의 세력 관계입니다. 과거를 지키려는 모든 세력이 국민 진영에 서 있어요. 반면 우리가 가진 것은 지금의 우리의 열세가 언젠가 만회될 거라는 희망뿐입니다. 자본 전체가 반박이 불가능한 단 하나의 논리, 탱크와 대포와 공군 전투편대라는 논리로 결집하고 있죠. 하지만 공화국 지지자들은 내분에 빠져 있지요. 호감을 적극적인 참여로 바꾸려면, 더 충격적인 자극이 필요해요. 에브로 강의 사건들은 호단에게는 새로운 문화가 탄생하고 있다는 상징이었다. 호단이 말했다. 자신의 한계를 넘어서는 그런 행동들만이 정신적 사회적 발전을 가져올 겁니다. 그런 생각은 소망일 뿐이라고, 마르카우어가 말을 받았다. 정치는 진작부터 우리의 그 영웅적 행동들을 더 이상 주목하지 않는다고 했다. 진지를 아직도 지켜낸다는 것이, 우리에게 만족감을 선사할 수는 있다고 했다. 하지만 역사적으로 중요한 것은, 총통이 자신의 정부는 다가올 전쟁에서 중립을 지킬 것이라고 천명했고, 그 때문에 영국, 프랑스, 미국이 그를 이미 인정했다는 사실뿐이라고 했다. 그런 다음 마르카우어는 우리가 이전에 반박했던 문제를 다시한 번 건드렸다. 투쟁의 근본이 처음부터 무너졌기 때문에, 즉 혁명을 거부함으로써 인민의 힘이 마비되어버렸기 때문에, 이제 파멸이 와야한다고 했다. 이 말에 호단도 성을 내며 반박했다. 그는 그 문제는 지금 결판을 낼 수 없으며, 이 시대에 대한 해석은 미래의 연구에 맡겨두어야 한다고 말했다. 우리는 마르카우어가 혼란에 빠졌다고 여겼다. 린드백은 그녀에게 철수가 시작될 때까지 몇 주 동안 조용히 지내라고 권했다. 그러나 마르카우어는 자신을 괴롭히는 모든 것을 내뱉으려는 생각에 사로잡혀 있었다. 직면한 난관들에 비하면, 우리 눈에는 아무것도 아닌 사건들을 그녀는 끊임없이 다시 들먹이곤 했다. 그러다가 반대파인 소규모 마르크스주의 당의 튀는 이름이 또다시 등장했다. 군사재판소는 지금 수감 중인 그 당의 지도자를 기소할 준비를 하고 있었다.[267] 마르카우어가 물었다. 공화국의 존망이 문제인 지금, 어차피 더 이상 별 영향력도 없는 몇몇 반대파에게 정부와 참모부가 왜 그렇게 많은 관심을 보이나요. 또다시 배반설을 증명하려는 것이 아니라면, 자신들의 정치적 실패의 책임을 떠넘길 명분을 찾는 게 아니라면 그러겠느냐고 물었다. 마르카우어가 문제 삼는 것은 특히 닌의 경우였다. 지난해에 닌이 경찰 요원에 의해 제거된 것도 충분히 분노할 만한 일이지만, 더 심각한 건 무엇보다 그런 사건을 그냥 수용했다는 사실, 바로 그 점이 우리의 목표에 대한 조롱이며, 이 나라를 지키려고 온 모든 사람을 배신하는 태도라고 그녀는 말했다. 우리는 1936년 8월, 승리를 이룬 파시스트들이 옮겨가는 걸음마다 살해가 이어졌던 바다호스[268]를 상기시켰다. 수천 명의 사람들이 경기장으로 끌려 나와, 난사하는 기관총에 학살당했고, 칼에 찔려 죽었다. 우리가 말했다. 게르니카, 빌바오,[269] 히혼, 테루엘. 이 이름들을 생각해보세요. 자기편 전선을 위험에 빠뜨린 죄로 독불장군 몇 명이 제거당해야 했던 것과는 비교가 되지 않아요. 마르카우어가 물었다. 스페인 인민전쟁이 위선으로 봉인된다면, 우리가 도대체 어떻게 그 전쟁을

---

267) POUM, 즉 마르크스주의 통합노동자당의 마우린을 말한다.
268) Badajoz: 스페인 서남단 에스트레마두라 지방 바다호스 주의 남쪽 경계에 놓인 도시. 바다호스의 주도.
269) Bilbao: 바스크 지방 비스카야 주의 수도.

정의라고 얘기할 수 있을까요. 그녀가 말했다. 나는 닌의 조직에 속하지도 않았고, 트로츠키주의자도 아니에요. 나는 청소년 시절부터 공산당원이었죠. 나는, 나의 당이 어떤 방식을 사용해 역사의 모습을 재단하는지 알고 싶을 뿐이에요. 당이 만든 역사의 모습에 나 역시 책임이 있으니까요. 우리는 닌은 사라고사로 도망갔고, 그곳에서 파시스트들의 총에 맞아 죽은 것이라고 반박했다. 그것이 우리가 들은 내용이었다. 마르카우어가 말했다. 닌이 머물렀던 장소는 도망이 불가능했어요. 그가 이송된 곳은 죽어서야 빠져나올 수 있는 곳이었지요. 1937년 6월 16일 닌은 체포되었죠. 그런데 투옥된 사람들의 명단에 그의 이름이 빠져 있었어요. 그런데 닌이 마드리드의 당 소속 건물에서 소비에트 보안방첩대 관리의 취조를 받았다는 건 스페인 동지들 사이에서는 잘 알려진 사실이었어요. 우리는 그의 체포를 반대할 근거가 전혀 없다고 응답했다. 우리는 닌이 바르셀로나에서 정부에 대항하는 봉기에 참여했다는 것을 지적했다. 우리의 보호국이 그 사건의 규명에 관심을 기울일 수밖에 없었던 건 이해할 수 있다고 말했다. 마르카우어가 말했다. 닌을 어떻게 처리하느냐는 그 나라 국민들이 할 일 아니었을까요. 그런데 닌의 석방을 요구했던 카바예로조차 닌에게 연락이 닿지 않았죠. 당시 언론은 온통 닌이 어디 있는지, 당신들이 닌한테 무슨 짓을 했는지 궁금해했어요. 당원이며, 노조원, 그리고 내각의 장관들은 법치가 무너진 것에 경악을 표했어요. 그들은 법치를 공화국의 근본으로 여겼거든요. 아무 힘이 없는 법무부가 할 수 있었던 건, 닌이 감독, 보호 상태에 있다고 공표하는 일뿐이었지요. 조사위원회는 로젠베르크와 안토노프 오브세옌코가 주도했지요. 마르카우어의 말이 이어졌다. 이 두 사람도 지금 전횡의 희생자가 되었어요. 그런 전횡이 횡행하는 데 그들 스스로 기여했고요. 우리는 마르카우어의 입을 다물게 하려고 애를 썼다. 그녀가 자신의 말 때문에 다치지 않도록 하려는 것이었다. 정치위원이 있는 자리에서 그녀는 말했다. 우리가 이 전쟁을 논하려면, 동시에 다른 의견을 주장하는 사람들을 향해 벌이는 우리 내부의 또 다른 전쟁에 대해서도 말해야만 해요. 이 또 다른 전쟁은 나로서는 결코 용납할 수 없는 무기를 사용하고 있어요. 닌은 고문을 받았어요. 자백을 하라고 강요를 받았어요. 닌은 그걸 거부했지요. 동요가 점점더 커지자, 8월 4일 공화국 정부는 닌의 거처를 더 이상 파악하기 힘들다고 공표했지요. 그때 닌은 이미 마드리드를 벗어나 알칼라 데 에나레스로 이송되었지요. 당이 관리하는 어느 감옥으로 보내졌죠. 그녀가 말했다. 나는 그곳에 가보았어요. 닌이 처형된 모래 웅덩이를 보았지요. 고야가 그렸던 그 언덕이었어요. 그림 속, 총구를 쏘아보는 눈길, 그 눈길이 나를 떠나지 않아요. 마르카우어를 체포하라는 지시가 내려졌을 때, 아무도 더 이상 그녀를 구할 수가 없었다. 우린 그녀가 받게 될 심문의 비중을 축소하고 싶었다. 호단이 내린 의학적 소견서가 분명 중형만은 면하게 해줄 것이었다. 마르카우어의 공적이 인정받을 것이고, 그녀의 발언들은 과로에서 비롯된 것으로 간주될 것이었다. 하지만 그러면서도 우리는 이미 알고 있었다. 우리가 함부르크 유대인 부르주아 집안 출신인 그녀에 대한 고민을 접어둘 것임을. 그녀가 헌병에게 끌려갔던 그 새벽 시간은 벌써 희미해지고 있었다. 저기 아래, 빌라 칸디다 홀에서, 모래언덕을 묘사하던 그녀의 모습만이 아직 생생하게 남아 있었다. 바닥에 놓인 램프의 빛을 받아, 창백한 노란색으로 물든 마르카우어. 부릅뜬 두 눈의 흰자위, 나란히 늘어선 처형조의 등, 그리고 마르카우어 뒤로 비스듬한 위치에 벽에 걸린 은행가 메를레의 동판화 액자 몇 개. 액자에는 데니아의 성곽 언덕의 폐허가 된 디아나 사원, 사군토의 원형극장, 뗏목을 타고 에브로 강을 건너는 한니발의 코끼리들이 보였다.

　　편지에서 하일만은 묻고 있었다. 그런데 만일 헤라클레스가 언제나 억압받는 자들의 해방을 생각하고 괴물과 폭군들에게 용감하게 맞선 게 아니었다면 어떻게 되는 걸까. 헤라클레스가 두려움과 공포에 떨었고, 그의 행동은 자신의 약점과 고립에서 벗어나기 위한 것일 뿐이었다면 말이지. 바른스도르프로 간 하일만의 편지가 다시 프라하로 갔다가, 그다음 파리와 알바세테로 배달되었다가, 내가 있는 데니아로 오는 데는 두 달이 걸렸다. 편지 속 하일만의 말은 이어졌다. 하지만 헤라클레스가 기쁨과 용기에 넘쳐 행동했든, 체념한 채로 힘겹게 행동했든, 아마 결과는 다르지 않았을 거야. 왜냐하면 사람들은 성공을 중시하고, 그것이 누구에게 이득인지 따질 뿐이니까. 우리는 헤라클레스를 인간으로 생각했었다. 계급 질서와 비합리적인 것을 떨쳐낸 사람, 자신의 특권적 위치를 빼앗기자 처음에는 이기심에서 과거의 법칙을 때려 부쉈지만, 그다음에는 다른 사람들의 행복을 위해 행동할 줄 알았던 그런 사람으로 생각했었다. 우리에게 헤라클레스는 현실적 존재였다. 자연의 통제를 중시했던 현실의 인간, 변화와 개선이 바로 이곳, 이 세상에서 진행되어야 한다는 것, 직접 만질 수 있는 것, 확실하게 달려들면 상황을 개선해주는 그런 것이 아니면 우리에게 소용이 없다는 것을 처음으로 분명히 해주었던 인물이다. 허풍스럽게 사자 가죽을 두른 맨몸에, 전투용 무장용품을 모두 버리고 몽둥이만 든 헤라클레스가 우리 눈에는 으스대는 것처럼 보이기도 했다. 그럼에도 불구하고 그는 우리의 경탄을 불러일으켰다. 그것은 그의 불같은 담대함, 그의 경멸에 찬 분노가 언제나 괴물이나 파괴적 존재에 맞서 유한한 인간들을 돕는 데 쓰였기 때문이다. 제우스의 아들인 헤라클레스는 출생에서부터 다른 사람들의 악의와 음모, 속임수와 공격의 대상이 되었다. 그는 반격을 가함으로써, 적의 난동을 다스리는 데 반드시 무력이 필요하다는 것을 우리에게 보여주었다. 편지에서 하일만은 적고 있었다. 지금 나는 다시 한 번 헤라클레스의 열두 가지 과제를 읽고 있어. 그뿐만 아니라 그의 다른 행적에 관한 글도 읽고 있지. 그럴수록 이 인물이 점점 다면적이고 모호해지는 거야. 헤라클레스와 싸운 괴물들은 그가 떨쳐내지 못한 꿈 아니었겠어. 그가 만났던 형상들, 그가 때려죽인 형상들이 바로 잠잘 때면 우리를 엄습하잖아. 사자 같기도 하고, 새 같기도 하고, 뱀 같기도 한 짐승들을 나는 알고 있어. 그것들을 피해서 숨지만, 그것들은 내 냄새를 찾아 킁킁대며, 밤이라는 숲에 누운 나를 찾아내지. 그것들은 내 허리를 물어뜯어. 나는 그것들을 붙잡고 굴러. 무시무시한 폭력이지. 내 몸이 갈기갈기 찢겼다 싶을 때, 비로소 깨어나는 거야. 그런데 상처도 고통도 없는 거야. 그런 괴물들이 우리를 괴롭히는 건, 우리가 내면 깊이 어떤 막강하고 압도적인 존재를 감지할 때, 자신의 열세를 생각하고 두려움에 떨고 있을 때야. 그처럼 코로 불을 뿜고, 몸뚱이와 머리가 여럿인, 거대한 괴물이 언제나 헤라클레스에게 다가온다는 것, 아니면 헤라클레스가 그런 괴물들을 외딴 광야에서 찾아낸다는 것은 그가 일상생활보다 자신의 꿈에 더 집착했음을 말해주는 거지. 위험은 흔한 것이고, 누구나 다 아는 거지. 하지만 헤라클레스가 겪는 위험이 작동하는 방식을 보면 특이한 점이 있지. 그건 누구나 겪는 게 아니야. 갑자기 환각이 부풀어 오르면, 평상시에는 작은 것이 엄청난 크기로 확대되는 거야. 대표적 예가 되어버리지. 그걸 보면서, 다른 사람들이 자위할 수 있는 그런 예가 되는 거야. 말하자면 이런 식이야. 봐. 헤라클레스는 저런 것도 극복하는데, 우리도 사소한 일 정도는 해내야 하는 거야. 그런데 그게 그렇지가 않아. 그가 낯선 곳에서 이룬 성공을 상상해볼 수 있다고 해도, 배고픈 사람들, 빈민가 사람들에게 헤라클레스의 투쟁은 오로지 머릿속 일일 수밖에 없어. 내 생각에는, 헤라클레스의 그런 투쟁은 자신에게도 생각일 뿐이었을 거야. 자기 내면을 응시하다가, 그런 생각에 사로잡힌 거지. 전해지는 헤라클레스의 저 유명한 행동들은 사실 기도서 같은 거지. 일련의 스토리의 장면 장면을 기록한 성화 같은 거야. 우리가 그랬던 것처럼, 우리 앞의 역사 기록자들도 그 그림들에서 위기에 처한 조력자, 구원자의 모습을 보았던 거지. 자신의 용맹을 최고의 행복으로 되돌려 받은 구원자. 나는 궁금해졌어. 그렇지만 무엇이 헤라클레스의 행복이지. 이제 더 좋은 시대가 왔다는 행복, 만행과 파멸을 대부분 물리쳤다는 그런 행복인가. 그건 아니었어. 이제야말로 본격적으로 전쟁이 시작되었고, 도시의 궁핍이 커져갔거든. 헤라클레스는 죽음조차도 보통으로는 만족하지 못했지. 그는 엄청난 고통 속에서 죽었어. 그런 다음 신들이 다시 그를 받아들였고, 그 후 멀리 올림포스에 살게 되었다는 걸 보면, 나로서는 헤라클레스가 의심쩍었어. 지고의 존재들은 왜 마지막에 헤라클레스를 자신들과 같은 존재로 간주했을까. 그가 신들의 위상을 위협하는 일은 하나도 하지 않았기 때문이 아니었겠어. 헤라클레스가 한 일이 초인적인, 그러니까 신적인 능력에 대한 믿음을 퍼뜨렸기 때문이 아니었겠어. 헤라클레스의 격렬한 분노와 광란에 대해, 나는 이전에도 회의가 들곤 했어. 자신이 원하는 게 즉각 실현되지 않으면, 그는 경기 들린 듯, 막무가내로 난동을 부렸지. 그래도 나는 그것을 이승에 사는 존재의 표시로 보려고 했어. 헤라클레스가 혼란을 겪고,

질투하고, 욕심을 부리고, 자신을 과신하고, 절망했기 때문에, 나는 그를 가깝게 느꼈어. 그렇지만 나중에는 그가 실패자, 구제불능이라는 인상이 우세해졌어. 온 힘을 짜내, 악에 저항했지만 결국은 악을 제거하지 못한 존재. 어떤 면을 불확실하게 내버려두었기 때문에, 우리 생각에 바로 그의 적인 사람들도 헤라클레스를 자기편으로 보았던 거야. 헤라클레스는 무역상과 금융업자들, 이익과 성공을 쫓는 모든 사람의 수호성인이 되었지. 탐식과 방탕의 모범이 되었어. 그는 궁핍한 사람들에게는 별 도움이 되지 않았지. 더 나아가 헤라클레스는 식민주의의 창시자가 되었지. 그로 말미암아 그리스인들과 이오니아인들에게 바다를 건너 세계의 끝을 찾아 나서는 출항의 시대가 열렸던 거야. 그가 전한 이방의 풍요는 재산가와 사업가들을 유혹했지. 그래서 그들은 돈을 투자해 선박을 건조하고, 먼 곳의 지하자원을 캐내게 되었어. 하일만의 편지는 계속되었다. 헤라가 내렸다는 어려운 과제들이 사실은 헤라클레스의 극단적인 불안으로 부풀린 것임을 나는 깨닫게 되었어. 우리가 알고 있는 헤라클레스의 과제 대부분이 망상의 결과라고 해도, 몇 가지는 원용할 수 있을 거야. 거기에는 바다까지 추락한 삶의 얘기가 있어. 지금 네가 처한 현실이 바로 문자 그대로 그런 삶이잖아. 편지를 읽기 시작하자 처음에는 이곳으로 떠나오기 전 베를린의 시간들로 내가 다시 돌아가 있었다. 그러다가 지금은 하일만이 이곳으로, 현재의 내게로 온 것 같은 느낌이었다. 하일만이 말했다. 지금 내가 읽는 헤라클레스는 더 이상 신화가 아니야. 서사시적인 경향이 있기는 하지만, 미완이며, 혼란과 갈구, 실패, 끝없이 반복되는 도전들로 가득해. 이런 점들은 문학과 꿈 해석의 본질이야. 자신을 세상에서 확인하고 싶은 욕망의 특징이기도 하고. 이제 나는 헤라클레스를 더 이상 1년 전에 보았던 그런 눈으로 바라볼 수가 없어. 이런 변화가 처음에는 실망스러웠지. 헤라클레스가 신과의 연계를 끊었다는 게, 우리의 가장 중요한 주장이었잖아. 그다음에 나는 우리가 갔던 제단의 벽면 부조에 여러 번 다시 갔어. 가서 헤라클레스의 사자 털가죽 앞발이 휘날리는 것을 보았지. 제우스와 진격하는 헤라의 마차 사이였지. 헤라는 헤라클레스가 고통의 계곡에서 삶을 마친 뒤에 자비를 베풀었지. 헤라클레스 바로 아래, 아니, 우리가 그의 자리로 생각한 그 빈자리 아래에, 우리의 형제가 하나 앉아 있어. 그의 몸을 번개가 뚫고 지나고 있지. 자신에게 반항하는 모든 자에게, 신들의 아버지가 내리친 번개야. 우리가 그토록 많은 걸 기대한 헤라클레스가 몽둥이를 휘두른 건, 혹시 바로 이 땅의 아들인 이 자의 머리를 깨부수기 위해서가 아니었을까. 하일만의 이야기가 이어졌다. 그럼에도 불구하고 나는 아직은 헤라클레스를 포기하지 않을 거야. 지배자들이 그려낸 모습을 그대로 용인하지 않을 거야. 지배자들은 선동적으로, 자기들의 계급과 예술에 헤라클레스를 포함시키려고 하지. 그렇지만 더 이상 헤라클레스가 승승장구했던, 노예들의 조력자로 보이지도 않아. 그는 단지, 가끔은 자기 자신을 훨씬 뛰어넘었지만, 다시 자신의 환상에 사로잡히곤 했던 구제불능의 한 사람일 뿐이야. 문학과 연극으로 하여금 여전히 수많은 재해석을 하도록 자극하는 헤라클레스의 종말에서부터, 나는 그를 다시 살펴보았어. 나는 궁금했어. 데이아네이라와는 어떻게 되었던 것일까. 아켈로스에게서 이 애인을 빼앗은 결투를 보면, 헤라클레스가 금욕과 도덕을 선택해야 했던 어떤 기로에 섰었다고는 전혀 말할 수 없지. 그런 그의 욕망을 보니까, 내 마음이 다시 헤라클레스에게 끌렸어. 우리가 그에게 금욕을 바란 것은 결코 아니었으니까. 바로 그 충동적인 면 때문에, 우리는 그의 행동력을 믿었지. 그런 면이 그를 고민만 하게 놔두지 않았던 거야. 그래. 우리는 그런 면을 너무 높이 평가했었던 거야. 우리는 그를 모든 논리를 한방으로 끝내주는 반지성주의자로까지 여겼지. 이 부분에서 헤라클레스의 트라우마로 다시 돌아가볼게. 헤라클레스는 폭력을 구사하다가, 그다음에 폭력을 능가하는 간계를 부리거든. 강의 신으로 불리는 아켈로스는 물소를 사육했는데, 그 자신도 황소였지. 데이아네이라가 변덕스럽고 집에 붙어 있지 않는 헤라클레스보다는, 아켈로스와 사는 걸 좋아했을 거라고 짐작할 수 있어. 헤라클레스가 자신을 납치한 것을 데이아네이라는 끝까지 용서하지 않았어. 그건 처음부터 불행한 결혼이었지. 헤라클레스는 자기 부인을 혼자 내버려두고 바로 다시 여행에 나섰지. 그러다가 끔찍한 광란을 겪으며 최후를 맞았어. 언제나 자신의 남성성을 증명하고 싶어 했던 헤라클레스는 옴팔레의 수중에 떨어졌지. 노예로 굴욕을 겪었을 뿐 아니라, 여자 옷을 입은 채 하녀가 되어 옴팔레의 공처가 노릇을 했지. 가죽으로 된 남자 옷을 입은 그 여주인님에게 깨지고 밟혔어. 또 그녀의 욕정을 채워주지 못해 조롱을 당하지. 결국 헤라클레스는 병들고 기가 죽어서, 이 꿈에서 벗어났어. 그렇지만 아직도 힘이 남아서 바로 다시 여자를 약탈하러 나섰지. 부인인 데이아네이라를 찾아 황야로 갔지만 헤라클레스가 받은 건 환대와 용서가 아니었어. 그녀는 거부, 아니 반감과 증오만을 드러냈지. 헤라클레스에게 버림받은 데이아네이라가 그동안 물론 가만히 있었던 건 아니었지. 황소 남자를 사랑했던 그녀는 그사이 말들과 함께 살던 네소스에게 빠졌지. 네소스는 반인반마였는데, 헤라클레스는 그 상대가 되지 못했어. 데이아네이라는 다시 한 번 강가에서 네소스와 정을 통하는데, 노래를 부르면서 빨래를 하는 것처럼 꾸몄지. 그때, 돌아온 헤라클레스가 그 경쟁자를 독 묻은 화살로 쏘아 죽였어. 맨손으로 붙을 엄두는 나지 않았거든. 하지만 헤라클레스의 죽음이

독이 퍼진 네소스의 피에 젖은 천을 입었기 때문일 수는 없어. 첫째는, 데이아네이라를 다시 한 번 이용하기 위해서 헤라클레스가 반인반마의 몸뚱이 아래에서 그녀를 꺼냈는데, 그런 상황에서 그녀가 여자 포로 하나를 첩으로 데려온 남편의 사랑을 다시 얻으려고 묘약을 사용할 마음은 없었겠지. 둘째로, 데이아네이라는 헤라클레스에게 속옷을 준 적이 아예 없었어. 그녀는 더 단순한 방식으로 정액에 전염병을 가득 옮겼어. 그 병을 앓다가 헤라클레스는 비참하게 죽었지. 네소스의 속옷이 피부에 달라붙어서, 속옷을 찢어내면 살이 뼛속부터 뜯겨져 나갔다는 건 헤라클레스의 마지막 거짓말이었어. 욕정 넘치는 그 반인반마는 짐승들과 수년간 난잡하게 지냈었지. 이 남자가 데이아네이라에게 소아시아 지역의 온갖 성병을 옮겼고, 그것이 다시 헤라클레스에게 옮겨진 거지. 하지만 후세의 명성을 생각한 헤라클레스가 그런 고백을 할 수는 없었던 거야. 그래서 독 묻은 옷이라는 전설을 외쳐댔던 거지. 하일만의 말이 이어졌다. 최후를 앞둔 헤라클레스는 또다시 극도의 공포, 경악, 여성 혐오에 휩싸였지. 그는 그런 공포를 이미 요람에서부터 겪었던 셈인데, 그 복수심에 그는 일생 동안 사로잡혀 있었던 거야. 헤라클레스의 성애에 대해서는 이야기가 부풀려졌지. 그건 사랑의 힘을 정복과 혼동하는 사람들에게나 맞는 얘기였지. 그가 맺은 수많은 관계 중에 헤라클레스가 정말 상대 여자의 마음을 얻으려고 노력했다고 말할 수 있는 경우는 단 한 번도 없었어. 헤라클레스는 언제나 여자를 빼앗거나, 벌주거나, 죽이거나 아니면 여자 때문에 괴로움을 당했지. 쫓기듯 분주한 그의 방랑은 헤라가 그를 열등한 존재, 이인자의 운명이라고 저주하면서부터 시작되었지. 헤라클레스가 만족을 느꼈던 것은 오로지 몇몇 동성애 관계, 아마 동료였던 이오라오스나 필록테트와의 관계였을 거야. 헤라클레스의 그 모든 용맹한 행동 뒤에는 어떤 깊은 심리적 왜곡이 숨겨져 있었지. 트라키니아 임질, 트로이 하감, 이른바 프리기아의 제4의 성병에 의한 작열통에 데굴데굴 구르면서도, 헤라클레스가 생각한 것은 오로지 자신을 망가뜨린 그 일을 감추는 것이었지. 그리고 헤시오도스, 소포클레스, 오비디우스, 세네카, 이들 모두 그의 비밀이 지켜지도록 도와주었어. 이들 모두 데이아네이라를 남편을 죽인 여자를 뜻하는 그 이름으로 불렀지. 그렇지만 그 이름에서 할 수 있는 추론은 도외시했지. 그러고는 한술 더 떠서, 데이아네이라를 순진하고 정숙한 아내로 그렸어. 그건 헤라클레스의 명예, 그 어긋난 가족의 명예를 구하기 위한 거였지. 하일만의 말이 이어졌다. 하지만 삶의 원이 닫히는 바로 그 순간, 헤라클레스는 다시 위대함을 발휘하지. 거의 숭고함이라고 할 수도 있고. 그는 그냥 물에 뛰어들지는 않았어. 타는 상처를 식히면서, 아무 소리 없이 사라진 것이 아니었지. 그 어떤 적도 자기만큼 강하지 않다는 것, 자신은 가장 큰 고통도 견딜 수 있다는 것을 보도록, 그는 온 백성을 불러 모았지. 고통으로 고함을 지르면서, 헤라클레스는 화형대가 있는 산으로 기어 올라갔어. 그리고 타오르는 화염 속에 드러누웠어. 고통이 극한으로 치닫는 순간, 헤라클레스의 얼굴에는 황홀한 미소가 번졌어. 그렇게 소멸하면서, 그는 미소와 함께 불멸의 세계로 들어간 거야. 하일만의 편지는 계속되었다. 이제 동쪽으로 아르고 호의 일행과 함께했던 항해를 마친 뒤, 헤라클레스가 서쪽으로 갔던 여행들을 살펴볼게. 이 여행에는 확장과 발견을 원하는 모든 사람이 모여들었어. 항해에 나선 것은 헤라클레스만이 아니었어. 토지 부족이나 도시 인구의 과도한 증가 때문에, 또 무역경쟁과 원자재의 수요 증가 때문에, 다른 많은 사람도 아드리아 해로 나섰지. 해안 지역에서 새로운 시장을 개척하려는 목적에서였어. 그러나 옛날부터 헤라클레스는 그 이유가 무엇이든 간에 두려움을 누르고 좁은 땅을 벗어나, 미지로 간 탐험자로 알려져 왔지. 헤라클레스의 이름은 시칠리아와 남부 이탈리아, 키레나이카와 코르시카, 그리고 갈리아 해안에 이르는 그리스인들의 세계 진출의 상징이 되었어. 그러면서 현재의 마르세유인 갈리아 해안의 마살리아는 금방 중요한 상업 거점이 되었지. 헤라클레스의 전설은 물결처럼 퍼져나갔어. 처음에는 펠레포네스[270]가 전설의 중심이었어. 그다음으로 트라키아와 크레타와 흑해로 확산되었지. 그다음에는 발레아레스 제도와 스페인까지 도달했지. 피레네 산맥에서부터 아래로는 카디스에 이르는 지역까지. 세계를 감싸고 흐르는 오케아노스로 나가는 출항지는 기둥을 세우기에 아주 적당한 지형이었지. 이곳 이베리아 반도 남쪽 끝과 뜨거운 대륙 아프리카의 북쪽 꼭대기에는 가파른 바윗덩이들이 자연 요새처럼 솟아 있었어. 아틀라스는 한 걸음에 건너뛸 수 있었지. 헤라클레스를 능가하고 싶었던 사람들, 복된 인간들의 섬을 찾던 많은 사람이 대양으로 나갔어. 그동안 헤라클레스는 헤스페리데스와 함께 있었지. 이들의 정원에는 황금사과 같은 레몬 열매가 나무에 주렁주렁 달려 있었어. 비록 이곳의 나무들에는 위험한 뱀들이 똬리를 틀고 있었지만, 널려 있는 지하 동굴에서 캐내지길 기다리는 온갖 금속이 그 위험을 보상해주었지. 금속은 더 많은 무기를 필요로 하는 전쟁에 엄청난 가치가 있었거든. 헤라클레스는 뱀들의 땅인 아비아에 오랫동안 머물렀지. 아틀라스는 헤라클레스에게 자기 대신 하늘을 받들고 있겠느냐는 제안을 했지. 그 명예로운 제안에 헤라클레스는 응하지 않았어. 아틀라스는 그곳에 어깨를 굽히고 짐을 진 채 머물러 있어도 되겠지만, 헤라클

---

270) 그리스 반도.

레스는 다른 할 일이 있었지. 공장과 주거지와 도시를 세울 터를 마련하는 것을 그는 자신의 과제로 생각했어. 그래서 헤라클레스가 자킨토스를 건설했다고들 하지. 지금 발렌시아의 방어를 위해 우리가 고수하고 있는 사군토가 그곳이야. 그리고 헤라클레스는 과달키비르 강 하구 남쪽에 있는 페니키아인들의 커다란 환적항구로 내려갔어. 포카이아 항해자들이 그 땅을 밟기 전의 일이지. 포카이아 사람들은 그곳에 와서 그 지역을 헤메로스코페이온이라고 불렀어.[271] 그리고 거기 산 위쪽으로 아르테미스 사원을 건설했지. 이 모든 게 페르가몬이 융성하기 훨씬 전의 일이었어.

데니아의 성곽 언덕에 가보자는 생각은 진작부터 했다. 하지만 일 때문에 시간을 낼 수 없었다. 9월 초, 병원의 방들이 대부분 비고, 의사와 직원들이 떠날 때가 임박하자, 비로소 우리는 성곽 언덕을 향해 나섰다. 국제여단을 해산한다는 합의가 이루어지면서, 우리는 강제로 이 나라를 떠나게 되었다. 국제여단 해산의 배경에는 이 전쟁을 국내 갈등으로 축소하려는 의도만 있었던 게 아니었다. 그것은 스페인에 가세했던 연대 세력에 대한, 외교라는 옷을 입은 공격이기도 했다. 1936년 가을부터 3만 5천 명의 자원병이 이곳 전선에 왔다. 그들의 서류를 정리하던 린드백은 독일인과 오스트리아인을 5천 명으로 적었다. 프랑스인은 1만 명, 영국, 미국, 캐나다인은 6천 명, 이탈리아인은 3천 명, 스칸디나비아

---

271) 현재 스페인 데니아 근교인 하베아Javea 지역.

인은 1천 명, 유고인은 1천 명, 폴란드인은 2천 명이었다. 총 53개국의 사람들이 대대에 배치되어 있었다. 이 모든 사람의 참여는 스페인에서 벌어진 것이 내전이 아니라, 전 세계적인 이데올로기 투쟁이었다는 사실을 일찌감치 보여주었다. 린드백이 말했다. 이 인민전선이 이제 깨져야 한다는 거지. 린드백의 얼굴이 다시 잿빛으로 굳어졌다. 이런 합산은 끔찍한 것이었다. 개인은 언제나 1백 명 또는 1천 명이라는 집단의 일부일 뿐이었다. 한두 명 더 많거나 적은 것은 중요하지 않았다. 신비한 생명을 담아내는 독자적 개체들, 그 몸들이 단순한 숫자가 되어, 소대로, 중대로, 대대로, 여단으로, 사단으로, 군단으로 합산되었다. 그 집단에서 피를 흘리고 죽은 시체들은 빠진다. 도착하는 사람, 빠지는 사람, 그 누구나 익명의 대중으로 흡수되어 사라진다. 린드백이 물었다. 그렇지만 다른 식으로 상황을 개관할 수가 있겠어. 모든 부대가 반 조금 넘게 줄어들었다. 3만 5천 명의 자원병 중에서 그때그때 많아야 1만 명에서 1만 2천 명이 전투부대에 속해 있었다. 지금은 국제군 부대의 극히 일부만이 인민군에 흩어져 남아 있었다. 그들이 할 수 있었던 무력 지원은 미미했다. 그럼에도 불구하고, 퇴각 명령을 받은 잔류 병사들은 스페인 동지들을 버리고 가는 것 같은 마음이었다. 그들은 마지막까지 여단의 해산을 부정하려고 애썼다. 전쟁이 확산되고 있다면, 그래도 철수의 당위성을 인정할 수 있을 것 같았다. 그래서 체코 국경에서 고조되는 위기는 일종의 희망이었다. 계속 회피하며 타협을 찾는 것보다는, 전 유럽이 반파시즘 전쟁을 치르는 것이 더 나을 것 같았다. 우리 몇몇 위생병들은 며칠 후면 이곳을 떠나 발렌시아로 갈 참이었다. 그리고 무력부대에 합류할 것이었다. 스페인은 우리에게는 조국이었다. 자신의 땅에서 밀려날 수는 없었다. 이곳에서 추방된다면, 남은 건 망명 생활뿐이었다. 의사들과 나머지 환자 몇 명은 영국 함대의 배편으로 마르세유로 이송되기를 기다리는 중이었다. 호단과 린드백은 그런 다음 노르웨이로 간다는 계획을 세울 수 있었다. 그러나 대부분의 다른 사람은 바로 난민용 임시수용소에 머물게 될 것이었다. 벨기에 병사 몇은 스페인전 참전 때문에 국적을 상실했고, 독일, 오스트리아, 체코 출신들은 고향에 입국할 수가 없었다. 이들은 어디론가 가려면 비자를 구걸해야만 했다. 따라서 국경에서 추방되어, 적에게 인도될 위험을 언제나 각오해야만 했다. 린드백이 말했다. 전진하려던 계급투쟁이 다시 한 번 철퇴를 맞은 겁니다. 그렇지만 산산조각 난 그 힘들은 분명 다시 뭉치게 될 거예요. 그러나 이날 오전 데니아로 가던 도중이나 성곽 언덕에서나, 우리들은 불확실한 미래에 대해서는 아무 말도 하지 않았다. 대신 수천 년 전 이 해안 지역을 스쳐갔던 사건들 이야기를 나누었다. 우리 앞에는 언제나 바다가 있었다. 회청색 바다였다. 그 경계는 하늘과 만나 안개를 이루며 희미해졌다. 유칼립투스와 사이프러스와 편도나무 숲 사이로 오렌지 농원이 펼쳐져 있었다. 가지가 갈라지는 지점마다 곳곳에 레몬 열매 꽃봉오리가 솟아나고 있었다. 꽃은 보랏빛으로 피어났고, 어린 열매들은 환한 보라색이었다. 우리는 레몬 열매를 맺는, 접종 받은 오렌지나무 이야기를 나누었다. 그러다가 우리는 어느덧 역사 속으로 들어가고 있었다. 이 나무의 수명은 인간과 같았다. 왕성하게 열매를 맺기까지 30~40년이 걸리며, 매년 70~80킬로그램까지 오렌지 수확이 가능했다. 들판에 늘어선 올리브나무들은 가지들이 휘어지고 줄기는 굵직했는데, 6백 년에서 7백 년은 족히 될 것 같았다. 살짝 볼록한 긴 잎사귀의 아랫면은 어둡고 짙은 녹색이었고, 윗면은 탁한 은빛이 감돌았다. 올리브나무는 수많은 변종으로 나뉜다. 과거 노아의 방주에 비둘기가 물어다 주었던 나뭇가지가 올리브였다. 또한 저 멀리 서아시아 해변

더 안쪽, 예수가 십자가에 못 박혔던 그 언덕에도 올리브나무가 둘러서 있었다. 날씨의 영향을 받아서 나뭇잎은 짧아지기도 하고 넓어지기도 했으며, 딱딱해지기도 하고 부드러워지기도 했다. 처음에는 희끗한 녹색인 타원형 열매는 익어가면서 반들반들하고 굵어지며, 바로 이름이 된 올리브 색깔을 띠게 된다. 반면 둥근 열매를 맺는 다른 종류들은 붉고 파란 빛이 도는 보라색이었다가 진한 검정색으로 변했다. 콜럼버스가 범선으로 대서양을 건넜던 시대에, 길가의 저 나무들은 이미 수확을 하고 있었다. 유럽의 식민왕국들이 융성할 때나 몰락할 때나 열매를 맺고 있었던 것이다. 원래 고고학자인 린드백은 도시를 굽어보는 저 언덕에 있는 그리스 신전의 유적이 어떤 상황인지 보고 싶어 했다. 신전의 이름은 여신 디아나와 연관되어 있었다. 폐허의 유적지로 오르는 산비탈 길은 좁았고, 계단들은 깨어져 있었다. 서로 맞물려 성곽을 이룬 거대한 육면체의 사암덩이들은 이끼가 긴 채, 무화과나무와 키 작은 잣나무의 뿌리들로 온통 뒤덮여 있었다. 하지만 빌라 칸디다의 그림에서 보았던 신전의 기둥들, 또 신전을 둘러싼 로마네스크 양식의 담장과 탑은 하나도 찾을 수 없었다. 이곳에는 16세기 정복자 시대[272]에 만들어진 요새의 무너진 아치와 포대들만이 있었다. 앞뜰에 난, 기둥이 세워진 너른 난간에서 우리는 멀리 도시와 항구를 굽어보았다. 왼쪽으로, 널찍한 만에는 파도가 규칙적인 간격으로 하얀 줄을 그리며 해변으로 부드럽게 달려들고 있었다. 오른쪽으로, 좁고 길쭉하게 뻗은 반도에는 몬고 산[273]이 솟아 있었다. 발치는 드문드문 수목으로 덮여 있었고, 뒤쪽은 민둥산이었는데 회색의

272) 스페인의 남미 대륙 정복 시대.

273) 몬고Mongó 또는 몬트고Montgó 산으로 불린다. 스페인 데니아의 상징 중 하나이며, 현재 국립 자연보호 지역이다.

지층이 드러나 있었다. 적갈색 기와지붕에 벽에는 석회를 바른 집들이 구불구불한 골목길들을 따라 층층이 서 있었다. 반도가 만든 수반에는, 좁다란 방파제가 물이 빠지는 지점을 향해 꺾이며 뻗어 있었다. 파란색에 검은색 또는 하얀색을 섞어 칠한 고깃배들이 방파제에 기댄 채 정박해 있었다. 불그스레한 돛은 적당히 말아 올려, 비스듬히 세워진 살짝 휜 긴 활대에 묶어놓은 상태였다. 배들은 여전히, 삼단의 노가 달린 전함을 타고 에게 해에서 온 그리스 식민사업자들에게 물고기를 잡아 갖다 바쳤던 바로 그 배들과 비슷했다. 우리가 변두리에서 여덟 달을 산 이 도시, 우리는 이 도시를 마음에 담고 싶었다. 지금, 도시는 반짝이는 빛의 품에 안겨 있었다. 연달아 울리는 맑은 종소리만이 이 고요를 흔들고 있었다. 우리는 부두와 뭍을 이어주는 잔교와 창고와 공장 주변의 분주함을 상상해보았다. 노새가 짐을 가득 실은 두 바퀴 수레를 끌고 있었다. 짐꾼들이 배에 걸친 넓은 나무판을 타고 서둘러 배로 오르고 있었다. 얽어 짠, 배가 빵빵한 자루와 무거운 상자를 짊어져 짐꾼들의 허리가 구부정했다. 돌로 된 벤치에서는 생선들을 소금에 절여 통에 담고 있었다. 아니면 건조하기 위해 마대 줄에 달아 걸었다. 낙타들이 외양간에서 울어대고, 제련소와 대장간의 풍구와 망치는 엄청나게 시끄러웠다. 대상들이 안달루시아에서 가져온 주석과 구리, 시에라 네바다와 시에라 모레나에서 온 은, 거기다 알메리아에서 온 납이 함유된 원광, 무르시아에서 온 철광석, 카르도나에서 온 암염, 이 모든 것이 여기 산더미처럼 쌓여 있었다. 귀금속 벽돌, 드문 중량의 아연, 이오니아 무기고의 주인들이 너무나 탐내던 청동 합금이 퉁퉁한 둥근 화물선의 대형 창고를 가득 채우고 있었다. 땀을 쏟는 몸뚱이 위로 채찍 소리가 요란했다. 이편에서는 쉴 새 없이 끌고 밀며, 맨발의 발소리가 요란했지만, 저편, 병사들의 막사에서는 달콤한 오수가 펼쳐졌고, 목이 긴 포도주 단지를 마시는 흥겨움이 가득했다. 만일 헤라클레스가 없었더라면, 그런 인물을 꾸며낼 수밖에 없었을 것이었다. 이곳에 모이는 물자들을 두고, 어떤 전설적인 이야기를 꾸며내야만 했을 것이다. 태생이 반은 신인 어떤 인물이 자신들을 이 해안 지역으로 부른 것이라고 말한다면, 장사꾼들은 중요한 존재가 되고, 스스로 선택된 사람들로 여길 수 있었을 것이다. 그리스인들은 언제나 그랬다. 역사적 사건들을 상징의 차원으로 옮겨서, 그 내용을 이해하기 어렵게 만들고, 그럼으로써 특권층과 낮은 민중을 계속 분리해왔다. 그리스 정신은 대개 고도의 문화 발전의 이념으로 높이 평가받아왔다. 하지만 안정적인 토대가 없었다면, 그 이념 역시 아무것도 아니었을 것이다. 위에서는 민주주의 이념, 인간의 동일성과 평등을 주창하는 이론이 탄생했다. 아래에서는 혹사당하는 노동자들이 모든 권리와 무관하게 살고 있었다. 유산계급이 발주한 기둥이 즐비한 건축물과 정교한 조각품들은 사슬에 묶인 다수의 몸뚱이들이 희생한 덕분에 세워질 수 있었다. 우아한 조형미는 이제 음침하고 부패한 것들과 분리되었다. 가부장적 권력자들은 곧바로 분리를 수행했다. 그것은 그들의 경제 질서의 전제였다. 사제와 철학자들은 그것을 추인했고, 미신이 주는 공포로 대중을 통제하도록 도와주었다. 계몽적인 발언을 감히 한마디라도 하는 자는 배척당했다. 노예 주인과 노예들, 전자는 천상의 존재들과 동맹을 맺고, 문학으로 강탈을 미화했고, 후자는 오로지 짐승처럼, 살아 움직이는 도구처럼 살았다. 이들이 만들어낸 양분된 세계, 이것을 해결하기 위해 우리는 오늘도 투쟁하는 것이었다. 그리스 문화는 극도의 약탈에 토대를 두고 있었다. 노예를 쟁취하기 위해 끊임없이 전쟁을 벌였다. 포획된 자들은 그처럼 귀한 주인들을 섬길 수 있다는 것 자체를 하나의 은혜로 여겨야 했다. 오만과 잔인함, 인종차별주의와 인간 경시를 자양분으로 해서 그리스 시장경제가 자라났다. 도시국가들은 서로 치열하게 다투었고, 국내에서도 이윤의 극대화를 위해 경쟁했다. 근동에서 가장 인구가 많았던 밀레투스는 네 개의 항구를 거느리며, 에게 해 무역을 지배했다. 이 대도시는 팽창하면서, 작은 성곽도시들이 내륙으로 접근하는 것을 차단했다. 출정으로 농부들의 논밭은 황폐해졌고, 젊은 남자들은 군대에서 품을 팔 수밖에 없었다. 해안 지역의 대지주들은 새로운 생산 분야를 찾아내야만 했다. 봉쇄를 당하자, 헤르모스 만에 접한 포카이아에서는 농업에서 해운으로의 발상의 전환이 일어났다. 그 사업가들은 과거에는 한 번도 바다로 나갈 엄두를 내지 않았다. 가축을 훔치고, 이웃 마을을 약탈하는 것으로 충분했던 것이다. 그러던 그들이 이제 멀리서 온 선원들의 이야기에 솔깃해져서, 먼 지역에서 화물을 실어올 배들을 직접 건조하게 되었다. 그들은 곤경을 대담함으로 변화시켰다. 그들이 제작한 배가 페니키아인들의 기술로 생산된 그 어떤 배보다 훨씬 우수했다는 것이 그 사실을 잘 보여주었다. 삼단으로 자리 잡은, 1백 명이 넘는 노잡이는 하나의 거대한 기계였다. 그들은 북치는 리듬에 따라 배를 전진시켰다. 갑판 위에는, 텐트를 친 무역상들이 멀미를 참으며 그 안에 누워 있었다. 손에 넣게 될 온갖 보물을 고대하면서. 아래쪽에서는 쉼 없이 삐걱대고 쿵쾅대는 소리가 울려 퍼졌다. 위쪽에, 지휘자 자리에서는 거리를 재고, 위치를 측정하고, 돈을 계산했다. 충각(衝角)각을 뱃머리에 길게 내민 갤리선은 쏜살같이 물을 갈랐다. 붉게 물들인 돛은 바람으로 잔뜩 부풀어 올랐고, 내려친 노들은 포말을 내뿜고 다시 솟구쳤다. 가로막는 모든 이방인의 배는 공격의 대상이었다. 포카이아 선주들의 이 새로운 권력은 곧 오만을 불러왔다. 소규모의 내수 교역에서 벗어나 신세계로부터 상품들을 확보하면서, 그들의 인간적 특성도 변했다. 그들은 과거 왕의 전유물이던 가장 귀한 물건, 바로 금속을 손에 넣게 되었다. 금속을 지배하는 자는 바로 국가를 지배할 수 있었다. 매장된 원석이 무궁무진하다는 게 드러날수록, 그들은 이 행운을 신을 동원해 강조하고 싶었다. 누구에게도 선사할 줄 모르는 그들이 신의 축복을 받았음을 자랑했다. 천상의 존재들이 인도한다는 것이 아마 처음에는 실제로 그들에게 용기를 주었을 것이다. 하지만 부가 손에 들어오고, 그것이 계산 가능해지면 질수록 그들은 상황을 결정하는 힘들을 객관적으로 판단하게 되었다. 숭고는 실용적 판단에 종속되었다. 결국 신들에 감사하는 일은 신들의 얼굴을 새긴 동전으로 대신하게 되었다. 바로 이 지점에서 전권의 이양이라는 비유가 완성된 셈이다. 동전을 소유한 자가 바로 신의 의지의 대변자이기도 하니 말이다. 이제는 축복의 정도를 정확하게 측정할 수 있게 되었다. 신의 개념을 금과 은으로 사용할 수 있게 되었다. 신의 무게를 재고, 신을 주머니와 자루와 금고에 모을 수 있었다. 재물을 관장하는 게 귀신들이 아니라, 공포를 퍼뜨리며 강제로 재물을 끌어온 자신들이라는 것을 잘 알고 있었던 사업가들, 또한 여전히 정령들의 것이었던 마법에 대해서도 잘 알고 있었던 그 사업가들은 이해 가능한 것과 이해 불가능한 것을 하나로 만들어버렸던 것이다. 태동하는 화폐경제는 그래서 신성한 것에 대한 믿음, 은혜를 내리는 보이지 않는 존재에 대한 숭배와 결부되었다. 그럼으로써 착취와 억압이라는 법칙이 은폐될 수 있었다. 자본주의는 신전에서 시작되었다. 축복의 주문을 외고, 공양의 예배를 받으면서 시작되었다. 올림피아 신들의 모상은 은행이 설립되고 국제 차원의 투기가 시작된 뒤 처음 나타났다. 오늘날까지도 아테나와 제우스는 이사회를 관장하는 상징으로 등장하곤 한다. 포카이아의 항해자들이 여기 이 곳에, 웅장한 산을 배경으로 자리를 잡고 살게 되었다는 이야기를 린드백은 그럴듯 하다고 여겼다. 그것은 돌 더미 사이에서 찾아낸 풍우에 마모된 대리석 기둥 파편들보다는, 이곳의 지형 때문이었다. 린드백은 과거 밀레투스의 궁정들이 서 있었던 팔라티아 마을에서부터 베르가마로 올라가는 터키 의 해안 지역을 잘 알고 있었다. 그녀는 데니아와 거의 같은 위도에 있 는, 그 고대 포카이아 지역을 방문한 적이 있다. 2천5백 년 전에는 거대 한 조선소와 상점들 주변으로 사람들이 바쁘게 움직였던 그곳을. 린드백 이 기억하는 그 지역의 모습은 가난하고 황량했다. 그녀가 기억하는 포 카이아의 모습이 우리 앞에 펼쳐지는 풍경들과 겹쳐졌다. 데니아가 헤메 로스코페이온이 있었던 그 땅에 세워진 것이라는 증거는 아직까지 거의 발견된 것이 없었다. 하지만 식민 개척자들의 출신 지역을 베껴놓은 것 같이, 산맥의 초입에 자리한 만의 모습은 그 자체가 증거라고 할 수 있었 다. 이베리아 동쪽 해안에서, 헤메로스코페이온이라는 이름에 이 언덕보 다 더 잘 맞는 장소는 없었다. 헤메로스코페이온은 동터오는 날을 바라 보는 곳이라는 뜻이다. 천혜의 항구를 굽어보는 이 언덕에서, 이 땅으로 넘어온 식민 개척자들은 바다 저편 자신들의 도시를 향해 눈을 던지면, 떠오르는 태양을 볼 수 있었던 것이다. 이처럼 이 땅에서 고향을 다시 보면서, 포카이아에서 온 지배자들은 신의 섭리를 말했을 것이다. 그들 은 각종 먹잇감을 장악하려고 건너온 것이었고, 또 부흥이, 새로운 탄생 이 머지않아 도래할 것이었기에, 그들은 사냥과 다산의 여신을 기념하는 신전을 건설했던 것이다. 그리스 식민 개척자들은 처음에는 이곳에 선착 장을 가지고 있었던 페니키아인들과 교환무역을 했던 것 같다. 그러다가 군대의 우세가 물품 접근권을 결정하게 되었고, 곧바로 요새들이 세워졌 다. 포상으로 자유를 선사받은 적잖은 소아시아의 노예들은 이제 스스로 새로 노예가 된 이베리아 농민들의 감독관이 되었다. 몇십 년 사이에 스페인의 식민 지배권이 교체되었다. 무장한 그리스 대상들의 압박 아래 페니키아인들은 차례차례 공장을 잃고, 결국 카디스에서도 밀려나게 되었다. 카디스는 페니키아인들이 지하자원을 실어내던 항구도시로, 과거 페니키아 제국에 부와 명예를 안겨주었다. 그들은 새로운 지배자들에게 거리와 병영과 창고와 항만 시설만이 아니라, 무엇보다 광산들을 넘겨주었다. 광산은 젊고 유능한 제국주의자들의 손에 의해 이제야 대규모로 개발되기 시작했다. 이곳에서 이미 산업화 시대가 시작되었던 것이다. 전략 자원을 채굴하고, 원자재 가격을 동결하고, 주식시장이 돌아가고, 투자 자본이 높은 배당금으로 되돌아오고, 상품의 획득과 가공에 엄청난 생산력이 투입되었다. 이 기원전 7세기에서 6세기의 제련소와 주물 공장, 금속 공장에서 했던 작업들을 그려보면, 그 이후 흘러간 시간들에 비할 때, 오늘날까지 변한 것이 극히 적었다. 아프리카나 남미의 많은 광산에서 여전히 노동자들은 소진될 때까지 일하고 있었다. 사슬에 묶인 채, 은과 주석을 캐려고 망치를 내려치던 이베리아 반도의 사람들과 전혀 다르지 않았다. 사슬에 묶여, 갱도 안에서 열네 시간이나 지내는 사람들에 비해, 우리는 발목 사슬 없이 여덟 시간만 갱도에 누워 있어도 된다는 것이, 많은 사람에게 결코 대단한 발전이 아니었다. 폐에 찬 먼지, 습기, 갱도를 타고 부는 바람, 육체적 고통은 똑같았다. 단지 우리는 그 생활을 좀더 오래 버틴다는 것뿐이었다. 이전에는 막장의 삶은 몇 년만 지나면 끝장이었다. 우리가 몇 가지 권리를 찾고, 개혁을 이룬 건, 불과 반백 년도 채 되지 않았다. 2천5백 년 전의 노동자들과 우리는 여전히 절망스러울 정도로 비슷했다. 그리고 그들처럼 우리는 해방된 세상을 원하고 있었다. 당시 식민 주둔지들에서는 상류층이 형성되기 시작했다. 그들은 농군들을 부려

과일과 곡물을 수확하고, 포도를 짜고, 가축을 돌보게 했다. 그들의 시골 별장 안뜰에는 시원함을 선사하는 우물이 놓였다. 실내 바닥에는 모자이크 장식이 깔리고, 벽은 광택을 낸 그림으로 장식했다. 농노들의 진흙 오두막, 광산 노예들의 숙소는 말할 수 없이 비참했다. 금융 귀족의 가문들은 뱀과 황금사과의 그 땅에 뿌리를 내리고 정착했다. 헤라클레스의 기둥 옆으로 높은 등대가 세워졌다. 송진을 먹인 나무가 불타는 등대는 멀리 상선들의 함대에서도 눈에 들어왔다. 무역 업주들은 건너편 서아시아 항구에서 자신의 상품 판매를 관장했지만, 사실 그들은 해외 거주지의 건설에 더 관심이 있었다. 그것은 냉철하게 미래를 내다본 생각이었다. 하나의 교역 거점일 뿐이었던 포카이아는 식민 권력으로 성장하고 있었다. 밀레투스는 도자기와 양탄자, 모직, 금실 자수와 자주 염료, 그리고 철학자와 시인, 과학자 들로 유명했는데, 이 밀레투스를 포카이아가 능가하려는 기세였다. 그것은 온갖 금속 덕분이었다. 그러나 소아시아 대륙은 항상 적대적 세력의 공격으로 위협을 받는 상태였다. 영토를 확장하려는 페르시아의 군대는 에게 해 해안을 향해 밀고 들어오고 있었다. 무역 업주들로서는 스페인과 갈리아 지방에 있는 트러스트와 상사들이 더 안전했다. 그곳에서는 재산을 보호할 보병을 구성하기가 더 쉬웠다. 기원전 540년 포카이아는 하르파곤 장군에게 처음으로 약탈과 방화를 당하며 철저하게 유린되었다. 하르파곤은 자비롭고 온유한 왕으로 불렸던 키루스 2세[274]를 위해 복무하고 있었다. 화물을 싣고 귀환하던 선장들은 이제부터는 그 도시를 다시 보게 될지 확신할 수 없었다. 몇 차례나 황폐화하고, 점점 쇠약해가면서도 또다시 도시를 건설했던 것은 포카이아만이 아니었다.

---

274) Cyrus(기원전 590~기원전 530년경): 고대 페르시아 제국의 건설자로 페르시아를 통일하고 신바빌로니아 왕국을 정복했다. 재위 기간은 기원전 559~기원전 530년경.

대단한 요새를 갖추고 있었던 밀레투스 역시 강대국인 페르시아에 희생되었다. 밀레투스의 아름다운 건축물과 조각품들은 파편에 파묻혔고, 그것은 프로이센의 고고학자들이 올 때까지 그대로 있을 수밖에 없었다. 포카이아는 지하에 별 예술품을 남겨놓지 않았다. 현실적이었던 포카이아 귀족들의 기념비는 좀더 실용적이었다. 은행과 운송회사와 기업에 투자함으로써, 그들은 직접적으로 자신들을 미화했다. 코르시카의 알라리아, 갈리아 지역의 니케아, 마살리아, 아가테, 또는 스페인의 자킨토스, 헤메로스코페이온, 마에나케, 비상시 언제라도 배를 틀기만 하면 그곳에 체류하면서 넉넉하게 생활할 수 있었다. 반면 포카이아에 남은 주민들은 페르시아인 점령자들을 섬기고, 그들을 위해 식량을 생산하고, 그들의 군대에 들어가야만 했다. 불멸의 영웅들이 행복하게 살고 있는 먼 낙원의 섬에 대한 그리스인들의 꿈은 여러 차례 변형을 겪게 되었다. 대무역상들에게 그 꿈은 영원한 성장의 화신이 되었다. 그곳에는 죽는 사람이 없으며, 그들이 원하는 높은 이익을 실현해줄 순종적인 하인들만이 살고 있었다. 그들은 이 지상의 피안을 고리대금으로 다스리며, 그들에게 극락은 끝없이 자라는 부가가치에 대한 욕망으로 살아남았다. 단지, 당시 여전히 그림자 같았던 다른 사람들, 저승의 유령들과 매한가지였던 그 다른 종류의 사람들 사이에서만은 낙원은 어느 정도 원래의 모습으로 남아 있었다. 이들에게도 낙원이 현세로 옮겨오긴 했다. 실제에서 어떤 정의도 없었던 그들에게 낙원은 정의를 약속했다. 궁핍, 노예 상태, 전쟁으로부터의 해방을 약속했다. 권력자들은 대양에서 발견하는 새로운 땅을 지배하기 위해 계속 서로 치고받았다. 권리를 박탈당한 사람들은 그냥 기다릴 뿐이었다. 이들은 씌워진 멍에를 떨쳐내고, 침묵의 운명을 자신의 목소리로 깰 수 있다는 것을 알지 못했다. 그러다가 이베리아 반도의 포카이아인들은 강력해진 카르타고 사람들을 피해 물러나야만 했다. 이 카르타고인들은 다시 로마인들에게 쫓겨나야만 했다. 알렉산드로스는 페르시아인들을 쳐내야만 했고, 페르가몬은 몰락한 포카이아를 점령했다. 하지만 그다음에 페르가몬은 스스로 파멸을 향해 나아갔다. 그러다가 봄의 섬을 생각하면서 힘을 얻은 노예들은 시칠리아에서 아리스토니코스와 사투르니누스의 지휘 아래, 자신들을 태양의 아들들, 즉 헬리오폴리테라고 부르면서 봉기했다. 그다음에는 스파르타쿠스를 따라 로마에 대항해 일어섰다. 고정용 막대를 박는 구멍들이 뚫린, 오톨도톨한 원석 알갱이가 드러난 기둥 조각들 사이로, 우리는 모래가 펼쳐진 해안과 숲과 들판, 구불거리는 길들, 그리고 언덕과 뻗어 있는 산줄기 너머로 눈길을 던졌다. 위쪽, 에브로 강가에서 벌어지는 엄청난 힘의 충돌을 생각하면, 이 고요는 비현실적이었다. 저기, 우리 아래에 있던 그리스 도시도 마찬가지로 금방 사라졌다. 이제 항구를 지키고, 광석을 캐내고, 암염을 씻어내고, 염전의 바다 소금을 헹구는 건 카르타고인들이었다. 강력한 군대가 돌격을 위해 다시 무장하고 있었다. 그들은 남쪽 해안의 새 항구인 카르타헤나로부터 몰려오고 있었다. 이베리아인과 북아프리카인으로 구성된 9만 명의 보병, 발레아레스 제도 출신의 특수 투석부대, 1만 2천 명의 누미디아인 기마병과 물결처럼 밀려드는 회색 코끼리 떼, 그리고 한니발. 화려한 군기 아래, 경호원들의 번쩍거리는 창에 둘러싸인 채 그는 말을 타고 달렸다. 그것은 북으로 가는 대장정의 시작이었다. 카르타고인들의 이해 지역과 로마인들의 이해 지역 사이에 있는 에브로 강의 경계를 다시 확정하기 위한 것이었다. 사군툼(사군토)을 놓고 첫번째 전투가 벌어졌다. 로마의 부대는 그들이 점령하고 있던 도시에서 쫓겨났다. 하지만 카르타고인들은 에브로 강에서 멈추지 않았다. 기원전 218년 7월 한니발은 자신의 군대를 이끌고 강을 건넜다. 동생 하수드루발을 총독으로 세운 뒤, 이베리아 반도의 식민지 보호를 위해 1만 5천 명의 용병을 넘겨주고, 자신은 군대와 함께 카탈루냐를 가로질러 피레네 산맥을 넘었다. 그러고는 갈리아 지역을 지나 알프스를 넘었다. 왜 그러는지 아무도 알지 못했으며, 어디로 가는지도 아무도 예상할 수 없었다. 그러는 사이 로마인들은 반격을 위해 다시 규합했다. 스키피오의 지휘 아래, 함대를 사군툼으로 보내 공격하자, 하수드루발은 도망쳐버렸다. 로마인들은 카르타헤나와 말라카, 하데스를 접수하고, 엄청난 양의 무기와 투석기, 금, 은, 그리고 곡물을 노획했다. 전함 18척과 63척의 화물선도 손에 넣었다. 기원전 206년 스페인은 로마인에 의해 평정되었고, 카르타고 왕국의 몰락이 시작되었다. 노예들의 이상향이 이루어지기까지, 아직도 얼마나 많은 것을 더 거쳐야 했던가. 비탄과 곤궁의 세계를 벗어나는 걸음을 내딛기까지, 얼마나 더 기다려야 했던가. 그 시간, 스키피오는 아프리카로 도항할 준비를 하고 있었다. 페르가몬에서는 아탈로스 1세가 로마와 보호동맹을 체결했다. 한니발은 마지막 남은 자신의 정예병들과 함께 싸워가며 이탈리아를 종단하고 있었다. 그는 자신의 말과 코끼리들을 도살한 뒤, 남아 있는 카르타고 함대를 타고 이탈리아에서 철수했다. 그러고는 고향에서 스키피오에게 패배를 당했다. 스키피오는 아프리카누스라는 이름을 얻게 되었다. 로마인들은 카르타고를 완전히 불태워버렸다. 그러자 한니발은 크레타로 도망가, 비티니아의 왕인 프루시아스에게 페르가몬과의 전쟁에 복무하겠노라고 자청했다. 전쟁에서 그는 포로가 되었고, 독배를 들이키게 되었다. 그 후 로마인들은 다시 한 번 카르타고를 공격했고, 도시를 완전히 파괴했다. 왕조가 교체될 때마다, 얼마나 많은 전투를 더 치러야 했던 것일까. 우리는 빌라 칸디다로 가는 들길을 걷고 있었다. 길옆으로 올리브나무들이 가지를 활짝 펼친 채 늘어서 있었다. 매달리기에 적당한 가지들이었다. 봉기와 반란이 타올랐다가, 다시 스러지곤 했다. 농부들은 로마인에게 봉기로 맞섰다. 민족 대이동 시기에는, 반달족, 수에비족, 알라니족이 이 땅을 휩쓸고 갔다. 서고트족은 이곳에 왕국을 세웠다. 남쪽으로부터는 베르베르족 무어인들이 몰려왔다. 그리고 아라비아 칼리프들의 통치권이 확립되었다. 하지만 카스티야, 아스투리아스, 레온에서는 기독교 왕들에게 그 통치권을 넘겨주어야 했다. 농민들은 권리를 위해 투쟁했고, 한때 행정 자치권과 독립을 쟁취하기도 했다. 하지만 아라곤에서는 다시 제압당했다. 봉기는 계속되고, 전투도 계속되었다. 칼과 쇠고랑과 낫 들이 살을 찢었고, 땅은 피로 물들었다. 카스티야는 코르도바를 정복했고, 아라곤은 시칠리아를 정복했다. 그런 다음 페르난도와 이사벨 휘하에서, 통일된 강력한 스페인 제국이 등장했다. 종교재판소가 도입되었고, 무슬림과 무어인들이 말살되었으며, 유대인들은 추방되었다. 서인도제도를 발견했고, 스페인은 세계 강대국이 되었다. 그러다가 스페인이 합스부르크 왕가에 속하게 되면서, 네덜란드와 벨기에, 이탈리아의 광대한 지역이 스페인 소유가 되었다. 영국이 부상하고, 스페인 함대가 격파되었다. 그리고 스페인은 유럽의 위성국가들을 상실했다. 카탈루냐에서는 소요가 일어났다. 나폴레옹이 진군했으며, 게릴라들은 나폴레옹의 군대에 승리를 거두었다. 남미의 식민지들이 떨어져 나갔고, 3백 년 넘는 시간이 지나서야 종교재판소가 해체되었다. 민주주의 헌법을 쟁취하려는 민족주의 해방전쟁이 터지지만, 1823년 프랑스의 무기 원조로 진압되었다. 다시 30년이 지나, 최초의 스페인 노동자 단체가 결성되었다. 시민혁명은 실패했다. 공화국이 선포되었으나, 다시 군주정이 복귀했다. 스페인과 미국 사이에 전쟁이 터지고, 쿠바, 푸에르토리코,

괌, 필리핀을 이 새로운 제국에 넘겨주었다. 태평양의 마지막 점령지였던 마리아나 제도와 캐롤라인 제도, 마셜 군도는 독일 제국에 팔아버렸다. 하지만 가까운 거리에 있는 모로코를 정복했고, 지금까지 보호 통치를 하고 있다. 1917년 총파업이 벌어지고, 여러 지역에서 무장봉기가 일어났다. 군사독재가 있었지만, 1931년의 선거에서 공화파가 승리했다. 왕이 물러나고, 봉건 대토지들은 분할되고, 교회는 국가와 분리되었다. 카탈루냐와 바스크 지역에서는 자치정부가 들어섰다. 그러나 반동 세력들이 다시 규합하기 시작했다. 1934년 노동자들은 처음으로 하나의 전선으로 연합하여 일격을 가했다. 이 얼마나 큰 노력이며, 이 얼마나 무수한 희생인가. 그리고 우리가 곧 떠나게 될 이 농원은 또 얼마나 고요한 것이냐.

그들은 발렌시아 시청 뜰을 가로지르는 우리를 굽어보고 있었다. 엠페시나도, 에스포스 이 미나, 그리고 메리노 신부. 나폴레옹의 군대에 맞서 싸웠던, 영웅적인 8년 전쟁의 선구자들. 그들은 거대한 종이 인형이 되어, 비계에 지지한 채 마른 꽃들로 뒤덮인 수레 위에 서 있었다. 올해 3월 19일, 팔라스 축제[275]에 내가지 못한 것들이었다. 다른 때 같았으면, 이날 도시는 큰북과 작은북, 피리와 백파이프, 개구리 폭죽과 축포, 또 라켓 폭죽 소리로 요란했을 것이다. 골목길 담장 뒤에서 제작된 이 익살맞은 인형들은 올해에는 왁자지껄한 횃불 행렬에 섞여, 흔들거리며 거리를 누비지 못했다. 카스텔라르 광장에 도달해, 군중이 춤추고 노래하는

---

275) 3월 19일인 성 요셉의 축일을 기념하여, 매년 3월 15~19일에 벌어지는 발렌시아의 불꽃 축제.

가운데 불길로 타오르지도 못했다. 다른 불꽃놀이, 다른 폭발이 그날 밤을 압도했기 때문이다. 뚫어지게 쳐다보는 커다란 눈, 치켜든 칼과 깃발로 치장한, 버티고 선 거대한 인형들은 음산하고 극적이었다. 인형들은 화려하면서도 공허했다. 우리를 비웃는 것처럼 보이기도 했다. 우리는 실망하고 당황한 채 시청 홀의 바로크실에서 나온 참이었다. 외국인 자원병은 이제 더 이상 입대를 시킬 수가 없다며, 군위원회가 우리를 거절했기 때문이다. 교육을 받을 시간도 없었다. 한 달 뒤면 국제여단은 이 나라를 떠나야만 했다. 승리가 아닌 종전이란 우리로선 상상할 수 없었다는 것이 새삼 다가왔다. 9월 둘째 주, 혼란스러웠던 그날, 이제 우리는 갑자기 더 이상 쓸모가 없어졌다. 우리는 모든 기능을 상실했다. 다른 일을 새로 생각해내야만 했다. 당 사무소에서 우리는 저녁에 한 수송단과 함께 데니아로 돌아가서, 출항하는 배편으로 마르세유로 가라는 명령을 받았다. 한참 전 그때 그랬던 것처럼, 나는 트럭들이 도열해 대기 중인 출발 지점으로 향하기 전에, 하릴없이 도시를 배회했다. 그러던 나는 이전에도 이곳 스페인에서 종종 그랬던 것처럼, 시대에 맞지 않은, 아니 시대를 초월한 야릇한 사건을 보게 되었다. 성모광장 옆 대성당의 측면 입구 쪽에 사람들이 잔뜩 몰려 있는 것을 보고 나는 그리로 다가갔다. 거기서는 매주 목요일마다 공식적으로 열린다는 물 재판이 열리고 있었다. 문 왼쪽, 성자 석조상들 아래로, 녹색의 반원형 주철 난간 뒤에 높은 나무 의자가 있고, 그 위에는 셔츠같이 헐렁한 검은 재킷을 입은 농부 재판관들이 앉아 있었다. 모든 의자의 등받이에는 수로 구역별 이름이 명기된 황동 휘장이 부착되어 있었다. 미스라타, 파바라, 로베야, 파우타아르, 라스카니아라는 이름들이 있었다. 재판의 쟁점은 알부페라 호수 주변의 저지대 논에서 도랑과 수로를 사용하는 비용을 어떻게 분담할 것이냐 하는 문제였다. 그들은 아마 이런 식으로 이미 수백 년 전에도 여기 앉아 있었을 것이다. 햇볕에 그을린 얼굴들, 몇몇은 더부룩한 수염에, 늙고, 주름진 얼굴이었다. 그들은 모두 집중하고 있었으며, 현명하고, 노련하며, 품위가 넘쳤다. 가끔은 유머도 발휘해, 구경하는 사람들에게 웃음을 선사했다. 원고와 피고의 질문에 답을 주고, 또 판결을 내려주었다. 내 옆에서 말하는 목소리가 들렸다. 농부 재판관들이 아무리 우월해 보여도, 사실 이들은 여전히 구시대의 재산권 규정들을 놓고 서로 따지는 중이야. 전통적으로 농부들에게는 자치 법정을 위임했지. 논도랑 하나하나, 논둑 하나하나를 훤하게 알고 있는 건 그들뿐이니까. 봉건국가든 공화국이든 자치권은 그것이 질서의 존속에 도움이 되는 한 허용하거든. 이렇게 말한 건 옆에 서 있던 아이시만이었다. 아이시만은 목에 그리고 가슴과 어깨를 가로질러서 붕대를 감고 있었다. 쇄골이 부러지고, 갈비뼈 몇 대가 나가고, 뇌출혈에, 간이 한 군데 터졌을 뿐이라고, 아이시만은 말했다. 지뢰가 폭발하면서 그는 약 5미터 정도 날아서 벽에 내동댕이쳐졌다. 그는 잡지와 책 몇 권을 겨드랑이 아래 끼고 있었다. 마치 정찰을 다녀온 것처럼 아이시만은 어디서 그 책들을 구입했는지 설명했다. 카스테욘 가에 있는 한 중고서점이었다. 카스테욘 가는 투우 광장과 북역의 긴 조적조 건물 사이에 위치해 있었다. 아이시만은 같이 좀 가자며 나를 이끌었다. 내게 책과 잡지의 그림을 보여주고 싶었기 때문이다. 우리는 돌고래와 사자와 거인 들이 호위하는, 마르케스 데 도스 아과스 궁의 하얀색 대리석 입구를 지나서, 총안이 나 있는 원형 탑이 양쪽으로 솟은 남문을 통과해 바닥까지 말라붙은 넓은 강 위에 걸쳐진 세라노스 다리를 걸었다. 지금은 작은 도랑이 되어 흐르는 투리아 강 양옆으로는 양 떼가 풀을 뜯고 있었다. 저편, 키 높은 강변 담장 뒤로는 밭과 오렌지

나무 농원들이 펼쳐져 있었다. 붕대를 한 아이시만의 걸음걸이는 뻣뻣했다. 그는 저기, 도시 외곽의 집들이 끝나는 곳, 그 뒤쪽에 있는 오렌지나무 숲으로 가려는 것이었다. 나무 사이로 난 오솔길을 한참 따라 들어간 우리는 한 언덕에 주저앉았다. 아이시만이 잡지를 펼쳤다. 『카이에 다르 *Cabiers d'Art*』[276]였다. 거기에는 「게르니카」 그림이 완성되기까지 변해온 단계들과 사전 작업용 스케치가 사진으로 들어 있었다. 크게 펼칠 수 있는 그 부록 지면은 흑백의 다양한 농도가 살아 있어서, 실제 흑백인 원 그림을 상상해볼 수 있었다. 세로 3.5미터에 가로 8미터 크기인 이 그림은 1년 전 파리 만국박람회 스페인공화국관에서 처음 공개되었다. 손을 쭉 내밀어 펼쳐 든 그 그림은 형광의 청록색으로 반짝이는 오렌지나무 잎사귀들과 대비되면서 처음에는 낯설게 느껴졌다. 그 그림은 완전히 새롭고 독창적이었다. 날카로운 긴 삼각의 광선 기둥과 각진 그림자, 평면으로 서로 맞물려 있는 마스토돈 같은 사지와 얼굴들, 강한 대각선과 수직선의 형상들이 응고된 깊은 밀도의 배경과 노골적이고 격렬하게 충돌하고 있었다. 귀뚜라미의 금속성 울음이 온통 대기를 흔들고 있었다. 도시로부터는 아무 소리도 들리지 않았다. 잠시 뒤, 중앙의 인물 피라미드, 그리고 옆으로 뻗어 나온 형상들의 구도가 구체적으로 보이기 시작했다. 그 모습을 아직 완전히 이해하지는 못했지만, 우리는 거기서 스페인을 보았다. 그것은 몇 개의 기호로 응축된 언어였다. 그림에는 파괴와 부활, 절망과 희망이 담겨 있었다. 벌거벗은 몸뚱이들. 그들을 덮친 힘들에 맞아 부서지고 망가진 몸뚱이들. 톱니 같은 불길에서 가파르게 팔뚝이 솟아오른다. 너무 긴 목, 곧게 들어 올린 턱. 경악으로 뒤틀린 얼굴, 몸뚱이

---

276) 1920~30년대에 피카소의 작품을 집중적으로 소개한 프랑스 예술비평잡지.

는 나사 한 개로 쪼그라들었다. 새카맣게 불에 타버린 채 화로의 열기에 솟구쳐 올랐다. 오른쪽 비스듬히 아래, 몸을 구부린 여자가 암흑을 버리고 빛의 삼각쐐기를 향해 몸을 내밀고 있었다. 발과 다리는 진흙처럼 무거운 뭉치, 아직 매달려 있다. 여자는 아직 그 발과 다리로 딛고 서 있었다. 세찬 바람 속에, 두 손은 힘없이 뒤로 날렸다. 그러나 여자의 얼굴은 높이 쳐들려 있었다. 두 눈은 횃불을 향했다. 연기를 뿜으며 불타는 팔, 마디가 불거진 주먹은 공간을 향해 뻗은 채 횃불을 잡고 있었다. 왼쪽의 여자는 짐짝처럼 쪼그리고 있었다. 늘어진 두 손은 잔뜩 부풀어 올랐고, 품 안의 아이는 죽었다고 할 수밖에 없었다. 그 조그만 불쌍한 발가락과, 눌린 걸레 같은 아이의 손. 가시처럼 돋친 혀를 담은 입으로 울부짖는 여자의 옆모습. 그 바로 위에서 머리를 돌린 황소가 지키고 있었다. 여자는 황소 아래로 피신해 들어간 것이었다. 콧김을 뿜으며, 육중한 몸으로, 황소는 그곳에 버티고 서 있었다. 꼬리는 격하게 위로 휘두르고 있었다. 사람 같은 그 두 눈은 전면을 응시했다. 넘어진 전사의 형상은 석고상 같았다. 그러나 그 손들이 소름 끼치도록 생생했다. 한 손의 선들은 활짝 펼쳤다. 다른 한 손은 조각난 칼자루를 움켜쥐고 있었다. 그 전사 위로는, 근육 덩어리로 흩어지는 말이 몸을 활짝 펼치고 있었다. 쩍 벌어진 커다란 상처, 몸을 관통한 창, 무릎을 꿇은 채, 하지만 아직도 발을 구르며, 그 위협적인, 성난 입은 울부짖고 있었다. 휘날리는 말갈기를 향해, 구름 같은 팔에 달린 이 손 뭉치는 쭉 뻗어 있었다. 손에는 농가에서 볼 수 있는 볼품없는 석유등잔이 들려 있었다. 이 구닥다리 등불로 인해, 뭔가 특별한 느낌이 더해졌다. 등불은 한껏 몸을 뻗은 니케가 좁은 환기구로 찔러 넣어둔 것이었다. 니케의 다른 한 손은 젖가슴 사이에 별처럼 놓여 있었다. 무한지대에서 온 것 같은 커다란 니케의 얼굴은 기와 지붕을 얹은 건물 내부에서 나와, 하얀 칠을 한 담장 한편을 지나 바깥쪽으로 흐르고 있었다. 하지만 이렇게 흘러가던 얼굴은 다시 내부로 향하더니, 그 길쭉하고 삭막한 방에 도달했다. 종말론적인 사건이 벌어지고 있는 그 방에. 부엌 전등의 전기 태양이 환하게 비추는 방, 그 차가운 광선 옆으로 침침한 등잔불이 타고 있었다. 부드럽게, 그리고 오롯이 유리 갓에 갇힌 채. 이것이 그림의 첫인상에서 확인되는 요소들이었다. 하지만 그것은 바로 다르게도 해석될 수 있었다. 세부 요소 하나하나가 시의 구성 요소들처럼 다의적이었다. 우리는 자문해보았다. 가운데 있는 몸을 굽힌 여자의 자세는 오히려 순종적이지 않은가. 허공에 나부끼는 두 손은 막 죽은 사람을 내려놓았다는 것을 표현하는 게 아닐까. 여자 앞에 누운 남자의 펼쳐진, 찢긴 두 팔은 십자가에 매달렸던 자의 몸짓을 떠올리게 하지 않는가. 그런데 칼을 꽉 움켜쥔 전사의 손에서 가늘고 희미하게 꽃 한 송이가 피어나고 있었다. 배경에 윤곽만 그려진 검은 책상 위에는, 새 한 마리가 파닥거리고 있었다. 아마도 비둘기인 것 같았다. 형태도 불분명한 그 새는 큰 부리를 위로 젖히고 있었다. 쓰러진 전사의 손바닥 선들은 여자들과 아이의 손바닥에서도 같은 형태로 다시 나타났다. 말의 발바닥에 단 편자 사이에서도 다시 반복되었다. 모든 것이 서로 연관되고, 모든 것이 서로 결합되었다. 이 헛간, 이 부엌, 비정상이 지배하는 이 일상의 무대에서, 모든 것이 동일한 질서 아래 있었다. 잡지에 실린 스케치와 도면들, 그림의 초기 본들을 보면, 황소와 비상등을 든 불쑥 뻗은 손이 처음부터 상상력을 압도했다는 것을 알 수 있었다. 그런데 황소는 점점 인간적으로 변해가고 말은 점점 짐승처럼 변해갔다. 우리 생각에 황소는 스페인 민중의 끈기를 그린 것이며, 경직된 선으로 그린 눈이 작은 수컷 말은 파시즘이 강요한, 증오스러운 전쟁이 아닌가 싶었다. 또한 벽화 주제를 준비하는 일련의 목판화에서도 말은 혐오스러운 괴물의 모습이었는데, 그 얼굴이 총통을 떠올리게 했다. 그런데 황소는 어떤 우월한 힘으로 표현되었다. 또 연필 드로잉에서도 말은 반복적으로 광란에 빠져 일그러지고 쓰러져 발버둥 치고 있는 데 반해, 황소는 승리의 기쁨을 누리는 모습이었다. 그러나 잡지를 더 찬찬히 살펴보자 몇몇 스케치에서 다른 해석을 암시하는 요소들을 찾을 수 있었다. 말 몸뚱이에 난 상처에서 날개 달린 작은 말 한 마리가 날아오르는 것이었다. 그런데 그 날개 달린 말이 안장을 얹은 길들인 황소 등에 살포시 앉는 것을 다시 볼 수 있었다. 그 말은 색을 입힌 그림에는 없었다. 아니면 비둘기로 변형된 것이리라. 하지만 말 몸뚱이의 마름모꼴 검은 상처는 어색할 정도로 너무 커서 자꾸만 눈길을 끌었다. 몸통에 그렇게 큰 구멍이 뚫렸다면 사실 그 짐승은 제대로 몸을 가누지도 못했을 것이고, 분명 정신도 이미 나갔을 것이다. 우리는 강렬한 페가수스 드로잉을 생각하면서, 혹시 오히려 빠진 것, 그 충격적인 빈자리에서 그림의 중심 모티프를 추정해야 하는 건 아닐까, 자문해보았다. 하지만 인간과 동물의 고통을 표현한 일련의 주변 이미지들을 근거로 페가수스가 사라진 것을 아쉬워한다면, 정치적 선동을 요구하며 작품이 난해하고 애매하다고 비난했던 비평가들에게도 우리는 정당성을 인정해야 했다. 아이시만이 말했다. 서로 다른 두 가지 사실주의 이해가 충돌했던 거야. 엄청난 파괴의 물결 아래 인간이 처참하게 왜곡된다는 사실은, 투쟁하는 인간은 어떤 상황에서도 강인하고 일관되어야 한다는 당의 견해에 어긋났던 거지. 그림에는 어린애가 끼적거린 것 같은 우스꽝스러운 모습들이 있었다. 그런 것은 프롤레타리아트의 문제를 대변하기에는 적당치 않다고들 했다. 서로 반대되는 힘들은 그림에서 제3의 차원으로 통합되고 있었다. 그러나 그것은 격렬한 논쟁을 촉발했다. 피카소의 메시지를 이해하려면 천천히 생각할 시간이 필요했으나, 채 여유가 없었던 것이다. 그림에서 현실의 표층은 벗겨져 없어졌다. 억압과 폭력, 계급의식과 당파성, 죽음의 공포와 영웅적 용기가 원초적이고 역동적 기능으로 표현되었다. 찢긴 것이 새로운 전체로 통합되면서, 막을 수 없는 힘으로 적에게 맞서고 있었다. 모든 생명체를 향한 공격의 한가운데에서, 그 끔찍한 상처를 담아낸 이 그림은 예술이 설 자리에 의문을 던지고 있었다. 하지만 그것이 작품의 효과를 감소시키는 건 전혀 아니었다. 피카소의 모든 작품은 간단한 스케치를 포함해, 다양한 전체 작업의 일부로 볼 수 있었다. 이 고문실에서 뮤즈의 창조력으로 할 건 아무것도 없었다. 피카소는 자신의 원래 의도를 포기한 셈이었는데, 그만큼 사건 자체가 있는 그대로 드러나고 있었다. 페가수스가 보이지는 않지만 작품의 일부라는 것은 확실해졌다. 피카소 자신이 한 말로 미루어볼 때, 그의 작업에서 밑그림들은 어떤 것 하나도 없어지거나 폐기한 것으로 간주해서는 안 된다는 걸 확신할 수 있었다. 피카소는 「게르니카」의 구도를 설명하면서, 자신의 일생은 오로지 후진적인 사유와 예술의 죽음에 맞선 부단한 투쟁이었다고 말했다. 이 말은 스페인 인민과 자유를 침탈한 반동 세력을 염두에 둔 것이었다. 그는 예술의 진실을 지키려는 투쟁과 선동정치에 맞선 저항을 동일한 것으로 보았다. 그에게 예술 작업은 사회 정치적 현실과 분리할 수 없는 것이었다. 스페인을 덮친 그 파괴적 폭력은 인간과 도시뿐 아니라, 표현 능력도 말살하려는 것이었다. 「프랑코의 꿈과 거짓」이라는 이름의 피카소 연작에서는, 긴 코가 달린 연체동물 같은 총통이 곡괭이로 제일 먼저 예술을 비유하는 상징물들을 공격했다. 그러고는 철조망 울타리 안에서 돈의 신에게 제사를 지낸다. 그러자 성난 황소가 총통을 뿔로 들이받았다. 사람들은 눈물범벅인 얼굴을 들고 생사를 건 그 싸움을 바라보고 있었다. 마지막에는 쪼그리고 앉은 한 여자만 남아 있었다. 여자는 불타 무너진 집 앞에서 아이의 시체를 팔에 안고 있었다. 1937년 4월 26일 오후, 독일 콘도르 군단의 비행기들은 바스크 지역의 도시 게르니카에 폭격을 가했다. 이 폭격은 하나의 신호였다. 「게르니카」의 그 부엌, 집기로 발 디딜 틈 없는 낮은 천장의 부엌으로부터 더 큰 파괴가 시작될 것 같았다. 황소의 꼬리 뒤쪽 문은 열려 있었다. 폭격 속에 죽어가는 여자 옆으로도 바깥으로 나갈 수 있었다. 여기, 쏘는 듯한 불빛 아래 예언의 한 단면이 있었다. 엉킨 전깃줄에 이어진 천장의 전구가 곧 꺼질 수 있기 때문에, 믿을 수 있는 다른 기름등잔을 가져온 것이었다. 그것은 의식과 인식의 빛이었다. 초기 스케치에서는 황소가 다른 모든 형상을 넉넉하게 압도하고 있었다. 그러더니 점점 말에게 밀려나는 양상이었다. 말은 처음에는 쓰러져 있었는데, 그다음에는 다시 발버둥치며 몸을 일으켰다. 그 치명적인 상처는 처음부터 있었다. 저 스페인 황소는 전쟁이 진행될수록 점점 더 물러서는 양상이었다. 그에 반해 창에 찔린 채 쏟아지는 화살을 맞고 있는 말은 화폭 중앙에서 날뛰었다. 「게르니카」의 경우, 작품의 첫인상은 단순한 길잡이일 뿐이었다. 우리로 하여금 주어진 내용을 분해하고 다각도로 검토하고, 그런 다음 새로 조합하여, 자기 것으로 수용하도록 자극할 뿐이었다. 그것은 내가 처음 예술을 탐구하던 때부터 익숙했던 규칙과 부합했다. 언젠가 레제[277]의 수정 결정체 형상의 그림을 본 적이 있었다. 화가는 그 그림의 제목을 「벌목꾼」이 아니라 「숲 속의 나상」이라고 지었다. 레제의 작품에서처럼, 「게르니카」에서도 날카로운 각으로 충돌하는 개별 요소들은 보는 데서 더 나아가, 스

---

277) Fernand Léger(1881~1955): 프랑스 입체파 화가.

스로 구성하고 결합해보도록 만드는 어떤 힘을 발휘했다. 회색과 청람색 육면체, 원뿔, 원통 형태의 목재와 돌과 육체들은 숲 속에서 나무줄기와 둥치 사이사이에 짜 맞춰져 있는 것 같았다. 하지만 이 각고의 노동, 피스톤 같은 그 근육들과 함께 또 다른 세계가 표현되어 있었다. 아니, 사실 땅에 갇힌 이 키클롭스[278]들을 보면서, 기계 배관들로 짜인 그물에 사로잡힌 우리의 상황이 눈에 들어온 것이었다. 파이닝어[279]의 건물들은 그 윤곽에서 이어지는 소실점으로 도시 전체를 새로 탄생시켰다. 그리고 혜성처럼 빛을 뿜는, 푸른 말들의 탑은 모사라는 전통적 수단으로는 도저히 표현할 수 없는 생동감을 보여주었다. 그런 놀라운 표현들은 완결된 사실이 아니라, 다의성에서 출발하고 있었다. 그런 것들은 우리가 살아가는 방식들에 대해, 정적인 구도보다 훨씬 깊은 통찰을 주었다. 그런 그림들의 특징은 상호관계와 비유들을 찾아내고, 그럼으로써 지각의 영역을 확장하도록 상상력을 자극한다는 데 있었다. 죽은 아이를 안고, 사다리를 기어오르는 한 여자를 그린 피카소의 목탄 드로잉은 황소, 말, 그리고 불을 든 쭉 뻗은 손이 있던 그 공간을 가리키고 있었다. 아이시만이 「미노타우로마키」를 펼치자 쿠에바 라 포티타에서 보았던 농가의 부엌, 그 깊은 지하 창고가 바로 거기 있었다. 이 드로잉 작품은 바로 「게르니카」가 탄생한 원천이었다. 여기서는 거대한 머리를 우산처럼 받치고 있는 황소 인간이 쓰러진 말 위로 몸을 숙이고 있었다. 말은 기수와 한 덩이로 얽혀 있었다. 손에 칼을 든 채 죽어가는 인물은 여기서는 여자 투우사였다. 어두운 돌담의 우묵한 작은 벽감에는 비둘기 한 마리가

---

278) 우라노스와 가이아의 아들. 외눈박이에 거인으로 흉측한 몰골 때문에 우라노스가 땅 속에 묻었는데 제우스가 풀어주었다. 여기서는 그림의 벌목꾼을 지칭한다.
279) 바우하우스의 화가. 앞의 각주 60 참조.

환하게 빛나고 있었다. 그 빛은 「게르니카」에서는 새 위쪽의 쏘는 듯 날
선 광선으로 바뀌었다. 돌담 앞에는 타오르는 촛불과 꽃다발을 든 한 아
이가 서 있었다. 아이 뒤에서는 농부가 고대의 방랑자, 오디세우스의 모
습으로 수직 사다리를 타고 올라가고 있었다. 이 동판화에서도 실외와
실내가 서로 뒤섞여 있었다. 툭 트인 바다와 하늘에서 온 미노타우로스
는 짙은 어둠이 깔린 지하실 쪽으로 몸을 기울이고 있었다. 이 장면에서
나는 등잔을 높이 든 젊은 아들과, 배가 불룩한 포도주병을 어깨에 메고
아들 위로 가파른 계단을 오르던 농부가 떠올랐다. 게르니카의 파괴가
바로 사각 타일을 깐 부엌 바닥에서 벌어지는 일이라는 것을 즉각 이해
할 수 있었다. 나 역시 바로 이런 공간에서, 사회적 정치적 실제 현실과
예술의 본질이 결코 둘로 나뉠 수 없다는 통찰을 얻은 바 있다. 아이시
만이 내게 물었다. 하지만 마음껏 학업을 할 수 있는 사람들에 비해 네
가 불리한 입장이라는 걸 늘 느끼거나 하지 않았니. 아이시만의 이 말은
스스로 자부했던 내 평정심을 흔들어놓았다. 내 교양은 기초가 부족했
고, 산발적으로 쌓은 것이었다. 나는 소위 대학입학 자격증을 내놓을 수
없었다. 반면 나는 작업장과 하적장과 공장 노동에 적합한 자격을 취득
해왔다. 대학교육을 당연한 것으로 누려왔던 아이시만을 향해 한순간
적대감이 솟구쳤다. 그가 속한 세계에 반항심이 느껴졌다. 그러나 다음
순간, 나의 그런 반응이 스스로 창피했다. 그의 질문은 연대감에서 나온
것이었다. 내가 대답했다. 우리가 열등하다고는 생각지 않았어. 실용적
지식이 있었기 때문에 우리가 대학생들보다 더 낫다고도 종종 생각했어.
대학생들이 배우는 책의 내용들은 우리도 손에 넣을 수 있었어. 하지만
대학생들은 우리가 습득하는 기초지식을 전혀 몰랐으니까. 우리는 지식
인이라는 개념을 확장된 의미로 사용해야 한다고 배웠지. 고향에서 인텔

리겐치아라는 말은, 스스로 생각할 줄 아는 모든 사람을 뜻했어. 하지만 아이시만이 옳았다. 모든 평등에도 불구하고 우리 사이에는 어떤 괴리가 존재했다. 나는 독학자였다. 내가 만일 경제적으로 더 나은 가정의 자식이었다면, 내 진로는 다르게 흘러갔을 것이다. 그런 만큼 독서를 당연히 해야 하는 것으로 나를 이끈 우리 부모님의 태도는 더욱 인정받아야 했다. 열두 살까지 내가 다니던 학교는 우리를 단순한 노동 짐승으로 키우는 기관이었다. 어떤 교사도 우리의 내재된 재능을 조금이라도 자극해보려는 시도를 한 번도 하지 않았다. 우리 프롤레타리아트 지역의 아이들은 아무것도 아닌 존재로 이미 정해져 있었다. 생각을 가졌다는 것을 보여주는 말을 한마디라도 하면 주먹과 회초리로 야단을 맞았다. 아버지는 지칠 대로 지쳐 집에 돌아왔지만, 그래도 언제나 책을 하나 집어 들었다. 그러고는 책상에 앉아 읽은 내용을 두고 나와 함께 이야기를 나누곤 했다. 도서관에 가보라고 격려한 것도 아버지였다. 아이들에게 금지된 서고의 책들은 아버지가 가져다주었다. 독서와 인쇄된 미술 작품을 감상하는 일은 일상의 일부였다. 책은 필수 사항이었다. 나는 책 없는 삶은 생각하지 못했다. 언제부터 책에 관심을 두기 시작했는지는 말하기 어려웠다. 우리 집 부엌에는 언제나 여행기와 전기물, 새로운 발견이나 역사적 사건들을 다룬 책들이 놓여 있었다. 나는 그 책들을 하나하나 꼼꼼하게 읽어나갔고, 그 내용은 잠잘 때도 생생하게 내게 남아 있었다. 아이시만은 내 경우가 예외라고 여기는 것 같았다. 그러나 우리는 문학, 철학, 예술을 배우는 것이 어디서나 가능하다는 데서 출발했다. 성찰의 능력은 모든 사람에게 주어져 있었다. 하루 일과가 끝나고 우리가 새로 어떤 지적 활동을 하기는 어려울 거라는 반응에, 우리는 언제나 화를 내곤 했다. 우리는 노동자였다. 우리는 우리만의 문화적 토대를 준비하기 위해서 노력했던 것이다. 그건 특별한 조건에서만 가능하다는 지적은 우리를 경시하는 것이고 차별이라고 느꼈다. 우리가 다른 사람들보다 특별히 더 낫거나 영리한 것은 아니었다. 그런 우리가 스스로 공부하고 탐구할 수 있었다는 건, 다른 누구도 틀림없이 할 수 있다는 사실을 증명해주었다. 종종 뭔가 부족했다면, 그것은 오로지 동기였다. 그것은 학교에서부터 시작된 것이었다. 그다음에는 노조에서도 계속 그랬다. 노조 단체들은 사유의 불안보다는 소시민적인 만족을 조장했다. 사유란 당연히 우리 모두의 것인데, 자력으로, 엄청난 노력을 통해 쟁취해야 하는 특별한 것으로, 현실이 그렇게 만들어버린 것이다. 내 아버지는 주도적으로 노예 상태에서 과학의 시대로 나아갔으며, 그건 오로지 자신의 권리를 의식했기에 가능했다는 내 말은 바로 이런 뜻이었다. 아버지는 예술과 문학을 제대로 알려고 노력했다. 그래서 우리 노동자용으로 적당히 버무린 대중주의 서적들을 종종 몹시 화를 내며 밀어놓곤 했다. 독자의 생각이 제한적이고 단순할 거라고 전제한 입문서들이 우리한테 좋다는 생각에 아버지는 반대했다. 이런 모든 게 원칙적 입장 수준이었는지 아니면 진짜 신념이었는지, 아이시만이 물었다. 내가 대답할 수 있는 건 단지 코피와 나, 그리고 가까웠던 몇 명은 이 방식이 옳다고 여겼다는 사실뿐이다. 또한 비록 아주 짧은 기간이기는 했지만 진보적 학교를 다닐 수 있었던 건 우리에게는 특권이라고 할 만한 지원이었다고 말했다. 하지만 그런 도움에 종속되어 있다는 건 괴로운 일이었다. 우리에게 세계가 열린 것은, 부엌 등불 아래에서였다. 부엌 등불 아래에서, 우리의 생각들은 구체화되었다. 신화 이상은 찾기 어려운, 일종의 세상 끝 지점까지 우리는 생각을 밀고 나갔다. 우리는 죽었거나 완전히 정신을 잃은 여기사와 말을 그린 스케치들을 전투마와 조각난 토기 전사와 비교하면서, 또 다른 변화된 형상들을 발견하게 되었다. 투우사와 말은 한 몸으로 얽혀서 함께 쓰러져 있는데, 구도를 잡아가는 밑그림을 보면 말과 전사도 처음에는 하나의 찢긴 몸뚱이로 얽힌 채 죽어가고 있었다. 그리고 그 상처로부터 아이의 시체를 안은 여인의 형상이 나오고 있었다. 남성적인 것과 여성적인 것이 서로 넘나들고 있었다. 그러자 페가수스가 메두사의 몸을 헤집고 나왔다는 것이 떠올랐다. 모든 것을 돌로 바꾸는 눈길을 가진 메두사의 무시무시한 얼굴, 말의 머리도 전사의 머리도 바로 그 메두사의 얼굴이었다. 등을 돌린 채, 메두사의 무시무시한 얼굴을 거울로만 보면서, 페르세우스는 고르고를 죽였다. 바로 이런 비껴가기가 피카소의 특징이기도 했다. 그의 그림에는 공격자의 폭력은 보이지 않았다. 단지 재앙만이 있었다. 보이는 건 오로지 희생자들이었다. 맨몸뚱이에, 무방비로, 그들은 무한한 큰 힘을 가진 보이지 않는 적의 손아귀에 내던져졌다. 페르세우스, 단테, 피카소는 무사히 살아남았고, 그들의 거울이 잡아낸 것들, 메두사의 머리, 연옥의 인간들, 그리고 게르니카의 파괴를 우리에게 전해주었다. 저항하는 인간이 살아 있는 한, 상상력도 살아 있었다. 하지만 적은 물질을 파괴할 뿐 아니라 모든 윤리적 기본 가치까지도 해체하려고 했다. 그 공격자가 진공 상태에 남아 있어서는 안 되며, 알아볼 수 있게 묘사돼야 한다는 주장에는 우리도 동의했다. 그렇다고 예술적 매체를 통해 결정적 사건들을 이해하는 것이 얼마나 어려운지를 인식하게 만들 수 있다는 사실을 우리가 부인하는 건 아니었다. 「게르니카」의 얼굴과 육체들을 덮친 대재앙에는 우리가 다 파악할 수 없는 차원들이 포함되어 있었다. 기압에 눌려 납작해진 형태와 몸짓들이 눈을 쏘는 강한 광선 아래 화면에 꽂혀 있었다. 묘사된 내용을 직접적으로 설명하려는 모든 시도는 작품을 죽이는 일이었다. 우리가 「게르니카」와 「미노타우로마키」를 아무

선입견 없이 직시하면 할수록, 작품이 발휘하는 연상의 장은 그 효과가 더 커질 것이었다. 구성 요소들이 크게 나뉘어 있기 때문에 대형 화폭의 구도는 첫눈에 바로 파악이 되었다. 모든 요소가 정확히 제자리에 있었으며, 모든 관계는 강렬하게 단순화되어 표현되었다. 하지만 묘사된 내용을 파악하고 그것을 초래한 힘들을 생각해보는 동안 당파성에서 외양상 단합은 했지만, 내적으로는 불화와 회의, 무력감과 불안이 횡행하는 우리의 상황을 거기서 볼 수 있었다. 하지만 이렇게 사태를 분석했어도 그건 대부분 잠정적 판단이었고, 다시 폐기되었다. 확실성의 부재와 지각의 유동성, 이것은 후기 부르주아 사회와 함께 몰락할 사유 방식의 증후였다. 우리에게 정치적 대안이 있음에도 불구하고 우리 역시 그러한 사유 방식에 전염되어 있었다. 스페인에서 우리는 그런 분노와 무기력을 넘어서려고 엄청나게 노력했다. 하지만 우리의 전선은 와해되었다. 이것은 자발적 노동운동의 노력들이 반격을 받아 중단되곤 했던 과거를 바로 떠올리게 만들었다. 모리배들에 맞선 투쟁은 또다시 실패했고, 착취당하는 사람들은 더 큰 예속 상태로 빠지게 되었다. 지금도 여전히, 저항하는 사람의 숫자는 충분치 않았다. 수십만 명이 목숨을 내놓아야 했던 건 그래서였다. 그럼에도 불구하고 스페인은 1808년 마드리드의 반란자들과 1830년 프랑스 혁명가들, 또 파리의 코뮌주의자들과 1919년 10월 혁명의 투사들이 시작했던 바로 그것을 계승했다. 이 모든 것, 힘찬 도약과 실패, 몰락과 새로운 진격을 위한 준비가 커다란 「게르니카」에 담겨 있었다. 20년 전 우리들의 고향에서 노동자들은 권력을 빼앗겼다. 개량주의자들이 모리배들이 도약하도록 도왔고, 이들의 지배 아래 상황은 엉망이되었다. 피카소의 찌그러지고 터진 몸뚱이들, 일그러진 얼굴들은 그 시대에 대한 증언이기도 했다. 그림은 고함을 지르고 있었다. 그것은 지나간 억압의 시대들에 대한 기억이었다. 「게르니카」와 유사한 그림이 있다. 그림 한가운데에서 몸을 길게 뻗은 검은 말이 여기사를 태우고 날아가고 있다. 여기사의 옷은 찢겨 바람에 휘날리고, 그 손에는 칼과 횃불이 들려 있다. 말 아래에는 죽은 사람들이 찢긴 맨몸뚱이로 누워 있다. 연회색 몸뚱이들과 풍경 위로 질주하는 그것은 전쟁이었다. 50년 전, 세리였던 앙리 루소의 그림이었다.[280] 뚜렷한 윤곽의 커다란 두 눈에, 입을 벌린 여자의 얼굴은 게르니카의 주민들을 얼어붙게 만든 바로 그 전율로 가득했다. 피카소 작품의 기원은 만테냐의 피에타와 아비뇽 거장의 피에타, 리바나의 베아투스 묵시록, 석기시대의 동굴 벽화까지 거슬러 올라갔다. 이를 드러낸 채 울고 있는 여자의 다양한 복본들에는 15세기 거장들의 작품이 보여주었던, 흐르는 눈물과 눈에 댄 수건이 있었다. 「게르니카」의 전면에 쓰러진 사람은, 아비뇽의 성묘에서 등을 대고 누워 있는 죽은 그 남자와 비슷했다. 11세기 베아투스의 세밀화는 피카소가 사용한 구성 요소들을 사실적인 풍경에서 보여주었다. 그러나 죽은 사람과 말, 아이를 안은 여자의 경우, 어떤 양식화, 어떤 추상화의 경향이 이미 시작되고 있었다. 희망, 빛, 평화라는 글자와 함께 콜롬바라는 이름이 새겨진 비둘기는 올리브나무에서 날아올라, 부엌 구석의 그늘에 내려앉으려는 중이었다. 피카소의 그림은 스스로 그 기원들을 암시하고 있었다. 하지만 그 앞의 화가들이 보여준 슬픔의 절제는 사라져버렸다. 그의 그림에서는 고통이 노골적으로 드러나 있었다. 눈물은 바늘과 화살이 되어 살을 가르고 있었다. 그림에서 회화사적 자료와 밑그림들을 알아볼 수 있었기에 그 혁신이 더욱 의미 있었다. 아이시만의 책과 잡지에서 우리는 예술의

---

280) 앙리 루소의 1894년 작 「전쟁 또는 불화의 기마여행」.

역사가 인간의 삶의 역사라는 걸 확인했다. 이 역사에서 우리는 사회적으로 중요한 결정의 단계들을 읽어낼 수 있었다. 그것을 우리 자신의 발전과 연결할 수도 있었다. 우리의 사유는 여러 면에서 회화와 문학 작품들의 영향을 받고 있었다. 의식이 변화하는 시기는 종종 특정한 예술적 문제들과 연관되어 있었다. 결정적인 정치적 투쟁의 시기인 지금, 우리는 「미노타우로마키」의 어린아이에 대해 생각해보았다. 그 아이는 확고하게 그늘 쪽으로 등불을 치켜들고 있었다. 아이는 문학 이상의 것을 체현하고 있었다. 아이는 연약하지만 어떤 직관력을 표현했다. 괴물같이 뻗어가는 이 현실을 이해하기 위해서는 반드시 필요한, 그런 직관력이었다. 그런 그림들은 혼란스러운 역사적 노선들 틈에 서 있는 이정표였다. 우리는 다른 그림도 두서너 개 뽑아보았다. 「게르니카」처럼, 자유의 형상을 그린 들라크루아의 「바리케이드」도 피라미드형 구도였다. 그 구도 덕분에 봉기의 혼란은 절제된 통일감을 나타냈다. 색은 납빛과 칙칙한 진갈색으로 제한되어 있었다. 프랑스 삼색기의 타는 듯 붉은 색도 연기구름 속에서 한풀 가라앉았다. 민중을 이끄는 여인이 포석과 널빤지들, 또 납작하게 뻗은, 죽은 사람들의 밀랍 같은 몸뚱이들을 넘어 올라서고 있었다. 튼튼한 반라의 세탁부인 그 여인은 나부끼는 느슨한 치마를 입고 깃발과 총을 들고 있었다. 옆으로 돌린 그 얼굴은 니케와 비슷했다. 피카소의 화폭에 거대한 옆얼굴을 들이밀었던 그 니케. 살집 잡힌 몸, 또렷이 묘사된 총을 움켜쥔 주먹, 육중한 넓적다리를 앞으로 내밀어 버티고 선 이 니케는 이념이 물질적 힘으로 변하는 상황을 보여주었다. 프롤레타리아트의 삼위일체인 노동자, 지식인, 청년 들이 승리의 여신을 따르고 있었다. 아이시만이 검은 양복 상의와 모자, 그리고 목 칼라에 넓은 띠를 댄 남자를 가리켰다. 그 남자는 들라크루아 자신이었다. 이 전기적 요소는 그림에 또 하나의 의미를 첨가했다. 그림은 그의 동참이 시대 상황에 의해 강요된 결정이었음을 말해주고 있었다. 원래 보수적인 화가가 혁명가들의 맨 앞 대열에 선 것이다. 그 역할은 화가에게는 아직 과도한 것이었다. 마치 뒤쪽에 기댈 것을 찾는 것처럼 무릎을 굽히고 약간 물러선 채, 총을 쥔 손은 어딘가 불안해 보였다. 방아쇠에 댄 손가락은 어설펐다. 이 순간은 그의 전 인생의 상황을 표현하고 있었다. 화가가 그린 것은 하나의 소망이었다. 그래서 뭔가 꿈같은 야릇함이 있었다. 사실 화가가 이 대열에 속하지 않는다는 것은, 그의 얼굴에서 알 수 있었다. 지극히 사실적인 그림 한가운데에서 뭔가 놀란 듯, 자신의 행동을 제대로 의식하지 못한 채 마치 그 행동을 곧 취소할 것처럼 화가는 꿈꾸듯, 미래로 가는 그 자리에 서 있었다. 맨 선두에, 혁명을 수호하는 저 여인보다 한 걸음 더 앞선 자리에, 소년이 있었다. 골목길에서 달려 나온 소년은 열광적으로 권총을 흔들었다. 깃발을 든 여인은 불사신처럼 보였고, 다른 사람들은 입상처럼 선 채로 기다리며, 경계를 늦추지 않고 있었다. 그에 반해 모든 감동, 즉흥성, 영웅적 태도는 이 어린 소년에 집약되어 있었다. 전사자들을 뛰어넘으려고 발을 쳐든 소년, 허리에 달린 너무 큰 탄약 주머니가 추처럼 흔들리고 있는 그 소년의 모습을 보면, 마치 혁명의 승리가 이미 목전에 온 것도 같았다. 그러나 동시에 소년은 혁명의 처참함을 말해주고 있다. 아무 보호 없이 적에게 노출된 소년은 다음 순간 분명히 총을 맞고 고꾸라져 시체 더미 위에 쓰려졌을 것이다. 소년을 반기며 기다리는 것 같은 그 시체 더미 위로. 그러나 그것만은 아니었다. 우리는 1830년 7월 28일 이후에 일어난 일들을 알고 있었다. 자유의 이상 아래 모인 인민은 이미 속고 있었다. 혁명의 땀방울을 흘린 것은 인민이었다. 40년 전과 마찬가지였다. 이들의 희생은 상류 계층에게 길을 열어주었다. 그리고 이들은 지금도 뒷전에 머물러 있었다. 새로운 금융 귀족, 새로운 군주정이 밀고 들어왔다. 혁명과 반혁명이 이어지면서, 자코뱅당의 독재는 나폴레옹의 왕정으로 교체되었다. 제국의 폐허 위에 왕권이 부활한 것이었다. 그다음, 바리케이드 앞을 막아선 것은 대자본의 무제한적 권력이었다. 그 권력은 장차 혁명적 투쟁의 고비마다 계속 대결하게 될 것이었다. 역사적 도약의 담대함과 위대함을 찬미하겠다는 이 그림에는 어떤 경직된 느낌이 있었다. 그것은 화가 자신이 혁신을 향한 도약 앞에서 멈칫거리는 중이며, 중간 위치에 머물렀다는 것과 상관이 있었다. 게다가 화가에게 남아 있는 낭만적이고 알레고리적 시각이 짐이 되었다. 여기 총격 속에서 쓰러졌다가, 또다시 일어나는 사람들, 그들 앞에는 1831년과 1834년, 1848년과 1871년이라는 보루들이 기다리고 있었다. 예술 분야에서도 새로운 성취들이 기다리고 있었다. 그 새로운 형식은 쿠르베와 밀레와 도미에와 반 고흐에서 나타났다. 들라크루아는 혁명가들과 함께 나서고 싶었다. 하지만 지금 그는 겁을 먹고 있다. 그는 자기 그림의 주인공들보다는 부르주아지들과 더 가까웠다. 그는 이미 혁명에 반대할 태세다. 그런데 바로 이러한 이중적 태도로 그는 바리케이드 앞의 상황을 잘 드러내주었다. 창백한 얼굴에, 긴장한 채 자리를 잡고는, 허리에는 붉은 띠를 두르고, 신사모를 멋지게 비스듬히 머리에 얹은 화가는 전투가 한창인 가운데 자신들의 이익을 모색하는 그 계급을 대표하고 있었다. 피카소의 그림이 그랬듯이, 들라크루아는 한 구체적 시점을 그려낸 것이다. 서로 모순되는 희망들이 공존했던 그 순간을. 민중은 자유의 여신을 따르며 피를 흘리고 있을 때, 음산하고 우울한 이 동참자는 이성을 찾으려 하고 있었다. 그 이성에는 배반이 가득했다. 파리의 그날은 바로 그랬다. 노동자들은 권리를 쟁취하기 위해 투쟁을 시작했다.

하지만 그들 틈에는 반동 세력도 있었다. 반동 세력은 그들을 괴롭히고, 방해하고, 제한했다. 하나 더 높은 역사적 단계로 올라서는 것은 한없이 어려운 일이었다. 뜯어낸 포석들로 쌓아올린 장벽 뒤에서 비로소 과학적 사회주의가 탄생할 것이었다. 그것은 무섭게 물어뜯기고 폄하될 것이었다. 그리고 다가올 세기에, 중무장한 부르주아지의 손에 파괴될 것이었다. 12년 전 제리코의 「메두사 호의 뗏목」[281]이 학술원이 인정하는 예술 공간으로 진입했다. 들라크루아의 「바리케이트」는 스스로 시민왕이라 일컬었던 나폴레옹의 인정을 받았다. 그 그림이 권력을 향한 나폴레옹의 여정을 신화로 만들어주었기 때문이다. 이제 화가는 두둑한 보수를 받으며, 왕을 위해 그림을 그렸다. 하지만 제리코의 그림은 상류사회를 위협하는 공격이었다. 가로 7미터에 세로 5미터로 어마어마한 크기인 이 그림은 살롱의 모든 다른 그림들을 단숨에 가려버렸다. 그러나 그림의 주제는 귀족들에게는 참기 힘든 것이었다. 관리의 부패, 냉소주의, 정부의 이기주의를 폭로하는 것이었다. 1816년 7월 2일, 함장의 무능력과 해양 관청의 부주의로 인해 세네갈로 항해하던 프랑스 함대의 기함 메두사 호가 블랑 봉 근처에서 침몰했다. 구조선에는 승선했던 3백 명 정도의 식민지 병사와 주민들의 반도 채 태울 수가 없었다. 선장과 고위 장교들과 승객 중 유명 인사들이 강압적으로 보트들을 차지했다. 두꺼운 널빤지와 돛대 조각으로 급하게 제작된 뗏목 하나에 난파를 당한 나머지 사람들이 몰려들었다. 구조선들이 뗏목을 끌어야 했다. 그러나 폭풍우가 다가오자 그들은 닻줄을 끊어버렸고, 뗏목은 표류했다. 12일이 지나자 뗏목 위에서 굶주림과 갈증을 겪으며 서로 싸우던 150명 중 열다섯 명

---

281) 「메두사 호의 뗏목」은 낭만주의 미술의 탄생에 영향을 미친 프랑스 화가 제리코
  Théodore Géricault(1791~1824)의 대표작으로 1818~19년에 제작되었다.

만이 살아남았다. 그 사건 이후 거의 3년이 지났지만 메두사라는 이름을 그림의 제목에 넣는 건 허용되지 않았다. 「메두사 호의 뗏목」은 그냥 난파 장면을 그린 것으로 치부되어 다른 그림들 한참 위로, 조명도 좋지 않은 위치에 걸리게 되었다. 화가가 묘사한 그 순간, 바로 구조 전함의 돛대가 수평선에 나타난 그 순간은 정말 절망과 혼란으로 가득 찬 모습이었다. 부르봉 왕정복고의 대표자들이 그 그림을 그들 체제에 대한 반란의 첫걸음이라고 해석한 것은 옳은 면이 있었다. 책에 실린 그림은 선명하지 않았다. 그래서 우리는, 멀기도 하고 조명도 흐릿하지만, 그림의 진실을 읽어내려고 노력했던 당시 전시실의 관람객 입장에서 그림을 보게 되었다. 뗏목 위의 생존자들은 하나의 움직임으로 솟아오르고 있었다. 전면의 사망자들에게서 비켜선 채, 사람들은 차례차례 몸을 일으켜 세우고 있었다. 그 움직임은 높이 일어선 흑인 남자의 검은 등으로 이어졌다. 남자가 손에 들고 흔들던 수건은 바람 때문에 옆으로 날아가버렸다. 구도는 대각선 교차의 원칙을 따르고 있었다. 이 구도로 커다란 화면의 틀이 고정되고, 동시에 두 시각 사이의 위치 변화가 가능했다. 왼쪽 아래에서부터 오른쪽 위로, 흥분해 서로 붙잡으려는 몸짓의 사람들이 무리 지어 뻗어나갔다. 그 몸짓의 선은 밀려드는 파도에 금방이라도 묻혀버릴 것 같은 작은 돛대를 향하고 있었다. 오른쪽 아래에서 뗏목에 걸쳐진 한 죽은 남자의 팔에서부터 또 하나의 선이 상승했다. 왼편 위쪽을 향해 잔뜩 부푼 돛이 이 선을 강하게 끌어주었다. 그래서 인물 집단이 그려내는 방향과 뗏목의 진행 방향이 서로 어긋나 있었다. 그것은 현기증을 일으켰다. 뗏목은 멀리 있는 배 쪽을 향해 가는 것이 아니라, 그것을 비켜서 흘러가고 있었다. 이 사실을 알고 나면, 뱃머리 앞으로 높이 치솟은 파도의 모습은 더욱 불안을 가중했다. 아무도 없는 뱃머리 앞의 파도는 이들을 덮칠 것만 같았다. 뗏목 위에서는 아무도 파도를 주목하지 못하고 있었다. 들라크루아는 인물들을 정면으로 관객과 마주하도록 했다. 화가는 투쟁에 동참할 것을 호소하지만, 그 호소는 바로 화가 자신의 반은 망설이고 반은 허영에 찬 태도로 인해 맥이 빠져버렸다. 제리코는 그런 직접적인 선동은 하지 않았다. 난파선의 사람들은 대부분 등을 돌리고 있었다. 그들은 자기 일에만 빠져 있었다. 앞을 보고 앉은 남자는 손을 한 죽은 남자의 몸에 두른 채, 힘없이 슬픔에 빠져 있었다. 뗏목을 바라보는 시점은 물에 빠진 사람의 눈에 있었다. 저기 수평선에 떠오르는 구원은 착각이나 환각일 수 있었다. 사람들은 마지막 안간힘을 내고 있었다. 누구는 적게 누구는 좀더 많이 짜내고 있었다. 구원은 미래의 일이었다. 구원은 관객들이 사는 세계로부터 한참 먼 곳에 있었다. 하나의 재난 사건에서 삶의 상태에 대한 상징이 탄생했다. 경멸에 가득 차, 적응한 세상 사람들에게 등을 돌린 채, 뗏목위에서 표류하는 저 사람들은 청소년기에 바스티유 돌격을 경험했던 버림받은 세대의 일부였다. 그들은 서로에게 기대고 매달리고 있었다. 그들을 이 배에 몰아넣은 모든 모순은 사라졌다. 다툼, 굶주림, 갈증, 풍랑과의 사투는 잊어버렸다. 그들은 어떤 연대를 나누고 있었다. 그건 한 명 한 명이 자신의 손으로 떠받치고 있는 연대였다. 그들은 함께 멸망하거나, 함께 살아날 것이었다. 손을 흔드는 자, 그들 중 가장 강한 자는 아프리카인이었다. 이것은 모든 억압받는 인간들의 해방에 대해 생각하게 만들었다. 그는 아마 노예로 팔리기 위해 메두사 호에 실렸을 것이다. 아이시만이 갑자기 창백해지더니, 앞으로 쓰러졌다. 그의 손에 들렸던 책이 바닥으로 떨어졌다. 나는 아이시만을 풀밭에 누였다. 그는 관자놀이에 두 손을 대고 눌렀다. 그가 말했다. 갑자기 탈진이 온 것뿐이야. 금방 지나갈 거야. 그러더니 그는 금세 다시 몸을 일으켰다. 이 시간에, 우리가 보았던 그림들의 중심에는 생명체의 빠르고 격렬한 소멸이 있었다. 우리 자신이 그랬듯이, 그림 속 인물들은 살육에 맞서며 존재하고 있었다. 그들은 산같이 쌓인 시체 위에 누워 있거나, 무릎을 꿇고 있거나, 그 위로 기어가고 있었다. 아이시만은 지금 자신에게 죽음은 끝없는 현재라고 말했다. 화가들은 압도적인 파괴의 현장에서 생존의 찰나를 포착해, 그것을 영원으로 바꿔놓았다. 그런 절박함에서 어떤 섬뜩함, 숨이 멎은 침묵이 남을 수밖에 없었다. 나는 아이시만에게 병원에 데려다줄까, 하고 물었다. 그러나 그는 어느새 다시 책을 펼치고 있었다. 반란자들의 총살을 그린 고야의 그림이었다.[282] 아이시만은 그림 속 얼굴들을 응시했다. 증오로 꽉 깨문 입들, 부릅뜬 눈들을. 그가 말했다. 방금 가까이 있던 것이 다음 순간 영원히 사라질 수 있다는 생각을 해도, 나는 두려움을 느끼지 않아. 옆에 있다는 느낌은 너무나 소중하지. 그런데 이 느낌은 우리가 살아 있는 동안만 존재해. 우리가 죽으면 이 느낌도 사라지지. 그의 말이 이어졌다. 내가 말하고 싶은 건, 우리는 자신이 살아 있다는 것을 아는 동안에만 삶에 매달린다는 거야. 이미 사라진 생명에 대한 고통은 없다는 거지. 생명이 사라지면, 우리 자신도 사라지는 거니까. 살아 있는 존재로서만 우리는 죽음을 두려워해. 그런데 우리가 아직 살아 있는데 죽음을 두려워할 이유가 없잖아. 죽음과 함께 이 공포도 멈추고, 따라서 죽음에 대한 공포는 모순이지. 그가 말했다. 단 한 가지, 내가 배운 것이 있어. 여기 내가 존재하는 한, 결코 집중력을 놓아선 안 된다는 것, 내가 살고 있다는 사실을 결코 잊으면 안 된다는 것을.

282) 고야의 「1808년 5월 3일. 마드리드 수비군의 처형」(1814).

1808년 5월 3일, 유죄판결을 받은 사람들에겐 지극히 짧은 시간만이 남아 있었다. 총은 이미 들어 올려졌다. 땅에 세워놓은 커다란 등불 빛에 피바다가 반짝였다. 무릎을 꿇고 앉은 사람들 앞으로, 이미 처형당한 찢긴 몸뚱이들이 널브러져 있었다. 체포된 사람들이 촘촘하게 줄을 지어 언덕으로 끌려오고 있었다. 몇몇 사람은 주먹을 불끈 쥐었고, 몇몇은 두 손으로 얼굴을 가렸다. 그러나 그들, 앞쪽에 한데 몰려 있는 노동자와 농부들, 그리고 한 수도사는 총구를 정면으로 마주한 채 사납게 반항하며 상대를 쏘아보고 있었다. 앞섶이 풀어 헤쳐진, 하얀 셔츠를 입은 한 남자는 죽음을 안으려는 듯 두 팔을 활짝 벌리고 있었다. 발사를 기다리는 이 긴장, 그것은 그림 속에서 결코 끝나지 않을 것이고, 그래서 참을 수 없었다. 배경에 솟아 있는 도시 일부가 그려내는 윤곽은 희미했다. 성문은 하품하듯 아가리를 벌려 곡선을 그리며, 죄수들을 뱉어내고 있었다. 밤하늘의 무거운 갈청색은 방아쇠를 손가락으로 움켜쥔 보병들의 외투로 이어졌다. 잿빛 새벽이 오기 전 시간, 그 칠흑 같은 어두움을 가르며, 왼쪽으로부터 창백한 누런 언덕이 길게 뻗어 있다. 총검을 꽂아 길어진 장총의 선들이 이 언덕을 자르고 있었다. 어디에도 도움은 없었다. 곧 총성의 굉음이 울릴 것도 확실했다. 하지만 반란자들의 무리로부터 승리가 뿜어 나오고 있었다. 기계처럼 도열한 병사들의 등은 다가올 패배에 대한 두려움으로 구부정했다. 아이시만이 물었다. 우리는 왜 죽음을 두려워하는 걸까. 출생하기 전에 우리가 부재했다는 건 전혀 충격적이지 않은데 말이지. 두 팔을 들어 올린 남자를 가리키며 아이시만이 말했다. 탄생과 죽음 사이의 찰나에 우리가 무엇을 성취할 수 있는지 이 남자가 말하고 있잖아. 이 사람의 몸짓에는 자부심과 우월함이 가득하잖아. 모든 것을 버리고 온몸을 종말에 내맡기고 있잖아. 가치 있게 살았다는 확신이 있는 거지. 아이시만이 말했다. 이들 모두 눈빛이 같아. 이런 눈들을, 난 계속 보아왔어. 테루엘에서, 카스페에서, 또 비나로스, 베니카심, 카스테욘에서. 내 생각에, 나 또한 이렇게 흔들리지 않는 눈으로 응시했던 것 같아. 내가 폭탄에 공중으로 날려가, 기절하기 바로 직전에 말이야.

체포된 마드리드의 반란자들, 난파당한 메두사 호의 사람들, 파리의 바리케이드 앞의 민중, 게르니카의 주민들, 현실을 직접 겪은 것은 그들이었다. 그들에게 벌어진 일은 화가들이 내놓은 기록과는 한참 다른 것이었다. 화가가 아무리 소재의 정확성을 추구한다고 해도, 실제의 전모는 담아낼 수도 전달할 수도 없었다. 다른 사람들이 겪은 고통을 그대로 다시 느낄 수는 없는 것이었다. 오로지 자기 자신의 경험을 재현할 수 있을 뿐이었다. 화가들은 상상력을 동원하여 자신의 체험을, 일치한다는 느낌이 생길 때까지, 선택한 사건에 전가할 수 있는 상황을 설정했다. 감정의 강도가 최고조에 이르면 그런 일치가 일어났다. 들라크루아는 언제나 우울증과 열정이 교차하는 자신의 내면에 부합하는 주제를 찾았다. 그는 바리케이드 앞의 순간을 바로 자기 자신에 대한 회의, 자기권태에서 출발해 상상해보았던 것이다. 그때까지 그는 자신의 방만한 상상력을 지옥 여행과 살육에 풀어놓곤 했다. 자유를 쟁취하려는 그리스인들을 잔인하게 진압한 사건은 그에게 아직 생생했다.[283] 자신도 휘말렸던 격

---

283) 「키오스 섬의 학살」(1824). 1822년 키오스 섬에서 오스만 투르크가 그리스인들의 자유혁명을 무참히 진압한 사건을 소재로 한 그림.

동의 7월의 그날을 이제 화가는 형상화하려는 것이었다. 이상주의에 휩쓸려서, 또 어떤 오만함에서 그는 변화를 향해 치닫는 막을 수 없는 힘에 동참하고 싶었다. 그의 오만은 사실 지금까지 그의 삶에 그늘을 드리웠던 무력감의 다른 면이었다. 막연하고 자기탐닉적인 감정 속에서, 화가는 민중이 원하는 것과 오를레앙파와 보나파르트파가 지향하는 것을 혼동했다. 7월 혁명에서 처음 예감할 수 있었던 진보의 힘, 그 힘은 1년 후 리옹에서 분출되었고, 노동자들은 거리로 나섰다. 그 진보적 힘의 현장에서 더 이상 화가는 보이지 않았을 것이다. 마찬가지로 제리코의 상상력도 불안하고 혼란스러운 삶에서 잉태된 것이었다. 무절제, 반복되는 자기도피, 처음에는 군대 행렬이나 나폴레옹 제국의 몰락, 또는 격한 색채의 광활한 전쟁 장면으로 그것이 표현되었다. 그러다가 나중에는 거칠게 내달리는 말들로 표현되었다. 이 화가는 어떤 멋쟁이 기질, 자유주의자의 기질이 있었다. 탈진하고 소진된 삶의 체험에서 그는 당당한 색채의 흐름, 숨 막히는 리듬을 언제나 또다시 끌어내곤 했다. 식민지의 반란, 해군들의 폭동, 부패한 국가의 부당한 개입 들에 직면해서, 화가는 국외자로서의 자신의 삶, 폭발하는 자신의 광기 안에 이미 태동하던 예술적 모티프로 향하게 되었다. 그는 미친 듯이 모든 것을 받아들이고 음미했다. 그는 그림을 일종의 목격자 진술로 만들기 위해 온 힘을 다 바쳤다. 공포의 성찰은 고야 예술의 깊은 근원이었다. 그 구체적 형상은 이따금 비현실적으로 치닫기도 했다. 나폴레옹의 군대에 저항한 10년의 전쟁 기간 동안 겪었던 모든 충격적인 경험들은 잔인한 처형으로 형상화되었다. 고야의 그림은 세부 요소 하나까지도 사실에 정확히 부합하는 것 같지만, 실제로 화폭에 그려진 내용 그대로 사건이 발생한 것은 아니었다. 그럼에도 불구하고 화가들은 실제 사건을 예술의 영역으로 전환하여 결정적 순간들을 기리는 기념비를 세우는 데 성공했다. 직접 체험한 어떤 것을 그들은 자신의 현재에 옮겨놓았던 것이다. 그리고 그 작업의 결정체를 보는 우리는 그들의 현재를 다시 살려내는 것이었다. 그려진 그림은 원래 소재와는 다른 어떤 것이었다. 그림은 하나의 우화, 지난 것에 대한 하나의 성찰이었다. 흘러가는 사건에서 어떤 지속적인 것, 독자적인 것이 탄생한 것이었다. 그림이 현실적으로 느껴진다면, 그건 그 그림이 갑자기 우리를 흔들어놓고 감동시켰기 때문이다. 타자의 체험을 공정하게 다루는 것은 불가능하다는 사실을 파카소는 가장 분명히 표현했다. 그는 오로지 자기 자신의 느낌, 자신의 주관적 연상을 믿었다. 피카소에게 중요한 것은 투하된 폭탄과 파괴된 가옥의 숫자, 또 사상자의 숫자를 세는 것이 아니었다. 그런 건 다른 데서도 확인할 수 있었다. 연기와 먼지구름이 흩어지고 신음과 고함 소리가 잦아들 때까지 피카소는 기다렸다. 그런 다음 방 안에서 홀로 화폭을 앞에 두고, 게르니카가 무엇인지 자문했다. 게르니카는 노출된 도시, 저항할 힘이 없는 인간들의 도시로 그의 눈에 들어왔다. 그 그림은 앞으로도 올 그런 재앙에 대한 비범한 경고가 되었다. 게르니카는 그 끝을 가늠할 수 없는 일련의 사건의 시작이었다. 제리코가 보여준 것은 종착점이었다. 그는 메두사 호의 생존자들을 탐문하고, 뗏목 모형을 만들게 하고, 병원과 시체 안치소들을 돌아다녔다. 정신병자들과 죽어가는 사람들의 용모와 죽은 사람들의 피부색의 변화를 연구했다. 감옥을 찾아가 단두대로 처형된 사람들의 머리와 몸뚱이를 스케치했다. 대서양 해안에서 물결과 부딪치는 파도를 보며, 수없이 많은 밑그림을 그렸다. 병자와 광인, 또 추방된 사람들을 찾아가, 필요한 세부 모습들을 찾아내고 배워나갔다. 그건 싹트는 프랑스 식민국가와 지속되는 인간 착취의 희생자들을 묘사하기 위한 것이었다. 그러자 그 예술가의 삶에서 의심쩍고 미흡했던 바로 그 부분이 오히려 갑자기 강점으로 바뀌었다. 미끈거리는 뗏목 나무판 위에 멍하게, 무력하게 누워 있던 사람들로부터 아직 남아 있는 어떤 에너지가 솟구쳤다. 총살을 눈앞에 마주한 한 무리의 사람의 몸짓은 마드리드 모래 구덩이에서 벌어졌던 잔혹한 사건에서 유래했지만, 또한 그것을 훨씬 넘어섰다. 예술적 작업의 본질은 불확실성과 확신, 희미함과 지나치게 또렷한 구체성 간의 갈등에 있었다. 1819년 가을 전시회에서 제리코의 그림이 스캔들이 되었을 때, 그는 스물일곱 살이었다. 그는 그 이후 더 이상 어떤 전시회에도 참가하지 않았다. 용기를 잃은 그는 파리에서 정처 없이 런던으로 건너갔다. 아직 그에게 남아 있던 4년의 시간을 그는 부질없는 일로 바쁘게 보냈다. 무리한 금융 투기와 경마를 하다가 결국 그는 완전히 무너져버렸다. 그가 서른둘의 나이로 사망한 것은, 경마 중독의 결과라기보다는 시대의 광기 때문이었다. 그는 「엡손의 경마」에서 똑같은 동작으로 땅 위를 높이 날아가는 말 네 마리를 그렸는데, 그 그림은 자신의 죽음에 대한 환상이었다. 검은 하늘을 마주한 숨죽인 경청, 공기를 가르며 언덕을 내달리는 소리가 모든 것을 빨아들이고 있었다. 궁정화가이며 레지옹 도뇌르 훈장을 받은 들라크루아는 자신의 자유의 여신 그림이 룩셈부르크 박물관 지하실로 옮겨졌을 때 항의하지 않았다. 그 그림이 지금 새로 쌓아올린 바리케이드 진영을 자극한다는 것이 이송의 이유였다. 들라크루아는 그 후 10년간 그 그림을 직접 시골에 숨겨두었다. 1848년 2월에 제2공화국이 선포되자, 비로소 그는 그림을 꺼내왔다. 그러나 루이 나폴레옹의 쿠데타 이후, 그림은 다시 보관 창고로 들어가야 했다. 들라크루아는 기회주의자였을 수 있다. 그러나 그는 생각을 일깨우는 정치적인 그림을 남겼다. 화가들은 통찰력이 있었고, 분노할 줄도 알았다. 하지만 동시에 그들은 변덕스럽고 현혹되기도 했다. 그들은 작품을 통해 자신의 불확실성을 넘어섰으며 사유의 부족함을 극복했다. 소멸의 운명 앞에서, 그들 역시 그렇게 자기 자신을 확인했다. 자기 확인의 욕구는 그들이 화가 일을 하도록 만든 첫번째 동인이었을 수도 있다. 죽음과 대결하면서, 그들은 그들이 서 있는 작은 공간들, 그들이 관찰한 작은 장소들을 묘사했다. 스페인에 이주한 그리스인들이 그들만의 마을인 헤메로스코페이온을 세웠듯이, 화가들도 그들의 공간을 세우고 다졌다. 책을 읽거나 그림을 보면서, 때로 큰 절망감이 엄습했던 것을 나는 떠올렸다. 그건 고통과 역겨움을 형상과 색채로 다스리는 그 세계에 대한 엄청난 불신의 감정이었다. 나는 다시 한 번 고야의 그림을 펼쳐 들었다. 그리고 그 모래 계곡이 어땠을지 상상해보려고 애썼다. 화가가 이처럼 불타는 생생함으로 살려낸 그 모래 계곡. 아직 꿈틀대는 피범벅의 몸뚱이들을 옆에 두고, 분노나 자부심, 승리 따위는 아마 전혀 생각하지 않았을 것이다. 오로지 질식, 오한, 말로 다 할 수 없는 공포뿐이었을 것이다. 미래는 전혀 존재하지 않았다. 총성의 굉음과 더불어, 모든 것은 무시무시한 꿈으로 벌써 사라지고 없었을 것이다. 유일무이한 이 기호들로 우리는 무엇을 해야 하는가. 완벽한 구도의 이 대학살이 무슨 소용이란 말인가. 우리 주변에서는 아무것도 해결되지 않았는데. 하지만 다음 순간, 아버지의 목소리가 다시 내게 들려왔다. 그칠 줄 모르는 매미 울음을 들으며 우리가 진녹색 나뭇잎 아래에서 몸을 쭉 펴고 풀밭에 누웠을 때였다. 내가 말했다. 아버지라면, 이런 문제가 탐구심을 자극했을 거야. 아버지는 아마 질문을 던졌을 거야. 왜 제리코는 그냥 실망만 하고 만 걸까. 자기 그림에 대한 반응을 보았는데, 왜 이제야말로 제대로 투쟁에 나서지 않았을까. 그리고 또 물었겠지. 들라크루아가 반동주의자가 되었기 때문에 이제 그의 그림은 가치가 없는 건가. 그러고는 도서관에서 화가의 삶에 대해 찾을 수 있는 모든 것을 날라왔을 거야. 어머니는 아버지를 위해 프랑스어 책들을 번역해주었을 거고. 아버지가 은퇴 후에 대해 말하시는 것을 나는 종종 들은 적이 있었다. 아버지는 어떤 공장도 자신을 더 이상 쓰지 않는 나이가 되면, 온전히 학습에 전념할 거라고 했다. 하지만 그때 아버지는 아직 먼 미래를 생각했음이 분명했다. 아버지가 필요로 했던 것을 얻을 수 있는 조건을 마련하려면, 우리는 정신없이 일에 전념해야만 했을 것이다. 문화적 자산과 친해질 권리를 언제나 요구했던 것처럼, 아버지는 노동 현장에서 자기 주변에 있는 것들에 대한 권리도 주장했다. 연장과 기계처럼, 예술과 문학도 생산수단이었다. 아버지의 삶은 그 전체가 오로지 기존의 경계들을 넘어서려는 노력이었다. 지나치게 기계를 쓸고 닦거나 또는 기술 개선에 골몰하는 아버지가, 한때 공장 동료들로부터 비웃음을 샀을 수도 있다. 야심가라고도 불렸을 것이다. 우리의 노동이 남용된다고 해서 노동을 강요와 고역으로만 보고, 흥미도 의지도 없이 끌려가서는 안 된다고 아버지는 말하곤 했다. 책과 그림의 내용을 배우지 않으면 우리가 지는 것처럼, 우리가 공장의 장비 하나하나, 우리가 만든 물건 하나하나를 자신의 것으로 여기지 않는다면, 우리는 고사할 것이라고 했다. 그러다가 누군가 우리의 노동이 우리 자신에게가 아니라 다른 이들에게 이득이 되는데, 그런 건 자기기만이라고 주장하기도 했다. 그러면 아버지는 아무 말 없이 뼈가 불거진 널찍한 그 얼굴을 우선 말한 사람에게 향했다. 그런 다음 조용하고 확신에 차 대답했다. 아버지의 눈에는 사방에서 우리가 권력을 인수할 준비를 하고 있는 게 보인다고. 아버지가 그런 자신의 입장을 지키기 위해 얼마나 많이 자기 자신을 극복해야 했는지 나는 알고 있었다. 그 몇 년간 아버지는 얼마나 많은 좌절을 겪어야 했던가. 아버지가 작업 조장 자리를 잃고 임시직으로만 일을 얻었을 때도, 아버지는 전적인 책임의식을 가지고 모든 업무에 임했다. 아버지는 말했다. 우리가 어정쩡한 자세를 취하고 소외된 채로만 남아 있다면, 우리는 우리 상황을 바꿀 힘을 결코 갖지 못할 거야. 아버지의 수고에 대해 아무도 고마워하지 않았다는 건 분명했다. 임금노동자인 아버지가 마치 공공기업에서 일하는 것처럼 군다고, 많은 사람이 이상하게 보는 것도 이해할 수 있었다. 아버지의 좌우명은 노동은 창조적인 원칙이며, 인류의 본질이라는 마르크스의 말이었다. 예술과 문학의 문제들에 대한 고민은 언제나 노동이라는 토대에서 출발했다. 아버지는 말했다. 예로부터 노동하는 인간의 삶을 묘사한 지하 예술이 존재했다는 것을 언젠가 확인하게 될 거야. 지금 떠오르는 아버지의 말들을 나는 아이시만에게 그대로 했다. 부엌에 앉아 있는 아버지가 눈앞에 선했다. 노동자는 19세기 말경에야 비로소 회화의 인물로 등장했다고, 아버지는 말했다. 그 전에는 유명한 작품에서 노동자가 전혀 나타나지 않거나 배경 요소로만 등장했다. 위에서 하는 말로는, 아무리 살펴봐도 노동자에게는 별로 주목할 만한 것이 없다고 했다. 체제 전복적 행동과 혁명적 변화들을 시작한 건 분명 노동자인데 금방 부르주아지가 주도권을 가져갔기 때문이다. 자기 계급의 재생산 기구를 갖지 못한 인민은 변혁을 아주 힘겹게, 아니면 파편적으로만 이해했다. 아버지는 소묘, 목판화, 그림, 조각에서 확인되는 프롤레타리아트 투쟁의 선구자들을 발굴하는 것을 목표로 삼는 학문을 하길 원했다. 그런 주제들은 그 분과가 엄청나게 많아서 아버지로서는 은퇴 후 대학생이 된다면 그제야 할 수 있는 것이었다. 아버지 말로는, 수메르, 바빌론, 이집트의 부조 사진들, 아시아의 사원들을 찍은 사진들, 또 연대기와 세밀화 연작들, 기도서와 가정도서, 그리고 중세 제단의 성물함과 기도용 의자들에서 자신은 이미 사회의 기층 세력에 대한 암시들을 많이 발견했다는 것이었다. 화가나 조각가들이 피해갈 수 없었던, 어떤 존재감을 분명 그들이 발산했다고 봐야 한다는 것이었다. 아버지는 말했다. 정으로 친 돌, 깎아낸 나무, 연필과 붓의 터치, 곳곳에서 노동자와 농부와 수공업자들이 등장해. 그들은 예술가의 눈에 들어왔던 거야. 하지만 그들은 회화사에서 언제나 배경에 머물러 있었다. 그들의 얼굴에는 안정감과 현명함이 가득했고, 그들이 직접 만든 도구들은 기능적 조화를 갖추었다. 그들의 동작에는 돌발이나 과잉이 없었다. 그들은 행동하는 존재였다. 모든 생산물은 그들의 손을 거쳐 갔다. 쟁기질을 하고, 고기를 잡고, 추수를 하고, 집을 짓는 사람들. 이 모든 인물을 보고 있자면, 만일 부지런하고 꼼꼼한 그들이 받쳐주고 보살피는 일을 그만둔다면, 영주와 사제와 장군과 봉건군주들의 전체 체제가 순식간에 무너진다는 것은 의심의 여지가 없었다. 그럼에도 불구하고 그들은 거의 눈에 띄지 않게, 자연 풍경의 일부로, 도시와 성곽의 한 장면으로 흡수된 채 있었다. 한 그루의 식물, 한 마리의 풀을 뜯는 동물 이상은 아니었다. 반면에 화려한 의상에 감싸인 감상적이고 공허한 영주들은 그들 위로 드높이 솟아 있었다. 그랬다. 관찰이 직업인 사람들은 저 부단한 활동의 진가를 인정하지 않을 수 없었던 것이다. 신분은 좀더 높았지만 사실 그들 자신도 수공업자였다. 작업 연장과 재료를 고를 때, 화가들은 저들과 별로 다르지 않았다. 그러나 화가들은 규모의 미라는 마력에 얽매여 있었다. 신 같은 왕의 커다란 두상들이 건축물을 장식하고 벽체에 그들의 전신상이 펼쳐졌다. 단지 왕의 발아래로만, 민중의 삶을 약간 알려줄 부조를 새길 좁은 자리를 낼 수 있었다. 아버지가 연구하고 싶어 했던 것, 그리고 그 개별적 인상들 이상의 체계화가 필요했던 것, 그것은 곳곳에 존재하는 흔적과 단초들이었다. 그런 단초들을 통해 노동자들에 대한 연관 관계들이 심화되고, 현실의 차원들이 다시 배치되고, 노동자들을 그들의 미미한 위치에서 끌어내주고, 그러면서 그들을 사회조직 곳곳에서 주도적 위치로 올려놓을 수 있을 것이었다. 주인과 기사보다, 하인과 병사를 더 비중 있게 묘사하는 일은 일종의 이단 행위와 같았다. 그래서 처음에는 은폐와 술책이 필요했다. 아버지는 말했다. 하지만 노동하는 인간이 등장했다 해도, 그 자신의 눈으로가 아니라, 언제나 다른 생활 영역에 사는 예술가에 의해, 그가 본 대로 묘사되었지. 그의 말이 이어졌다. 우리가 우리 자신을 표현했던 수단은 오로지 노동이었어. 예술이 우리에게서 포착한 것을, 우리가 직접 보았던 적은 거의 없었지. 우리가 다룰 줄 아는 건 연장들이었고, 우리의 예술은 땅을 경작하고, 좋은 과실을 키우고, 집을 짓는 거였어. 그런 노동을 하면서, 노래를 부르고, 우화를 전하고, 동화를 풀어놓았지. 이런 예술은 입에서 입으로 전해졌어. 우리의 이름을 대단하게 내세우지 않았어. 사원과 대성당, 필사본이나 신분도화는 우리의 존재를 알려주는 비밀스러운 예술이었던 거야. 그러니까 이런 예술은 우리와 연대하고 있었던 셈이지. 이 예술은 우리의 업적이 점차 인정받기 시작하는 데도 기여를 했어. 하지만 우리가 우리 자신의 문화라고 얘기할 때 생각하는 것은 그와는 다른 거야. 그건 인간의 활동성, 바로 그것을 말해. 시골에서나 도시에서나 우리를 둘러싼 모든 것의 근본이 되는 그 활동성이지. 우리의 문화란 나르고, 끌고, 들어 올리고, 붙이고, 고정하는 움직임이야. 아버지는 말했다. 누군가 도끼로 팬 나무를 차곡차곡 쌓거나, 낫을 갈거나, 그물을 짜거나, 각목으로 지붕의 뼈대를 조립하거나, 기계의 피스톤을 닦고 윤을 내는 것을 보고 있으면, 나는 그런 문화를 느껴. 아버지는 이런 일들을 이상화하고 싶은 건 아니라고 덧붙였다. 하지만 시대의 능력 및 지식 전체와 우리를 연결해주는 것을 부분적으로라도 일깨워주는 다른 방식을 알지 못한다고 했다. 바느질하는 여자나 레이스 짜는 여자, 풀 베는 사람이나 타작하는 사람, 포도를 수확하는 처녀나 대장장이가 예술적으로 재현됨으로써 그 노동에 가치가 부여되는 건 이상하다고 아버지는 말했다. 노동은 오로지 예술 작품에서만 문화적 가치를 부여받았다는 것이었다. 작품에선 노동이 예술이 된다는 것이었다. 반면 실제로 일을 하는 사람은 아무 지위가 없다고 했다. 아버지와 나눈 이 대화의 내용을 나는 분명하게 기억할 수 있었다. 그건 그 대화가 어떤 그림, 바로 멘첼의 「제련소」라는 2.5미터 폭의 그림과 연관되어 있었기 때문이다. 아버지는 이 그림의 컬러 인쇄본을 놓고, 의식 있는 노동자 계급이 성장하면서, 이제 어떻게 공인된 본격 예술 역시 노동자 계급에게 자기주장을 할 수 있도록 한 자리를 내주었는지, 나에게 설명했다. 또한 동시에 어떻게 제도권의 그런 관대함이 교묘하게 폐기되는지도 설명했다. 일반적으로 이 그림은 노동에 대한 찬양으로 일컬어졌다. 우리는 이 그림의 원본을 나중에 국립미술관에서 보았다. 상당한 기술적 전문지식을 가지고 재현한 중공업 현장의 모습이 설득력이 있었다. 뿜어대는 증기, 꿍음을 내는 망치, 끽끽대는 크레인과 견인용 쇠사슬, 팽팽 돌아가는 기계의 속도 조절 바퀴, 뜨거운 불길, 하얗게 달궈진 쇠, 팽팽한 근육들, 이 모든 것을 그림에서 느낄 수 있었다. 그림의 중앙에 대장장이들이 무리 지어 서 있었다. 수레를 살짝 들어 올려, 달궈진 금속 덩어리를 압연기 아래로 밀어 넣는 중이었다. 오른쪽에는, 찌그러진 양철 판으로 가린 채, 파이프와 쇠사슬들 아래에서 남자 몇 명이 쭈그리고 앉아 쉬고 있었다. 이들은 대접에서 숟가락으로 떠먹으며, 병을 들어 입으로 가져갔다. 그림 왼쪽 끝에서는, 근무를 마친 조원들이 상의를 벗은 채 목과 머리를 씻는 중이었다. 동작 하나하나, 연장을 돌리고 굽히는 몸짓 하나하나가 커다란 작업장의 일부분이었다. 전체의 틀에 딱딱 들어맞았다. 멀리 몇 군데서, 한낮의 광선이 수증기를 뚫고 희미하게 비추고 있었다. 광선은 닿지 못할 것처럼 보였다. 맞물려 돌아가는 이 끊임없는 땀범벅의 움직임들이 전해주는 것은, 여기서 사람들이 고되게, 군말 없이 노동을 하고 있다는 사실뿐이었다. 들어 올리고 휘두르는 기세 찬 동작은 규칙적이고 노련했다. 집게를 잡는 순간의 극도의 집중, 압연 철물을 지렛대로 받는 턱수염 난 작업반장, 그 조심스러운 태도, 몸에 묻은 검댕을 솔로 문질러 씻는 직공들, 그리고 소진 상태의 짧은 휴식. 이것들은 하나의 주제, 바로 노동에 대해 말하고 있었다. 그 노동이 어떤 원칙을 따르고 있는지는, 자세히 살펴본 후에야 결론지을 수 있었다. 그것은 아버지가 말하는 그런 노동, 즉 자기실현의 과정으로서의 노동이 아니었다. 그것은 최저임금으로 고용주에게 최대 이익을 가져다주는 노동이었다. 그림은 온 힘을 바쳐 일에 몰두하는 노동자들을 보여주고 있었다. 그래서 마치 노동자들이 작업을 지배하는 것 같은 인상을 불러일으켰다. 공간은 불빛을 받아 조각처럼 돋보이는 노동자들로 꽉 차 있었다. 미술관을 방문했을 때, 아버지가 말했다. 처음 볼 때는, 노동자들의 엄청난 생산력이 압도하지. 하지만 이 노동자들은 분업의 법칙을 철저하게 확인해주고 있어. 마치 자립적으로 움직이는 것 같지만, 이 노동자들은 오로지 다른 사람들의 재산인 기계와 도구에 종속됨으로써 존재하고 있지. 바로 그 다른 사람들은 보이지 않았다. 하지만 노동자들은 그들에게 고용되어 있었다. 더러운 구석에서 음식을 씹는 사람들은 그 한순간은 자기 자신을 위해, 마치 자기 생명을 소유한 듯했다. 하지만 그들 역시 다시 자신을 부르는 신호만을 기다리고 있었다. 그들의 힘은 작업 중에만 발휘되었다. 하지만 작업을 하는 그 팔 동작들 역시 위협적이지는 않았다. 그들이 두 팔을 오로지 물건의 생산에만 사용할 거라는 건 분명했다. 이런 식의 노동의 찬양은 예속에 대한 찬양이었다. 사방으로 불꽃을 튀기며 작열하는 쇳덩어리 주변에 둘러선 남자들, 큰 통 앞에서 몸을 씻는 남자들, 기진맥진해서 주저앉은 채, 멍하니 응시하며 식사하는 남자들, 그들 앞에서 빈 컵들을 바구니에 담으며, 수심에 찬 얼굴을 들어 초조하게 쳐다보는 젊은 여자. 그들은 모두 무력했다. 배면으로 공장이 얼마나 깊은지 가늠이 되지 않았다. 수직으로 내려온 쇠 고정 장치와 수평으로 난 파이프들이 격자처럼 무한히 뻗어 있었다. 연기에 감싸여 희미해진 그 공간은 벗어날 수 없는 하나의 세계였다. 오늘날 우리에게는 공동식당과 세면장과 탈의실이 있었다. 또 기술의 개선도 감안할 수 있었다. 하지만 생산 과정은 코뮌 파괴 4년 후인 1875년에 멘첼이 그렸던 것과 여전히 똑같았다. 노동자들은 자신들의 축적된 힘을 쇳덩이를 생산하는 데 쏟아부었고, 그 쇳덩이들은 철로와 포대와 포신이 되었다. 그들은 자신의 온순함을 녹여 폭력을 만들어냈다. 그 무력은 멀리 외부에서부터 그들과 그들의 이익에 맞서게 될 것이었다. 오른쪽 앞에 있는 여자의 두 눈에는 그늘이 드리워져 있었다. 그녀가 굴 같은 집에 살고 있으며, 그녀의 아이들은 배를 곯는다는 걸 알 수 있었다. 화가는 여자의 궁핍함을 강조했고, 노동의 분주함을 묘사했으며, 노동자들의 초라한 세면과 식사 환경도 그대로 그려놓았다. 그런데도 그 그림은 분노를 일으키지 않았다. 오히려 바꿀 수 없다는 걸 상기시켰다. 노동자는 행동의 주체였다. 확신에 가득 차, 자신의 의무를 수행하고 있었다. 모든 손놀림, 모든 몸짓이 노동자에게 자의식의 품위를 부여하는 것 같았다. 그러나 그의 능력은 그림에 보이지 않는 돈궤와 금고들을 채우는 데 사용되고 있다고, 아버지가 지적했다. 노동자들의 사회적 상황에 화가가 연민을 느꼈을 수 있었다. 그럼에도 불구하고 뜨거운 불의 열기 앞에 두 눈을 감아대는 주름진 얼굴의 그 남자들, 두 주먹으로 연장을 꽉 움켜쥔 그 남자들은 현실과 단절되어 있었다. 당시 이미 알려졌던 사회적 지식, 보고서, 조직 들이 그들에겐 없었다. 알파 라발에서 급사로 일하던 시절, 나는 바로 그런 인간을 보았다. 멘첼이 대가의 솜씨로 그려내, 관중들의 경탄을 자아냈던 그 인물, 바로 비스마르크와 빌헬름 제국의 독일 노동자. 그들은 『공산당 선언』에도 전혀 흔들림 없이, 오로지 용감하고 충직할 권리만을 가지고 있었다. 환하게 빛을 받은 포인트와 흘러내리는 그림자로 장식된 멘첼의 인물들은 철강의 하수인이었다. 철강에 뭔가 근본적인 것이 있었다. 작열하는 철은 금속 이상이었다. 그것은 산업제국주의의 팽창을 상징했다. 노동자의 가치는 정확히 그가 받는 임금만큼이었다. 화가는 전문가로서 기꺼이 현실에 충실한 그림을 그린 것이었다. 그 작품의 주인공은 노동자가 아니라, 하얗게 달궈져 쇳똥을 날리는 연철이었다. 철은 자본의 축적을 위해 압연 롤러 아래로 들어온 것이었다. 나는 어쩌면 이런 식의 해석에 동의하지 못했을 수도 있었다. 만일 내가 박물관에서 그 작품을 양쪽에 걸린 멘첼의 다른 두 그림과 함께 보지 않았더라면 말이다. 한 그림은 1870년 7월 31일 군대로 떠나는 빌헬름 왕을 그렸다. 운터 덴 린덴 가에 사람들이 모여 있었다. 공손하게 몸을 숙였거나, 차렷 자세였다. 어떤 사람들은 모자를 흔들고, 환호하며, 감동으로 훌쩍였다. 마차에 탄 통치자는 자비롭게 손을 흔들며, 브란덴부르크 문을 향해 가고 있었다. 그건 스당과 베르사유로 향한 출발이었고, 자신의 황제 임명과 독일 제국의 건립을 향한 출발이었다. 다른 하나는 1879년에 제작된 것으로, 궁전의 화려한 홀에서 벌어지는 만찬무도회를 보여주고 있었다. 사방이

금과 크리스털로 반짝이는 가운데, 연미복과 만찬용 제복 차림에 훈장을 가득 단 신사들이 유리잔과 접시를 들고 있었다. 그들은 화려하게 치장한 숙녀들과 담소를 나누기도 했다. 연기 가득한 그 압연 공장은, 비단이 사각거리고 보석들이 번쩍이는 성대한 색채의 황홀경과 햇빛 가득한 거리에서 나부끼는 깃발들과 물결치는 환호성, 그 둘 사이에 걸려 있었다. 왼쪽에는 민족의 뛰는 심장이 표현되었다고 말하는 사건이, 오른쪽에는 천사들의 원무 아래 펼쳐지는 궁정사회가 있었다. 한편에서는 전쟁에 대한 열광적 환호가, 굴종과 아첨을 가르치는 교육이 있었고, 다른 한편에는 과장된 화려함에 대한 예찬이 있었다. 그리고 그 중간에 가혹한 노동이 있었다. 그것은 오른쪽과 왼쪽에 있는 사람들에게 부를 가져다주기 위한 것이었다. 그건 독일 현대사의 세 폭 제단 그림이었다. 가죽 앞치마를 두른 채, 무거운 막대와 집게를 휘두르는 남자들이 있는 중간 그림은 노동자 계급이 당하는 기만을 고스란히 보여주고 있었다. 권력자들에게 이용당한 노동자들은 그렇게 프랑스와 전쟁을 수행하도록 강요당했다. 자신들의 당 지도자들에 의해 미혹된 노동자들은 그렇게 세계대전에 동참했다. 그리고 이제 노동자들은 그렇게 파시즘에 무기를 벼려주고 있었다. 컬러 인쇄판으로 널리 퍼졌던 그 제련소 그림은 생산자인 그들에게 모범이 되도록 교육용 자료로 제공되었다. 노동자들이 사는 집 안 부엌에서 이 그림은 자주 만날 수 있었다. 이전에는 노조 행사에서 대형 액자에 넣은 이 그림이 경품으로 나오곤 했다. 그러다 나중에는 민족사회주의 단체들이 나눠주었다. 멘첼은 공장노동자를 계급투쟁이 사라진 감옥에 가두어버렸던 것이다. 내 친구 코피는 가끔 연미복에 실크해트 차림이나, 훈장을 단 제복 차림의 꼬마 남자들이 집게에 잡혀 버둥거리는 걸 그려 넣는 식으로, 그림을 고치곤 했다. 인쇄된 그림을 살펴보던 우리는 또 하나 중요한 세부 사항에 주목하게 되었다. 작품의 구도를 결정하는 시점의 패턴을 따라가던 중에 발견한 것이었다. 모든 파이프와 긴 목재, 압연장치와 들어 올린 집게의 양 손잡이, 수레에 실린 제품들, 노동자들의 몸 움직임이 그리는 무게중심의 이동선이 배경 왼쪽의 한 지점으로 수렴되고 있었다. 수직의 건물 기둥 아래쪽이었는데, 모자를 쓰고 프록코트를 입은 한 신사가 현장에 등을 돌린 채 뒷짐을 쥐고 그곳에 서 있었다. 옆으로 돌린 그 얼굴은 증기 사이로 자신에게 떨어지는 광선을 꿈꾸듯 올려다보고 있었다. 그렇게 빛을 받으며, 그렇게 외따로 떨어져서, 여유로우며 만족한 모습을 보이는 건 신사 말고는 아무도 없었다. 그는 눈에 띄지 않게 서 있었다. 공장을 한 바퀴 돌아보다가 멈춰 서서, 생각에 잠긴 것이다. 아마도 금속으로 된 설비의 예술적 매력이나, 주가나 장관들로부터 받게 될 표창, 또는 모든 것을 한결같이 이끌어갈 방법을 생각하는 것일 수 있다. 일종의 숨은그림찾기였다. 멘첼은 그 인상적인 그림에 작품 주문자를 그렇게 숨겨놓았던 것이다. 나는 아이시만에게, 1886년 미국의 쾰러라는 화가가 생산관계를 어떻게 묘사했는지 설명했다. 그림의 제목은 「파업」이었다. 잡지 『하퍼즈 위클리Haper's Weekly』[284]의 한 지난 판에 실렸던 그림 인쇄본이 브레멘의 우리 집 부엌에 걸려 있었다. 1899년 파리 만국박람회에 나왔던 이 작품에는 강렬하고 자극적인 멘첼 식의 색채 유희가 전혀 없었다. 그림은 도해처럼 사실적이었다. 그래서 채색 기법과 구도에 대한 질문은 불필요했고, 오로지 내용에 주목하게 만들었다. 왼쪽에서는 공장주가 전면 공간이 덧달린 자신의 저택 현관문을 나서는 중이었다. 그는 층계 맨 위 단에, 장식을

---

284) 1857~1916년에 뉴욕을 중심으로 하퍼 형제들이 발행한 유명한 정치 주간지. 한때 판매 부수가 20만 부에 달했고, 삽화와 그림이 중요한 비중을 차지했다.

넣은 주물 난간 뒤에 서 있었다. 치켜세운 칼라와 커프스, 실크해트를 갖
춘 고상한 옷차림에, 머리는 하얗고, 표정은 창백하게 굳어 있었다. 오른
손 손가락은 담배를 든 것처럼, 올리고 있었다. 그러나 손에는 아무것도
없었다. 그 몸짓은 놀라움과 무기력한 저항의 표현이었다. 그는 자기 앞
에 선 사람들보다 높이 있으며, 그의 태도에서도 특권을 포기할 생각이
전혀 없는 계급의 자신감이 여전히 묻어났다. 그럼에도 불구하고, 그의
맞은편에서는 어떤 힘이 커가고 있었다. 그건 단박에 모든 것이 사라질
수 있다는 걸 그에게 가르쳐줄 그런 힘이었다. 뒤는 자기 집 석벽돌이 막
아주고 있었다. 하지만 겁먹은 하인은 벌써 반쯤은 도망가는 참이었다.
그 위치에서 공장주는 흥분해서 모여든 노동자들을 앞에 두고 창백한
품위를 지키고 있었다. 노동자들이 계단을 올라와 자신을 끌어내릴 수
있다는 건 전혀 상상할 수 없었기에, 그의 이 모든 용기가 나오는 것이었
다. 나는 이미 어릴 적부터 수없이 이 그림을 바라보면서, 부모님과 이야
기를 나누었다. 그러면 그 그림은 언제나 새로운 해석을 하도록 우리의
상상력을 자극했다. 집 앞 공터에 모여든 노동자들은 드러난 갈등을 어
떤 방향으로든 전개할 잠재력을 가진 것 같아 보였다. 한 손은 불끈 쥐
고, 다른 한 손은 뒤로 뻗어 공장을 가리키고 있었다. 연기로 흐릿한 지
평선의 굴뚝들과 달리, 가리킨 공장의 굴뚝들에서는 연기가 뿜어 나오
지 않았다. 대표자는 바로 계단 앞에서 공장주를 향해 마주 서 있었다.
반면, 다른 이들은 관망하면서도 위협적인 자세로 논쟁을 지켜보고 있었
다. 위협의 정도는 서로 달랐다. 어떤 이들은 자기들끼리 격한 토론을 벌
이고 있었다. 어떤 여자가 그중 한 노동자를 달래고 있었다. 이 남자의
몸짓은 이제 돈이 다 떨어졌다고, 당장 뭔가 일어나야 한다고 말하고 있
었다. 오른쪽 앞에 있는 한 남자는 접은 종이 모자를 썼는데, 먼지 나는

땅을 향해 몸을 굽히고 있었다. 돌을 집으려는 중이었다. 노동자들은 성곽 같은 흑갈색 공장에서 나온 것이었다. 무기는 들지 않았다. 그들은 이제 충분히 당했고, 잔뜩 성이 나 언덕을 내려와 이 계단까지 왔다. 마지막 남은 직공들이 연기에 그을린 그 건물을 서둘러 빠져나오는 중이었다. 저편에, 질퍽해진 우묵한 지점에서 마부도 마차를 그냥 버려둔 채 오고 있었다. 돌을 집는 모습은 배경에도 있었다. 그것은 이제 더 해볼 수 있는 건 폭력뿐이라는 신호였다. 공장 주인은 뻣뻣하고 차갑게 혼자 서 있었다. 노동자들이 압도적으로 우세했다. 그럼에도 불구하고 공장주에게는 여전히 다가서기 어려운 어떤 것이 있었다. 돌은 아마 던지지 않았을 것이다. 현재 상황에서 아무리 뭔가 막 터져 나올 것 같아도, 그것은 계단 문턱에서 멈춰 있었다. 멀리 서 있는 사람들의 동작에는 분노와 결의가 가득했다. 공장주의 벽돌집 가까이 오면, 그런 동작은 수그러들었다. 동작들은 더 망설이고, 더 관망하는 느낌이었다. 그렇다고 겁을 먹은 건 아니었다. 집으로 밀고 들어가지 않는 것은, 그 나약한 주인의 오만함을 지켜주는 권력을 알기 때문이었다. 보이지 않지만, 집 뒤에는 중무장한 방위군이 서 있었다. 오렌지나무 사이로 난 오솔길을 따라 강가로 돌아가면서, 나는 그 계단을 넘는 게 얼마나 쉬울지, 그래서 노인을 일격에 해치울 수 있을 거라고, 내가 얼마나 자주 생각했는지 아이시만에게 말했다. 그렇지만 그런 상상은 맞지 않았다. 미국에서도, 우리 쪽에서도, 그 단순한 행동이 성공하지 못했다는 걸 우리는 알고 있었다. 러시아에서만은 노동자들이 용기를 내 계단에 올라섰다. 무리 지은 노동자들은 화폭을 압도하고 있었다. 그들의 권력은 아주 가까이 있었다. 기존의 현실은 견딜 수가 없었다. 그렇게 계속할 수는 없었다. 하지만 도약은 일어나지 않았다. 나중에 나는 알게 되었다. 그림의 사건이 아무리 불안정하게 들끓고 있어도, 그건 단지 하나의 가능성일 뿐이라는 사실을. 화가는 유토피아에 빠지지 않았다. 화가는 분명 노동자들 편에 서 있었다. 그는 노동자의 삶의 조건들을 알고 있었다. 그리고 노동자들의 외양을 연구했다. 그건 멘첼도 같았다. 그러나 프로이센 궁정화가와 달리, 퀼러는 노동자들의 육중한 육체를 상품 생산에 매몰된 상태로가 아니라, 자의식과 함께 보여주었다. 투쟁이라는 집단행동이 시작되자, 노동자들은 착취자에게 맞섰다. 멘첼의 「제련소」에서 그는 아직 안전하게 명상에 잠길 수 있었다. 노동자들이 계단 앞에 멈추어 선 것은 이성에 따른 것이었다. 개별적인 공격은 의미가 없었을 것이다. 그랬다면 바로 총격을 당했을 것이다. 분노에 찬 기다림, 흔들어대는 그 주먹들은 조직적인 방식으로 취해져야 할 조처들의 전조였다. 계단 위의, 검은 옷을 입은 앙상한 그 인물을 볼 때마다, 나 역시 매번 흥분하곤 했다. 그러다가 그림을 놓고 토론하면서, 우리는 화가의 현명함, 그의 역사적 통찰을 확인할 수 있었다. 1868년은 미국에서 대규모 파업이 시작된 해였다. 하루 여덟 시간 노동을 위한 데모가 벌어졌고, 5월 1일 시카고에서는 경찰부대가 노동자들의 집회를 유혈로 진압한 해였다. 화가인 퀼러는 1850년 함부르크에서 태어나, 1917년 미니애폴리스에서 궁핍 속에 사망했다. 그의 그림은 적대적 계급관계에 대한 꾸밈없는 증언으로 오늘날에도 의미를 던져주었다. 노조동맹은 결성되었지만, 그 지도자들은 부패했고 적에 매수되었다. 프롤레타리아트는 여전히 상황을 변화시켜야 하는 절박한 과제에 직면해 있었다. 천천히 다리를 건너, 땅딸한 요새 탑들이 호위하는 도시 성문을 향해 걸어가면서, 아이시만은 다시 한 번 내 아버지에 대해 언급했다. 아이시만이 말했다. 나는 모든 것을 정말 쉽게 얻었어. 책 한 권을 구입하는 게 어려울 수 있다는 생각을 과거에는 한 번도 해본 적이 없었어. 우리 집 벽장에는 책들이 가득했지. 고전 음악과 현대 음악의 레코드판들이 줄지어 늘어서 있었고. 우리는 여행을 다녔고, 귀한 예술 작품들을 감상했지. 지금은 아무것도 없어. 한때 거상이었던 우리 아버지가 런던에서 직물 회사들의 샘플 가방을 끌고 다니며, 이집 저집을 방문하고 있지. 이제는 생활비도 벌지 못하는 처지야. 우리 부모님은 한 여인숙 방에서 살고 있어. 더 이상 책을 읽지도, 음악을 듣지도 않으셔. 부모님은 끝장이 난 거야. 아이시만이 물었다. 내가 어떻게 부모님을 도와드릴 수 있을까. 언젠가 부모님에게 다시 돌아가게 되면, 무슨 말을 해야 하지. 네 아버지, 네 어머니는 어디서 힘을 얻으시는 거지. 내가 말했다. 어머니는 자주 하루 일과를 힘겨워하셨어. 어머니는 일하러 다니셨지. 아침에 출근을 마다하신 적은 한 번도 없었지. 하지만 저녁이면 소진된 것처럼 하염없이 앉아 계시곤 했어. 아버지가 기분을 돋우려고 말을 걸면, 어머니 얼굴에 눈물이 흘러내렸어. 지금 부모님이 맞닥뜨리고 있는 엄청난 위험들에 어떻게 대응할지에 대해서는, 나도 말할 수 있는 게 없었다. 부모님이 계신 나라가 언제라도 침공 받을 수 있었다. 하지만 늘 그랬었다. 아버지가 표현하려고 했던 것은 이런 것이었다. 우리에게 닥치고, 우리를 짓누르고, 지치게 만들고, 파괴하려고 든 큰 사건들과 그 힘들, 아버지가 한 모든 행위는 우리를 덮치는 그 힘들에 대한 저항이었다. 사회적 정신적 투쟁의 객관적 구도와 비교하면, 자신이 할 수 있는 성취는 너무나 미미하다는 것을 아버지는 잘 알고 있었다. 낡아빠진 작업복 차림의 노동자들이 다리 위에서 줄을 지어 우리를 향해 걸어오고 있었다. 그 순간, 「귀가하는 노동자들」이라는 제목의 뭉크의 그림이 번쩍 떠올랐다. 노동자들이 무거운 그림자를 드리우며, 삭막한 긴 거리를 따라 끝없는 리듬으로 걸어가고 있었다. 그건 동트는 새벽이거나, 아니면 일몰의 시간이었다. 삶의 한 부분을 그린 이 그림은 퀼러의 그림과 더불어 나에겐 특별한 의미가 있었다. 몸을 구부린 채 거의 유령처럼 앞을 응시하는, 짧은 턱수염의 가운데 인물이 내 눈에는 언제나 아버지와 똑같았기 때문이다. 쇠사슬을 끊는 잿빛 노동자의 포스터와 더불어, 이 두 그림의 인쇄본은 우리 집 부엌 벽면을 장식하는 유일한 것이었다. 한 그림이 파업과 소요를 표현했다면, 다른 한 그림은 노동의 끝없는 지속, 그 끝없는 반복을 말하고 있었다. 그림에서 늙은이와 젊은이들이 하루의 일과 사이로 오가고 있었다. 사이렌이 이들을 소집했고, 또 해산시켰다. 일터에 숨을 불어넣는 건 그들이었다. 나는 아이시만에게 이 그림을 언급했다. 내가 직접 몸으로 겪었던 모든 것이 거기 있었기 때문이다. 공장으로 향하는 새벽의 지친 발걸음, 교대근무가 끝난 후 탈진 상태의 퇴근, 노동의 속박, 그 속박에 대한 증오, 또 주어진 일을 할 수밖에 없는 현실에 대한 증오, 남을 위한 일을 해야만 한다는 억눌린 분노, 또 실직의 불안. 그림에는 영원한 반복, 그런 마비 상태에서 오는 고독이 담겨 있었다. 그림에는 패배감, 자괴감, 낭비된 에너지들, 가능했던 그러나 방치된 최선의 선택들이 담겨 있었다. 하지만 의미 있고 확실한 어떤 것을 향한 탐색도 있었다. 단조로움 속에 말을 잃고 각자 따로 있으면서도, 동시에 어떤 공존이 있었다. 모두에게 아직 남아 있는, 사용되지 못한 힘을 상기시켰다. 높은 담장이 쳐진, 길게 뻗은 거리를 지나는 인파를 막을 수 없는 건 그 힘 때문이었다. 셔츠 소매를 스치고, 몇 마디 말을 주고받으며, 담배 연기를 들이마시며, 그렇게 우리는 저 출근길, 저 퇴근길을 걸었다. 마주한 두 방향에서 시작해 하나로 얽히는 그 길은 우리의 길이었다. 그 길은 우리를 하나의 노동에서 또 다른 노동으로 이끌 것이었다. 이별이 임박했다. 전쟁은 계속되었고, 우리들은 더 이상 필요가 없었다. 그러나 스페인은 넓었다. 스페인은 도처에 있었다. 우리가 어느 곳으로 가더라도, 스페인이라는 과제는 우리와 함께할 것이었다. 남은 질문은 아직도 많을 터였다. 그러나 카스텔라르 광장에는 벌써부터 트럭들이 늘어서서 대기하고 있었다. 어느 주소로 서로 편지를 부쳐야 할지, 우리는 알지 못했다. 그러나 우리의 길이 같았기에, 우리를 추동하는 힘이 같았기에, 우리 역시 서로 연결되어 있었다. 힘차게 꽉 쥐었던 그의 손이 아직 내 손 안에서 느껴졌다. 시동 걸린 엔진의 소음 사이로, 불분명하지만 아이시만의 말이 들려왔다. 알바세테에서 다시 만나지 못했던 그녀를 이제 찾아보겠다고. 이제 그는 미소만 짓고 있었다. 나는 트럭 짐칸에 올라탔고, 멀어져 갔다. 남겨진 아이시만이 발렌시아의 거대한 둥근 지붕과 첨탑들 사이로 눈에 들어왔다. 그의 하얀 얼굴이 웃고 있었다. 그가 손을 흔들고 있었다. 양옆으로 건물들이 우뚝 늘어선 거리들, 강변의 대로, 도시를 벗어나는 외곽도로들, 저지대, 논에서 추수하는 농부들, 그 등에 멘 총, 번쩍이는 낫, 바다와 내륙호 사이의 좁고 긴 땅, 회오리치며 솟아오르는 모래, 운하와 갑문을 가로지르는 다리들, 잣나무 숲, 오렌지 숲, 후카르 강 하구, 줄줄이 이어지는 언덕과 산. 어둠이 내리고 있었다.

페터 바이스의 『저항의 미학』
─역사에 대한 극한의 상상력[1]

1. 로테 카펠레

페터 바이스(Peter Weiss, 1916~1982)의 마지막 역작인 『저항의 미학Die Ästhetik des Widerstands』(1권 1975, 2권 1978, 3권 1981)의 핵심 소재는 나치스 독일에서 실제 발생했던, 이른바 '로테 카펠레Rote Kapelle' 사건이다. 로테 카펠레는 나치스 게슈타포의 암호명으로, 1942년 8월 29일에서 그해 12월 말까지 이어진 독일 최대의 반나치스 지하투쟁 조직 체포 사건, 즉 독일 제3제국 항공국 중위였던 하로 슐체-보이젠Harro Schulze-Boysen과 경제국 고위행정관이었던 아르비트 하르나크Arvid Harnack를 중심으로 하는 지하조직의 체포와 처형 사건이다.

그런데 소설 『저항의 미학』에서 바이스는 이 역사적 소재를 영웅적인 비밀 공모와 작전, 발각과 추격이라는 사건 자체의 긴장감을 중심으

---

1) 이 해설문은 옮긴이가 2013년 12월 『독일어문학』 제63집에 발표한 논문 「역사의식과 공간의 내러티브-페터 바이스의 『저항의 미학』」을 수정 · 보충한 것이다.

로 재구성하는 길을 택하지 않았다. 이 소설의 수용미학적인 충격은 오히려 소설이 끝나가는 3권 2부에서 발생한다. 1권 1부 전반부를 이루는 베를린 페르가몬 박물관 방문기에서 스무 살의 저항운동가인 주인공 '나'는 단짝 친구인 코피, 하일만과 함께 등장하는데, 소설의 다른 인물들에 비해 개인적인 특징이 드러나는 이 세 명의 젊은 등장인물에게 독자들은 특별한 공감을 느끼면서 소설의 전체 이야기로 들어서게 된다. 하지만 일인칭 화자가 베를린을 떠나는 1권 1부 후반부부터 이 두 명의 단짝 친구는 독자의 시야에서 거의 사라지는데, 한동안 보이지 않던 바로 이 두 친구를 독자는 3권 2부, 즉 로테 카펠레 조직이 체포되고 처형되는 바로 그 시점에 갑자기 다시 만나게 된다. 그들은 바로 실제 로테 카펠레의 조직원이었던 한스 코피(Hans Coppi, 1916~1942)와 호르스트 하일만(Horst Heilmann, 1923~1942)인 것이다.

페터 바이스가 『저항의 미학』에서 로테 카펠레 사건을 이와 같이 재구성한 것은, 로테 카펠레라는 역사적 사건, 더 나아가 독일 반파시즘 저항운동사 전체에 대한 당시 독일 사회의 기억 문화와는 뚜렷하게 구별되는 시도였다. 당시 사회주의 구동독은 건국 이래 자신을 반파시즘 투쟁의 계승자로 자부하며 나치 독일의 패전을 자신들의 승리로 단정하면서, 소련을 중심으로 하는 사회주의 승리의 역사관을 대변하고 있었다. 그런가 하면 서독 사회는 나치스의 범죄에 대해 국가 차원에서 공식적으로 단죄했음에도 불구하고, 1970년대 후반까지도 제3제국의 희생자들에 대해서는 추상적인 추모에 그쳤을 뿐이다. 그런데 바이스가 로테 카펠레 사건을 저항 투사들이 체포되고 처형된 시점을 중심으로, 그것도 주역이 아니라 맨 아래에서 일했던 평범한 젊은 운동가들의 관점에서 재구성한 것은, 앞에서 간략히 언급한 동서 양 독일의 기억 방식과는 전혀 다른 것이었다. 바이스의 작가론을 쓴 포름베크 역시 나치스 폭력에 희생된 저항운동가 코피와 하일만의 존재를 이 소설을 통해 처음 알게 되었음을 수치스러워하며 고백하고 있다.[2] 로테 카펠레 사건을 재구성하는 방식에서 드러나듯이, 독일 반파시즘 역사를 바라보는 페터 바이스의 관점은 아래로부터의 저항과 파국의 순간을 중심으로 한다는 뚜렷한 특징을 나타낸다. 이 두 가지 특징은 사실 서로 맞물려 있는데, 왜냐하면 반파시즘 저항운동의 역사를 그 과정에서 희생된 평범한 익명의 사람들의 관점에서 바라본다면, 1945년 5월은 승리의 순간이라기보다 오히려 대파국의 순간으로 나타나기 때문이다. 즉 제2차 세계대전이 종결된 1945년 5월은 파시즘에 저항했던 수많은 진정한 사회주의자들, 모든 인간의 해방과 자유를 꿈꾸었던 이상주의자들이 파시스트들에 의해서, 아니면 스탈린주의자들에 의해서 거의 처형되었거나 사라져버린 절망의 시점이라고 말할 수 있다. 그런데 이처럼 가장 치열하게 저항했던 사람들 대부분이 희생되어 이제 더 이상 존재하지 않는다면, 저항의 역사의 진정한 주역이라고 할 수 있는 이들의 관점에서 로테 카펠레 사건, 그리고 반파시즘 저항운동을 이야기하고 기억하는 것은 결코 쉬운 일이 아니다. 목숨을 바쳐가며 그들이 품었던 꿈과 희망, 그들이 느꼈던 공포와 절망, 그들이 보았던 역사의 진실이 무엇이었는지는 이제 비로소 알아내야 하는 불확실성의 영역에 속하는 것이라고 할 수 있다.

『저항의 미학』 전 3권이 완간된 1981년 즈음에, 이 소설에 가해진 비평계의 전형적인 비판, 즉 지난 세기에 소설을 소설답게 만들어주었던 '인간들과 운명적 사건'들이 미약하다는 지적은 그래서 전혀 틀린 게 아

---

2) Heinrich Vormweg, *Peter Weiss* [München: C. H. Beck (Autorenbucher 21), 1981], S. 111.

니었다. 오히려 그것은 작가가 원했던 것이었다. 『저항의 미학』에는 인물과 사건을 의심하지 않고 확신에 차 이야기하는 역사소설의 전지적 삼인칭 화자가 없다. 작가는 오히려 자신의 세계와 체험의 경계에 묶여 있는 평범한 젊은 저항운동가인 일인칭 화자를 내세우는데, 그것은 기층에서 저 집단적 역사에 참여한 자의 시각으로 역사를 다시 새롭게 탐색하기 위한 장치라고 할 수 있다. 그런데 이러한 평범한 일인칭 화자가 1937년에서 1945년 시기에 유럽 전체를 휩쓸었던 파시즘의 파괴 전쟁과 그에 대한 사회주의 세력의 집단적 저항의 총체적 면모를, 자신의 행동과 경험을 바탕으로만 전달하기란 사실상 불가능하다. 그래서 평범한 저항운동가인 소설 속의 '나'는 구체적으로 행동하는 인물이라기보다는, 오히려 청취하고, 목격하고, 대화하고, 묻는 사람으로, 이른바 목소리들의 반사경으로 등장한다. 그 결과 고유한 소설적 의미의 행위와 사건이 아니라 인물들 간의 대화와 보고, 논쟁과 회상의 언어적 네트워크가 서사를 이끄는 힘을 발휘한다.

여러 사람이 지적했듯이 『저항의 미학』을 통합적으로 파악하는 데 어려움을 느끼는 것은, 이처럼 소설의 허구적 현실에서 사건이 배경으로 물러나고 오히려 보고와 증언, 사변과 담론이 서사의 전면에 나서는 것과 상관이 있다. 왜냐하면 사변적 언어의 네트워크에 올라탄 화자는 이야기 속에서 다시 또 다른 이야기들을 전개시키고, 지하 저항운동이라는 현실의 장 다른 한편에 문학과 예술작품에 대한 지적 상상력의 장을 끊임없이 펼쳐내기 때문이다. 그래서 낯설게 느껴질 정도로 자세하고 구체적으로 묘사되는 소설 속 공간과 장소들은 이 일인칭 화자가 바로 이런 복잡하고, 때로는 모순되는 언어적 미로에서 영원히 헤매지 않고 구체적인 현실로 되돌아올 수 있는 하나의 기점을 제공해준다.

2. 아우슈비츠: 페터 바이스의 '나의 장소'

아래로부터의 저항과 파국의 순간을 정점으로 역사를 바라보는 페터 바이스의 관점은 작가의 개인사와 1960년대 서구 좌파 운동이 서로 상승작용을 일으키며 서서히 형성된 결과로 볼 수 있다. 페터 바이스는 헝가리 국적의 유대계 독일인이었던 아버지를 따라 독일과 영국으로 이주했다가, 1939년 스웨덴으로 망명했고, 1946년 스웨덴 국적을 취득했다. 유년기부터 이어온 이주와 망명의 이 기나긴 여정에는 늘 죽음, 불안, 회의, 소외와 고독이 동반되었고, 바이스는 예술을 통해 자신의 실존적 정체성을 확인하고 싶어 했다. 실존적 개인주의자이며 모더니스트로서 출발한 예술가 바이스는 1964년 희곡 「마라/사드」 공연으로 세계적인 성공을 거두는데, 이 작품은 마흔이 훌쩍 넘은 바이스가 오랜 회의와 불안의 끝에서 이제 대상 세계로 나아가 사회와 역사에 자신의 자유의 열망을 투사하는 행동주의자로 변신할 것임을 예고하는 작품이었다. 이 변신에 결정적인 동기를 부여한 경험은 프랑크푸르트 배심 법원에서 1963년부터 시작된, 아우슈비츠 강제수용소 가해자들에 대한 재판이었다. 1963~65년, 1965/66년, 1967/68년 3회에 걸쳐 진행된 이 재판은 1945~1949년에 진행된 뉘른베르크 전범 재판과 달리 아우슈비츠 강제수용소에서 자행된 독일인의 범죄를 국가가 적시, 고소, 처벌한 재판이었다. 이 프랑크푸르트 아우슈비츠 재판에 특별한 관심을 갖고 자료를 조사하던 바이스는 자신의 이름이 아우슈비츠 집단수용소 수용 예정자 명단에 올라 있었다는 사실을 알게 된다.

이후 바이스는 1960년대 후반의 독일에서 어떤 작가보다 거침없이 정치적 목소리를 내기 시작했다. 그는 에세이 「나의 장소Meine Ortschaft」

(1965), 「분단된 세계에 사는 작가의 십계명10Arbeitspunkte eines Autors in der geteilten Welt」(1965), 「은신처에서 나오며I come out of my hiding place」(1966) 등을 통해 자신이 서독 사회에 남아 있는 파시즘의 구조에 반대하며, 모든 문제점에도 불구하고 제국주의적 자본주의에 비해 사회주의를 선호하며, 정치적 참여를 작가의 당연한 의무로 생각한다고 직접적이며 공개적으로 선언했다. 실제로 그는 쿠바와 베트남의 현장을 방문하고 혁명적 학생운동 집회에 참가했다. 이 시기 발표된 바이스의 희곡들, 즉 아우슈비츠 문제를 다룬 기록극 「수사」(1965), 포르투갈의 독재정권을 겨냥한 「루지타니아 도깨비의 노래」(1967), 베트남의 해방투쟁을 다룬 「베트남 논쟁」(1968), 소련과 동구 사회주의 정권과 그 역사관을 겨냥한 「망명 중의 트로츠키」(1970), 횔덜린을 좌절한 자코뱅파로 등장시킨 「횔덜린」(1971) 역시 무대를 통해 정치적 메시지를 전하려는 그의 의도를 반영하고 있다.

정치적 이유에서든 미학적 관점에서든, 앞에 거론한 바이스의 드라마들에 대해 종종 가해지는 선동이라는 비판은, 사실 바이스의 의도에 비추어 볼 때 크게 잘못된 지적이 아니다. 앞서 언급한 바이스의 전기 작가인 포름베크와 『저항의 미학』의 영어판 해설자인 프레드릭 제임슨 역시 유사한 진단을 내리는데, 흥미롭게도 이들은 이것이 바이스의 전위적 예술관의 한 결과라고 주장한다. 즉 바이스의 초기 모더니즘을 살펴보면, 예술의 혁명적 기능을 추구했던 20세기 초 아방가르드 예술과 유사한 점이 있다는 것이다. 말하자면 바이스의 선동적 정치극은 예술을 현실로 되돌려놓으라는 역사적 아방가르드의 파격적 예술 이해를 전후 냉전체제라는 조건 아래에서 또 다른 형태로 진지하게 실천한 경우로 볼 수 있으며, 바이스는 이런 점에서 전후 서구 예술계에서 독보적이라는

것이다.[3]

그렇다면 아방가르드 예술운동이 한때 표방했던 혁명적 자기 이해가 동시대 다른 비판적 독일 작가들에 비해 왜 유독 바이스에게서 직접적이고 행동주의적인 참여로 나타나는지가 궁금해진다. 앞서 언급한 프랑크푸르트 아우슈비츠 재판이 바이스에게 던져준 충격과 각성을 증언해주는 「나의 장소」는 이 물음에 대한 답을 찾는 데 하나의 실마리를 제공한다. 바이스는 이주자로서, 망명자로서, 쫓겨난 자로서 자신이 머물렀던 모든 도시와 장소들이 "무엇인가 임시적인 것"이었으며, 바로 아우슈비츠만이 "자신에게 지정된, 그러나 자신이 도망친 장소"[4]라고 선언한다. 바이스의 이러한 각성과 선언의 의미를 동시대 후속 세대로서 마찬가지로 이 재판을 경험한 제발트(W. G. Sebald, 1944~2001)는 다음과 같이 설명하고 있다.

인종대학살의 과정에 개인적으로 얽혀 있다는 주관적 느낌, 그러면서 작가의 죄 노이로제가 거의 통제가 힘들 지경으로 커지면, 그에 대한 보상은 그 파국으로 이끈 객관적인 사회적 조건과 전제들을 담론의 중심으로 다시 끌어들임으로써만이 가능해진다.[5]

---

3) Frederic Jameson, 'Foreword: A Monument to Radical Instants', *The Aesthetics of Resistance*, volume I(Durham · London: Duke University Press, 2005).

4) Peter Weiss, 'Meine Ortschaft'(1964), *Rapporte*(Frankfurt. a. M. 2. Auf.: Suhrkamp, 1981), S. 113-124, S. 114.

5) Sebald, W.G., 'Die Zerknischung des Herzens - Über Erinnerung und Grausamkeit im Werk von Peter Weiss', *Obris Literarum* 41(3), S. 265-78, S. 275.

바이스는 바로 이러한 개인사적·역사적 관점에서 동시대 독일 사회를 포스트 파시즘의 시대로 규정했고, 이 규정에서 출발해 정치적 참여와 행동주의를 자신의 작가적 의무로 보았다고 할 수 있다. 따라서 1970년대 바이스가 『루지타니아 도깨비의 노래』나 『베트남 논쟁』 같은 직접적인 선동적 정치극에서 한계를 느끼고 개인적 위기를 맞는 것은 충분히 예상할 수 있는 일이었다. 자신의 이러한 위기를 성찰하면서, 바이스가 1971년부터 『저항의 미학』을 구상하고, 파시즘이 휩쓸던 유럽에서 좌파가 행한 저항운동의 역사를 탐색한 것은, 위기를 맞아 불확실해진 자신의 정치적 정체성의 기원을 다시 한 번 확인하고 탐색하고 싶은 욕구 때문이었다고 말할 수 있다. 따라서 소설의 후반부로 갈수록, 특히 3권 2부에 이르면, 더 많은 폭력과 파괴, 절망과 공포, 죽음과 찢긴 시체의 판타지가 압도한다고 해도, 그것은 염세주의나 비관주의와 무관한 것이다. 그것은 정치적 저항에 대한 바이스의 의지에서 비롯된 것이기 때문이다.

3. 프롤레타리아 하위주체와 탈영토화

『저항의 미학』에서 사건은 언어적 보고와 사변 뒤로 물러나고 그로 인해 장소와 공간은 서사가 허구적 현실로 귀환하게 만드는 이정표 역할을 하게 된다. 개괄적으로 보자면, 1권 1부의 베를린과 체코의 바른스도르프, 2부 스페인의 알바세테와 데니아, 그리고 발렌시아, 2권의 파리와 스웨덴, 3권의 스톡홀름과 베를린이 그런 이정표들이다. 소설 속에서 이 장소들은 일차적으로는 일인칭 화자인 '나'의 저항운동과 망명을 위한 이동 루트와 거점으로 등장한다. 첫눈에 보기에 이러한 공간적 구조는 교양소설에서 부르주아 계급의 주인공이 장소의 이동을 통해, 다양한 세계를 자신의 것으로 흡수하고 완성된 개인으로 성장하는 것과 비교 가능한 것처럼 보인다. 하지만 주인공의 이동 루트상의 거점인 이 장소들은 하나의 세계로서 어떤 완성된 고유한 사회적 지평을 지니고 '나'에게 다가오는 것이 아니다. 주인공은 각각의 장소에 근본적으로 도망쳐온 자, 쫓기는 자, 고립된 자, 그리고 이방인으로 등장한다. 한걸음 더 나아가 작가는 망명자인 '나'의 이러한 노마디즘을 일시적인 것이 아니라, 그의 프롤레타리아트로서의 존재 방식 자체와 결부된 것으로 설명한다.

무산계급은 소유의 경험이 없는, 고향이 없는 존재로, 그들은 언제나 일을 따라 이동할 준비가 된 사람들이다. 그들은 손수레 하나에 모든 것을 싣고 새로운 거처를 찾아 이동한다. 마치 고대의 정주농업과 도시국가 형성 이전 시기의 원시유목민과 유사한 프롤레타리아트의 이러한 공간 경험은, 영토적 소속이나 소유한 재화에 따라 자신을 이해하는 봉건 지배계급이나 부르주아 유산계급의 그것과는 전혀 다른 것이다. 장소와 지역은 문명이 시작된 이래 자연적이고 물질적인 것이 아니라 언제나 특별한 사회적 관계를 반영하고 구조화하는 의미화 과정의 결과이자 동시에 그것의 재생산이라는 점, 다시 말해 공간은 언제나 이미 특별한 주체의 '영토'로 구조화되어 있다는 점을 생각하면, 자신의 영토를 소유하거나 지배하지 못하는 프롤레타리아트는 주체의 권력에서 배제된 하위주체(Subaltern)라고 말할 수 있다. 하지만 바로 이처럼 영토에 대한 접근권이 제한된 하위주체이기 때문에, 역으로 프롤레타리아트에게는 영토의 경계와 질서를 넘어서 자신의 정체성을 새롭게 모색하는 것이 가능해진다.

스페인공화국의 국제여단에 지원한 소설의 일인칭 화자 '나'는 출발을 며칠 앞두고 페르가몬 박물관을 관람하기 위해 단짝 친구인 코피, 하일만과 함께 나치스의 권력이 지배하는 베를린의 거리로 나선다. 낯설고 위협적인 나치스의 도시 베를린 중심부 구석구석, 그리고 빌헬름 제국의 영광을 상징하는 페르가몬 박물관을 장악한 나치 완장의 감시자들 사이를 헤집고 걸으며, 자신들의 입장에서 부조를 새롭게 해석해보려는 그들의 노력은 그 자체로 용기이자 저항이며, 그들의 족적은 강고한 현실 질서에 새겨지는 균열이라고 할 수 있다. 이제 박물관을 나선 세 명의 젊은 저항운동가들은 페르가몬 부조 앞에서 시작된 대화를 이어가며 그들에게 남은 마지막 공간 중 하나인 코피네 부엌을 향해 걷는다. 나치스의 테러가 코앞까지 다가온 비상 상황에서도 프롤레타리아의 이 부엌은 여전히 계급으로서의 자기 확인과 교육, 소통과 토론의 공간으로 남아 있는 것이다.

1권 1부의 페르가몬 박물관 방문과 코피네 부엌에서의 대화뿐 아니라, 주인공과 그의 주변 인물들이 위기의 순간에 공간의 질서와 의미를 거슬러 걸으며 주체적 인식과 저항의 잠재력을 다시 획득하는 모습은 곳곳에서 확인된다. 1권 2부의 마지막 부분, 스페인내전이 공화국에 불리하게 기울고 국제여단은 해체되고 나는 어디로 가야 할지 모르게 된 상황에서, 나와 호단과 호단의 여자 친구이자 종전 작가인 린드백이 데니아의 산성에 세워진 아르테미스 신전을 방문한다. 그리고 그리스인들이 건립한 식민지였던 데니아에서 그 이전부터 현재까지 이어진 수천 년의 전쟁과 약탈의 역사를 이야기한다. 또한 2권 1부에서 스톡홀름에 밀입국했다가 스웨덴 경찰에 체포되어 독일로 추방되기 직전에 놓인 공산주의자 비쇼프는, 여경관의 동의와 동반 아래 마지막으로 스톡홀름을 산책

한다. 절망적인 이 상황에서 스톡홀름 곳곳을 관찰하며 이런저런 이야기를 풀어가는 비쇼프의 침착한 태도와 넓은 시야는, 파시즘에 대한 정치적 판단을 유보한, 친절하고 잔인한 이 스톡홀름 출신의 여경관과 대비된다. 베를린을 떠나 체코의 바른스도르프에서 아버지와 만나 대화하면서 작가로서의 미래를 상상하는 '나'의 다음 진술은 탈영토화된 하위주체로서 프롤레타리아트가 어떻게 국가와 민족의 경계를 넘어 새로운 정체성과 활동력을 획득할 수 있는지 보다 구체적으로 시사하고 있다.

그러나 내가 하려는 일에 그런 출발점은 존재하지 않는다. 형식도, 고정된 형태도 없는 것에서부터 나는 시작해야 할 것이다. 문제의 상호관계들을 찾아내기 위해 나는 국가와 언어의 경계를 넘어설 것이다. 〔……〕 언젠가 미술과 문학 분야에서 직접 활동하게 된다면, 우리는 무엇보다도 분리된 것들을 이어주기 위해, 정주하는 삶에서 단절된 우리에게 공통된 것을 찾아내기 위해 노력할 것이다. 〔……〕 독일의 상황을 우리는 프랑스, 스페인, 중국에서 일어나는 사건들과 연관해서 생각했다. 프라하, 파리, 베를린의 어느 방에 모였던 사람들, 강압적 심문과 고문을 받게 되면 혹시 발설이라도 할까 봐 서로서로 기억에서 지워버려 더 이상 주소를 모르는 그런 방들에 모였던 사람들, 자기 조국의 미래를 구상하며 모였던 그 사람들을 생각해보면, 그들의 말에는 언제나 그런 세계적 연대가 있었다. 그들의 말은 두루 퍼져나갔다. 아프리카, 아시아, 미주 대륙에서 계획 중이며 곧 벌어질 일들이 그 말들과 불가분의 관계에 있었다. 우리는 뿔뿔이 흩어져 있지만 동시에 어떤 전체 안에 있었다. (206쪽)

이 세계주의적 전망은 물론 하나의 단일한 계급으로서 프롤레타리아 계급이 가지는 정치적 잠재력에 대한 일인칭 화자의 확신에서 오는 것이다. 프롤레타리아 계급 집단의 연대와 그 연대에 근거한 세계주의적인 정치적 잠재력에 대한 이러한 전망은 오늘날 의문의 대상이 되었다. 사실 소설 속에서도, 국가의 영토와 질서를 벗어난 차원에서 도래해야 하는 새로운 질서, 즉 프롤레타리아트의 연대를 실현할 새로운 세계적 질서는 요원하기만 하다. 1937년 가을, 소설 속 베를린의 반파시즘 저항운동가들은 이방인의 고립과 소외, 추방의 위험 속에서 하루하루를 보내고 있다. 1917년생인 주인공 세대는 아버지 세대가 가졌던 최소한의 사회정치적 영토, 즉 노동조합과 사민당이라는 비교적 안전하고 독립된 영역마저도 상실한 상태이다. "정치적 활동을 하던 사람들은 모두 노출"되었고, 이미 "당원 명부는 국가경찰의 손에 들어가" 있었다. 부모님과 자신들이 오랫동안 일하고 살아왔던 도시인 베를린에서 그들에게 남은 공간은 숨 막히는 "좁은 부엌", 그마저도 총통의 사진과 나치스 신문 구독 표지판으로 위장한 채 고립되어 "점점이 박힌" "벽을 갉아내기라도" 하고 싶을 만큼 좁은 부엌, "분노와 두려움, 쌓이고 쌓인 권태, 억눌렸던 광기"가 지배하는 부엌들뿐이었다.

4. 스페인공화국—재영토화의 도전과 위기

1권 2부에서 스페인을 무대로 벌어진 반파시즘 전쟁은 국민국가의 경계를 넘어서 사회주의의 국제적 연대가 실현된 첫번째 경우였다. 스페인내전 연구자인 앤터니 비버에 따르면, "내전 기간을 통틀어 53개국에서 온 3만 2천에서 3만 5천 명에 이르는 사람들이 국제여단 병사로 복무했다."[6] 이들 평범한 노동자, 사회주의자들, 공산주의자들 그리고 일부 시민계급 지식인들이 국제여단에 자원한 것은 코민테른의 선전에 동조했거나 호도되었기 때문이 아니었다. 일부 "짜릿한 스릴을 찾아서 또는 혁명적 낭만주의에 취해서 자원한 사람들도 있었지만, 국제여단 병사 대부분은 이타적인 의도에서 파시즘을 막기 위해 참전했다."[7] 여기에 더해 이들은 스페인 노동자들과 사회주의 세력의 민주적이고, 자유로운 혁명 운동과 공동체에 깊은 동질감과 감동을 느끼고 있었다. 1936년 12월 기사를 쓰기 위해 바르셀로나를 찾았다가 바로 국제여단에 자원입대한 조지 오웰은 다음과 같이 말하고 있다.

혁명은 여전히 활발하게 진행 중이었다. 처음부터 그곳에 있었던 사람이라면 12월이나 1월에 들어서면 이미 혁명기가 끝나간다고 생각했을 것이다. 그러나 영국에서 막 건너온 사람에게는 바르셀로나의 상황이 깜짝 놀랄 만한 것이었다. 사람을 압도하는 느낌이었다. 나로서는 노동 계급이 권력을 잡은 도시에 들어간 본 것이 그때가 처음이었다.

무엇보다도 혁명과 미래에 대한 믿음이 있었다. 갑자기 평등과 자유의 시대로 들어섰다는 느낌이 있었다. 인간은 자본주의 기계의 톱니가 아니라 인간으로서 행동하려고 노력했다. 이발소에 가면 이발사들이 이제 노예가 아니라고 엄숙히 천명하는 무정부주의자들의 벽보가

---

6) 앤터니 비버, 『스페인 내전』, 김원중 옮김(교양인, 2005), 288쪽.
7) 같은 책, 295쪽, 사진 설명 중.

붙어 있었다.[8]

그러나 소설의 주인공이 스페인에 도착하는 1937년 9월 말, 10월 초의 시기는 조지 오웰이 보고한 카탈루냐 아나키스트들과 혁명 운동을, 이른바 내전 속의 내전이라 불린 1937년의 내분과 전투, 숙청과 테러의 물결이 휩쓸고 간 이후의 시점이었다. 서구 열강과의 연대를 위해 혁명을 유보하고 부르주아와의 타협을 모색했던 공산당과 헤네랄리타트(카탈루냐 자치주 정부)가 한편을 이루고, 혁명의 지속을 원했던 전국노동자연합(CNT)-아나키스트 연합(FAI)과 통합노동자당(POUM)이 한편을 이룬 바르셀로나의 대결에서 후자가 패하고 그 지도자인 카바예로, 두루티, 닌 등이 숙청됨으로써, 인민전선 내부의 균열과 갈등, 불신과 경계가 전염병처럼 확산되기 시작한 시기였다. 소설 속 '나'는 스페인에 도착한 거의 처음부터 이 불온한 반목과 대립, 불신과 경계의 공기를 느꼈고, 그것은 주인공이 스페인에 머무는 전 기간 동안 그 자신과 그의 멘토인 호단을 괴롭히며 따라다닌다.

1930년대의 스페인은 역사적·사회적 특수성 때문에 유럽 그 어느 곳보다 각종 사회적·정치적 모순이 공존하는 곳이었다. 프랑코의 군부가 공화국을 무력화하려는 시도에 직면하여 스페인은 유럽 전체의 반파시즘 저항운동 세력이 집결하는 장소이자, 그 세력의 모순된 내부 상황이 압축적으로 드러나는 공간이 된다. 독자는 이곳에서 저항의 행동주의를 역설하는 가열된 목소리와 더불어 그런 행동주의가 갑자기 확실성을 잃는 순간들을 만나게 된다. 1937년 가을, 소설 속 '나'가 국제사회주의의

---

8) 조지 오웰, 『카탈로니아 찬가』, 정영목 옮김(민음사, 2001), 11, 13쪽

열정과 코민테른에 대한 믿음으로 찾아간 스페인은 기대와 달리 혁명적 대중이 지배하는 확실성의 공간이 아니었다. 스페인은 주인공과 국제여단의 지원자들 모두에게 "진작부터 우리가 우리의 땅으로 느꼈던 그 나라"이며, "비록 이 땅의 말을 할 줄은 모르"지만, 그들이 "속할 수 있는 유일한 나라"지만, 동시에 그들은 자신들의 대의가 과연 이 나라의 민중 모두가 원하는 그런 가치인지 혼란과 불안을 느낀다.

> 우리가 탄 트럭은 코스타 델 아사아르를 따라 길게 뻗은 오렌지 밭을 통과했다. 마을들을 지나치고, 또 전쟁과는 아무 상관이 없는 것 같은 작은 도시들을 가로지르며 달렸다. 손님을 기다리는 해변이 연이어 나타났다. 이 나라의 내륙에서 벌어지고 있는 저 전투는 혹시 그냥 이 현실의 한 부분일 뿐인 건 아닐까. 우리의 이상들, 정의가 이루어질 거라는 우리의 믿음과 나란히 소심함과 이기심이 변함없이 지배하는 이 견고한 일상의 현실. 이 언덕들 너머에서는 혹시 곧 해수욕 시즌이 다시 시작되고, 이 몇 달, 이 몇 년간의 진격과 행군, 노력과 희생 들은 잊히는 것이 아닐까. (298~99쪽)

이후 실제로 '나'에게 스페인은 새로운 인간적인 사회를 향한 열망과 동시에 구습이 그대로 존속하는 모순되고 이중적이고 불확실한 공간으로 드러난다. 교회와 농촌공동체의 전통적 합의기구는 여전히 권위를 가지고 있고, 농민들은 땅에 뿌리를 내린 나무처럼 융통성이 없고 고집스럽다. 이런 전통의 힘과 구습은 미래의 인간적인 사회를 위해 투쟁하는 국제여단의 젊은이들조차 전염시키면서, 사회주의의 대의와 그 도덕적 진실성을 약화시킨다. 바르셀로나의 쇠락한 과거 아랍인 구역 뒷골목 사창가에서 국제여단의 젊은 지원자들도 "아무것도 가진 게 없는" "완전한 자기부정에 내던져진 여성들"의 몸을 돈으로 사는 일을 제어하지 못한다. 더 충격적인 점은 이런 중세적인 '인간에 의한 인간의 약탈'이 개인들의 차원을 넘어 스페인에 결집하는 사회주의 세력 내부에서 집단적으로 계속 진행되고 있다는 사실이다.

스페인의 무정부주의적 생디칼리스트들과 통합노동자당에 대한 코민테른의 관료화한 핍박과 숙청이 완성되어갈 즈음, 스탈린의 모스크바에서는 혁명 1세대에 대한 재판과 숙청이 시작된다. 소설의 일인칭 화자는 지성과 상상력에 대한 코민테른의 편집증적 불신과 점점 자기 파괴적인 기괴함을 드러내는 그 왜곡된 권력 의지를 목도한다. 『저항의 미학』 1권 2부는 1930년대 후반 세계 사회주의 세력의 자기부정과 자기 파괴의 이러한 모순된 정치적 과정을 긴박하고 집요하게 그려낸다. 더구나 자신의 희망과 달리, 전선의 전투병이 아니라 국제여단의 쿠에바 요양소에서 호단을 보조하는 의료인이자 관리자로 일하게 된 '나'는 최전선의 현장을 지배하는 명확한 당파성 및 직접적 투쟁성에서 더욱 멀어지게 된다. 부상당하고 공허해진 병사들이 머무는 요양소의 다양한 현장을 관찰하고, 병사들의 의사소통과 여론 형성을 위해 국제 뉴스를 청취하고 기록하면서, 국제사회주의 세력 안에 공존하는 이질적이고 모순된 동기와 목표, 알력과 배신들에 '나'는 더욱 다가가게 되고 절망한다. 그러면서 일차원적이고 편파적인 판단과 행동을 경계하고, 사회주의적 가치에 대해 더욱 깊이 고민하게 된다. 하지만 호단을 따라 쿠에바 요양원을 떠나 데니아로 향하기 전 방문한 한 농가에서, '나'는 사회주의는 언제나 바로 이 맨 아래에 있는 사람들을 위한 것이어야 함을 다시 한 번 깨닫는다. 또한 동료 아이시만과 스페인 매춘 여인의 만남이 최종적으로 두 사람의 자유의지에 의한 사랑의 만남으로 변용될 수 있음을 통찰한다. 반파시즘 투쟁의 최전선이었던 스페인에서 일인칭 화자인 '나'가 경험하는 이러한 이중성과 모호성은 인간들 간의 관계를 사회주의적 질서로 재영토화하는 것이 결코 쉬운 일이 아니라는 것을, 그리고 인간적 의미는 추상적인 규범과 언제나 일치하는 것이 아님을 말해준다.

5. 베를린: 대파국의 알레고리

『저항의 미학』의 소설적 공간에서는 지나간 독일 저항운동사의 수많은 인물들과 사건들이 그 얼굴과 이름을 되찾는다. 소설에서 언급된 모든 사건은 역사적 실제에 부응하며, 묘사된 장소와 인물들은, 화자인 나와 나의 가족을 제외하고는, 모두 실재했다. 부유한 산업 선진국으로 거듭난 전후 독일 사회가 오랫동안 잊고 있었던, 또는 잊고 싶었던 저 불가해한 집단 과거의 어두운 숲을 뚫고 들어가, 저항운동가들에게 다시 형태와 이름을 부여하기 위해 바이스는 무수한 1차 기록과 2차 자료들을 조사하고 연구했다. 또한 생존자 및 목격자들과 수많은 인터뷰를 나누었고, 현장을 답사하고 기록했다. 약 10년을 이어온 이 집중적인 작업 과정에서 바이스는 그들의 공간 및 이야기들과 완전히 하나가 된다.[9] 그 결과 『저항의 미학』은, 저항하는 집단 역사의 맨 아래에 있었던 이들

---

9) "내가 책에서 나의 '나'를 세워둔 곳을 나는 전부 가보았다. 내가 언급한 모든 사람들과 나는 이야기를 나누었다. 나는 모든 거리와 장소들을 안다―나는 나 자신의 삶을 그리고 있는 것이다. 나는 더 이상 꾸며낸 것과 진짜를 구분할 수가 없다―모든 것이 진짜이다(꿈속에서는 모든 것이 진짜인 것처럼)." (Weiss, NB, S. 872.)

이 보고, 듣고, 동참하고, 겪었던 그 노력과 한계, 꿈과 희망, 엄습했던 공포와 갈등, 이 모든 것에 대한 전무후무한 문학적 기념비가 되었다.

『저항의 미학』 연구의 대표적 인물 중 한 명인 셰르페는, 이처럼 시간의 흐름 속에서 형체를 상실한, 즉 망각된 과거의 사건과 인물에게 다시 형식을 부여하여 인지 가능하게 만드는 것을, 문자를 "새겨 넣는" 또는 "새겨 쓰는"것, 형상을 "박아 넣는" 것에 비유하며, 이것은 예술이 의미를 만들어내는 바로 그 과정이라고 말한다.[10] 바이스 소설의 공감각적이고 매체적 특징에 주목하는 알렉산더 호르놀트는 이동과 족적의 핵심 매체가 되는 주인공 '나'를 일종의 "필기구"에 비유하며, 그의 이동과 족적을 아직 아무것도 쓰지 않은 종이, 또는 석판 위에 비로소 무엇인가를 새기는, 즉 의미화 과정을 촉발하는 행위로 설명한다. 소설은 "자신을 찾아낸 한 인간의 이야기를 하는 것이 아니라" "나라와 도시들의 지도 위"를 가로지르는 "소설-나의 움직임을 기록"한다. 그 움직임은 "매끈한 지면"에 "새기며 써진" "흔적"이다. 소설의 '나'의 발이 밟아서 낸 그 "길의 모습"은 바로 "문자의 모습"이 되는 것이다.[11]

3권에 이르면, 저항의 두 거점 공간인 스웨덴의 스톡홀름과 독일의 베를린 양쪽 모두에서 이제 대파국의 그림자는 막을 수 없게 짙어진다. 온갖 고통으로 각인된 여성적 인물들(어머니와 보위에)은 이성의 저편으로 또는 삶의 저편으로 스스로 물러난다. 유대인 대학살 소식이 전해져오고, 스탈린 테러가 격화되는 가운데, 1942년 3월 베너가 체포되고, 여름

---

10) Klaus R. Scherpe, 'Kampf gegen die Selbstaufgabe', Götze; Scherpe(Hrsg.), *Ästhetik des Widerstands' Lesen*(Berlin, 1981), S. 57-73, S. 57f.

11) Alexander Hornold, 'Trümmer und Allegorie', R.Koch; M.Rector; R.Rother; J.Vogt(Hrsg.), *Peter Weiss Jahrbuch 1*(Opladen, 1992), S. 59-85, S. 73.

에는 스웨덴 망명 지하조직의 지도자들 대부분이 체포된다. 같은 해 9월, 베를린에서는 로테 카펠레의 조직원들 대부분이 체포되고, 12월, 이들은 나치스의 플뢰첸제 형무소에서 무참하게 살해된다. 이제 남은 사람은 비쇼프와 호단뿐이며, 일인칭 화자는 완전히 서사의 뒤로 물러가고 목소리만 남는다. 1945년 5월, 제2차 세계대전 종전까지 남은 약 2년 반 동안은 소설의 일인칭 화자가 따라다닐, 그에게 이야기를 들려줄 저항운동가는 더 이상 아무도 없다. 완전한 어둠이자 폐허일 뿐, 일인칭 화자인 '나'가 내려설 수 있는 공간, 족적을 남길 수 있는 공간은 없다. 바이스는 소설에서 이 전면적인 대파국의 그림자가 드리워지기 직전의 순간을 다시한 번 인상적인 공간 걷기와 족적의 미학으로 형상화했다.

1942년 8월 29일 베를린, 로테 카펠레의 조직원인 코피와 하일만은 비쇼프와 함께 공습의 혼란 속에서 마리엔 교회에 몸을 피하고 있었다. 조직의 암호가 적들에 의해 해독되었다는 것을 깨달은 세 사람은 조직원들에게 소식을 알리려고 공습을 무릅쓰고 긴급히 교회를 나와 각자 서둘러 자신의 길을 나선다. 이들이 숨어든 베를린 중심부의 마리엔 교회, 베를린에서 두번째로 오래된 이 교회의 벽화에 그려진 중세적 죽음의 무도는 그 자체로 이제 펼쳐질 대학살에 대한 하나의 알레고리이다. 파괴된 건물들이 늘어선 베를린, 아직 경보가 울리는 가운데, 세 사람의 길은 뿔뿔이 흩어진다. "프롤레타리아트의 노이쾰른Neukölln으로 향하는 비쇼프의 길", 운터 덴 린덴 가를 지나 "부유한 부르주아적 프리데나우Friedenau" 지식인과 예술가들이 모여 있는 아담 쿠크호프의 집으로 이르는 코피의 길, "독일 역사의 주요 거점들"을 통과하는 그 길, 그리고 하로 슐체-보이젠에게 경고하기 위해 총통 관저에서 불과 2백 미터 떨어진 빌헬름 가 구석에 위치한 제국 항공국으로 향하는 하일만의 길, 그 자신 방위군 최고사령부의 암호판독병사이며 조직원 중 가장 어렸던 하일만의 "권력과 테러의 중심부"로 가는 그 길. 그리고 결국 모두가 플뢰첸제의 처형장으로 이어진 그 길들. 작가가 "정확한 자료 조사를 거친, 지도, 사진, 문서, 관련자의 회상들의 도움으로 정확히 증명해낸 실제 사건," 로테 카펠레 체포의 시작을 알리는 이들 세 명의 행보, 1942년 8월 29일 저녁의 그 행보는 자신들의 조직을 구하기 위한 것이었으나 오히려 그 반대의 결과를 낳는 데 일조하고 만다.[12] 이들 세 명의 저항 투사들이 베를린 거리거리를 가로지르며 남긴 저 족적들은, 어떤 계급이나 지역도 나치스의 파괴와 살인의 권력을 피할 수 없다는 것, 그것은 전면적이고 압도적이라는 것, 그 공포와 절망을 명징하게 보여준다. 자신들의 전면적 몰락을 향해 걸어 나가는 이들의 공간적 이동과 행보를 구체적이고 정확하게 추적하고 확인하고 적시함으로써, 바이스가 후세의 독자들에게 이 과거의 인물들의 생각, 행동, 감정을 그대로 전달할 수 있는 것은 물론 아니다. 단지, 아무도 정확하게 추체험할 수 없는 그 과거, 시간의 흐름 속에 희미해진 그 사건과 인물들을 다시 떠올려보고 다시 이야기해볼 수 있는 '기억의 터'를 형상화해낸 것이다. 소설을 읽은 독자들이 소설 속에 묘사된 베를린 페르가몬 부조를, 플뢰첸제 형무소를, 또 테러의 심장부였던 프린츠 알브레히트 가(현재 니더키르허너 가)를 찾아 나선다면, 그리고 사라진 저 저항 투사들의 몸짓과 호흡, 꿈과 절망을 상상하고 이야기해본다면, 소설은 베를린의 저 실제 공간들이 사라진 기억의 터로 다시 살아나도록 만드는 놀라운 힘을 발휘한 것이다. 그리고 그 순

---

12) Ferdinand Schmidt, "Der Weg der 'Roten Kapelle'. Berliner Ortsbegehung zur Ästhetik des Widerstands", G.Palmstierna-Weiss; Jürgen Schutte(Hrsg.), *Peter Weiss. Leben und Werk*(Frankfurt a.M., 1991), S.307-320.

간, 이 대파국의 소설은 미래를 향한 희망을 꿈꿀 수 있게 만드는 기억의 터로 역전되는 것이다.

1944년 9월 베를린, 그 와중에 살아남은 유일한 인물인 비쇼프는 지난 2년의 사건들을, 그리고 희생당한 동료 저항 투사들을 회상하며, 미래에 교사로서 이 이야기를 전할 것을 암시한다. 스웨덴 좌파의 통일 노력은 끝내 이루어지지 못했고, 비록 전쟁은 끝났지만 저항의 노력도 종결되고 주인공의 오랜 친구이자 정신적 멘토인 호단도 죽는다. 나의 저항의 노력은 갈 곳이 없다. 그 마지막 순간 '나'는 소설이 시작되었던 그곳, 바로 베를린 페르가몬의 부조 앞에 다시 선다. 부조의 빈자리, 헤라클레스가 있었던 그 자리를 어떻게 자신의 상상력으로 채울 수 있을지 다시 묻는다. 그것은 희망의 원칙에 대한 고백이며, 예술은 기억의 터로서 그런 희망의 원칙이 머무는 유일한 공간이 된다. 하일만의 말처럼.

"우리 안에는 종합예술, 종합문학이 있어. (……) 예술의 어머니인 므네모시네는 기억을 뜻해. 므네모시네는 예술적 업적 전체에 스며 있는 우리의 자기인식을 지켜주지."(116쪽)

작가 연보

1916   11월 8일 베를린 근교 노바베스(오늘날의 노이바벨스베르크)에서
              출생. 아버지는 헝가리 유대인으로, 1차 세계대전 참전 후 체코슬
              로바키아 국적을 취득한 방직공장주. 어머니는 스위스 바젤 태생
              의 배우였으며, 첫번째 결혼에서 낳은 두 아들을 데리고 아버지와
              재혼.
1919   브레멘으로 이주.
1929   베를린 노이 베스텐트로 이주. 인문계고등학교 진학.
1933   상업학교로 전학.
1934   여동생 마그리트 베아트리체Magrit Beatrice 사망. 초현실주의적 미술
              작품 창작.
1935   히틀러 체제가 강화되면서 가족과 함께 런던으로 이주. 사진전문
              학교에서 수강.
1936   런던의 주차장 공간에서 첫 번째 미술전시회. 방직 공장 경영을 맡
              게 된 아버지를 따라 보헤미아의 바른스도르프로 이주.

1937	미술창작과 문학 습작 병행. 도보여행으로 몬타놀라에 있는 헤르만 헤세를 방문하여 그곳에서 여름을 지낸 후, 헤세의 주선으로 가을에 프라하 미술대학에 입학.
1938	브뤼헐과 보스의 영향을 받은 작품으로 프라하 미술대학 전시회에서 수상. 친구들과 함께 스위스의 테신에 있는 헤르만 헤세를 다시 방문하여, 장기간 체류. 급료를 받고 그의 단편소설에 그림을 그려주기도 함. 1월 10일 독일군이 주데텐란트를 점령하자 가족들은 스웨덴으로 이주.
1939	부모를 따라 스웨덴으로 이주. 1942년까지 아버지의 방직 공장에서 직물 인쇄와 문양 도안을 맡음.
1940	정신과의사이며 성과학연구자인 막스 호단Max Hodann과 만남.
1941	스웨덴에서의 첫번째 미술 전시회 개최. 5개월 동안 심리치료를 받음.
1943	스웨덴 북부에서 벌목공으로 일함. 화가이자 조각가인 헬가 헨셴 Helga Henschen과 결혼했으나 곧 이혼.
1944	스웨덴어로 된 첫번째 산문집 『섬에서 섬으로Från ö till ö』 탈고(1947년 스톡홀름에서 출간).
1946	스웨덴 국적 취득.
1947	스웨덴의 한 일간지 특파원으로 베를린 체류. 일곱 편의 르포기사와 산문 송고(이를 한데 묶어 1948년 스톡홀름에서 『패배자들De Besegrade』이라는 제목으로 출간).
1948	독일 주어캄프 출판사가 산문집 『추방된 자Der Vogelfreie』 출간을 거절함(이 원고는 1949년 스웨덴에서 『문서 I Dokument I 』라는 제목으로 자비 출판. 1980년에 독일 주어캄프 출판사에서 싱클레어라는 필명에 『이방인Der Fremde』이라는 제목으로 출간).
1949	방송극 「탑Der Turm」탈고(1950년 스웨덴에서, 그리고 1967년 독일에

서 초연됨). 두 번째 결혼과 이혼.

1950 1952년까지 3년간 심리치료를 받음.

1951 산문집 『결투Duellen』 집필. (1953년 스웨덴에서 자비로 출판. 1972년
독일어판 출간.)

1952 초현실주의적 세부묘사가 돋보이는 중편소설 『마부의 몸의 그림자
Der Schatten des Körpers des Kutschers』 완성. 실험영화 제작 그룹에 가입.
이후 1960년까지 실험영화 제작과 더불어 활발한 미술 창작 활동.

1955 초현실주의 영화 이론서 『아방가르드 영화Avantgardefilm』 탈고(1956년
스웨덴어로, 1991년 독일어로 출간).

1956 1958년까지 몇 편의 실험, 상업 및 기록영화 감독.

1960 『마부의 몸의 그림자』 출간으로 독일 문단 데뷔.

1961 자전적 중편소설 『부모와의 이별Abschied von den Eltern』 출간.

1962 자전적 중편소설 『소실점Fluchtpunkt』 출간. 베를린에서 '47그룹' 모
임에 참가.

1964 무대장식가 구닐라 팔름셰르나Gunilla Palmstierna와 재혼. 혁명가 마
라와 개인주의자 사드의 허구적 만남을 소재로 한 희곡 「마라/사
드Marat/Sade」가 초연되면서 전 세계적 명성을 얻음.

1965 '레싱 문학상' 수상. 나치의 범죄를 법정 기록극 형식으로 다룬
「수사Die Ermittlung」가 동서독과 영국의 16개 극단에서 동시 초연됨.
사회주의 지지를 공개적으로 표명.

1966 동독의 '독일 예술아카데미'가 수여하는 '하인리히 만 문학상' 수
상. 베트남전 반대 입장을 공개적으로 표명. 영국에서 「마라/사드」
가 피터 브룩의 연출로 영화화 됨.

1967 식민주의를 다룬 희곡 「루지타니아 도깨비의 노래Gesang vom
Lusitanischen Popanz」초연. 베트남 전쟁에 대한 반전 운동 참여. 쿠바
방문.

1968	희곡「베트남 논쟁Viet Nam Diskurs」 초연. 약 6주간 하노이를 방문하며 공개적인 연대 표명. 소련의 체코침공에 공개적 항의. 스웨덴의 '공산주의 좌파당' 입당.
1970	운동권 학생들의 방해로「망명 중의 트로츠키Trotzki im Exil」 뒤셀도르프 초연이 중단됨. 동독에서 입국 금지 조치가 내려짐. 심근경색 발병. 약 5개월간 병상에 머무르는 동안 자신의 정치, 예술 활동을 성찰하며, 산문집『회복기Rekonvaleszenz』 집필.
1971	마르크스와 횔덜린의 가상적 만남을 다룬 희곡「횔덜린Höderlin」 초연.
1972	소설『저항의 미학Die Äthetik des Widerstands』 집필을 위한 자료 조사, 인터뷰, 현장 답사 등 준비 작업 착수.
1974	모스크바에서 열린 작가회의 참석차 소련 방문.
1975	카프카의 소설을 극화한 희곡「소송Der Prozeß」 초연.『저항의 미학』 제1권 출간.
1976	전시회 '페터 바이스-회화, 콜라주, 스케치들 1933~1966'가 유럽 5개 도시를 순회하며 개최됨.
1978	『저항의 미학』 제2권 출간. 베트남 문제를 둘러싸고 언론을 통해 공개적인 논쟁을 벌임.
1980	화가로서의 바이스를 소개하는 미술 전시회가 독일의 보훔 박물관에서 열림.
1981	『저항의 미학』 제3권 출간. 창작활동 과정을 일기와 메모 형식으로 기술한『작업일지1971~1980Notizbucher 1971~1980』 출간.
1982	'게오르크 뷔히너 문학상' 수상.『작업일지 1960~1971』 출간. 희곡「새로운 소송Der neue Prozeß」 초연. 5월 10일 스톡홀름에서 사망.

'대산세계문학총서'를 펴내며

2010년 12월 대산세계문학총서는 100권의 발간 권수를 기록하게 되었습니다. 대산세계문학총서의 발간은 앞으로도 계속될 것이고, 따라서 100이라는 숫자는 완결이 아니라 연결의 의미를 지니는 것이지만, 그 상징성을 깊이 음미하면서 발전적 전환을 모색해야 하는 계기가 된 것은 분명합니다.

대산세계문학총서를 처음 시작할 때의 기본적인 정신과 목표는 종래의 세계문학전집의 낡은 틀을 깨고 우리의 주체적인 관점과 능력을 바탕으로 세계문학의 외연을 넓힌다는 것, 이를 통해 세계문학을 바라보는 우리의 시각을 전환하고 이해를 깊이 해나갈 수 있도록 한다는 것이었다고 간추려 말할 수 있습니다. 그리고 궁극적으로는 우리의 인문학을 지속적으로 발전시켜나갈 수 있는 동력이 될 수 있기를 희망하는 것이었습니다. 이러한 기본 정신은 앞으로도 조금도 흩트리지 않고 지켜나갈 것입니다.

이 같은 정신을 토대로 대산세계문학총서는 새로운 변화의 물결 또한 외면하지 않고 적극 대응하고자 합니다. 세계화라는 바깥으로부터의 충격과 대한민국의 성장에 힘입은 주체적 위상 강화는 문화나 문학의 분야에서도 많은 성찰과 이를 바탕으로 한 발상의 전환을 요구하고 있습니다. 이제 세계문학이란 더 이상 일방적인 학습과 수용의 대상이 아니라 동등한 대화와 교류의 상대입니다. 이런 점에서 대산세계문학총서가 새롭게 표방하고자 하는 개방성과 대화성은 수동적 수용이 아니라 보다 높은 수준의 문화적 주체성 수립을 지향하는 것이며, 이것이 궁극적으로 한국문학과 문화의 세계화에 이바지하게 되리라고 믿습니다.

또한 안팎에서 밀려오는 변화의 물결에 감춰진 위험에 대해서도 우리는 주의를 게을리하지 말아야 할 것입니다. 표면적인 풍요와 번영의 이면에는 여전히, 아니 이제까지보다 더 위협적인 인간 정신의 황폐화라는 그늘이 짙게 드리워져 있는 것이 사실입니다. 대산세계문학총서는 이에 대항하는 정신의 마르지 않는 샘이 되고자 합니다.

'대산세계문학총서' 기획위원회